EXCALIBUR

Herausgegeben von
Melissa Andersson
und
Gerd Rottenecker

Das Reich der Inseln im Droemer Knaur Verlag:

1. *Gefährten des Sturms* (70110)
2. *Der Thron von Malkar* (70101)
3. *Die Erben des Carus* (70161)
4. *Die Königin der Dämonen* (70162)

David Drake

DAS REICH DER INSELN

3

Die Erben des Carus

Ins Deutsche übertragen von
Regina Winter

Knaur

Die amerikanische Originalausgabe erschien 1998 unter dem Titel »Queen of Demons (Part 1)« bei Tor Books, New York

Deutsche Erstveröffentlichung 6/99

Umschlagkonzept: Melissa Andersson
Umschlaggestaltung: Agentur Zero, München
Umschlagillustration: Keith Parkinson, »Lost Prince«
Lektorat: Ralf Reiter
Satz: Ventura Publisher im Verlag
Druck und Bindung: Clausen & Bosse, Leck
Printed in Germany
ISBN 3-426-70161-8

2 4 5 3

PROLOG

Valence III., gekrönter König der Inseln, schauderte trotz der ungewöhnlich warmen Nacht, als der Zauberer Silyon die Worte seiner Beschwörung auf den Querbalken eines uralten Tors schrieb. Es war zwei Tage nach Neumond, und wenn der Mond endlich aufgehen würde, wäre es kaum mehr als ein geisterhafter Hauch. Das einzige Licht kam von der Laterne, deren Flamme durch Glimmerscheiben leuchtete, die so dünn waren, daß sie beinahe klar aussahen.

Ganz in der Nähe seufzte das betäubte Opfer im Schlaf. Ein Seidensack verhüllte die Gestalt des Mädchens, aber Attaper und die anderen Blutadler der Eskorte mußten gewußt haben, was der König und sein Zauberer mit sich brachten, wann immer sie diese uralten Ruinen aufsuchten.

Die Blutadler würden schweigen; sie waren loyal bis zum Tod. Dennoch hatte Valence Abscheu in Attapers Blick bemerkt, als der Kommandant der Eskorte zugesehen hatte, wie der König und Silyon ihre Last das letzte Stück des Weges trugen.

Valence schnaubte ärgerlich, als er sich an diesen Blick erinnerte. Was für eine Unverschämtheit, sich ein Urteil über ihn anzumaßen! Die Pflichten eines Soldaten waren einfach: zu töten oder zu sterben – aber nie durfte er etwas in Frage stellen. Ein König hatte es mit schwierigeren Situationen zu tun, in denen die Grenzen zwischen Recht und Unrecht fließend waren.

Dennoch schauderte Valence abermals.

Silyon beendete eine Beschwörung – einen Kreis von Worten in der alten Schrift. Er war am ganzen Körper tätowiert und trug Knochensplitter in den Ohrläppchen. Er stellte den kleinen Dreifuß in den Kreis, dann zog er Handschuhe an, die mit Silbergarn bestickt waren. Er lächelte Valence zu.

Valence nahm an, daß die Symbole auf dem Rücken der Handschuhe nur dekorativen Zweck hatten, trotz der Andeutungen des Zauberers, sie kündeten von finsteren Wahrheiten.

»Mach weiter!« fauchte er. Er hatte etwas dagegen, daß ihn dieser häßliche kleine Mann aus Dalopo wie seinesgleichen behandelte, weil sie diese Rituale gemeinsam vollzogen.

»Wie Ihr wünscht, Herr«, sagte Silyon, immer noch mit selbstzufriedenem Grinsen. Er zog den Spiegel, eine faustgroße, tropfenförmige Scheibe grünlichen Obsidians, aus dem Wildlederbeutel und hängte ihn sorgfältig an den Silberhaken, der an einer Kette vom Dreifuß hing. Valence konnte sich nicht vorstellen, wie es jemandem gelungen sein sollte, ein Loch in das zarte vulkanische Glas zu bohren, ohne es zu zerbrechen, aber das war noch das geringste Wunder, das mit diesem Gegenstand verbunden war.

Silyon begann zu rezitieren und berührte dabei jedes geschriebene Wort, wenn er es aussprach, mit einem Athame aus dem schwarzen Holz seiner Heimat Dalopo. *»Hayad pikir tasimir …«*

In der Ferne hatte ein Ziegenmelker geschrien. Jetzt schwieg dieser Vogel, aber ein anderer, mehr in der Nähe, nahm den Rhythmus auf.

»Wakuiem gabiyek woriyeh«, sagte der Zauberer. Seine Lippen formten Silben einer Sprache, die nicht menschlich schien. Aber schließlich waren diese Worte auch nicht für Menschen bestimmt, sondern für die Mächte, die das Universum bewegten, und diese Kräfte wiederum waren keine Götter oder Dämonen. Sie bewirkten, daß die Sterne ihre endlosen

Kreise zogen, daß sich auf der Erde die Jahreszeiten abwechselten und alles, Sichtbares wie Unsichtbares, sich bewegte.

Die Sonne, die für Licht und Leben stand, und Malkar, das Symbol von Finsternis und Tod, kontrollierten alles. Aber wie konnte ein einfacher Mensch das eine vom anderen unterscheiden?

»Archedama phochense pseusa rerta …«

Der Palast, in dessen Trümmern Valence und der Zauberer knieten, hatte den Tyrannen von Valles gehört – Vater, Sohn und Enkel, die alle auf den Namen Eldradus gehört hatten. Durch Zauberkraft hatte dieses Trio die Insel Ornifal siebzig Jahre lang regiert, nachdem das alte Königreich zusammengebrochen war; dann waren sie ihrerseits einer Revolte der Adligen der Insel zum Opfer gefallen. Nach der Tyrannenzeit hatte sich Ornifal aus der Barbarei erhoben, und nun waren die Herzöge von Ornifal zumindest dem Namen nach Könige der Inseln.

Der erste Eldradus hatte seinen Palast ein paar Meilen vom Hafen von Valles entfernt bauen lassen. Jene, die die Tyrannen entthronten, hatten den Regierungssitz in die Stadt selbst zurückverlegt, und so war der Palast seit neunhundert Jahren immer weiter verfallen. Wurzeln hatten die Steine der Mauern auseinandergestemmt; Dächer waren eingestürzt, als die Stützbalken verrottet waren.

Neunhundert Jahre … Aber die unterirdischen Gewölbe inmitten des Palastkomplexes waren unzählige Jahre älter.

»Threskisithphe amracharara ephoisekre …«, rezitierte Silyon. Schatten zuckten über die polierte Oberfläche des vulkanischen Glases, aber es reflektierte nicht die Beine des Dreifußes, an dem es hing.

Die Tyrannen von Valles hatten ihren Palast auf Ruinen erbaut, die tief im Boden eines uralten Waldes vergraben waren. Ehe Eldradus die Bäume hatte fällen und den Boden planieren lassen, hatte niemand – außer dem Zauberer selbst – gewußt, daß darunter Grundmauern aus zyklopischen schwarzen Basaltblöcken lagen.

Im Zentrum des neuen Palastes hatte ein vierseitiger Triumphbogen sich über einer uralten runden Steinbegrenzung erhoben. Die Öffnung war der Oculus, das Auge in der Decke eines riesigen Kuppelraums, der unter der Erde lag.

Diese Kammer hätte ein Grabmal oder eine Vorratskammer oder sogar Teil eines Abwassersystems sein können. Aber es war nichts dergleichen, oder vielleicht alles zusammen, dachte Valence nun, nachdem er sich gezwungen hatte, den Tatsachen ins Auge zu sehen.

»Thoumison kat plauton!« schloß Silyon, und die letzten Silben schrie er geradezu heraus. Das Universum selbst versuchte, einen Zauberer zum Schweigen zu bringen, wenn er eine Beschwörung von solcher Macht hervorbrachte; es ließ seine Zunge anschwellen und seinen Hals die Beschaffenheit rauhen Sandbodens annehmen.

Der Obsidianspiegel zitterte, als das Ungeheuer auflachte. »Ich grüße euch, Menschen«, sagte die tiefe Stimme in Valences Schädel. »Habt ihr mir mein Mahl gebracht?«

Wieder lachte das Ungeheuer. Silyons Lächeln erstarrte; die Miene des Königs zeigte nicht mehr Ausdruck als ein grob gezimmertes Brett. Valence haßte sich für das, was er da tat, aber die Königin hatte ihm keine Wahl gelassen.

Tief in dem grünlichen Spiegel sah man Nebel wallen, aber bisher hatte Valence noch kein Bild entdecken können. Nicht lange, nachdem der Dalopaner mit seinem Spiegel und seiner Zauberei zu ihm gekommen war, hatte Valence einmal eine brennende Fackel ins Auge der Kuppel geworfen. Das Licht hatte nur flechtenüberzogene Steinblöcke gezeigt – genau das, was man in einem Raum erwarten würde, der den größeren Teil eines Jahrtausends versiegelt gewesen war.

Aber auf dem halben Weg zum Boden, fünfzig Fuß unter der Erdoberfläche, war die Fackel so plötzlich verschwunden, als hätte es sie nie gegeben. Valence nahm an, daß die Opfer, die er und Silyon durch die Öffnung herabgelassen hatten, auf dieselbe Art verschwanden, aber er hatte nicht das Bedürfnis – oder den Mut –, dabei zuzusehen.

»Die vier, die die Königin verfolgte, sind ihr entkommen«, sagte das Ungeheuer nun übergangslos. »Die beiden Menschen und die Halblinge aus Haft. Ich werde sie hierher, zu mir, ziehen.«

Valence kniete, weil seine Beine unkontrollierbar zitterten, wenn er versuchte, mit der Kreatur zu sprechen, die Silyon beschworen hatte. »Wie heißen sie?« fragte er.

»Was interessieren mich Namen von Menschen?« fragte das Ungeheuer. Die Ohren des Königs hörten nichts, aber in seinem Geist dröhnte die schreckliche Stimme. »Sie schmecken alle gleich, wie immer sie sich nennen mögen.«

Die Nebel im Spiegel zerrissen. Ein keilförmiger Kopf, wie der einer Schlange, stieß hervor. Valence zuckte zusammen, obwohl er genau wußte, daß er es nur mit einem Abbild zu tun hatte. Manchmal konnte er im Spiegel diesen Reptilienkopf sehen, manchmal eine ebenso monströse Kreatur, die aber mehr einem Säugetier ähnelte, einem Hund, einem Bären oder einem hundeköpfigen Affen.

Und manchmal sah Valence eine Masse, von deren Ausmaß er nur einen flüchtigen Eindruck bekam. Es gab nichts im Spiegel, was einen Größenvergleich erlaubt hätte.

Wieder lachte das Ungeheuer sein dröhnendes Lachen; der Schlangenkopf zog sich in den Nebel zurück. Valences Angst hatte das Geschöpf amüsiert.

»Sie heißen Garric or-Reise und Sharina os-Reise«, sagte das Ungeheuer, und das Lachen schwang immer noch in der tonlosen Stimme mit. »Der Mann stammt von König Lorcan ab, der den Thron von Malkar versteckt hat, von dem die Königin glaubt, er bringe ihr Macht über das gesamte Universum. Die Halblinge sind Cashel or-Kenset und Ilna os-Kenset. Ihr Vater war ein Mensch, ihre Mutter eine Fee. Ich werde diejenigen, die ich brauche, hierherbringen, und sie werden mich befreien.«

»Ich werde veranlassen, daß sie verhaftet werden, sobald sie …«, sagte Valence. Er hielt inne. »So bald wie möglich.«

Er hatte sagen wollen: »Sobald sie mein Land betreten«, aber was regierte Valence III. derzeit denn noch?

Ganz bestimmt nicht die gesamten Inseln; seit dem Fall des Alten Königreichs vor tausend Jahren hatte es keinen wahren König der Inseln mehr gegeben. Vor zwanzig Jahren, als Valence nach dem Tod seines Onkels den Thron bestiegen hatte, hatte er zumindest behaupten können, Herrscher von Ornifal zu sein. Nun, wo die Parteigänger der Königin Zauberkraft benutzten, um seine Leute einen nach dem anderen zu ersetzen, wurden Valences Befehle nur noch innerhalb der Mauern seines Palastes unwidersprochen entgegengenommen. Er würde vermutlich selbst dort nicht mehr lange sicher sein.

Die Königin hatte ihm keine Wahl gelassen. In seinem eigenen Interesse und dem des Königreiches mußte er sich mit diesem Ungeheuer zusammentun.

»Wie du willst«, hallte die Stimme wider, als stünde das Ungeheuer in der Kuppelkammer unter ihm. »Der Mann hat ein besseres Anrecht auf den Thron als du. Aber auf jeden Fall mußt du mir jetzt mein Opfer bringen; ich kümmere mich um den Rest.«

Valence gegenüber, hinter dem hängenden Spiegel, verzog

der Zauberer unwillkürlich das Gesicht. Bedauerte auch er die Kosten dieser Allianz ...?

Ein Seil wurde an den Gurten befestigt, in denen das Opfer lag. Die beiden Männer ließen das Mädchen in die Öffnung herab und spürten dabei, wie sie sanft hin und her schaukelte. Das Seil war erst halb aufgebraucht, als das Gewicht plötzlich verschwunden war. Das Opfer hatte den Boden der Kammer erreicht.

Die Männer sahen einander an. Valence nickte und trat zurück. Silyon ließ den Rest des Seils durch die Öffnung fallen und packte rasch seine Utensilien ein.

Sie gingen so schnell wie möglich zu der Stelle, wo die Eskorte mit den Pferden wartete. Die Laterne in der Hand des Königs warf verzerrte Baumschatten auf die Ruinen; der Wald hatte sich lange schon von der Rodung durch die Tyrannen erholt.

Die Blutadler nahmen Habachtstellung ein. Die Mienen der Männer waren so kalt und reglos wie das Metall ihrer makellosen schwarzen Uniform.

»Euer Majestät«, sagte Attaper und führte das Pferd des Königs ein Stück nach vorn, so daß es für Valence bereitstand.

Aus den Ruinen hinter ihnen erklang ein schrecklicher Schrei. Keiner der Männer regte sich während des langen Augenblicks, in dem er in die Nacht aufstieg.

Nachdem das Mädchen verstummt war, wandte der Kommandant der Blutadler sich demonstrativ ab und spie aus. Dann sah er wieder seinen König an.

Mit vollkommen ausdruckslosem Gesicht.

Zweiter Tag des Vierten Monats (der Monat des Reihers)

Garric or-Reise lehnte sich auf das Geländer eines Balkons, der nur in seiner Einbildung existierte, und beobachtete, wie sich sein Körper im Garten darunter im Schwertkampf übte. Er schlief nicht, aber er hatte sich in Gedanken bewußt von den Bewegungen seines Körpers abgesetzt. Statt dessen unterhielt er sich mit dem Geist seines Vorfahren, der schon vor tausend Jahren gestorben war.

Garric wies auf seinen Körper, der mit einem bleibeschwerten Schwert auf einen Pfosten einschlug. »Es ist so langweilig wie Pflügen«, sagte er. »Und beim Pflügen hat man hinterher wenigstens eine Furche, die man sehen kann.«

»Du hast den Körperbau eines Schwertkämpfers«, sagte König Carus, der sich neben Garric auf das Geländer lehnte. Er grinste. »Jedenfalls haben sie mir das immer gesagt, und selbst meine schlimmsten Feinde haben meine Fertigkeiten als Kämpfer nie geleugnet. Aber um wirklich gut zu werden, mußt du diese Übungen machen, bis jede Bewegung als Reflex erfolgt.«

Er tat so, als betrachtete er die Wolken – perfekte Bilderbuchwolken an einem Bilderbuchhimmel. »Natürlich«, fuhr er fort, »kannst du dir die Anstrengung auch sparen und es mir überlassen, deinen Körper zu bedienen, wenn Bedarf nach solcher Art Arbeit besteht.«

Rosen rankten sich über einen Stützpfeiler und ließen ihre roten Blüten den ganz natürlich wirkenden Stein des eingebildeten Balkons überwuchern. Wenn Garric sich in diesem Zustand befand, hatte er das Gefühl, daß es außerhalb seiner

Vision nichts anderes gab: Wenn er jetzt ganz schnell den Kopf drehte, würde er vielleicht nur Nebel sehen statt der Mauern des Gebäudes, an dem der Balkon hing.

Er grinste den König an und tat so, als hätte er den sehnsuchtsvollen Unterton in der Stimme des Mannes, der seit tausend Jahren keinen Körper mehr hatte, nicht gehört. »Vater hat mich nicht dazu erzogen, mich vor Pflichten zu drücken, nur weil sie unangenehm sind«, sagte Garric. »Und ich möchte keinem anderen für Arbeit dankbar sein müssen, die ich selbst erledigen könnte.«

Carus lachte aus vollen Hals, wie ein Mensch, dem Gefühlsäußerungen leichtfallen – Freude und Liebe und leidenschaftlicher Zorn, der durch jedes Hindernis schnitt. »Du hättest einen schlechteren Vater haben können als Reise«, sagte er. »Und ich bin nicht sicher, ob der meine besser war.«

Wieder wandte er seine Aufmerksamkeit der Szene im Garten zu – Garric, der das stumpfe Übungsschwert schwang. Die Männer, die das Anwesen von Meister Laitias bewachten – des reichen Kaufmanns, der Garric und seinen Freunden hier in Erdin Zuflucht gewährt hatte –, beobachteten die Übungen mit Zustimmung und dem Interesse von Kennern.

»Du führst mit dem rechten Bein«, sagte Carus. »Eines Tages wird einem aufmerksamen Gegner auffallen, daß du den Fuß einen Lidschlag vor deinem Schwertarm in Bewegung setzt. Und dann wartet seine Schwertspitze genau um diesen Lidschlag eher auf deine Brust, als deine eigene Klinge treffen könnte.«

»Ich bin müde«, sagte Garric. »Ich meine, mein Körper ist müde.«

Carus lächelte mit einem Aufblitzen von Stahl in den grauen Augen. »Das glaubst du nur, Junge«, sagte er leise. »Du weißt noch überhaupt nicht, was echte Müdigkeit ist.«

»Tut mir leid«, murmelte Garric. Schon, als er die Worte ausgesprochen hatte, war er verlegen gewesen. Er hatte versucht, sich zu verteidigen, statt zuzuhören, was man ihm sagte. Er grinste. »Beim Arbeiten mit der Sense verwendet man überwiegend dieselben Muskeln, aber der Weizen hat nie zurückgeschlagen. Ich werde üben, bis ich es richtig kann.«

Die Miene des Königs wurde wieder sanfter, und er lachte. »Ja, das wirst du«, meinte er. »Die Kraft, die du in deine Schläge legst, macht dich schon stark genug für die meisten Aufgaben.«

Die beiden Männer auf dem Balkon waren einander so ähnlich, daß niemand, wären sie sichtbar gewesen, ihre Verwandtschaft hätte leugnen können. Carus war vierzig Jahre alt gewesen, als sein Schiff von Zauberkraft versenkt wurde. Er war breitschultrig und langgliedrig und bewegte sich mit einer Anmut, um die ihn sogar die Möwen, die auf dem Wind segelten, beneiden mochten.

Garric würde in einem Monat achtzehn werden. Er war ebenso groß und kräftig wie sein Vorfahre, aber verglichen mit dem Erwachsenen wirkte er dennoch schlaksig. Beide waren sonnengebräunt und so gesund, wie ein aktives Leben einen Mann machen konnte. Garric war barfuß und trug das Wollhemd und die Wollhosen eines Bauern von der Insel Haft. Carus trug eine blaue Samtweste und Wildleder-Reithosen mit hohen Stiefeln aus knallrot gefärbtem Leder.

Auf dem Kopf des Königs saß ein Goldreif, die Krone des Königs der Inseln. Sie war vor tausend Jahren mit ihm versunken.

»Um König der Inseln zu sein, muß man mehr können als ein Schwert führen«, sagte Carus nun. Er hatte die Ellbogen auf das Geländer gestützt und legte das Kinn einen Augenblick lang auf die verschränkten Finger – eine seltsam nachdenkliche Pose für einen Mann, der sonst stets in Bewegung war.

Er drehte sich um und sah Garric an. »Ein Grund dafür, daß ich versagte und das Königreich zerfiel«, meinte er, »bestand darin, daß ich immer versucht habe, die Probleme zunächst mit dem Schwert zu lösen. Aber du wirst das Schwert ebenfalls brauchen, Junge, wenn du einmal König bist.«

»Ich bin kein König!« rief Garric und verzog verlegen das Gesicht. »Ich bin nur ein ...«

Was war er wirklich? Ein Junge aus Haft, einer unwichtigen Insel, seit das alte Königreich untergegangen war. Ein Bauernjunge, den sein Vater, Reise, das Lesen und die alten Dichter gelehrt hatte. Immerhin war Reise selbst ein gebildeter Mann, der einmal im königlichen Palast von Valles gedient hatte und später Sekretär der Gräfin von Haft in Carcosa gewesen war.

Ein Bauer, der sich einem Zauberer gestellt hatte, dem es beinahe gelungen wäre, alle Macht des Bösen für sich einzusetzen. Ein Junge, der im Kopf den Geist eines Vorfahren mit sich trug, des letzten und größten Königs, den die Inseln je gekannt hatten.

»Nun, ich bin kein König«, schloß Garric lahm.

»Du wirst es eines Tages sein«, sagte Carus. Sein Tonfall war freundlich, aber so bestimmt wie die Bewegungen seines mächtigen Schwertarms. »Nicht, weil du von meinem Blut bist; das gibt mir nur die Möglichkeit, mit dir zu sprechen. Du wirst König der Inseln sein, weil du für diese Aufgabe geeignet bist. Wenn du es nicht schaffst, wird der Zusammenbruch der Zivilisation, der meinem Untergang folgte, ein Fest sein im Vergleich zu dem, was dem Reich nun droht. Es werden nur noch Blut und Seuchen und Schlächtereien bleiben, bis niemand mehr übrig ist, der getötet werden kann.«

Carus lächelte. »Aber das werden wir nicht zulassen«, meinte er. »Bei unseren Seelen, das lassen wir nicht zu, König Garric. Oder?«

Zwei von Garrics Genossen hatten sich gerade im Garten zu den anderen Zuschauern gesellt. Cashel or-Kenset war beinahe so groß wie Garric und gebaut wie ein Eichenstamm. Er und seine Schwester Ilna stammten aus demselben Dorf wie Garric – Barcas Weiler an der Ostküste von Haft. Die beiden und Garrics blonde Schwester Sharina waren Freunde, seit die vier sich erinnern konnten.

Tenoctris, die alte Frau, die nun neben Cashel stand, bildete den vollkommensten Kontrast zu Cashel, den Garric sich vorstellen konnte. Eine Kraft, die sie sich weigerte als Schicksal zu bezeichnen, hatte sie aus ihrer eigenen Zeit gerissen und sie tausend Jahre in die Zukunft getragen, um sie an der Küste von Barcas Weiler abzusetzen. Tenoctris war eine Zauberin. Sie war eine Zauberin mit sehr geringer Macht, behauptete sie, aber sie verstand, während andere nur handelten – und mit diesen Handlungen Katastrophen über sich und ihre Umgebung brachten.

»Nein«, erklärte Garric, »das werden wir nicht zulassen.«

Er hätte alles dafür gegeben, zu dem Leben zurückkehren zu können, das er zuvor geführt hatte: als Sohn eines Gastwirts in einem winzigen Dorf, wo niemand erwartete, daß sich außer dem Wetter je etwas ändern würde. Aber es gab kein Zurück.

Die Kräfte, die das Universum regierten, erreichten einen weiteren alltausendjährigen Höhepunkt. In den Tagen von König Carus hatte ein Zauberer mit ungezügelter Macht das Königreich in einzelne Inseln zerbrechen lassen, die miteinander und mit sich selbst im Krieg lagen. Die Zivilisation hatte sich zum Teil wieder aus diesen Trümmern erhoben; aber sollte sich das alles noch einmal wiederholen, würde Barcas Weiler so sicher dem Erdboden gleichgemacht werden, wie Städte wie Carcosa auf Haft, die Hauptstadt des alten Königreichs, zerstört worden war, als König Carus starb.

»Geh zu deinen Freunden«, sagte Carus mit einer ermutigenden Geste. »Außerdem solltest du die Übungen nicht übertreiben, oder sie werden mehr an deinen Muskeln zehren, als sie dir helfen. Obwohl du das wohl ebensowenig glauben wirst wie ich, als ich in deinem Alter war.«

Der König, der Balkon und der blaue Himmel lösten sich auf. Garrics Geist glitt in seinen verschwitzten, keuchenden Körper im Garten zurück. Der Schild an seinem Arm war ein feuriges Gewicht, und sämtliche Muskeln seiner rechten Seite bebten von der Anstrengung, das Übungsschwert zu schwingen.

Garric trat ächzend zurück. Jedesmal, wenn er auf das unnachgiebige Ziel einschlug, fing seine Hand die Wucht auf. Nun fühlte sich seine Handfläche an, als sei ein Wagen darübergerollt. Er steckte das Schwert tief in den Boden, den er selbst bei seinen Übungen festgestampft hatte.

»Ho!« sagte er, um seine Lunge zu reinigen. Er nestelte an dem Riemen herum, der ein wenig vom Gewicht des Schilds auf seine Schultern übertrug. Cashels große Hände waren schneller und hoben das schwere Stück gegenläufig verarbeiteter Holzschichten weg, als wäre es nur ein Spitzendeckchen.

Der Hauptmann der Wache trat vor. Serianer wie Meister Latias waren Pazifisten und wollten anderen gegenüber keine Gewalt anwenden. Das hielt sie jedoch nicht davon ab, Männer einzustellen, die anderen Philosophien anhingen. Die Männer, die dieses Anwesen in Erdin bewachten, waren hartgesottene Kämpfer, und ihr Hauptmann sah so aus, als könnte er es jederzeit mit zweien seiner Untergebenen gleichzeitig aufnehmen.

»Ihr sagtet, Ihr hättet keine Erfahrung mit dem Schwert, Herr«, sagte er zu Garric. »Aber das hätte ich nicht gedacht, nachdem ich euch jetzt zugesehen habe.«

Garric war wieder genügend zu Atem gekommen, um sprechen zu können. »Ein Vorfahre von mir war ein berühmter Schwertkämpfer«, sagte er lächelnd. »Vielleicht habe ich etwas von ihm geerbt.«

Er faßte sich an die Brust. Eine Krönungsmedaille von König Carus hing unter seinem Hemd an einem Seidenband um seinen Hals. Garrics Vater hatte ihm die Medaille an jenem Tag gegeben, als Tenoctris in Barcas Weiler an Land gespült wurde. Von diesem Tag an hatte sich alles verändert …

»Tenoctris und ich wollten uns ein bißchen im Hafen umsehen«, meinte Cashel. Seine Stimme war stetig und kraftvoll – ein Abbild seiner selbst. Er zuckte die Achseln. »Meine Schwester webt zusammen mit Sharina und Liane. Eine Überraschung, sagt sie.«

Cashel und sein Schwester Ilna waren schon mit sieben verwaist und hatten sich seitdem entschlossen selbst durchgeschlagen. Garric war stärker als die meisten Männer, die er kannte, aber er wußte, sein Freund Cashel war stärker als die meisten, die er je kennen *würde*.

»Es ist viele Jahre her, seit jemand mich für ein Mädchen gehalten hat, und selbst damals hätte mir niemand abgenommen, daß ich weben kann«, sagte Tenoctris. Ihre Stimme hatte etwas Vogelhaftes, sehr Lebendiges an sich, das sie erheblich jünger wirken ließ, als sie eigentlich aussah. »Wir dachten, du möchtest vielleicht mitkommen. Aber wenn du weiter üben willst …«

Sie schaute zu dem Pfosten hinüber. Trotz der stumpfen Schneide des Übungsschwertes hatte Garric viele Splitter abgeschlagen.

»Nein, ich habe genug für heute«, sagte Garric. »Ich wasche mich schnell, und dann komme ich mit euch.«

Er kicherte. »Wenn man zuviel übt, zehrt das mehr an den Muskeln, als daß es hilft.«

Keiner seiner Freunde verstand, wieso Garric das so witzig fand, aber der König, der irgendwo in Garrics Hinterkopf stets anwesend war, lachte zustimmend.

Cashel or-Kenset war mit seinem Leben sehr zufrieden, als er zusammen mit seinen Freuden an den geschäftigen Kaianlagen Erdins entlangschlenderte. Er war meist zufrieden. Es brauchte nicht viel, um Cashel glücklich zu machen, und er hatte festgestellt, daß er mit schwerer Arbeit alles erreichen konnte, was er wollte – bis auf eines.

Das einzige, was ihm gefehlt hatte, war Garrics Schwester Sharina gewesen, das Mädchen, das Cashel insgeheim geliebt hatte, solange er sich erinnern konnte. Nun hatte er auch Sharina wieder.

Cashel und Garric schlugen ein Tempo an, das Tenoctris angenehm fand. Sie mochte eine zerbrechliche alte Frau sein, aber sie bewegte sich immerhin schneller als die Schafe, mit denen Cashel den größten Teil seines Lebens verbracht hatte.

Er hatte seit seinem siebenten Lebensjahr auf den Wiesen südlich von Barcas Weiler Schafe gehütet. Nachdem er immer größer und kräftiger geworden war, hatte man ihn außerdem oft bei Arbeiten um Hilfe gebeten, die Kraft erforderten: Gräben ausheben, Bäume fällen, Lasten an Orten bewegen, an denen der Platz zu eingeschränkt war, um die Arbeit von Ochsengespannen erledigen zu lassen. Die Leute aus dem Dorf und der Umgebung hatten rasch gelernt, daß man sich auf Cashel als Arbeiter verlassen konnte.

»Ist das hier ein Schrein der Herrin?« fragte Garric. Er schaute zu einem Altar am Kopf eines Kais, der sich in den Kanal des Flusses Erd erstreckte. Es wäre unhöflich gewesen, offen auf eine Göttin zu zeigen, und an einem fremden Ort – wie es Erdin zweifellos für zwei Bauernjungen aus Haft war – bestand die Möglichkeit, daß sich jemand über diese beiden ungeschickten Fremden aufregte.

Nicht, daß viele riskiert hätten, Männer wie Cashel oder Garric anzugreifen. Aber sie waren gut erzogen und wollten niemanden kränken.

Auf dem Altar stand eine geschnitzte weibliche Figur, die eine flache Schale hielt. Drei Seeleute waren gerade dabei, Räucherwerk in dieser Schale zu verbrennen. Die Statue trug weite Kniehosen und eine ärmellose Weste, die ihre Kalksteinbrüste bloß ließ. Cashel hatte solche Kleidungsstücke noch nie gesehen, und erst recht nicht an einem Abbild der Herrin, der Königin des Himmels. Das Räucherwerk brachte ihn zum Niesen.

»In dieser Form wird die Herrin auf Shenguy angebetet«, sagte Tenoctris. Sie grinste bedauernd. »Ich hätte sagen sollen, zu meiner Zeit war dies das Kostüm, in dem man die Herrin auf Shenguy dargestellt hat. Aber ihr dürft nicht vergessen, daß zu meiner Zeit Erdin nur unbewohntes Sumpfland war und die Grafen von Sandrakkan Anführer von Räuberbanden, die in einer Burg an der Ostspitze der Insel ihr Quartier hatten.«

»Aber diese Seeleute hier kommen doch nicht von Shenguy, oder?« sagte Garric. »Ich dachte, die Leute von dort sind alle eher klein und dunkelhäutig.«

»Seeleute neigen dazu, sich ihre Hilfe zu holen, wo immer sie sie kriegen können.« Tenoctris lächelte. »Sie wissen besser als die meisten, wie sehr ihre Sicherheit von Dingen abhängt, die sie nicht beherrschen können.«

Mit leiserer Stimme, als spräche sie eher zu sich selbst als zu ihren Begleitern, fügte die alte Zauberin hinzu: »Manchmal wünschte ich, daß ich auch an die großen Götter glauben könnte. Alles, was ich sehe, sind Kräfte, und nur weil ich ein schwacher Mensch bin, bezeichne ich sie als gut und böse. Ich bin sicher, das Universum hat keine solchen Bezeichnungen für die Kräfte, die es bewegen.«

»Dem Universum mag es gleich sein, wenn Menschen, die Malkar dienen, die Inseln im Meer versenken«, meinte Garric und griff unwillkürlich nach dem Medaillon, das er unter seinem Hemd trug. »Aber uns ist es nicht egal, und wir werden es nicht zulassen.«

»Ich glaube an die Herrin und an den Hirten«, sagte Cashel ohne Zorn. »Ich glaube auch, daß Duzi über die Herden von Barcas Weiler wacht ... obwohl die Schafe natürlich auch noch mich brauchen, dumm, wie sie sind.«

Tenoctris war eine gute Frau und klug dazu. Außerdem war sie sogar noch gebildeter als Garric. Sie konnte glauben, was ihr gefiel. Aber für Cashel waren Wahrheiten im allgemeinen einfach, und was andere glaubten, änderte nichts daran, daß es Wahrheiten waren.

Cashel war groß und breit. Er bewegte sich entschlossen und mit Bedacht, weil er früh gelernt hatte, daß ein Mann seiner Größe und Kraft Dinge zerbrach, wenn er sich hastig bewegte. Er zählte an seinen Fingern ab, und er konnte nur deshalb seinen Namen schreiben, weil Garric Tage damit verbracht hatte, ihn die Buchstaben zu lehren.

Viele hielten Cashel für dumm. Nun, vielleicht war er das auch. Aber viele hielten auch einen Ochsen für dumm, weil er stark und langsam war und seine Arbeit ohne das Temperament eines Pferdes erledigte.

Diese Leute irrten sich.

Die drei machten einen Bogen um eine Stelle, wo von einem seltsam aussehenden Doppelrumpffrachter Harthölzer entladen wurden. Die Stämme hatten ein deutliches Ringmuster, und die Bretter, die man daraus schneiden würde, würden Streifen haben wie Ilnas Webarbeiten.

»Tigerholz aus Kanbesa«, stellte Garric staunend fest. »Es wurde den ganzen Weg über das Innere Meer hierhergebracht, um das Haus eines reichen Kaufmanns damit zu täfeln. Erdin hat sich seit dem Fall des alten Königreichs wirklich verbessert.«

Cashel betrachtete das Holz kritisch. Recht hübsch, dachte er, aber er bevorzugte Eiche – oder Hickory, das Holz, aus dem der Stab gemacht war, den er hier in Erdin ebenso bei sich trug wie zu Hause auf den Wiesen von Haft.

Cashel hatte den Stab nicht nur als Waffe dabei. Er hatte das harte Holz selbst zurechtgeschnitten, und der Stab war ein Teil von Haft und hatte schon zu Cashel gehört, bevor er Barcas Weiler verlassen hatte, um die Insel zu durchqueren. Das glatte, vertraute Holz verlieh ihm etwas mehr Sicherheit inmitten dieser dichtgedrängt stehenden Häuser und der Menschenmengen, die ihn an Fischfliegen im Frühjahr erinnerten. Warum sollte er ihn also nicht dabeihaben?

»Gibt es Wälder auf Sandrakkan?« fragte er. Er fand Garrics Bemerkung über das alte Königreich seltsam. Er konnte verstehen, wenn Tenoctris etwas über die Welt vor tausend Jahren sagte: immerhin hatte sie dort gelebt. Aber manchmal klang Garric, als spräche auch er aus eigener Erfahrung.

»Es gibt viele Wälder dort, besonders im Norden«, antwortete Garric, »aber keine Zierhölzer wie Tigerholz. Bei diesem Holz geht es nur darum, einem reichen Mann Gelegenheit zu geben, sich zu brüsten, daß er sich das Holz tausend Meilen weit bringen ließ, nur um sein Eßzimmer zu täfeln.«

Cashel dachte stirnrunzelnd darüber nach, was er jetzt sagen sollte. Ein Kaufmann, der gerade an ihnen vorbeikam, starrte ihn verblüfft an. Der Leibwächter des Mannes legte unwillkürlich die Hand an den Griff eines Schwertes, das sicherlich nicht zum Angeben gedacht war. Cashel achtete nicht darauf.

»Hier gibt es Waren von überall her«, sagte er. Langsam verzog er das Gesicht zu einem Grinsen und war wieder der gleichmütige Junge aus Barcas Weiler. »Bestimmt auch Wolle von Haft, das würde mich nicht wundern. Und es scheint den Leuten gutzugehen. Alles ist friedlich, und sie können in Ruhe leben.«

Tenoctris nickte und wartete auf Cashels Schlußargument. Auch Garric hörte genau zu.

»Aber wenn es um Kämpfe und Dämonen und lebende Tote geht, ziehen sie alle den kürzeren«, erklärte Cashel mit Nachdruck. »Wieso lassen sie das zu? Wieso tun Leute so etwas?«

Die alte Zauberin schüttelte den Kopf. »Zum Teil sind sie einfach so, Cashel«, sagte sie. »Du bist nicht so und ich sicherlich auch nicht. Ich wollte nie irgendwelche Macht, nur ein bißchen Ruhe, um die Dinge zu studieren.«

Sie lächelte breit und sah gleich zehn Jahre jünger aus. »Es ist mir tatsächlich gelungen, der Macht aus dem Weg zu gehen, aber es sieht nicht so aus, als ob ich die Ruhe zum Studieren haben werde, denn wir müssen versuchen, die Welt vor dem zu bewahren, was du gerade beschrieben hast.«

Sofort war sie wieder ernst. »Aber das ist das Problem: Vor tausend Jahren haben die Kräfte ihren Höhepunkt erreicht, und bevor sie wieder abnahmen, haben sie das Königreich zerstört – was ihr in eurem Zeitalter das Alte Königreich nennt. Diese Kräfte bewirken nicht von sich aus eine Katastrophe, aber sie verstärken kleine Unausgeglichenheiten, kleinlichen Zorn, Ehrgeiz und Eifersucht.«

Tenoctris schaute auf den Fluß hinaus. Cashel nahm an, daß sie viel entferntere Dinge vor Augen hatte als die Barken, die sich langsam über das träge braune Wasser bewegten, und die größeren Schiffe, die Fracht von allen Inseln des Inneren Meeres hierherbrachten.

»Zauberer mit einer gewissen Macht werden feststellen, daß sich ihre Macht jetzt vervielfacht hat«, fuhr die alte Frau leise fort. »Sie können Inseln im Meer versinken lassen und Dämonen beschwören, die genügend Kraft haben, ganze Städte zu verwüsten. Aber das heißt nicht, daß die Zauberer besser als zuvor verstehen, was sie da eigentlich tun.«

Sie warf erst Garric, dann Cashel einen adlergleichen Blick zu. »Und früher hatten sie von nichts eine Ahnung, obwohl sie das geglaubt haben. Sie waren Narren!«

»Aber du verstehst, was geschieht«, sagte Garric und legte seine große, gebräunte Hand auf Tenoctris' Schulter. »Und diesmal werden wir nicht zulassen, daß Malkar siegt. Das Böse wird nicht noch einmal gewinnen.«

Cashel kratzte sich nachdenklich hinter dem linken Ohr. Sharina hatte Barcas Weiler verlassen, und zwar offensichtlich für immer. Sie hatte damals nicht gewußt, was Cashel für sie empfand, weil Cashel nicht den Mut gehabt hatte, es ihr zu sagen, und diesen Mut würde er auch niemals haben. Also hatte auch Cashel sein Heimatdorf verlassen, ohne ein bestimmtes Ziel – er hatte nur von dem Ort weggehen wollen, wo ihn so viele Erinnerungen quälten. Am Ende hatte er Sharina wiedergefunden, und er hatte sie gerettet, als niemand anderes sie hätte retten können. Niemand außer Cashel or-Kenset.

»Ich denke, es wird schon alles gut«, sagte er laut. »So ist es doch meistens, wenn man sich ein wenig um die Dinge kümmert.«

Die anderen sahen ihn überrascht an. Cashel lächelte bedächtig. Garric und Tenoctris waren kluge Menschen, die alles mögliche aus Büchern nahmen. Cashel konnte seine Einschätzung nur auf sein eigenes Leben stützen. Andere mochten glauben, was sie wollten, aber das änderte nichts an den Dingen, die Cashel in seinem Herzen ganz genau wußte.

Sie gingen weiter und kamen an Arbeitern vorbei, die Gewürze aus einem serianischen Schiff mit kantigem Bug luden. Schlanke, braunhäutige Seeleute brachten stabile Kisten aus den Lagerräumen des Schiffes nach oben, aber es waren Männer aus Erdin, die die Waren auf Schubkarren verluden, um sie zu einem Lagerhaus zu bringen. Ein sandrakkanischer Vorarbeiter überwachte die ganze Angelegenheit. Der Besitzer der Fracht, ein reicher Serianer in Seidenkleidung, der erheblich größer und kräftiger war als die Männer seiner Besatzung, stand ruhig daneben, während sein Sekretär die Vorgänge auf einer Bambustafel festhielt.

»Sollten die Inseln wirklich wiedervereinigt werden«, sagte Garric, »dann wird es noch mehr Handel geben. Aber vielleicht ist das auch nur ein Traum.«

Jetzt war es an Cashel, seinen Freund neugierig anzusehen. Das war nicht die Art von Traum, die man bei einem Bauern von Haft erwartet hätte.

»Die Kräfte, die sich Malkar zuwenden, sind nicht miteinander verbündet«, meinte Tenoctris. Das paßte auch gut zu Cashels Überlegungen. »Böse Menschen hassen einander ebenso bitterlich, wie sie das hassen, was ich wahrscheinlich ebensogut gleich als ›das Gute‹ bezeichnen könnte. Das ist der größte Vorteil, den das Gute über das Böse hat.«

Sie lächelte trocken. »Bedauerlicherweise«, fuhr sie fort, »gibt es nur sehr wenig, das wirklich rein ist. Gutes eingeschlossen.«

Sie kamen an einem Schiff von bescheidener Größe vorbei, dessen Decksfracht – Trockenfrüchte in versiegelten Körben – bereits abgeladen war. Jetzt benutzte die Mannschaft die

Masten als Kran, um Fässer aus dem Frachtraum nach oben zu ziehen und sie dann zu den von Maultieren gezogenen Wagen hinüberzuschwingen.

Ein Metallschild am Heck des Schiffes zeigte eine Möwe und einen gestanzten Namen. Der Kapitän hatte einen roten Bart und war so breit wie Cashel, aber nicht so groß. Er befehligte seine mürrische Mannschaft vom Deck aus, während der Kaufmann, für den die Waren bestimmt waren, bei den Wagen wartete.

Cashel blieb stehen. Seine Haut kribbelte wie bei einem Sonnenbrand – etwas, das ihm so gut wie niemals passierte, da er sich zu jeder Jahreszeit überwiegend draußen aufhielt. Er starrte das Schiff forschend an.

»Es heißt *Wellenvogel*«, erklärte Garric, der glaubte, sein Freund wolle den Namen entziffern.

»Irgend etwas stimmt hier nicht ...«, sagte Cashel. Langsam fuhr er mit der Hand über den Stab.

Garric wollte etwas sagen, aber dann schloß er den Mund wieder. Tenoctris kniete sich auf den Boden und griff nach einem Halm Stroh, der aus einem Ballen gefallen sein mußte, die man zum Abpolstern von Fracht verwendet hatte.

»He!« rief ein Fuhrmann zornig. »Aus dem Weg, oder ich überfahre dich!«

Cashel trat zwischen Tenoctris und den Führochsen. Er setzte den Stab mit dem eisenbeschlagenen Ende fest auf den Boden und starrte den Fuhrmann an. »Seht zu, daß ihr wieder auf den Bauernhof kommt!« rief der Fuhrmann, aber er lenkte seine Ochsen zur Seite. Peitschenknallend umrundete er die drei mit seiner Ladung Getreide in großen Terracottakrügen.

Tenoctris hatte Wörter in den Straßendreck geschrieben. Jetzt murmelte sie eine Beschwörung und berührte dabei jede Silbe nacheinander mit dem Strohhalm. Am Höhepunkt der

Beschwörung angelangt, ließ sie den Strohhalm los, der davonflog wie in einer leichten Brise. Er landete auf dem Faß, das gerade zum ersten Wagen abgesenkt wurde.

»Ich glaube …«, sagte sie mit zittriger Stimme. Sie wollte wieder aufstehen, aber sie wäre gefallen, wenn Garric sie nicht festgehalten hätte; die Kräfte, die ein Zauberer in Bewegung setzte, verlangten ihren Zoll. »Ich denke, wir sollten herausfinden, was sich in diesem Faß befindet.«

»Gut«, sagte Cashel. Er packte seinen Stab fester. Dann ging er auf den Kaufmann zu, und Garric folgte ihm auf dem Fuß.

Sie würden herausfinden, was in dem Faß war. Das sollte nicht allzu schwierig sein.

Sharina hielt inne und sah zu, wie Ilna den Kettfaden durchschoß und ihn ankämmte und dazu erheblich weniger Zeit brauchte als sie selbst – oder als Liane an dem dritten Webstuhl gebraucht hätte, um auch nur nach dem Schiffchen zu greifen. »Bei dir sieht das alles so einfach aus«, sagte sie sehnsüchtig. Ilna blickte mit einem grimmigen Lächeln auf. Ihre Finger woben dabei von beiden Seiten des Webstuhls mit einer Geschwindigkeit und Präzision weiter, die bei jeder anderen Weberin unnatürlich gewirkt hätten.

»Es *ist* einfach«, sagte sie. »Ich habe einfach sehr viel mehr Übung als ihr.«

Was in gewisser Weise stimmte. Jedes Dorfmädchen auf Haft lernte Weben, ebenso wie sie Kochen lernte, aber in den vergangenen acht Jahren hatte Ilna os-Kenset alle ernsthaften Webarbeiten übernommen. Die meisten anderen Frauen hatten nur noch Garn für sie gesponnen.

Ilnas Stoffe waren fester, ihre Muster sauberer und ihre Geschwindigkeit zehnmal höher als die ihrer nächsten Rivalin im Umkreis, der alten Chantre os-Chulec. Selbst Chantre hatte das hin und wieder zugegeben, wenn sie abends im Schankraum von Reises Gasthaus ein Bier zuviel getrunken hatte. Aber Übung war nicht alles, und die Fertigkeiten, die Ilna an den Tag gelegt hatte, bevor sie Barcas Weiler verließ, waren nicht zu vergleichen mit ihrem derzeitigen Genie. Etwas hatte sich verändert, und Ilnas Blick nach zu schließen, war das nicht nur ihre Art, die Finger über einen Webstuhl zu bewegen.

In den Monaten, in denen Ilna und Sharina getrennte Wege gegangen waren, hatte Sharina dem Tod und einem Dämon gegenübergestanden. Ilnas Augen nach zu schließen, hatte ihre Freundin viel Schlimmeres gesehen – und es war ihr erheblich schlimmer ergangen.

»Ilna«, sagte Liane, das Mädchen, das Sharina vor drei Tagen hier in Erdin an Garrics Seite kennengelernt hatte. »Mein Vater ist in der ganzen Welt umhergereist. Immer, wenn er zurückkam, brachte er Mutter und mir Geschenke mit. Ich habe Stoff von allen Inseln und aus Ländern darüber hinaus gesehen, aber niemals Arbeiten wie deine.«

Sie nannte sich selbst Liane os-Benlo, aber Garric hatte Sharina, als sie einmal miteinander allein gewesen waren, erzählt, daß Liane aus dem adligen Haus der Bos-Benliman kam. Ihr Vater, ein Zauberer, war auf eine Art ums Leben gekommen, über die Garric nicht sprechen wollte.

Lianes Haar war so schwarz wie das von Ilna, aber sie hatte die helle Haut der Adligen von Sandrakkan, während Ilna – wie Garric – sonnengebräunt war und die Farbe des Kernholzes von Walnußbäumen hatte. Zweifellos wären beide Mädchen als schön bezeichnet worden, aber Liane war zart und puppenhaft, während Ilna … nun, niemand hätte Ilna häßlich genannt, aber »streng« wäre wohl das erste Wort, mit dem ein Fremder ihr Gesicht beschrieben hätte.

»Nun gut«, sagte Ilna, »vielleicht ist es ja ein Ausgleich dafür, daß ich keine Bücher lesen kann wie du und Garric, denkst du nicht?«

Liane wurde rot.

»Ich werde dir Lesen beibringen«, sagte Sharina scharf. »Du weißt genau, wie oft ich es dir schon angeboten habe. Du hast immer gesagt, du hättest nicht genug Zeit.«

Sie kannte Liane nicht, aber sie wußte, daß Garric das Mädchen mochte und daß die beiden zusammen viel durchgemacht hatten. Ilna hingegen kannte sie sehr gut, und Sharina würde nicht zulassen, daß ihre Freundin sich mit einer Zunge, die so scharf war wie ein Küchenmesser, auf diese junge Frau stürzte, die so etwas nicht verdient hatte. Der Gedanke an Messer erinnerte Sharina an die Waffe, die nun ihr gehörte und hinter ihr an der Wand an einem eigentlich für Umhänge gedachten Haken hing. Die Schuppen des Griffs waren aus schwarzem Horn, und die schwere einschneidige Klinge war so lang wie ihr Unterarm.

Es war das Messer eines Seehundjägers von der Insel Pewle im Äußeren Meer, weit im Norden der Inseln. Der Mann, dem es einmal gehört hatte, Nonnus, war schon vor Sharinas Geburt nach Barcas Weiler gekommen, um dort in den Wäldern als Einsiedler zu leben.

Nonnus hatte sich von Wild ernährt, das er mit Holzspeeren jagte, und von den Pflanzen, die er mit einem spitzen Stock anbaute. Er richtete die Knochen von Leuten, die sich verletzt hatten, und konnte ein Fieber oder einen Husten mit Tränken aus den Kräutern lindern, die er anbaute. Darüber hinaus hatte er mit dem Dorf wenig zu tun gehabt.

»Ach, ich glaube nicht, daß ich zum Lesen begabt bin«, sagte Ilna eher resigniert als traurig. Auch während sie sprach, arbeitete sie weiter, nie übereilte sie etwas, und es geriet nie ein Faden an die falsche Stelle. »Und soweit ich sehe, ist es keine Fähigkeit, die eine Bäuerin brauchen kann. Und auch keine Weberin.«

Sharina stand von ihrem Webstuhl auf. Sie wollte bald wieder daran zurückkehren, aber einen Augenblick lang wollte sie sich strecken. Sie war als Tochter eines Wirtspaares aufgewachsen. Ihre Pflichten hatten mehr damit zu tun gehabt, sich zu bewegen und Dinge von hier nach da zu tragen, als damit, still an einem Ort zu sitzen und die meiste Arbeit mit den Fingern zu erledigen.

Sie befanden sich in einem der Gebäude von Meister Latias' ummauertem Anwesen. Es war ein einziger großer Raum, unterteilt mit zusammenfaltbaren Wandschirmen aus Papier, auf die Phantasielandschaften gemalt waren. Die Bewohner hatten mehr Privatsphäre als jeder Bauer in einer Hütte von Barcas Weiler.

Meister Latias hatte ihnen auch die Webstühle und das Garn zur Verfügung gestellt. Cashel hatte dem serianischen Kaufmann einen Gefallen getan, und zur Erwiderung behandelte Latias Cashel und seine Begleiter wie Mitglieder seiner eigenen Familie. Er hatte Seide angeboten, aber Ilna hatte erklärt, für ihren Zweck sei Wolle besser geeignet.

Was immer dieser Zweck sein mochte, Sharina hatte zugestimmt, als Ilna sie und Liane gebeten hatte, den Nachmittag mit Weben zu verbringen. Sie hatte die Bitte nicht verstanden, aber Ilna bat nur selten um etwas – und nie ohne das unausgesprochene Versprechen, jeden Gefallen mehrfach zurückzuzahlen.

»Durch Lesen kann man Menschen aus anderen Zeiten und von anderen Orten kennenlernen«, sagte Liane. Sie wollte nicht unbedingt widersprechen, aber sie hatte ihre eigene Ansicht und würde nicht schweigend zuhören, wenn Dinge, die ihr wichtig waren, abgelehnt wurden. »Und wenn ein Werk sogar den Zusammenbruch des alten Königreichs überstanden hat, dann muß es wirklich wichtig sein. Celondre sagte: ›Meine Verse sind ein Denkmal, das länger hält als Bronze‹, und er hatte recht.«

»Es gibt genug Menschen in *dieser* Zeit und an *diesem* Ort, die ich noch nicht kenne«, sagte Ilna. Der Laut, den sie danach von sich gab, war halb ein Kichern, halb ein Schnauben. »Und einige von ihnen würde ich lieber nicht kennen. Meinen Onkel Katchin zum Beispiel.«

Dann wurde sie wieder ernster, obwohl ihr Tonfall auch zuvor nicht gerade amüsiert geklungen hatte. Sie fügte hinzu: »Nun, es gibt einige, die dasselbe über mich sagen würden. Und ich fürchte, sie haben guten Grund dazu.«

Sharina berührte den Griff des Pewlemessers in seiner Scheide aus schwarzem Leder, die mit Seehundfett wasserdicht gemacht worden war. Sie hatte nicht vorgehabt, dorthin zu gehen. Sie war nur aufgestanden, um sich zu strecken …

Aber es waren nicht nur ihre Muskeln, die schmerzten.

Die Leute von Pewle waren hartgesotten und zäh, gewöhnt an Waffen und an eine feindselige Umwelt. Generäle verpflichteten sie gerne zusätzlich zu ihren Hauptarmeen aus Kavallerie und gepanzerter Infanterie als frei einsetzbare Söldner.

Auch Nonnus hatte als Söldner gedient. Und in dieser Zeit hatte er Dinge getan, die schließlich dazu führten, daß er in den Wald von Haft ging, um dort für den Rest seines Lebens die Herrin um Vergebung zu bitten.

Nonnus hatte Sharina nähergestanden als irgendwer sonst in Barcas Weiler. Er hatte die Insel mit ihr verlassen, als sie einen Begleiter gebraucht hatte, dem sie vollkommen vertrauen konnte, und am Ende war er für sie gestorben, bei dem Versuch, eine Übermacht ihrer Feinde abzuwehren.

Das hatte er getan, weil sie blond und schön war und weil

er büßen wollte für das blonde, schöne Kind, dessen Kehle er eines schrecklichen Nachmittags lachend durchgeschnitten hatte, als sein König um die Krone kämpfte und nichts zählte außer dem Sieg.

Sharina hätte alles gegeben, was sie besaß, um Nonnus zurückzuholen, aber tief im Herzen wußte sie, daß der Tod das war, was sich der Eremit nach Vergebung am meisten gewünscht hatte. Sie konnte nur beten, wie Nonnus selbst gebetet hatte, daß die Herrin gegenüber Menschen mit menschlichen Schwächen Gnade walten ließ.

Sharina drehte sich um. Die anderen Frauen starrten sie an, obwohl Ilna immer noch weiterarbeitete.

»Was webst du da eigentlich, Sharina?« fragte Liane mit heller, künstlicher Stimme. Schnell betrachtete sie ihr eigenes Projekt.

»Einen Kragenschmuck in rotem Garn«, sagte Sharina und lächelte schwach. Ihre Fingerspitzen ruhten immer noch am Griff des großen Messers. »Das ist etwas, was ich mir einigermaßen zutraue. Ich könnte mein ganzes Leben lang weben und wäre nie Konkurrenz für Ilna.«

Sharina sah ihre Freundin an. »Ilna«, sagte sie. »Ich weiß nicht, was du getan hast oder glaubst, getan zu haben. Aber du darfst nicht vergessen, daß es keine Rolle spielt. Daß es dich nicht schlechter macht.«

Sie hielt einen Augenblick inne, schluckte, und dann rief sie: »Nonnus hat viel schlimmere Dinge getan, als du jemals hättest tun können, und es gab keinen besseren Menschen auf der Welt als ihn. Keinen!«

Sharina hatte selbst nicht damit gerechnet, daß sie anfangen würde zu weinen. Liane war ein empfindsames Mädchen und in einem Haushalt aufgewachsen, wo es genug Wohlstand gab, um sich den Luxus von Gefühlen leisten zu können. Also war es nicht überraschend, daß sie jetzt aufstand und Sharinas Hand drückte.

Aber dann stellte Sharina fest, daß Ilna bereits ihre andere Hand hielt, jene, die immer noch auf dem Griff des Pewlemessers ruhte.

Der Kaufmann wandte sich von dem Faß ab, das zu seinem Wagen herunterschwang, als er bemerkte, daß Garric und Cashel auf ihn zukamen. Seine Überraschung wich rasch der Sorge, als er bemerkte, wie groß die beiden Fremden waren. »He, was bildet ihr euch ein?« rief er.

Der Kapitän des Schiffes nahm einen Hammer aus einem Gestell unten am Mast. Zu Garrics Überraschung fuhren die sechs Seeleute mit ihrer Arbeit fort wie vor den Pflug gespannte Ochsen. Er hätte anderes erwartet, und sei es nur, weil Fremde immer interessanter waren als das Ausladen des Frachtraums.

»Wir sind Freunde«, sagte Garric zu dem Kaufmann. Er nickte zu dem Schiff hinüber. »Zumindest Eure Freunde, Herr; ich weiß nicht, ob dem Kapitän dort gefallen wird, was ich zu sagen habe.«

»Was meint ihr damit?« brüllte der Kapitän. Er sprang auf den Kai hinunter. Das war ein Fehler, weil sich nun herausstellte, daß er sehr viel kleiner war als die beiden jungen Männer. Der Eichenhammer, den er in der Hand hielt, stellte im Vergleich mit Cashels Stab keine Bedrohung dar.

»Ich bin der Sohn eines Wirts, Herr«, fuhr Garric fort und ignorierte den Kapitän einfach. »Garric or-Reise aus Haft. Zahlt Ihr hier für volle Fässer?«

»Selbstverständlich zahle ich für volle Fässer«, erwiderte der Kaufmann. »Was für eine Frage soll das sein?«

Er war mißtrauisch, aber er hatte keine Angst mehr, und der

Zorn war aus seiner Stimme gewichen. Die Fuhrleute seiner sechs Wagen waren abgestiegen, die Peitschen in der Hand, aber sie hielten sich in respektvollem Abstand.

»Seht ihr die Wasserperlen auf dem Holz?« fragte Garric. »Das ist kein Bilgenwasser, müßt Ihr wissen.«

Das Faß stand jetzt auf der Ladefläche des Wagens auf einer Kante. Garric wischte mit dem Finger über den nassen Fleck, den er entdeckt hatte, als das Faß noch in der Luft gehangen hatte. Die Seeleute lockerten die Schlinge, als ginge alles am Kai seinen gewohnten Gang.

Garric schnupperte, bemerkte den Geruch von Alkohol, den er erwartet hatte, und hielt die Finger dem Kaufmann hin, damit dieser selbst riechen konnte. Es war Königsapfelwein – Apfelwein, den man im Winter draußen gelassen hatte. Indem man das Eis, das sich bildete, immer wieder abschöpfte, erhielt man ein viel stärkeres Getränk als den üblichen Apfelwein. Es wurde von Säufern bevorzugt, und Reise hatte davon nur wenig in seinem Gasthaus gehabt.

»Jemand hat dieses Faß angebohrt, würde ich sagen«, erklärte Garric und lächelte den wütenden Kapitän lässig an. »Das Loch ist wieder mit Wachs verstopft worden, aber an Eurer Stelle würde ich nachsehen, wieviel vom Wein noch geblieben ist, bevor ich zahlen würde.«

»Möge die Herrin jeden Lügner wie dich in die Hölle hinabziehen!« brüllte der Kapitän. Sein Bart sträubte sich wie eine lodernde Flamme.

»Diese Fässer sind genau so, wie ich sie in Valles geladen habe!«

Männer, die zusammen schwere Arbeit leisten, haben gelernt, die Bewegung anderer vorwegzunehmen, denn ansonsten verrutschen Lasten, die Arme oder Beine zerquetschen können. Cashel und Garric hatten zehn Jahre damit verbracht, zusammen Baumstämme oder Felsblöcke zu schleppen. Keiner brauchte dem anderen nun zu sagen, was zu tun war.

Cashel berührte das Faß mit dem Eisenbeschlag seines Stabs. Es klang hohl – offensichtlich leer oder doch beinahe.

»Aha!« sagte der Kaufmann. »Ich heiße Opsos, Jungs. Laßt uns dieses Faß an Ort und Stelle öffnen!«

»Bei der Herrin!« rief der Kapitän empört. »Wenn ihr dieses Faß öffnen wollt, dann müßt ihr mich erst dafür bezahlen. Ihr werdet die Hälfte des Inhalts hier verschütten, ganz bestimmt!«

Trotz der Lautstärke war er nun allerdings nicht mehr mit dem Herzen dabei. Der finstere Blick, den er seiner Mannschaft zuwarf, zeigte, wen er für verantwortlich hielt. Die Männer senkten gerade die Schlinge in den Frachtraum, um ein weiteres Faß nach oben zu holen.

Cashel sprang auf die Ladefläche des Wagens und benutzte dabei den Stab, um sich hochzudrücken. Die Achse reagierte mit einem Ächzen, als hätte man ihr ein zweites Faß zugemutet.

»Die Schwester soll mich holen!« sagte der Kapitän und warf angewidert den Hammer nieder. Er warf einen flüchtigen Blick in Richtung Frachtraum und fragte sich wahrscheinlich, wie viele Fässer mehr seine Leute während der Reise angezapft hatten.

Cashel hob den Stab wie einen Fahnenmast, dann brachte er die eisenbeschlagene Seite direkt auf das Faß nieder. Eines der drei Bretter des Deckels flog hoch in die Luft, aber keine Flüssigkeit spritzte, wie es hätte sein müssen, wenn das Faß noch voll gewesen wäre.

Opsos kletterte mit Hilfe des Fahrers auf den Wagen. Garric blieb am Boden, wo er Tenoctris vor dem Druck der näher rückenden Passanten schützen konnte.

Cashel stieß einen Ruf aus. Er warf seinen Stab nach unten;

Garric fing ihn auf, ohne nachzudenken. Nachdem er nun die Hände frei hatte, kippte Cashel das Faß mit einer Hand, so daß er die andere Hand unter den unteren Rand bekommen konnte. Er hob es über den Kopf, was selbst ihm unmöglich gewesen wäre, wäre es noch mit hundert Gallonen Apfelwein gefüllt, und schüttete den restlichen Inhalt auf den Kai. Garric wich zurück.

Es war noch genug Apfelwein geblieben, um die Pflastersteine des Kais dunkel zu färben. Aber außerdem hatte sich noch etwas in dem Faß befunden und war durch den Alkohol, den die ahnungslosen Seeleute herausgesaugt hatten, konserviert geblieben: eine zusammengekrümmte Leiche.

Es handelte sich allerdings nicht um die Leiche eines Menschen, oder jedenfalls nicht vollständig um die eines Menschen. Das Geschöpf hatte zwei Arme und zwei Beine, aber seine Haut war grau und schuppig wie die eines Reptils.

Die Leiche war haarlos. Ihr Kopf hatte die Größe eines Menschenkopfs, er war aber flacher und keilförmig wie der einer riesigen Schlange.

»Ein Schuppenmensch!« sagte Tenoctris, während die Menschenmenge schreiend floh. »Die Welt ist in der Tat in großer Gefahr, wenn die Schuppenmenschen sie wieder betreten haben.«

»Schon gut«, sagte Sharina. Sie holte tief Luft. Ilna nickte und trat zurück. Liane bot ihr das Taschentuch an, das sie schon bereitgehalten hatte, seit sie aufgesprungen war.

Sharina bemerkte das mit Spitze eingefaßte Seidenrechteck nicht. Sie holte ein Tuch aus festerem Stoff aus ihrem Ärmel und wischte sich die Augen ab, bevor sie sich die Nase putzte.

Ilna schnaubte amüsiert über Lianes rasch verborgenes

Unbehagen. Dieses reiche Mädchen mußte noch lernen, daß andere Menschen normalerweise keine Hilfe brauchten oder sie nicht wollten. Zumindest einige andere Menschen.

»Ich werde jetzt mit dem Kragenband aufhören«, meinte Sharina, die ihre Stimme wieder beherrschen konnte. Sie warf Ilna einen Blick zu. »Oder meinst du, ich sollte es breiter machen?«

»Es ist dein Entwurf«, erklärte Ilna. Sie betrachtete die Arbeit ihrer Freundin.

Der Streifen roten Stoffes würde dem Hemd einer Bauersfrau ein wenig Farbe verleihen, vielleicht, wenn sie das Opfer der zehnten Nacht darbrachte: einen Spritzer Bier und eine Prise Mehl vor dem Hausaltar mit den kleinen Figuren der Herrin und ihres Gefährten, des Hirten. Bei wichtigeren Gelegenheiten – einer Hochzeit oder der jährlichen Zehntprozession, wenn die Priester von Carcosa aus mit Maultierwagen durchs Land zogen, auf denen lebensgroße Abbilder der Götter standen – würde eine solche Frau Bänder und Schmuck aus gemustertem Stoff tragen, den sie von einem Hausierer gekauft hätte. Falls sie sich so etwas leisten könnte – aber Barcas Weiler war ein wohlhabendes Dorf, wo jeder, der wirklich arbeiten wollte, gut zurechtkam.

»Ein hübsches Stück«, sagte Ilna. Sharina nickte, erfreut über das Lob.

Wie alle im Dorf wußten, log Ilna nicht, was Handwerksarbeit anging. Bestenfalls würde sie schweigen. Und selbst dann – und diese geringfügige Freundlichkeit war eher die Ausnahme als die Regel – würde jeder, der nachfragte, doch die Wahrheit erfahren, wie Ilna sie sah, ohne mehr Ausschmückung oder Zartheit, wie Mühlsteine sie dem Getreide gegenüber an den Tag legen, das sie zermahlen.

Ilna fuhr langsam mit den Fingern über das Kragenband.

Stoff sprach zu ihr, sagte ihr Dinge, die jene, die den Stoff gewebt oder getragen hatten, selbst nicht einmal über sich wußten. Diese Fähigkeit hatte sie immer gehabt, genau, wie sie sich immer eines Musters bewußt gewesen war, wo andere nur einen Webstuhl und Säcke voll Garn gesehen hatten, das darauf gespannt werden mußte.

Sie hatte über diese Begabung nie mit jemandem gesprochen; weder mit ihrem Bruder Cashel noch mit Garric, den sie ihr ganzes bewußtes Leben lang geliebt hatte, ohne ihm jemals ihre Gefühle zu signalisieren. Besonders nicht Garric. Wenn andere überhaupt je über Ilna os-Kenset nachdachten, dann dachten sie nur, daß sie eine gute Weberin war und daß ihre Einschätzung anderer Menschen selten freundlich, aber beinahe immer zutreffend war.

Sharinas Stoff vermittelte Ilna das Gefühl von Barcas Weiler, ließ sie an die einfachen Häuser und die warme Ruhe eines Ortes denken, wo Ereignisse den Vorteil haben, vorhersehbar und durchschaubar zu sein, selbst wenn es unerfreuliche Ereignisse waren. Weder das noch die unterschwellige Kraft und der Anstand, der diese Arbeit durchdrang, waren eine Überraschung für Ilna, die Sharina seit ihrer Kindheit gekannt hatte.

Die tiefe Trauer war etwas Neues, aber Ilna hatte ihre Freundin weinen sehen, als sie sich an den Beschützer erinnerte, der für sie gestorben war. Sharinas Gefühle gegenüber Cashel waren ebenso neu; Ilna riß die Finger vom Stoff weg wie von kochendem Wasser. Wahrheit kann mitunter auch peinlich sein.

»Hier«, sagte Liane, stand auf und schob den Hocker aus dem Weg, so daß Ilna dichter an den Webstuhl herankommen konnte.

Nachdem Ilna ihre Heimat verlassen hatte, hatte ihre arrogante Entschlossenheit sie an einen Ort gebracht, den sie für eine graue Zwischenwelt gehalten hatte, von dem sie aber später begriff, daß es sich um die Hölle handelte. Ilna war von jenem Ort als eine Dienerin der Hölle mit Fähigkeiten zurückgekehrt, die kein Mensch wirklich verkraften konnte.

Diese Fähigkeiten waren ihr geblieben. Sie war vor dem Ding, das Besitz von ihr ergriffen hatte, gerettet worden, aber niemand konnte Ilna vor dem Schaden bewahren, den es bereits angerichtet hatte, während das Ding sie benutzte, wie sie ihren eigenen Finger an einem Webstuhl einsetzte.

Liane stand kerzengerade und wartete darauf, daß Ilna sich ihre Arbeit ansah und darüber ein Urteil fällte. Sie sah ihr in die Augen, ohne mit der Wimper zu zucken. Sie kannte Ilna zu gut, als daß sie Gnade erwartet hätte. Außerdem ließ ihr Stolz das nicht zu.

Ilna lächelte vor sich hin. Stolz konnte sie mindestens ebensogut verstehen wie dieses reiche Mädchen da.

Sie beugte sich vor, um die Arbeit zu betrachten, ohne sie zu berühren. Statt ein schmales Band über die ganze Breite des Rahmens zu weben wie Sharina, hatte Liane den Webstuhl nur in der Mitte bespannt. Sie hatte ein Rechteck nicht größer als ihre Handfläche mit einem komplizierten Zickzackmuster in Rostrot und Zimtfarben gefüllt. Eine hervorragende, präzise Handarbeit.

Die Tuchhändler, die Ilnas Stoffe aufgekauft und überall auf den Inseln an reiche Leute weiterverkauft hatten, hatten dafür gesorgt, daß sie die Moden von Erdin und Valles kannte, aber so etwas hatte sie noch nie zuvor gesehen. Sie schaute Liane an und fragte: »Ist das ein typisches Muster von Sandrakkan? Oder hast du so etwas in Valles gesehen?«

»Nein«, sagte Liane. »So etwas hing über meinem Bett, als ich noch ein Kind war. Mein Vater hatte es von irgendwoher mitgebracht, ich weiß nicht, woher. Wie ich schon sagte, er war weit gereist.«

Ilna verzog die Lippen zu einem für sie strahlenden Lächeln. »Und die Arbeit selbst? Hat man dir das Weben in deiner Mädchenschule beigebracht?«

»Nein«, erklärte Liane. »Herrin Gudea hat selbstverständlich in ihrer Akademie Weben ebenso wie alle anderen schönen Künste, die einer jungen Dame angemessen sind, gelehrt, aber meine Mutter hatte mir das Weben bereits beigebracht. Sie war unglaublich begabt – wenn auch nicht annähernd so wie du.«

Ilna schnaubte. »Das bist du auch nicht, Liane«, sagte sie. »Aber du bist besser als jede andere, der ich wahrscheinlich je begegnen werde. An dir ist eine wunderbare Weberin verlorengegangen.«

Und während die anderen Mädchen noch zu verdauen versuchten, was sie gerade gehört hatten, berührte Ilna Lianes Stoff zum ersten Mal.

Der feste Faden und die ebenso feste Kämmung bewirkten, daß sich das Rechteck glatt anfühlte. Ilna ließ ihren Geist tiefer in den Stoff eintauchen und verband sich damit.

Ziegen knabberten die Blätter von Büschen ab, während sie über felsige Hügel kletterten. In der Ferne lagen die Trümmer einer Burg, die aus riesigen Steinblöcken gebaut gewesen war. Ilna sah, woher dieses Muster kam, aber sie hatte keine genauere Vorstellung als die Ziegen, wo sich dieser Ort tatsächlich befand.

Die beiden anderen Mädchen unterhielten sich leise. Ilna strich weiter über das Tuch. Sie war sich ihrer Umgebung bewußt, aber einen Augenblick lang gehörte sie nicht dazu. An der Tür wurde es unruhig. Tenoctris und die Männer kehrten zurück, und alle drei redeten aufgeregt aufeinander ein.

Lianes Charakter beleuchtete den Stoff, wie die Sonne die Meeresoberfläche glitzern läßt. Sie war ruhig, verläßlich und liebevoll, mit einem Geist, der nie würde gebrochen werden können, solange noch Leben in ihr steckte. Liane bos-Benliman war tatsächlich alles, was sie nach außen hin schien.

Ilna wich schaudernd vom Webstuhl zurück.

An der Tür wurde es unruhig, als die Spaziergänger zurückkamen.

»Wir haben in einem Faß am Kai ein Ungeheuer gefunden!« rief Garric eifrig. »Es ist aus Valles hierher verschifft worden, aber ...«

Er hielt inne, den Blick auf Ilna gerichtet.

»Solltest du dich nicht lieber hinsetzen, Ilna?« sagte Tenoctris. Cashel hatte bereits schweigend einen Stuhl näher herangezogen, während er mit der anderen Hand seine Schwester darauf zuführte.

»Schon gut«, sagte Ilna, obwohl sie es Cashel erlaubte, sie auf den Hocker zu drücken. Es war sinnlos, Widerstand zu leisten, wenn ihr Bruder etwas beschlossen hatte.

Sie lächelte erst Garric, dann Liane an. »Es geht mir gut«, wiederholte sie. »Was habt ihr am Kai gefunden?«

Nicht, daß es sie wirklich interessiert hätte. Nicht, daß es ihr etwas ausgemacht hätte, wenn die Inseln und jeder einzelne Mensch darauf auf der Stelle im Meer versunken wären.

Garric würde weit kommen. Er hatte Kraft, er war klug und – dank seines Vaters – so gebildet wie jeder Adlige aus Valles. Und außerdem hatte Tenoctris erklärt, daß Garric, nicht Sharina, der wahre Abkömmling der alten Könige der Inseln war.

Stoff konnte Ilna nicht belügen, und Ilna belog sich nie selbst. Sie konnte sich nicht länger einreden, daß die reiche, gebildete Liane bos-Benliman keine angemessene Gefährtin für Garric sei.

Liane bos-Benliman war alles, was eine ungebildete Bauerstochter wie Ilna os-Kenset nie sein konnte.

Garric sah seine Freunde an und war sich bewußt, daß eine weitere Person anwesend war: König Carus beobachtete sie von irgendwo zwischen Realität und Traum. Carus grinste, wie er es im allgemeinen tat; aber er hatte auch wie üblich die Hand auf den Griff seines Schwertes gelegt.

»Die Schuppenmenschen leben auf einer anderen Ebene des Universums«, sagte Tenoctris leise. »Eine Ebene, die von unserer so weit entfernt ist, daß es erst ein einziges Mal zu einem Kontakt zwischen ihnen und den Menschen kam. Und selbst das schien mir immer eher Mythos als Geschichte zu sein.«

Sie lächelte. »Aber inzwischen habe ich viel über Dinge gelernt, die ich für Mythen hielt. Gut und Böse eingeschlossen.«

»Sind sie Dämonen?« sagte Cashel und beugte sich ein winziges bißchen nach vorn. »Die Schuppenmenschen sind Dämonen?«

Cashel stellte diese Frage mit einer gewissen Erwartung. Er ballte und lockerte die Fäuste, wie ein Ringer sich zur Übung lockert. Sharina hatte erzählt, er hätte einen Dämon mit bloßen Händen bekämpft. Cashel hatte Garric über das und andere Dinge nichts erzählt, denn schließlich hätte man es für Angeberei halten können.

Der Raum war im serianischen Stil möbliert – Hocker, deren Sitzflächen nur wenige Zentimeter über den Boden ragten, standen um einen niedrigen Tisch. Liane und Tenoctris benutzten nun diese Hocker – Liane mit größerer Vertrautheit als die alte Frau –, aber die vier aus Barcas Weiler hockten sich auf die Fersen.

Daran waren sie gewöhnt. Es hatte in Reises Gasthaus und

der uralten Mühle, wo Ilna und Cashel aufgewachsen waren, zwar Stühle gegeben, aber in vielen Bauernhütten fand man nur eine gemauerte Bank an einer Wand.

»Nein, sie sind keine Dämonen«, sagte Tenoctris, »sie sind beinahe so etwas wie Menschen und haben keine größere Macht als Menschen. Aber die Geschichte, der Mythos …«

Wieder lächelte sie und machte sich damit über sich selbst lustig, über ihre früheren Überzeugungen.

»… berichtet, daß ein Zauberer zur Zeit des Gelben Königs den Gott der Schuppenmenschen hierhergebracht hat: ein Ungeheuer. Er glaubte, dieses Ungeheuer könnte ihm helfen, ihm den Thron von Malkar zu verschaffen. Der Gelbe König hat den Zauberer getötet und das Ungeheuer in ein Gefängnis aus lebendigem Feuer gesteckt.«

Liane blickte auf. »Laut Ethoman hat der Gelbe König zehntausend Jahre lang regiert«, sagte sie. Ihr Tonfall war trocken und sachlich; sie war offenbar der Meinung, es genüge, die Absurdität dieser Legende darzustellen, ohne noch besonders darauf hinweisen zu müssen. »Als er starb, stieg das Wasser, und Inseln entstanden, wo vorher ein zusammenhängender Kontinent gewesen war.«

»Ich habe ja gesagt, es ist ein Mythos«, stimmte Tenoctris ihr zu.

»Der Thron von Malkar ist kein Mythos«, sagte Garric. Und es war auch kein Mythos, daß König Lorcan, der Gründer der königlichen Linie von Haft, den Thron an einer Stelle verborgen hatte, die nur seine Abkömmlinge finden konnten. Zauberer, die nach Macht strebten und sich dabei der Hilfe Malkars bedienen wollten, hatten aus diesem Grund nach Garric und Sharina gesucht.

»Und dieser Schuppenmensch ist auch kein Mythos«, warf Cashel ein. »Ich nehme an, er liegt immer noch da, wo ich ihn ausgekippt habe. Obwohl vielleicht mittlerweile jemand die Leiche ins Meer geworfen hat.«

Tenoctris hatte erklärt, der Schuppenmensch sei an sich nicht wichtig, nur das, wofür er stehe. Irgendein Wanderzirkus würde vielleicht die Leiche konservieren und ausstellen. Obwohl …

Der Schuppenmensch war so menschenähnlich, daß es Garric verstörte, auch nur daran zu denken. Vielleicht hatte Cashel recht, und der Erd wusch die Leiche bereits aufs Innere Meer hinaus.

»Ich finde nur eins beunruhigend: Wenn es wieder Schuppenmenschen in unserer Welt gibt …« Tenoctris zupfte eine Falte an ihrem Hemd zurecht, während sie über abseitige Dinge nachdachte. »Dann ist es gut möglich, daß auch das Ungeheuer, das sie anbeteten, existiert. Und sollte es aus seinem Gefängnis entkommen, wird diese Welt sich einem ernsten Problem gegenüberfinden. Ich bin nämlich ziemlich sicher …«

Sie lächelte strahlend, obwohl ihre Worte grimmig waren.

»… daß der Gelbe König nicht hier ist, um es wieder einzufangen.«

»Wir sind hier«, sagte Garric. »Du kannst doch etwas unternehmen, nicht wahr, Tenoctris? Und wir können dir helfen.«

»Ich weiß nicht, ob ich wirklich etwas tun kann«, meinte die alte Zauberin. »Aber ich werde es versuchen müssen. Und dabei wüßte ich Hilfe zweifellos zu schätzen.«

»Müssen wir nach Valles reisen?« wollte Liane wissen. »Ich habe noch Geld von meinem Vater übrig.«

Garric nickte, und irgendwie war er stolz, daß Liane davon ausging, sie würde Teil dieses Unternehmens sein. Mut war von einer Adligen zu erwarten, aber Liane wußte auch aus vergangener Erfahrung, daß es bei einer solchen Sache nicht nur um Gefahr, sondern auch schlicht um Schmutz und

Unannehmlichkeiten ging. Bei einem Mädchen, das mit allen Bequemlichkeiten, die Geld bezahlen kann, aufgewachsen war, war so etwas wirklich selten.

»Ich sollte noch etwas erwähnen«, meinte Tenoctris. »Es kann sein, daß die Leiche des Schuppenmenschen hierhergeschickt wurde, um uns nach Valles zu locken. Daß es eine Falle ist, die uns jemand von großer Macht gestellt hat. Oder etwas von großer Macht.«

»Aber das ist gleich, oder?« sagte Cashel. »Ich meine, wir wollen dieser Person näher kommen. Und wenn diese Person ebenfalls wünscht, daß wir näher kommen, nun, dann werden wir schließlich sehen, wer stärker ist, oder?«

Garric war nicht so recht zufrieden mit dem Gedanken, sämtliche Planungen auf die Philosophie eines Ringkampfes zu reduzieren. Man brachte die Parteien zusammen, und einer warf den anderen nieder. Aber obwohl er den theoretischen Hintergrund dessen, was Cashel gerade gesagt hatte, anzweifelte, schien es diesmal richtig zu sein. Wenn der Urheber dieser Bedrohung nicht in Valles war, hatte er zumindest seine Botschaft aus dieser Stadt geschickt. Und daher würden sie an diesem Ort ihre Suche beginnen müssen.

»Und Valles ist nun der Thron der Inseln, Junge«, murmelte eine amüsierte Stimme in Garrics Hinterkopf.

»Als ich von zu Hause wegging«, sagte Sharina, »dachte ich, ich reise nach Valles. Vater hat uns dazu erzogen, das zu Ende zu bringen, was wir angefangen haben, nicht wahr, Garric?«

Sehnsuchtsvoll lächelte sie ihren Bruder an. Und dann legte sie demonstrativ die Hand auf Cashels Schulter. Cashel zeigte nicht, daß er es auch nur gespürt hätte, außer dadurch, daß er sehr reglos wurde, einem Felsen noch ähnlicher als sonst.

»Ich bin durch das, was ich hier in Erdin getan habe,

ziemlich reich geworden«, sagte Ilna und verschränkte die Finger auf dem Tisch vor ihr. »Das Böse lohnt sich. Ich habe meinen Geschäftsführer in den paar Tagen, seit ich aufgehört habe, das Leben anderer Menschen zu zerstören, nicht mehr gesehen, aber ich bin sicher, ich kann euch alles geben, was ihr braucht.«

Sie sah Liane an, dann Garric. Ihr Blick und ihre Stimme waren vollkommen klar wie immer. Der leidenschaftliche Selbsthaß in ihren kalten Worten war jedem deutlich, der Ilna kannte; aber auch nur diesen wenigen.

Garric streckte die Hand über den Tisch aus. Ilna riß ihre Hände zurück. Sie nickte ihm zu.

»Wie ich schon sagte«, fuhr sie fort, »ich werde euch auf jede erdenkliche Weise helfen. Aber ich selbst werde Erdin nicht verlassen. Ich bin nicht so dumm zu glauben, daß ich allen Schaden beheben kann, den ich angerichtet habe – wegen meiner Arbeit haben sich Menschen umgebracht, wegen meiner Arbeit wurden Leben zerstört. Aber ich muß es wenigstens versuchen.«

Garric stand auf, man stritt sich nicht mit Ilna, wenn sie bereits entschlossen war. Er verstand sie nicht. Er hatte Ilna sein Leben lang gekannt, und er konnte immer noch nicht vorhersagen, was sie tun würde – er wußte nur, daß Ilna os-Kenset genau das tun würde, was sie sagte, oder bei dem Versuch umkommen.

»Ich kümmere mich um die Überfahrt nach Valles«, sagte Garric. »Für fünf Personen.«

»Ilna, ich wünschte, du würdest mit uns kommen«, meinte Liane. Sie berührte Ilnas Hände mit ihrer eigenen, wie Garric es eben hatte tun wollen.

Ilna sah das andere Mädchen an. »Ja«, sagte sie, »das weiß ich. Ich nehme an, ohne Leute wie mich ragen gute Menschen nicht so eindeutig heraus. Ich danke dir, aber drei sind immer zuviel. Zumindest für die Dritte.«

Cashel erhob sich mit der Anmut eines Bären, der sich reckt, um seine Klauen über einen Baum zu ziehen. »Ich komme mit dir, Garric«, sagte er. »Ich habe Mauern um mich herum nie gemocht, selbst wenn innerhalb dieser Mauern soviel Platz ist, wie ihn Meister Latias hier hat.«

Alle standen auf. Sharina bot Tenoctris eine helfende Hand.

»Und ich«, meinte Ilna abschließend, »werde den Stoff fertig weben, den ich heute nachmittag angefangen habe. Ich will damit fertig sein …«

Sie nickte Liane zu. »… bevor ihr abreist.«

Dritter Tag
im Monat des Reihers

Obwohl sie längsseits am Kai lag und mit Bug und Heck vertäut war, bebte die *Huldvolle Herrin* leicht, als Garric aus der Kabine trat, wo er das Gepäck der Frauen verstaut hatte. Reises Gasthaus pflegte während der schlimmsten Winterstürme ganz ähnlich zu beben. Die Bewegung war harmlos, aber seltsam beunruhigend.

Die *Herrin* war achtzig Fuß lang und konnte in ihren beiden Frachträumen etwa hundert Tonnen aufnehmen. Vom Dach des Deckshauses mit den drei Kabinen aus bediente der Steuermann die Ruder. Liane und Sharina teilten sich eine Kabine; Tenoctris und das Gepäck waren in der zweiten; und wahrscheinlich würde der Kapitän die dritte bewohnen.

Garric und seine Freunde waren die einzigen Passagiere. Zunächst war Garric davon ausgegangen, er und Cashel würden sich die dritte Kabine teilen, aber als Cashel erklärt hatte, er werde lieber bei den Seeleuten an Deck schlafen, entschied Garric sich, es ihm gleichzutun. Die enge, gemütliche Kabine hatte ihm gefallen; sie hatte ihn an sein Dachzimmer im Gasthaus erinnert, aber es war ihm peinlich, daß er diesen Raum für sich haben sollte, während die Mädchen sich eine Kabine teilen mußten.

»Tenoctris«, sagte er, »tun eigentlich alle Leute Dinge, weil es dumm aussehen würde, wenn sie es nicht täten – selbst, wenn das albern ist?«

Die Zauberin fuhr mit dem Zeigefinger über die Decksplanken. Sie blickte auf und sah Garric an. »Nun, zu meiner Zeit trugen die Leute in der Öffentlichkeit Kleider, ganz gleich, wie das Wetter war«, sagte sie. »Zumindest in meinen Kreisen war das so.«

Garric lachte. »Das ist ziemlich weit verbreitet, nicht wahr? Nun, ich nehme an, wir werden abends meistens an kleinen Inseln anlegen, statt im Dunkeln weiterzufahren.«

Wieder berührte Tenoctris das Holz. »Ich hatte nicht erwartet, daß das Schiff so alt ist«, sagte sie. »Ich wollte gerade sagen, daß es älter ist als ich, aber es ist selbstverständlich nur älter, als ich vor tausend Jahren war.«

»Befürchtest du, es könnte nicht sicher sein?« fragte Garric überrascht. Er hatte die Überfahrt auf der *Huldvollen Herrin* einfach nur deshalb gebucht, weil sie schon am Abend nach Valles auslaufen sollte. Das Schiff war ihm recht solide vorgekommen …

»Meine Güte, ich habe keine Ahnung von Schiffen«, erklärte Tenoctris überrascht. »Ich weiß nicht viel über die Welt außerhalb von Büchern. Ich meinte nur …«

Sie machte eine ausholende Geste. »Dieses Holz ist über hundert Jahre alt, außer an den Stellen, wo es geflickt wurde. Das Meer hinterläßt seine Spuren an den Gegenständen, die die Menschen darauf bewegen. Das konnte ich schon im Gasthaus deines Vaters spüren, weil die Hauptbalken dort von Schiffen stammten, die an eurer Küste Schiffbruch erlitten hatten.«

So leise, daß Garric die Worte nur verstand, weil er die Zauberin ansah, fügte Tenoctris hinzu: »Ich denke lieber darüber nach, was dieses Schiff bereits erlebt hat, als darüber, was wir in Valles finden werden. Und was uns vielleicht dort findet.«

Der Hauptmast der *Huldvollen Herrin* befand sich mitten auf dem Schiff. Sharina saß auf der Rahe und hatte die bloßen

Füße auf das gereffte Segel gesetzt, das rostrot eingefärbt war. Von hier aus, fünfzig Fuß oberhalb des Decks, konnte sie über die ganze Stadt hinwegsehen.

Da Erdin im Überflutungsgebiet des Flusses gebaut war, war keines der Gebäude hier höher als zwei oder drei Stockwerke, denn jedes höhere Gebäude hätte auf diesem unsicheren Grund ein unmöglich tiefes Fundament benötigt.

Barcas Weiler hatte keinen Hafen, also fand man dort normalerweise nur Fischerboote, die auf den Kiesstrand hinaufgezogen werden konnten. Aber das Meer war durch die Ostfenster des Gasthauses immer zu sehen. Auch von ihrem luftigen Sitzplatz aus konnte Sharina nun diese vertraute, salzige Luft riechen und weniger den Flußschlamm, der nach all den Nährstoffen stank, die er enthielt.

Sharina hatte Barcas Weiler verlassen, weil Botschafter von König Valence ihr mitgeteilt hatten, sie sei die Tochter von Gräfin Tera, die vor siebzehn Jahren bei den Aufständen in Carcosa getötet worden war. Tera hatte der alten Königsfamilie von Haft angehört, der Familie König Carus', des letzten Königs der vereinten Inseln. Es war Sharinas Schicksal, hatten die Botschafter erklärt, ihren Platz im Palast in Valles einzunehmen.

Sie hatte seit damals keinen wirklich glücklichen Tag mehr erlebt, aber es war nicht mehr möglich, in eine Welt zurückzukehren, in der diese Botschafter nie erschienen waren. Außerdem hatte Tenoctris erklärt, daß sich die Kräfte zu einem Crescendo erhoben, das die Inseln womöglich vernichten könnte.

Es ging nicht nur darum, daß böse Zauberer sich Malkar zuwandten, um sich seines Throns und der Vorherrschaft über die Welt zu bemächtigen. Auch die Kräfte des Guten wuchsen, und sie würden ebenfalls imstande sein, die gegenwärtige Welt zu zerstören. Die Welt der Menschen hatte nie aus unvermischtem, reinem Gutem oder Bösem bestanden.

Selbst Barcas Weiler hatte den Kräften, die das gesamte Universum formten, nicht entgehen können. Sharina wußte, daß es besser war, sich in diesen Kampf einzumischen, statt hilflos zuzusehen.

Und obwohl sie keinen glücklichen Tag verbracht hatte, seit sie ihr Zuhause verlassen hatte, gab es doch Augenblicke des Triumphs … und des vollkommen unerwarteten Bewußtseins der Tatsache, daß ihr Freund Cashel ebenfalls eine Kraft in diesem größeren Muster darstellte und überdies eine Stütze, deren Stärke Sharina sich anvertrauen konnte.

Cashel stand jetzt auf Deck und stützte sich auf seinen Stab, während er auf einem Grashalm kaute, den er am Rand eines der Kanäle gepflückt hatte, durch die der größte Teil des Verkehrs der Stadt führte. Er wirkte vollkommen entspannt; er hatte keine Angst, er machte sich keine Sorgen. Er war Feinden aus dieser Welt und aus anderen Welten entgegengetreten, und er hatte sie immer besiegen können. Cashel drehte sich um und schob seinen breitkrempigen Hirtenhut zurück, damit er zu ihr aufblicken konnte. Er winkte ihr lächelnd zu.

Sharina winkte zurück und fühlte sich getröstet. Sie konnte nicht zu dem stabilen Leben in Barcas Weiler zurückkehren, aber sie hatte ein wenig Stabilität mit in diese chaotische Welt gebracht, in der sie sich nun befand.

Sie berührte den Horngriff der wenig damenhaften Waffe, die sie bei sich trug. Das Pewlemesser und Cashel genügten vielleicht nicht gegen jede Gefahr, der sie sich in Zukunft gegenüberfinden würde, aber gemeinsam hatten sie alles gemeistert, dem sie bisher begegnet waren.

Die Wasserstraße zog sich am Fluß Erd entlang. Sie war breit genug, um sowohl dem Verkehr als auch großen Mengen von Fracht Platz zu bieten, die hier von Schiffen abgeladen oder aus Lagerhäusern angeliefert wurde, um ihren Platz an Deck und im Frachtraum abfahrender Schiffe zu finden. Cashel beobachtete das Kommen und Gehen rings um sich und fand es ebenso faszinierend wie den Himmel, wenn Sommerwolken sich über Barcas Weiler türmten.

Cashel hatte keine Ahnung, woher all diese Waren kamen oder wofür sie bestimmt waren. Siebzehn Jahre lang hatte er den Bezirk von Barcas Weiler nicht verlassen. Zum Herbstmarkt kamen Vieh- und Wollhändler nach Barcas Weiler, um einzukaufen; die Zehntprozession im Frühling brachte gelangweilte Priester aus Carcosa, um die Steuern für die großen Götter, die Herrin und den Hirten einzusammeln. Das war alles.

Cashel grinste träge. Er wußte nicht viel von dieser weiteren Welt, in der er sich nun fand, aber so hatte er sich bereits im Dorf gefühlt. Garric und Sharina konnten lesen und schreiben, ihre Eltern hatten in Palästen gedient, und Ilna mit ihrer Weberei war nur eine von vielen Menschen im Dorf, die etwas wußten, was sich vollkommen jenseits von Cashels Erfahrung bewegte.

Aber Cashel or-Kenset wußte, daß er sich den Aufgaben stellen mußte, die vor ihm lagen – ganz gleich, welcher Art diese Aufgaben waren. Das hatte für Barcas Weiler genügt, und er nahm an, es würde auch für den Rest seines Lebens genug sein.

Der Maat war gerade auf dem Rückweg zur *Huldvollen Herrin,* begleitet von einem der bisher fehlenden Besatzungsmitglieder, und einem zweiten Mann, der immer noch zu betrunken war, um sich aufrecht halten zu können, und den er halb mitzerrte. Die beginnende Ebbe riß an den Leinen des Schiffs. Cashel wußte, sie würden sich bald auf den Weg machen.

Er spähte nicht mehr den Mast hinauf, aber sein Grinsen wurde breiter, während er weiterhin auf dem Grashalm kaute. Nun war es seine Aufgabe, auf Sharina aufzupassen; und das würde er bis zu seinem Tod tun.

»Ilna?« sagte Liane zu dem Mädchen, das neben ihr am Dock stand. »Bist du sicher, daß du nicht …?«

Ilna verzog bereits das Gesicht. Sie hatte nie viel übrig gehabt für Leute, die schwatzten, selbst wenn diese die besten Absichten verfolgten. Vielleicht war das reiche Mädchen ja an Leute gewöhnt, die häufig ihre Pläne änderten. Die Herrin allein wußte, wie viele es davon auf der Welt gab.

»Ich muß mich um meine eigenen Angelegenheiten kümmern«, sagte Ilna und versuchte, nicht verbittert zu klingen. »Du und – und die anderen, ihr habt ebenfalls zu tun. Aber bevor du gehst, möchte ich …«

Eigentlich hatte Ilna sich entschuldigen wollen, aber das konnte sie nicht aussprechen – nicht, weil sie sich vor den Worten gefürchtet hätte, sondern weil sie glaubte, daß Liane sie nicht verstehen würde. Liane war ein zu anständiger Mensch, um verstehen zu können, wie schlecht andere wirklich waren. Sie würde ihr widersprechen, und das letzte, was Ilna jetzt brauchte, war ein solcher Streit.

Liane sah sich um. Das Deck der *Huldvollen Herrin* hatte oberhalb des Kais gelegen, als die fünf Passagiere und Ilna eingetroffen waren. Nun war der Wasserspiegel des Flusses mit der Ebbe gesunken, so daß sich die Reling des Schiffes auf gleicher Höhe mit den Pflastersteinen der Straße befand. Ilna brauchte nicht zu sehen, daß Garric sie mit kaum verborgener

Sorge betrachtete, um zu wissen, daß es jetzt Zeit war für Liane, an Bord zu gehen.

»Es wird nicht lange dauern«, sagte Ilna. »Es wird überhaupt keine Zeit brauchen. Ich möchte, daß du das hier mitnimmst. Trage es, wenn du willst, aber behalte es um jeden Preis bei dir.«

Sie reichte Liane die Schärpe, die sie beendet hatte, bevor sie das Anwesen von Meister Latias verließen. Sie war aus naturfarbener Wolle und zu einem offenen Muster von Braun auf Cremefarbe gewebt, das an die sanften Hügel um Barcas Weiler erinnerte. Ilna trug ihr Gegenstück, das von derselben Stoffbahn stammte und erst abgeschnitten worden war, als der Stoff den Webstuhl verließ.

»Das ist wunderschön!« sagte Liane. »Ich ... ich weiß das zu schätzen, Ilna. Ich ...«

Sie blickte auf und sah Ilna in die Augen. »Ich wünschte, wir könnten Freundinnen sein«, sagte sie. »Ich hoffe, das ist eines Tages möglich.«

»Da bin ich sicher«, sagte Ilna mit einem leisen, amüsierten Schnauben. »Aber dieser Stoff dient nicht nur dazu, dein Kleid zu raffen. Wenn du je in Not bist, in wirklicher Not, dann zerreiß die Schärpe. Zerreiße einfach den Stoff. Wenn du das tust, dann werde ich es wissen, und ich werde dir so gut helfen, wie es geht.«

»Ich ...«, stotterte Liane. Auf ihrer vornehmen Schule hatte sie gelernt, Überraschung zu verbergen, aber wohl nicht gut genug. »Ich ... von welcher Art Hilfe sprichst du, Ilna?«

»Das wirst du wohl abwarten müssen«, fauchte Ilna. Sie konnte einfach nicht anders. Sie hatte großzügig und liebevoll sein wollen, so wie auch dieses reiche Mädchen war. Aber das war ihr nicht gegeben, nicht einmal in diesen letzten wenigen Minuten ...

»Nun«, fügte sie hinzu, »vielleicht wirst du es nicht einmal brauchen. Lebe wohl, Liane. Ich wünsche dir alles Gute.«

Ilna streckte die Hand aus, aber Liane trat einen Schritt auf sie zu und umarmte sie. Ilna spürte ein Schaudern, als Liane sich losriß und an Deck der *Huldvollen Herrin* sprang.

Ilna konnte sich nicht vormachen, daß sie Liane mochte oder daß es sie nicht erbitterte, Garric an dieses gebildete, reiche Mädchen zu verlieren. Aber sie konnte die Ungerechtigkeit und den Haß wiedergutmachen, die sie Liane in der Vergangenheit entgegengebracht hatte. Deshalb hatte sie die beiden Schärpen gewebt und eine davon ihrer erfolgreichen Rivalin überreicht. Liane hatte nicht einmal gewußt, daß sie sich im Wettbewerb befanden …

»Lebt wohl!« rief Ilna all den Menschen auf der Welt zu, die ihr etwas bedeuteten. Rasch wandte sie sich um und ging davon, bevor jemand ihre Tränen sehen konnte.

Neunter Tag
im Monat des Reihers

Beltar or-Holman war zur Zeit von Ilnas Eintreffen in Erdin ein Tuchhändler von bescheidenem Erfolg gewesen. Ilna hatte Bänder gewebt, die Männer zu den Frauen hinzogen, die diese Bänder trugen, und sie hatte Beltar als ihren Agenten benutzt. Sein Geschäft hatte sich gewaltig erweitert. Er hatte auch das benachbarte Anwesen übernommen, das einmal eine Schmiede gewesen war, in der Zaumzeug repariert und Hufeisen ersetzt wurden, die auf dem festen Ziegelpflaster der Stadt verlorengegangen waren.

Als Ilna den Laden betrat, lächelte sie. Sie fragte sich, was Beltar von seiner Zukunft erwartete, nachdem er nur noch normalen Stoff zu verkaufen hatte. Aber von diesem Problem wollte sie ihn befreien.

Es war zwar relativ spät am Tag, aber im Laden standen noch mehrere Kundinnen, jede begleitet von einer Dienerin, die den Einkaufskorb trug. Zwei der Damen unterhielten sich über einen Tisch mit Stoffballen hinweg; die Verkäuferin zeigte einer dritten serianischen Brokat.

Als Ilna hereinkam, blickte die Verkäuferin auf. Sie war ein hübsches kleines Ding mit einer komplizierten Aufsteckfrisur mit viel falschem Haar, Kämmen und bernsteinbesetzten Haarnadeln.

»Ich möchte mit Beltar sprechen«, sagte Ilna. Sie ging auf die Türöffnung zu, die in den hinteren Teil des Hauses führte und die mit einem Vorhang aus Holzperlenschnüren verdeckt war.

Die Verkäuferin warf einen kurzen Blick auf Ilnas einfaches

Kleid und die Stoffrolle in ihrer Hand. »Lieferanten benutzen den Hintereingang«, sagte sie scharf. »Aber so, wie Ihr ausseht, verschwendet Ihr Eure Zeit ohnehin. Unsere Kundinnen sind sehr anspruchsvoll.«

Ilna lächelte nur. »Dann haben sie dir etwas voraus, du dumme Kuh«, sagte sie leise. »Ich nehme an, du ziehst dich im Dunkeln an, wenn du Schellfischfarbe und dieses grelle Rot gleichzeitig benutzt. Und diese Seide, die du da versuchst zu verkaufen – zeig der Kundin mal die Kante, die du untergefaltet hast, damit sie den Wasserschaden sehen kann.«

»Wie bitte?« sagte die Dienerin der Kundin. Sie griff nach der Kante des Stoffs, die über den Arm der Verkäuferin hing, und zog den Stoff gerade, um ihn ihrer Herrin zu zeigen.

Die Verkäuferin trat erschrocken einen Schritt zurück. »Meister Beltar!« rief sie. »Meister Beltar!«

Die Holzperlen klackten, als Beltar or-Holman rasch aus dem Hinterzimmer kam. Er hatte immer noch den Federkiel in der Hand, mit dem er gerade seine Buchführung von Wachstafeln auf dauerhafteres Papier übertragen hatte. Er starrte Ilna an.

»Der Hirte möge mir helfen!« flüsterte er heiser. »Ich hielt Euch für tot. Als Euer Haus zerstört wurde … ich habe gebetet, Ihr mögt tot sein!«

Der Händler war dicker geworden, seit Ilna ihn zum ersten Mal gesehen hatte, und sein rötlich blondes Haar war schütterer und seine Hautfarbe bläßlich. »Das kann ich Euch nicht übelnehmen«, erwiderte Ilna gleichmütig, »aber mir haben Gebete auch nie geholfen. Laßt uns in Eurem Büro weiterreden.«

Der immer noch erschrockene Beltar wich durch den Perlenvorhang zurück. Die Frauen im Laden starrten ihm und Ilna verblüfft hinterher. Direkt hinter dem Vorhang befand sich eine Treppe, die in die oben gelegenen Wohnräume führte. Im Zimmer links davon standen ein Hocker und ein Schreibpult; außerdem gab es noch ein Regal mit Schriftrollen, die jeweils durch kleine Etiketten gekennzeichnet waren, und vor dem einzigen Fenster stand ein Tisch, an dem Beltar sich Stoffe in natürlichem Licht ansehen konnte. Ein Lampe beleuchtete die Wachstafeln und das Papier, an dem Beltar gerade gearbeitet hatte. Die durchscheinenden Scheiben der Lampen bestanden aus Fischblasen.

»Ich bin mit meinen Webstühlen in eine Wohnung am Halbmond gezogen«, sagte Ilna. »Es ist billiger, in einem Armenviertel zu wohnen, und ich habe Wichtigeres mit meinem Geld zu tun, als ein Herrenhaus am Palastplatz zu bezahlen.«

Beltar ließ sich auf den Hocker fallen. Eine Karaffe und ein Fayencebecher standen auf einer Kommode an der Wand. Beltar goß sich einen Schluck ein, aber er verschüttete mehr Wein auf das Holz, als im Becher landete. Schließlich packte er die Karaffe mit beiden zitternden Händen und trank direkt daraus.

»Ihr habt nichts von mir zu befürchten«, sagte Ilna verächtlich. »Das hattet Ihr nie, und das wißt Ihr auch.«

Beltar stellte die Karaffe wieder ab. Die kleinen Glasscheiben, mit denen sie verziert war, zitterten im Lampenlicht. Aber der Stoffhändler schien sich nun etwas mehr unter Kontrolle zu haben.

»Euer Haus ist geplündert worden, und es gab so viele Tote«, sagte Beltar leise. »Ich sah es, und zum ersten Mal, seit ich Euch begegnet war, schien für mich wieder die Sonne. Obwohl ich Eure Leiche nicht gesehen hatte.«

»Ich bin über die Wahrheit nicht wesentlich glücklicher, als Ihr es seid«, meinte Ilna. »Aber das ändert nichts.«

Sie legte die Stoffrolle, die sie mitgebracht hatte, auf den Tisch am Fenster. »Ich brauche Euch immer noch als Agenten für meine Geschäftsangelegenheiten«, erklärte sie, »damit Ihr verkauft, was ich webe. Aber jetzt geht es um andere Dinge.«

»Nein«, erwiderte Beltar. Statt Ilna anzusehen, starrte er in die Karaffe. »Ich werde nicht mehr für Euch arbeiten. Und wenn Ihr Euch wieder an meinem Geist zu schaffen macht …«

Er wandte sich ihr zu, und in seinen Augen stand das Entsetzen eines Kaninchens, das sich einer Schlange gegenüber findet.

»… dann bringe ich mich um! Wirklich! Ich werde nicht wieder … diese Stoffe …«

Beltar ließ die Karaffe fallen. Wein spritzte über die Tischbeine und über den Hocker. Beltar schlug die Hände vors Gesicht und begann zu weinen.

Die dekorativen Glasplättchen des Gefäßes waren zerbrochen, aber der Steingutkern war ganz geblieben. Gute Handwerksarbeit, dachte Ilna. Sie berührte Beltars Hände mit den Fingerspitzen und legte dabei eine Sanftheit an den Tag, die niemand, der mit ihr aufgewachsen war, von ihr erwartet hätte.

»Armer Beltar«, sagte sie. »Ist Euch endlich ein Rückgrat gewachsen? Vielleicht ist aus meinen Taten ja mehr Gutes entstanden, als mir klar war.«

Sie verließ das Zimmer, um die Karaffe mit Wasser aus dem großen Krug zu füllen, der unter der Treppe stand. Ein kleiner Junge mit Beltars rötlichem Haar spähte aus dem oberen Flur nach unten; eine Frau riß ihn mit verärgertem Zischen zurück. Die Verkäuferin hatte Ilna os-Kenset nicht erkannt, aber die Familie des Händlers wußte, mit wem sie es zu tun hatte.

Ilna gab Beltar das Wasser, dann warf sie ihm ein Stück schlecht bestickten Leinens zu, das ohnehin zu nichts besserem als zum Taschentuch geeignet war. Mit verschränkten Armen blieb sie dann stehen und wartete, während er sich das Gesicht abwischte.

Beltar sah sie an. »Ich würde eher sterben«, sagte er leise.

Ilna nickte. »Ich werde Euch nicht zwingen, als mein Agent tätig zu sein«, sagte sie. »Aber ich möchte Euch auch daran erinnern, daß ich Euch zuvor ebenfalls nicht gezwungen habe. Ihr habt meine Bänder verkauft, weil sie Euch reich machten. Ihr habt sie weiterverkauft, obwohl Ihr eindeutig wußtet, daß sie Leben zerstört und Menschen getötet haben. Und sie haben Euch sehr reich gemacht.«

»Ich würde Euch alles Geld zurückgeben, wenn es nur wieder so sein könnte wie früher«, sagte der Tuchhändler. »Ich werde Euch das Geld auf der Stelle geben, wenn Ihr nur verschwindet.«

»Wir haben hier etwas zu tun«, sagte Ilna. »Oh, wir können nicht alles wiedergutmachen, das weiß ich, aber Geld an den richtigen Stellen könnte schon helfen, und die Stoffe, die ich jetzt webe …«

Sie griff nach der Rolle, die sie mit in den Laden gebracht hatte, und wickelte ein paar Fuß Stoff ab. Es war ein dünner Wollstoff. Das Muster bestand aus einer Reihe sanft gewellter Streifen in braunem und rostbraunem Garn, die beinahe, aber nicht vollständig parallel verliefen. Es war, als schaute man in einen Algenwald, wenn die Ebbe die Pflanzen nach außen treiben läßt.

Beltar richtete sich auf. Er war immer noch mißtrauisch, aber er schaute nicht mehr so haßerfüllt drein.

»Wie Ihr seht, tragen diese Stoffe dazu bei, daß Menschen sich besser fühlen«, meinte Ilna. »Ich denke, auch damit machen wir ihnen etwas vor, aber das ist nur zu ihrem Besten. Eine Länge dieses Stoffes anstelle des Perlenvorhangs wäre ein guter Anfang.«

Der Tuchhändler schluckte. »Es gibt andere, die Eure Interessen vertreten könnten«, sagte er.

»Ja«, meinte Ilna. »Aber die haben keine eigenen Sünden, für die sie büßen wollen. Jedenfalls keine, die mit mir zu tun haben. Ihr schon.«

Beltar nickte. Er stand vom Hocker auf und runzelte überrascht die Stirn, als ihm auffiel, daß er in den Pfützen des verschütteten Weins stand. »Also gut«, sagte er. Er schüttelte verwirrt den Kopf. »Ich hatte mir schon eingeredet, Ihr wäret tot«, fügte er hinzu. »Ich nehme an, ich hätte es besser wissen sollen.«

Ilna legte die Stoffrolle auf den Tisch. »Kommt mit mir, damit Ihr seht, wo ich wohne«, sagte sie. »Am Anfang könnt Ihr jeden zweiten Tag vorbeikommen, aber es kann sein, daß wir diesen Zeitplan ändern müssen, wenn die Dinge sich herumsprechen.«

Beltar verließ mit ihr den Laden. Ilna wußte, sie hatte ihn mit ihrer Willenskraft gezwungen, ihr zuzustimmen; aber es war zu seinem eigenen Besten.

Das Wasser des Inneren Meeres hatte alle Farben von Grün bis zu Violett; über den Untiefen gab es Fische und Korallen in Rot, Orange und Gelb. Garric stützte sich auf die Heckreling, als betrachtete er das kleine Beiboot, das hinter der *Huldvollen Herrin* am Ende eines zwanzig Fuß langen Taus einhertanzte. Im Geist spähte er zusammen mit König Carus vom Traumbalkon hinab; sie beobachteten die Vorbereitungen zu einer Schlacht.

»Man kann die Inseln nicht ohne die Zustimmung des Volkes regieren; dafür sind sie zu groß«, sagte Carus, der die Truppen kritisch betrachtete. Grinsend fügte er hinzu: »Die Zustimmung der Mehrheit des Volkes sollte ich sagen;

es gibt immer einige, denen man den Kopf zurechtsetzen muß.«

Die königliche Armee bestand überwiegend aus leicht bewaffneten Männern mit langen Speeren, die sich in ruhiger Präzision in Blöcken zu sechzehn Reihen aufstellten. Sie waren mit hundert Kriegsschiffen angekommen, die nun hinter ihnen auf den Strand gezogen und von einer Palisade geschützt waren.

»Und die meisten Leute lassen sich ganz gerne regieren, Junge, zumindest, wenn man seine Arbeit halbwegs anständig macht«, sagte Carus. »Nein, sie wollen die Steuer für den König natürlich ebensowenig zahlen wie irgendwelche anderen Schulden. Es wäre ihnen lieber, wenn dein Vater ihnen in seinem Schankraum das Bier umsonst ausgegeben hätte, nicht wahr?«

Der König drehte sich um und sah Garric direkt an. Um die Augen hatte er Lachfältchen, aber der Blick selbst hatte mehr Biß als die Schneide eines Schwerts.

»Aber auf keinen Fall wollen die Leute, daß Piraten das Meer überschwemmen und sie alle umbringen«, fuhr Carus fort. »Und sie wollen auch nicht, daß die Schurken in ihrer Stadt und in ihrem Dorf alle Frauen vergewaltigen und die Schafe stehlen.«

Unter ihnen brach eine Gruppe bewaffneter Reiter aus dem feindlichen Lager aus, um die Phalanx zu zerstören, bevor sie sich vollkommen formieren konnte. Die Vorhut zog ihnen entgegen, warf Speere nach den Pferden und wich zur Seite aus.

Reiter schlugen um sich und wendeten wie Ochsen, auf die sich ein Schwarm Bremsen gestürzt hat. Der Angriff verlor seine Wucht. Endlich kehrten die Reiter in das Lager zurück, aus dem sie gekommen waren; einige zu Fuß, andere sichtlich bemüht, ihre verwundeten Pferde zu beruhigen.

»Sie werden es akzeptieren, daß du sie beherrschst«, meinte Carus, »wenn du gerecht oder zumindest einigermaßen gerecht bist und wenn sie der Ansicht sind, daß du eine Arbeit erledigst, die eben getan werden muß. Um Graf Hitto von Blaise ...«

Zufrieden blickte er auf die Szene nieder, die unter dem rosenumrankten Balkon stattfand, auf dem er mit Garric stand.

»... mußte sich jemand kümmern. Es gab viele Menschen auf Blaise, denen es nicht gefiel, Steuern nach Carcosa zu zahlen, aber das war ihnen immer noch lieber, als sich von Hitto vollkommen ausnehmen zu lassen, damit er eine Armee aufstellen konnte, um alle Inseln zu erobern. Kavallerie, Junge! Er wollte die Inseln mit schwerer Kavallerie erobern!«

Jede der Triremen des Königs wurde von einhundertsiebzig Ruderern bewegt, allesamt freie Männer. An Land tauschten sie ihre Ruder gegen lange Speere oder Schleudern und einen Beutel mit Bleikugeln ein, deren Reichweite durchaus mit der von Bogenschützen wetteifern konnte.

Die Phalanx bewegte sich mit der gleichmäßigen Unnachgiebigkeit der einlaufenden Flut. Zwischen Blöcken von Speerträgern waren die Männer mit den Schleudern aufgestellt. Als der Hauptkörper der Armee sich in Bewegung setzte, nahmen die Schwertkämpfer ihre Position an den Flanken ein.

Hinter dem Hauptblock befanden sich fünfhundert gepanzerte Schwertkämpfer zu Fuß – als Reserve, und um der feindlichen Armee, wenn sie erst von den Speerträgern und Schleuderern mürbe gemacht war, den tödlichen Schlag zu versetzen. Ihre Helme und Harnische glitzerten vor Vergoldungen und Einlegearbeiten.

Auf den Schultern vier kräftiger Schwertkämpfer schwankte eine leichte Plattform wie der Rahmen einer Sänfte. Darauf stand König Carus und beobachtete über die Köpfe seiner Truppen hinweg, wie die Schlacht sich entwickelte. Unter dem

Arm hielt er seinen Helm bereit, um ihn aufzusetzen, wenn der Zeitpunkt kam, da er seine Männer anführen und nicht nur kommandieren mußte; seine rechte Hand ruhte auf dem Schwertgriff.

»Vergiß nicht, Junge«, sagte die Gestalt, die zusammen mit Garric vom Traumbalkon aus zusah, »du kannst jeden einzelnen Menschen dazu zwingen zu tun, was du willst.«

Er kicherte. »Zumindest *ich* konnte das, und du hast auch die Größe dazu. Aber wenn du das mit zweien gleichzeitig versuchst, ist es schwierig, nicht einem dabei den Rücken zuzuwenden. Und wenn du ein ganzes Königreich regieren mußt, solltest du lieber dafür sorgen, daß die meisten damit einverstanden sind, wie du regierst.«

Unter ihnen trieben die bewaffneten Reiter des Grafen eine Gruppe von Bauern vor sich her, die mit Speeren und jenen Bogen bewaffnet waren, mit denen sie sonst Kaninchen jagten. Trotz der Drohung der Schwerter hinter sich zerstreute sich die Bauerninfanterie, sobald die erste Salve von Schleuderkugeln wie Hagel auf sie niederprasselte.

Die Phalanx bewegte sich rasch vorwärts. Die ersten drei Reihen senkten ihre Speere; die Spitzen der anderen Speere bewegten sich im Sonnenlicht wie ein Baldachin aus poliertem Stahl.

»Aber warum ich?« fragte Garric. »Welches Recht habe ich, König zu sein? Welches Recht habe ich, irgend etwas anderes zu sein als ein Bauer auf Haft?«

»Es geht nicht ums Recht, Junge«, erwiderte König Carus. »Es ist eine Pflicht, die du hast, weil dein Ahn vor tausend Jahren versagte. Ich habe versagt. Nicht, daß ich mich nicht angestrengt hätte, aber das genügte nicht. Du mußt es jetzt richtig machen, König Garric ...«

Er lächelte. Der Carus auf dem Schlachtfeld sprang von der

Plattform, um seine Truppen selbst auf den Feind zuzuführen. Sein Schwert zuckte umher wie die Zunge einer Schlange.

»... denn wenn du es nicht tust, wird es keine andere Gelegenheit mehr geben. Diesmal nicht mehr.«

»Land in Sicht!« rief eine Stimme. Die Worte fielen von oben in Garrics Bewußtsein, obwohl er einen Augenblick brauchte, bis ihm klar wurde, daß er sich an die hölzerne Reling der *Huldvollen Herrin* lehnte und nicht an einen Balkon aus Stein.

»Pandah drei Strich Backbord!« rief der Ausguck.

Liane saß ein paar Fuß entfernt mit dem Rücken an die Reling gelehnt. Sie las in einem Band von Celondres Oden. Als sie bemerkte, daß Garric sich rührte, blickte sie lächelnd auf.

Einen Augenblick lang bemerkte Garric aus dem Augenwinkel ein grünliches Licht nahe dem nördlichen Horizont. Er nahm an, daß es ein letztes Echo seines Traums war.

Cashel stand an der Bugreling und stützte sich mit der linken Hand auf den Fockmast, der im Winkel von fünfundvierzig Grad schräg nach vorn stand. Soweit er es im Lauf der Reise beobachtet hatte, diente das kleine Segel vor dem Bugspriet überwiegend der Steuerung. Er konnte Pandah noch nicht erkennen, aber er wußte, daß die Wolken, die sich mitten am klaren Himmel türmten, im Aufwind einer Landmasse entstanden sein mußten, die noch hinter dem Horizont lag.

»Wäre es nicht angenehm, wieder auf festem Boden zu stehen, statt bestenfalls auf einem sandigen Hügel mitten im Meer?« meinte Sharina. »Und ich sehne mich nach frischem Wasser!«

»Es stimmt, dieses Zeug aus den Fässern schmeckt nach Teer«, meinte Cashel. Ihm machte es nichts aus, an Bord zu sein. Die Bewegung störte ihn nicht, und er kam sich nicht eingesperrt vor, solange er offenen Himmel über sich hatte.

Der Ausguck rutschte am Mast herunter und sprang nahe Garric und Liane aufs Deck. Liane winkte, als sie sah, daß Cashel über die Schulter in ihre Richtung spähte. Garric starrte zum nördlichen Horizont und schirmte die Augen mit der Hand ab.

Sharina bemerkte das Interesse ihres Bruders. Sie duckte sich unter dem Fockmast durch und stellte sich ans Schanzkleid an Backbord – nur das Heck hatte eine Reling. Cashel selbst konnte nicht in die Richtung schauen, weil das Focksegel im Weg war.

»Cashel«, sagte Sharina. »Sieh dir das an.«

Cashel trat über den schrägen Mast, statt unter dem Leinen darunter durchzukriechen. Ein Seemann, der angerannt kam, um das Focksegel zurechtzuziehen, stieß mit ihm zusammen und schrie verärgert auf. Cashel ignorierte ihn und betrachtete das Meer mit den Augen eines Hirten, die daran gewöhnt sind, verborgene Gefahren zu entdecken.

Die Brise bewegte die *Huldvolle Herrin* mit einer Geschwindigkeit, die sich nicht sonderlich von der eines Schafs unterschied. Der Wind war nicht stark genug, um Gischt von den sanften Wellen auffliegen zu lassen.

Ein Fisch kam an die Oberfläche und zeigte seine silbrige Flanke, bevor er wieder im Meer verschwand. Die Szenerie war friedlich und unterschied sich nicht von der an jedem anderen Tag der Reise.

Aber in Cashels Nacken sträubten sich die Haare. Er hielt den Stab horizontal vor sich und Sharina: eine Barriere, eine Armeslänge entfernt. In der Nähe bewegten Seeleute die Segel nach den Befehlen des Kapitäns. Sie waren begierig darauf, bald den Hafen zu erreichen, und sich keiner Sorge und Gefahr bewußt.

»Etwas war dort auf dem Meer«, sagte Sharina mit der entschlossenen Ruhe eines Menschen, der versucht, seine Gefühle zu beherrschen. »Es schien etwa eine Meile entfernt zu sein. Es war grau oder grün, und ich kann mich nicht genau an die Form erinnern. Aber jetzt ist es nicht mehr zu sehen, und es gibt auch kein Anzeichen, daß es jemals vorhanden war.«

Tenoctris kam aus der Kabine, in der sie sich ausgeruht hatte. Sie warf Cashel einen Blick zu, dann spähte sie ebenfalls zum Horizont hin.

»Vielleicht war es ein Wal oder …«, sagte Sharina.

Eine graue Verzerrung breitete sich etwa hundert Fuß entfernt wie eine Linse über Meer und Himmel aus. Cashel konnte die Wellen und den Horizont immer noch sehen, aber sie hatten nicht mehr ihre normale Form. Blitze in der Farbe alter Bronze zuckten durch das Grau. Ein Dröhnen wie von unzähligen Bienenschwärmen übertönte selbst die plötzlichen Schreie der Seeleute.

Die Linse bewegte sich wie eine Flutwelle auf die *Huldvolle Herrin* zu.

Sharina hielt sich fest, als stünde sie einem Sturm gegenüber; sie dachte nicht daran, in die Kabine zu gehen. Das Deckshaus würde ohnehin keinen wirklichen Schutz bieten, und es war unwahrscheinlich, daß sie in den Frachträumen des Schiffes sicherer wären.

Cashel stellte sich breitbeiniger hin und hielt den Stab, als stünde er einem menschlichen Feind gegenüber; er begann, den Stab zu drehen, kreuzte die Hände mit zunehmender Geschwindigkeit. Funken flogen von den eisernen Beschlägen, hingen in der Luft und bildeten einen bläulichen Schleier.

Am Heck waren Bänder befestigt, um vor jedem Windwechsel zu warnen. Schon eine Sekunde, bevor auch die Segel in unnatürlicher Windstille erschlafften, hingen sie senkrecht nach unten.

Die *Huldvolle Herrin* schaukelte heftig. Jetzt war die Linse direkt über ihr. Das Sonnenlicht verschwand. Cashel wirbelte seinen Stab weiter. Seine Miene war ruhig, aber er sah nicht mehr aus wie der junge Mann, mit dem Sharina aufgewachsen war. Sein Gesicht erinnerte jetzt an die Schnitzereien oder Steinmetzarbeit an großen Tempeln, und es glich eher dem Hirten in seinem Aspekt als Beschützer als seiner üblicheren Abbildung als schlanker, gutaussehender Gefährte der Herrin.

Blitze zuckten aus dem Grau und prallten dann mit einem Krachen von dem blauen Lichtkreis ab, der Sharina und Cashel umgab. Das Dollbord brach, der Fockmast wurde aus der Halterung gerissen. Die Taue und die Segel glühten in trübem, rotem Licht, bis sie von Schatten verschlungen wurden. Die *Huldvolle Herrin* brach mittendurch. Das Deck bäumte sich auf, und einer der großen Kreuzbalken, der die Seiten des Schiffs miteinander verband, hob sich steil in die Höhe. Die Schreie aus den offenen Mündern der Seeleute verklangen in dem Lawinengetöse, das dem Donnerschlag folgte.

Sharina und Cashel befanden sich in einer Blase regloser Luft. Vor ihnen zerfetzte eine Sturmbö das Hauptsegel. Sharina sah, wie der Kapitän vom Wind an seinem flatternden Hemd gepackt und vom Deckshaus geweht wurde.

Garric packte eines der Steuerruder und hackte mit seinem Schwert auf die daran befestigten Taue ein. Liane kniete neben ihm und band sich und Tenoctris mit einem Stück des zerrissenen Hauptsegels zusammen. Das Ruder würde schwimmen, wenn Garric es freibekommen konnte, aber Tenoctris war vielleicht zu schwach, um sich alleine festhalten zu können, bis Hilfe von Pandah kam.

Was Sharina und Cashel anging – für sie brach das Dröhnen abrupt ab. Sharina hatte das Gefühl, in der Luft zu schweben; vielleicht war das auch wirklich so. Sie konnte nur noch Cashel und den glitzernden blauen Kreis sehen, den der Stab um sie herum zog.

Sonnenlicht blendete sie. Sharina stürzte ins warme, salzige Wasser des Inneren Meeres. Cashel war neben ihr. Noch immer hielt er den Stab, aber sein Gesicht war erschlafft wie das eines Menschen, der übermenschliche Kraft entfaltet hatte.

Cashels Kopf sank unter Wasser. Sharina hob ihn mit einem Arm an. Ganz in der Nähe trieb das kleine Rettungsboot, an dessen Bug nur noch ein Ende des schweren Taus hing, mit dem es einmal am Schiff angebunden gewesen war. Sharina schwamm zu dem Boot, nur mit einem Arm und mit Hilfe der Beine. Wenn sie den Kopf hob, um Luft zu holen, konnte sie sehen, daß von Pandah aus eine Galeere auf sie zugerudert kam.

Auf der ruhigen Seeoberfläche waren keine Trümmer zu sehen – keine Spur mehr von der *Huldvollen Herrin.*

Neunter Tag im Monat des Reihers (später)

Der Sturm tobte. Garric hatte einige Taue durchschnitten, aber noch immer konnte er das Ruder nicht lösen. Es mußte weiter unten am Schiff noch ein Tau geben, das er mit der Klinge nicht erreichen konnte.

Der Wind drängte gegen ihn wie die Mauer eines einstürzenden Hauses. Er stützte sich mit dem rechten Bein gegen die Reling, und er wußte, daß die *Huldvolle Herrin* bald vollkommen zerbrechen würde. Er steckte sein Schwert ein, um mit beiden Händen am Ruder reißen zu können.

Carus mußte ihm unbemerkt geholfen haben: Die Schwertspitze fand den schmalen Schlitz der Scheide und fuhr ohne Zögern ins Ziel. Allein hätte Garric das mit einer Hand nicht geschafft, selbst wenn keine Sturmböen Klinge, Scheide und Arm in unterschiedliche Richtungen gerissen hätten. Der Hauptmast barst; ein Riß reichte weit über die Hälfte nach oben, der Holzmaserung folgend. Der Mast teilte sich direkt unterhalb der Spiere, an der jetzt nur noch Reste der Taue hingen. Oben immer noch miteinander verbunden, wirbelten die massiven Stämme in die blitzdurchzuckte Dunkelheit davon.

Garric riß weiter am Ruder. Der Sturm kam von Steuerbord und warf die *Huldvolle Herrin* in ein klaffendes graues Maul. Garric, der in die entgegengesetzte Richtung sah, fiel sogar das Atmen schwer. Das Tau, das das Ruder immer noch hielt, mußte aus Bullensehnen sein, elastisch und ungemein stark.

Liane hatte ein Tau unter Garrics Schwertgürtel durchgezogen und mit dem Segeltuch verbunden, das sie und Tenoctris aneinanderband. Nun verknotete sie die schweren Tauenden so fest wie möglich. Tenoctris schmiegte sich an die jüngere Frau und umschlang sie mit ihren dünnen Armen.

Garric setzte seine ganze Kraft ein, aber das half nichts. Die Augen quollen ihm fast aus dem Kopf, Sehnen standen am Hals hervor, und seine Muskeln brannten, als wären sie von glühendem Pech überzogen.

Liane und Tenoctris konnte nichts passieren, solange sie sich im Windschatten des Deckshauses befanden. Ansonsten würden ihre Hemden, länger und weiter als die von Männern, sie innerhalb eines Herzschlags wegtragen, falls der Wind …

Ein lautes Krachen ertönte. Garric wurde mit dem Ruder in der Hand ins Meer geschleudert. Er verspürte sogar noch so etwas wie Triumph, als er daran dachte, daß es ihm tatsächlich gelungen war, das Seil zu zerreißen. Die *Huldvolle Herrin* war rings um ihn zu Splittern zerborsten. Garric fiel in Wasser, das vom Sturm zu Schaum aufgewirbelt war, und er betete darum, daß es tatsächlich das Gewicht von Liane und Tenoctris sein möge, das da an seinem Schwertgürtel zerrte.

Der Wind war eine Last gewesen, aber das tobende Wasser war wie der Griff der Herrin, die die toten Seelen in die Unterwelt zieht. Garric schlang beide Arme um das Ruder, und jedesmal, wenn die Wellen an dem schweren Holz rissen, versetzte es ihm einen Schlag, während sie zusammen in einen Mahlstrom gerissen wurden.

Garric wußte nicht, ob sein Kopf über Wasser war, ob sein Kopf überhaupt jemals über Wasser war. Jedesmal, wenn er zu atmen versuchte, bekam er Salzwasser in die Lungen. Seine Lungen brannten, das Ruder schlug die Seite seines Gesichts taub, und er war sich nicht sicher, ob er sich mit seinen bleiernen Armen wirklich noch anklammerte.

Er hörte auf, sich zu bewegen. Er glaubte tot zu sein, aber

auch das machte ihm nichts mehr aus. Um ihn herum war weiches, grünes Licht; und dann gab es nur noch Vergessen.

Garrics Traumselbst stand auf dem Marmorbalkon. Wind und Wetter hatten dem Stein eine körnige Struktur verliehen, obwohl die Unterseiten der gemeißelten Blöcke immer noch glatt poliert waren.

Garric betrachtete aus der Ferne seinen Körper, der bewußtlos unter ihm auf einem nassen Strand lag. Das Ruder lag neben ihm – er hatte es also doch nicht losgelassen! Die Frauen begannen, sich zu rühren. »Ich muß da runter!« sagte er. »Noch nicht«, meinte König Carus, dessen Miene angespannter und beunruhigter war, als Garric sie normalerweise in diesen Träumen sah. »Dein Körper braucht soviel Zeit wie möglich, um sich zu erholen, Junge. Du hast mehr geleistet als zwei Männer zusammen.«

Der Himmel war von einem mürrischen Grün. Etwa hundert Schritte entfernt kamen jetzt ein halbes Dutzend Männer in Sicht, die auf die Schiffbrüchigen zugingen. Sie waren mit Keulen, Äxten und Speeren bewaffnet. Wenn einer dieser Männer zur Zeit des Schafsmarkts in Barcas Weiler vorbeigekommen wäre, hätte man ihn als Vagabunden aus dem Dorf gejagt.

»Für die da wirst du noch Zeit genug haben«, meinte Carus. Er fuhr mit der rechten Hand über das Balkongeländer. Garric wußte inzwischen, daß diese Geste dazu diente, den König davon abzuhalten, zum Schwert zu greifen. Carus sagte die Wahrheit, aber er war ebenso ungeduldig wie Garric selbst.

»He, da liegt einer!« rief einer der Männer. »He, er lebt noch! Sie leben alle noch, oder die Herrin soll mich holen.«

Liane kämpfte mit dem Knoten in dem Seil, mit dem sie sich an Garrics Gürtel gebunden hatte. Als die Männer auf sie zugerannt kamen, zog sie unter ihrem Hemd einen Dolch hervor. Die Spitze der Waffe war so scharf, daß sie selbst das Sonnenlicht durchschnitten hätte.

»Paßt auf, sie hat einen Dolch!« sagte einer der Männer. Sie verteilten sich, als sie näher kamen. Ihre Schritte machten auf dem feuchten Untergrund schmatzende Geräusche.

»Der andere hat ein Schwert!« warnte ein Mann, der sich aus einem zerbrochenen Speer einen groben Schlagstock geschnitzt hatte. »Das Schwert gehört mir! Bei der Herrin, ich brauche jetzt endlich ein Schwert. Wenn Rodoard mir keins geben will, dann nehme ich mir eben eins!«

Das Seil war daumendicker Sisal und außerdem mit Salzwasser getränkt. Liane zerteilte es mit drei raschen Schnitten des scharfen Stahls. Sie stützte sich mit einer Hand auf und starrte der Bande entgegen.

»Oha!« sagte ein mit einem Speer bewaffneter Mann. »Du kannst das Schwert haben, Othelm. Ich nehme lieber die da.«

»Vielleicht, wenn Rodoard mit ihr fertig ist«, spottete ein anderer. »Wenn seine Hexe sich nicht zuvor entscheiden sollte, die Rivalin sofort loszuwerden.«

»Da ist auch noch eine alte Frau«, sagte ein Mann, der eine Axt trug, die wohl einmal zum Werkzeugkasten eines Schiffes gehört hatte. »Der verpassen wir am besten gleich hier schon einen Schlag auf den Kopf.«

»Jetzt, Junge«, sagte König Carus mit einer Stimme, die so leise war wie das Zischen eines Schwertes, das aus der Scheide gezogen wird. »Jetzt.«

Der grüne Himmel war nicht so hell wie in Garrics Traum. Schon als er auf seinen bewußtlosen Körper niedergeblickt hatte, hatte er gewußt, wie sehr jedes Gelenk, jeder Muskel nach dem Überlebenskampf schmerzen mußte, aber es tatsächlich zu spüren war, als hätte er sich gerade in eine frische Kalkgrube gestürzt.

Er kam auf die Beine, ohne zu taumeln. Weißes Feuer blitzte auf, blendete ihn bei jedem Herzschlag. Er zog das Schwert, schwang es in einem schimmernden Bogen und krächzte: »Wer von euch will als erster sterben? Oder soll ich meine Klinge an euch allen ausprobieren?«

Es war eine gute Waffe. Er hatte sie in Erdin gekauft, und König Carus hatte zustimmend in seinem Hinterkopf genickt. Aber er würde damit keine sechs Männer mit einem Schlag töten können – so, wie er sich im Augenblick fühlte, vermutlich nicht einmal einen. Oder vielleicht doch wenigstens einen …

»Die Herrin soll mich holen!« schrie ein Mann erschrocken. Die ganze Bande wich zurück. »Ich dachte, er wäre tot!«

Garric packte die Schwertspitze mit der linken Hand und bog die Klinge leicht durch. Er war nicht sicher, ob er überhaupt die Kraft hatte, den Stahl mit nur einer Hand schwingen zu können; diese Geste gab ihm die Möglichkeit, beide Hände zu benutzen.

Tenoctris flüsterte einen Bannspruch. Garric spürte, wie sich das Zittern seiner Muskeln beruhigte. Die alte Frau half ihm, obwohl sie sich selbst kaum auf den Beinen halten konnte.

»Ihr bringt uns jetzt zu Rodoard!« sagte Liane mit kräftiger, klarer Stimme – eine Adlige, die instinktiv weiß, wie man Befehle erteilt. Entschlossen steckte sie den Dolch wieder ein. »Und ihr werdet vor uns hergehen. Habt ihr das verstanden?«

Die Männer sahen einander an. Keiner von ihnen wollte die Verantwortung für eine Entscheidung übernehmen. Dann drehte sich schließlich der mit dem Speer schweigend um und ging in die Richtung davon, aus der sie gekommen waren. Die anderen folgten ihm auf dem Fuß.

Auch Garric und die Frauen folgten. Zweimal wäre Garric beinahe gestolpert, wenn Liane ihn nicht gestützt hätte, aber sie war an seiner Seite.

Sharina saß in dem auf den kleinen Wellen tanzenden Boot und hatte Cashels Kopf im Schoß. Sein Gesicht hatte wieder eine normale Farbe und nicht mehr diese hektische Röte, die es angenommen hatte, als er mit seinem Stab gegen die heranrasende Gefahr gekämpft hatte.

Sharina war erschöpft. Sie hatte Cashel nicht nur zu dem Boot geschleppt, sie hatte ihn auch an Bord hieven müssen. Das hatte bedeutet, im Boot zu hocken, während Cashel daneben im Wasser trieb, und ihn dann am Arm langsam über das Dollbord zu ziehen.

Sharina war ein kräftiges Mädchen, aber Cashels Gewicht war beinahe mehr gewesen, als sie verkraften konnte. Zum Glück war das Boot flach und breit für seine Länge und kenterte daher nicht leicht.

Sharina wußte nicht, wie Cashel sie gerettet hatte. Sie nahm an, daß er es selbst nicht wußte. Aber sie war ziemlich sicher, daß sie ohne Cashels Tat mit der *Huldvollen Herrin* und allen anderen an Bord vom Meer verschlungen worden wären.

Die Galeere aus Pandah war nun dicht vor ihr. Es war das Schiff eines Adligen, eine leicht gebaute Barke mit fünfzig Ruderern auf offenen Bänken. Ein Mast mit Rahe und gerefftem Segel lag auf Deck parallel zur Achse des Schiffs. Bei günstigem Wind würde man ihn aufstellen können, aber für diese kurze Fahrt vom Hafen aus waren die Ruderer schneller.

Im Bug lehnte sich ein etwa zwanzigjähriger Mann auf eine Reling aus vergoldeter Bronze. Sein Umhang aus Papageienfedern kennzeichnete ihn als Adligen. Ein älterer Mann, offensichtlich ein Diener oder Adjutant, blieb dicht in der Nähe, um den jungen Mann festzuhalten, falls er über Bord zu gehen drohte. Neben dem Adligen stand ein noch jüngerer Mann, der ein rotes Samtgewand trug, das mit silbernen astrologischen Symbolen bestickt war. Sharina wäre nicht auf die Idee gekommen, auf einer Seereise Samt oder Federn zu tragen, aber Adlige und Zauberer schienen immer sehr auf ihr Äußeres bedacht.

Bei den Männern auf der Bugplattform befand sich auch ein großer Affe; mit einem Arm hielt er sich lässig an der Reling fest und versuchte, mit der anderen Hand in das Wasser vor dem Bug der Galeere zu fassen. Die Ruderer bewegten sich nach Befehlen eines Offiziers im Heck. Nun reckte sich der Affe, um sich wieder zu den Männern zu stellen. Das Tier sagte etwas zu dem Zauberer; Sharina konnte zwar die Worte nicht verstehen, aber der Zauberer antwortete.

Der Offizier schrie einen Befehl, und die Ruderer erhoben sich von ihren Bänken und beugten sich vor, um die Ruder zu schieben, statt sie wie sonst durchs Wasser zu ziehen. Zwanzig Fuß vor dem Boot verharrte die Galeere. Rund um den Rumpf wirbelten perfekte Ruderschläge das Wasser auf.

Statt der einfachen, eher schäbigen Kleidung, die Sharina an Seeleuten auf Sandrakkan und Ornifal beobachtet hatte, trugen diese Ruderer identische Kilts mit einer safranfarbenen Borte am Saum. Diese Kleidung zeigte sogar noch deutlicher als der Federumhang, daß der junge Mann der Regent von Pandah oder der Sohn des Regenten sein mußte.

»Wirf ihnen ein Seil zu, Tercis!« sagte er nun barsch zu dem älteren Mann. Dieser war so erstaunt, als hätte man ihm befohlen zu fliegen.

»Laßt mich das tun, Euer Majestät«, meinte der Zauberer. Er ergriff ein Tau und warf das Ende so, daß es direkt auf Sharina zuflog. Sie wickelte das Tau um ein Betingholz und überließ es dem Zauberer, die Schiffe aufeinander zuzuziehen. Die Ruder des Rettungsbootes waren mit der *Huldvollen Herrin* untergegangen.

Cashel war immer noch nicht bei Bewußtsein. »Ihr werdet meinen Freund an Bord heben müssen«, warnte Sharina, als das Boot gegen den Bug der Galeere stieß. Es war entmutigend, daß dieser Adlige und sein Zauberer so auf sie niederstarrten, und der Blick des Affen, der nun kopfüber an der Reling hing, machte es nicht besser.

»Kapitän Lashin!« sagte der Adlige. »Holt den Mann an Bord. Wir bringen ihn zum Palast.«

Er beugte sich noch weiter vor, um Sharina seine Hand zu reichen. »Und Euch ebenfalls, Herrin. Ich bin Folquin, König von Pandah. Eine so schöne Frau wie Ihr muß von adligem Blut sein.«

Ohne weitere Befehle beugten sich vier Ruderer zu dem schaukelnden Boot, während ein weiterer dessen Heck fest längsseits der Galeere zog. Sharina kletterte auf die Bugplattform, um aus dem Weg zu sein, während die Seeleute Cashel anhoben – selbst für sie ein beträchtliches Gewicht. Nachdem sie ihn an Bord geholt hatten, legten sie ihn auf das gereffte Segel.

»Ich bin keine …«, sagte Sharina zu Folquin. Die Bugplattform war viel zu eng, als daß Fremde sich dort hätten behaglich fühlen können.

»Ein hübsches Menschenweibchen«, sagte der Affe mit rauher Stimme. »Ist der Große da ihr Männchen?«

»Zahag!« mahnte der Zauberer. Er war hochgewachsen und schlaksig und sah aus wie ein Fohlen, das erst noch Fleisch ansetzen muß. »Du darfst die Dame nicht verstören.«

Dann räusperte er sich und fuhr fort: »Ich bin Halphemos,

König Folquins Zauberer. Könnt Ihr uns sagen, was Euer Schiff zum Verschwinden brachte, Herrin?«

»Das weiß ich nicht«, sagte Sharina. Die Galeere setzte sich wieder in Bewegung. Die Ruderer auf einer Seite ruderten rückwärts, die anderen vorwärts, und damit wendeten sie das Schiff beinahe auf dem Punkt. »Es ist einfach irgendwie passiert – wie ein Sturm, aber es war kein richtiger Sturm.«

Sie sah in die Gesichter der aufgeregten, besorgten Fremden, die sie ihrerseits anstarrten und offenbar weitere Fragen hatten, die sie vermutlich ebenfalls nicht würde beantworten können. »Ich bin Sharina os-Reise«, sagte sie. »Ich bin nur …«

Sie wußte nicht, wie sie fortfahren sollte. Sie war keine Prinzessin; aber sie war auch nicht mehr einfach nur die Tochter eines Wirts. Sie war nicht einmal Reises Tochter, wenn die königlichen Botschafter ihr die Wahrheit gesagt hatten. »Ich bin …«, wiederholte sie.

Und dann konnte sie, überwältigt vor Sorge, körperlicher Erschöpfung und Erleichterung, nur noch aussprechen, was sie tatsächlich bewegte: »Ich bin so froh, daß ihr mich und meinen Freund Cashel gerettet habt!«

Garric wurde wieder kräftiger, während er und die Frauen der Bande durch einen Wald folgten, in dem Bäume standen, wie er sie noch nie gesehen hatte. Er wußte, in einem Tag oder zwei würde er die Folgen seines Kampfs mit dem Ruder deutlich spüren, aber im Augenblick war diese Bewegung alles, was er brauchte, damit seine Muskeln sich nicht verkrampften.

Er steckte sein Schwert mit einem deutlichen Zischen ein, und es klirrte, als der einfache Griff auf den Rand der Scheide stieß. Othelm warf einen Blick über die Schulter. Garric grinste ihn höhnisch an. Othelm drehte sich rasch wieder um. Der Himmel blieb weiterhin hellgrün. Die Helligkeit war gleichmäßig, und nichts legte nahe, daß sich irgendwo über diesen kränklich gefärbten Wolken die Sonne befand. Die Vegetation, sowohl Büsche als auch Bäume, die sechzig Fuß hoch in die Luft ragten, hatte knotige Stämme; Zweige und Äste drehten und wanden sich, ähnlich einem Geißblatt.

Er warf Tenoctris einen Blick zu. Sie schüttelte rasch den Kopf, was Garric so deutete, daß auch ihr diese Umgebung neu war. Alle drei schwiegen instinktiv; sie wollten nicht mehr sagen, ehe sie nicht mehr Informationen besaßen.

Die Männer fluchten laut vor sich hin, während sie das massive Steuerruder schleppten, und Garric bezweifelte, daß sie hätten hören können, was hinter ihnen gesprochen wurde, aber dennoch wollte er dieses Risiko nicht eingehen.

Jedesmal, wenn er etwas im Unterholz rascheln hörte, drehte er sich schnell um. Es gab keine bodendeckenden Pflanzen hier, kein Gras und nicht einmal Efeu. Die einzigen größeren Tiere, die er entdecken konnte, waren Ratten. Sie waren vermutlich ebenso wie die Menschen Überlebende von Schiffen, die dasselbe Schicksal wie die *Huldvolle Herrin* erlitten hatten.

Garric lächelte. Dasselbe traf auf die Schaben und die Fliegen zu, die überall herumhuschten und -flogen, wo er hinsah. Er war froh, daß er und seine Freunde überlebt hatten, aber sie befanden sich in einer Gesellschaft, die er nicht gerade mit Stolz betrachten konnte.

Der Weg wurde breiter. Die Wache, die dort stand, sah ebenso schäbig aus wie die Bande, die die Schiffbrüchigen gefunden hatte. Der Mann schlug eine Trommel von mehreren Fuß Durchmesser, die offenbar aus einem hohlen Baum gefertigt war.

Garrics Eingeweide zitterten bei den tiefen Tönen, die sich in der feuchten Luft meilenweit fortpflanzen würden. Er richtete sich gerader auf und bemerkte, daß seine Begleiterinnen dasselbe taten.

Weitere Männer – und ein paar Frauen – kamen aus dem Wald, um sich die Schiffbrüchigen anzusehen. Der größte Teil ihrer Kleidung war aus Baumrinde und Fasern hergestellt, die sie offenbar aus den langen, sehnigen Blättern der hiesigen Bäume gewonnen hatten; aber viele der kräftigeren und besser bewaffneten Männer trugen auch ein oder zwei Kleidungsstücke, die von außen hierhergebracht worden waren.

»Warum hat er ein Schwert?« fragte ein Mann Othelm herausfordernd.

»Weil ich sie alle umgebracht hätte, wenn sie versucht hätten, es mir abzunehmen!« entgegnete Garric. Er hatte in den heimischen Wäldern oft laut nach Schafen gerufen, und an diesem stillen, zwielichtigen Ort trug seine Stimme weit. »Willst du dein Glück versuchen?«

Der Mann, der gesprochen hatte, war ein untersetzter Troll mit nur einem Auge, der einen Ring in der Nase trug. Er spuckte auf den Boden, aber er wich zurück, als Garric näher kam.

Sie befanden sich an einem breiten, schlammigen Strand an einer Lagune. Garric hätte nicht sagen können, wie weit das Wasser sich erstreckte. Auf dem Wasser schwammen Flöße, und auf der anderen Seite waren vage menschliche Gestalten zu erkennen.

An der Baumlinie entlang erstreckten sich einige Hütten, wie Flechten den Stein überziehen, aber sie hatten offenbar keine Dächer. Es gab hier keine Sonne und wahrscheinlich auch keinen Regen, also war das Bedürfnis nach Abgeschiedenheit der einzige Grund für solche Behausungen.

Liane legte Garric die Hand auf die Schulter und hob sich

auf die Zehenspitzen, um ihm ins Ohr zu flüstern: »Die Leute in einigen dieser Boote sind keine Menschen«, murmelte sie. »Sie haben Fell im Gesicht.«

Wenn man nach der Anzahl der Hütten ging, lebten etwa tausend Personen in dieser Zwielichtwelt. Etwa hundert davon waren gekommen, um die Schiffbrüchigen zu betrachten. Eine ähnliche Anzahl wartete neben zwei Treibholzthronen, die vor dem höchsten Gebäude standen und neben denen ein Bronzegong von einer galgenähnlichen Vorrichtung hing.

»Wir haben gute Beute gemacht, Rodoard!« rief Othelm. »Dieses Ruder hier ist aus altem Eichenholz, und es hängen noch ein paar Eisenbeschläge dran.«

Auf den Thronen saßen ein riesiger Mann und eine kräftige Frau, die etwa vierzig Jahre alt sein mochte. Sie sah immer noch gut aus, aber sie hatte einen harten Blick, der Garric instinktiv abstieß.

»Aha, unsere Strandläufer waren also erfolgreich«, sagte Rodoard. »Komm näher, Junge.«

Garric trat vor. »Bleibt dicht hinter mir«, murmelte er den Frauen zu.

Rodoard war mit mehreren Schichten Seide und Samt bekleidet. Die Stoffe hatten Salzwasserflecken, und die Farbzusammenstellung wäre selbst im reinweißen Licht der Sonne lächerlich gewesen, aber an diesem Ort bedeutete echter Stoff Wohlstand, und das war alles, was für Rodoard zählte.

Metall war ein weiteres Zeichen von hohem Status. Rodoard trug ein sehr funktionsfähig aussehendes Kurzschwert, und vor ihm, quer über den mit schwerem Brokat bezogenen Armlehnen seines Throns, lag ein Bootshaken, der an der Innenseite scharf geschliffen war. An der Rückseite der Waffe befand sich ebenfalls ein spitzer Haken.

»Beinahe eine Hellebarde«, flüsterte Garric, der gehört hatte, was Carus in seinem Hinterkopf sagte. *Eine ungelenke Waffe, die nur ein Narr zu einem wirklichen Kampf benutzen würde …*

Garric blieb zehn Fuß vor den Thronen stehen. »Ich bin Garric or-Reise«, sagte er laut. »Das hier sind meine Freunde, Tenoctris und Liane os-Benlo. Wir sind Schiffbrüchige.«

Die Frau erhob sich vom Thron und kam auf Garric zu. Entsetzt bemerkte er, daß ihr langes Kleid aus menschlichen Fingerknöcheln hergestellt war, die man getrocknet, durchbohrt und auf dünne Schnüre gezogen hatte. Sie klapperten leise, wenn die Frau sich bewegte. Träge lächelte sie Garric an.

»Laß ihn in Ruhe, Lunifra«, sagte Rodoard mit einer Spur Gereiztheit in der Stimme. »Später vielleicht. Wenn er ein braver Junge ist.«

Neben dem Thron standen ein paar kräftige Männer. Sie waren sowohl mit Schwertern als auch mit Speeren bewaffnet, und einige trugen auch Teile von Rüstungen. Selbst sie beobachteten die Frau leicht beunruhigt.

Lunifra kicherte kehlig. Sie legte die Hände auf die Hüften und schob sie in einer Geste nach vorn, die Garric so widerwärtig fand, als hätte sie ihn angespuckt. Jetzt, als sie näher kam, bemerkte er, daß sie nach Tod stank.

»Du bist ein gesunder Junge, Garric«, sagte Rodoard in scherzhaftem Tonfall, der nicht einmal ein Kind von den guten Absichten des Regenten überzeugt hätte. »Wenn wir uns endlich aufmachen, die Ersa zu vernichten, werden wir dich brauchen können. Fürs erste genügt es aber, wenn du uns dein Schwert und deine Frau überläßt. Hier im Golf entscheide ich, wer die guten Sachen bekommt.«

»Ich stamme von Haft«, sagte Garric. Er hob nicht einmal die Stimme. »Dort gibt es keine Sklaven.«

»Vergiß Haft«, entgegnete Rodoard, beugte sich ein wenig vor und legte die rechte Hand auf den Griff des Schiffshakens. Rodoard war etwa Ende Zwanzig, beinahe so groß und breit wie Cashel und trotz eines Bauchansatzes zweifellos ein körperlich starker Mann. »Vergiß alles, was du von der Welt wußtest, denn dorthin wirst du nicht zurückkehren. Jetzt bist du am Golf, und König Rodoards Wort ist das einzige Gesetz.«

»Was mein Schwert angeht«, fuhr Garric fort, als hätte Rodoard kein Wort gesagt, »kannst du es gerne haben – wenn du es mir abnehmen kannst. Willst du das versuchen, Rodoard?«

Rodoard schaute nach beiden Seiten und vergewisserte sich, daß seine Leibwachen noch da waren. Garric legte die rechte Hand auf den Schwertgriff. In seinem Kopf blitzte eine Erinnerung aus dem Leben eines anderen Mannes auf: Sein Schwert zischte auf ein paar ziegenbeinige Geschöpfe mit Bronzewaffen herab. Pelzige Arme wurden abgetrennt, gehörnte Schädel eingeschlagen, und überall spritzte Blut, das zu rot war, um Menschenblut zu sein.

Rodoard wich zurück, als er Garrics Miene sah. Er hob seine selbstgefertigte Hellebarde, dann starrte er sie an, als wäre er überrascht, die Waffe in der Hand zu finden. Er ließ sie wieder auf die Armlehnen seines Throns niederkrachen.

Garric schloß den Mund. Sein Hals war trocken, und seine Hände zitterten von einem Blutdurst, der ihn noch mehr entsetzte als Lunifras Knochenkleid.

»Laßt uns in Ruhe, und wir werden euch dienen«, erklärte Liane. »Aber wir dienen euch als freie Bürger. Habt ihr das verstanden?«

Lunifra flüsterte etwas. In der rechten Hand hielt sie einen durchscheinenden Stab, mit dem sie mehrmals den Boden berührte. Eine Handvoll Staub formte sich zu einer grob menschlichen Gestalt und begann herumzutaumeln wie ein Bär an der Kette.

Lunifra sah Garric an. Wieder lächelte sie, aber von der Anstrengung des Zaubers standen ihr Schweißperlen auf der Stirn.

Garric hörte Tenoctris murmeln: *»Oreobazargra rexichtnon hippochtnon.«* Die Staubgestalt teilte sich in zwei, vier, acht Teile – jedes Fragment bewegte sich von den anderen weg und schrumpfte. Einen Augenblick später war nur noch leicht aufgewirbelter Staub zu sehen, der sich langsam senkte.

Erbost warf Lunifra den Kopf zurück. Sie verschränkte die Arme gegen einen Angriff, der nicht stattfand.

»Setz dich hin, Lunifra«, sagte Rodoard. Er nahm demonstrativ die Hände von der Waffe. »Ich habe dir doch gesagt, du sollst sie in Ruhe lassen.« Ausdruckslos starrte er Garric an. »Also gut, Junge«, sagte er. »Ihr könnt gehen. Josfred, such ihnen etwas zu essen und einen Schlafplatz.«

Er klang ganz ruhig – und erheblich bedrohlicher, als das bei einer offenen Drohung der Fall gewesen wäre. Es gab einen Grund, wieso er König dieser Ansammlung von Schurken geworden war.

Ein Mann, so schlank und klein, daß Garric ihn irrtümlich für ein Kind gehalten hatte, trat vor. Er und andere, die nicht größer waren als er, hatten am Rand der Menge gestanden.

»Und ... Josfred?« sagte Rodoard. »Sorge dafür, daß Garric die Ersa zu sehen bekommt. Er soll wissen, gegen was er dieses Schwert demnächst einsetzen wird.«

Zehnter Tag
im Monat des Reihers

Cashel ging davon aus, daß er jetzt vermutlich wach war. Er lag in einer fest gespannten Hängematte. Kunstvoll geschnitzte Läden verschlossen das Fenster, und die Ranken, die sich darüberzogen, verliehen dem Tageslicht einen kühlen, grünen Schimmer.

Cashel setzte sich. Über ihm hing ein Fächer aus bunten Papageienfedern. Der Diener, der den Fächer mit einem Pedal bedienen sollte, bemerkte, daß Cashel aufgewacht war, und begann zu pumpen.

»Wo bin ich?« fragte Cashel.

Sharina kam herein und strahlte wie der Sonnenaufgang, als sie sah, daß Cashel aufgewacht war. »Streng dich nicht an«, sagte sie und trat an sein Bett. »Komm, halte dich an mir fest – oder soll ich Diener holen?«

»Es geht mir gut«, sagte Cashel. Er lächelte schüchtern; man erwartete einfach, daß er so etwas sagte. »Ich meine es ehrlich.«

Cashel reichte Sharina die Hand, aber er stützte sich nicht auf sie, als er aufstand. Einen Augenblick lang war ihm schwindlig, aber dann fühlte er sich beträchtlich besser. Er hatte eine vage Erinnerung, den Himmel eine unendlich scheinende Zeit lang aufgehalten zu haben – aber nein, es war nicht der Himmel gewesen, und er hatte nicht seine Muskeln angestrengt.

Er grinste, als er Sharinas Hand in der seinen sah. Sharina war groß und alles andere als zerbrechlich, aber es wirkte immer noch, als hielte er ein Spielzeug. Sie mußte dasselbe gedacht haben, weil sie nun beide lachten und einander losließen.

Sharina trug ein beigefarbenes Leinenkleid mit geometrischer Stickerei in Blau. In Barcas Weiler trug man einfache Wollkleidung, aber Cashel hatte von seiner Schwester Ilna viel über Stoffe und Moden gelernt. Als er darüber nachdachte, fiel ihm ein, daß Ilna sicher auch viel über Schafe wußte.

Er sah an sich selbst herab. Er trug ein ganz ähnliches Hemd, aber seines zeigte Anzeichen, hastig vergrößert worden zu sein. Er lächelte. Anscheinend gab es hier nicht viele Menschen von seiner Größe.

Und wo war ›hier‹? »Sind wir auf Pandah?« fragte er.

Ein Affe kam auf allen vieren ins Zimmer, dann richtete er sich auf und sagte mit gutturaler Stimme zu Sharina: »Komm zurück. Du bist am Zug.«

»Der Affe spricht!« stellte Cashel fest.

Der Affe zog die Lippen zu einem höhnischen Grinsen zurück. Er war etwa so groß wie ein Mann, obwohl seine kurzen Beine Cashel zunächst getäuscht hatten. Die breite Brust und die muskulösen Arme würden ihn zu einem furchteinflößenden Gegner machen. »Ihr Menschen seid manchmal wirklich zu blöd«, sagte das Tier. »Sharina, vielleicht solltest du Halphemos bitten, die Intelligenz von dem da zu vergrößern. Obwohl du mit einem Hund vielleicht ohnehin besser dran wärest. Oder mit einem Ochsen.«

Cashel lachte laut. »Das ist wunderbar«, sagte er. »Er kann wirklich denken und reden.«

»Idiot!« kreischte der Affe. Er sprang zu einem Fenster und rüttelte wütend an den Läden.

Auch Sharina lachte jetzt. »Das hier ist Zahag«, erklärte sie. »König Folquin von Pandah hat uns freundlich aufgenommen, nachdem …«

Sie runzelte nur kurz die Stirn, aber ihr Tonfall war ein wenig betrübter, als sie fortfuhr.

»Nachdem der Sturm das Schiff zerstört hat. Sein Hofzauberer, Meister Halphemos, hat Zahag den Verstand eines Menschen gegeben. Wir spielen gerade Schach.«

Zahag sprang wieder vom Fenster herunter. »Komm!« befahl er und griff nach Sharinas Hand. Seine Finger waren grotesk lang und mit rauhem, rötlichem Fell überzogen. »Du bist am Zug.«

Der Zorn des Affen war echt gewesen. Der Fensterladen war aus festem Holz, und Zahags Zähne hatten in der Mittelrosette tiefe Kerben hinterlassen.

Zauberkunst mochte dem Affen den Verstand eines Menschen gegeben haben, aber er hatte immer noch die Instinkte eines Tieres. Ein sandrakkanischer Wollhändler, der einmal nach Barcas Weiler gekommen war, hatte einen zahmen Affen mitgebracht, aber der war nicht größer als eine Katze gewesen. Ein Haustier mit Reißzähnen wie Zahag schien keine gute Idee zu sein, und ein kluges, starkes Haustier, das so aufbrausend reagierte, erst recht nicht.

»Einen Augenblick«, sagte Sharina und entzog dem Affen ihre Hand. »Cashel, bist du bereit, dich König Folquin vorstellen zu lassen? Aber es besteht kein Anlaß zur Eile.«

Der Diener – war es ein Sklave? – beobachtete sie neugierig, während er weiterarbeitete. Es sah nicht so aus, als hätte der Mann mehr Persönlichkeit als der Fächer, den er bediente.

»Sofort!« schrie Zahag. Er duckte sich, als wollte er Sharina anspringen.

Wie immer, wenn es sein mußte, bewegte sich Cashel schneller als jeder andere und riß Sharina hinter sich. Dann stellte er sich dem Affen mit der ruhigen Entschlossenheit einer

Felsenklippe, genau so, wie er dem Dämon entgegengetreten war.

Zahag zuckte entsetzt zurück. Er sprang auf den Diener, was den erschrockenen Mann rückwärts taumeln ließ, und von da auf den Fächer. Die Aufhängung sackte unter dem zusätzlichen Gewicht durch; Federn flatterten abwärts wie Blütenblätter einer riesigen Blume.

Cashel trat ein paar Schritte zurück und befand sich dadurch wieder zwischen Sharina und dem Affen. Sharina hatte heute nicht das Messer des Eremiten dabei, fiel ihm auf. Er nahm an, daß die Waffe in einem Palast irgendwie fehl am Platze war.

Zahag ließ sich wieder auf den Boden fallen. Er kratzte sich lässig, ließ Cashel aber nicht aus den Augen. Dann murmelte er: »Ich denke, das Spiel kann warten.«

Cashel räusperte sich. »Ja. Ich möchte mich gerne beim König bedanken.«

Sie verließen das Schlafzimmer – Sharina als erste, der Affe als Nachhut. Nur der Diener blieb und versuchte, den immer noch heftig wackelnden Fächer festzuhalten. Das Hin und Her der Stimmung des Affen beunruhigte Cashel, aber solange er in der Nähe war, brauchte Sharina sich keine Sorgen zu machen.

»Woher wißt ihr hier, wie spät es ist?« fragte Liane, als Josfred sie auf einem Pfad von der Siedlung wegführte. Garric schätzte, daß er mindestens zwölf Stunden geschlafen hatte, so gut hatten sich seine Muskeln schon von der Anstrengung im Sturm erholt. Nichts am Himmel oder im Wald hatte sich verändert, seit er erschöpft in der Hütte aus Flechtwerk zusammengebrochen war, zu der Josfred die drei gebracht hatte.

Ihr Führer zuckte die Achseln. »Die von draußen kommen,

fragen so etwas immer«, sagte er. »Zeit hat am Golf keine Bedeutung. Wir, die wir hier geboren sind, verstehen euch nicht.«

Der Pfad war einmal eine breite Straße gewesen, die um die Lagune herumführte, aber nun hatten Büsche sie weitgehend überwuchert. Garric wußte nicht, wie rasch Pflanzen hier wuchsen, aber die Verringerung des Verkehrs hatte wohl innerhalb der letzten ein, zwei Jahre stattgefunden.

»Da«, sagte Josfred. »Da sind ein paar Ersa bei der Pflaumenernte. Wir sollten wohl lieber nicht näher kommen, aber wahrscheinlich machen sie uns keinen Ärger. Ihr habt ein stählernes Schwert, Meister Garric.«

Bitterkeit schwang in seinem Tonfall mit. Garric wußte nicht genau, ob der nagerhafte kleine Mann ihn um das Schwert oder um Liane beneidete. Josfred schien Frauen nicht für Menschen zu halten, und Garric nahm an, die Haltung ihres Führers war dieselbe wie die von allen Männern hier am Golf.

Dennoch … Lunifra gehörte niemandem, nicht einmal Rodoard.

Ein Dutzend pelzige, aber menschenähnliche Gestalten pflückte dunkelblaue Früchte von taillenhohen Büschen, die in regelmäßigen Reihen angepflanzt worden waren. Diese Früchte, von denen Garric bereits einige gegessen hatte, bevor er und die beiden Frauen zusammen mit Josfred aufgebrochen waren, waren faustgroß und sahen weder wie echte Pflaumen aus, noch schmeckten sie so. Die menschlichen Schiffbrüchigen hatten der Vegetation am Golf vertraute Namen gegeben, aber an diesen »Pflaumen« war nichts Vertrautes.

Die Ersa hörten auf zu arbeiten und stellten die Körbe ab, in die sie die Früchte gesammelt hatten. Sie bewegten sich im Einklang miteinander, die Blicke auf die Menschen gerichtet, und die männlichen Ersa unter ihnen griffen nach Speeren und Keulen. Ihre Waffen hatten Spitzen und Kanten aus Muschelschalen.

Der größte der Ersa – er hatte Garrics Größe, war aber schlanker gebaut – trug einen Speer, dessen schmale Eisenspitze aus einem Nagel geschmiedet war. Er wies damit auf Garric und sagte: »Geht weg, Menschen.« Sein Akzent war leichter zu verstehen als der Josfreds.

»Wir sollten lieber gehen«, murmelte der kleine Mann nervös.

»Ich muß mit ihnen sprechen«, erklärte Tenoctris. Sie betrat das Feld und ging vorsichtig zwischen den Büschen hindurch. Garric wollte Einspruch erheben, dann setzte er dazu an, der Zauberin zu folgen. Liane packte ihn am Arm. »Laß dein Schwert hier«, sagte sie.

»Daran hätte ich selbst denken sollen«, murmelte Garric. Wenn er bewaffnet vorwärts trat, würde das bedrohlich wirken, obwohl ihm nichts ferner lag.

Er löste den Schwertgurt. Das war nicht einfach, denn die Schnalle hatte zwei Dornen; und die Lasche war bewußt lang gelassen und um den eigentlichen Gürtel gewickelt. So hatte König Carus sein Schwert getragen …

»Was macht ihr da?« sagte Josfred besorgt.

Garric ignorierte ihn. Er warf Liane die Waffe zu und eilte Tenoctris hinterher, bevor sie den stirnrunzelnden Ersa erreichte.

»Das hier ist unser Feld«, sagte der Anführer der Ersa. »Wenn ihr versucht, unser Essen zu nehmen, werden wir euch bekämpfen.«

Aus der Entfernung hatte Garric die Züge der Ersa für katzenähnlich gehalten. Aus der Nähe sahen sie keinem Tier ähnlich, das er je gesehen hatte – und auch nicht sonderlich wie pelzige Menschen. Tatsächlich war ihr graubrauner Pelz noch das Vertrauteste an ihnen.

Ihre Gesichter waren rund. Ihre Ohren waren einfach Öffnungen, aber sie hatten Ohrmuscheln von der Größe einer Menschenhand, mit denen sie sich offenbar Zeichen geben konnten. Ihre Münder öffneten und schlossen sich quer, und unter hornigen Lidern zuckten beinahe ununterbrochen Membranen über ihre Augen.

»Wir sind nicht eure Feinde«, sagte Garric. Die Ersa sahen fremdartig aus, aber sie waren sauber und würdevoll – Tugenden, die dem größten Teil der menschlichen Bevölkerung am Golf fehlten. »Wir wollen euch nichts tun.«

»Wir sind gerade erst angekommen«, sagte Tenoctris. »Unser Schiff wurde von einer Kraft zerstört, die mir neu ist. Sind eure Ahnen auf dieselbe Art am Golf angelangt?«

Die Augen der Ersa waren dichter an den Seiten des Schädels als bei Menschen. Wie Schafe hatten auch sie einen ganz anderen Gesichtskreis. Ihre Ohrmuscheln flatterten in wortlosen Zeichen wie Flaggen in einem Sturm.

»Unsere Väter haben diesen Ort geschaffen, um ihren Feinden zu entkommen«, sagte der Anführer schließlich. »Wir haben hier für viele Generationen allein gelebt. Als die ersten Menschen eintrafen, ließen wir sie leben. Alles ging viele weitere Generationen lang gut. Nun sind neue Menschen mit neuen Waffen gekommen und nehmen uns die Felder ab. Menschen, wir sind diejenigen, die hier herrschen!«

Er schüttelte seinen Speer. Er hatte vier Finger an jeder Hand, die einander in Zweiergruppen gegenüberstanden, und einen Daumen.

»Kehrt jetzt um, oder wir töten euch!« rief er.

Die Haltung der gesamten Gruppe veränderte sich leicht. König Carus war deutlich in Garrics Geist zu spüren und analysierte die Situation. Ein einzelner Mensch wäre im allgemeinen ein guter Gegner für einen Ersa, aber eine Gruppe von Ersa würde in einer aufeinander abgestimmten Weise kämpfen, zu der keine menschliche Armee fähig wäre.

»Danke, daß ihr mit uns gesprochen habt«, sagte Tenoctris. Sie verbeugte sich tief. »Wir werden wiederkommen und abermals mit euch sprechen.«

Auch Garric verbeugte sich. Er folgte der alten Zauberin durch das Feld zurück zum Weg und achtete darauf, den Büschen nicht zu schaden.

»Ein Ersa-Zauberer muß diesen Golf geschaffen haben«, sagte Tenoctris leise. »Es gibt keine Berichte über die Ersa, nicht einmal in den Almanachen großer Zauberer, die ihr Leben lang nach Wissen suchten, nur um des Wissens selbst willen. Selbst Cadiloren und Mansel von Eyre oder Uzuncu der Schädel wußten nichts von ihnen – es kann allerdings auch sein, daß diese Zauberer ebenfalls nur ein Mythos waren – wie der Gelbe König, dem sie dienten.«

Sie lächelte müde. »Wenn ich die Macht gehabt hätte, hätte ich zu dieser Art von Leuten gehört«, sagte sie. »Aber natürlich war das unmöglich. Aber weil ich dich begleite, Garric, erfahre ich Dinge, die nicht einmal Uzuncu wußte.«

Dann lachte sie – mit solch echter Freude, daß für Garric selbst unter dem sich nie verändernden Himmel der Tag heller wurde. »Aber vielleicht haben ja die Leute recht, die behaupten, es sei besser, Glück zu haben, als klug zu sein«, fügte sie hinzu.

»Ich glaube nicht, daß es Glück war, was uns hierher verschlagen hat«, sagte Garric. Er fühlte sich unwohl bei dem Gedanken, daß die anderen wegen ihm hier gelandet waren. »Vor allem, wenn wir von hier nicht mehr wegkommen.«

»Es ist möglich, den Golf zu verlassen«, erklärte Tenoctris mit einer Sicherheit, an der nichts Prahlerisches war. »Ich weiß nicht, ob es mir möglich sein wird, uns hier wegzubringen, aber ich weiß, wie ein angemessen mächtiger Zauberer Erfolg haben könnte.«

Jetzt waren sie wieder bei den anderen angelangt. Liane drückte Garric kurz die Hand, als sie ihm das Schwert zurückreichte.

Josfred war die ganze Zeit ungeduldig von einem Fuß auf den anderen getreten. »Das hättet ihr nicht tun sollen!« rief er jetzt. »Sie hätten euch umbringen können, und was hätte Rodoard dann gesagt?«

»Nichts von dem, was er gesagt hätte, hätte Garric noch interessiert«, meinte Liane und ließ damit einen Teil ihrer Gereiztheit an ihrem Führer aus. »Es ist ziemlich sinnlos, über Dinge zu reden, die nicht passiert sind.«

Garric warf über die Schulter einen Blick zurück. Die Ersa hatten wieder begonnen, Pflaumen zu pflücken. Da das Leben dieser Wesen offenbar erheblich mehr von Gemeinschaft bestimmt war als das von Menschen, hatten sie allen Grund, sich von Angehörigen eines Volkes bedroht zu fühlen, dem auch solche wie Rodoard und Lunifra angehörten. Trotz der Drohung, mit der der Anführer der Ersa das Gespräch beendet hatte, schienen sie zu akzeptieren, daß Garric und Tenoctris ihnen gegenüber nicht feindlich gesinnt waren.

»Josfred«, sagte Tenoctris, als sie auf dem schmalen Pfad wieder zur Siedlung zurückkehrten. »Du sagst, du seist am Golf geboren. Wie lange lebten deine Vorfahren schon hier?«

Der kleine Mann fuchtelte hilflos mit den Armen. »Ich habe dir doch schon gesagt, solche Fragen bedeuten hier nichts!« sagte er. »Wir sind immer schon hier gewesen.«

Er hielt inne, als ihm plötzlich klar wurde, daß die Zeit selbst am Golf gemessen werden konnte. »Nur, daß wir Sklaven der Ersa waren, bis andere Menschen wie du – Menschen mit

Waffen – am Strand angespült wurden. Zuvor war dieser Strand nur Schlamm.«

»Ich nehme an, tausend Jahre lang«, erklärte Tenoctris mit einer gewissen Zufriedenheit. »Es sind keine Menschen mehr hierher gesogen worden, seitdem die Kräfte zum letzten Mal einen Höhepunkt erreichten. Der Golf ist eine abgeschlossene Welt. Ich bin nicht einmal sicher, ob er ursprünglich ein Teil unseres Universums war – schließlich gibt es die Ersa nur hier.«

»Das Universum ist alles, was jemals war oder sein wird«, sagte Liane scharf. »Oder nicht? Kann es denn noch mehr als das Universum geben?«

»Nicht von unserem menschlichen Standpunkt her«, meinte Tenoctris. Sie lächelte Liane an und nahm damit der Zurechtweisung ihren Stachel.

Liane blieb mitten auf dem Pfad stehen und umarmte die alte Frau. »Es tut mir leid«, sagte sie. »Ich hätte nicht … ich habe solche Angst. Alles, was ich kannte, verändert sich.«

»Rodoard hat uns stark gemacht«, verkündete Josfred. »Jetzt sind wir nicht mehr die Sklaven der Ersa!«

Garric brauchte König Carus nicht, um zu wissen, daß Rodoard tatsächlich ein schlechter Herrscher wäre, wenn er keinen äußerlichen Feind wie die Ersa hätte, um seine Bande in Schach zu halten. Und selbst Rodoards Brutalität wäre immer noch besser als der launische Sadismus, der von Lunifra zu erwarten war.

»Rodoard und sechs andere sind gleichzeitig angekommen«, erinnerte sich Josfred vergnügt, als sie zurück zur Siedlung gingen. »Sie hatten Waffen aus Stahl. Einer der anderen Männer glaubte, er könne Rodoard Befehle geben, aber Rodoard hat es ihm gezeigt.«

Josfreds Kichern klang, wie wenn Wasser aus einem geborstenen Krug tröpfelt. »Rodoard hat ihm auf der Stelle den

Bauch aufgeschlitzt. Und er quiekte und quiekte, und dann ist er gestorben!«

»War Rodoard in der anderen Welt der Leibwächter dieses Mannes, Josfred?« fragte Liane mit gleichmütiger Stimme. Garric starrte sie an, überrascht sowohl über die Frage als auch über die offensichtliche Ruhe des Mädchens.

Josfred starrte sie entsetzt an. »Bist du auch eine Zauberin wie Lunifra, Frau?« fragte er entsetzt. »Wie könntest du das sonst wissen?«

»Rodoard hat die Tätowierungen eines Kämpfers von Blaise«, sagte Liane. »Sie werden oft angeheuert, um Kaufleute zu bewachen. Mein Vater hat das hin und wieder getan.«

Mit angespannter, tonloser Stimme fügte sie hinzu: »Und nein, ich bin nicht wie Lunifra. Absolut nicht.«

»Lunifra ist eine fähige Zauberin«, sagte Tenoctris. »Fähig und mächtig.«

Sie lachte. »Jedenfalls mächtiger als ich.«

»War es eine gute Idee, Lunifra wissen zu lassen, daß du ebenfalls eine Zauberin bist?« fragte Garric leise. Tenoctris verschwieg ihre Fähigkeiten im allgemeinen, also war er überrascht gewesen, als sie Lunifras Zauber so offensichtlich gestört hatte.

»Sie wußte es bereits«, sagte Tenoctris. »Das habe ich an ihrem Lächeln gesehen, als sie mich ansah. Sie ist imstande, Dinge zu sehen, und zwingt anderen nicht nur ihren Willen auf. Sie ist ziemlich intelligent.«

Garric räusperte sich. Wenn er richtig verstand, was Tenoctris andeutete … »Tenoctris?« sagte er abrupt. Der beste Weg, eine Antwort zu erhalten, war immer noch, eine Frage zu stellen. »Willst du Lunifra dazu bringen, mit uns zusammenzuarbeiten? Unsere Verbündete zu sein?«

Tenoctris blieb mitten auf dem Pfad stehen. Sie legte ihre

Hand auf Garrics Hand, damit er sie ansah. Josfred war mehrere Schritte weitergegangen und merkte nicht, was hinter ihm geschah, aber Liane blieb stehen und betrachtete ihre Freunde mit einem Ausdruck mühsam beherrschter Besorgnis.

»Garric«, sagte Tenoctris, »wenn du Lunifra ansiehst, was empfindest du da?«

»Es dreht mir den Magen um«, sagte er mit seiner üblichen Ehrlichkeit.

»Das ist gut«, erwiderte Tenoctris, »denn in meinem ganzen, langen Leben ist mir noch niemand begegnet, der eine solch gedankenlose Bosheit ausstrahlt. Lunifra geht es nicht um Macht. Sie ist wie ein Blitz oder eine Flutwelle: Sie zerstört Dinge nur, weil sie sie berührt.«

»Im Augenblick hilft sie Rodoard«, stellte Liane fest.

»Das glaubt er jedenfalls«, sagte Tenoctris. »Wenn sie alles andere zerstört hat, wird sie auch ihn zerstören.«

Josfred hatte sich umgedreht und hörte den Schiffbrüchigen nun besorgt zu. »Auch Lunifra kam vom Strand«, sagte er. »Nicht viele Frauen kommen von dort. Seit Rodoard sind hier hundert Männer angelangt, und sie brachten Stahlwaffen und härteres Holz mit als alles, was hier im Golf wächst.«

Der kleine Mann warf Garrics Schwert einen Seitenblick zu. »Die Männer, die sich weigern, Rodoard zu dienen, sterben alle«, flüsterte er. »Alle müssen Rodoard dienen, damit wir uns von den Ersa befreien können!«

»Ja«, sagte Garric. »Ich verstehe genau, was du meinst.«

Die meisten, die hier am Golf landeten, waren wahrscheinlich Seeleute – Männer, die ein gefährliches Leben hart gemacht hatte. Die am Golf selbst geborenen Menschen konnten gegen sie nicht viel ausrichten; die Körpergröße und die Stahlwaffen hatten den Schiffbrüchigen sofort die Macht über die Gesellschaft gegeben, die sie hier vorgefunden hatten. Die

Neuankömmlinge mußten nicht unbedingt schlechte Menschen sein, aber den meisten war der Golf wahrscheinlich wie ein Paradies vorgekommen; und einige von ihnen waren tatsächlich schlecht. Jenen, die einem Schurken wie Rodoard nicht dienten, drohte ein rascher Tod, bevor sich das Gift ihrer Anständigkeit über den Golf ausbreitete. Garric war bisher davor bewahrt worden, weil er ohne Feindseligkeit reagiert hatte, aber auf eine Weise, die ihn enorm gefährlich scheinen ließ, falls Rodoard Konsequenzen ziehen würde. In seinem Geist fand Garric eine Erinnerung an Carus, der durch eine Mauer von Feinden tanzte. Seine Schwertstreiche hatten das Tempo und die Zerstörungskraft von Blitzen.

Ein Seemann hätte es nicht gewagt, sich Rodoard zu stellen; und ein Kaufmann hätte nicht die Kraft und die Fähigkeiten gehabt, seine Drohungen glaubwürdig zu machen. Garric or-Reise, der Bauer aus Barcas Weiler, hätte das alleine auch nicht geschafft, aber – er berührte das Medaillon an seiner Brust – er war nicht allein gewesen.

König Carus lachte unsichtbar, aber er war jetzt jederzeit präsent – selbst, wenn Garric wach war.

»Wir werden die Ersa vernichten«, sagte Josfred und rieb sich voller Vorfreude die Hände. »Viele von eurem Volk sind mit festem Holz und Metall für Waffen zu uns gekommen. Wir werden die Ersa zu Sklaven machen, wie sie uns zu Sklaven gemacht haben – oder vielleicht bringen wir sie auch alle um!«

Wenn ihr das tut, dachte Garric grimmig, *dann wird euch Rodoard zeigen, was Sklaverei wirklich bedeutet.* Obwohl selbst das noch besser wäre als alles, was Lunifra dem Golf zu bringen hatte.

»Ich habe eine bessere Idee«, sagte Tenoctris leise. »Ich glaube, wir können diesen Ort verlassen – überlassen wir ihn den Ersa und schließen ihn hinter uns, damit in Zukunft niemand mehr in diese Falle gerät.«

»Diesen Ort zu verlassen«, erklärte Liane nachdrücklich, »ist wirklich die beste Idee. Ich kann es kaum erwarten!«

Sharina berührte Cashels Hand, als sie ihn führte. Die Ranken, die sich um den Säulengang wanden, hatten duftende Blüten, in denen es vor summenden Insekten nur so wimmelte. Für jeden, der in Barcas Weiler aufgewachsen war, war dies ein exotischer Anblick, aber auch ein friedlicher und tröstlicher.

»Beeilt euch!« forderte Zahag. Seine Arme waren doppelt so lang wie seine kurzen Beine. Er überholte sie, als spielten sie Bockspringen.

»Wir werden schon hinkommen«, sagte Cashel und hielt Sharina auf diese Weise davor zurück, sich einfach deshalb zu beeilen, weil jemand es von ihr erwartete. Sie lächelte und fiel den halben Schritt zurück, den sie voraus gewesen war. Es war tröstlich, in Cashels Nähe zu sein. Er konnte sich rasch bewegen, wenn es notwendig war, aber ansonsten hatte er es nie eilig.

»Hach!« fauchte Zahag angewidert. Er kletterte an einer Säule hoch auf das Dach des Säulenganges. Das Dröhnen seiner Sprünge über den Kacheln verklang langsam.

König Folquins Palast war U-förmig angelegt, und an der Außenseite führte eine Säulenreihe zu den einzelnen Räumen. Korridore durch beide Arme des U führten von den Säulengängen zum Innenhof, wo die eigentlichen Palastangelegenheiten abgewickelt wurden. Nur die eigenen Gemächer des Königs hatten direkten Zugang zum Innenhof.

»Es ist nett vom König, uns so zu helfen«, sagte Cashel. Jeder andere hätte eine Spur von Zweifel in diese Aussage gelegt. Cashel fuhr einfach fort: »Warum macht er das?«

»Weil …«, sagte Sharina gedehnt, denn sie brauchte Zeit, um sich auf diese schwierige Frage zu konzentrieren. »Was immer mit unserem Schiff passiert ist, war von hier aus ein gewaltiges Spektakel. Blitze und Donner. Meister Halphemos sagt, es hätte einen Augenblick so ausgesehen, als senkte sich eine große Scheibe über das Schiff, wie der Nachthimmel mit Sternen. Also waren sie sehr aufgeregt und bemüht, Überlebende zu finden, obwohl ich ihnen nicht viel darüber erzählen konnte, was geschehen ist.«

Die Diener im Palast lebten im oberen Stockwerk. Mütter riefen ihren Kindern, die hinter der rankengeschmückten Kolonnade spielten, etwas zu. Kleider trockneten auf Wäscheleinen, und es roch nach Essen. Die Leute hier in Pandah lebten auf dichterem Raum zusammen als in Barcas Weiler, aber ansonsten waren sie sich sehr ähnlich.

Der Bogengang zum Innenhof war von schmaleren Säulen umgeben, die wie Ried aussahen. Der Palast war ein Steingebäude, aber auf dem Weg vom Hafen hierher hatte Sharina gesehen, daß die Häuser der einfacheren Leute oft nur aus Binsengeflecht bestanden.

»Und außerdem …«, fuhr Sharina fort. Sie war Cashel vollkommene Ehrlichkeit schuldig, selbst wenn das peinlich für sie werden sollte. »König Folquin ist Romantiker. Halphemos hat ihm erzählt, daß er eine Prinzessin heiraten wird, die als Ergebnis von Zauberei zu ihm kommen wird. Folquin glaubt, daß ich das bin.«

»Oh«, sagte Cashel. Er zuckte die Achseln – ein instinktiver Versuch, das Hemd, das ein wenig eng war, zu lockern. Wenn Cashel seine Muskeln spielen ließ, passierte es oft, daß Stoff riß.

»Wer ist dieser Halphemos?«

»Der Hofzauberer«, sagte Sharina. Sie war bewußt langsam

gegangen, aber jetzt hatten sie das Ende des kurzen Korridors erreicht. »Er ist eigentlich noch ein Junge – ein netter Junge. Ich denke, er hätte ganz gut nach Barcas Weiler gepaßt. Aber er ist tatsächlich ein Zauberer.«

»Dann wollen wir ihn kennenlernen«, sagte Cashel. »Und König Folquin.«

Sharina hatte Cashel noch nie wütend gesehen, noch nicht einmal, als er um sein und ihr Leben kämpfte. Eine riesige Eiche würde auch nicht wütend werden, aber wenn sie umstürzte, hatte man nur die Wahl, zu fliehen oder zerdrückt zu werden.

Sie kamen in den Hof. Folquin saß auf einem Hocker, dessen vier Beine in gebogene Fischschwänze ausliefen. Er trug ein Leinenhemd, und nur eine Feder an seinem Barett erinnerte Sharina an das Federgewand, mit dem er sich bei ihrer Rettung geschmückt hatte.

In seiner Nähe hielten sich diverse Höflinge auf, darunter auch Halphemos, der ebenfalls seine förmliche Robe gegen ein einfaches Hemd getauscht hatte. Etwa hundert Bürger von Pandah und ein paar Fremde standen am offenen Ende des Hofs, wo sie entweder warteten, dem König eine Petition vorlegen zu können, oder einfach nur zusahen.

Drei Akrobaten waren mitten in ihrer Vorstellung. Sie waren gut, aber es kam Sharina so vor, als legten sie wenig Begeisterung in ihre Überschläge und Handstände. Sie waren anwesend, weil die höfische Etikette Unterhaltung verlangte. Hinter ihnen standen schon ein paar schlanke junge Frauen mit einem Xylophon bereit, die sich mit einem dicklichen Kaufmann und seinem Sekretär unterhielten.

Folquin stützte das Kinn in die Hand. Ein paar Frauen die dicke Wolltücher um die Schultern trugen, stritten sich gerade über etwas. Sie warfen einander wütende Blicke zu. Neben jeder von ihnen stand ein Beamter.

Zahag hockte am Schachtisch, der neben dem Hocker des Königs aufgestellt war, und durchsuchte sein Fell nach Läusen. Halphemos hatte nachdenklich ins Leere gestarrt. Seine Miene hellte sich auf, als er Sharina und Cashel sah, und er kam auf sie zu.

»Meister Cashel!« rief er begeistert. »Herrin Sharina sagte mir, daß Ihr sie von diesem Schiff gerettet habt. Ich fühle mich geehrt, einem Zauberer Eurer Macht zu begegnen!«

Er streckte den Arm aus und umfaßte Cashels Unterarm, die Hand am Ellenbogen, wie es Viehhändler auf dem Schafsmarkt tun. Neben Cashels Arm sah seiner aus wie ein Bambusrohr, das neben einer Eiche wächst.

»Ich bin kein Zauberer«, sagte Cashel. Er war ehrlich verlegen. »Ich … ich kann mich nicht erinnern, was passiert ist. Ein großes Gewicht senkte sich auf uns nieder, und ich habe versucht, es abzuwerfen.«

Cashel räusperte sich, drehte sich um, um auszuspucken, und dann fiel ihm wieder ein, daß sie hier an einem königlichen Hof waren. Also schluckte er.

Viele der im Hof Versammelten beobachteten entweder die Akrobaten oder unterhielten sich miteinander, während sie auf eine Audienz warteten. Eine alte Frau erzählte weiter hinten im Hof einer Gruppe, die sich um sie versammelt hatte, eine Geschichte; in einer Ecke demonstrierte ein Mann ein paar Bauern ein Spiel, das mit drei Nußschalen und einer Erbse zu tun hatte.

Die einzige Ausnahme war eine Frau in einem langen, weißen Gewand mit Tätowierungen auf beiden Wangen. Sie hockte weitab von den anderen und zeichnete mit einem zugespitzten Knochen in den Staub zu ihren Füßen. Ihr Blick folgte Cashel mit der Intensität einer Schlange, die ihre Beute betrachtet. Als sie bemerkte, daß Sharina zu ihr hinsah, grinste sie und schaute dann wieder auf ihre Kritzeleien auf den Boden.

»Meister Cashel«, sagte Halphemos ernsthaft, »ich kenne mich in der Kunst nicht sonderlich aus, aber mein Freund Cerix versteht alles, was man über Zauberei wissen muß. Dürfte ich Euch bitten, uns zu besuchen, vielleicht heute abend? Cerix wurde verwundet, also fällt es ihm im Augenblick schwer hierherzukommen.«

Der Affe blickte auf und sprang auf sie zu. Dabei stieß er gegen Folquins Hocker und zog sich einen wütenden Blick des Königs zu.

»Sharina!« sagte Zahag. »Du bist am Zug! Komm!«

Cashel meinte: »Nun, ich hätte nichts dagegen, Euren Cerix kennenzulernen, aber vor allem müssen wir unsere Freunde finden, die mit uns auf dem Schiff waren, als ...«

Gebieterisch griff der Affe nach Sharinas Hand. Cashel trat ihm in den Weg. Zahag sprang zurück; ein Mensch hätte nicht so rasch ausweichen können und wäre vermutlich mit Cashel zusammengestoßen. Sharina warf einen Blick zum König. Folquin bemerkte das und zog eine Grimasse. Er schien entschlossen, die Beschwerden weiter anzuhören, statt jetzt zu unterbrechen und dann wieder von vorn anzufangen.

»Ich beende rasch das Spiel«, sagte Sharina mit einem entschuldigenden Blick zu Cashel. »Es wird nicht lange dauern.«

Sharina lächelte, als sie hinter dem schlurfenden Zahag herging. Der Affe benahm sich wie ein schlechtgelauntes Kind, aber er konnte ebensowenig dagegen ausrichten wie ein Kind. Ein Mann – zumindest ein Mann wie Cashel – würde wahrscheinlich auf Zahags Verhalten reagieren, als wäre der Affe ein Erwachsener, der selbst bestimmte, was er tat. Und das wäre ungerecht.

Nun, zumindest hielt Sharina es für ungerecht. Andererseits war es auch möglich, daß Cashel recht hatte, wenn er glaubte, daß es nötig wäre, den Affen einmal quer übers Palastdach zu werfen, damit Zahag in Zukunft lernte, sich zu beherrschen.

»Das ist auch ein Grund, wieso ich gerne möchte, daß Ihr Cerix kennenlernt«, fuhr Halphemos fort. »Mit seinen Kenntnissen und Eurer Stärke können wir Eure Freunde vielleicht finden.«

Sharina hockte sich vor den niedrigen Tisch. Die Hofetikette in Pandah war wenig förmlich, aber sie verbot jedem, auf einem Stuhl zu sitzen, während der König Audienz hielt. Am Boden zu hocken machte einem Mädchen aus Barcas Weiler nichts aus.

Sie warf einen Blick aufs Spielbrett. Schach war ein Spiel der Adligen, das in Barcas Weiler niemand außer Sharina und ihre Eltern, Lora und Reise, gespielt hatte. Lora hatte darauf bestanden, daß Sharina es lernte, ebenso wie sie ihr jeden anderen Aspekt des Hoflebens beigebracht hatte, soweit das in einem Landgasthaus möglich war.

Lora und Reise hatten beide im Palast gearbeitet, als Aufständische den Grafen und die Gräfin von Haft töteten. Sharina war hochgewachsen und blond und sah den eher kräftigen, dunkelhaarigen Eingeborenen von Haft kaum ähnlich, dafür aber um so mehr ornifalischen Adligen wie Graf Niard. Auch Gräfin Tera stammte von den alten Königen der Inseln ab. Lora hatte immer gewußt, was Sharina erst von den königlichen Botschaftern erfahren hatte: Sharina war Teras Tochter, geboren in derselben Nacht wie Garric und von Lora und Reise zusammen mit ihrem eigenen Sohn aufgezogen.

Lora war eine verbitterte, scharfzüngige Frau. Ihre einzige Hoffnung bestand darin, das Kind, das sie aufgezogen hatte, eines Tages auf einem Thron sitzen zu sehen und dann selbst nur eine Stufe unter ihr zu stehen. Aber als König Valences Botschafter mit Sharina aufgebrochen waren, hatten sie Lora zurückgelassen – sie hatte keine Bedeutung für die Pläne des Königs und auch nicht für Sharina. Lora tat Sharina leid, aber sie konnte in ihrem Herzen keine Spur von Liebe für die Frau erkennen, die sie immer noch als ihre Mutter betrachtete.

Dennoch, Schachspielen erwies sich hier an König Folquins Hof als nützliche Fertigkeit.

Sharina warf einen kurzen Blick aufs Brett, dann zog sie mit dem Greif. Ihre Schachfiguren waren aus dunkelrotem Holz geschnitzt, Zahags aus so hellem, daß Sharina die Maserung nur erkennen konnte, wenn sie die Figuren in die Hand nahm.

Pandah war die einzige größere Insel mitten im flachen Inneren Meer. Es gab viele kleine Inselchen, wo ein Schiff über Nacht vor Anker gehen konnte, aber die wenigsten davon boten mehr als einen Landeplatz. Lebensmittel, gutes Wasser und Zivilisation waren nur hier auf Pandah zu finden.

Von einer Zwischenstation auf Seereisen hatte sich Pandah zu einem wichtigen Handelszentrum entwickelt, in dessen Hafen Waren von allen Inseln umgeschlagen wurden. Dieses Schachspiel hätte von überall kommen können, obwohl die grotesken Schnitzereien Sharina annehmen ließen, daß es von Dalopo stammte.

Sharina warf einen Blick in die Menge. Die Frau, die ihr schon zuvor aufgefallen war, starrte Cashel wieder an. Es hieß, daß die Eingeborenen von Dalopo sich tätowieren ließen …

Zahag krähte vergnügt. Er ließ den verbliebenen Zauberer

über das Brett gleiten, um Sharinas Schildkröte zu schlagen. »Da«, rief er. »Das hast du übersehen!«

Sharina hatte es nicht übersehen. Sie hatte schon mehrere Spiele mit Zahag hinter sich und wußte, daß der Affe zu hastig war.

Neben ihr hatte Folquin nun eine Ziege der einen Partei zugeschlagen und festgesetzt, daß die andere Partei eine Wiedergutmachung für den von der Ziege angerichteten Schaden erhalten sollte. Beide Frauen heulten in schrillem Unglauben auf. Cashel und Halphemos unterhielten sich weiter. Der junge Zauberer zeigte Cashel seinen Athame, eine Klinge aus gelbem Walroßelfenbein.

Wieder sprang Sharina mit ihrem Greif. »Schach«, sagte sie. »Und matt.«

»Sharina!« sagte König Folquin. »Würdet Ihr mich bitte Eurem Beschützer vorstellen?«

Sharina wollte gerade aufstehen und zu Cashel gehen, als Zahag einen markerschütternden Schrei ausstieß. Er trat den Tisch zur Seite und packte Sharina mit Händen, die stark genug waren, Walnüsse zu knacken.

Folquin stieß einen zornigen Ruf aus. Die Wachen, die lässig an der Mauer gelehnt hatten, sprangen auf. Die meisten rannten auf Sharina zu, aber einer legte einen Pfeil auf den Bogen.

Cashel bewegte sich, ohne ein Wort zu verlieren. Er packte die Unterarme des Affen mit seinen großen Händen und drückte so fest zu, daß der Affe den eigenen Griff lockern mußte. Zahag ließ Sharina los und versuchte, Cashel in die Hand zu beißen. Cashel riß seine Arme auseinander, während er den Affen immer noch festhielt. Zahag zog seine Fußkrallen über Cashels Bauch.

Der Affe kreischte vor Wut, und die Schreie der Zuschauer

trugen ihren Teil zur Kakophonie bei. Halphemos trat beiseite, ließ den Blick aber nicht von den Kämpfenden weichen, und rezitierte etwas. Er stach mit dem Athame in die Luft. Sein Mund formte uralte Silben; sein Gesicht war bleich.

Wachen drängten sich durch die Menge, die kurzen, krummen Schwerter gezogen. Der Helm des Anführers war mit einer Feder verziert. Sharina trat ihm in den Weg, die Hände erhoben. »Nein!« rief sie. »Laßt Cashel allein damit fertig werden!«

Sie wußte, daß Cashel Zahag festhalten konnte, bis die Wut des Affen sich ausgebrannt hatte. Wenn dabei Schwertkämpfer in den Weg gerieten, würde niemand sagen können, wie das ausging.

»Aus dem Weg!« rief der Anführer der Wachen und versuchte, Sharina zur Seite zu stoßen. Sie rang mit ihm, hielt seinen Schwertarm zurück. Sein Messinghelm fiel zu Boden. Die Leute auf Pandah waren zierlich gebaut, und Sharina hatte nicht nur ihre Kraft, sondern auch Angst, die ihr half.

Einer der Soldaten ließ sein Schwert fallen und versuchte, Sharina von seinem Anführer wegzuziehen. Die anderen zögerten und wollten sich nicht in eine so verworrene Situation einmischen.

Cashel hob Zahag über den Kopf. Er spannte sich an, um den Affen gegen die Mauer des Palastes zu werfen. Zahag war viel stärker als ein Mensch seiner Größe. Er klammerte sich an Cashels rechtes Handgelenk und wollte sich nicht abschütteln lassen. Cashel grunzte und trat auf das Gebäude zu, weil er vorhatte, Zahag zu zerquetschen, falls er den Affen nicht einfach werfen konnte.

»Meneri puripeganux!« rief Halphemos in die plötzliche Stille. Er zeigte mit dem Athame auf den Affen.

Die Luft, die Cashel und Zahag umgab, schimmerte plötzlich

bläulich, dann flackerte sie rot auf. Affe, Mensch und ein Teil des festgetrampelten Bodens unter ihren Füßen verschwanden.

Sharina und die erstaunten Wachen traten zurück. Sharina schaute Halphemos ungläubig an.

Halphemos starrte entsetzt auf die Stelle, wo zuvor noch Affe und Mann gerungen hatten. »Das war ich nicht!« sagte er. »Bei der Herrin, ich wollte sie nur binden.«

Die tätowierte Frau hinter Halphemos erhob sich vom Boden. Mit den Ballen ihres nackten Fußes wischte sie weg, was sie in den Staub gezeichnet hatte. Sie ging davon, während alle anderen im Hof noch erstaunt aufeinander einredeten.

Das Siedlungshaus, in dem Ilna nun wohnte, war aus so leichtem, billigem Material errichtet, daß seine Grundmauern drei Stockwerke statt der üblichen zwei tragen konnten. Ihre Zimmer – eines für die Webstühle, das andere für alle anderen Angelegenheiten – befanden sich im obersten Stockwerk. Das Dach war dicht, und Ilna war nicht bereit, mehr Geld zu zahlen, nur um sich das Treppensteigen zu ersparen.

Zum ersten Mal seit ihrer Errichtung waren die Fußböden und Wände von Ilnas Zimmer makellos sauber – wortwörtlich so sauber, daß man von ihnen hätte essen können. Sie hatte dafür anderthalb Tage gebraucht, und der Geruch der Bleiche, die sie benutzt hatte, hing immer noch am Verputz.

Während ihr Weberschiffchen in dem doppelten Webstuhl hin und her sauste, dachte Ilna über die Vergangenheit nach. Sie wob einen dünnen Stoff von zwei Ellen Breite. Man hätte ihn in die Halle eines Herrenhauses hängen können – oder über den Lichtschacht eines Siedlungshauses wie dieses hier. Sie hatte sich noch nicht entschlossen, was sie damit tun wollte: Würde sie das Tuch an einen Adligen verkaufen, der für die Annehmlichkeiten, die der Stoff in seinen Haushalt brachte, eine Menge zahlen würde, oder würde sie es zerteilen und es Hunderten von Menschen schenken, die sie nicht einmal kannte und deren Bereitschaft, den Schmutz hier zu ertragen, sie anwiderte?

Eine Schuld war eine Schuld, ob man den Gläubiger nun mochte und respektierte oder nicht. Der Schaden, den Ilna mit ihren Liebeszaubern angerichtet hatte, hatte direkt oder indirekt jeden in Erdin berührt. Im Augenblick war die einzig wichtige Frage, ob Geld oder ein Geschenk die bessere Form einer Rückzahlung wäre.

Ilna dachte nicht an die Zukunft. Die Vergangenheit und die Qual in ihrem Herzen waren schlimm genug.

Weil sie in Gedanken auf dem Schiff war, das Garric von ihr wegbrachte, dauerte es einen Augenblick, bis die Einzelheiten des Musters, die sie webte, überhaupt ihr Bewußtsein erreichten.

Ilna hielt inne, dann fuhr sie mit den Fingern über den festgewebten Stoff. Vergangenheit, Gegenwart und Zukunft des Universums waren ein und dasselbe; und da Ilna os-Kenset aus der Hölle kam, gab es kein Muster, dessen Knoten vor ihr verborgen bleiben konnten. Sie schnaubte. Während der Tage, die sie hier im Halbmond verbracht hatte, hatte sie es einigermaßen geschafft, sich davon zu überzeugen, daß die Menschen besser waren, als sie immer geglaubt hatte. Selbstverständlich hatte sie dennoch Vorsichtsmaßnahmen getroffen.

Ilna stand auf und zog sich einen Umhang aus dunkelblauer Wolle über. Sie hatte den Stoff selbst gewebt; er fühlte sich an wie warme Milch. Sie nahm die Schlinge aus feiner Seide vom Haken und verbarg sie unter dem Umhang. Es war Luxus, für diesen Zweck Seide zu verwenden, aber Ilna hatte am Material nie gespart.

Die Fenster waren hier einfach nur Öffnungen in der Wand.

Ilna verschloß und verriegelte die Läden nicht, bevor sie ausging. Sie verschloß die Tür nur, weil es verdächtig gewirkt hätte, das nicht zu tun.

Das Haus war rechteckig gebaut, mit einem Lichtschacht in der Mitte. In jeder Ecke befand sich eine Treppe, auf deren Absätzen sich normalerweise Müll türmte.

Als Ilna die Tür abschloß, bemerkte sie einen etwa zehnjährigen Jungen, der im trüb beleuchteten Flur hockte. Der Lappen, den er über den Abszeß an seinem linken Ellenbogen gewickelt hatte, war von Anfang an schmutzig gewesen; jetzt stellte er nur noch eine Masse getrockneten Eiters dar.

Ilna tat so, als beachtete sie ihn nicht, als sie zur näheren der beiden Treppen ging. Sie war kaum außer Sichtweite, als sie ihn durchdringend pfeifen hörte.

Die Treppe war feucht, und es roch übel. Kinder spielten hier und schrien aufgeregt, während sie über eine Stelle sprangen, an der eine Stufe fehlte. Sie schienen ihren Spaß dabei zu haben, obwohl Ilna nicht verstand, weshalb.

Statt hinunter zur Straße zu gehen, schlich Ilna im zweiten Stock durch den Flur und ging die entgegengesetzte Treppe wieder nach oben. Der Korridor hatte keine Fenster, und die meisten Türen auf beiden Seiten waren verschlossen. Es war, als ginge sie durch einen Tunnel, der nur von einem leichten Schimmer auf den verzogenen Holzdielen beleuchtet wurde.

Auf dem Treppenabsatz hockte ein eng aneinander geschmiegtes Paar. Der Mann fluchte, als Ilna sich vorbeidrängte und zurück zu ihrem eigenen Stockwerk ging.

Sie ignorierte die beiden ebenso wie den getrockneten Kot an den Wänden.

Ilna konnte die Welt tatsächlich verändern, und sie setzte ihre beträchtlichen Fähigkeiten mit großer Kraft dazu ein. Aber sie würde nicht alles verändern können, und schon gar nicht alles auf einmal.

Sie kam aus dem Treppenhaus zurück auf den Flur vor ihrer Wohnung. Ihre Tür war aufgebrochen. Der Junge mit dem Abszeß stand neben der Tür und starrte angespannt zu dem Treppenhaus, durch das Ilna das Stockwerk verlassen hatte. Alle anderen Türen im Flur waren geschlossen: Ihre Nachbarn sorgten dafür, daß sie nichts sahen.

Leise schlich Ilna den Flur entlang. Trotzdem mußte der Junge das leise Geräusch ihrer nackten Füße gehört haben, denn er drehte sich um, gerade als sie die Schlinge um seinen Hals zog.

Ilna riß den Jungen zu sich hin und würgte damit den Schrei aus seiner Kehle. Mit dem freien Ende des Seils band sie seine Hand- und Fußgelenke zusammen, als wäre er ein Kaninchen, das sie zum Markt bringen wollte. Entsetzen stand in den Augen des Jungen. Er lief rot an, aber er konnte immer noch atmen, wenn er den Kopf zurücklegte und das Seil damit ein wenig lockerte.

Ilna legte warnend den Zeigefinger an die Lippen. Dann ging sie zur Tür ihres Zimmers.

Einer der beiden Männer drinnen hatte die Arme voll von Ilnas Garn, zwei Weidenkörben mit lockeren Deckeln. Der andere stand oben am Doppelwebstuhl und sagte gerade: »Nein, wir werden erheblich mehr kriegen, wenn wir ihn auseinandernehmen …«

Dann entdeckte er Ilna in der Tür. »Die Herrin soll dieses nutzlose Kind holen!« fauchte er. Er zog eine Keule aus dem breiten Ledergürtel und kam auf Ilna zu.

Ilna riß an einer Schnur neben der Tür und löste damit das Netz feiner Seide, das sie an der Decke befestigt hatte. Es fiel über die Diebe wie Nebel über eine Wiese. Ilna trat zurück.

»Die Herrin soll dir das Herz aus dem Leib reißen!« rief der Mann und schwang seine Keule. Die Waffe verfing sich im Netz und zog andere Teile des Gewebes fester über seinen Kopf und seine Schultern. Mit einem Schwert wäre dasselbe passiert: Nur die allerschärfste Klinge hätte den elastischen Faden durchschneiden können, statt von ihm umwickelt zu werden.

Die Männer kämpften wie Heuschrecken in einem Spinnennetz. Am Ende lagen sie beide auf dem Boden.

Vorsichtig streckte Ilna die Hand aus und griff nach der Keule, die ihr Besitzer fallen gelassen hatte, als er versucht hatte, das Netz mit beiden Händen zu zerreißen. Er hätte genausogut versuchen können, das Gebäude vom Boden zu heben.

»Ihr wolltet mich bestehlen«, sagte Ilna mit einem kühlamüsierten Blick auf ihre Gefangenen. »Und ihr werdet tatsächlich etwas von meinem Eigentum mitnehmen: das Netz. Ich möchte, daß ihr jetzt zum Fenster kriecht und hinausspringt.«

»Du dummes Miststück!« fauchte einer der Männer. »Du solltest uns lieber gehenlassen, oder …«

Ilna schlug ihn mit der eigenen Keule auf die Stirn. Das feste Eichenholz hatte einen zufriedenstellenden Klang. Der Mann verdrehte die Augen. Er wurde so schlaff wie ein leerer Sack.

Der Schlag hatte ihm eine Wunde an der Stirn zugefügt. Ilna betrachtete das Blut auf der Keule angewidert, dann sagte sie zu dem anderen Dieb: »Also gut, dann trägst du eben deinen Freund zum Fenster und springst mit ihm nach draußen. Wenn du geschickt bist, kannst du mit ihm deinen eigenen Sturz abpolstern. Verstanden?«

»Der Hirte möge mich beschützen!« flüsterte der Mann mit geschlossenen Augen. »Der Hirte möge mich beschützen!«

Es gelang ihm, sich auf die Knie aufzurichten und seinen

Freund hochzuheben. Sorgfältig zupfte Ilna an einzelnen Maschen des Netzes, wo sie sich verfangen hatten, und ermöglichte dem Dieb dadurch den Weg zum Fenster.

Er hatte seinen Freund auf das schmale Sims geschoben und sah sie nun an. »Hoch mit dir und dann nach unten«, sagte Ilna freundlich.

Es war ihre Miene und nicht die drohende Keule, die den Möchtegerndieb wieder in Bewegung setzte. Er sprang vorwärts und verschwand mit einem verzweifelten Aufschrei. Ilna warf ihm die Keule hinterher.

Sie ging zur Tür und rückte dabei Möbel zurecht, die die Diebe bei ihrem Abschied verschoben hatten. Hätte sie ihnen ein paar Minuten mehr Zeit gelassen, dann hätten sie wahrscheinlich den großen Webstuhl zerbrochen. Nun, auch den hätte man reparieren können.

Jetzt standen mehrere der Türen auf dem Flur offen. Die Leute zogen die Köpfe zurück, als Ilna herauskam, aber eine dickliche Frau machte sich an dem Knoten zu schaffen, mit dem der kleine Junge gefesselt war.

»Verschwinde, bevor du ihn erwürgst«, fauchte Ilna. Das Gesicht des Jungen war nun beinahe purpurrot.

Die Frau blickte auf. »Das kannst du mit Maidus nicht machen!« sagte sie. »Er ist mein Neffe!«

»Zurück in deinen dreckigen Stall, oder ich werde dir noch viel Schlimmeres antun«, sagte Ilna mit einem Lächeln so kalt wie ein Wintersturm.

Die Frau wich zurück. Sie regte sich nicht, als Ilna sich den Jungen wie einen Mehlsack über die Schulter warf und ihn – den Kopf nach hinten hängend, um die Spannung der Schlinge zu lockern – in ihr Zimmer trug.

Dort löste sie die Knoten so rasch, wie sie sie gebunden hatte, und zog die Schlinge wieder zurecht. Der Junge, Maidus, lag schluchzend auf dem Boden und rieb sich mit der rechten Hand den Hals.

Im Nebenraum, in einer Holzkiste mit Schlitzen im Deckel, befanden sich Ilnas Vorräte. Sie holte eine Flasche billigen Wein heraus, den sie zur Zubereitung von Soßen benutzte, und das Küchenmesser mit dem Knochengriff. Damit kehrte sie zu dem Jungen zurück.

Maidus schrie entsetzt auf, als Ilna ihm ein Stück grob gewebten Stoffs unter den linken Ellenbogen schob. »Das wird jetzt weh tun«, sagte sie, als sie den stinkenden Verband abschnitt. Mit der Messerspitze schnippte sie ihn aus dem Fenster. »Halt still, oder es tut noch mehr weh.«

»Was machst du da?« sagte der Junge. Ilna packte seinen Arm ober- und unterhalb des Ellenbogens und drückte dann den Abszeß leer.

Maidus keuchte. Er schrie allerdings nicht, was Ilna eher überraschte. Sie wischte die Haut rund um den Abszeß mit dem Stoff sauber. Unter der Masse geronnenen Eiters hatte sich eine flache Grube gebildet, so breit und so tief wie ein Fingernagel.

»Auch das wird jetzt weh tun«, sagte Ilna. Sie tröpfelte den säuerlichen Wein in die Wunde. Maidus begann zu jammern. Mit der freien Hand wischte er sich die Tränen ab.

Ilna deckte den Abszeß mit einem dünnen Stoff ab. Dann legte sie den Verband in einem Muster an, von dem sie wußte, daß es die Heilung begünstigte. Sie hatte nach dem Verbandsstoff suchen müssen; die Diebe hatten alles so durcheinandergebracht, daß sie mindestens eine Stunde brauchen würde, um wieder aufzuräumen.

Dann trat sie zurück. »Du kannst jetzt aufstehen, Maidus«, sagte sie. »Geh nach Hause. Komm in drei Tagen wieder, und ich hole das Stoffstück heraus.«

Sie lächelte, als sie seinen Blick sah. »Ja, das wird auch weh tun«, sagte sie. »Aber der Abszeß wird nicht wiederkommen. Das ist eine dieser Gelegenheiten, wenn der unangenehme Weg der beste ist.«

Vorsichtig kam Maidus auf die Beine. Im Flur hörte man Stimmen, Nachbarn, die verängstigt miteinander flüsterten. »Wir wußten nicht, daß Ihr eine Zauberin seid, Herrin«, sagte er zu Ilna. »Das wißt ihr jetzt auch nicht!« erwiderte sie. »Aber ich hoffe, daß eure Freunde und all deren Freunde inzwischen erkannt haben, daß man Ilna os-Kenset besser in Ruhe läßt.«

Sie schnaubte. »Und ich schlage vor, daß du dich in Zukunft von diesen beiden Schurken fernhältst«, fügte sie hinzu. »Selbst wenn dir ihre Unehrlichkeit nichts ausmacht, sollte dich ihre Unfähigkeit stören.«

Maidus nickte. Er warf einen Blick zur Tür. »Kann ich ...«, sagte er.

»Ja, du kannst gehen«, sagte Ilna. »Aber ich könnte hin und wieder jemanden brauchen, der Botengänge für mich erledigt. Wenn du dazu Lust hast, komm morgens zu mir.«

»Ja, Herrin!« sagte der Junge, schon vom Flur aus.

»Ich werde nicht viel zahlen!« rief ihm Ilna nach.

Sie hob die aufgebrochene Tür vom Boden hoch und überlegte, wie sie sie am besten anlehnen solle, bis sie Zeit haben würde, die Scharniere ersetzen zu lassen.

Nicht die ganze Welt und nicht auf einmal, aber sie veränderte tatsächlich etwas.

Elfter Tag
im Monat des Reihers

Der Mond hätte im dritten Viertel sein müssen, nicht voll, wie Cashel ihn jetzt sah, als er die Augen öffnete. Es hätte auch nicht Nacht sein dürfen, aber Cashel hatte das Gefühl, mehrere Stunden nicht bei Bewußtsein gewesen zu sein.

Vorsichtig stand er auf. Frösche quakten vergnügt. Er grinste. Sie konnten nicht besser singen als er: Frösche, Möwen und Cashel or-Kenset. Frösche waren ein vertrautes Geräusch, und ganz in der Nähe hörte er nun das rasselnde Grunzen eines Schweinefroschs, wie sie in den Marschen südlich von Barcas Weiler lebten.

Cashel blickte zum Himmel. Die Sterne waren auch nicht ganz richtig. Es war Frühling – tausend Dinge sagten ihm das, von Insektengeräuschen bis zum Geschmack des Windes –, aber das Sternbild der Zange befand sich bereits über dem südlichen Horizont.

Wenn er seinen Stab dabeigehabt hätte, hätte er jetzt das Hickoryholz berührt, nur um des Gefühls willen. Aber der Stab war nicht da, und das zählte vermutlich auch nicht.

Ganz in der Nähe unter den niedrigen Bäumen bewegte sich etwas. Cashel wandte sich dem Geräusch zu und beugte sich ein wenig vor. Er hatte die Arme ausgebreitet. »Wer immer da sein mag, sollte mich lieber wie ein Mensch begrüßen, oder ich gehe davon aus, daß ich es mit Ungeziefer zu tun habe«, knurrte er.

»Ich wollte nur nachsehen, ob du in Ordnung bist«, erklang Zahags gutturale Stimme. »Du bist also wieder bei Bewußtsein?«

»Komm raus, wo ich dich sehen kann«, befahl Cashel und entspannte sich ein wenig. Er hatte nicht viel Grund, den sprechenden Affen zu mögen, aber immerhin mußte er ihn auch nicht fürchten. Es wäre immerhin ein vertrautes Gesicht, wenn auch ein häßliches.

»Sie hätte mir beinahe Arme und Beine abgerissen, als sie uns hierhergewirbelt hat«, beschwerte sich Zahag und kam näher. Er war auf allen vieren und offensichtlich bereit, sofort davonzurennen, falls Cashel den Kampf von neuem beginnen wollte.

»Keine Sorge«, meinte Cashel ein wenig verächtlich. »Ich habe nicht mit dem Kampf angefangen. Aber ich schwöre dir beim Hirten, Affe: noch so ein Anfall, und es wird dir sehr leid tun.«

»Du brauchst mir nicht die Zähne zu zeigen«, sagte Zahag finster. »Ich bin zu lange unter Menschen gewesen und habe vergessen, wie man sich richtig benimmt.«

Er kratzte sich am Rücken. Cashel blinzelte; es war nicht nur die Länge von Zahags Armen, sondern auch die Dehnbarkeit seiner Gelenke, die diese Bewegung möglich machten.

»Ich wünschte, ich wäre wieder auf Sirimat«, sagte der Affe. »Ich wünschte, ich wäre wieder so, wie ich war, bevor Halphemos mich zum Reden brachte.«

Cashel bewegte die Schultern, um sich zu lockern. Es fühlte sich tatsächlich an, als hätte man versucht, ihm Arme und Beine auszureißen. »Weißt du, wo wir sind?« fragte er ruhig.

»Oh, wir sind immer noch auf Pandah«, meinte Zahag und hockte sich zu Cashels Füßen. »Die Küstenlinie ist dieselbe, und die Krebse haben auch denselben Geschmack. Aber die Stadt liegt jetzt auf einer anderen Seite des Hafens, und die Sterne stimmen nicht.«

Er legte seine langen, unerwartet weichen Finger in Cashels Kniekehle. Bei einem Menschen wäre das eine flehentliche Geste gewesen. Wahrscheinlich war das bei Affen nicht anders. »Ich wollte mich vor den Leuten hier nicht sehen lassen, bevor du nicht wach warst«, sagte er. »Siehst du, ich habe dir schon etwas zu essen gebracht.«

Er zeigte auf eine Handvoll Früchte, die auf einem flachen Stein in der Nähe lagen. Cashel hatte nicht darauf geachtet, als er sich seine Umgebung angesehen hatte. Neben den Früchten lagen Krebse, die noch mit den Schwänzen zuckten, aber sie konnten nicht mehr entkommen, weil der Affe ihnen die Beine abgerissen hatte.

»Bitte«, sagte Zahag. »Kann ich mich deinem Rudel anschließen?«

»Es ist ein ziemlich kleines Rudel«, sagte Cashel. Er fragte sich, wie er Sharina wiederfinden sollte. Er zweifelte nicht daran, daß er sie finden würde – er war nur noch nicht sicher, wie. »Sicher, ich wäre froh über deine Gesellschaft, solange du dich anständig benimmst.«

Der Affe gab einen hohles, kehliges *Hughhugh* von sich. Er zeigte auf die gegenüberliegende Landzunge, die von mondbeleuchteter Gischt umrissen war. »Die Stadt liegt jetzt dort«, sagte er.

»Wir warten bis zum Morgen«, sagte Cashel. »Es ist unhöflich, Leute um diese Zeit zu besuchen.«

Dann fiel ihm ein, was Zahag zuvor gesagt hatte. »Was meintest du damit, daß ›sie uns hergewirbelt hat‹?« fragte er. »Weißt du, wie das geschehen ist?«

»Oh, das war Silya«, sagte Zahag. Er drehte einen Zweig hin und her, bis die Fasern zwischen seinen Händen mit lautem Krachen zerrissen. Cashel wäre ebenfalls dazu in der Lage, aber es erinnerte ihn erneut daran, wie stark der Affe war. »Das ist die Zauberin aus Dalopo, die sich in den letzten Tagen im Palast herumgetrieben hat.«

Zahag zerriß einen weiteren Zweig. Er flechtete sie zu einem Schlafnest zusammen, da Cashel gesagt hatte, sie würden die Nacht hier verbringen.

»Ich nehme an, sie hatte vor, Halphemos' Stelle einzunehmen«, fuhr der Affe fort. »Er wußte nicht einmal, daß sie eine Zauberin ist.«

»Warum hast du ihm das nicht gesagt?« wollte Cashel wissen. In seiner Stimme schwang ein leichtes Grollen mit, das wie Donner über dem Horizont klang. In Barcas Weiler kümmerten sich Leute um ihre Nachbarn.

Zahag hielt mit seiner Arbeit inne und warf dem Menschen einen Blick zu. Er sagte: »Halphemos hat mich zu dem gemacht, was ich bin, Häuptling. Ich hätte ihm die Kehle durchgebissen, wenn ich es nur gewagt hätte.«

»Oh«, sagte Cashel. Er dachte daran, wie es war, wenn man nirgendwohin gehörte. Er hatte sich so gefühlt, nachdem Sharina Barcas Weiler verlassen und all seine unausgesprochenen Hoffnungen mitgenommen hatte. »Nun, das geht wohl nur dich und ihn etwas an.«

Zahag begann wieder, Zweige zu flechten, wobei er sowohl Hände als auch Füße benutzte. »Ich nehme an, Silya wollte dich so schnell wie möglich loswerden, weil du auch ein Zauberer bist«, sagte er.

»Ich bin kein ...«, murmelte Cashel, aber er konnte es irgendwie nicht wirklich leugnen. Er wußte nicht mehr, was die Wahrheit war. Die Wahrheit war nicht mehr so einfach wie damals, als er noch in Barcas Weiler Schafe gehütet hatte.

»Und ich nehme an, König Folquin wird Halphemos die Schuld an allem geben«, fuhr Zahag fort. »Also ist Silya euch vielleicht beide los.«

Er lachte leise. »Folquin wird so wütend sein, daß er Steine beißen könnte«, meinte er.

»Es war falsch von Folquin, Halphemos gefangenzusetzen«, murmelte Cerix zornig. Er hielt inne, um mehr von den Dämpfen der schwarzen, teerartigen Substanz einzuatmen, die er in einem geschlossenen Topf erhitzte. »Wenn der Junge sagt, er hat es nicht getan, dann hat er es nicht getan. Vielleicht gibt es noch mehr mächtige Zauberer hier als nur Halphemos, obwohl, bei der Herrin, mir niemals einer begegnet ist. Aber Halphemos hat nie etwas auf dem falschen Fuß angefangen und eine Wirkung erreicht, die er nicht erwartete. Nicht ein einziges Mal.«

Cerix war ein Mann in mittleren Jahren mit einem Kranz dunklen Haares um eine kahle Stelle am Hinterkopf. Er hatte einen Bauch, aber um seine kräftigen Arme und Schultern hätte ihn jeder hart arbeitende Bauer in Barcas Weiler beneidet. Cerix saß in einem Rollstuhl mit größeren Rädern hinten als vorne, so daß er sie an den Rändern packen und sich selbst schieben konnte, wenn niemand da war. Seine Beine waren in der Mitte der Oberschenkel abgetrennt; die Droge, die er rauchte, betäubte den Schmerz, nahm ihn aber nicht vollständig.

»Ich bin derjenige, der den Fehler gemacht hat«, sagte Cerix bitter. Er zeigte dorthin, wo seine Knie sein sollten. »Der Junge hätte so etwas nie getan.«

Cerix und Halphemos wohnten in einem Haus mit Innenhof und drei Räumen auf einer Seite und einer Mauer auf der anderen – praktisch eine Miniaturausgabe des Palastes. Sharina hätte eigentlich erwartet, daß der Hofzauberer im Palast selbst wohnt, aber ihr war sofort klargeworden, wie sehr sich Cerix wegen seiner Behinderung schämte.

Er hatte selbst die Tür aufgemacht, nachdem sie das Haus gefunden hatte, lange Zeit nach Mitternacht. Es gab keine Dienstboten, obwohl man in einem Anwesen dieser Größe mehrere erwartet hätte.

»Zauberer, die in den vergangenen Jahren sehr wenig Macht hatten, können im Augenblick große Dinge vollbringen«, sagte Sharina. »Könnte sich Halphemos einfach verrechnet haben?«

Cerix warf ihr einen scharfen Blick zu. »Ihr versteht nicht zufällig auch etwas von der Kunst?« sagte er.

»Nein«, meinte Sharina und begegnete seinem Blick furchtlos. Sie war gekommen, um Cerix die Nachrichten zu bringen und ihn um Hilfe zu bitten, nachdem Folquin den Aufruhr in seinem Hof beendet hatte, indem er Halphemos als Schuldigen festnehmen ließ. »Aber ich habe Freunde, die sich auskennen.«

»Ihr habt ganz recht, was die Veränderung der letzten Zeit angeht«, meinte Cerix. »Aber Ihr habt nicht hingehört, als ich über den Jungen sprach. Er hat Instinkt. Ein halbes dutzendmal habe ich ihn einen Bannspruch gelehrt, aber er wollte ihn nicht benutzen und meinte, es sei nicht recht. Was weiß dieser Junge schon, dachte ich. Also habe ich es ihm eines Tages, als ich eine Flasche Wein intus hatte, gezeigt.«

Er lachte, aber am Ende klang es wie das Gackern eines Wahnsinnigen. Wieder griff er nach seinem Inhalator und holte tief Luft.

Der narkotische Rauch ließ Sharinas Hals austrocknen. Sie ging zum Wasserkrug und schöpfte sich etwas zu trinken in einen der Becher, die am Rand hingen. Der schön geformte Krug war aus unglasiertem Steingut. Wasser, das durch die Poren schwitzte, hielt den Inhalt erheblich kühler als die umgebende Luft.

»Wie habt Ihr Halphemos kennengelernt?« fragte sie.

»Ich war der Große Cerix, der die Wunder des Kosmos

erschließt«, sagte Cerix und senkte den Inhalator. »Ich gab eine Vorführung auf Sandrakkan. Ihr habt sicher noch nie von dem Ort gehört, wo ich war. Es waren nur ein paar Häuser im Hinterland.«

So würde Cerix vermutlich auch Barcas Weiler beschreiben, dachte Sharina. Sie sprach es nicht laut aus.

»Nach der Vorstellung kam ein Junge zu mir«, fuhr Cerix fort. »Alos or-Noman – Alos, Sohn von Niemand. Er erklärte, er wolle mit mir kommen und die Zauberkunst von mir lernen.«

Er schnaubte. »Ich hatte schon einen Jungen, der mir half – den Sohn meiner Schwester, einen nutzlosen kleinen Kerl. Ich brauchte ganz bestimmt nicht noch einen zweiten. Und das sagte ich Alos.«

Cerix rollte mit dem Stuhl zum Wasserkrug. Sharina beugte sich vor, um Hilfe anzubieten, hielt dann aber inne. Trotzdem warf ihr Cerix einen erbosten Blick zu, als er sich sein Wasser holte. Dann trank er.

»Eines der Bilder, die ich bei der Vorstellung vorführte, stellte den Königspalast in Valles dar«, sagte Cerix und schüttelte noch bei der Erinnerung staunend den Kopf. »Ich hatte ein Stück Dachziegel, das bei einem Sturm vom Palastdach abgebrochen war. Daraus ließ ich das ganze Gebäude erscheinen. Ich war stolz auf diesen Effekt. Jedesmal, wenn ich das machte, fühlte es sich an, als würde ich einen Pflug durch harten Boden ziehen.«

Sharina nickte. In Barcas Weiler hatten Leute, die Pflugochsen besaßen, den Nachbarn, die keine hatten, geholfen; so war es dort nun einmal. Aber sie verstand das Bild sehr gut: die Frau hinter dem Pflug, während der Mann ihn zog; oder noch schlimmer, ein Kind, das versuchte die Pflugschar zu lenken, während die verwitwete Mutter sie mühsam vorwärts zerrte.

»Und dann stellt sich dieser Junge hin und führt es mir selbst vor, spricht die Worte nach, die er während der Vorstellung von mir gehört hat«, sagte Cerix. »Und schon erscheint der Palast, nur daß man nun sogar Leute im Hof umherschlendern sieht, und er schwitzt nicht einmal dabei. Alos, der Bastard, zwölf Jahre alt, hat sich selbst das Lesen beigebracht – nur nicht die alte Schrift. Und er ist ein hundertmal besserer Zauberer, als ich es mir je hätte träumen lassen. Ist das nicht komisch?«

Cerix begann zu weinen. Er wischte sich mit der freien Hand die Augen, dann warf er den Becher gegen den Brunnenrand im Hof, wo er zerbrach.

»Ich hätte ihn am liebsten gehaßt, aber ich konnte nicht«, sagte Cerix. »Er hat sich von noch weiter unten hochgearbeitet als ich, und er wollte nur, daß ich ihm beibringe, sein Talent zu benutzen. Ich wünschte nur, die Herrin hätte mir genug Vernunft gegeben, ihm zuzuhören, anstatt beweisen zu wollen, daß ich ein ebenso großer Zauberer bin wie er – wo ich doch wußte, daß ich es nicht bin, nicht einmal annähernd!«

Sharina wandte sich ab. Sie räusperte sich und sagte: »Halphemos glaubte, daß Ihr mir und Cashel helfen könntet, unsere Freunde zu finden, die verschwunden sind, als das Schiff unterging. Könnt Ihr mir vielleicht zunächst helfen, Cashel zu finden?«

Cerix hatte eine Serviette auf dem Schoß. Damit putzte er sich jetzt heftig die Nase, dann rollte er seinen Stuhl hinaus auf den Hof. Er warf das zusammengeknüllte Tuch akkurat in einen Korb in der offenen Tür des Nachbarraums.

»Halphemos wußte, daß ich den Zauber nicht selbst bewerkstelligen kann«, sagte Cerix mit müder Stimme, als er mit raschen, kräftigen Stößen seiner Arme zu Sharina zurückkehrte. Er holte sich Wasser in einem anderen Becher. »Er sagte, er würde Eure Freunde finden, wenn ich ihm den Spruch beibringe, nicht wahr? Er kann die alte Schrift immer noch nicht lesen.«

Sharina dachte darüber nach, was der junge Zauberer genau gesagt hatte, bevor der Hof des Königs im Chaos versank. »Das hat er wahrscheinlich gemeint«, sagte sie. »Aber Ihr seid doch auch ein Zauberer, oder?«

»Nicht mehr«, sagte Cerix mit bedrückter Stimme. Sein Inhalator lag auf dem Boden gleich neben dem Kohlenbecken, auf dem er ihn erhitzte. Er wandte den Stuhl wieder dorthin. »Ich nehme an, das versteht Ihr nicht. Die Worte einer Rezitation widerstreben einem. Je größer die Wirkung, desto größer der Widerstand. Deshalb kann auch nicht jeder ein Zauberer sein.«

Cerix schraubte das Oberteil des Inhalators ab und legte es beiseite. Das Gerät bestand aus feinem Porzellan und war mit einer Schlange verziert, die ihren eigenen Schwanz zu verschlucken versuchte. Cerix drehte den Behälter um und kratzte mit einem Holzspatel die verkrusteten Überreste des Teerkügelchens auf den Boden.

»Aber Ihr seid ein Zauberer«, meinte Sharina. Sie brauchte Cerix' Hilfe, und seine drogendurchtränkte Schwäche widerte sie an. Sie berührte den Knauf ihres Pewlemessers. Nonnus hatte nichts von Zauberei gewußt, aber gerade so viel, um ihr aus dem Weg zu gehen. Aber Sharina hätte jetzt alles dafür gegeben, ihren alten Freund neben sich zu wissen.

»Ich war einmal ein Zauberer«, sagte Cerix scharf. Er griff nach der kleinen Schachtel mit den Kügelchen aus schwarzem Teer, dann setzte er sie ab und sah Sharina wieder an.

»Ich habe die Kunst studiert«, erklärte er. »Ich habe Bannsprüche aus den Werken alter Gelehrter kopiert. Werke der Zauberer des alten Königreichs und der Zeit davor. Ich hatte alles, was es brauchte, um ein großer Zauberer zu sein – nur nicht die Macht, diese Kenntnis zu benutzen. Dennoch gewann auch ich an Macht, als die Kräfte um uns sich verstärkten.«

Er lächelte kalt, als er sich erinnerte. »Genau, wie Eure Freunde es Euch erzählt haben. Ich wußte, daß Halphemos die Macht hatte, die mir fehlte. Aber ich verstand nicht, daß mir auch sein Urteilsvermögen fehlte. Und dieses Urteilsvermögen ist mehr wert als Macht.«

Cerix zuckte mit den muskulösen Schultern. »Ich hatte eine Rezitation gefunden, die ein Fenster zu einer anderen Ebene öffnen konnte«, sagte er. »Halphemos weigerte sich, sie zu sprechen. Das war vor zwei Jahren, als wir Vorstellungen in Erdin gaben und ich davon träumte, Hofzauberer des Grafen von Sandrakkan zu werden. Als Halphemos gerade nicht in unserer Unterkunft war, habe ich den Spruch selbst ausprobiert.«

Tränen liefen Cerix über die Wangen. Mit zitternder Stimme fuhr er fort: »Es war kein Fenster, sondern eine Tür. Und es zog mich hindurch. Nur Schwäche hat mich gerettet – ich konnte den Bannspruch nicht beenden, also schloß sich die Tür, bevor ich vollkommen hindurchgerutscht war.«

Cerix griff nach der Drogenschachtel. Seine Hände zitterten so stark, daß er sie nicht öffnen konnte. Sharina nahm sie ihm ab, öffnete sie und legte sorgfältig ein Kügelchen in den Porzellantopf.

»Meine Beine sind immer noch auf der anderen Ebene«, sagte Cerix, der nun wieder ruhiger geworden war. Er schraubte den Inhalator zu und stellte das Gerät zum Erhitzen auf das Kohlebecken. »Dämonen zerreißen sie. Jeden Augenblick eines jeden Tages zerreißen Dämonen meine Beine. Und wenn ich jetzt versuche, einen Bannspruch auszusprechen, bleiben mir die Worte im Hals stecken.«

»Aha«, sagte Sharina. »Das tut mir sehr leid.«

Es hatte in Barcas Weiler Leute gegeben, die Finger oder ganze Glieder verloren hatten. Einige von ihnen beschwerten sich über Schmerzen im fehlenden Teil. Es hatte nichts mit Dämonen zu tun, aber der Schmerz war für die Opfer ebenso wirklich wie jeder andere Schmerz.

Sharina runzelte die Stirn. Sie wäre nie auf die Idee gekommen, daß es etwas mit Dämonen zu tun hatte, wenn die alte Jael sich wegen eines Fußes beschwerte, den sie schon als Mädchen verloren hatte, als ein Wagen darüber gefahren war. Sharina hatte angenommen, daß Cerix sie belog. Aber das war ebenso dumm, wie jede »neue Tatsache« unkritisch als die Wahrheit zu akzeptieren.

Cerix atmete Dampf ein und setzte den Inhalator mit ruhigerer Miene wieder ab. »Halphemos hat mich hierher nach Pandah gebracht«, sagte er. »Ich habe ihm beigebracht, wie man einen Affen zum Sprechen bringen kann, und das ließ den König auf ihn aufmerksam werden.« Er zuckte die Achseln. »König Folquin hat sich bisher als guter Herr erwiesen. Wir haben genug Geld gespart, um uns eine Überfahrt zu einer anderen Insel leisten zu können. Es würde auch für Euch reichen.« Der verkrüppelte Zauberer lächelte Sharina an. »Holt Halphemos aus dem Gefängnis«, fuhr er fort. »Es ist nur ein Käfig für betrunkene Seeleute. In Pandah geht man recht lässig mit solchen Dingen um.«

Wieder hob er den Inhalator. »Befreit meinen Jungen«, sagte er. »Und zusammen werden wir alles tun, was wir können, um Eure Freunde zu finden.«

»In Ordnung«, erwiderte Sharina. »Ich komme zurück, wenn ich Pläne geschmiedet habe.«

Sie ging zur Tür, die Hand auf dem Knauf des Pewlemessers. Hinter ihr seufzte Cerix, als er sich die Lungen mit dem schmerzstillenden Rauch vollpumpte.

»Ich habe Zauberern nie getraut«, sagte König Carus, der zusammen mit Garric zusah, wie Tenoctris im Sumpf unter ihnen eine Beschwörung begann. »Ich hatte Angst vor ihnen, obwohl ich das nie zugegeben hätte.«

Rauch erhob sich aus einem hohlen Baumstumpf in den sonnenlos hellen Himmel. Tenoctris hatte einen Kreis von Worten um den winzigen, abgehackten Stamm geschrieben. Der Rauch bewegte sich bei jeder Bewegung des Zweiges, den die alte Zauberin als Athame benutzte.

»Die meisten Zauberer wußten nicht, was sie taten, und dann hatten sie plötzlich mehr Macht, als sie sich je hätten träumen lassen«, fuhr Carus fort. »Sie waren wie Blinde, die herumrennen und Fleischmesser schwingen.«

Tenoctris, Liane und Garrics Körper saßen auf einem kleinen Hügel in einiger Entfernung von der Stelle, wo sie am Vortag die Ersa getroffen hatten. Die Bäume, die sie umgaben, waren hoch und hatten gerade Zweige statt der eher gebogenen, die die meiste Vegetation hier aufwies.

Carus schüttelte verärgert den Kopf, als er über Fehler nachdachte, die er tausend Jahre vor Garrics Geburt gemacht hatte. Der Reif aus Gold in seinem dichten schwarzen Haar blitzte. »Ich hätte mich von einem Zauberer über die Dinge, von denen ich nichts wußte, belehren lassen müssen«, sagte er, »und sie nicht einfach ignorieren dürfen. Daß ich Zauberei ignorierte, hat schließlich dazu geführt, daß ein Zauberer mich und meine Flotte versenkte – und damit das ganze Königreich zerstörte. Für tausend Jahre.«

Der Hügel war nur ein Dutzend Fuß höher als die Umgebung, aber selbst so etwas war selten hier am Golf. Auf dem Feld dahinter schlitzten ein paar Ersa die Stämme von Setzlingen mit scharfkantigen Muscheln auf und ernteten das Mark mit Holzspateln.

»Die Zauberer, die ich erlebt habe …«, begann Garric. Sein Traumselbst lächelte über das Leben, das er geführt hatte, seit er Barcas Weiler verließ. Auf dem Hügel dort drunten saß Garrics Körper mit dem Schwert über den Knien; er blinzelte ab und zu, und seine Brust hob und senkte sich regelmäßig.

»Die Zauberer, die ich gesehen habe«, sagte er, »hätten dir zum größten Teil mehr Schaden zugefügt als Gutes getan. Sie strengen sich an, Dinge zu bewegen, die sie nicht wirklich sehen können, und sie haben jetzt tausendmal größere Macht als noch vor ein paar Jahren. Das war dasselbe in deinem Zeitalter, weil auch damals die Kräfte ihren Höhepunkt erreichten.«

Der Rauch von Tenoctris' Feuer verflog in der Luft, als hätte eine Brise ihn verweht. Aber es gab keinen Wind am Golf, und der Rauch selbst hatte nicht die Farbe des grünlichen Himmels angenommen.

»Tenoctris lebte zu meiner Zeit«, sagte Carus und nickte zu der Zauberin hin. »Ich habe sie nicht gefunden, Junge; aber du.«

»Nein, sie hat mich gefunden«, wandte Garric ein. »Sie ist an den Strand von Barcas Weiler gespült worden. Ich habe sie nur dort aufgelesen und zum Gasthaus getragen.«

»Du hast sie gefunden, Junge«, sagte der König mit breitem, zufriedenem Lächeln, »du hast erst sie gefunden und dann mich, und bei der Herrin, wir werden das Königreich nicht wieder ins Chaos stürzen lassen.«

Carus und der Balkon, auf dem er stand, begannen zu schimmern, als wären sie selbst aus Rauch, dann verschwammen die Umrisse. Sie verschwanden schließlich im Kreis der sie umgebenden Bäume.

Garric blinzelte erschrocken über die plötzliche Schwere seines Körpers. Er berührte das Medaillon mit dem Bild von

König Carus mit der linken Hand, dann erhob er sich. Die Ersa arbeiteten weiter, aber ihre Ohren bewegten sich, und sie folgten den Menschen mit den Blicken.

Liane berührte Garrics Hand; sie war froh, daß er geistig wieder anwesend war. Sie hatte sich an diese Zustände gewöhnt. Sie unterbrach ihn nicht, und sie fragte ihn hinterher nie, was geschehen war.

Garric wußte, daß er Liane sagen sollte, was vor sich ging, aber er war nicht sicher, wie er das tun konnte. Er selbst wußte, daß Carus eher ein wirklicher Mensch als nur ein begrabener Aspekt seines eigenen Geistes war – aber das konnte er nicht beweisen, und es machte ihn verlegen, behaupten zu müssen, daß er mit jemandem sprach, der vor tausend Jahren ertrunken war.

Tenoctris lächelte müde. Gemeinsam halfen Garric und Liane der alten Frau beim Aufstehen. Sie fühlte sich erschreckend zerbrechlich an, ihre Knochen so zierlich wie die eines Vogels.

»Ich habe den Kern gefunden, um den dieser Ort gebildet wurde«, sagte Tenoctris. »Ich hatte ein wenig Angst, daß der Zauberer, der diesen Golf geschaffen hat, seine Machtquelle zerstört hätte, nachdem alles fertig war.«

Tenoctris hielt sich weiter an ihren Begleitern fest, vielleicht ebenso wegen der Wärme als wegen der Stütze. Ihre Hand war kalt. Zaubern mußte so anstrengend sein wie einen Graben zu graben – oder eine Schlacht auszufechten.

»Wenn das der Fall gewesen wäre«, fuhr Tenoctris fort und lächelte jetzt auf diese ironische Art, die so deutlich zu ihrem Wesen gehörte, »dann hätte es keinen Ausweg gegeben. Das hatte ich zuvor nicht erwähnt. Aber es sieht so aus, als könnte ich diesen Weg öffnen, indem ich über dem bewußten Gegenstand etwas rezitiere.«

»Befindet er sich in der Richtung, die der Rauch angezeigt hat?« wollte Liane wissen. Sie nickte in diese Richtung, statt hinzuzeigen, weil die Ersa eine solche Geste vielleicht falsch verstanden hätten. Ein weiteres Dutzend der Geschöpfe, alle männlich und bewaffnet, waren jetzt aus dem Wald gekommen. Sie beobachteten die Menschen schweigend.

»So ist es«, sagte Tenoctris. »Also brauchen wir die Erlaubnis der Ersa, weiter in diese Richtung zu gehen.«

Es sei denn, wir warten darauf, daß Rodoard alle Ersa umbringt, dachte Garric. Angewidert verzog er das Gesicht.

»Dann laßt uns gehen und sie fragen«, meinte Garric. »Es sei denn …?«

»Nein, es geht mir gut«, sagte Tenoctris. Sie richtete sich auf, und bei jeder Silbe wurde ihre Stimme ein wenig kräftiger. Wieder lächelte sie. »Obwohl ich ein wenig Ruhe brauche, bevor ich die Rezitation selbst sprechen kann. Der einzige Grund, wieso jemand von meiner geringen Macht überhaupt auch nur daran denken kann, den Golf wieder zu öffnen, ist die Tatsache, daß sich die daran beteiligten Kräfte im Gleichgewicht befinden.«

»Wie wenn man einen Schlußstein aus dem Bogen nimmt, statt zu versuchen, das ganze Gebäude zu heben«, meinte Garric verständnisvoll. »Dann werden wir jetzt herausfinden, ob die Ersa bereit sind, uns dicht genug an den Bogen zu lassen.«

Ein Liebeslied pfeifend, führte Garric seine Begleiterinnen auf die wartenden Ersa zu. »Ihr Haar war wie eine Gewitterwolke, bevor der Regen beginnt …«

Den Schafen hatte das Lied gefallen, wenn er es in Barcas Weiler auf seiner Rohrflöte gespielt hatte. Es erinnerte ihn an die Zeit, als er noch ein Junge gewesen und das Leben so einfach gewesen war.

Der hochgewachsene Ersa, mit dem sie am Vortag gesprochen hatten, führte die Gruppe bewaffneter Männer an, die sich zu den Feldarbeitern gesellt hatten. Garric ging auf ihn zu.

Tenoctris hielt sich rechts von Garric. Er legte den Schwertarm um ihre Schulter und zeigte damit deutlich, daß seine Waffe keine Bedrohung für die Ersa darstellte. Er hatte nicht vor, das Schwert auf dem Hügel zurückzulassen, wo es die Ersa oder einen menschlichen Spion reizen konnte.

»Ich bin Garric or-Reise«, sagte er zu dem hochgewachsenen Ersa. »Würdet ihr mir bitte Euren Namen sagen, Herr?«

Die Ohren des Humanoiden flatterten wie Kleider, die man zum Trocknen in den Wind gehängt hatte. »Du kannst mich Graz nennen«, erklärte der Anführer. Er senkte den Speer, so daß die schmale Spitze auf Garrics Brust zeigte. »Warum kommst du her? Du mußt gehen!«

»Wir wollen den Golf verlassen«, sagte Tenoctris. Sie berührte Garrics Hand auf ihrer Schulter. »Wir wollen nach Hause. Um das zu tun, muß ich einen Gegenstand sehen und benutzen, der sich auf Eurem Territorium befindet.«

Sie wies mit dem Kinn in die Richtung, in die der Rauch gezeigt hatte. »Ich glaube, Ihr wißt selbst, wo es ist, aber ich kann es auch ohne Euch finden. Ich werde dem Gegenstand und Euch keinen Schaden zufügen. Er wird mir helfen, eine Tür zu öffnen, durch die ich und meine Freunde gehen können.«

Der Ersa zuckte aufgeregt. Zwei männliche Ersa, sehr viel kleiner und vielleicht jünger als Graz, verschränkten die Arme und begannen, wortlos zu heulen.

»Geht zurück!« rief Graz und stieß mit dem Speer in Richtung auf Tenoctris' Augen. »Das ist Blasphemie! Verschwindet jetzt von hier!«

Garric trat vor die alte Frau und verschränkte die Hände hinter dem Rücken. »Gebt uns Zugang zu dem Gegenstand«, sagte er ruhig und ignorierte die eiserne Nadel, die einen Fingerbreit von seiner Kehle entfernt bebte, »und wir nehmen alle Menschen aus dem Golf mit. Dann habt Ihr diese Welt wieder für Euch.«

Die Worte waren in seinem Geist in dieses Muster gefallen, noch bevor er angefangen hatte zu sprechen. Er wußte nicht, ob es sein Plan oder der von König Carus war.

»Ja«, sagte Tenoctris und trat wieder an Garrics Seite. »Ich werde die Öffnung versiegeln, damit sie nicht wieder Menschen aus der äußeren Welt anzieht und Eure Probleme von vorn anfangen.«

Garric wußte – ebenso wie wahrscheinlich die alte Frau –, daß die nächste Gruppe von Schiffbrüchigen, die nach dem Verschwinden der Menschen hier landen würde, umgebracht und nicht in sanfte Sklaverei genommen würde. Dennoch schienen die Ersa weniger zum Morden bereit als Menschen, also mochte es auch ihnen nützlich erscheinen, dies zu vermeiden.

Der Ersa schien nicht mehr so entsetzt wie zuvor, war aber immer noch angespannt, wenn auch offenbar hoffnungsvoll. Die beiden anderen beruhigten sich ebenfalls wieder und wandten sich den Menschen zu. Alle in der Gruppe signalisierten wild mit ihren Ohren; alle außer Graz. Der Anführer der Ersa blieb so reglos wie die Bäume im windlosen Wald.

»Könnt Ihr uns einen Weg öffnen?« fragte er. »Könnt Ihr uns nach Hause bringen?«

»Ich kann Euch durch das Tor bringen«, erklärte Tenoctris schlicht. »Aber Ihr könnt nicht nach Hause. Ich kann den Ort, von dem Ihr kommt, nicht erreichen. Und ich fürchte, Ihr seid hier im Golf besser dran als in einer Welt voller Menschen.«

Es wäre der alten Zauberin nicht eingefallen zu lügen. Auch Garric hätte nicht gelogen, obwohl sich eine taktisch geschickte Antwort, eine Antwort, die Hoffnung gab, vielleicht als …

Nein, die Wahrheit war immer besser. Böses geschieht die meiste Zeit nicht durch böse Menschen. Böses geschieht durch grundanständige Menschen, die der Ansicht sind, daß eine kleine Lüge, ein kleiner Diebstahl, ein kleines, krummes Geschäft niemandem schaden könnten.

Graz stieß mit dem Speerschaft auf den weichen Boden. »Ja«, sagte er. »Ihr dürft die Hand benutzen, wenn ihr alle Menschen vom Golf wegbringt.«

Garric seufzte erleichtert. »Also gut«, sagte er. »Dann gehen wir jetzt und erklären den anderen die Situation.«

Er brauchte Lianes besorgtes Stirnrunzeln nicht, um sich zu erinnern, daß es erheblich schwieriger sein würde, die menschlichen Bewohner des Golfs zu überzeugen.

Zwölfter Tag
im Monat des Reihers

Zehn Esel mit geflochtenen Körben voller Gewürznelken liefen direkt vor Cashel und Zahag her; eine ähnliche Karawane befand sich knapp hinter ihnen. Der Verkehr in Richtung Stadt war bereits lebhaft, obwohl die Sonne kaum um Haaresbreite über dem wolkenlosen östlichen Horizont aufgestiegen war. Die Reisenden betrachteten Cashel und den Affen mit freundlichem Interesse.

Cashel lächelte. Sie sahen vermutlich aus wie Straßenkünstler, die in der Stadt ihre Vorstellung geben wollten.

»Der starke Mann und sein zahmer Affe«, murmelte er seinem Begleiter zu. »Vielleicht können wir uns auf diese Weise ja eine Mahlzeit verdienen, während wir versuchen, uns zu orientieren.«

»Also gut«, meinte der Affe. Seine breitgezogenen Lippen betonten das höhnische Grinsen. »Du kannst einen Esel über deinen Kopf heben, während ich erkläre, daß du ein seltener zweibeiniger Ochse bist, den ich auf einer entlegenen Insel gefangen habe.«

Cashel lachte. »Entschuldigung«, sagte er.

Die Sandsteintore waren zwanzig Fuß hoch. Steinmetzarbeiten zeigten irgendwelche Szenen aus der Vergangenheit, aber der Stein war zu verwittert, als daß Cashel mehr hätte ausmachen können. Die Wände bestanden aus Schlammziegeln, die man verputzt hatte. Wo der Verputz gerissen war, konnte man die bröckelnden Ziegel erkennen.

Felder, auf denen Nelken und andere Gewürze angebaut wurden, reichten bis kurz vor die Stadtmauern. Männer und

Frauen kümmerten sich um die Ernte; der Geruch nach zerdrückten Gewürzblättern hing schwer in der Luft.

Die Szene kam Cashel vollkommen unvertraut vor. Ihm war nicht wirklich unbehaglich zumute, aber er hätte doch gerne …

»Gibt es hier Schafe?« fragte er Zahag. »Ich meine, gab es Schafe auf dem Pandah, von dem wir kommen?«

»Was willst du mit einem Schaf?« fragte der Affe erstaunt. »Ich habe schon Frösche kennengelernt, die mehr Hirn hatten als das klügste Schaf, das je geboren wurde!«

»Ich bin an sie gewöhnt, das ist alles«, meinte Cashel.

Zahag schnalzte. »Das paßt«, sagte er. »Nun, ich habe kein Schaf mehr gesehen, seit Halphemos mich von Sandrakkan weggebracht hat, und ich kann nicht behaupten, daß es mir leid tut.«

Der gesamte Verkehr an diesem Morgen bewegte sich in die Stadt hinein: Händler brachten Gemüse, um es auf den Märkten innerhalb der Mauern zu verkaufen, und Gewürzbauern lieferten ihre Ware zum Export an die Docks. Die Tore bewirkten, daß alles langsamer ging, aber die Wachen in Kilts und Ledermützen schienen mehr Repräsentationszwecken zu dienen, als eine wirkliche Bedrohung darzustellen.

Die Straße machte eine Kurve und zog sich die letzten fünfzig Schritte am Strand entlang. Cashel warf einen Blick auf den Hafen, während er wartete, daß sie endlich zum Tor gelangten. Es gab dort eine Insel, einen niedrigen Felsen mitten im Hafenbecken. Darauf stand ein fensterloser Turm aus rosafarbenem Stein, der mehr nach einem Gebäck als nach einem richtigen Gebäude aussah. Aus dem umgebenden Wasser stiegen rote Flammen auf.

»Das ist ein seltsames Ding«, meinte Cashel. »Was ist das?«

»Was ist was?« wollte der Affe wissen. Er folgte Cashels

Geste mit dem Blick und zuckte gewaltig die Achseln. »Woher soll ich das wissen?« sagte er. »So etwas gibt es in dem anderen Pandah nicht. Keinen Turm, keine Insel. Es ist ohnehin ein dummer Platz für eine Insel. Siehst du, wie die Schiffe ringsherum fahren müssen?«

Langsam bewegten sie sich vorwärts, aber Cashel spähte weiter zu der Insel hin. Er nahm an, daß es an der Seite einen Eingang geben müsse, aber das erklärte nicht das Fehlen von Fenstern. Und woher kamen die Flammen?

Oben auf dem Turm erschien eine Gestalt – ein Mädchen mit rotbraunem Haar. Sie war ein zierliches Ding, eine Puppe von einem Mädchen. Wenn man Puppen mochte, war sie sicher hübsch. Sharina war auch schlank, aber sie war beinahe so groß wie Cashel …

Der letzte Esel trottete über die Steinschwelle. Cashel setzte dazu an, ihm zu folgen. Er konnte die Häuser innerhalb der Stadt sehen, schmal und drei oder vier Stockwerke hoch. Holzbalkone ragten aus Mauern hervor, die pastellfarben verputzt waren.

Cashel betrachtete die Häuser mit Unbehagen. Straßen so schmal wie diese gaben ihm immer das Gefühl, eine Höhle zu betreten, und ihm war die freie Luft lieber.

»Da sind sie!« rief einer der Wächter aufgeregt. Er nahm das Mundstück eines Dudelsacks in den Mund und spielte drei schrille Töne. Die Leute vor dem Tor blickten überrascht auf, und ein Esel stieß einen Schrei aus, der dem Geräusch des Dudelsacks nicht unähnlich war.

Weitere Wachen kamen angerannt. Einige setzten sich dabei die Helme auf oder banden sich Schwertgürtel um, die sie gelockert hatten.

Cashel blieb stehen und stellte sich breitbeinig hin. Er hätte jetzt gerne seinen Stab dabeigehabt. Er hätte ihn gern waagerecht vor sich gehalten, um den Leuten anzuzeigen, daß er sich nicht wegschubsen ließ.

Zahag fletschte die Zähne, fauchte und versuchte, sich umzudrehen. Sie waren von Wachen umgeben. Wenn Cashel wirklich kämpfen müßte, dann würde er sich einen der zierlicher gebauten Männer greifen und ihn dazu benutzen, um auf seine Kameraden einzuschlagen …

Ein Offizier mit einem fischförmigen Blechmedaillon an seinem Lederhemd kam aus einer Garküche gegenüber dem Tor und vergoß den letzten Rest Wein aus dem Becher, den er in der Hand hatte.

»Herr!« rief er, als er Cashel sah. Dann fiel ihm der Becher auf, und er warf ihn auf die Straße. »Herr! Oh, die Göttin hat endlich unsere Gebete erhört!«

Cashel blickte über die Schulter, um zu sehen, ob der Bursche mit jemand anderem sprach, der hinter ihm kam. Die Wachen blockierten den Verkehr, so daß die Esel, die hinter ihnen gewesen waren, nicht näher kommen konnten. Einer der Männer verbeugte sich vor Cashel.

»Um was geht es hier?« fragte Cashel. Zahag hatte sich beruhigt; er ließ sich auf dem Boden nieder und begann, seinen Pelz nach Flöhen zu durchsuchen. Cashel selbst fühlte sich unbehaglicher als zuvor, als er glaubte, man werde ihn angreifen. Bei einem Kampf hätte er immerhin gewußt, wie er sich benehmen sollte.

Der Offizier, ein untersetzter, kleiner Mann, gab einem Untergebenen Befehle. Der Mann rannte los und schrie, man solle ihm Platz machen. Dann drehte sich der Offizier um, kniete nieder und beugte den Kopf vor Cashel. »Herr«, sagte er, »unsere Hofwahrsagerin Tayuta hat angekündigt, daß ein großer Zauberer in Begleitung eines Affen kommen werde, um Prinzessin Aria zu retten.«

»Ich bin kein …«, setzte Cashel an.

»Und ich bin nicht irgendein Affe!« schrie Zahag. Er sprang den Offizier an.

Cashel packte Zahag im Nacken und riß ihn zurück. »Benimm dich!« donnerte er. »Ich werde nicht zulassen, daß du mich so blamierst!«

Zahag ließ sich reumütig am Boden absetzen. Cashel wandte sich dem erstaunt dreinschauenden Offizier zu. »Es tut mir leid«, sagte er. »Er ist nicht wirklich ein Mensch, wißt Ihr.«

»Aha«, sagte der Offizier. Er richtete sich gerade auf – gegenüber Cashel sah er aus wie ein Schaf, das versuchte, ein Pflugochse zu sein – und fuhr fort: »Heute ist der letzte Tag, bevor Ilmed kommt, um Aria als Braut zu verlangen. Wenn Ihr bitte mit uns schnell zum Palast kommen wolltet? Es ist nur noch wenig Zeit.«

»Ich …«, sagte Cashel. Er hatte nicht die geringste Ahnung, wovon der Mann sprach. Sie konnten doch sicherlich nicht auf ihn und Zahag gewartet haben, weil sie …

Dieser Gedanke war so unlogisch, daß ihm nichts mehr einfiel. Der Mann hatte gesagt, ein Mädchen wäre in Gefahr, und es klang so, als ob sie wenig Zeit hätten.

»Gehen wir«, sagte er.

Der Offizier gab seinen Männern ein Zeichen und trabte davon. Als die Wachen vor und hinter ihnen schneller liefen, packte Cashel Zahag – der Affe war für langes Laufen nicht gebaut –, hob ihn hoch und schleppte ihn die schmalen Straßen entlang. Die Bürger der Stadt drängten sich zu beiden Seiten und sahen ihnen hoffnungsvoll nach. Ein kleines Mädchen und seine Mutter warfen sogar Chrysanthemen nach ihnen, die sie aus einem Blumenkasten gepflückt hatten.

Die Straßen von Pandah bestanden aus festgestampftem Dreck und Tierkot. Cashel war froh darüber, weil es seine

Gelenke bis zum Genick hin erschüttert hätte, auf Pflastersteinen zu laufen.

Die Gebäude hier hielten wahrscheinlich nicht sonderlich lange. Die wenigen, die aus festen Steinen bestanden und wirklich alt waren – allesamt Tempel; einer war rund und hatte Säulen ringsumher –, standen mehrere Fuß tiefer als die Straßen und die sie umgebenden Gebäude. Die ganze Stadt erhob sich auf einem Berg aus Ruinen der letzten Generation.

Zahag saß auf Cashels Rücken, umklammerte seine Taille mit Füßen, die so biegsam waren wie Menschenhände, und verlagerte sein Gewicht von einer Seite zur anderen, während er sich die Stadt ansah. »Ganz anders als die Stadt, aus der wir kamen«, erklärte er. Er klang nicht besorgt, nur interessiert. »Die Leute sehen ähnlich aus, aber die Häuser und alles andere nicht.«

Cashel hörte vor ihnen Dudelsäcke und Trompeten. Die Straße bog nach rechts ab – sie war nie sonderlich breiter als ein Schafspfad gewesen – und endete auf einem gepflasterten Platz. Auf beiden Seiten befanden sich Steingebäude, und direkt vor ihnen eine Säulenhalle, die sie miteinander verband. Am anderen Ende des Pflasters, direkt am Hafen, befand sich ebenfalls eine Säulenhalle. Wachen und Höflinge in leuchtenden Seiden- und Baumwollkleidern kamen aus den Gebäuden herausgerannt. Sie begannen zu jubeln, als sie Cashel erblickten.

Eine hochgewachsene, kräftige Frau kam aus dem Gebäude zu ihrer Rechten. Sie trug einen fächerartigen Kopfputz aus Seide in allen Regenbogenfarben, der zu ihrem Gewand paßte. Zwei Dienerinnen, ebenso gut, aber weniger teuer gekleidet, begleiteten sie. Ein Schritt hinter ihnen kam eine Frau in einer strengen, schwarzen Wollrobe.

Der Offizier der Torwachen, der vom Laufen noch schnaufte,

grüßte die Frau und rief: »Herrin Sosia! Eure Tochter ist in Sicherheit!«

Dienerinnen begannen, aufgeregt aufeinander einzuschwatzen. Die Frau mit dem Kopfputz – mit höchster Wahrscheinlichkeit Sosia – drehte sich um und umarmte ihre schwarzgekleidete Begleiterin.

»Betet!« sagte diese Frau. Cashel schätzte sie mindestens ein Halbes Dutzend Jahre älter als Sosia, obwohl beide Frauen in mittleren Jahren waren. »Dankt der Göttin, daß sie uns sowohl ein Vorzeichen als auch einen Kämpfer geschickt hat!«

Beide sanken auf die Knie. Die Dienerinnen warfen sich ebenfalls auf den gepflasterten Boden. Das sah für Cashel, der am Rand des Platzes stehengeblieben war, schrecklich unbequem aus.

»Tretet vor!« sagte der Offizier, der zwischen Ehrfurcht und Hast schwankte. »Bitte, Herr! Der schreckliche Ilmed kann die Prinzessin jeden Augenblick holen kommen!«

Cashel setzte den Affen ab und fauchte: »Benimm dich!« Zahag war zu seiner Verantwortung geworden, nachdem er dem Affen gesagt hatte, er gehöre zu seinem Rudel. Schafe mochten dumm sein, da hatte Zahag recht gehabt, aber man brauchte sich zumindest keine Gedanken darüber zu machen, ob sie die Königin beißen würden …

»Herr«, sagte der Offizier, der immer noch um Atem rang, »darf ich Euren Namen wissen? Dann kann ich Euch Sosia vorstellen, der Nachfolgerin und Nachfahrin jener, der die Göttin Pandah anvertraute, als sie selbst in den Himmel zurückkehrte.«

»Wir brauchen keine Formalitäten, Gason«, sagte Sosia. Sie und ihre Begleiterinnen hatten sich erhoben, aber zu Cashels wachsender Verlegenheit verbeugten sie sich jetzt vor ihm. »Heute bin ich nur eine Mutter, nicht die Nachfolgerin.«

Sie griff nach Cashels Händen und fuhr fort: »Werdet Ihr mit mir in den Palast kommen, Herr? Wir werden Euch alles geben, was Ihr braucht.«

»Ich bin Cashel or-Kenset«, sagte Cashel. »Bitte nennt mich nicht Herr. Bitte. Ich heiße Cashel.«

Am liebsten hätte er seine schwieligen Hände aus Sosias überraschend zarter Umklammerung gezogen. Niemand in Barcas Weiler hatte so weiche Haut wie die Nachfolgerin.

Die Frau in Schwarz berührte Sosias und Cashels Arm. »Bitte kommt herein«, sagte sie. »Ich bin Tayuta, Meister Cashel. Ich kann nicht zaubern wie Ihr, ich bin nur die Wahrsagerin, die Eure Ankunft verkündet hat.«

Sie betraten das Gebäude, aus dem die Frauen gekommen waren. Zahag kam hinter ihnen drein. Cashel nahm an, es wäre das beste, Zahag mit hineinzunehmen, wo er ein Auge auf ihn haben konnte. Das bedeutete aber auch, daß er jetzt darauf achten mußte, daß der Affe nicht irgendwelche Vorhänge hinaufkletterte – oder Schlimmeres.

Die Doppeltüren bestanden aus Holzstäben, von denen keiner dicker als Cashels Arm war. Es gab auf Pandah offenbar keine großen Bäume, oder vielleicht gefiel den Leuten auch einfach dieser Stil. Über dem Holz befanden sich Bronzebeschläge, die wieder und wieder dasselbe Muster zeigten. Wenn Sharina hiergewesen wäre, hätte sie sagen können, ob es eine Schrift war oder nicht. Der Gedanke an Sharina zog Cashel das Herz zusammen. Aber er würde sie finden.

Sämtliche Diener im Palast mußten bei der Ankündigung von Cashels Ankunft nach draußen gerannt sein; jetzt kamen mindestens ein Dutzend von ihnen wieder hinter ihrer Herrin hereingerannt. Der Hauptteil des Gebäudes war ein einziger Raum, dessen Wände und Decke mit geometrischen Mustern in Rot und Blau vor einem strahlend weißen Pflaster bemalt waren. Es gab keine Wandbehänge oder Stoffe, aber Cashel nahm an, daß Ilna die miteinander verwobene Symmetrie der Muster gefallen hätte.

Sosia setzte sich auf einen hochlehnigen Stuhl aus vergoldetem Holz. Tayuta stellte sich hinter sie und flüsterte ihr etwas ins Ohr. Cashel betrachtete verwirrt den Stuhl, den ein Diener ihm anbot – ähnlich dem der Nachfolgerin, aber weniger geschmückt und ohne die Vergoldung.

Zahag hatte nicht Cashels Sinn für Höflichkeit. Der Affe brüllte vor Lachen und sagte: »Seid ihr Menschen eigentlich alle dumm? Oder braucht ihr nur ein wenig Feuerholz? Das ist alles, was dabei herauskommen wird, wenn mein Häuptling sich auf dieses Spielzeug da setzt!«

»Ich bleibe stehen«, erklärte Cashel. »Ich, äh … was soll ich für Euch tun? Dann kann ich es hinter mich bringen und meine Freunde finden.«

Sosia und Tayuta sahen einander an. »Meine Tochter Aria kam vor achtzehn Jahren zur Welt«, erklärte Sosia ohne weitere Einleitung. »Vor achtzehn Jahren, genau an diesem Abend. Drei Tage später erschien ein Mann, der sich Ilmed nannte, in meiner Kammer, und ich meine damit, daß er tatsächlich einfach erschien; der Türhüter hat geschworen, er hätte ihn nicht reinkommen sehen.«

»Ich war damals nicht auf Pandah«, erklärte Tayuta. Sie strich Sosia unter dem schillernden Seidenkopfputz übers Haar. »Die arme Sosia hatte niemanden, der sich auskannte und ihr helfen konnte.« Cashel grunzte. Ihm gefiel nicht, wie Tayuta sich benahm. Er fragte sich auch, wer wohl Arias Vater gewesen war – und wo er sich aufhielt, als ein Zauberer in den Palast spazierte.

»Ihr seid also eine Zauberin?« sagte er zu Tayuta, und seine Miene hatte nicht mehr Ausdruck als eine Steinmauer.

Tayuta schürzte die Lippen. Sie faltete die Hände. »Nein«, sagte sie mit fester Stimme, »das bin ich nicht. Ich habe die Kunst studiert, aber meine einzige Fähigkeit besteht im Wahrsagen. Ich habe Eure Ankunft vorausgesagt, Meister Cashel, aber ich kann der Nachfolgerin nicht direkt weiterhelfen.«

Cashel war unzufrieden mit sich selbst. Es stand ihm nicht zu, ärgerlich zu werden, nur weil Tayuta eine gute Meinung von sich hatte. »Bitte, nennt mich einfach nur Cashel«, sagte er. »Ich bin Schafhirte.«

Ein paar Diener kamen mit Tabletts mit Früchten und Getränken herein. Zahag hüpfte auf sie zu, auf die langen Arme gestützt. Er griff nach oben und begann, sich mit den Früchten von zwei Tabletts gleichzeitig den Mund vollzustopfen.

Die Diener glotzten. Eine der Frauen rief: »Hör auf damit!« und ging auf den Affen zu.

»Das ist in Ordnung, Ivris!« sagte Sosia. »Wenn ich jemanden brauche, der darüber entscheidet, wie in meiner Gegenwart Essen serviert wird, werde ich es dich wissen lassen.«

Die Frau sah entsetzt drein. Sie schlug die Hände vors Gesicht, begann zu schluchzen und rannte aus dem Zimmer.

Cashel stellte sich ein wenig gerader hin. Sicher, das Mädchen hatte Zeit verschwendet, wo es nicht viel Zeit gab, aber es gefiel Cashel nicht, wenn jemand einen anderen Menschen wie einen Narren behandelte, selbst wenn dieser es verdient hatte. Er wußte, daß die Leute auch so mit ihm umgehen würden, wenn er nicht so groß und breit wäre.

»Ilmed sagte, er habe beschlossen, meine Tochter zur Frau zu nehmen«, fuhr Sosia fort, als wäre nichts geschehen. »Sie würden sich sofort verloben, aber die Hochzeit würde nicht stattfinden, bevor Aria achtzehn wäre. Er sagte, er sei ein mächtiger Zauberer, also sollten wir uns geehrt fühlen.«

Ein kaltes Lächeln trat bei dieser Erinnerung auf ihre Lippen.

»Ich fühlte mich nicht gut wegen der Schmerzen«, sagte sie – und Cashel konnte sich das gut vorstellen, drei Tage nach der Geburt eines Kindes. »Ich wies die Diener an, Ilmed auszupeitschen und in den Hafen zu werfen. Statt dessen verschwand er. Ins Nichts.«

Zahag schlich zwischen Cashel und den Frauen hindurch und schlürfte weiße Flüssigkeit aus einem glasierten Becher. Diese Flüssigkeit war zu dünn für Milch, selbst für entrahmte Milch. Irgendeine Art Saft, nahm Cashel an.

»Bei Vollmond derselben Nacht«, fuhr Sosia fort, »kehrte Ilmed wieder. Ich beobachtete ihn; aber ich konnte mich nicht rühren. Keiner von uns konnte sich rühren. Er hatte mehrere Ungeheuer bei sich.«

»Menschen mit schuppiger Haut«, sagte Tayuta. »Sie hatten die Gestalt normaler Menschen, aber …«

»Ich kenne die Schuppenmenschen«, sagte Cashel. »Sie haben das Kind mitgenommen?«

Die Wahrsagerin schwieg. Zum ersten Mal zeigte ihre Miene sowohl Überraschung als auch Respekt für die Macht, von der sie hoffte, daß Cashel sie einsetzen konnte.

»Ja«, erwiderte Sosia. »Sie haben Aria mitgenommen. Als wir uns wieder rühren konnten, befand sich inmitten des Hafens eine Insel und darauf ein Turm. Die Flammen, die die Insel umgaben, kamen aus dem Wasser, und sie verbrannten alles, was sie berührten; Holz, Metall, sogar Stein. Und menschliche Haut. Wir haben im Laufe der Jahre alles versucht, aber wir können nicht durch die Flammen dringen, um Aria zu retten.«

»Als das Kind älter wurde«, erklärte Tayuta, »sahen wir sie manchmal oben auf dem Turm. Zunächst mit einem der Schuppenmenschen, aber in der letzten Zeit meist allein.«

»Dieser Tage kommt sie nur selten heraus«, sagte Sosia. »Ich habe sie heute gesehen, aber nur einen kurzen Augenblick. Und ich fürchte, nach dem heutigen Tag werde ich meine Tochter vielleicht nie wiedersehen.«

Ein Zittern durchbrach Sosias Selbstbeherrschung, obwohl sie sich nicht vollkommen von der Emotion vereinnahmen ließ. *Ilna würde diese Frau verstehen …*

Und mit dieser Erkenntnis konnte Cashel Sosia ebensogut verstehen.

»Ich werde Euch helfen, wenn ich kann«, sagte er. »Aber, Herrin, ich weiß nicht, was ich tun kann. Ich würde …«

Er hob die großen Hände. »Herrin, wenn es ein Dämon wäre, dann könnte ich gegen ihn kämpfen. Aber ich kann kein Feuer niederringen.«

»Ihr habt Euren Stab geschwungen«, sagte Tayuta, den Blick auf eine Erinnerung gerichtet, »ich habe Euch im Wasser meiner Schale gesehen. Euer Stab hat einen Weg durch die Feuerwand geschlagen. Dann schloß sie sich hinter Euch, und ich konnte nichts mehr sehen.«

»Ein Stab?« fragte Cashel überrascht. »Aber ich habe ihn nicht bei mir. Er ist bei Sharina geblieben.«

Er runzelte die Stirn. War sein Stab aus Hickoryholz zusammen mit der *Huldvollen Herrin* versunken? Er war entsetzt, als ihm klar wurde, daß er sich mehr um ein Stück Holz sorgte als um Sharina und seine anderen Freunde, aber er war einfach sicher, daß es ihnen gutging. Dieser Stab war ein Gegenstand, den er sich selbst hergestellt hatte, als er noch ein Junge war; und in gewissem Sinn war die Schaffung dieses Werkzeugs auch die Schaffung des Mannes namens Cashel or-Kenset gewesen.

Zahag verzog spöttisch die Lippen. »Glaubst du, sie haben hier auf Pandah keine Bäume, die groß genug sind, daß du damit herumfuchteln kannst?« fragte der Affe Cashel. »Dann nimm doch einen Schiffsmast! Das müßte deine Größe sein, oder?«

Die Frauen sahen einander an. Die Dienerin, die zuvor aus dem Zimmer gerannt war, war mit trockenen, aber ein wenig geröteten Augen zurückgekehrt.

»Oh«, sagte Cashel, »daran hatte ich nicht gedacht. Es gibt sicherlich etwas, das geeignet wäre. Sicher.«

Er verschränkte die Finger und zog die Schultern hoch, um die Muskeln zu lockern. »Also gut, Herrin«, sagte er dann, »ich werde tun, was ich kann.«

Er fragte sich, ob dieser Ilmed selbst im Turm sein würde oder ob sich die Prinzessin allein dort befand. Ein Bursche, der ein kleines Kind stahl, hatte es wirklich nicht verdient, gut behandelt zu werden, oder?

Zahag wich in plötzlicher Angst zurück, als er den Ausdruck auf Cashels Gesicht sah.

Der Wächter zog die Schiebetür für Sharina zurück, was bewirkte, daß die Gefangenen drinnen in das Licht der untergehenden Sonne blinzelten. Die beiden winzigen Fenster des Gefängnisses befanden sich in der Ostwand hinter den Männern.

»Dort ist er, Herrin«, sagte der Wächter. »Der andere ist der alte Demito. Paßt auf, oder er wird Euch den Wein der vergangenen Nacht aufs Hemd spucken. Um diese Zeit wird ihm für gewöhnlich übel.«

»Sharina?« fragte Halphemos überrascht. »Ihr hätte nicht herkommen sollen. Das hier ist ein übler Ort.«

Das war es, obwohl Sharina Schlimmeres gesehen hatte. Ein Mädchen, das in einem Dorf aufwächst, ist Schmutz gegenüber nicht empfindlich, zumindest nicht, nachdem sie zum ersten

Mal beim Schlachten mitgeholfen hat. Sie duckte sich unter der Tür durch und betrat die Zelle.

Das Gefängnis war ein Schuppen aus Ziegeln, der mehrere Fuß tief in den Boden gegraben worden war. An der langen Seite gegenüber der Tür befand sich eine Steinwand. Am Fußboden waren Schellen für Fußeisen befestigt, über der Bank entsprechende Befestigungen für Handfesseln.

»Meistens haben wir hier Seeleute von fremden Schiffen«, erklärte der Wächter zur Entschuldigung. »Die Einwohner von Pandah arbeiten ihre Verbrechen zugunsten des Opfers ab. Oder sie werden einen Kopf kürzer gemacht, wenn sie jemanden umgebracht haben und die Strafe nicht zahlen können.«

Die beiden Gefangenen saßen auf der Bank. Sie waren mit der linken Hand an die Wand und mit beiden Fußknöcheln an den Boden gefesselt. Sie konnten mit der freien Hand essen, aber darüber hinaus konnten sie höchstens ein paar Zoll zur einen oder anderen Seite der Bank rutschen.

»Meister Halphemos«, sagte Sharina mit kühler Stimme, »Euer Freund Cerix schickt Euch eine Rolle mit Hymnen an die Herrin. Ich schlage vor, Ihr benutzt sie, während ich mit Eurem Wächter einen Schlauch Wein trinke. Er hat Euch freundlicherweise zu lesen erlaubt, um Eure Seele zu retten.«

Halphemos schaute verblüfft drein, was nicht überraschend war. In Barcas Weiler waren die Leute auf konventionelle Weise religiös. Die Leute dachten nicht groß darüber nach, wenn sie zu den Essenszeiten ein wenig Käse und Bier in Richtung des Hausaltars verstreuten, aber beinahe alle taten es – und obwohl alle über den Zehnten an die großen Götter murrten, zahlten sie dennoch, wenn die Priester aus Carcosa einmal im Jahr durch den Bezirk kamen.

Cerix allerdings glaubte absolut nicht an die Götter. Das war für den verkrüppelten Zauberer ebenso eine Glaubenssache, wie die schlichte Frömmigkeit es für Nonnus gewesen war – und nun auch für Sharina, im Gedächtnis an den Mann, der gestorben war, um sie zu beschützen. Cerix war so ziemlich der letzte auf Pandah, von dem man hätte erwarten können, daß er Halphemos eine Schriftrolle mit Hymnen anbot.

Der Wächter war freundlich genug gewesen – das sollte er auch, da Sharina ihm immerhin einen Weinschlauch bezahlt hatte. Dennoch beobachtete er sie, um sich zu überzeugen, daß Sharina dem Gefangenen mit der Pergamentrolle zusammen keine Feile übergab. Er hatte die Rolle geöffnet, nicht um zu lesen – obwohl die ersten zehn Zeilen tatsächlich Hymnen an die Herrin waren, genau wie Sharina es gesagt hatte –, sondern um sich zu überzeugen, daß innerhalb des Pergaments nichts verborgen war.

Nach einem letzten knappen Nicken zu dem Gefangenen hin stapfte Sharina die drei glitschigen Stufen zur Tür hinauf. Der Wächter warf die Tür hinter ihr zu und verriegelte sie.

Sie würde sich die Füße im Meer waschen, wenn das Schiff mit der Abendflut in See stach. »Habt Ihr den Wein schon ausprobiert?« fragte sie den Wächter vergnügt.

»Noch nicht, Herrin«, sagte der Mann. »Setzten wir uns doch in mein Wachhaus.«

Der Gefängniswärter hatte keine Schlüssel zu den Fesseln der Gefangenen. Wenn die meisten Leute, die hier eingesperrt waren, tatsächlich Seeleute waren, bestand offensichtlich die Gefahr, daß andere Besatzungsmitglieder die Wachen angriffen und die Schlüssel benutzten, um ihre Genossen zu befreien. Besonders die Fußeisen waren auf eine Art geschmiedet, daß jeder Versuch, die Schlösser mit Gewalt zu öffnen, auch den Fußknöchel des Gefangenen brechen würde.

Cerix hatte den Text vom inneren Teil der Rolle gelöscht und dann eine Beschwörung sowohl in der alten Schrift als auch in den moderneren Buchstaben niedergeschrieben. Halphemos konnte die alte Schrift nicht lesen, aber er konnte die Symbole auf die schleimige Oberfläche der Bank kratzen und die Silben entsprechend den phonetischen Anleitungen aussprechen.

Cerix hatte eine saubere, ordentliche Handschrift, selbst wenn er in Eile war und Schmerzen hatte. Sharina fragte sich, ob er wohl Schreiber gewesen war, bevor er Zauberer und drogenumnebelter Krüppel geworden war.

Die Hütte des Wächters neben dem Gefängnis hatte einen Hocker, einen Tisch und ein kleines Kohlenbecken, auf dem man Essen oder Wein erhitzen konnte, aber kein Bett und nur sehr wenig Raum. Sharina nahm an, daß bei Anbruch der Dunkelheit ein anderer Wächter die Schicht übernehmen würde, aber sie hatte keine direkte Frage stellen wollen, damit der Mann nicht mißtrauisch wurde.

Der Mann bot Sharina den Hocker an und öffnete den Weinschlauch. Es war ein starker Jahrgang von Shengy, mit viel Harz für die Reise haltbar gemacht. Sharina hatte ein Kügelchen von Cerix' Droge hineingebröselt. »Ihr zuerst«, beantwortete sie nun die unausgesprochene Frage.

Der Wächter trank einen langen Schluck, seine Kehle bebte, dann senkte er den Schlauch. »Ah«, sagte er genießerisch und reichte Sharina den Schlauch. Er runzelte die Stirn und meinte dann: »Wie? Oh, ich habe keine Becher, Herrin. Wir könnten vielleicht ...?« Zweifelnd spähte er die Straße entlang. Das Gefängnis befand sich zwischen den Lagerhäusern im Hafen südlich der Wohnviertel der Stadt. Selbst jetzt, am späteren Abend, waren auf der Straße noch beladene Esel und menschliche Lastenträger zu sehen, aber Sharina hatte auf ihrem Weg hierher keine Schenke und keine Garküche entdecken können.

»Nein, das ist schon in Ordnung«, sagte sie und hob das

hölzerne Mundstück an die Lippen. Sie steckte die Zungenspitze in die Öffnung und tat, als tränke sie einen großen Schluck.

»Was interessiert Ihr Euch überhaupt für den Burschen da drin?« fragte der Gefängsniswärter, als er den Weinschlauch dankbar wieder entgegennahm. Er beugte sich vor und sagte in verschwörerischem Tonfall: »Ich habe gehört, er hätte versucht, den König durch Zauberei zu ermorden!«

»Ich glaube, es war ein Unfall«, sagte Sharina ruhig. Eine Fledermaus flatterte um den Giebel eines nahen Lagerhauses und verschwand dann in der Nacht. Der Himmel war immer noch hell, aber sie bezweifelte, daß Halphemos im Gefängnis noch genug Licht hatte, um lesen zu können. »Jedenfalls war es mein Begleiter, der verschwunden ist, und ich bezweifle, daß ihm wirklich Schaden zugefügt wurde. Er wurde nur versehentlich weggeschickt, und ich werde ihn wiederfinden.«

Sie bedachte den Wächter mit einem künstlichen Lächeln. Im Geist betete sie lautlos: *Herrin des Himmel, sei mit Cashel. Hirte, Beschützer allen Lebens, schütze Cashel, wie er seine Herden beschützt hat.*

Der Weinschlauch gurgelte wie der Bauch eines hungrigen Mannes, als der Wächter wieder trank. Er rülpste zufrieden, dann reichte er Sharina den Schlauch zurück.

In dem darauffolgenden Schweigen hörte Sharina: *»... esmigaddon maarchama kore ...«* Die Mauern des Gefängnisses waren dick, aber Halphemos schrie, um die Worte gegen die Trägheit des Universums herauszuzwingen.

»Ihr habt wirklich eine aufregende Tätigkeit!« zwitscherte Sharina mit vergnügter Stimme. Sie hoffte, daß sie es nicht übertrieb, aber sie mußte schnell etwas sagen, um das Rezitieren des jungen Zauberers zu übertönen. »Müßt Ihr in Eurem Gefängnis hier häufig Verräter bewachen?«

»Verräter?« wiederholte der Wächter verwirrt. »Oh, Ihr meint wie diesen da, der versucht hat, den König zu ermorden? Nein, das passiert nicht sehr oft. Aber es kommen schon eine Menge gefährlicher Leute her, da habt Ihr recht.«

Ein rosiges Glühen drang direkt durch die Ziegel des Gefängnisses. Drinnen klirrten die Fesseln.

»Ihr müßt sehr tapfer sein«, sagte Sharina. Sie versuchte, ihm den Weinschlauch zurückzureichen, obwohl sie nicht einmal so getan hatte, als ob sie trank. »Ich ...«

Der Bolzen des Riegels an der Gefängnistür fiel scheppernd zu Boden. Der Betrunkene drinnen schrie entsetzt auf. Der Wächter sprang auf und schrie ebenfalls. Er griff nach seiner Waffe, einer Keule mit spitzen Eisenbeschlägen.

Der Riegel kroch zur Seite. Nichts berührte ihn, außer einem bebenden, rosafarbenen Licht. Dann rutschte er aus der Halterung und fiel.

Die Tür begann, sich zu öffnen. Der Wächter hob seine Keule und baute sich gegenüber der Tür auf, obwohl sein Gesicht vor Schrecken starr war. Sharina packte den Hocker an einem Bein und trat hinter den Mann, bereit, ihn niederzuschlagen, bevor er Halphemos schlagen konnte.

Eine Gestalt aus rotem Licht kam aus der Zelle geschlurft. Sie hatte die Gestalt des Affen Zahag, war aber so riesig wie ein Ochse. Durch das glühende Abbild konnte Sharina in die Zelle sehen, wo Halphemos immer noch rezitierte und mit der Pergamentrolle gestikulierte, da er keinen Zauberstab hatte.

Der Wächter stieß einen lauten, entsetzten Schrei aus. Er versuchte zu laufen, aber er geriet ins Stolpern und fiel rückwärts, wobei er seine Waffe verlor. Die Gestalt aus Licht breitete sich aus wie ein Rauchring, der entsteht, wenn in einem Feuer ein Ast knackt. Einen Augenblick stand Sharina mitten in diesem rosigen Glühen, dann verschwand es.

Halphemos stieg die Treppe hinauf, zitternd vor Erschöpfung. Er versuchte, sich die Pergamentrolle oben ins Hemd zu stecken, aber er schaffte es nicht. Sharina griff das herunterfallende Pergament mit einer Hand und stützte Halphemos mit der anderen. Es war ein Reflex: Ein Buch war zu wertvoll, um es zu verlieren, selbst wenn es ein Werkzeug war, das bereits seinen Zweck erfüllt hatte.

»Rasch!« sagte sie; halb führte, halb zog sie den erschöpften Zauberer in Richtung der Hafenstraße. Cerix hatte eine Überfahrt auf einem Schiff gebucht, das nach Erdin fahren sollte. Die Richtung war unwichtig – von Interesse war nur, daß das Schiff mit der Abendflut auslief.

Sharina blickte über die Schulter, als sie um die Ecke bogen. Der Wächter lag immer noch am Boden und stützte sich mit den Armen auf. Er starrte die offene Gefängnistür an und blökte hilflos.

Der Nebel über der Lagune erinnerte Garric an jene, die er an Tausenden ruhiger Morgen aus den Sumpfwiesen bei Barcas Weiler hatte aufsteigen sehen; aber dieser Nebel hier änderte sich nicht. Die Sonne würde nie warm und hell genug werden, um ihn zu verbrennen, und es war auch nicht zu erwarten, daß eine Brise vom Meer her ihn zerreißen würde.

Geisterhafte Gestalten standen auf Flößen aus zusammengebundenem Ried und fischten in der Lagune. Selbst mit Garrics guten Augen war es schwer zu entscheiden, ob es sich bei den kaum mehr als hundert Schritt entfernten Personen um Menschen oder um Ersa handelte. Der Golf hatte seine festen Grenzen, aber zumindest gab es bis jetzt noch genug Platz, daß beide Rassen hier ohne direkten Konflikt hätten leben können.

»Vielleicht liegt es an diesem Ort selbst«, meinte Liane leise.

Sie hatte entweder die Gedanken hinter Garrics Blick und seiner grimmigen Miene verstanden, oder sie war selbst auf diese Idee gekommen. »Dieses grüne Licht bewirkt, daß mir innerlich ganz kalt wird. Wenn wir die Leute wieder in die richtige Welt zurückbringen, dann werden sie …«

Garric sah sie an und fragte sich, für welchen Ausdruck Liane sich schließlich entscheiden würde. *Besser dran sein? Glücklicher werden? Ein vernünftigeres Leben führen?*

Statt dessen lächelte sie traurig. »Nun, das können wir jedenfalls nur hoffen«, sagte sie, weil sie wohl nicht mehr dazu in der Lage war, den Gedanken zu vollenden, als Garric.

»Der Golf wurde für eine Gruppe von Ersa geschaffen, und zwar von einem der Ihren«, sagte Tenoctris. Sie betrachtete die dachlosen Hütten der Menschen mit demselben beiläufigen Interesse, das sie für die einzigartige Vegetation hier an den Tag legte. »Diese Umgebung sollte für sie besser geeignet sein als für Menschen, aber ich bin nicht sicher. Je älter ich werde – und das sind inzwischen immerhin über tausend Jahre …«

Sie grinste. Liane nahm sie in den Arm.

»Je älter ich werde«, fuhr Tenoctris fort, »desto mehr bin ich davon überzeugt, daß ein Zauberer, dessen Verständnis seiner Macht auch nur annähernd gleichkommt, niemals versuchen würde, irgend etwas durch Zauberkraft zu erreichen. Das gilt vermutlich auch für den Ersa, der diesen Ort hier geschaffen hat.«

Leute, die vor ihren Hütten saßen, wandten sich ab, als Garric mit seinen Begleiterinnen vorbeikam, aber von hinten beobachteten sie ihn dann doch aus den Augenwinkeln. Garric winkte ein paar Frauen zu, die in einem Mörser, der aus einem großen Baumstamm geschnitten war, Wurzeln zerrieben. Sie senkten die Köpfe und arbeiteten schneller, verloren den Rhythmus und störten sich gegenseitig.

»Was ist mit dir?« fragte Garric. »Du hast bis jetzt nichts schlimmer gemacht. Jedenfalls nicht, daß ich wüßte.«

Tenoctris lachte. »Nun, ich kann zwar nicht behaupten, daß ich viel verstehe«, sagte sie, »aber meine Fähigkeiten als Zauberin sind verglichen mit dem, was ich weiß, erbärmlich; also bin ich offensichtlich ein besonderer Fall. Das hoffe ich jedenfalls.«

Jetzt waren sie nahe an Rodoards Anwesen. Das Tor war geschlossen, aber ein Bote war Garric und seinen Begleiterinnen vorausgeeilt, als sie in Sicht der Siedlung gekommen waren.

Die Hütten zu beiden Seiten von Rodoards eigener gehörten seinen wichtigsten Anhängern – Schurken, die vor kurzem hier eingetroffen waren und denen man gestattet hatte, hier zu leben. Jetzt standen sie in den Türen ihrer kleinen Häuser und hielten die Waffen in der Hand. Sie wichen Garrics Blick nicht aus, sondern starrten schweigend zurück, als er sie anlächelte. Kinder, die zuvor noch im Schlamm gespielt hatten, spähten jetzt durch die Ritzen ihrer geflochtenen Behausungen. Auch ihre Mütter beobachteten, was vorging, und manchmal konnte man sehen, wie sich hinter den dünnen Wänden ihre Schatten bewegten.

Als Garric die Hand auf den Schwertgriff legte, spürte er, wie König Carus in seinem Geist anwuchs, bis sie zu zweit waren, Garric und sein Vorfahr in derselben Haut. Er zog die Klinge mit dem zischenden Geräusch guten Stahls, der ein winziges bißchen federt. Othelm, der ehemalige Seemann, der am Strand versucht hatte, ihm das Schwert abzunehmen, hob seine riesige Keule, aber er wich zurück.

Garric schlug mit dem Schwertgriff gegen den Gong. Die Bronze dröhnte in einem tiefen Baßton, über dem die Schwertklinge den Oberton flüsterte.

»Ich habe gute Nachrichten, Rodoard!« rief Garric zum geschlossenen Tor der königlichen Behausung hin. »Es besteht eine Möglichkeit, von hier zu entkommen!«

Er drehte sich um und winkte den inzwischen um ihn Versammelten zu. Der Gong hatte die Leute aus ihren Hütten und dem nahen Wald gebracht. Jene, die im Golf geboren waren, sahen die drei Neuankömmlinge nicht direkt an, aber auch sie kamen näher, auf eine Art, die daran erinnerte, wie Sirup von einem rauhen Tuch aufgesogen wird.

Garric schlug den Gong ein zweites Mal. »Kommt heraus!« sagte er. Seine Stimme klang jetzt wie eine Modulation des metallischen Dröhnens.

Der obere Teil der Tür wurde nach innen aufgerissen. In der Öffnung stand Rodoard, angetan mit Helm, Brustharnisch und Schwertgurt. Er hielt die selbstgeferigte Hellebarde mit beiden Händen an ihrem kurzen Schaft.

Sein Gesicht war von Zorn verzerrt.

Garric trat einen Schritt zurück. Rodoard schwang seine Waffe in einem hohen Bogen, eher an Garric vorbei als auf ihn zu. Die schwere Waffe durchtrennte den Querbalken ebenso wie die Seile, die den Gong hielten. Die Bronzeplatte fiel zu Boden. Der Schlamm erstickte schnell ihren bebenden Ton.

»Ich habe dich leben lassen, Junge«, sagte der König mit tonloser Stimme, »weil ich glaubte, du könntest einmal nützlich sein. Vielleicht habe ich mich geirrt. Was meinst du?«

Bunter Rauch begann aus der Hütte aufzusteigen. Lunifra war nirgendwo zu sehen, aber Garric hörte ihre Stimme hinter der geflochtenen Wand. Bei jeder Silbe der Rezitation wurde der Rauch dichter, dann zog er sich zusammen wie die Membran einer Trommel, die geschlagen wird.

»Ich habe gute Neuigkeiten, Euer Majestät«, sagte Garric. »Meine Freundin Tenoctris hat den Schlüssel gefunden, der uns die Tür aus dem Golf aufschließen wird. Die Ersa werden ihn uns benutzen lassen, damit wir in die wirkliche Welt zurückkehren. Wir alle!«

Garric hatte gewußt, daß eine gewisse Gefahr darin lag, sich Rodoard direkt zu stellen, aber die Heftigkeit des Zorns des Königs kam doch unerwartet. Dennoch, wäre er als Bittsteller zu Rodoard gekommen, hätte dieser ihn nur schikaniert, ohne ihm zuzuhören. Indem er hier mit dem Schwert in der Hand auftrat, zwang Garric Rodoard, ihn als ebenbürtig zu betrachten.

»Aha«, sagte Rodoard, der inzwischen so dicht vor Garric stand, daß sie sich gegenseitig hätten an der Nase ziehen können. »Du hast dich also mit den Ersa abgegeben? Was hast du diesen Tieren angeboten, Garric or-Reise?«

Die Leute drängten näher. Die im Golf Geborenen hielten sich weiter hinten, damit sie schnell fliehen konnten, sobald die Kämpfe begannen. Rodoards Leibwachen waren unbehaglich nah. Ein Teil von Garrics Geist erinnerte sich an Scharmützel, in denen der König der Inseln sich den Weg aus ähnlichen Situationen mit dem Schwert gebahnt hatte, aber der König der Inseln hatte dabei nie ein Mädchen und eine alte Frau beschützen müssen …

Garric legte den Kopf zurück und lachte. Er konnte Liane und Tenoctris vor einer so großen Menge von Feinden nicht beschützen. Daher würde er es nicht einmal versuchen: Er würde Rodoard den Kopf abschlagen und sich dann einfach durch diesen Mob aus Schurken und Verbrechern schlagen, bis sie ihn schließlich unterworfen hatten.

Man tat, was man konnte. Wenigstens ein paar dieser Gestalten mitzunehmen, würde zu jedermanns Nutzen sein.

Garric senkte das Schwert ein wenig und nahm die Spitze der Klinge zwischen seinen linken Daumen und den Zeigefinger, um weniger bedrohlich auszusehen – aber ohne die Waffe einzustecken. Sein Lachen hatte Rodoard überrascht.

»Ich habe den Ersa nur die Möglichkeit angeboten, uns loszuwerden«, sagte Garric so laut wie möglich, damit er auch überall gehört würde. »Was ich euch anbiete …«

Er drehte sich um und betrachtete die Leute um sich herum. »Was ich euch allen anbiete!« rief er. »Was ich euch allen anbiete, ist die Gelegenheit, die Sonne wiederzusehen, die Gelegenheit, den Wind zu spüren und frei zu sein! So frei, wie es niemand in dieser grauen Unterwelt hier je sein kann.«

Tenoctris hatte sich hingekniet und zeichnete mit dem linken Zeigefinger in den Schlamm. Sie benutzte einen mit Mark gefüllten Zweig als Zauberstab.

Liane stand zwischen Tenoctris und der Menge. Sie hatte die Arme verschränkt und die Hände in die Ärmel gesteckt. Drei von Rodoards Leibwachen waren beinahe so dicht bei ihr, daß sie sie berühren konnten.

»Aha«, sagte Rodoard. Er hatte eine ziemlich hohe Stimme für einen so großen, breiten Mann. Er klang erbärmlich. Anders als Garric hatte er nie Schafe in den Hügeln rufen müssen, und er hatte nie gelernt, wie man seine Stimme so weit wie möglich ausrichtet. »Othelm, hast du es eilig, nach Erdin zurückzugelangen? Und Bassis? Glaubst du, daß sie dich in Valles vergessen haben? Von dem, was du hier getan hast, gar nicht zu reden!«

Fischer, die den Gong in der Lagune gehört hatten, stakten ihre Flöße an den schlammigen Strand. In einigen ihrer Körbe zuckten Fische mit gepanzerten Köpfen. Die Männer benutzten Werkzeuge mit beweglichen Kiefern, mit denen sie ihre Beute von beiden Seiten umklammern konnten, statt sie aufzuspießen. Da es hier wenig Metall und keinen Stein gab, waren das geeignetere Werkzeuge, als Speere es gewesen wären.

»Was ist mit dem Rest?« rief Rodoard. Er hatte seine Fassung wiedergewonnen, aber unter seinem beinahe amüsierten Verhalten lag eine deutliche Drohung. »Josfred, willst du an einen Ort zurückkehren, wo die Sonne dir die Haut verbrennt und du im Winter frierst – immer vorausgesetzt, du überlebst so lange?«

Tenoctris flüsterte, und ihr Zauberstab schoß durch den Machtkreis, den sie gezeichnet hatte. Für alle anderen, selbst für jene, die wie Garric und Liane die alte Schrift lesen konnten, waren diese Symbole nichts anderes als Wurmspuren im Schlamm.

»Ich habe euch zu Königen über die Ersa gemacht, die euch versklavt hatten!« sagte Rodoard. »Ich habe euch geholfen, eure Füße auf ihre Tiernacken zu stellen! Wollt ihr wirklich ...«

In der Hütte schrie ein Kind – ein durchdringendes Geräusch, das Rodoards Tirade unterbrach. Rodoard sah sich nicht um, aber er runzelte unwillig über die Unterbrechung die Stirn.

»Wollt ihr wirklich ...«, wiederholte er.

Die Tür hinter Rodoard stand immer noch offen. Ein drei- oder vierjähriges Kind kam herausgerannt, blutend aus Wunden an der Kehle und am Bauch. Das Kind stieß gegen Rodoards Beine und fiel zu Boden, wo es noch ein paarmal zuckte, während sein Herz seinen Körper vollständig leerpumpte. Lunifra stand in der Tür, übergossen von dem Blut, das aus den Adern des Kindes geflossen war.

Sie war nackt. Sie hielt ein Messer aus vulkanischem Glas, und ihr Lächeln war das Tor zur Unterwelt. Das Kind war so verstümmelt, daß Garric nicht erkennen konnte, welches Geschlecht es gehabt hatte.

Garric stieß mit dem Schwert nach Rodoards Fußknöcheln. Der König sprang rückwärts und versuchte, Platz zum Ausholen zu gewinnen, aber er stolperte über die Leiche. Ungläubig riß er den Mund auf, als Garric seine Fußknöchel so sicher durchtrennte, wie es nur jemand kann, der jahrelang Hammelkeulen für die Küche des Gasthauses entbeint hatte.

Die kalte Wut, die Garrics Schwertstreich verstärkt hatte, hätte die Klinge auch durch Rodoards Oberschenkelknochen getrieben. Rodoard und Lunifra würden keine Kinder mehr für ihre blutigen Zauber töten können!

Othelm schrie auf und drückte beide Hände auf die Wunde unterhalb seiner Rippen. Liane stach mit dem blutigen Dolch in Richtung des Gesichts des anderen Schurken, der versuchte, sich auf sie zu stürzen. Er wich aus. Garrics Klinge trennte den Skalp des Mannes und einen Teil des Knochens vom Schädel.

Die Palisade sackte zu einer Masse zuckender Zweige zusammen. Das Holz wurde zu einer Schlange von drei Fuß Durchmesser, so lang, wie die Palisade gewesen war. Lunifra lachte hysterisch. Der hölzerne Schwanz links neben Garric zuckte. Das andere Ende hob sich vom Boden und riß ein Muränenmaul auf.

Die Menge, Rodoards Anhänger ebenso wie die im Golf Geborenen, taumelten entsetzt zurück. Garric hob sein Schwert und benutzte den doppelt langen Griff, um beide Arme für einen Schlag einzusetzen, von dem er bereits wußte, daß er nutzlos sein würde.

Die hölzernen Kiefer verschlangen Lunifra und schlossen sich dann. Da die spitzen Zähne sich dabei drehten, flogen ihr linker und ihr rechter Fuß in entgegengesetzte Richtungen. Sie stieß einen kurzen Schrei aus.

Tenoctris brach von der Anstrengung ihrer Rezitation zusammen. Garric packte sie mit dem linken Arm und hielt sie in seiner Eile eher wie ein Stück nassen, schweren Stoffes als wie eine geschätzte Freundin. Die Bewohner der Hüttensiedlung waren alle auf der Flucht. Das Geschöpf aus Holz und Zauberkraft wand sich wie ein Wurm auf heißem Stein.

»Hier entlang!« rief Liane und zeigte auf die Lagune. Eine Windung der hölzernen Schlange bewegte sich auf sie zu. Sie sprang ohne Zögern darüber, wie ein Kind beim Seilhüpfen.

Garric folgte Liane mit hocherhobenem Schwert, damit er sich nicht selbst verletzte. Er dachte daran, wie sein Vater ihn angeschrien hatte, als er ihn eines Tages mit einer Sichel in der Hand hatte laufen sehen. Das hier war erheblich gefährlicher, aber er hatte nicht die Zeit, die Klinge abzuwischen und einzustecken.

Die Schlange aus belebtem Holz schloß die Kiefer um ihren Schwanz und begann, sich selbst zu verschlucken. Braune und gelbe Holzsplitter wirbelten aus ihrem Maul. Die Vegetation hier am Golf hatte stärkeres, zäheres Mark als die aus Rinde und Holz bestehenden Schößlinge, die Garric kannte.

Liane kletterte auf das größte der Fischerflöße, drei lange Riedbündel, die an den Enden hochgebogen und zusammengebunden waren. Sie hob die Stange, mit der das Gefährt gestakt wurde.

Garric ließ Tenoctris in die Höhlung des Floßes fallen, überzeugte sich, daß niemand direkt hinter ihm war, und stieß das Schwert in die Seite eines Riedbündels, damit sich niemand daran schnitt. Sobald er Zeit hätte, würde er die Klinge säubern und trocknen und dann den Wetzstein an der Scheide benutzen, um sie wieder zu schärfen. Rodoards Fußknöchel hatten vermutlich nicht einmal eine Kerbe hinterlassen, aber der Schädelknochen des anderen Mannes war eine andere Sache …

Garric lehnte sich gegen das Heck des Floßes. Der schlammige Boden war schlüpfrig; Garric suchte nach einem festeren Stand, dann schob er wieder. Das Floß glitt in die Lagune. Es lag viel tiefer im Wasser, als es sollte. Es war für einen ziemlich leichtgewichtigen Schiffer gemacht. Schon Liane und Tenoctris zusammen wogen mehr, als es sicher tragen konnte.

Garric watete weiter und schob das Floß, bis er den schleimigen Boden unter den Füßen verlor. Er begann zu treten und schob das winzige Gefährt weiter, während Liane über ihn hinwegstakte.

»Fahr zur anderen Seite!« sagte er. Er hielt inne, um das Schlammwasser auszuspucken, das er in den Mund bekommen hatte, dann fügte er hinzu: »Wir müssen die Ersa erreichen, bevor diese Leute hier sich wieder sammeln können!«

Einer der Leibwachen des Königs watete ein paar Schritte in die Lagune und warf seinen Speer. Die Waffe fiel eine Armeslänge von Garric entfernt ins Wasser. Garric trat und schob weiter und ignorierte alles, bis auf die Notwendigkeit, sich auf der anderen Seite der Lagune zumindest kurzfristig in Sicherheit zu bringen.

Tenoctris sagte etwas zu Liane; Garric hörte ihre Stimme, konnte aber ihre Worte über dem Lärm des von seinen Füßen aufgewühlten Wassers nicht verstehen. Dem Hirten sei Dank, die Zauberin war wieder zu sich gekommen. Garric wußte, daß Tenoctris nie ein Ungeheuer wie das, was sich da gerade am Strand selbst verschlang, hätte heraufbeschwören können; schon die Anstrengung, Lunifras mächtige Rezitation umzulenken, mußte die alte Frau an den Rand ihrer Kraft gebracht haben.

Als Garric den Kopf hob, konnte er die Ersa sehen, die am gegenüberliegenden Strand dreieckige Flöße zu Wasser brachten. Sie trugen Speere, die wohl nicht zum Fischen gedacht waren.

Die Ersa waren zum Kampf bereit, aber nichts, was sie tun könnten, würde genügen, um die Menschen aufzuhalten, wenn sie sich erst einmal zum Angriff organisiert hatten. Garric konnte nur hoffen, daß es zumindest Tage oder wenigstens Stunden dauern würde, bis …

»Geht und macht diesen Ungeheuern ein Ende, sofort!« kreischte Rodoard, und seine Stimme war durch den Schmerz seiner amputierten Füße noch schriller geworden. Ein Schnitt mit einer scharfen Kante, besonders an einem Gelenk, schloß die Adern eher, als daß er dazu führte, das Opfer rasch verbluten zu lassen. Garric wurde klar, daß er …

Ein mörderisch vernünftiger Geist in Garrics Hinterkopf unterbrach diesen Gedankengang. *»Du hattest nur noch Zeit für das Notwendigste.«*

»Bringt sie alle um!« schrillte Rodoard. »Bringt sie alle um, bevor sie weiter Zauberkraft gegen uns einsetzen!«

Garric trat weiter und konzentrierte sich nur auf das, was notwendig war. Sobald sie den Strand erreichten, würde er das Nächstnotwendige tun: Er würde sein Schwert säubern und schärfen.

Zwölfter Tag
im Monat des Reihers (später)

Die von Flammen umgebene Insel war noch zwanzig Fuß von Cashel und dem Ruderboot entfernt. Der Kapitän der Barke der Nachfolgerin stand am Bug. Er gebot den Ruderern mit einer Geste Einhalt, dann verbeugte er sich vor Sosia und sagte: »Es ist zu gefährlich, um sich noch weiter zu nähern, Euer Hoheit. Der Zauberer und sein Begleiter sollten den Rest des Wegs alleine zurücklegen.«

Die Barke hatte einen fransenbesetzten Baldachin aus cremefarbener Seide. Sosia beugte sich darunter hervor und umarmte Cashel in dem Ruderboot, das längsseits der Barke lag. »Rettet meine Tochter«, sagte sie. »Was immer sonst geschehen mag, überlaßt sie nicht Ilmed.«

Zu Cashels ungeheurer Verlegenheit küßte sie ihn auf die Stirn. Cashel zuckte nicht mit der Wimper, aber er spürte, wie er errötete.

Die roten und orangefarbenen Flammen, die aus dem Wasser aufstiegen, waren so lautlos wie Schwertklingen, aber ihre Ausstrahlung ließ Cashels Haut bereits kribbeln. »Es ist Zeit zu gehen«, murmelte er und wich Sosias Blick aus. Er drehte sich nach rechts und fragte: »Bist du bereit, Zahag?«

Der Affe hinten im Ruderboot starrte auf seine Finger. Seine Lippen bewegten sich, als er Zeilen von Gedichten vor sich hin murmelte. Zwischen Zahag und Cashel lag ein aufgewickeltes Seil, das aus den Fäden geflochten war, wie sie an riesigen Muscheln hingen. Es war dünner als die üblichen Schiffstaue, aber Cashel hatte es mit seiner ganzen Kraft geprüft – und das Seil hatte gehalten.

»Zahag, antworte!« sagte Cashel. »Oder ich lasse dich hier. Wenn du hierbleiben willst, bleib hier.«

Zahag schlug zornig mit beiden Händen ins Wasser. Sosia wich zurück, als das schmutzige Hafenwasser ihr helles Seidenkleid befleckte. Eine ihrer Wachen hob einen Stab, aber Sosia verhinderte den Schlag mit einer knappen Geste.

»Ich bleibe bei dir!« sagte der Affe. »Du bist ein Narr und wirst dafür sorgen, daß wir beide umgebracht werden, aber ich habe Angst, allein zu bleiben.«

Cashel wandte sich nach links und begegnete dem Blick des nervösen Schiffskapitäns. »Stoßt uns ab«, sagte er. Er stieß mit einem Ende seines Stabs gegen die Seite der Barke, um den Bug des Ruderboots in eine Linie mit der Feuerwand zu bringen.

Sosia und ihre Wahrsagerin saßen nebeneinander auf vergoldeten Sitzen inmitten der Barke. Die Besatzung, ein Dutzend Männer von ähnlichem Körperbau, stand normalerweise nach vorn gewandt im Bug und Heck. Nun schoben zwei von ihnen das Boot auf die lautlose Flammenwand zu.

Cashel stand auf. Das Ruderboot schwankte nur gering; Cashel hatte den Gleichgewichtssinn eines Mannes vom Land, geübt durch ein Leben, in dem es immer wieder einmal notwendig gewesen war, oben auf einer Mauer oder auf einem schmalen Bergpfad, wo es jederzeit zu Steinschlag kommen konnte, zu balancieren.

»Mach weiter, Zahag«, befahl er und hob seinen neuen Stab, um sein Gleichgewicht zu finden, das er mit dem alten Hickorystab instinktiv gefunden hätte.

»Wir haben uns bereit erklärt zu helfen, also können wir jetzt nicht mehr zurück.«

»Menschen!« sagte der Affe. »Schafsdumme Menschen! Selbstverständlich können wir noch zurück!«

Zahag schlug ins Wasser und ruderte dann angestrengt. Seine Arme waren so lang, daß er mit beiden breiten Händen gleichzeitig paddeln konnte.

Das Boot glitt auf die wartenden Flammen zu. Zahag murrte, aber er trieb sie weiter über das stille Wasser.

Im Hafen stand eine Menschenmenge, um zuzuschauen. Viele winkten mit Tüchern oder ihren breiten Strohhüten, wenn sie bemerkten, daß Cashel in ihre Richtung sah.

»Sie müssen sie gern haben«, sagte Cashel. Die Leute in Barcas Weiler interessierten sich kein bißchen für Graf Lascarg in Carcosa und erst recht nicht für den König der Inseln in Valles.

»Pah!« sagte der Affe. »Sie wollen uns nur braten sehen. Was hat Tayuta gesagt, wie viele sind vor uns in den Flammen umgekommen? Waren es nicht dreiundzwanzig?«

»Lebt ihr Affen denn ewig, wenn ihr nicht verbrennt?« fragte Cashel. Er veränderte seinen Griff um den Stab so geringfügig, daß es niemand bemerkt hätte.

Er konnte jetzt spüren, wie der Flaum auf seinen Wangen sich fest kräuselte und seine Augen trocken wurden. Er begann, den Stab zu wirbeln, den die Handwerker des Palastes eilig nach seinen Angaben gefertigt hatten.

Es war Tannenholz, kein Hickory, und auch sonst kein Hartholz. Einigen Leuten konnte das Holz für solche Stäbe nicht fest genug sein, aber Cashel war immer der Ansicht, daß die Elastizität des Hickorys die Schläge für seine Handflächen erträglicher machte, ohne die Wirkung einzuschränken. Niemand, dem Cashel or-Kenset einen Schlag versetzte, blieb stehen, um auf den nächsten zu warten.

Er grinste. Er war noch nie einem Feuer mit einem Stab entgegengetreten. Vielleicht war Tannenholz ja das beste für eine solche Aufgabe.

Der Stab war acht Fuß lang und so dick wie Cashels Handgelenk. Er ließ sich leicht wirbeln, und direkt vor dem Bug des Bootes entstand ein verschwommener Kreis. Die Handwerker hatten das Holz poliert und gewachst, aber keine Handwerksarbeit der Welt konnte ihm jenen Schliff verleihen, der von der jahrelangen Reibung mit Cashels Handflächen kam. Der neue Stab war schon in Ordnung, dachte er. Cashel hatte nie eine Arbeit verweigert, weil ihm dies oder jenes Werkzeug nicht paßte.

Die Flammen schossen senkrecht aus dem Wasser. Es gab keinen Dampf und keine Blasen, aber Sosia hatte erklärt, daß Versuche, unter der Barriere durchzuschwimmen, ebenso tragisch gescheitert waren wie jene, die Flammenmauer mit einem Schiff, das mit essiggetränkten Rinderhäuten bewaffnet war, zu durchdringen.

Ein Fisch kam an die Oberfläche und tauchte wieder ab. Eine Seite war silbrig; die andere hellrot, vorgekocht durch den Kontakt mit dem Feuer des Zauberers.

»Vierundzwanzig dumme Menschen«, murmelte Zahag, »und ein Affe, der noch dümmer ist, weil er es besser wissen sollte!«

Der Stab wirbelte. Cashel konnte die Hitze nicht mehr spüren. Er hatte jetzt seinen Rhythmus gefunden, genau wie er hätte einschätzen können, wo er den Hebel zur Bewegung eines Gewichts ansetzen mußte. Er war nicht sicher, wie das funktionierte, aber das war auch vollkommen gleich.

Schneller, immer schneller.

Blaues Feuer schoß unter den Beschlägen des Stabs hervor und verband sich zu einem Ring und schließlich zu einem Tunnel von Licht, durch den sich das Ruderboot langsam bewegte.

Die Handwerker hatten die Enden des Stabes eingefaßt, wie

er es gewünscht hatte – aber statt der einfachen eisernen Beschläge, die er erwartet hatte, hatten sie Messingbänder benutzt. Auf einem war eine Szene mit kämpfenden Walen eingeprägt, das andere zeigte Adler in den Wolken. In keinem Haus in Barcas Weiler befand sich derart kunstvolle Handarbeit, wie sie Sosias Arbeiter für einen Gegenstand verwendet hatten, der so nobel war wie ein Wagenrad.

Eine Hand über die andere; die Handgelenke immer wieder über Kreuz, der Stab wird von seiner eigenen Trägheit herumgewirbelt.

Ein Mann, selbst ein so großer Mann wie Cashel, konnte bei einem Kampf hochspringen und sich vom wirbelnden Stab in die Gegenrichtung mitreißen lassen.

Funkelndes blaues Feuer traf auf orangefarbene Flammen. Die Flammen röhrten jetzt, aber Cashels Stab drang in sie ein wie ein Messer in Butter. Eine Hand über die andere gekreuzt, nicht schneller und nicht langsamer, trotz des Widerstands der fauchenden Flammen.

Die Arbeit hatte ihren eigenen Rhythmus. Ebenso wie Jahreszeiten kamen und gingen, wie Wolken sich über dem Himmel ausbreiteten und Strömungen die Farbe des Meeres veränderten, so wirbelte Cashel seinen Stab in dem Muster, das für diese Bedingungen, für diese Situation geeignet war.

Zahag schnatterte im Heck des Schiffes. Manchmal schrie er Flüche im Namen der Herrin und anderer Menschengötter heraus, aber die meiste Zeit kreischte er einfach nur in tierischer Angst. Cashel ignorierte seinen Begleiter und die leuchtenden Feuerspeere, die auf seinen wirbelnden Stab einstachen und abprallten.

Sie hatten unrecht, wenn sie Cashel einen Zauberer nannten. Er war mehr oder weniger ein Teil des Universums. Jede Aufgabe ist eine Frage der Hebelwirkung und der Kraft; Cashel erkannte einfach nur, wo man die notwendige Kraft ansetzen mußte.

Die Mauer roten, flackernden Feuers befand sich nun hinter ihm. Das Ruderboot hatte die Barriere passiert und lief am Fuß des Gefängnisturms auf Felsen auf. Cashel taumelte ein wenig, als er den trockenen Boden betrat. Der triumphierend krähende Zahag stützte ihn mit einem langen Arm, während er mit dem anderen schon nach dem Seil griff. Cashel hob seinen Stab über den Kopf und schrie: »Wir sind durch! Der Hirte hat uns geholfen, und wir haben es geschafft!«

Die Götter hatten tatsächlich geholfen; aber die Kraft, über die ein ganzes Dorf gestaunt hatte, hatte ebenso zum Sieg beigetragen.

Und wenn Cashel stolz war, etwas getan zu haben, was sonst niemand hätte tun können, nun, dann hatte er wohl ein Recht darauf!

Garrics Brust berührte den Schlamm einen Augenblick, bevor das Floß auf der anderen Seite der Lagune auflief. Er erhob sich auf die Knie, dann zog er sein Schwert aus dem Ried, während er aufstand. Links und rechts von ihnen gingen Ersa auf Flößen an Land. Graz wartete mit einer Gruppe Bewaffneter am Strand. Die Ersa schwiegen; aber ihre beweglichen Ohren blähten sich und flatterten.

Tenoctris verließ das Floß, bevor Liane ihr helfen konnte. Sie verbeugte sich höflich vor Graz und sagte: »Die Menschen haben beschlossen, daß sie lieber im Golf bleiben, als in unsere Welt zurückzukehren. Viele von ihnen sind hier geboren. Sie werden euch alle umbringen, wenn sie können. Garric mag das besser beurteilen können als ich, aber Rodoard scheint es für möglich zu halten.«

Garric bemerkte, daß alle anwesenden Ersa ihn plötzlich

anstarrten. Es war ein beunruhigendes Gefühl, weil das größere Blickfeld der Humanoiden bedeutete, daß sie dabei nicht einmal den Kopf drehen mußten.

»Wie viele seid ihr?« fragte Garric. »Krieger, meine ich.«

Männliche Ersa konnten es körperlich zumindest mit den im Golf geborenen Menschen aufnehmen. Wenn es genügend Ersa gab, waren sie vielleicht sogar imstande, einen unüberlegten Angriff abzuwehren, obwohl die erst kürzlich eingetroffenen Menschen kräftiger waren und bessere Waffen hatten.

»Zweihundertzweiunddreißig«, sagte Graz tonlos. »Und dazu du, wenn du kämpfen willst.«

»O ja, ich werde kämpfen«, sagte Garric. Er spürte, wie seine Hoffnung erstarb. In seinem Hinterkopf hatte König Carus die Situation mit der notwendigen Leidenschaftslosigkeit eines Hirten analysiert, der entscheidet, welche Tiere im Herbst geschlachtet werden müssen, damit die übrigen während der Hungerzeit im Monat des Reihers genügend Futter haben, bevor neues Gras wächst. »Aber das wird uns nichts helfen. Ich fürchte, sie werden uns alle umbringen.«

Garric sah sein Schwert an. Er hätte gerne die Klinge abgewischt, aber er hatte kein trockenes Tuch zu diesem Zweck. Liane bemerkte den Blick und bot ihm ein Taschentuch aus ihrem Ärmel an. Ein Ersa-Kind kam an den Kriegern vorbeigerannt und reichte Garric ein Stück Obstschale. Sie war trocken und rauh und saugfähig wie die Luffaschwämme, die die Leute in Barcas Weiler benutzen, um sich zu waschen.

Graz nickte; eine menschliche Geste, ebenso wie er die Sprache der Menschen benutzte, um mit Garric und seinen Begleiterinnen zu kommunizieren. Gleichzeitig flatterten seine Ohren, und vier Ersa-Krieger rannten in verschiedene Richtungen in den anliegenden Wald davon. Kuriere, nahm Garric an, die die Ersa vor ihrer sicheren Vernichtung warnen mußten.

Die Ersa-Frauen und -Kinder in der Nähe verließen den Strand über den breitesten der Wege.

»Wenn ihr mich benutzen laßt, was ihr die Hand nennt«, sagte Tenoctris, »dann kann ich ein Tor für euch und für uns öffnen. Das ist nicht, was ich vorhatte, aber es ist jetzt die einzige Hoffnung, die wir noch haben.«

»Ja«, sagte Graz. »Ich habe meine Leute ohnehin gebeten, sich am Ersten Ort zu versammeln. Unsere Vorfahren betraten den Golf durch diesen Hain. Es ist angemessen, daß unser Aufenthalt hier auch dort enden soll.«

Er und die Krieger neben ihm drehten sich um und gingen einen Weg entlang, der mit Planken bedeckt war. Die hiesige Vegetation war zu weich, um wirklich gute Dielen abzugeben, aber indem sie die Bretter immer wieder ersetzt hatten, wenn sie gerissen waren oder abgerieben, hatten die Ersa an diesem schlammigen Strand einige trockene Wege geschaffen. Auf der menschlichen Seite der Lagune gab es nichts dergleichen.

Garric steckte sein Schwert ein. Liane hatte Tenoctris ihren Arm gereicht, aber die alte Frau schien ihre normale Kraft und Lebhaftigkeit wiedergewonnen zu haben. Man konnte nur raten, was ein weiterer schwieriger Bannspruch Tenoctris antun würde, nachdem sie sich bereits so angestrengt hatte, Lunifras Ungeheuer abzuwehren; aber im Augenblick strengten sich alle über das vernünftige Maß hinaus an.

Liane winkte Garric zu, vor ihr zu gehen. Es bestand keine Notwendigkeit für eine Nachhut. Die Menschen waren ihnen nicht direkt über die Lagune gefolgt, also würde der Angriff von einer Seite oder beiden erfolgen. Garric nickte seinen Begleiterinnen zu und machte sich dann daran, die Krieger einzuholen. Die Ersa ließen Garric bis zu ihrem Anführer durch.

»Hätten meine Vorfahren die ersten Menschen und alle

anderen Menschen getötet, die zum Golf kamen«, sagte Graz, ohne den Kopf zu wenden, »dann wären wir jetzt sicher.«

»In Sandrakkan gibt es ein Sprichwort«, rief Liane von hinten. Ihre Ohren waren so scharf wie die einer Eule, die im nächtlichen Wald ihre Beute verfolgt. »Ein Mann hat so viele Feinde, wie er Sklaven hat.«

Graz blieb plötzlich stehen, so plötzlich, daß selbst seine Krieger überrascht waren. Er drehte sich um und hielt den Speer im Gleichgewicht.

Garrics Miene wurde vollkommen ausdruckslos. Er spreizte die Hände nach den Seiten, bereit zu handeln, falls der Ersa die Waffe heben oder werfen sollte.

»Vier von euch tragen die alte Frau«, sagte Graz, gleichzeitig in der Menschensprache und offenbar auch mit Bewegungen seiner Ohren. »Sollten die Ersa über diesen Tag hinaus überleben, dann werden wir das ihr verdanken.«

Er ging weiter. Sein Gang war lässig und seine Schritte kürzer, als die eines Menschen seiner Größe gewesen wären. Es gab keinen Grund, sich durch hektische Bewegungen zu ermüden; die Entfernung zum Lager der Menschen bedeutete, daß sie zumindest eine halbe Stunde Vorsprung vor einem Angriff haben würden.

»Glaubst du, wenn meine Leute die deinen von Anfang an als gleich behandelt hätten«, sagte Graz ruhig, »dann wäre dies nicht passiert?«

Garric zuckte die Achseln. »Das würde ich gerne sagen, aber ich weiß es nicht«, gab er zu. »Wir Menschen können uns kein perfektes Zeugnis ausstellen, nicht einmal, was den Umgang mit unserer eigenen Art angeht.«

Graz kreischte wie ein Kaninchen, dem man Schmerz zufügt. Garric packte sein Schwert, dann wurde ihm klar, daß dieses Geräusch einem Lachen entsprach.

»Wir sind auch nicht gerade vollkommen«, meinte Graz. »Nur der Tod ist vollkommen. Nun, wir Ersa hoffen, daß wir in eurer Welt weiterleben und weiter unvollkommen sein können, Mensch.«

Der Weg zog sich durch den Wald zu einem Feld voll Pflanzen, die die Ersa hier angebaut hatten. Einige der Früchte hatten Formen und Farben, die Garric auf der Menschenseite der Lagune nicht gesehen hatte.

»Der Erste Ort«, sagte Graz und zeigte geradeaus. Obwohl der Pfad pfeilgerade war, gab es selbst im Golf leichte Anhebungen und Senken, so daß Garric von dem Anblick der zwölf Bäume mit ihren kolbenförmigen Stämmen vollkommen überrascht war, dabei stand der nächste nur hundert Schritte entfernt. Aber so etwas war ihm durchaus bekannt. Er hatte oft genug erlebt, daß sich ein Schaf selbst auf einer Wiese verstecken konnte, die so flach war, daß er geglaubt hatte, schon eine Feldmaus würde herausragen wie ein Fahnenmast.

Ersa allen Alters versammelten sich im Hain. Einige von ihnen sprachen miteinander, besonders Kinder und ihre Mütter, aber insgesamt war diese Gruppe erheblich stiller, als es eine Gruppe von Menschen in einer ähnlichen Krise gewesen wäre.

Frauen und die älteren Kinder trugen alle möglichen Körbe, Truhen und Taschen, die aus Rindenstoff hergestellt waren. Es gab keine Töpferwaren, obwohl Garric bei den Menschen einige grob geformte Krüge gesehen hatte.

Die erwachsenen Männer trugen nur Waffen: Keulen und Speere. Ein paar der Speere hatten eine Metallspitze. König Carus in Garrics Hinterkopf stellte fest, daß es keine richtigen Wurfwaffen gab. Offenbar war keines der hiesigen Hölzer elastisch genug für Bögen, und Schleudern waren ohne Steine, Metall oder fest gebrannten Ton ziemlich nutzlos.

»Es gibt so viele Frauen und Kinder«, sagte Liane. Sie war unbemerkt wieder zu ihnen gestoßen, nachdem die Krieger Tenoctris auf eine Sänfte aus ihren Speerschäften gehoben hatten. »Es muß etwa zweitausend Ersa geben, aber nur so wenig Soldaten.«

»Genau«, meinte Garric. »Nun, wir werden uns ein andermal mit den Besonderheiten ihrer Gesellschaft beschäftigen.«

Tatsächlich waren sie für ihn gar nicht so fremdartig. Die Proportion erwachsener, männlicher Ersa zu weiblichen und den Kindern war ziemlich ähnlich jener der Schafe, die er in Barcas Weiler gehütet hatte. Bei Haustieren entstand ein solches Verhältnis durch Auswahl. Die Besitzer schlachteten die jungen Böcke wegen des Fleisches, behielten aber die meisten weiblichen Schafe, die Milch und im Frühjahr die nächsten Lämmer lieferten.

Garric nahm an, daß sich die Ersa-Bevölkerung auf ähnliche Weise erhielt. Das wiederum führte dazu, daß er sich fragte, wie leicht die Last der Sklaverei unter den Ersa für die Menschen hier tatsächlich gewesen war.

Vielleicht hatte sich dieser Zweifel in seiner Miene gezeigt. Liane berührte seinen Arm. »Wir haben unsere Wahl getroffen«, sagte sie. »Die Ersa mögen keine Heiligen sein, aber sie sind in unserer Situation sicherlich die bessere Wahl.«

»Du hast recht«, meinte Garric mit einem grimmigen Lächeln. »Wir sollten Rodoard vermutlich dankbar sein, daß er uns die Wahl so leicht gemacht hat.«

Graz beobachtete sie aus dem linken Auge, sagte aber kein Wort.

Sie betraten den Hain durch einen Vorhang dicht und seidig belaubter Zweige, die von den Bäumen bis zum Boden herabhingen. In normalem Licht wären die Blätter farblos gewesen; hier hatten sie denselben grünlichen Farbton wie der Himmel. Die Stämme der Bäume sahen aus wie wassergefüllte Blasen.

Es gab einen breiten Weg zwischen den Bäumen und einem runden Erdwall, der noch höher als Graz' Kopf war. Dieser Wall war die einzige künstliche Struktur, die Garric auf dieser Seite der Lagune bisher gesehen hatte. Direkt vor ihnen befand sich eine schmale Öffnung, die kaum groß genug war, daß Garric sich hätte seitlich hereinschieben können. Die Ersa-Frauen und -Kinder gingen näher zum Wall, aber die Krieger blieben draußen.

Jene, die Tenoctris getragen hatten, setzten die alte Frau ab und gesellten sich wieder zu ihren Kameraden, die den Angriff der Menschen erwarteten. Graz bückte sich und berührte die Schwelle der Öffnung mit den Handflächen.

»Geht hinein, Menschen«, sagte er. Wieder lachte er sein absurdes, kreischendes Lachen. »Ihr braucht der Hand nicht eure Ehrfurcht zu erweisen, da es ohnehin schon die größte Blasphemie darstellt, daß ihr den Hain überhaupt betreten habt.«

Tenoctris betrat das Anwesen mit einem knappen Nicken, mit dem sie Graz' religiöse Skrupel zur Kenntnis nahm. Die alte Frau konnte das Spiel der Kräfte im Universum besser erkennen als jeder andere, selbst als andere Zauberer; aber Götter hatte sie nie erblickt. Garric respektierte Tenoctris und verstand ihre Haltung, aber er glaubte an vieles, was er bisher noch nicht gesehen hatte. Liane schaute von Garric zu Graz. »Sollte ich auch ...«, murmelte sie. »Ja«, sagte Garric, obwohl er nicht wußte, ob das richtig war. Vielleicht erreichten sie hier nichts anderes, als die heilige Stätte der Ersa zu schänden, nur einen Augenblick, bevor dieses Volk abgeschlachtet wurde. »Aber wir müssen es versuchen«, sagte er. Er lächelte. Er war nicht sicher, ob er das gesagt oder ob König Carus seine Zunge benutzt hatte, aber es entsprach allemal der Wahrheit.

Graz sah ihn an. Garric fragte sich, welche Gedanken hinter der undurchdringlichen Miene des Ersa-Anführers standen.

In nicht allzu großer Entfernung konnte man Menschen rufen hören. Metall klirrte auf Holz – ein Geräusch, das mehr an Zimmermannsarbeit als an den Kampf erinnerte, für den es tatsächlich stand. »Also gut«, sagte er und zog das Schwert, das er in Erdin gekauft hatte.

Die Klinge war aus gutem Stahl. Sie schimmerte sogar in dem unveränderten Licht dieses Himmels.

Noch vor kurzer Zeit hatte er einen Menschen damit getötet.

Er erinnerte sich, wie er sich umgedreht und gesehen hatte, daß Liane eine von Rodoards Leibwachen tötete. Auge und Arm von Garric or-Reise – nicht ein anderer Mann, nicht einmal ein toter König, der sich Garrics Körper bemächtigt hatte – hatte das Schwert in einem Bogen herumgerissen, der so berechnet war, daß er das Mädchen verfehlte, aber dem Schurken den Schädel öffnete und ihm sein Leben nahm.

Das hatte er, Garric, getan, und erst jetzt wurde es ihm vollständig bewußt. Seine Knie begannen so heftig zu zittern, daß er fürchtete umzufallen.

»Bleib bei deinen Frauen«, sagte Graz mit undurchdringlicher Miene. »Wenn du gebraucht wirst, dann wird der Kampf zu dir kommen.«

Garric leckte seine trockenen Lippen. Er war bereits wieder ruhiger geworden, dank seiner eigenen Widerstandskraft und der Hilfe von König Carus, der ein ganzes Leben als Krieger verbracht hatte.

»Ich habe keine Angst zu sterben«, sagte Garric. Der Anführer der Ersa war bereits durch die Bäume auf die Kampfgeräusche zugegangen. »Ich habe nicht einmal Angst zu töten.

Ich habe Angst, zu einem Menschen zu werden, der Spaß daran findet, andere zu töten.«

Diese Angst solltest du auch haben, Junge, flüsterte eine tonlose Stimme.

Aber es ist noch schlimmer, ein Mensch zu sein, der nicht tun kann, was getan werden muß, ganz gleich, was es ihn kostet.

Hinter dem Hain waren wieder Schreie zu hören, aber der Kampf selbst schien im Augenblick unterbrochen zu sein. Die ersten menschlichen Kämpfer waren auf die Ersa-Krieger gestoßen, hatten sich ein Scharmützel geleistet und waren zurückgefallen, um zu warten, bis Verstärkung eintraf.

Die meisten Ersa-Frauen hatten sich dem Blattvorhang zugewandt, aber die Kinder drehten ihre Köpfe in alle Richtungen. Eines von ihnen kam zu Garric und nestelte am Saum seines Wollhemdes herum. Als die Mutter bemerkte, was los war, holte sie das Kind mit verärgertem Gackern zurück.

Tenoctris' Stimme erhob sich in der Rezitation, obwohl Garric von dort, wo er stand, die einzelnen Silben nicht vernehmen konnte. Wieder spähte er in die Richtung, wo der Kampf begonnen hatte, dann steckte er sein Schwert ein. Der Erste Ort war ein Tempel, also war ein gezogenes Schwert hier unangemessen.

Garric drängte sich durch den Eingang.

Das Innere dieses dachlosen Anwesens maß vierzig Fuß Durchmesser – weniger, als Garric angenommen hätte. Die Mauern waren gut zehn Fuß dick. Den Boden hatte man so tief gegraben, wie die Mauer hoch war, und nur eine Erhebung in der Mitte gelassen, die das ursprüngliche Bodenniveau erreichte. Diese Säule war mit geflochtenen Pflanzenfasern umschlossen, damit die Erde nicht abbröckelte.

Auf dieser Säule befand sich eine menschliche Hand, die

entweder ganz aus Perlmutt gemacht oder zumindest damit überzogen war. Sie schimmerte heller, als das bei dem trüben Licht des Himmels hätte möglich sein dürfen. Sie war ein Gegenstand großer Schönheit und großer Macht und vollkommen böse.

»Archedama phochense psensa …«, sagte Tenoctris. Sie hatte rings um die Säule Worte in den Boden gekratzt. Nun ging sie um diesen Kreis herum, während sie die Silben aussprach und jede davon betonte. *»Rerta thonmison kat hnesemmigadon!«*

Ein Zylinder aus Licht in den Farben der schimmernden Hand bildete sich über den geschriebenen Silben. Garric blickte nach oben. Er konnte nicht erkennen, wo das Licht auf den unveränderten Himmel traf, aber es schien auch nirgendwo zu enden.

Liane beobachtete die Zauberin und hielt sich bereit, etwas zu tun oder zu sagen, falls sie dazu angewiesen wurde, aber ansonsten blieb sie ruhig. Ihr Gesicht zeigte den beherrschten Ausdruck eines verängstigten Menschen, der zu willensstark ist, der Angst nachzugeben. Sie begegnete Garrics Blick und lächelte. Er zwinkerte und fragte sich, wie er wohl selbst aussah. Er verließ das Anwesen wieder. Hinter sich hörte er: *»Maarchamma zabarbathouch …«*

Die Schlacht hatte jenseits des Hains wieder begonnen. Schreie und Flüche der menschlichen Angreifer und das zornige Fauchen der verteidigenden Ersa bildeten den Hintergrund. Darüber hinweg erhob sich das Klirren von Waffen zu einem Crescendo, verklang wieder und verdoppelte sich, begleitet von einem Schrei aus vielen Kehlen.

Garric griff nach dem Schwert.

»Garric!« rief Liane. »Garric, es ist Zeit! Schick sie hindurch, solange sie …«

»Kommt!« sagte Garric. Köpfe wandten sich bei seinem Ruf, aber die Ersa blieben stehen, wo sie waren. Verstanden diese weiblichen Ersa die Menschensprache nicht? Garric packte die Nächststehende an den Schultern. Die Knochen unter dem hellen Pelz waren dicker, als er erwartet hätte. »Kommt«, wiederholte er und winkte mit dem rechten Arm die anderen herbei. Er zerrte seine – Gefangene? Sein Opfer? – er zerrte sein Exempel durch den Eingang. Liane hatte gerade wieder zur Öffnung im Wall gehen wollen. Garric schob die Ersa auf sie zu, nicht grob, aber mit dem Bewußtsein, daß er, wenn er jede einzeln hereintragen mußte, ein alter Mann sein würde, bevor er fertig war.

Liane zog die Ersa zu sich. Der Zylinder war nun eine durchscheinende Wand. Garric konnte die gegenüberliegende Seite des Anwesens nicht mehr erkennen, aber die Hand selbst schimmerte wie die Sonne an einem klaren Himmel.

»Zadachtonmar didume chicoeis«, sagte Tenoctris, ihr Gesicht von Falten tiefer Ermüdung gezeichnet. Sie ging weiter Schritt für Schritt um den Machtkreis herum. Das würde sie fortsetzen, bis sie zusammenbrach; und früher oder später würde sie das tun.

»Geht hindurch, jetzt!« sagte Liane und schob die Ersa auf die kaltschimmernde Lichtsäule zu. »Rasch!«

Die Ersa ging ohne zu zögern durch die Wand aus Licht. Sie verschwand dahinter, als wäre sie in die Nacht gefallen.

Garric drehte sich um. Mehr Ersa, Frauen und ihre Kinder, warteten vor dem schmalen Eingang, den er mit seinem Körper blockierte. Er sprang zur Seite und tadelte sich innerlich für diese Dummheit. Er hätte wissen sollen, daß der Rest folgen würde, nachdem sich die erste dieses schafsähnlichen Volkes in Bewegung gesetzt hatte.

Eine nach der anderen gingen die Ersa durch die Lichtwand.

Die sich langsam bewegende Reihe blockierte den Ausgang. Die Mauern des Anwesens waren niedrig genug, um sie zu überklettern, zumindest, wenn man Anlauf nahm. Garric versuchte, den Winkel einzuschätzen, dann sah er etwas aus dem Augenwinkel und hielt inne.

Tenoctris war nicht allein. Eine nackte Frau von derselben schimmernden Durchsichtigkeit wie der Zylinder selbst ging neben ihr her. Tenoctris schien ihre geisterhafte Begleiterin nicht zu sehen. Liane bemerkte Garrics verblüffte Miene. Sie folgte der Linie seines Blicks, dann schaute sie ihn verstört an. »Was ist los, Garric?« fragte sie.

Die geisterhafte Frau lächelte träge und streckte einen Arm zu Garric aus. Ihr Körper war vollkommen und schön. Wo ihre Augen hätten sein sollen, sah Garric Gruben, die sich den ganzen Weg bis zur Hölle erstreckten. Taumelnd wich er zurück, als hätte ihn ein plötzlicher Hammerschlag getroffen.

»Tötet sie alle!« gellte Rodoards Stimme über den Schlachtenlärm. »Schlachtet sie wie die Tiere, die sie sind!«

Garric machte zwei Schritte von der Mauer weg, dann sprang er und zog sich auf ihre Krone. Er zog sein Schwert. Er wußte, daß er ebenso vor etwas davonrannte, das er nicht verstand, wie er sich dem Kampf auf der anderen Seite stellte, aber in diesem Kampf wurde er wenigstens gebraucht.

Die Ersa-Krieger waren bis zum inneren Laubvorhang zurückgedrängt worden. Carus' geübtes Auge schloß, daß die Ersa zumindest die Hälfte der Ihren verloren hatten. Die Überlebenden versuchten, die Frauen und Kinder zu schützen, wichen aber immer mehr zurück, während die letzten ihres Volkes durch den schmalen Eingang im Wall eilten.

Der Angriff der Menschen war unorganisiert, aber heftig. Ein Mann, der beinahe so groß und breit war wie Cashel, hatte eine schwere Keule in jeder Hand. Sein rechter Arm war in Rot, der linke in Blau tätowiert. Brüllend griff er an und schwang beide Keulen gleichzeitig. Die Ersa-Krieger wichen nach beiden Seiten aus, so glatt, wie sich Wasser um einen Stein teilt. Graz stach nach dem tätowierten Mann, als dieser vorbeiraste. Der Mann rannte weiter und hob seine Keulen gegen die Ersa-Frauen.

Garric sprang von der Mauer herunter, direkt vor ihn. Sein Gegner hob eine Keule zu einem vertikalen Schlag. Die andere hielt er zum Schutz vor den Körper. Garric schlug zu und traf die Hand, die die untere Keule hielt. Er hatte diesen Trick schon oft bei Stabkämpfen im Dorf benutzt: Statt sich zu recken, um den Körper des Gegners zu erreichen, schlug er die Hand, die die Waffe hielt, und widmete sich dann dem unverteidigten Körper. Der tätowierte Mann schrie von Überraschung und Schmerz auf und ließ die Keule fallen. Er trat zurück und verdrehte die Augen. Blut lief ihm aus den Nasenlöchern, und er fiel nieder wie ein gefällter Baum. Graz' Stoß in seine Lunge hatte sich endlich ausgewirkt.

Garric war allein zwischen den Linien. Die menschlichen Angreifer waren einen Augenblick lang zurückgefallen; die Ersa-Frauen waren jetzt alle innerhalb der Mauern, und die Krieger hatten oben auf dem Wall Position bezogen. Garric trat ein paar Schritte rückwärts und stellte sich in den Eingang.

Mehr Menschen kamen durch den Laubvorhang. Eine Gruppe von acht Golfgeborenen trug eine Sänfte, auf der Rodoard saß. Verbände aus roter Seide waren um die Unterschenkel des Königs geschlungen.

»Tötet sie alle!« schrie Rodoard und zeigte mit der Hellebarde auf die Ersa. »Greift an!« Seine Sänftenträger liefen schwankend los, direkt auf Garric zu. Der erste Träger auf der rechten Seite war Josfred. Sein rattenhaftes Gesicht schimmerte vor Schweiß und Angst.

»Garric!« rief Liane verzweifelt.

Garric sah sich um. Die Ersa-Krieger waren von der Mauer gesprungen. Garric, der unfähig war, zur Seite zu sehen oder Ohrbewegungen wie Sprache zu deuten, war wieder allein.

Drei kräftige Seeleute kamen auf ihn zu, bewaffnet mit Speeren, die sie hergestellt hatten, indem sie Messer an Stäbe banden. Sie trugen Schilde aus übereinandergehefteten Brettern, nicht sehr haltbar, aber gegen die leichte Bewaffnung der Ersa hatten sie genügt. Andere Männer begannen, den Wall auf anderen Seiten zu erklettern. Garric wich durch den Eingang zurück und hoffte, daß die Seeleute versuchen würden, ihm mitsamt ihren Schilden zu folgen. Das würde sie genügend verlangsamen, daß er selbst und die restlichen Ersa durch den Lichtkreis entkommen konnten.

»Tötet sie alle!« kreischte Rodoard.

Graz warf sich in den Lichtzylinder und verschwand, als hätte es ihn nie gegeben. Das war der letzte Ersa. Liane hielt Tenoctris um die Taille und an einem Arm; die junge Frau half der älteren, den Kreis zu vollenden. Tenoctris bewegte die Lippen, aber Garric konnte die Worte nicht mehr hören.

Die Hand leuchtete mit einem intensiven, inneren Licht. Es war, als schaute man direkt in die Sonne, aber sie warf keine Schatten und beleuchtete auch die Mauer nicht.

Garric sprang in die Grube. Die durchscheinende Frau stand direkt neben ihm. Sie strich ihm über die Wange, und ihre Finger waren so weich wie der Flügel eines Schmetterlings.

Garric wich entsetzt zurück. Die Geisterfrau lachte ein kristallenes Lachen, rein und kalt.

»Garric!« sagte Liane. »Worauf wartest du?«

Garric ging auf sie zu. Jetzt hockten mehrere seiner Gegner oben auf den Mauern und riefen ihren Genossen zu, mitzukommen, bevor sie hinabsprangen.

Die schimmernde Frau umschlang Lianes Hals mit beiden Händen. Lianes Müdigkeit wich plötzlich dem Entsetzen. Sie ließ Tenoctris los und versuchte zu packen, was sie da würgte. Ihre Finger griffen ins Nichts.

Garric stieß den Schwertgriff durch den Kopf der Kreatur. Die Gestalt teilte sich wie Rauch bei einem Schlag – und wie Rauch wirbelte sie unbeschadet weiter. Sie lachte und packte Lianes Hals nur noch fester. Lianes Gesicht nahm eine bläuliche Färbung an. Tenoctris taumelte weiter und vollendete ihre Rezitation; vielleicht merkte sie nicht einmal, was um sie herum geschah.

Die ersten Seeleute kamen durch den Durchgang im Wall. Andere Männer sprangen mit entschlossenen Gesichtern und gezückten Waffen von der Mauerkrone.

Garric trat vor und hob das Schwert. Er zitterte leicht, als er den Lichtkreis betrat. *Jemand geht über mein Grab,* dachte er. Er hob das Schwert und schnitt damit durch die Hand aus Perlmutt.

Etwas schrie. Vielleicht war es der Wirbelwind, der Garric ergriff und ihn in flammende Dunkelheit warf. Licht blitzte auf. Er sah Tenoctris und Liane; und dann gab es nur noch Dunkelheit, so schwarz wie die höllischen Augen der geisterhaften Frau.

Sharina hielt Halphemos bei der Hand, aber der junge Zauberer begann, sich wieder selbst zu orientieren. In der ersten Zeit, nachdem sie das Gefängnis verlassen hatten, war er alle paar Schritte gestolpert. Nur Sharinas Hilfe hatte ihn vor dem Fallen bewahrt. Sharina konnte sich nicht recht vorstellen, was ein Zauberer wirklich tat, aber sie hatte oft genug gesehen, daß diese Arbeit mindestens so anstrengend war wie das Mähen von Getreide in der heißen Sommersonne.

»Wo gehen wir hin?« keuchte Halphemos – die ersten zusammenhängenden Worte, die ihm gelungen waren, seit er die letzten Silben seiner Rezitation herausgeschrien hatte.

»Es gibt ein Schiff, das bald nach Erdin in See sticht«, sagte Sharina und versuchte, nicht so laut zu sprechen, damit keiner der Passanten sie hörte. »Cerix wartet an Bord.«

Cerix hatte auf dem Pergament nur einen Bannspruch notiert, der die Schlösser und den Gefängnisriegel lösen sollte. Die Phantasiegestalt, die Halphemos vor sich durch die Tür geschickt hatte, war seine eigene Schöpfung. Sharina nahm an, daß er diese Art Illusion schon vorher geübt hatte, aber es zeigte doch, daß der jüngere Zauberer eine ganze Reihe von Sprüchen aus dem Gedächtnis beherrschte.

Der Hafen von Pandah war ebenso lebhaft und geschäftig wie der von Erdin, der Hauptstadt der mächtigsten Insel des Königreichs. Serianische Schiffe mit rechteckigem Bug und schrägen Masten lagen hier neben Katamaranen aus Dalopo, riesigen Getreidefrachtern aus Ornifal und kleineren Schiffen, die Wein oder Zitrusfrüchte oder Metallarbeiten von einem Dutzend kleinerer Inseln brachten, einige davon so klein, daß sie keine Namen, aber immer noch ihre eigenen Bewohner hatten.

Ein paar Monate zuvor hatte Sharina noch geglaubt, sie würde Barcas Weiler nie verlassen. All das, was sie nun hier sah, kam ihr aufregend und wunderbar vor. Wenn sie sich vorstellte, was für faszinierende Dinge alle an Bord dieser Schiffe waren, konnte sie einen Augenblick lang das dunkle Geheimnis vergessen, das den Verbleib ihrer Freunde umgab.

Sehr im Kontrast zu den zerbrechlichen Häusern aus Schlammziegeln und Flechtwerk, die den größten Teil der Stadt ausmachten, waren die Hafenanlagen von Pandah aus Stein. Auf der Rahe eines Küstenschiffes saß ein Papagei und kreischte eine Möwe an, und die Hühner, die sich in Körben an Bord eines längsseits liegenden Schiffes befanden, gackerten ihren nervösen Kontrapunkt dazu.

An einem Kai ganz in der Nähe lag eine Galeere mit zwanzig Rudern. Sharina kannte sich gut genug aus, um überrascht zu sein, hier ein solches Schiff zu finden.

Galeeren waren entweder Kriegsschiffe oder Yachten für wohlhabende Reisende, die genug zahlen konnten, um nicht wochenlang auf günstigen Wind warten zu müssen. Auf einer Galeere konnte man nur wenig Fracht unterbringen, und die Besatzung war erheblich größer als die eines Segelschiffs. Diese Galeere hier hatte weder Zeichen, die auf eine militärische Nutzung hinwiesen, noch war etwas von dem üblichen Luxus einer privaten Yacht zu sehen.

Die *Tümmler*, der sandrakkanische Frachter, auf dem Cerix die Überfahrt gebucht hatte, lag am nächsten Pier. Sharina konnte die Besatzung singen hören, als sie die Segel setzten.

Hinter einem Stapel von Holz, das von einem Schiff aus Ornifal abgeladen, aber noch nicht ins nächste Lagerhaus gebracht worden war, trat ein Mann hervor. Die Sonne stand hinter ihm, und Sharina konnte nur seine untersetzte Silhouette erkennen. Er stand ihr mitten im Weg.

Halphemos war einen Schritt hinter Sharina und hatte den Mann nicht bemerkt, bevor sie stehengeblieben war. Sie zog das Pewlemesser.

»Wirst du das gegen mich benutzen, Kind?« fragte die Gestalt mit vertrauter Stimme.

»Nonnus«, sagte Sharina. Sie begann zu zittern, so sehr, daß sie die Klinge nicht wieder einstecken konnte. »Nonnus?«

»Wer seid Ihr?« verlangte Halphemos zu wissen. Sharina wurde plötzlich klar, wie jung er war. Halphemos war klug und fähig und mochte vielleicht ein paar Jahre älter sein als sie selbst, aber er hatte immer noch viel von einem Jungen an sich.

Nonnus war ein erwachsener Mann gewesen. Nonnus hatte Entscheidungen sofort und ohne Hast getroffen. Nonnus war immer vollkommen beherrscht gewesen, bis zu seinem Tod. »Nonnus, du bist tot«, sagte Sharina, als flüsterte sie ein Gebet.

»Sharina?« sagte Halphemos und schaute von ihr zu dem Mann, der ihm fremd war. »Was …?«

»Man hat mich gesandt, weil ich der einzige Bote bin, dem du trauen würdest, Kind«, sagte Nonnus. »Wir müssen sofort gehen. Mehr als nur das Wohl der Welt hängt davon ab.«

Sharina trat so dicht an ihn heran, daß sie sein Gesicht im roten Licht des Sonnenuntergangs genau erkennen konnte. Gesicht und Stimme waren zweifelsfrei jene des Mannes, der gestorben war, um sie vor den Ausgeburten der Hölle zu beschützen.

»Cashel ist verschwunden«, sagte sie. »Wir müssen ihn finden, und dann müssen wir die anderen finden.«

Die Besatzung der *Tümmler* war jetzt bereit. Der Kapitän gab Befehl, die Leinen loszumachen.

»Cashel wird nichts geschehen«, sagte Nonnus. »Dein Freund hier …«

Er warf dem bebenden Halphemos einen ruhigen Blick zu. »… kann Cashel auch ohne deine Hilfe finden. Und selbst wenn er es nicht könnte – dies ist wichtiger. Ich habe ein Schiff hier. Wir müssen uns sofort auf den Weg machen.«

»Ich …«, sagte Sharina.

Nonnus legte ihr eine Hand auf den Ellenbogen. »Du vertraust mir doch, oder, Kind?« sagte er. Er nickte zu der Galeere hin. Die Ruderer saßen auf ihren Bänken, und nur die Heckleine war noch mit dem Kai vertäut. »Wir müssen gehen.«

Sharina wandte sich Halphemos zu. »Ich muß gehen«, sagte

sie. »Wenn Ihr nach Erdin kommt, dann fragt nach Ilna os-Kenset. Sie ist Cashels Schwester. Sie wird Euch helfen.«

»Aber …«, wandte Halphemos ein.

Über die Schulter hinweg und schon auf dem Weg zur Galeere rief Sharina: »Das versteht Ihr nicht. Geht einfach!«

Zwölfter Tag
im Monat des Reihers (später)

Verblüfft beobachtete Cashel, wie Zahag den Turm erkletterte, das Seil über der Schulter. Aus der Entfernung hatte er geglaubt, das Gebäude sei aus Blöcken rosafarbenen Steins errichtet, aber als er jetzt am Fuß des Turms stand, sah er, daß dieser aus einem Stück bestand, wie ein glasierter Becher. Der Affe kletterte daran hoch wie ein Baumfrosch an einer Scheunenwand.

»Es gibt wirklich nichts Dümmeres«, murmelte Zahag und betonte die Worte immer dann, wenn er mit Hand oder Fuß einen neuen Halt fand. »Wenn wir in diesen Turm hereinkommen, wird Ilmed uns in Stücke …«

Er hatte Arme und Beine soweit wie möglich ausgestreckt. Besonders seine Arme umschlangen einen beträchtlichen Teil des Turmes, jedoch nicht so weit, daß sich die Hände auf der anderen Seite wieder berühren konnten.

»Oder er wird uns verbrennen …«, fuhr er fort.

Er bewegte immer nur einen Arm oder ein Bein zur selben Zeit und tastete sich zu einem neuen Halt an einer Oberfläche weiter, die für Cashel vollkommen glatt aussah. Gut, sie mochte ein wenig verwittert sein, wie selbst fester Stein es ist, nachdem er lange Zeit den Elementen ausgesetzt war, aber auch an dieser geringfügigen Zerklüftung hätte kein Mensch sich festhalten können. »Das mindeste ist, daß wir auf dem Rückweg gebraten werden!«

Beim letzten Wort hatte Zahag die Spitze des Turms erreicht, sich über die Zinnen geschwungen, und war nun außer Sicht. Die rasche, unerwartete Bewegung war wie die Zunge eines

Frosches, mit der dieser ein Opfer in den Schlund reißt, ohne daß ein Mensch auch nur wahrnehmen konnte, daß er überhaupt das Maul geöffnet hatte.

»Oh!« rief Cashel vergnügt. Das Seil fiel an der Wand des Turms zu ihm hinab. Er knotete das Ende um seinen Stab, zweimal gleich neben dem Gleichgewichtspunkt, und band das lange Ende dann mit weiteren Knoten fest, um den Stab zu stabilisieren.

»Nun beeil dich schon!« forderte der Affe, der mit einer Miene über die Zinnen des Turms spähte, die Cashel nicht so recht deuten konnte. Bei einem Menschen wäre das vielleicht ein wütendes Zähnefletschen gewesen, aber es sah eher so aus, als ob Zahag entzückt grinste. »Muß ich dich auch noch selbst hochziehen? Oder können wir jetzt vielleicht einfach gehen, bevor der Zauberer zurückkommt?«

»Ich komme schon«, sagte Cashel. Er zog noch einmal fest an dem Seil, ohne fünfzig Fuß freien Fall auf einen Felsboden unter sich zu haben. Er dachte daran, Zahag zu fragen, ob er das Seil auch an etwas gebunden hatte, das sein Gewicht halten konnte. Aber Zahag war schlimmer als ein Kind. Er hätte wahrscheinlich einen Wutanfall erlitten, wenn Cashel seine Fähigkeiten hinterfragt hätte.

Die Diener im Palast hatten versucht, Cashel zusammen mit dem Seil auch Handschuhe mitzugeben. Er hatte das nicht verstanden, ehe er sich ihre weißen, zarten Handflächen angesehen und sich vorgestellt hatte, wie diese Hände aussehen würden, nachdem sie Cashels Gewicht zur Spitze des Turmes gezogen hatten. Die Schwielen auf den Händen eines Hirten in Barcas Weiler waren fester als die Kalbslederhandschuhe, die man ihm angeboten hatte.

Als das Seil nicht beim ersten Ziehen riß, stütze Cashel einen Fuß hoch oben gegen die Mauer und benützte die ganze Kraft seines Oberkörpers. Das Seil selbst dehnte sich ein wenig, aber die Schlinge am anderen Ende war offenbar um etwas gebunden, was sich nicht von der Stelle rührte. Cashel stützte sein Gewicht gegen das Seil ab, als er begann, die glatte Seite des Turms hinaufzugehen.

Die Flammen, die sie umgaben, waren ein durchscheinender Vorhang, aber sie schienen alle Geräusche zu dämpfen. Die Leute am Strand jubelten lautlos und winkten mit Händen und Hüten. Cashel war an so etwas nicht gewöhnt. In Barcas Weiler starrten die Leute andere genausowenig an, wie sie die Wolken angestarrt hätten – weil alle genau wußten, was die anderen gerade machten, ebenso wie sie wußten, wie das Wetter am nächsten Tag sein würde. Und Erdin war eine große Stadt, wo sich niemand für seine Mitmenschen interessierte, vor allem nicht für Landeier von einer abgelegenen Insel wie Haft.

Aber hier auf Pandah, zumindest diesem Pandah, war Cashel der Zauberer, der Prinzessin Aria retten würde. Er fragte sich, ob es irgendeinen Einwohner der Stadt gab, der im Augenblick nicht zusah. Das Gefühl behagte ihm nicht sonderlich.

Als Cashel noch sechs Fuß von der Spitze des Turms entfernt war, reckte Zahag wieder den Kopf über die Zinnen. »Da bist du ja«, sagte der Affe spitz. »Ich dachte schon, du wärst zurückgefahren und hättest mich hiergelassen!«

Cashel war nicht sicher, ob der Affe sarkastisch sein wollte oder sich tatsächlich Sorgen gemacht hatte. Er war daran gewöhnt, daß sich Leute über seine Langsamkeit beschwerten. Es war schon in Ordnung, daß der Affe dieses Thema aufgriff.

Aber nichts, was ein anderer sagte, konnte Cashel dazu bewegen, sich zu beeilen. Er erledigte die Dinge in der Zeit, die er dafür brauchte. So einfach war das, und er nahm an, auch Zahag würde das früher oder später herausfinden. Mit den Leuten in Barcas Weiler war das jedenfalls so gewesen.

Cashel legte eine Hand auf die Zinne, während er die andere am Seil ließ. Er zog den Oberkörper hoch, dann hakte er sein rechtes Bein über die Mauerkrone und zog sich vollständig auf den Turm. Es sah vermutlich nicht sonderlich anmutig aus, aber auch das war Cashel ziemlich gleich.

Die Zinnen hier waren nur knöchelhoch – genug, daß jemand darüber stolpern konnte oder um Regenwasser aufzufangen, aber nicht, um zu irgend etwas nützlich zu sein. Die Abflußlöcher ließen das Wasser wieder heraus – es sei denn, es fror, was vermutlich auf Pandah nicht häufig geschah. Dennoch war dies eine dumme Idee. Die kleinen Ziergirlanden, die den Rand des rosafarbenen Materials umgaben, ließen Cashels Verachtung für denjenigen, der diesen Turm gebaut hatte, nur noch wachsen.

Nun, das war keine sonderliche Veränderung gegenüber seinen bisherigen Gefühlen für Ilmed.

Inmitten des Daches war ein hoher Pfosten, an dessen Spitze sich lauter glitzernde Linsen befanden. Um diesen Pfosten hatte Zahag das Seil geschlungen. Daneben befand sich eine Falltür mit zwei Griffen, glatt und rosafarben wie die Mauern. Die Falltür stand offen.

»Was ist da drin?« fragte Cashel, als er den Stab zu sich hochzog. Er war nicht sicher, wie wirkungsvoll der Tannenholzstab hier sein würde, aber er würde zumindest etwas in der Hand haben, wenn der Ärger begann. »Woher soll ich das wissen«, fauchte Zahag. »Du bist derjenige, der hier raufkommen wollte! Ich wäre nicht so blöd, allein in eine solche Falle zu gehen.«

Cashel ging zu der offenen Falltür und spähte hinunter. Eine Wendeltreppe führte in das direkt darunter liegende Stockwerk, das offenbar ein zierlich gestaltetes Schlafzimmer beinhaltete. Die Treppe selbst war aus rosafarbenem Filigran und sah so zart aus, daß Cashel einen Augenblick überlegte, ob er nicht den Affen, der weniger wog als er, bitten sollte, als erster hinunterzugehen.

Aber das wäre nur Zeitverschwendung gewesen. Cashel stellte sich auf die erste Stufe und hielt den Stab quer. Sollte die Treppe tatsächlich wie Eis unter der Frühjahrssonne zerbrechen, würde der Stab Cashel stützen, bis er die Füße wieder auf dem Dach hatte und überlegen konnte, was als nächstes zu tun war.

Die Treppe bebte nicht einmal. Die Stufen von Reises Gasthaus, aus Eiche und zolldick, hatten mehr nachgegeben als dieses zierliche Gebilde. Cashel drehte den Stab aufrecht und ging weiter nach unten. Das ganze Stockwerk war ein einziger runder Raum mit einem Bett auf einer Seite und ein paar eingebauten Truhen an den Wänden. Alles war entweder rosafarben oder weiß. Cashel hatte in seinem Leben ansonsten nur selten soviel Rosa gesehen, und das ausschließlich bei Sonnenuntergängen, bei denen dieser Farbton mit kräftigeren Tönen gemischt gewesen war.

Ein Spiegel war so in einem Holzgestell befestigt, daß man ihn zwischen zwei Truhen schräg stellen konnte. Cashel starrte sich selbst an. Er hatte sich nie zuvor selbst gesehen, nicht auf diese Weise: Die Oberfläche war glatter, als jeder Teich oder jedes Stück polierten Metalls in Barcas Weiler gewesen waren. Hätte das Abbild nicht den Stab in der Hand gehalten und wäre dahinter nicht Zahag vorsichtig die Treppe heruntergekommen, hätte Cashel es für eine echte Person gehalten: ein großer, breiter junger Mann in einem Hemd, das zarter war als alles an der Person, die es bekleidete.

Der Wandschirm an der gegenüberliegenden Wand war mit

Rosen und langschwänzigen Vögeln einer Art bestickt, die Cashel noch nie in seinem Leben gesehen hatte. Er ging darauf zu, während Zahag ihn von der Treppe her ansah.

Cashel riß den Wandschirm beiseite und erwartete halb, dahinter ein Ungeheuer zu finden. Statt dessen sah er, was er einen Augenblick lang für einen weiteren Spiegel hielt – aber dieser zeigte die Landschaft rund um den Turm, von einem Horizont zum anderen.

Der Affe sprang von der Treppe, um genauer hinsehen zu können. »Sieh mal, da ist der Palast!« sagte er. »Und das Schiff dort im Hafen bewegt sich!«

»Ist das Zauberei?« fragte Cashel und blinzelte, um die Einzelheiten des Bildes erkennen zu können. Er sah die Leute im Hafen. Ihre Lippen bewegten sich, wenn sie sprachen – das konnte er sehen, wenn er ganz dicht an das Bild heranging.

»Nein, nein«, sagte Zahag verächtlich. »Das ist nur Licht, das durch eine Reihe von Spiegeln reflektiert wird. Das andere Ende dieser Vorrichtung befindet sich oben an dem Mast auf dem Dach. Hast du das nicht bemerkt?«

»Ich wußte nicht, was es zu bedeuten hatte«, sagte Cashel schlicht. Er ging wieder zur Treppe. Immerhin waren sie hier, um Prinzessin Aria zu retten, und nicht, um Leute zu beobachten, die im Hafen ein Fest feierten.

Cashel sah immer noch nicht ein, wie Licht durch ein festes Dach dringen konnte – oder was das anging, wieso Licht, das durch ein festes Dach drang, keine Zauberei sein sollte. Er war daran gewöhnt, daß Leute ärgerlich wurden, weil er etwas nicht verstand, und wenn ihre Stimmen diesen Tonfall annahmen, ging er dem im allgemeinen nicht nach, es sei denn, es war wirklich notwendig.

Zahag klang eigentlich immer so, wenn er versuchte, Cashel

etwas zu erklären. Das unterschied den Affen nicht von einer ganzen Reihe von Menschen.

Cashel ging die Treppe hinunter zum nächsten Stockwerk. Zahag folgte und kaute dabei auf einem Apfel, den er in der Kristallschale auf dem Nachttisch gefunden hatte. Der Affe war ein schlampiger Esser; Apfelkerne rieselten Cashel in den Nacken.

Der nächste Raum war eine Bibliothek. An den Wänden befanden sich Regale mit Pergamentrollen und Truhen mit Kodices. Eine rosafarbene Leiter auf Rädern gestattete, daß auch ein zierliches Mädchen die höchsten Regale erreichen konnte.

Auch hier war niemand zu sehen.

Weder dieser Raum noch der darüber hatten Fenster. In der Decke befanden sich helle Paneele, durch die Cashel Wolken ziehen sehen konnte. Es sah so aus, als wären diese Paneele zum Himmel hin offen – kein Glas konnte je so klar sein –, aber Cashel wußte, daß der Boden direkt über ihm mit einem dicken Teppich bedeckt war. Noch mehr Zauberei, nahm er an.

Von den Stöcken, um die die Pergamente gerollt waren, hingen Etiketten; die Rücken der Kodices hatten Titel in goldener Schrift. Ein wenig sehnsüchtig fragte Cashel: »Kannst du lesen, Zahag?«

»Sicher«, sagte der Affe. Er warf den Rest des Apfels auf den weißen Angorateppich und holte einen Kodex vom Regal. »Aber es ist reine Zeitverschwendung.«

Zahag schlug das Buch auf und hielt es mit seinem langen, bemerkenswert gelenkigen Arm hoch. »›Pasia os-Melte aus Erdin war Waise, nachdem ihre Mutter bei ihrer Geburt gestorben war‹«, las er. »›Pasia war zwar arm, aber sie lernte Bescheidenheit und Selbstbeherrschung. Immer wieder hatte sie einen

Traum, der ihr Wohlstand prophezeite und auf ihr künftiges Schicksal hinwies.‹«

Zahag warf das Buch durchs Zimmer. »Wozu soll so etwas gut sein?« fragte er. »Wird man davon satt?«

»Es gibt Leute, die es mögen«, sagte Cashel.

Der Affe kratzte sich in der Achselhöhle. »Ich habe mal versucht, ein Buch zu fressen«, sagte er nachdenklich. »Es hat wie trockene Blätter geschmeckt. Das hier wäre vielleicht ein wenig besser – es ist immerhin Pergament, also Tierhaut.«

Er sah sich um. »Gibt es hier noch irgendwelches Obst?« fragte er.

»Ich glaube nicht«, erwiderte Cashel.

Nur ein paar Leute in Barcas Weiler und Umgebung hatten lesen und schreiben können. Das war keine Fertigkeit, die einem beim Getreideanbau oder beim Schafehüten weiterhalf. Aber Reise or-Laver, Garrics Vater, war ein gebildeter Mann. Er hatte seinem Sohn und seiner Tochter beigebracht, wie man die Schriften der Dichter und Historiker las, die vor tausend Jahren während des alten Königreichs gelebt hatten.

Oft hatte Garric unter der dicken Eiche auf einem Hügel südlich des Dorfes gesessen und Cashel vorgelesen: Geschichten von Schlachten und phantastischen Abenteuern, ebenso wie Liebeslieder, in denen es um Mädchen ging, die längst, ebenso wie die Dichter, Staub und Staub von Staub waren – um Mädchen, die, wie Garric sagte, vielleicht nie wirklich existiert hatten, die immer nur im Kopf des Dichters gelebt hatten.

Nun war Cashel draußen in der weiten Welt. Er hatte Wunder gesehen, die mindestens so erstaunlich waren wie alles, was Garric ihm aus den Büchern vorgelesen hatte. Er hatte auch Kämpfe ausgefochten … Unbewußt faßte er seinen Stab fester.

Aber es gab auch noch eine andere Welt, die nur jene betreten konnten, die lasen. Garric und Sharina hatten Cashel einen kurzen Einblick in diese Welt gegeben, aber er wußte tief im Herzen, daß er nie ein Teil davon sein würde.

Nun, man konnte nicht alles haben. »Hast du je Schafe gehütet, Zahag?« fragte Cashel, als er wieder auf die Treppe zuging.

»Wie bitte?« fragte der Affe. »Wieso sollte ich so etwas tun?«

»Ich bin nicht davon ausgegangen, daß du es wolltest«, sagte Cashel.

Weil er gerade einen letzten Blick auf das Bücherregal warf, bemerkte Cashel das Mädchen mit dem rotbraunen Haar nicht, das die Treppe heraufkam, ehe sie sagte: »Wer seid ...«

Cashel warf ihr einen überraschten Blick zu. Das Mädchen schrie auf und rannte die Treppe wieder hinunter. »Hilfe!« schrie sie. Sie trug ein Kleid aus vielen Lagen weißer Gaze; es umwehte sie wie eine Wolke. Jede Schicht davon war so dünn, daß sie transparent schien, aber zusammen waren sie so undurchsichtig wie ein Samtgewand. »Rettet mich vor den Ungeheuern! Hilfe!«

»Prinzessin Aria!« sagte Cashel. Er stapfte hinter ihr her, setzte einen Fuß auf jede Stufe, statt zu springen, obwohl er in Eile war. Diese Wendeltreppe war einfach nicht für jemanden wie Cashel gebaut; und er hatte ohnehin schon vor langer Zeit gelernt, daß sein Gewicht und seine Kraft bedeuteten, daß er vorsichtig sein mußte, wenn er etwas tat. Es gab viele Leute, die Cashel für dumm hielten, aber niemand hielt ihn für einen Narren.

Die Treppe endete im nächsten Stockwerk. Wieder war es ein einzelnes Zimmer, diesmal eine Küche mit einem Tisch und einem Stuhl, die ebenfalls so zierlich waren wie die restlichen Möbel des Turms.

Das Mädchen – es mußte wohl Aria sein; es war niemand sonst hier – war gerade am Essen gewesen, als Cashels und Zahags Stimmen sie in die Bibliothek lockten. Auf dem Tisch standen ein Salat aus Kresse und Pilzen und ein winziges Irgendwas, das man in brauner Soße zubereitet hatte. Lerchenbrüste, dachte Cashel, obwohl es natürlich das Brustfleisch jedes anderen kleinen Vogels hätte sein können.

Aria hockte neben einer Bronzetür in der gebogenen Wand. Cashel war sicher, daß es an der Außenwand des Turmes keine Öffnung gegeben hatte.

Die Tür öffnete sich zu ihm hin.

»Rettet mich vor den Ungeheuern!« wiederholte Aria.

Ein Schuppenmensch wie derjenige, den Cashel im Faß gefunden hatte, stand in der Tür, ein gebogenes Schwert in der Hand. Er stürzte sich auf Cashel und hob die Waffe zu einem Schlag. Zwei weitere Schuppenmenschen folgten ihm.

Sie hat mich ein Ungeheuer genannt! dachte Cashel. *Selbst Zahag ist erheblich menschlicher als diese Schuppen ...*

Er stieß mit seinem Stab wie mit einem Speer zu, drückte dem Geschöpf die Brust ein und warf es zurück auf seine Genossen. Das Schwert, eine unangenehme Waffe, die nur zum Morden gedacht war, prallte klirrend von der Decke und von der Wand ab, dann fiel es auf den Boden, wo es bebend liegenblieb. Das Metall hatte den Klang von Bronze, nicht von Stahl, aber es hatte tatsächlich eine Kerbe in die harte Substanz der Wand geschlagen.

Die Leiche war auf einen anderen Schuppenmenschen gefallen. Der dritte war seinen Genossen – *ihren* Genossen – ausgewichen; die Schuppenmenschen trugen nietenbesetzte, lederne Gürtel und Armschützer, aber keine wirkliche Kleidung. Mit mörderischem Blick kamen sie jetzt auf Cashel zu.

Cashel faßte seinen Stab wieder neu. Er wirbelte ihn horizontal herum und schlug der Kreatur das Schwert weg, bevor er ihr den Schädel eindrosch.

Seine Bewegungen in einem Kampf waren so glatt und instinktiv wie jene, die er beim Bewegen schwerer Lasten einsetzte. Es war nicht genug Zeit, darüber nachzudenken, was man nun tun sollte; und für Cashel bestand auch keine Notwendigkeit. Es war ihm so selbstverständlich wie Atmen.

Der überlebende Schuppenmensch schob sich unter der Leiche hervor. Blut und Stücke anderen Gewebes hingen überall in dem runden Zimmer. Der Stuhl war unberührt geblieben, aber dennoch zu schwarzen, winzigen Splittern zermalmt. Prinzessin Aria hatte die Augen weit aufgerissen und gab glucksende Geräusche von sich.

»Ich denke, wir könnten …«, sagte Cashel zu dem Schuppenmenschen. Dieser stieß einen gutturalen Schrei aus – den ersten Laut, den Cashel von einem der drei gehört hatte – und warf sich auf ihn. Cashel riß das Geschöpf mit einem weiteren horizontalen Schlag von den Beinen. Der Schuppenmensch fiel auf den Rücken; Cashel tötete ihn mit einem raschen, vertikalen Schlag auf den Kopf, wie er ihn auch gegenüber einer Giftschlange in einem Bohnenfeld angesetzt hätte.

Dieser neue Stab funktionierte tadellos. Er war nicht so schwer wie Cashels alter und vielleicht nicht ganz so fest, aber für diese Arbeit war er gut genug gewesen.

Cashel tötete nicht gern, aber diese Geschöpfe waren Feinde, sie hatten ihn angegriffen, und so ging man mit solchen Leuten um. Ihrem Verhalten nach zu schließen, waren diese Schuppenmenschen so gedankenlos bösartig wie Pferdebremsen und außerdem erheblich größer.

»Prinzessin …«, sagte Cashel. Sein Mund und sein Hals waren trocken; er drückte die Zunge gegen die Wangen und wünschte sich, er hätte einen Apfel aus dem Schlafzimmer mitgenommen. Er fing noch einmal von vorne an, »Prinzessin Aria, Eure Mutter schickt mich zu Euch ...«

Aria stieß einen verzweifelten Schrei aus und versuchte, sich durch die Öffnung hinter der Bronzetür zu werfen. Cashel packte sie, bevor ihr das gelang. Dahinter konnte er nur wirbelnden Nebel sehen.

»Zahag!« rief er. Der Affe schien die Treppe hinauf geflohen zu sein, als die Schuppenmenschen erschienen. Das überraschte Cashel nicht, aber jetzt – mit der kreischenden Prinzessin, die versuchte, ihn ins Handgelenk zu beißen – hätte er ein wenig Hilfe brauchen können. Er drehte sich, damit sein Körper zwischen Aria und der Tür war, denn er hatte keine freie Hand, sie zu schließen. »Wir wollen Euch retten, Prinzessin. Ein Zauberer ...«

Zahag kam mit einem Kreischen die Treppe hinuntergesprungen, das nicht einmal annähernd menschlich klang. Er blieb neben der Tür stehen, zeigte in die Richtung, aus der er gekommen war, und bedeckte seine Augen mit der anderen Hand.

Cashel stieß das Mädchen beiseite. Davonzulaufen war sicher eine bessere Idee, als sich dem Ding zu stellen, das Zahag die Treppe hinuntergescheucht hatte.

Ein Mann mit langem weißem Haar und in einer silbernen Robe kam das Treppenhaus heruntergeschwebt. Er hatte die Arme über der Brust gefaltet, und seine Schuhe aus vergoldetem Leder schwebten über den Stufen.

»Ilmed!« rief Aria entzückt. »Du bist gekommen, um mich zu retten!«

Ilmeds Züge waren so vollkommen und hart wie die einer Marmorstatue des Hirten. Er streckte den rechten Arm zu Cashel hin aus. Er hatte die Faust geballt, so daß der große Saphir seines Rings den jungen Mann anglitzerte.

Cashel hielt den Stab mit beiden Händen vor sich. Er begann, ihn in Sonnenrichtung zu drehen. Der Instinkt sagte ihm, er solle besser nicht nach dem schwebenden Zauberer schlagen.

»Prokunete muk to droma biasandra«, sagte Ilmed.

Cashel wirbelte den Stab schneller. Von den Beschlägen ging Licht in der Farbe eines Rotkehlcheneis aus. Der Wirbel verdichtete sich zu einer rauchigen Scheibe.

Cashel begann zu lächeln, wie ein Handwerker lächelt, der weiß, daß er seine Arbeit beherrscht. *Wenn man den Hebel richtig ansetzt und spürt, wie sich die Last vom Boden hebt, dann ist es …*

»Kalisrdra katanikandra!« sagte Ilmed. Er hatte vor Anstrengung rote Flecken auf den Wangen; er sprühte Speicheltropfen aus dem Mund.

… nur eine Frage der …

»Laki!« kreischte Ilmed. Ein Blitz blauen Feuers schoß aus dem Edelstein an der Hand des Zauberers.

… Zeit!

Ilmeds Blitz traf auf Cashels Schild aus reinerem blauen Licht und prallte ab. Die Explosion brachte die Stufen zum Beben. Cashel taumelte vor der Wucht zurück. Seine Hände und Handgelenke waren taub, aber er ließ den Stab nicht fallen.

Ilmed schrie auf und fiel zu Boden. Sein Gewand war zerrissen, sein Haar und sein Bart brannten.

Aria stand wie versteinert, leicht vorgebeugt mit beiden Fäusten an den Mund gepreßt. Zahag spähte hinter seinen knotigen Fingern hervor, dann kam er mit breitem Grinsen auf die Beine. »Oh!« rief er und machte Freudensprünge. »Großer Häuptling! Der Häuptling triumphiert!«

Die glatte, rosafarbene Oberfläche der Wand hatte Risse

bekommen. Ein weiterer großer Riß ging durch die Decke und breitete sich dort aus wie der Wipfel einer Eiche. Ein faustgroßes Stück brach ab und zerbröselte zu Sand, als es auf den Boden fiel.

Ilmed gluckste, dann erstarrte er. Der Atem des Zauberers brachte die stinkenden roten Flammen, die seinen Bart verschlangen, nicht mehr zum Flackern. Seine Augen waren offen, obwohl die Wimpern versengt waren. Aria hatte die Hände vor die Augen geschlagen und weinte.

Plötzlich heulte Zahag mißtrauisch auf. Er sprang nach oben und hielt sich an der Öffnung in der Decke fest, von der die Treppe ausgegangen war. Das Material zerbröselte im Griff des Affen zu Staub und ließ ihn zurück auf den Boden fallen. Von der Bronzetür einmal abgesehen, stürzte der ganze Turm in sich zusammen.

»Kommt mit!« sagte Cashel. Er packte Aria mit der freien Hand und duckte sich durch die Tür. »Hier entlang, Zahag!«

Auf der anderen Seite befand sich eine unfruchtbare Ebene. Die gerade erst aufgegangene Sonne hatte denselben kränklichen Orangeton wie die Flammen im brennenden Haar des Zauberers. Ein Pfad zog sich durch eine Felslandschaft nach Osten hin. Hin und wieder waren stachelige Pflanzen zu sehen.

»Bah!« sagte der Affe, der Cashel nach draußen gefolgt war. »Wo sind wir hier?«

»Ich kenne diesen Ort nicht«, sagte Cashel. Es war noch kühl, aber dem Anblick der Landschaft nach zu schließen, würde es ziemlich bald heiß werden. Es gab keine Stelle, wo man hätte Schatten finden können.

Er blickte über die Schulter. Von dieser Seite aus war die Tür ein Rechteck verzogenen Lichts: eher der Geist einer Tür als eine wirkliche Öffnung.

Cashel hatte Arias Schulter losgelassen – er hatte nicht versucht, das Mädchen festzuhalten, er hatte sie nur rascher aus dem einstürzenden Gebäude schaffen wollen, als sie es alleine geschafft hätte. Sie stieß einen spitzen Schrei aus und sprang wieder durch das schimmernde Portal.

»Oh!« rief Zahag aufgeregt.

Cashel stürzte ihr hinterher und packte sie mit der freien Hand. Es war weniger eine bewußte Entscheidung als vielmehr der Instinkt eines Tieres, bei einer Bewegung zuzuschnappen. Er erwischte Arias Fußgelenk in dem Moment, in dem sein eigener Kopf und die Schultern durch den Lichtrahmen fielen.

Sofort riß er sich zurück. Das Mädchen wurde mitgezogen, obwohl ihn das im Augenblick nicht interessierte.

Cashel schauderte: »Hirte, bewahre mich vor falschen Schritten. Herrin, hülle mich in deinen Mantel.«

Aria blinzelte. Sie hatte die Augen offen, aber ihr Blick schien auf nichts gerichtet zu sein.

»Was hast du dort gesehen?« wollte Zahag wissen. Interessiert wie zuvor, aber wenig besorgt um die Menschen. »Ist der Zauberer denn nicht tot?«

»Dort ist überhaupt nichts mehr«, sagte Cashel. »Es ist purpurn und es bewegt sich, aber es ist nicht wirklich da. Es gibt nicht einmal Luft zum Atmen.«

Das Mädchen begann zu weinen. Ihr Kleid, schon zuvor zerrissen und mit dem dunklen Blut der Schuppenmenschen befleckt, war nun auch noch schmutzig von dem kiesigen Boden diesseits der Tür.

Cashel stand auf und rieb seinen Stab mit einem Stück Gaze ab, das er aus Arias Kleid gerissen hatte, als er sie packte. Dabei sah er sich um.

Der Pfad war erheblich weniger als eine Straße; hier hatte der Verkehr einfach nur den leichten kiesigen Boden abgetragen und die Steine darunter geschliffen. Aber er war die einzige Wahl, die sie hatten.

»Wir sollten uns besser auf den Weg machen«, sagte Cashel. »Bald wird es viel zu heiß sein, um zu reisen.«

Er half dem Mädchen auf die Beine. Sie schluchzte weiter, aber zumindest wehrte sie sich nicht mehr.

Und sie fragte Cashel auch nicht, wohin sie gingen, was gut war, denn Cashel hatte selbst nicht die geringste Ahnung.

Garric trat aus dem Dunkeln, stolperte und fiel auf einen grasigen Hügelabhang. Er hatte das Bewußtsein nicht vollkommen verloren, und er hatte immer noch sein Schwert in der Hand, obwohl sein rechter Arm bis zum Ellenbogen hin kribbelte.

Tenoctris lag ausgestreckt neben ihm. Liane war in der Nähe und setzte sich bereits auf. Sie rieb sich den Hals mit einer Hand, aber sie konnte Garric immer noch vergnügt und erleichtert anlächeln.

Garric lächelte ebenfalls, obwohl er ziemlich sicher war, daß es ein zittriges Lächeln war. Jedenfalls kam er sich zittrig vor. Die Herrin allein wußte, wie sehr.

Sie waren auf einer Wiese. Bäume bildeten oben auf den Hügeln kleine Haine. Die Landschaft war ein wenig rauher als die um Barcas Weiler, die Bäume größer und auch üppiger. Wald war in Barcas Weiler ein wertvoller Grundstoff. Das Recht, das tote Holz aus dem Gemeindewald zu benutzen, war ausgesprochen begehrt, fast so sehr wie ein Haus oder Land zum Pflügen.

Unter den Bäumen fanden sich Eichen und Buchen. Es gab auch Hartriegelsträucher am Rand sumpfigeren Geländes, obwohl diese größer waren als alle, die Garric je auf Haft gesehen hatte, und die Blätter waren gekerbt und nicht so glatt. Dennoch, die Art von Bäumen war ihm vertraut, wenn auch diese besondere Abart nicht. Die Vegetation am Golf war für Garric so fremd gewesen wie der sich nie verändernde, grüne Himmel.

So fremd wie die Ersa.

Die überlebenden Ersa gingen in kleinen Gruppen umher. Sie sahen sich das neue Land an, vermutete Garric. Graz und ein paar der besser bewaffneten Krieger standen am Rand einer etwa fünfzig Fuß entfernten Lichtung. Der Anführer der Ersa verbeugte sich tief, als er bemerkte, daß Garric zu ihm hinblickte.

Zwischen den Bäumen stand dort ein Marmorgebäude; kannellierte Säulen stützten ein Kuppeldach. Garric konnte zwischen den Stämmen immer nur einen Teil davon sehen. Nachdem er erst diese Gebäude bemerkt hatte, fielen ihm auch andere auf: eine gemeißelte Nische, aus der eine Quelle entsprang; eine Grotte mit einem Eingang aus keilförmigen Blöcken; auf einem entfernten Hügel Säulen, die er zunächst für tote Bäume gehalten hatte. Was immer sie gestützt haben mochten, war heruntergefallen und lag nun zerbrochen zu ihren Füßen.

Garric bückte sich und pflückte einen Grashalm. Es mußte Spätsommer oder der Beginn des Herbstes sein. Er fragte sich, was verhinderte, daß die Wiese verwilderte und gänzlich von den Bäumen übernommen wurde. Es gab kein Anzeichen von Schafskot oder von anderen Tieren, die hier grasten und damit dafür sorgten, daß die Wiese nicht zu Wald wurde. Leute, die glaubten, die Natur sei unveränderlich, hatten nie wirklich in der Natur gelebt.

All dies wies darauf hin, daß dieser Ort, wo immer er sein mochte, nicht natürlicher Art war.

Immerhin war Garric sicher, daß keine direkte Gefahr bestand, und nahm das Schwert in die linke Hand. Er bewegte die rechte, damit die Finger beweglich blieben.

»Was ist am Ersten Ort geschehen?« fragte Tenoctris. Trotz der betäubenden Anstrengung ihrer Rezitation war sie jetzt wieder lebhaft. Zumindest saß sie im Schneidersitz wie gewöhnlich. Diese Art zu sitzen kam Garric immer noch sonderbar vor, da man sich in Barcas Weiler hinhockte.

Liane kam von dem kleinen Bach am Fuß des Hügels zurück und brachte Wasser in einem großen Blatt. Garric konnte sehen, daß an ihrem Hals erste blaue Flecke von den Geisterfingern erschienen.

»In dieser Grube war eine Frau bei uns«, sagte er und sprach laut genug, daß seine beiden Begleiterinnen ihn hören konnten. »Ich nehme an …«

Er wußte nicht genau, wie er es ausdrücken sollte. Schließlich war er kein Zauberer.

»Niemand sonst schien sie zu sehen«, fuhr Garric fort. »Sie winkte mir zu. Dann begann sie, Liane zu würgen, und ich dachte, wenn ich sie nicht berühren konnte, sollte ich zumindest die Hand zerstören …«

Liane hielt Tenoctris das gebogene Blatt zum Trinken entgegen. Es war nicht viel Wasser, aber es würde ihre Lippen befeuchten und den Hals, der von den Silben der Rezitation rauh geworden war. Diese Silben waren Werkzeuge, und wie Werkzeuge wirkten sie sich ebenso auf den Benutzer wie auf die Arbeit aus.

»Ich dachte, es wäre die Luft«, sagte Liane. »Ich dachte, ich hätte ein Gift eingeatmet, das mich umbringen würde.«

Garric zuckte unbehaglich die Achseln. »Ich weiß nicht, warum ich die Hand zerstört habe«, sagte er. »Ich denke, weil ich nie etwas wie diese Frau oder die Hand gesehen habe. Ich habe die eine zerstört, weil ich die andere nicht aufhalten konnte.«

Das war seine eigene Entscheidung gewesen, nicht die von König Carus. Ein Bauer kann ebensogut wie ein König lernen, daß in einer Krise das Schlimmste darin besteht, überhaupt nichts zu tun; aber was Garric getan hatte, hätte auch bedeuten können …

»Es hätte dazu führen können, daß wir alle immer noch im Golf festsitzen, nicht wahr?« meinte Garric bedrückt. »Oder irgendwo zwischen dort und hier in der Dunkelheit.«

»Garric«, sagte Liane. Sie stand auf und legte ihm die Arme um den Hals. Sie ließ das leere Blatt bei Tenoctris. »Es wollte mich umbringen. Ich wäre gestorben, wenn du dieses Ding nicht zerstört hättest.«

»Ja«, sagte Tenoctris und mühte sich einen Augenblick ab, bevor die jungen Leute ihr auf die Beine halfen. »Obwohl ich annehme, daß das immer noch weniger unangenehm gewesen wäre als alles, was dieses Geschöpf mit Garric im Sinn hatte.«

»Weißt du, wer sie war?« fragte Garric.

Tenoctris schüttelte den Kopf. »Nein«, sagte sie, »aber ich glaube, ich weiß, *was* sie war.«

Die alte Frau grinste mit einer spöttischen Begeisterung, die bedeutete, daß sie sich wirklich erholt hatte. »Das ist selbstverständlich alles mythisch«, sagte sie. »Und wenn ich jetzt anfange, an Halbgötinnen wie an die Versucherin zu glauben, die geschickt wurde, um den Hirten von seinen Pflichten wegzulocken, dann müßte ich eigentlich auch an die großen Götter selbst glauben, wie? Und wo bleibt dann mein rationales Denksystem?«

Garric betrachtete sein Schwert. Ganz kurz vor der Spitze, wo die gerade Klinge ihre volle Breite erreichte, hatte sich etwas in die Schneide gefressen. Der Stahl war nicht eingekerbt oder gekrümmt. Eine kleine Erhöhung wies eher darauf hin, daß das Metall unter ungeheurer Hitze geschmolzen war. Es sah aus, als hätte Garric versucht, mitten durch einen Blitz zu schneiden statt durch Perlmutt und alte Knochen.

»Der Ersa, der den Golf geschaffen hat, war mächtiger als jeder menschliche Zauberer«, sagte Tenoctris nachdenklich. »Und er oder sie war vielleicht auch dümmer, als jeder Mensch hätte sein können. Und dabei habe ich wirklich mehr als genug Menschen gesehen, die mehr Macht als Verstand hatten.«

Ihre Miene war jetzt so unversöhnlich wie die der Gerechtigkeit selbst. »Aber etwas so Böses wie dieses Ding zu benutzen, um eine Zuflucht zu schaffen – das ist wirklich wahnsinnig!«

Garric dachte an Rodoard und seine Männer; und ganz besonders an Lunifra. Keiner von ihnen war vermutlich ein Heiliger gewesen, bevor der Golf sie verschlang; aber daß so viele Menschen so rasch zu Ungeheuern geworden waren – vielleicht hatte das zumindest zum Teil auch äußerliche Gründe.

»Vielleicht habe ich Rodoard unrecht getan«, sagte er leise. »Und Lunifra.«

»Nein«, sagte Liane, »das hast du nicht. Er war ein Ungeheuer, und sie war noch schlimmer. Ganz gleich, wie sie so geworden sind.«

Graz kam auf die Menschen zu. Er ging auf eine steifbeinige Weise, die ihn auch aus der Entfernung, wenn man seine unvertrauten Züge noch nicht erkannte, als fremdes Wesen auswies.

»Tenoctris?« fragte Garric. »Weißt du, wo wir sind? Sind wir wieder in unserer Welt?«

»Nun«, sagte die alte Zauberin, »dieser Ort hier ist eine Art Brücke, könnte man sagen. Und ich glaube, wir können von hier aus in unsere Welt zurückkehren. Ich muß mir nur alles genau ansehen und den richtigen Ort finden, von dem aus wir den nächsten Schritt unternehmen.«

»Was wird aus den Leuten im Golf?« fragte Liane leise. Sie war angespannt, aber Garric konnte aus ihrem Tonfall nicht schließen, ob sie sich um die Menschen in diesem grünen Zwielicht Sorgen machte oder einfach nur befürchtete, daß sie ihnen folgen könnten.

»Nichts wird mit ihnen geschehen«, sagte Tenoctris. »Ich meine, nichts, was sie sich nicht selbst antun. Das mag schlimm genug sein.«

»Sie haben ihre Wahl getroffen«, sagte Garric. Er dachte an Josfred, der davon geträumt hatte, daß die Menschen endlich alle Ersa umbrachten. »Sie haben alle ihre Wahl getroffen, nicht nur Rodoard.«

»Ja«, sagte Tenoctris. Sie zuckte mit den Achseln. »Als du die Hand zerstört hast, hast du den Golf für immer versiegelt, und zwar von beiden Seiten. Der Golf wird nicht länger Menschen aus unserer Welt ansaugen, und jene, die dort leben, können ihn nie verlassen. Auch dann nicht, wenn ihnen ein erheblich größerer Zauberer als ich geboren wird.«

»Ich danke der Herrin für ihre Gnade«, sagte Liane, als Graz zu den dreien trat.

Sechzehnter Tag
im Monat des Reihers

Sharina erwachte im Dunkeln und erstickte den Schrei in ihrer Kehle. Sie erinnerte sich nicht mehr, was sie geträumt hatte, aber sie hielt das Pewlemesser so fest, daß ihre Finger beinahe taub waren.

Sie wartete und holte tief und bedächtig Luft, bis ihr Herz nicht mehr so heftig klopfte, dann kroch sie aus ihrem Zelt. Immer noch hielt sie das große Messer, wenn auch nicht mehr im Todesgriff.

»Herrin?« sagte der Seemann, der draußen vor dem Zelt stand.

»Es ist alles in Ordnung!« erklärte Sharina, die darüber zornig war, daß Nonnus sie überall bewachen ließ, selbst in den privatesten Augenblicken.

Sie warf einen Blick zum Himmel. Das Sternbild des Ochsen war über dem östlichen Horizont zu sehen, aber nur der erste große, blaue Stern des Pflügers war schon aufgegangen. Um diese Jahreszeit bedeutete das, daß die Dämmerung immer noch eine Stunde entfernt war, obwohl der Himmel schon bald hell genug sein würde, um Licht von Dunkel zu trennen.

Sie waren nach Sonnenuntergang auf dieser namenlosen kleinen Insel eingetroffen. Das Schiff lag zur Backbordseite gekippt am Strand und war von einem Zaun aus Rudern umgeben, die auf der Steuerbordseite mit dem Blatt zuerst in den Sand gestoßen waren. Die meisten von der Besatzung schliefen unter dem Rumpf, aber für Sharina hatte man eine Behausung aus Segeltuch auf einem Holzrahmen errichtet.

Der Seemann, der Sharina bewachte, steckte zwei Finger in

den Mund und pfiff schrill. Sie wandte sich ihm zu. »Warum habt Ihr das gemacht?« fauchte sie.

»Es tut mir leid, Herrin«, sagte der Mann. Das war keine Antwort, aber Sharina wußte inzwischen, daß sie keine bessere bekommen würde. Rasch ging sie zum Strand, in die Richtung, in der Nonnus nach ihrem gemeinsamen Essen verschwunden war.

Das Innere Meer war voller winzig kleiner Inseln. Nur auf wenigen davon gab es frisches Wasser, aber die meisten ermöglichten es zumindest, daß Schiffe hier über Nacht anlegen und die Besatzung auf festem Boden schlafen konnte.

Viele waren bis zur Gezeitenlinie mit Pflanzen bedeckt. Auf dieser Insel wuchsen üppige Feigenbüsche, obwohl die Früchte wahrscheinlich selbst im Spätsommer, wenn sie gereift wären, nur klein und bitter sein würden.

Sharina bemerkte das flackernde rote Licht nur, wenn es gerade aufhörte. Sie verstand nicht, was es bedeutete – noch nicht. Einen Augenblick lang hielt sie inne und grub die nackten Zehen tiefer in den Sand, um das vertraute Gefühl zu genießen; dann ging sie weiter.

Als Sharina aus ihrem Zelt gekrochen war, hatte ein rosiger Nebel über dem nördlichen Rand der Insel gehangen. Er war zu schwach, zu unwesentlich gewesen, um über die Schwelle ihres Bewußtseins zu gelangen. Aber ihre vom Landleben geschärften Sinne hatten ihn trotzdem registriert.

Beim Pfeifen ihres Bewachers war das Licht verschwunden. Diese Veränderung in der Umgebung war ihr deutlicher aufgefallen als das Licht selbst. Aber Sharina hatte solches Licht schon öfter gesehen, dann nämlich, wenn Zauberer am Werk waren.

Sie schlang beide Hände um den Griff des Pewlemessers: nicht, um sich der Waffe zu bedienen, sondern eher im Gebet.

Eine Gestalt trat vor ihr aus dem Dunkel. »Sharina?« sagte Nonnus. »Du bist früh wach, Kind.«

»Das sind wir beide«, meinte Sharina.

Es raschelte in den Büschen. Auf einigen dieser kleinen Inseln gab es Ziegen oder Schweine, die Seeleute dort ausgesetzt hatten, um bei weiteren Reisen auf die Vorräte zurückgreifen zu können. Auf dieser Insel hier gab es nur Ratten.

»Ich hatte einen Traum, also bin ich aufgestanden.«

Nonnus nickte. »Ich wollte sehen, wie das Wetter ist«, sagte er. Seine Stimme, seine Haltung waren die des Mannes, mit dem Sharina aufgewachsen war, des Eremiten, der jeden Tag zur Herrin gebetet hatte, daß sie ihm seine Vergangenheit vergeben möge.

»Wir haben einen weiteren schönen Tag vor uns. Wir sollten gut vorankommen.«

»Wie zuvor?« sagte Sharina. »Indem die Hälfte der Ruderer sich stundenweise ausruht?«

»Ja, auf diese Weise bewältigt man große Entfernungen am schnellsten«, meinte Nonnus. »Es ist hart für die Besatzung, aber diese Männer sind daran gewöhnt.«

»Wohin fahren wir, Nonnus?« fragte Sharina. »Bitte, darf ich es jetzt erfahren?«

Sie waren nach Osten gerudert, seit sie Pandah verlassen hatten, aber Sharina konnte nicht einschätzen, wie weit sie gekommen waren. Diese raschen Wachwechsel hätten ihrer Ansicht nach sogar einen erfahrenen Seemann verwirrt.

»Noch nicht, Kind«, sagte Nonnus. Der Himmel war nun hell genug, daß sie die kantigen, vertrauten Linien seines bärtigen Gesichts sehen konnte. »Du mußt mir vertrauen.«

Er bedeutete Sharina mit einer Geste, sich umzuwenden,

dabei vermied er angestrengt, das Pewlemesser zu berühren, das sie vor sich ausgestreckt hatte. »Komm, wir sehen mal, ob schon Haferbrei auf dem Feuer ist.«

»Nonnus?« sagte sie abrupt. »Willst du dein Messer nicht wiederhaben? Ich trage es nur, weil es mir hilft, mich an dich zu erinnern.«

»Seit ich zurückgekehrt bin, um dir zu helfen, berühre ich kein Eisen mehr«, sagte Nonnus rasch. »Du kannst es ruhig behalten, obwohl meine Männer und ich dafür sorgen werden, daß dir nichts geschieht.«

Als es noch heller wurde, bemerkte Sharina etwas unter dem Seil, mit dem Nonnus sein Hemd gürtete. »Du hat ein anderes Messer«, sagte sie.

»Das hier?« sagte Nonnus und hob die Waffe zwischen Daumen und Zeigefinger. In seinem Tonfall schwang eine Andeutung von Gereiztheit mit. »Ja, aber das ist aus Stein. Genauer gesagt, aus versteinertem Knochen. Gehen wir zurück zum Schiff.«

»Selbstverständlich«, sagte Sharina und drehte sich gehorsam um. Der Mann, der Wache gehalten hatte, stand dicht hinter ihr. Sie steckte das Pewlemesser wieder ein, ließ aber weiterhin zwei Finger ihrer rechten Hand an dem schwarzen Horngriff.

Das Steinmesser war keine Waffe: Sowohl Griff als auch Klinge waren mit Machtsymbolen verziert, die im geschwungenen Stil des alten Königreichs gehalten waren. Sharina wurde ganz übel vor Zorn. Glaubte dieses Geschöpf, das vorgab, Nonnus zu sein, denn tatsächlich, sie könne nicht den Athame eines Zauberers erkennen?

Natürlich hatte er nicht vorgehabt, es ihr zu zeigen. Sie hatte ihn unterbrochen, als er an einer Beschwörung arbeitete, vielleicht, um das Wetter vorherzusagen. Als ob Nonnus – oder jeder Bauer aus Barcas Weiler – nicht auch ohne Zauberei hätte sehen können, daß ein schöner Tag bevorstand!

Sharina hatte sich einem Feind ausgeliefert, der behauptete, die Person zu sein, der sie mehr als allen anderen vertraute. Diese kleine Insel hier war zu klein, um sich darauf zu verstecken, selbst wenn es ihr gelingen sollte, diesen Männern auch nur einen Augenblick lang zu entkommen.

Aber sie würde fliehen. Um ihrer selbst willen. Um Cashels willen, den sie verlassen hatte, weil ein verlogener Zauberer sie gerufen hatte.

Und vor allem um jenes Toten willen, dessen Erinnerung sie befleckt hatte, indem sie einem Feind vertraute, der so aussah wie er.

Ilna hatte bei der Arbeit die Tür offengelassen, also hörte sie, wie Maidus von der Treppe aus den Flur entlanggerannt kam. Sie stand auf und trat hinter dem Webstuhl hervor, als der Junge ins Zimmer gestürmt kam.

»Herrin Ilna!« sagte Maidus. »Ein Mann möchte Euch sprechen. Er kommt von der Stadtwache, aber nicht aus diesem Bezirk. Ich glaube, er kommt aus dem Büro des Kanzlers!«

Ilna warf einen Blick auf das Muster, das sie gewebt hatte, und konnte nichts Besorgniserregendes erkennen. Sie runzelte die Stirn. Falls der Kanzler jemanden schickte, um Ilnas Stoffe direkt zu erwerben statt über Beltars Laden, würde er zu diesem Zweck niemanden auswählen, der Maidus so sehr verängstigte wie …

»Ah«, sagte sie und lächelte erwartungsvoll. »Ein untersetzter Mann von etwa vierzig? Trägt er einen Schlagstock, der so aussieht, als ob er ihn bereits öfter benutzt hätte?«

Maidus nickte nachdrücklich. »Genau, Herrin«, sagte er. »Ein schrecklicher Mann!«

»Ein harter Mann zumindest«, meinte Ilna. »Er heißt Voder or-Tettigan. Nun, ich wußte, daß ich ihn wiedersehen würde, sobald er entschieden hatte, was er mit mir anfangen soll. Du kannst gehen, Maidus. Ich werde dich nicht mehr brauchen.«

Ihr Lächeln war wie ein Riß im Gips. »Zumindest heute nicht mehr.«

»Was hat er vor, Herrin?« wollte der Junge wissen.

»Geh, Maidus«, sagte Ilna mit eisiger Ruhe. »Ich werde es dir nicht noch einmal sagen.«

Der Junge wich zurück, erschrocken über Ilnas kalten Blick. Sie war nicht zornig, aber Zorn wäre leichter zu ertragen gewesen als diese gleichgültige Analyse. Sie sah ihn an wie eine Köchin, die darüber nachdenkt, wo sie mit dem Entbeinen eines toten Huhns beginnen soll.

Voder kam aus dem Treppenhaus, als Maidus in die andere Richtung verschwand. Er stampfte schwer auf die krummen, abgenutzten Dielen und machte damit seine Gegenwart entschlossen deutlich. Überall im Flur wurden Türen geschlossen, und Ilnas Tür blieb als einzige offen.

Voder schloß sie hinter sich, nachdem er eingetreten war.

»Guten Morgen«, sagte er und sah sich mit trügerischer Beiläufigkeit im Zimmer um. Er hätte vermutlich selbst die Anzahl der Kettfäden auf dem Doppelwebstuhl in der Ecke in einem Bericht angeben können. »Als ich Euch das letzte Mal besucht habe, mußte ich nicht so viele Treppen steigen.«

Er lächelte träge. Sie konnte keine neuen Narben sehen, aber Voder hatte einiges von dem zusätzlichen Gewicht um den Bauch verloren, das er noch gehabt hatte, als er sie damals in ihrem Herrenhaus am Palastplatz besuchte. Vermutlich hatte er im Gefängnis abgenommen, wohin Ilna ihn hatte bringen lassen, um ihn davon abzuhalten, sich in ihre Angelegenheiten einzumischen.

»Als Ihr mich zum letzten Mal besucht habt«, sagte sie, »hatte ich auch nicht so viele Schulden abzutragen.«

Sie griff hinter den Webstuhl und zerrte den Hocker heraus, auf dem sie beim Arbeiten saß. »Ich kann Euch keinen vernünftigen Stuhl anbieten, fürchte ich«, sagte sie, »aber Ihr könnt Euch gerne darauf setzen. Ich empfange hier normalerweise keine Besucher.«

Voder lachte. »Ich sitze oft genug im Büro, seit sie mich befördert haben und ich keine Patrouille mehr mache.« Er rieb sich den Bauch. »Früher war ich schlanker. Ich bin natürlich nicht mehr so jung wie früher.«

Ilna richtete sich auf und verschränkte die Hände auf dem Rücken. »Meister Voder«, sagte sie, »ich habe Euch unrecht getan. Dafür möchte ich mich entschuldigen. Ihr selbst müßt entscheiden, was Ihr von mir als Ersatzleistung verlangt.«

Voder, der immer noch lächelte, schüttelte den Kopf. »Ich habe Euch bedroht«, sagte er, »und dann habe ich Euch den Rücken zugewandt. Ich bin schon zu lange von der Straße weg, ansonsten hätte ich gewußt, daß ich mir das bei einer von Eurer Art nicht leisten kann.«

Er ging an Ilna vorbei zum Fenster. Obwohl er schwere, genagelte Stiefel trug, bewegte er sich sehr leise. Ein Mann, der mit diesen Stiefeln getreten wurde, würde es am nächsten Morgen wissen – falls er überhaupt noch etwas wußte.

»Wir haben diesen Wandbehang, den Ihr uns geschickt habt, an der Wand gegenüber dem Herd aufgehängt«, sagte Voder, ohne sich abzuwenden. »Wir verbringen nämlich die meiste Zeit in der Küche. Wenn ich zu Hause bin. Meine Frau hat ein Zimmer für sich, aber die Herrin möge mir und den Kindern helfen, wenn wir es wagen, darin etwas durcheinanderzubringen.«

»Ich nehme an, es gibt einen Markt für Wandbehänge dieser

Größe«, sagte Ilna. »Beltar jedenfalls erhöht ständig die Preise für diejenigen, die ich ihm überlasse.«

»Ich könnte auch einen guten Preis für eines meiner Kinder bekommen«, meinte Voder und drehte sich mit der lässigen Anmut eines Mannes um, der seinen Körper vollkommen beherrscht.

»Besonders für meine eine Tochter. Ein liebenswertes Geschöpf. Niemand in meiner oder in der Familie meiner Frau ist sonst so blond. Aber ich denke, das ist eine Frage, mit der ich mich nicht zu eingehend beschäftigen sollte, oder?«

Nicht nur Voder und seine Familie hatten wegen Ilna schlimme Zeiten erlebt. Das machte es nicht weniger quälend, diesen Mann jetzt anzusehen und an all die anderen zu denken, denen sie weh getan hatte, ohne sich auch nur ihrer Existenz bewußt zu sein.

Voder lächelte. Er war ein vergnügter Mensch. Einer, der selbst dann auch noch lächeln würde, wenn er seinen Schlagstock aus dem breiten Ledergürtel zog.

»Meine Frau hat Verwandte hier in Erdin und ich ebenfalls«, sagte er zur Antwort auf eine Frage, die Ilna nicht gestellt hatte. »Sie sind gut zurechtgekommen, als ich weg war.«

Jetzt grinste er noch breiter. »Sie hat mir immer gesagt, daß ich eines Tages auf der anderen Seite der Mauern landen würde, wenn ich es nicht lernte, mich bei anderen besser einzuschmeicheln«, fügte er hinzu. »Ich nehme an, die einzige Überraschung für sie bestand darin, daß sie mich wieder rausgelassen und befördert haben.«

Wieder wandte er sich dem Fenster zu. Er räusperte sich, bevor er fortfuhr: »Ich wäre sicher nicht hergekommen, um Euch zu danken. Aber da ich nun einmal hier bin …«

»Ihr habt keinen Grund, mir zu danken«, sagte Ilna barsch. »Für nichts.«

»Ich danke Euch dennoch«, meinte Voder, ohne sie anzusehen. »Was ich sagen wollte, ist, daß ein paar Leute nach Euch gefragt haben. Vielleicht sind es einfach nur Schausteller, die ihre kleinen Tricks auf der Straße vorführen, aber es kann auch sein, daß sie echt sind.«

Er sah sie an. Diesmal war sein Lächeln gezwungen. Voder würde das Wort »Zauberer« nicht aussprechen, weil er befürchtete, das heraufzubeschwören, was er beim Namen nannte.

Ilna runzelte verstört die Stirn. »Ich kenne keine Zauberer«, sagte sie. Sie lächelte nun auf eine Art, die Voder verstehen konnte. »Zumindest keine, die noch leben. Wie sehen sie aus?«

Der Polizist zuckte die Achseln. »Der ältere, Cerix, hat keine Beine mehr«, sagte er. »Der andere ist noch ein Junge. Er nennt sich Halphemos, aber als er vor ein paar Jahren mit Cerix schon einmal hierherkam, hieß er noch Alos. Cerix hatte damals auch noch seine Beine. Sie sind nun beinahe ein Jahr von Erdin weg gewesen, aber vor kurzem kamen sie zurück und begannen, nach Euch zu suchen.«

Auch Ilna zuckte nun die Achseln. »Ich habe nicht die geringste Ahnung, was sie von mir wollen«, sagte sie. »Ihr könnt mich zu ihnen führen, wenn Ihr wollt.«

»Wenn Ihr glaubt, daß sie Euch Schwierigkeiten machen werden«, meinte Voder und drehte sich zur Seite, so daß er sie nicht direkt ansprach, »können sie auch die Stadt verlassen, bevor sie Euch stören. Was Ihr in den vergangenen Wochen getan habt, hat vielen Menschen geholfen.«

»Ich habe keine Angst vor ihnen, Voder«, sagte Ilna. Sie lachte. »Die einzigen Dinge, die ich fürchte, sind jene, zu denen ich selbst fähig bin.«

Sie wies mit dem Kinn zu dem Zimmer hin, das sie als Wohnraum benutzte, und fuhr fort: »Darf ich Euch etwas anbieten? Ich habe Brot, Käse und schrecklich schlechten

Wein. Ich habe auch Brunnenwasser, das ein Junge jeden Abend auf einem Maultier aus der Stadt bringt. Das ist der größte Luxus, den ich mir leiste. Ich habe mich bis jetzt noch nicht dazu durchringen können, Kanalwasser zu trinken …«

Ihre Miene verhärtete sich. »Obwohl die meisten Leute in diesem Haus das tun müssen.«

Voder nickte. »Ich habe selbst mehr als genug Kanalwasser getrunken«, sagte er. »Ich könnte behaupten, daß mir der salzige Geschmack fehlt, seit ich ein wenig Geld verdiene, aber das wäre eine Lüge.«

Er sah ihr direkt in die Augen. »Ich frage mich immer noch, was Ihr vorhattet, Herrin«, sagte er. »Damals, meine ich. Selbst damals wußte ich, daß es Euch nicht ums Geld ging.«

Ilna schnaubte. »Sagen wir mal, ich habe mich wegen eines Mannes zum Narren gemacht. Nicht gerade eine neue Geschichte. Auch keine sonderlich interessante.«

Voder nickte. »Laßt es mich wissen, wenn Ihr Eure Ansicht über Cerix und den anderen ändert«, sagte er und führte das Gespräch damit so glatt zu seinem ursprünglichen Thema zurück, als hätten sie es nie verlassen. »Ihr könnt mich durch das Hauptrevier erreichen oder zu Hause, wenn Ihr wollt. Wir wohnen im ersten Stock in der Binsenstraße. Meine Frau wäre sicher erfreut, Euch kennenzulernen.«

Er starrte in eine Ecke der Zimmerdecke und räusperte sich. »Wo wir gerade von Arbeit sprechen«, sagte er, »es gibt hier am Halbmond einen Hauptmann der Wache namens Bonbo or-Vexes. Er hat dem Kanzler gesagt, Ihr steckt hinter einer Bande, die eine Anzahl wohlhabender Bürger beinahe umgebracht hat, während sie in ihren Sänften durch den Bezirk getragen wurden. Der Kanzler hat ihm nicht weiter zugehört, aber es besteht die Möglichkeit, daß Bonbo es weiter versucht, bis irgend etwas passiert.«

Ilna schüttelte angewidert den Kopf. »Euer Bonbo hat eine Mätresse von dem Geld unterhalten, das er mit einem Kinderbordell im Nebenhaus erwirtschaftete. Dieses Bordell existiert nicht mehr. Einige der Anwohner haben dafür gesorgt.«

»Unter Eurem Einfluß?« fragte Voder.

»Ich nehme an, ja«, meinte Ilna. »Ich würde es jedenfalls gerne annehmen. Ich habe Stoffe für die Lichtschächte der meisten nahe gelegenen Siedlungshäuser geliefert. Die Leute, die dort wohnen, scheinen dadurch etwas mehr Stolz zu entwickeln, und sie sind bereit, ihre Umgebung durch eigene Anstrengung zu verbessern.«

Jetzt schaute sie selbst aus dem Fenster. »Ein paar der Kunden des Bordells wurden verprügelt, als es geschlossen wurde«, fuhr sie fort. »Längst nicht so schlimm, wie sie nach meiner Ansicht hätten verprügelt werden müssen.«

Sie betrachtete Voder wie ein Habicht, der sich einer Wildkatze gegenüber findet. »Wenn Bonbo sich zum Problem entwickelt«, sagte sie, »sollte ich mich lieber darum kümmern.«

»Nein«, sagte Voder. »Nein, das werdet Ihr nicht tun!«

Zur Betonung schlug er auf den Fensterrahmen; seine Finger waren fester als das Holz. »Hört zu, Frau«, sagte er. »Wenn ein Bordellbesitzer im Halbmond schikaniert wird, interessiert das keinen, der irgendwie wichtig wäre. Und es ist sehr wahrscheinlich, daß die Adligen, die bei der Angelegenheit verprügelt wurden, auch nicht viele Freunde haben. Aber wenn Ihr anfangt, einen Hauptmann der Wache zu schikanieren, ist das eine Revolution. Der Graf wird die Armee schicken, wenn die Stadtwache nicht alleine mit Euch fertig wird.«

»Nun, irgend jemand sollte sich lieber um diesen Bonbo kümmern!« sagte Ilna. »Wollt Ihr Euch freiwillig melden?«

Voders Zorn verschwand in einem lauten Auflachen. »Ja,

ich nehme an, das werde ich. Bonbo ist ein Fall für das Hauptrevier.«

Er zog seinen Schlagstock aus dem Gürtel, betrachtete ihn und wirbelte ihn prüfend zwischen Daumen und zwei Fingern der rechten Hand. »Immerhin habe ich ihn nicht fallenlassen«, sagte er nachdenklich. »Es ist eine Weile her. Die Herrin allein weiß, wie lange; aber ich glaube, es ist noch nicht so lange her, daß ich nicht in der Lage wäre, Bonbo zu zeigen, wo die Grenzen sind.«

Ilnas knappes Nicken war wie ein militärischer Gruß. »Einen Augenblick«, sagte sie und ging zu einem Korb, der neben der Tür stand. Sie nahm den Deckel ab, betrachtete den Inhalt einen Augenblick lang und griff mit beiden Händen hinein, um ein Päckchen von beträchtlicher Größe herauszuholen, das in schwarzen Filz gewickelt war.

»Hier«, sagte sie und reichte Voder das Tuch. »Meister Beltar war noch nicht hier, um sich meine neuesten Arbeiten zu holen. Wenn Ihr das dem Kanzler gebt, habt Ihr vielleicht weniger Schwierigkeiten, ihn davon zu überzeugen, wieso es notwendig war, mit Bonbo auf diese Weise umzuspringen.«

Voder nahm das Geschenk mit einem Raubtiergrinsen entgegen. »Das kann schon sein«, meinte er.

Zunächst einmal steckte er den Schlagstock wieder ein. »Dann werde ich mich weiter um meine Angelegenheiten kümmern«, sagte er. »Und wißt Ihr was, ich freue mich ziemlich darauf.«

Voder öffnete die Tür, dann hielt er inne und schaute über die Schulter zurück. »Herrin?« sagte er. »Weiß der Bursche, den Ihr erwähnt habt, was ihm entgeht?«

Ilna lächelte. »Er ist ein ganz besonderer Mann«, sagte sie. »Eines Tages wird er sehr wichtig sein. Ich denke, er hat etwas Besseres gefunden.«

»Ich kenne nicht viel von der Welt«, meinte Voder. »Ich habe Erdin mein Leben lang nicht verlassen. Aber ich bin vielen Menschen begegnet, und das kann ich Euch sagen, Herrin: Ihr irrt Euch. Er hätte nichts Besseres finden können.«

Voder verließ Ilnas Zimmer und ließ die Tür dabei offen, wie er sie vorgefunden hatte. Seine genagelten Sohlen machten kein Geräusch auf den Fußboden des Flurs, aber er pfiff ein bekanntes Lied über ein Milchmädchen und seine Katze.

»Dieses Wasser schmeckt scheußlich«, sagte Prinzessin Aria. Sie verzog das Gesicht, als wollte sie gleich anfangen zu weinen.

»Was hast du erwartet?« fragte Zahag. »Glaubst du, wir sind hier im Palast der Nachfolgerin? Ich finde, ich habe es ganz gut gemacht, daß ich überhaupt Wasser gefunden habe!«

»Ich weiß, daß ich nicht im Palast bin«, sagte Aria. »Wegen Euch! O Göttin, wie kannst du nur so grausam zu mir sein?«

Sie begann zu weinen. Wieder einmal.

Cashel hatte keine Ahnung, woher sie die Flüssigkeit bezog, um ihre Tränendrüsen immer wieder neu zu füllen, aber es gelang ihr irgendwie.

»Laß sie in Ruhe«, murmelte Cashel. »Sie ist so etwas nicht gewöhnt.«

»Ach ja, und ich bin es?« fauchte der Affe. »Sucht euch euer Wasser das nächste Mal doch selbst!«

Zahag sprang auf die andere Seite des Felsens, hinter dem er den kleinen Teich zwischen zwei Lagen von Kalkstein gefunden hatte. Er würde nicht weit weggehen, das wußte Cashel. Man konnte es dem Affen kaum übelnehmen, daß er Aria schwierig fand. Er seufzte.

Wenn man zum Horizont hin schaute, sah es so aus, als sei die Landschaft eigentlich recht grün. Das lag daran, daß die

Gegend ziemlich flach war. Die winzigen Blätter der niedrigen Büsche verbanden sich, über die Entfernung betrachtet, zu einem Teppich, der aus der Nähe dann aber ziemlich dünn wirkte.

Es gab so etwas wie Gras: tote, vertrocknete Halme, allerdings in solcher Menge, daß Cashel annahm, daß es hier doch hin und wieder regnen mußte. Er versuchte, sich die Gegend nach einem Gewittersturm vorzustellen, wenn plötzlich alles üppig und grün war. Aus dem Stroh hatte er Sonnenschirme für sie geflochten, in deren Mitte er Äste gestoßen hatte, um die Konstruktion so tragen zu können.

Er lachte leise.

»Was gibt es da zu lachen?« sagte Aria und blickte zornig auf. Sie glaubte, daß er über sie lachte.

»Wenn ich grünes Gras und viel Wasser haben wollte«, meinte Cashel ruhig, »dann hätte ich zu Hause in Barcas Weiler bleiben sollen. Und manchmal denke ich das auch: Ich hätte das wirklich tun sollen.«

Aria sah ihn an, als hätte er den Verstand verloren. Aber das war immerhin besser, als wenn sie weinte. Sie streckte den Kopf unter den Kalksteinüberhang und trank mehr von dem Wasser, das sie nicht schöpfen konnten, weil sie keine Gefäße dazu hatten.

»Wir könnten sie hierlassen«, meinte Zahag. Er war um die Felsen herumgegangen und erschien nun wieder an Cashels Seite. »Es gibt auch andere Weibchen, und das hier ist nicht stark genug, um zu viel nütze zu sein. Sie kann nicht einmal Beeren pflücken.«

»Ich habe ihrer Mutter versprochen, daß ich sie zurückbringe«, meinte Cashel. Er hatte aufgehört, sich mit dem Affen darüber zu streiten, daß man Leuten helfen mußte, ob man sie nun mochte oder nicht. Aria gehörte nicht zu Zahags Rudel –

und auch nicht zu Cashels, das hatte sie mehr als deutlich gemacht –, und Zahag war nicht der Ansicht, ihr irgend etwas schuldig zu sein.

Die Büsche, die etwa alle zwei Schritte wuchsen, waren von einem Dutzend oder mehr Arten. Sie wuchsen alle dicht am Boden, hatten alle Dornen und kleine Blätter, aber erstaunlicherweise hatten einige von ihnen auch dunkle Beeren von der Größe des kleinen Fingernagels einer Frau, die auf der Unterseite ihrer Zweige wuchsen. An den Beeren war nicht viel Fruchtfleisch, aber die Kerne darin waren knackig und ebenfalls eßbar.

Die drei hatten nun die vergangenen Tage, während sie durch diese Öde marschierten, von den Beeren gelebt. Man hätte annehmen sollen, daß Aria, deren Hände und Handgelenke sehr viel zarter waren als die ihrer Begleiter, die Beeren am geschicktesten aus dem dornigen Gestrüpp hätte pflücken können. Dem war aber nicht so: Als sie es das erste Mal versuchte, stach sie sich und weigerte sich schlicht, es wieder zu versuchen. Cashel und Zahag mußten also auch Nahrung für sie sammeln.

Aria zog den Kopf unter dem Kalksteinüberhang hervor und richtete sich auf. Sie warf Cashel und dem Affen einen bösen Blick zu.

»Du hast ihrer Mutter nicht versprochen, sie ihr wiederzubringen«, erklärte Zahag entschlossen. »Du hast gesagt, du rettest sie vor Ilmed. Und das hast du schließlich auch getan.«

»Wenn ihr mich einfach in Ruhe gelassen hättet …«, sagte Aria. Sie hatte zornig begonnen, aber nun klang sie schon wieder verzweifelt. »Ich hätte den mächtigsten Zauberer der Welt geheiratet. Ilmed hätte mich zur Königin der Welt gemacht. Und statt dessen …«

Sie wandte sich um, um in die Einöde hinauszustarren.

Tränen traten ihr in die Augen, und sie sank wieder schluchzend zu Boden. »Wenn man den Oberaffen herausfordert«, sagte Zahag höhnisch, »dann sollte man lieber stärker sein als er oder schneller rennen können. Ansonsten bricht er einem das Genick. Ich nehme an, Ilmed hat das zumindest bis zu einem bestimmten Punkt begriffen, bevor er starb.«

Cashel räusperte sich. »Zeit, weiterzuziehen«, sagte er. Er wäre gern bei Nacht gereist, aber der Pfad war so schwierig zu finden, daß er befürchtete, sich im Dunkeln zu verlaufen. An diesem Ort hier gab es nicht einmal einen Mond.

Er beugte sich vor und berührte den Ellenbogen des Mädchens, damit sie wußte, daß er es ernst meinte. Ihr Kleid bestand nur aus dünnen Lagen von Spitze und zartem Stoff und sah ein wenig wie die Flugsamen der Schwalbenwurz aus. Ihre Füße hatten keine Hornhaut, weil sie nie viel gelaufen war, aber Cashel hatte ihr aus der graugrünen Rinde eines der Büsche Sandalen geflochten. Er war nicht so geschickt wie seine Schwester, aber er wußte sich zu helfen.

Aria weinte weiter. Sie zog den Arm dichter an sich, um Cashels Berührung zu vermeiden.

»Und was Ilmed angeht …«, fuhr Cashel mit aufsteigendem Zorn fort, den er nur halb bedauerte. Konnte das Mädchen nicht einmal *versuchen*, mit dem Geheule aufzuhören?

»Er glaubte, nur weil er Macht hatte, könnte er alles tun, was er wollte. So etwas gehört sich nicht für einen Mann, und auch nicht für eine Frau.«

Wieder räusperte er sich. »Nun steht auf, Prinzessin«, sagte er. »Ich werde Euch nicht hierlassen, und es kann sein, daß ich Euch einfach mitzerre, wenn Ihr nicht von selbst lauft!«

Siebzehnter Tag
im Monat des Reihers

»Silber, das in gieriger Erde verborgen ist‹«, las Garric aus dem Buch von Celondre, »›hat keinen Glanz, mein weiser Freund Kristas. Nur wenn es weise genutzt wird, glitzert Metall.‹«

Er lehnte sich an eine der vier Säulen vor dem kleinen Tempel. Drinnen betrachtete Tenoctris die Schnitzereien unterhalb des Daches. Falls es hier einmal eine Statue gegeben hatte, war sie in den Zeitaltern nach dem Bau des Tempels verschwunden.

Liane saß im Schneidersitz vor der nächsten Säule und sah Garric an. Sie hörte mit entspanntem Lächeln zu.

Garric glaubte Tenoctris, daß dieses Land nicht zu der Welt gehörte, aus der der Golf sie gesogen hatte, denn es gehorchte nicht denselben Regeln. Die Sonne ging auf und unter, Bäche flossen hügelabwärts, Wind wehte, und die Anspannung, die Garric unter dem trüben, grünen Himmel verspürt hatte, war nicht mehr vorhanden. Er war froh, ein paar Tage Ruhe zu haben, und freute sich ebenso, die Oden Celondres mit jemand teilen zu können.

Er war froh, Liane zu kennen. Garric hätte sich den größten Teil seines Lebens nicht träumen lassen, einmal eine Adlige zu kennen. Nun las er einer Gedichte vor, und sie lächelte ihn an.

»›Der Mann, der seine Begierde zügelt‹«, las Garric, »›besitzt ein Königreich, das größer ist, als würde er Haft mit Bight verbinden und darüber hinaus auch noch Dalopo beherrschen.‹«

In Garrics Hinterkopf lachte König Carus vergnügt. Garric

senkte das Buch und grinste seine Begleiterin an. »Das ist natürlich leicht gesagt«, meinte er, »wenn man ein Dichter mit einem Landhaus in Ornifal ist und einen nie wieder jemand gebeten hat, eine Trireme zu kommandieren, nachdem man sich das erste Mal so furchtbar blamiert hat.«

»Und wenn nur die Hälfte der Geschichten über Celondres Privatleben der Wahrheit entspricht«, sagte Liane, »ist es ihm nicht sonderlich gelungen, seine Begierden zu meistern. Nackte Frauen, die in jedem Zimmer seines Hauses auf ihn warteten, falls ihn irgendeine Laune packte!«

Sie kicherte. »Natürlich wußte er nicht, daß man die *Leben der Dichter* lesen würde«, fügte sie hinzu. »Herrin Gudea sagte immer, daß man jedes Gedicht immer nur für seine eigenen Worte schätzen müsse. ›Andere Überlegungen hinzuzufügen zerstört den inneren Wert eines Gedichts.‹«

»Wie kann es falsch sein, sich so viele Informationen wie möglich zu beschaffen, um etwas zu verstehen?« meinte Garric verblüfft. Er grinste und fragte sich, ob der Gedanke, der ihm gerade durch den Kopf ging, nicht von seinem Vorfahren stammte. »Es fällt einem natürlich schwerer, sich zu entscheiden, je mehr man weiß. Einfache Entscheidungen gibt es nur, wenn man nicht genug weiß, um zu erkennen, wie kompliziert die Dinge sind.«

Liane nickte, aber ihr Blick brachte Garric dazu, um die Bäume herumzuspähen. Graz war zurückgekehrt, begleitet von den beiden Ersa-Frauen, die Tenoctris als Botinnen zu ihm geschickt hatte.

»Tenoctris?« rief Liane und erhob sich anmutig. »Meister Graz ist hier.«

Überall über die Landschaft waren Gebäude verteilt. Eines davon war besonders groß. Diese Kapelle hier, eher die Andachtsstätte eines Privatmannes als ein Gemeinschaftstempel, war typisch dafür. Allen waren die Flechten und Verwitterungserscheinungen hohen Alters gemeinsam. Tenoctris hatte sie an diese Stelle geführt, aber es war Liane gewesen, die sie identifizieren konnte.

Tenoctris kam zufrieden lächelnd aus dem Gebäude, als der Anführer der Ersa gerade die Steinplatte erreichte, auf der es stand. Diese Kapelle war einem größeren Tempel nachgebaut, der über eine dreistufige Basis verfügte, wobei jede Schicht so hoch war, daß es mehrere Stufen von Menschengröße brauchte, um zum Haupttor zu gelangen.

Das hier war eine Kopie in Spielzeuggröße, und sie kam Garrics ungeübtem Auge unproportioniert vor. Zum Teil fragte er sich immer noch, was echte Ästhetik mit akademischen Vorstellungen wie jenen, die Liane gerade wiederholt hatte, zu tun hatte.

Er steckte das Buch in die Gürteltasche und stand ebenfalls auf. Er lächelte, wie König Carus es getan hätte.

Die Menschen verbeugten sich vor Graz. Verbeugungen schienen nicht zu den Sitten der Ersa zu gehören, aber die Art, wie Graz die Ohren um seinen runden Schädel anlegte, war vielleicht die entsprechende Entgegnung.

»Es gab eine Verbindung zwischen eurem Ersten Ort und dem Hügelabhang, an dem wir diese Welt hier betraten.« Tenoctris kam wie immer ohne Umschweife zum Thema. »Dieser Tempel hier hat seinerseits eine Verbindung zu einem bekannten Teil der Welt, die meine Begleiter und ich verlassen haben. Zumindest ist diese Verbindung Liane bekannt.«

Sie nickte der jüngeren Frau zu. Garric reichte Tenoctris die Hand und half ihr herunter, damit er selbst die Steinplatte verlassen konnte.

Es hatte etwas Herausforderndes, wenn ein bewaffneter

Mann oberhalb eines anderen stand, und die Ersa reagierten heftig auf Körpersprache. Garric glaubte nicht, daß er dies ohne Carus' Anleitung so deutlich bemerkt hätte – aber nun war er sich dieser Tatsache bewußt.

»Die Ruinen des Palastes des Tyrannen von Valles befinden sich außerhalb der Stadt selbst«, sagte Liane zu dem Anführer der Ersa. »Meine Lehrerin, Herrin Gudea, hat uns zu einem Ausflug dorthin geführt. Sie erklärte, das Studium der Geschichte sei ebenso wichtig wie das der Literatur.«

Sie grinste. »Selbstverständlich war all dies nicht so wichtig wie Etikette, aber dennoch nicht zu vernachlässigen. Auf dem alten Palastgelände befand sich ein Tempel, der genau wie dieser aussah, obwohl er ziemlich von Geißblatt überwuchert war.«

Tenoctris berührte die Sandsteinsäule. »Dies hier ist ein Knoten, der zurück in meine Welt, in unsere Welt führt«, sagte sie.

Sie zeigte auf Garric und Liane, hielt aber den Blick auf Graz gerichtet. »Es gibt auch noch andere Knoten hier. Ich weiß nicht, wohin sie führen. Einige enden vielleicht an Orten, die lieber keiner von uns sehen möchte.«

Mit einem Lächeln, das an das Aufblitzen von Sonnenlicht auf der Klinge eines Steinmessers erinnerte, fügte Tenoctris hinzu: »Vielleicht werden wir dort auch nicht leben wollen, aber in vielen Fällen kann es sein, daß Überleben gar nicht möglich ist. Dies hier ist das einzige Portal, von dem ich glaube, daß es sicher ist.«

»Valles ist die Hauptstadt unserer Welt«, sagte Garric. Er überging dabei die chaotische politische Situation – es hatte, seit Carus vor tausend Jahren ertrunken war, keinen wahren König der Inseln mehr gegeben –, aber dies genügte für den Augenblick. »Ich kann nicht ausdrücklich sagen, daß man euch dort willkommen heißen wird, aber ich wüßte auch keinen Grund, warum das nicht der Fall sein sollte.«

Als ob Menschen je einen Grund zum Hassen oder Töten gebraucht hätten.

»Jedenfalls«, schloß er, und er wußte, daß er ziemlich lahm klang, »wüßte ich keinen besseren Ort, an den ihr kommen könntet, und wir drei werden alles tun, um euch zu helfen.«

»Ich möchte mir diesen Ort von innen ansehen«, sagte Graz. »Gibt es mehr von dieser Art in eurer Welt?«

»Viele«, sagte Liane. »Wir leben in Gebäuden wie diesem oder in viel größeren.«

Auch Liane deutete eine Situation nur an, die viel komplizierter war, als Worte erklären konnten. Die Ersa hatten keine Vorstellung davon, was hinter menschlichen Beschreibungen von Politik oder Gebäuden stand. War das Wetter der Heimat der Ersa so gleichmäßig wie das im Golf, oder hatten sie jegliche Kenntnis von Gebäuden verloren, nachdem sie an einem Ort ins Exil geraten waren, wo keine Notwendigkeit dafür bestand?

Graz und Tenoctris betraten den kleinen Tempel. Die Ersa-Frauen gingen schweigend zu einer nahe gelegenen Kiefer und begannen, die Zapfen zu ernten und die kleinen Kerne herauszupicken.

»Herrin Gudea wollte immer, daß wir nicht vergessen, was für eine großartige Stadt Valles während des alten Königreiches war«, sagte Liane leise zu Garric. Es gab in dem kleinen Tempel nicht genug Platz für vier Personen, und die jüngeren Leute blieben draußen stehen. »Sie hat es ganz besonders darauf angelegt, mir diese Dinge klarzumachen, da ich von dieser neureichen Insel Sandrakkan komme.«

Sie sah Garric an und fügte mit einem Zwinkern hinzu: »Und anders als Carcosa auf Haft wurde Valles nach dem Sturz des alten Königreiches wieder aufgebaut. Nicht, daß Herrin Gudea Schülerinnen von einem so abgelegenen Ort wie Haft gehabt hätte.«

»Die wichtigen Männer auf Ornifal ...«, begann Garric. Die Stimme war seine, aber die Erinnerung hinter den Worten nicht. »Die Landbesitzer, die reichen Kaufleute haben nicht versucht, das Königreich unter sich aufzuteilen, wie es die Adligen auf den anderen Inseln taten. Aber sie haben auch nicht dazu beigetragen, das Königreich zusammenzuhalten.«

Liane sah ihn an, und plötzlich war ihre Miene ausdruckslos. Sie wich nicht zurück, aber Garric wußte, daß der kalte Zorn in seiner Stimme sie überrascht hatte.

Garric konnte nichts dagegen tun. Er versuchte es, aber er zitterte vor Gefühlen, die er körperlich abreagieren wollte, was aber nicht möglich war.

»Diese wichtigen Männer wollten nur, daß alles ruhig bleibt«, sagte er. »Sie haben jeden barfüßigen Usurpator bezahlt, der ihre Unterstützung verlangte, weil sie der Meinung waren, das sei billiger, als sich einzumischen. Es war billiger, an der Seite zu stehen und zuzusehen, wie das Königreich im Chaos versank!«

Graz kam wieder aus dem Tempel. Er hatte seine Ohren so weit aufgeklappt, daß er aussah, als hätte er drei Köpfe auf den schmalen Schultern. Tenoctris folgte ihm.

Garric hob die leeren Hände und zwang sich zu einem Lachen. Sein Zorn war verklungen, aber nun fühlte er sich schwach und hilflos.

»Ich habe über unsere Geschichte gesprochen«, erklärte er. »Aber darüber sollte man heutzutage eigentlich nicht mehr zornig werden.«

Graz flatterte mit den Ohren; sie schrumpften zu ihrer normalen Größe. »Wir werden hier bleiben«, sagte er. »Wir haben in der Vergangenheit bereits eine Welt mit den Menschen geteilt. Ich halte es für besser, wenn wir das nicht wieder tun.«

Tenoctris knabberte an ihrer Unterlippe. »Meister Graz«, sagte sie. »Ich kann Eure Entscheidung verstehen, aber ich glaube, Ihr macht einen Fehler.«

Sie zeigte auf die Wiese jenseits des Tempels. »Das hier scheint ein netter Ort zu sein und ist es wahrscheinlich auch. Aber es ist mehr als das. Ein Ort, an dem so viel Macht zusammentrifft, ist kein angemessenes Zuhause für lebende Wesen.«

»Dennoch«, meinte Graz, »wir bleiben hier. Ich wünsche euch alles Gute für eure Reise, Menschen. Aber kehrt nicht zurück.«

Der Anführer der Ersa schritt steifbeinig davon. Garric wußte, daß es seinem Volk auf Ornifal oder einer anderen Insel der Menschenwelt nicht gut ergehen würde, aber er wußte auch, daß es klug war, Tenoctris' Ratschläge anzunehmen. Dennoch, die Ersa hatten dasselbe Recht wie die Menschen: ihre eigene Wahl zu treffen und dieser Wahl entsprechend zu leben oder zu sterben.

»Wenn ihr beiden wollt …«, sagte Tenoctris nun. Sie pflückte einen Zweig von der Kiefer und streifte die Nadeln zwischen den Fingern ab. »Ich denke, es wäre eine gute Idee, wenn wir sofort gingen. Graz hat aus dem, was am Golf geschehen ist, viel gelernt, aber das hat ihn zu einer Überzeugung getrieben, die ich bedauere.«

Garric und Liane sahen einander an. »Selbstverständlich«, meinte Liane. »Wir sind bereit.«

»Wißt ihr …«, sagte Garric und kehrte damit zu dem Thema zurück, über das er gesprochen hatte, als Graz und Tenoctris aus dem Tempel kamen. »Die einfachen Leute auf Ornifal wollten, daß die Inseln vereint bleiben. Sie wollten weiterhin sicher schlafen und nicht jedes Mal, wenn sie aufs Feld gingen, einen Speer mitnehmen müssen, weil sie befürchteten, daß Piraten sie überfielen. Die einfachen Leute wären bereit gewesen, das Königreich zusammenzuhalten – das glaube ich jedenfalls –, wenn ihre Anführer das zugelassen hätten.«

Die beiden Frauen beobachteten ihn besorgt. Er hatte die linke Hand auf die Brust und auf das Medaillon unter seinem Hemd gelegt.

Garric lachte. »Nun, vielleicht sind die Anführer ja diesmal vernünftiger«, schloß er mit vor Gefühlen zitternder Stimme.

»Das werden sie wohl sein müssen, Junge«, hallte eine Stimme in seinem Kopf wider. *»Selbst wenn sie ihnen erst Vernunft beibringen müssen!«*

Der angebliche Nonnus hockte im Heck und unterhielt sich mit dem Steuermann. Die Ruderer ruhten, kümmerten sich um ihre Ausrüstung und tranken Wasser aus einem Becken, das der Maat zwischen den Ruderbänken hin und her trug.

Ein Mann stand auf und urinierte auf seine linke Hand. Ein Ruderer hatte Sharina erklärt, daß Urin gerissene Haut fester werden ließ, so daß die Schwielen schneller heilten.

Sie nahm an, daß die Besatzung das wußte. Es waren barsche Männer, die freiwillig nichts sagten und auf direkte Fragen nur kurze Antworten gaben. Aber sie waren fähige Ruderer.

Die Insel, die vor ihnen lag, war ein niedriger Hügel aus schwarzem Basalt und nicht aus dem Kalkstein oder Korallensand, aus dem die anderen Inseln bestanden hatten. Sie war größer als die meisten, die Sharina bisher bemerkt hatte, während die Galeere unter dem unermüdlichen Einsatz ihrer Ruderer das Innere Meer überquerte. Die tiefhängende Sonne beleuchtete einige Grasbüschel, aber der größte Teil der Vegetation schien aus bodendeckenden Pflanzen zu bestehen, die wie riesige Kohlköpfe aussahen, und gewaltigen Lobelien, deren Blütenreihen sich mannshoch erhoben.

Sharina ging zum Bug, als wolle sie sich strecken. Das Schiff war zum raschen Transport entworfen und machte keine Zugeständnisse an die Bequemlichkeit von Besatzung und Passagieren. Der falsche Nonnus hatte Mast und Segel an Land gelassen, und nun waren sie selbst bei günstigem Wind von den Ruderern abhängig. Sharina versuchte sich vorzustellen, wie überfüllt das Schiff gewesen wäre, wenn in dem schmalen Durchgang zwischen den Ruderbänken auch noch der Mast und die Rahe gelegen hätten.

»Also gut, fahren wir weiter«, erklärte der falsche Nonnus mit lauter Stimme. »Dieser Strand hier gefällt mir nicht.«

Die Ruderer murmelten und sahen den Maat an. Dieser richtete sich gerade auf und sagte: »Mir gefällt es nicht, nachts in einer Nußschale wie dieser auf See zu sein.«

Der falsche Nonnus erhob sich nicht – er hatte nicht das Gleichgewichtsgefühl des Pewlemannes, fiel Sharina auf. Stirnrunzelnd sagte er: »Dort am Horizont gibt es einen Sandstrand. Wir können ihn noch bei Tageslicht erreichen.«

Die Sonne war beinahe untergegangen. Der westliche Horizont war immer noch hell, aber in der Richtung, in die das Schiff fuhr, waren bereits Sterne zu sehen.

»Und widersprecht nie wieder meinen Befehlen!« fügte der falsche Nonnus hinzu. Die Stimme war die des echten, aber solche Worte hätte er nie ausgesprochen.

Sharina machte einen Kopfsprung über die Reling und schwamm auf die Vulkaninsel zu. Nichts, was sie dort erspäht hatte, hatte eßbar ausgesehen. Vielleicht gab es nicht einmal frisches Wasser, aber sie mußte einfach fliehen.

Das nasse Kleid zerrte an ihr. Sie hätte den falschen Nonnus alarmiert, wenn sie es vor dem Sprung ausgezogen hätte, und sie wagte nicht, es jetzt zu tun, solange sie noch zu nahe am Schiff war. Sie ging nicht davon aus, daß die Besatzung Pfeile nach ihr schießen oder Speere werfen würde, aber sie hätten versuchen können, sie mit dem Ruder bewußtlos zu schlagen.

Aber der dünne Wollstoff behinderte sie nicht sonderlich. Mit kräftigen Stößen war sie bereits fast bis zum Strand geschwommen, ehe die Männer irgendwie reagieren konnten.

Der echte Nonnus konnte wie einer der Seehunde schwimmen, die er als junger Mann auf den Inseln nördlich des Hauptarchipels gejagt hatte. Der Mann, der Nonnus so ähnlich sah, schrie nur Befehle, während der Maat widersprechende Befehle ausgab. Beide Männer versuchten, das Schiff zu wenden, damit es Sharina folgen konnte, aber sie versuchten es in entgegengesetzte Richtungen.

Nur wenige Seeleute konnten schwimmen. Falls einer der Ruderer eine Ausnahme gewesen wäre und über die Initiative verfügt hätte, Sharina zu folgen …

Sie konnte sich daran erinnern, wie Nonnus mit Gefahren umgegangen war. Und sie hatte immer noch sein Pewlemesser.

Da Sharina zwischen den Stößen den Kopf nur kurz aus dem Wasser hob, um Luft zu holen, berührten ihre Finger bald den Strand. Sie kam auf allen vieren aus dem Wasser und wich auf dem Weg den Hügel hinauf den Lobelien aus. Ihre gebräunte Haut und das nasse Braun ihres Wollhemdes würden vor diesem Hintergrund so gut wie unsichtbar sein, aber sobald der Mond herauskäme, würde ihr blondes Haar wie ein Leuchtfeuer schimmern.

Sharina hielt sich unterhalb der Hügelkuppe, als sie begann, den Hügel nach links zu umrunden. Die Büsche hatten keine Dornen. Basalt hatte schärfere Kanten als zum Beispiel Kalkstein, aber Sharina war nicht lange genug im Wasser gewesen, als daß ihre Fußsohlen hätten aufweichen können.

Sie wäre auch über Messerklingen gerannt, wenn das notwendig gewesen wäre, um diesem Ungeheuer zu entkommen, das sich des Gesichtes ihres Freundes bediente.

Die Galeere war eine dunkle Masse zwischen zwei Linien von Rudergischt. Sie hatte sich schließlich gedreht und kam jetzt auf den Strand zu. Der falsche Nonnus befahl der Besatzung, an Land auszuschwärmen, sobald sie aufgelaufen waren.

Als Sharina im Norden offenes Wasser bemerkte, wurde ihr klar, daß die Insel nur ein schmaler Bergrücken war und nicht der Kreis mit einer Viertelmeile Durchmesser, auf den sie gehofft hatte.

Es würde den zwanzig Ruderern nicht schwerfallen, Sharina zu finden, indem sie die Insel von einem schmalen Ende zum anderen durchkämmten.

Als erstes jedoch würden sie die entsprechenden Befehle brauchen. Der falsche Nonnus hatte allerdings in der Vergangenheit bewiesen, daß er zu intelligentem Planen fähig war. Und außerdem war er ein Zauberer …

Die Galeere lief auf den Strand auf. Sie mußten den Basalt parallel zum Strand berührt haben, statt direkt darauf zuzufahren. Um der Geschwindigkeit willen war der Rumpf des Schiffes so dünn wie möglich gehalten. Sharina hatte gehofft, daß die Landung ein Leck reißen würde, aber sie hatte von dieser ausgebildeten Mannschaft nicht ernsthaft solche Manövrierfehler erwartet.

»Nach Steuerbord abstützen«, schrie der Maat. »Benutzt die Ruder!«

Tatsächlich erwartete Sharina, daß man sie wieder einfangen würde. Dann würden sie sie gefesselt weitertransportieren, ganz gleich, wohin die Reise ging.

Ihre einzige Chance bestand darin, von der Insel zu fliehen. Einfach loszuschwimmen wäre wahrscheinlich Selbstmord gewesen, aber wenn sie eine Art Floß finden würde, auf das sie sich stützen könnte, bestand zumindest die Möglichkeit, in der zunehmenden Dunkelheit eine andere kleine Insel zu erreichen. Inzwischen unterschied sich der Himmel vom dunklen Meer nur noch durch die glitzernden Sterne.

Während die Seeleute auf der anderen Seite der Insel eine Reihe bildeten, begann Sharina, den nördlichen Strand nach Treibholz abzusuchen. Die Pflanzen wuchsen bis ein paar Fuß vor der Gezeitenlinie, aber die hohen Lobelien waren anscheinend nicht so widerstandsfähig. Fleischige Blätter streiften Sharina wie Leichenfinger. Sie huschte hindurch, vornübergebeugt, um den Boden besser sehen zu können. Eine Gestalt ragte vor ihr auf. Zuerst hielt sie sie für einen Basaltfelsen, aber es war ein Mann – ein riesiger Mann, der einen Speer in der Hand hielt, dessen Spitze mindestens eine Hand breit war. Eine solche Waffe würde ein Opfer innerhalb eines Herzschlages töten.

Sharina hatte das Pewlemesser in der Hand. Sie stach nach oben. Der rechte Fuß des Mannes hob sich in einem glatten Bogen zu ihrem Handgelenk und wirbelte Sharina von sich weg. Ihr Unterarm war taub, aber sie ließ das Messer nicht fallen.

Sharina stürzte auf die rechte Seite, halb gestützt auf eine riesige Pflanze. Sie drehte sich, um wieder auf die Beine zu kommen, und versuchte, das Messer in die linke Hand zu nehmen.

Der Mann pflanzte das eisenbeschlagene stumpfe Ende seines Speeres auf Sharinas Solarplexus. Sie fiel vornüber und bekam keine Luft mehr.

Sie versuchte, das Messer weiter festzuhalten, aber der

Mann kniete sich neben sie und pflückte es ihr einfach aus den Fingern. Er trug Lederkleidung, die einen seltsamen reptilienartigen Geruch ausströmte.

»Wo habt Ihr dieses Pewlemesser her, Mädchen?« fragte der Mann, während er die Waffe betrachtete. Er sprach höflich, aber so leise, daß er höchstens ein paar Fuß weit zu hören war.

Sharina rang nach Luft. »Von einem Mann, der Euch zum Frühstück essen würde, wenn er noch am Leben wäre!« keuchte sie.

Der große Mann grinste. »Das muß ein guter Mann gewesen sein«, sagte er ohne Zorn. Er gab Sharina das Messer zurück, mit dem Griff zuerst.

»Ich heiße Hanno«, fuhr er fort. »Es kommt mir so vor, als wären die Leute auf der anderen Seite keine Freunde von Euch. Stimmt das?«

»Ich sterbe lieber, als daß ich mich wieder von ihren einfangen lasse«, flüsterte Sharina. Sie steckte das Pewlemesser wieder in die Scheide, obwohl sie dazu beide Hände brauchte. Sie zitterte von der Anstrengung und dem Stoß vor den Bauch.

»Nun, Mädchen«, meinte der Fremde. »Ich komme aus Bight und bin gerade auf dem Rückweg dorthin, weil ich in Valles Horn verkauft habe. Wenn Ihr nicht hierbleiben wollt, könnt Ihr mit mir kommen – aber ich warne Euch, Ihr werdet in einer Jagdhütte leben müssen, und ich werde mindestens sechs Monate nicht mehr nach Valles zurückkehren.«

»Gehen wir«, sagte Sharina und versuchte aufzustehen. »Einer der Männer ist ein Zauberer.«

Hanno legte den linken Arm um Sharinas Taille und half ihr zum Strand hinunter. Ein zwanzig Fuß langes Ruderboot, schlanker als die Fischerboote in Barcas Weiler, aber ansonsten ganz ähnlich, war an den Basaltstrand gezogen. Hanno hob

Sharina an Bord, legte den langen Speer mittschiffs neben die Ruder und schob das Boot mit einem Grunzen ins Wasser.

Hanno hatte Vorräte für sechs Monate dabei. An Bug und Heck war das Boot vollgepackt mit in Öltuch gewickelten Päckchen, die mit Roßhaarseilen sicher angebunden waren. Sharina konnte nur raten, wie groß das Gewicht war, das der Mann gerade ins Wasser geschoben hatte, aber es mußten mindestens drei oder vier Tonnen sein.

Hanno platschte noch ein paar Schritte hinter dem Boot drein, und als sie weit genug draußen waren, daß sein Gewicht das Boot nicht wieder auf Grund brachte, kletterte er ins Heck. Inzwischen konnte Sharina wieder normal atmen. Sie machte Platz, als Hanno sich vorbeidrückte und sich auf eine der beiden Ruderbänke mittschiffs fallen ließ. Das Ruderboot dümpelte weiter vom Strand weg.

Sharina konnte sich nicht erinnern, jemals einem größeren, kräftigeren Mann als diesem Jäger begegnet zu sein. Er war größer als Garric und beinahe so massiv gebaut wie Cashel.

Er legte die Ruder in die Dollen. Sharina befestigte sie, bevor Hanno das selbst tun konnte. Er nickte anerkennend und vielleicht ein wenig überrascht, dann ruderte er los.

»Sie haben eine Galeere mit zwanzig Ruderern«, flüsterte Sharina. Sie konnte hören, wie die Männer der Besatzung einander riefen und der falsche Nonnus versuchte, ihnen Befehle zu geben.

»Die werden ihnen auch nicht helfen«, meinte Hanno. Er klang eher amüsiert als besorgt. Er drehte das Ruderboot parallel zum Strand. Er legte sich kräftig in die Riemen, verursachte dabei aber nicht mehr Geräusche als das übliche Plätschern des Wassers am Strand.

Sie waren schon weit genug draußen, daß Sharina die Insel nur noch als schwarze Masse erkennen konnte. Auf der anderen Seite der Erhebung begannen Lichter zu glühen. Der falsche Nonnus gab Fackeln aus, in Wachs getränkte Binsenbündel, die er angezündet hatte. Sie warfen ein bleiches Licht. Sharina duckte sich instinktiv. Hanno lachte leise und sagte: »Dadurch sind wir nur sicherer. Im Licht dieser Fackeln werden sie nichts sehen, was weiter als eine Armeslänge entfernt ist, und außerdem werden sie sich selbst blenden. Wenn sie etwas taugen würden, würden sie ausschwärmen und dicht am Boden bleiben und auf Eure Bewegungen lauschen.«

Wieder lachte er leise. »Das würde ihnen natürlich auch nicht weiterhelfen.«

Hanno wendete das Boot. Sie umkreisten die Spitze der kleinen Insel und kehrten zur Südseite zurück, nur eine Bogenschußweite vom Strand entfernt. Sharina konnte nur durch den schwach wahrnehmbaren Gischtsaum feststellen, wo Land und Meer aufeinanderstießen.

Hanno ruderte mühelos und manövrierte, indem er ein Ruder zurückhielt und das andere durchzog. Das Ruderboot hatte keinen Mast, also war er offenbar den ganzen Weg von Bight nach Ornifal zurückgerudert … Vielleicht würde er ja im Bug ein dreieckiges Ruderbootsegel setzen, wenn der Wind direkt vom Heck her kam.

Eine Reihe Fackeln blinkten auf der Hügelkuppe auf. Sie begannen, sich gemeinsam zum Osten der Insel zu bewegen.

Am Strand, ganz in der Nähe der Galeere, hatte die Besatzung ein kleines Feuer entzündet. Sharina konnte einen oder zwei Männer sehen, die sich darum kümmerten, bevor der langgezogene Rumpf der Galeere ihr die Sicht nahm.

Hanno grunzte und manövrierte den Bug des Boots wieder auf die Insel zu. Sharina konnte die Stimmen der Männer am Strand hören, aber kaum ein Wort verstehen.

Sie rieb sich ihre schmerzenden Bauchmuskeln, dann legte

sie die Finger an den Griff den Pewlemessers. Das Sternenlicht brachte Hannos Zähne kurz zum Glitzern, als er sie angrinste.

Erst im letzten Augenblick schaute er über die Schulter. Er manövrierte das Ruderboot direkt zum Heck der auf den Strand gezogenen Galeere. Dann hob er die Ruder und legte einen Finger an die Lippen. Sharina nickte.

Das Schiff des falschen Nonnus war mit dem Kiel noch im Wasser und mit der Backbordseite auf den Strand gekippt. Wegen des relativ steilen Anstiegs dieses Strandes hätte jede Art von Brise das Schiff nach Steuerbord kippen und zum Kentern bringen können, aber die Luft am Inneren Meer war normalerweise bei Sonnenaufgang und -untergang reglos.

Der Anker hing an einem Seil im Heck der Galeere. Der Hauptkörper war aus Eisen, aber die Arme aus Zypressenholz, das wegen des größeren Gewichts mit Bleireifen beschlagen war.

Hanno stellte sich hin. Das Boot bebte, aber der hochgewachsene Mann blieb im Gleichgewicht. Er packte den Anker mit einer Hand und durchschnitt das salzverkrustete Tau mit der Klinge seines Speers.

Der Anker – mindestens so schwer wie Sharina oder vielleicht sogar ein Mann von mittlerer Größe – sackte in Hannos Hand. Das Ruderboot schwankte gewaltig, und das Dollbord an Steuerbord krachte gegen den Rumpf des größeren Schiffs. Sharina hielt sich einfach nur fest, denn sie wußte, wenn sie versuchte, die Schwankung auszugleichen, würde sie damit vielleicht Hanno entgegenarbeiten. Der Mann wußte genau, was er tat.

Ein Seemann auf der anderen Seite stieß einen Schrei aus.
»Ich nehme den Speer!« rief Sharina.

Hanno schmetterte die bleibeschlagene Krone des Ankers direkt über dem Kiel gegen den Rumpf der Galeere. Die Planken waren aus Kiefernholz und für ein seetüchtiges Schiff recht dünn, aber immerhin maßen sie noch zwei Finger. Sie splitterten wie Glas, das auf einen Stein trifft.

Hanno warf Sharina den Speer zu. Sie war auf das Gewicht gefaßt, aber es fühlte sich immer noch so an, als versuchte sie, einen umstürzenden Baum aufzuhalten. Der sieben Fuß lange Schaft des Speers war aus Eichenholz, und der Eisenbeschlag am hinteren Ende glich das Gewicht der Speerspitze aus.

Ein Seemann mit einer Fackel kam um das Heck der Galeere gerannt und starrte sie an. »Was macht ihr da?« brüllte er. Er war unbewaffnet.

Sharina hob den Speer mit beiden Händen. »Zurück!« sagte sie. Sie hatte nichts gegen die Seeleute; sie waren offensichtlich einfach angeheuert und ihr nicht wirklich feindselig gesinnt. Wenn indessen der falsche Nonnus auf sie zugekommen wäre …

Hanno riß den Anker wieder zurück, dann schwang er ihn abermals gegen den Rumpf der Galeere. Beim Aufprall brachen nicht nur Planken, sondern auch ein Stück des Rahmens. Rings um das Ruderboot spritzte Wasser auf wie von einem Wal, aber das Gewicht der Ladung bewahrte das Boot vorm Kentern. Jetzt kam der Steuermann um die Galeere herum. Er hatte einen kurzen, starren Bogen in der Hand, auf den er bereits einen Pfeil aufgelegt hatte. »Halt die Fackel hoch!« befahl er dem anderen Seemann.

Hanno warf den Anker nach ihm. Es gab ein nasses Knirschen. Mann und Wurfgeschoß taumelten außer Sichtweite. Das Seil, mit dem der Anker immer noch befestigt war, folgte wie eine zuschlagende Schlange.

Hanno griff wieder nach den Rudern und setzte sich dem Ende des Boots gegenüber, das nun das Heck war. Sharina hatte die Bewegung vorweggenommen und war aus dem Weg gegangen, ohne den großen Speer zu verlieren. Beide Enden des Ruderboots hatten die gleiche Form, und weder Steuer noch Segel legten eine Bewegungsrichtung fest.

Sie kamen langsam in Bewegung, wie eine Steinlawine. Das Gewicht der Fracht machte das Boot selbst für Hannos Kraft zu schwer, um schnell zu beschleunigen, aber weniger als ein Dutzend Doppelschläge genügten, um sie außer Sichtweite des Strandes zu bringen.

Fackeln drängten sich um den dunklen Umriß der Galeere. Seeleute schrien aufeinander ein. Einmal glaubte Sharina, die Stimme des falschen Nonnus gehört zu haben. Sie lächelte grimmig. Sollte es ihm gelingen, die Schäden an der Galeere in weniger als einem Tag zu reparieren, war er tatsächlich ein Zauberer.

»Ich bin nicht gern nachts unterwegs«, sagte Hanno, der nun ohne die gewaltige Anstrengung weiterruderte, die es gebraucht hatte, sie vom Strand wegzubringen. »Aber diesmal geht es nicht anders. Zumindest hatte ich schon gegessen, bevor sie auf der anderen Seite landeten.«

»Ich danke Euch«, sagte Sharina. Sie war noch nicht bereit zu erklären, was geschehen war – sie war selbst nicht so recht sicher, was geschehen war und was jetzt geschah – aber Hanno schien nicht die Art Mensch zu sein, die Erklärungen erwartete.

Der Mond war gerade erst über dem Meer aufgegangen und hing nun über der Schulter des hochgewachsenen Mannes. Sharina konnte das Lächeln spüren, das sie wegen der Dunkelheit nicht richtig sah. Er sagte: »Ihr seid schon in Ordnung, Mädchen.«

»Ein Wald!« rief Zahag begeistert. Es war die erste Gefühlsregung, die der Affe an den Tag legte, seit sie aus dem sich auflösenden Turm entkommen waren – wenn man von ununterbrochener Gereiztheit einmal absah. »Endlich, ein Wald!«

In einem hüpfenden Galopp steuerte er auf allen vieren auf die moosüberzogenen Baumstämme zu. Er sah ausgesprochen ungelenk aus, weil seine Arme so viel länger waren als die Beine. Aber dennoch kam er sehr schnell vorwärts.

Wenn man es sich recht überlegte, war diese ständige Gereiztheit die übliche Haltung des Affen gewesen, seit Cashel ihn kennengelernt hatte.

»Sind wir zu Hause?« sagte Aria gegen Cashels Brust. Selbst sie klang zur Abwechslung hoffnungsvoll. Er hatte sie seit Mittag auf den Armen getragen. Er hatte keine andere Wahl gehabt, und es war deutlich geworden, daß das Mädchen sein jämmerliches Bestes tat, um mitzuhalten.

»Oh!« sagte Aria angewidert, als sie die Landschaft vor ihnen betrachtete. »Oh, wie konntet Ihr mich nur hierher bringen?« Sie begann zu weinen.

»Nun, zumindest ist es etwas anderes als Wüste«, meinte Cashel unbehaglich. Das Problem war, daß er sich selbst nicht so recht davon überzeugen konnte, daß diese Gegend hier besser war.

»Und was für eine Abwechslung von diesen Felsen, die mir die Knöchel abgeschliffen haben!« rief Zahag, der dem Pfad inzwischen bis außer Sichtweite gefolgt war. »Und hier … hier gibt es eine Eidechse! Das ist auch eine Abwechslung von all den Beeren und noch mehr Beeren!«

»Könnt Ihr jetzt wieder laufen?« sagte Cashel und setzte Aria auf den Boden. »Das sollte ein wenig einfacher sein, und wir sind immerhin aus der Sonne.«

Die Sonne war seit ihrer Ankunft ein sehr unangenehmer Faktor gewesen, aber Cashel war sich nicht sicher, ob er ihr Brennen nicht schon bald vermissen würde. Das Licht war ihm feindselig vorgekommen, aber es hatte zumindest nichts verborgen. Dieser Wald hier hatte etwas Schmieriges, Hinterhältiges an sich, ganz ähnlich wie Cashels Onkel Katchin zu Hause in Barcas Weiler.

Er grinste. Der Wald hatte zumindest nicht Katchins aufgeblasenen Stolz. Vielleicht wurde es ja doch besser.

»Ich wünschte, ich könnte sterben«, murmelte Aria, aber sie folgte Cashel schließlich den Pfad entlang.

Die Bäume waren nicht ausgesprochen riesig. Sie waren etwa zehn oder zwölf Schritte hoch – Doppelschritte von linker Ferse zu linker Ferse –, und mehr konnte man auf sumpfigem Untergrund auch nicht erwarten.

Cashel konnte nicht verstehen, wieso der Boden so feucht war. Sie waren von einem Augenblick zum anderen von Sand und Kies und stachligen Büschen zu moosigen Bäumen gelangt, von denen aus es auf den schwammigen Boden tropfte. Wenn er einen Fuß vor den anderen setzte, ergab das schmatzende Geräusche, und die Reihe seiner Fußabdrücke glitzerte hinter ihm wie lauter kleine Teiche.

Er warf seinen Strohschirm weg. Er blieb an einem Ast hängen, von dem sich Moosfäden herabzogen. Das trockene Gras saugte das Wasser sofort auf.

Cashel fühlte sich seltsam beunruhigt. Er holte den Schirm wieder vom Ast herunter und trug ihn zurück an den Rand des Waldes, wo er ihn in den trockenen Sand warf. Wenn eine Brise ihn nun in den Wald zurücktrug, war das nicht mehr seine Sache.

»Was um alles in der Welt habt Ihr da gerade getan?« fragte Aria.

»Nun, der Schirm hat mir in den vergangenen paar Tagen gut gedient«, erwiderte Cashel. »Ich hatte das Gefühl, er hat es nicht verdient, daß ich ihn hierlasse.«

Er ging weiter den Pfad entlang, immer mit der bedächtigen Geschwindigkeit eines Schafhirten. Er trug den Stab schräg vor der Brust, eine Hand über- und eine Hand unterhalb des Gleichgewichtspunkts. Er konnte spüren, wie das Mädchen ihn verblüfft anstarrte. Nun, sollte sie doch. Nichts, was Cashel in seinem Leben gesehen hatte, hatte dazu geführt, daß er seinen Glauben an die Gerechtigkeit verlor. Tief in seinem Herzen war er davon überzeugt, daß jemand, der Gegenstände schlecht behandelte, früher oder später selbst wie ein Gegenstand behandelt werden würde, und zwar schlecht.

»Zahag, bist du da oben?« rief er.

»Worauf wartest du?« erwiderte der Affe. Er war nur schwer zu verstehen. Das Quaken unsichtbarer Frösche und das Zirpen von Insekten übertönte selbst auf bescheidene Entfernung alles, was nicht laut geschrien wurde.

Die Wüste war tödlich still gewesen, bis auf ein entferntes Heulen, das sie in der Nacht gehört hatten. Und auch das hatte ziemlich tödlich geklungen.

Zweige wanden sich und bildeten Ausläufer. Es war schwierig zu sagen, welche Blätter zu einem Baum und welche zu einer Ranke oder einer Pflanze am Boden gehörten.

Alles war von Moos bedeckt. Cashel benutzte den Stab, um es wegzuschieben, aber dennoch streiften dunkle Moosranken seine Schultern.

»Es gefällt mir hier nicht«, sagte Aria leise. Dies war zur Abwechslung eine ehrliche Aussage und keine Anklage. Sie mußte wirklich Angst haben.

»Bleibt direkt bei mir, und es wird Euch nichts geschehen«, sagte Cashel. Das auszusprechen bewirkte, daß er sich gleich besser fühlte, und er mußte grinsen. »Fürchtet nichts, Prinzessin«, sagte er. »Ich bin hier in meinem Element, wißt Ihr. Ich bin Hirte.«

Hinter ihnen auf dem Weg, den sie gekommen waren, ertönte ein *Flapp*. Es klang zu laut für einen Tropfen, der auf den Boden gefallen war, aber wer konnte das wissen? Vielleicht war ein größeres Blatt plötzlich umgeklappt und hatte auf einmal eine größere Menge Wasser verspritzt.

Zahag kreischte. Etwas krachte und platschte durch den Wald auf Cashel und das Mädchen zu. Cashel ließ die Hände auf dem Stab eine Spanne nach außen gleiten und senkte seine Waffe.

Zahag warf sich zu Cashels Füßen und schrie: »Ich habe nichts gesehen! Ich habe nichts gesehen!« Auch Aria schrie und umklammerte Cashel von hinten. Duzi sei ihnen gnädig! Hatten sie alle den Verstand verloren? Der Wald war still geworden. Nun setzte das normale Quaken und Zirpen wieder ein. Nichts war dem Affen gefolgt.

»Wir sollten lieber weitergehen«, sagte Cashel. Aria hatte bereits ihre Hände von ihm genommen, und Zahag wandte sich jetzt wieder der Richtung zu, aus der er gekommen war. »Ich würde lieber noch ein Stück Weg hinter mich bringen, bevor das letzte Licht vergeht.«

Sie gingen weiter. Es war schon dunkel genug gewesen, als sie den Wald betreten hatten. Cashel nahm an, wenn die Sonne unterging, würde es sich hier anfühlen wie in einer Höhle. Aria ging direkt hinter ihm, und Zahag blieb unbehaglich dicht an seiner linken Seite.

Cashel nahm an, es hätte keinen Zweck, den Affen zu fragen, was ihn so verschreckt hatte. Aus den Augen, aus dem Sinn – das war Zahags Devise. Was immer er in dem triefenden Moos entdeckt hatte, war nichts, woran er sich gerne wieder erinnern würde.

»Ich kann etwas leuchten sehen«, sagte Aria. »Dort – da draußen.«

»Ja«, erwiderte Cashel, und er versuchte, möglichst forsch zu klingen. Duzi allein wußte, wie viele Nächte er in Gewittern draußen verbracht hatte, um beruhigend auf Schafe einzureden. Hätte er das nicht getan, dann wären sie vielleicht in Panik geraten und hätten sich gegenseitig erdrückt, indem sie sich in eine Ecke des Pferchs drängten. »So etwas gibt es bei uns zu Hause auch. Pflanzen, die von selbst leuchten. Sie werden uns genug Licht spenden, damit wir weiter unseren Weg erkennen können.«

Sie würden weitergehen, bis Cashel unter der Last seiner beiden Begleiter zusammenbrach, wenn es sein mußte. Auf keinen Fall würde er vorschlagen, daß sie irgendwo hier im Wald ein Lager errichteten.

Der Weg schimmerte gräulich. Die Baumstämme wirkten wie grüne oder gelbe Geister, über die sich andere Beinahefarben zogen. Es war schwierig, bei diesem Schimmern Entfernungen abzuschätzen. Das Moos war offenbar das einzige hier, was kein eigenes Licht spendete. Cashel konnte nicht verhindern, daß die Moosfäden ihn immer wieder berührten.

Aria weinte leise. Cashel konnte es ihr nicht übelnehmen. Zumindest mußte er sich nicht, wie draußen in der Wüste, dauernd nach ihr umsehen, um sich zu überzeugen, daß sie noch da war.

Die Bäume raschelten. Zuerst hatte Cashel gedacht, daß etwas – oder viele kleine Etwasse – über ihm war, aber als er aufblickte, sah er nur nackte Äste, die sich unvertrauten Sternen entgegenreckten.

Aria weinte lauter.

»Dort!« Zahag zupfte an Cashels Hemdsaum. Es klang, als wollte er verzweifelt an etwas glauben. »Da vorne – das ist ein echtes Licht. Jetzt sind wir in Sicherheit, wir brauchen nur noch zu dem Licht hinzugehen!«

»Das werden wir sehen, wenn wir da sind«, sagte Cashel ruhig und sah sich sorgfältig nach allen Seiten um, während sie weitergingen. Auch er hatte geglaubt, das Flackern eines Feuers durch die Bäume zu sehen, aber dieser Wald war ihm viel zu fremd, als daß er sich allein auf frühere Erfahrungen hätte verlassen wollen.

Er grinste. Er war hier mit einem sprechenden Affen und einer Prinzessin unterwegs, aber er war sich nicht sicher, ob das Licht vor ihm echtes Feuer war. Die Leute in Barcas Weiler würden ihn für verrückt halten.

Er sah lieber davon ab, laut zu lachen. Aria und Zahag würden glauben, er hätte den Verstand verloren.

Die Zweige über ihnen wisperten. Eine Welle bewegten Schimmerns hatte sie beinahe seit Sonnenuntergang auf ihrem Weg begleitet. Cashel wußte nicht, wie weit entfernt dieses Leuchten war, aber es schien näher zu kommen. Es war vermutlich nur eine Schicht von Sumpfgas, die über ihnen hing. Kein Grund zur Beunruhigung.

»Es ist wirklich ein Feuer!« sagte Aria. »Jetzt sehe ich es auch!«

Mit erstickter Stimme fügte sie hinzu: »O bitte, Herrin Gott, mach, daß es ein Feuer ist!«

Sie hatten eine Lichtung erreicht. Vor ihnen stand ein Turm aus echten, flechtenüberwachsenen Steinblöcken – nicht aus rosa Zuckerguß, der sich auflöste, wenn jemand die Treppe herunterfiel.

Und es gab auch ein Feuer – ein Leuchtfeuer in einem eisernen Korb auf einer Stange oben auf dem Turm. Im flackernden Licht zeichneten sich Silhouetten auf den Zinnen ab.

»Ich grüße das Haus!« sagte Cashel, als sie unter den letzten Moosfäden hervortraten. Hätte er statt »Haus« »Turm« sagen sollen? Er war so froh, eine menschliche Behausung zu entdecken, daß er sich verhalten hatte, als wäre er nach langem Umherirren vor ein Bauernhaus geraten.

»Verschwindet, Ungeheuer!« gellte ein Stimme. »Oder wir bringen euch um!«

Aus dem Leuchtfeuer flogen Funken auf; es verglühte zu einem orangefarbenen Pulsieren. Es war beinahe ausgebrannt. Das Holz, das man in diesem Wald fand, wäre entweder zu feucht zum Brennen oder so verrottet, daß es keine gute Holzkohle gab.

Cashel trat vor. »Wir sind keine Ungeheuer!« rief er. Er hielt den Stab aufrecht an der Seite, damit er nicht bedrohlich aussah – obwohl vom Turm aus gewiß niemand irgendwelche Einzelheiten erkennen konnte. »Wir brauchen einen Schlafplatz für die Nacht, das ist alles.«

Und vielleicht eine Erklärung, wo sich dieser Ort befand. Das wäre schön.

»Verschwindet!« wiederholte die Stimme.

Cashel hörte ein klickendes Geräusch von den Zinnen. Irgendein Gerät, dachte Cashel. *Jemand hat eine Sperre gelöst und – spannt eine Armbrust!*

»He!« rief er laut und trat vor. Er hielt nicht inne, um nachzudenken, was er da eigentlich tat. »Hört auf mit diesen dummen Spielchen, oder ich reiße euren Turm ein. Beim Hirten, das werde ich tun!«

Er rammte ein Ende seines Stabs vor sich auf den Boden. Der Stab flackerte bläulich und überzog Cashel mit kaltem Licht. Die Haare in seinem Nacken sträubten sich.

»Er ist ein Mensch!« rief jemand auf dem Turm. »Was macht ein Mensch dort draußen?«

»Laßt mich und meine Freunde sofort ein«, sagte Cashel, leicht verlegen über seinen Zorn und diese Vorstellung, die er gegeben hatte. Das Licht hatte ihn überrascht, aber zumindest hatten die Leute im Turm gesehen, daß er kein Ungeheuer war. »Wir suchen nur einen Schlafplatz.«

Das Leuchtfeuer schimmerte ein letztes Mal auf und erstarb. Das schwache Glühen, das übriggeblieben war, genügte kaum, die Streben des Eisenkorbs zu beleuchten, und schon gar nicht, um erkennen zu lassen, was darunter vorging.

»Wir lassen eine Leiter herunter«, rief die erste Stimme. »Aber verliert keine Zeit. Sie können jetzt jeden Augenblick angreifen.«

Etwas klackte die Turmwand herab. Cashel versuchte im Sternenlicht, die Richtung festzustellen, dann streckte er die Hand aus. Es war eine Strickleiter mit hölzernen Stufen.

»Kommt schon!« rief er über die Schulter. Er hatte nicht gewollt, daß seine Begleiter zu dicht bei ihm blieben, für den Fall, daß man vom Turm herab schoß, aber er hatte sie auch nicht zu weit hinter sich lassen wollen.

Es fiel ihm nicht schwer, daran zu glauben, daß sich in diesem Wald Ungeheuer befanden.

Zahag kam an ihm vorbei und packte die Leiter; Cashel ergriff ihn am haarigen Arm und hielt ihn zurück. Der Affe kreischte, versuchte aber nicht zu beißen. »Schafft Ihr es alleine, Prinzessin?« fragte Cashel. Statt zu antworten, griff Aria die Leiter und begann, geschickt nach oben zu klettern. Bald war nur noch verschwommener heller Stoff vor der Steinwand zu sehen.

Cashel ließ den Affen los. »Und versuch erst gar nicht, über sie wegzuklettern!« warnte er, obwohl das bei dem Tempo, mit dem Aria sich bewegte, sehr unwahrscheinlich war. Die Treppe in ihrem Turm hatte ihr eine Menge Übung für solche Situationen verschafft. Ihre Umgangsformen hatte das nicht verbessert, aber das traf vermutlich auf viele Prinzessinnen zu.

»Es ist eine Frau«, sagte eine andere Stimme auf den Zinnen. »Oh, ist es wirklich eine Frau?«

Cashel begann zu klettern. Er hielt den Stab vor sich in den Ellenbogenbeugen, was ihn ziemlich verlangsamte und ungeschickt werden ließ. Wenn er nur das Seil behalten hätte, das er benutzt hatte, um Arias Turm zu erklettern, würde er jetzt nicht hier heraufsteigen müssen wie ein alter Mann mit schmerzenden Gelenken. Aber er hatte das Seil nicht, und er würde den Stab ganz bestimmt nicht am Boden zurücklassen.

»He, ein Ungeheuer!« schrie ein Mann. Stahl ließ rote Funken von den Zinnen aufsprühen.

Zahag schnatterte wild vor sich hin, also konnte ihm nichts passiert sein. Es klang, als wäre er von der Leiter zur Seite der Mauer gesprungen. Die Steine waren so verwittert, daß selbst ein Mensch hier genügend Halt finden konnte, um zur Not ohne Leiter weiterzuklettern.

»He!« brüllte er. Er hielt den Stab in einer Hand, als er die letzten Sprossen auf eine Art zurücklegte, die nicht sonderlich sicher war; aber er hatte es eilig.

»Hört auf! Er ist kein Ungeheuer, er ist mein Freund!«

Cashel stieg über die Zinnen. Es war gut, wieder Stein und keine wackelige Strickleiter unter den Füßen zu haben, vor allem da die Sprossen nicht für jemanden von Cashels Größe gemacht waren.

»Jetzt hört auf damit!« sagte er. »Wer gibt hier die Befehle?«

Er stieß den Stab auf den Boden. Die Messingbeschläge sprühten keine Funken, wie es die Eisenbeschläge seines alten Stabes getan hätten, aber das Geräusch allein war laut genug, um die Aufmerksamkeit der etwa zehn Männer auf ihn zu lenken.

Ein untersetzter Bursche mit einem Schnurrbart, der einen

Helm trug und mit einer Hellebarde bewaffnet war, räusperte sich. »Ich bin Hauptmann Koras«, sagte er. »Ihr behauptet, der Bursche, den Ihr da bei Euch habt, sei ein echter Mensch? Er kam mir ziemlich haarig vor.«

»Haarig?« schrie Zahag wütend von weiter unten am Turm. »Ich werde dir deinen jämmerlichen Schnurrbart abreißen, wenn du Haare so sehr haßt, daß du mit einer Axt auf mich losgehst.«

»Sei still, Zahag!« sagte Cashel. Er räusperte sich und fuhr fort: »Er ist ein Affe, kein Mensch, aber er ist auch kein Ungeheuer. Und wie ich Euch schon sagte, er ist mein Freund.«

Es war seltsam, von Zahag als von einem Freund zu denken, aber Cashel nahm an, daß es doch ziemlich der Wahrheit entsprach.

Aria kam aus der Menge und drängte sich an Cashels Seite; sie fühlte sich offenbar unwohl unter all diesen Soldaten. Sie würde im Weg sein, wenn er seinen Stab einsetzen mußte, aber er hoffte, daß es nicht so weit kommen würde.

»Wir sollten die Leiter hochziehen«, sagte ein Mann. »Sie können jetzt jeden Augenblick angreifen.«

Koras hielt die Faust vor den Mund und hustete. »Ich will Euch nicht widersprechen, Herr. Aber es klang so, als hätte das Geschöpf gesprochen. Euer Freund, meine ich.«

»Ja«, sagte Cashel. Es gab kein anderes Licht als das der Sterne, also waren die Männer, denen er gegenüberstand, nur vage Umrisse. »Er spricht, aber er ist ein Affe. Er gehörte einmal einem Zauberer.«

Ein Mann trat neben Cashel, griff an ihm vorbei und begann, die Leiter hochzuziehen. Die Sprossen klirrten gegen die Mauer wie ein Xylophon. Vor ein paar Jahren war zur Zeit des Schafsmarkts einmal ein Schausteller nach Barcas Weiler gekommen, der Xylophon gespielt hatte. Cashel war verblüfft gewesen, welch schöne Klänge man einfachen Holzröhren entlocken konnte.

»Nun, da Ihr für ihn eintretet …«, meinte Koras. »Es ist nur das erste Mal, das ich einem sprechenden Affen begegne.«

»Komm rauf, Zahag«, sagte Cashel. »Sie werden uns hier übernachten lassen.«

Er hielt den Stab über die Zinnen, so daß Zahag keine Probleme mit dem breiter werdenden Rand haben würde, aber der Affe griff statt dessen mit den Fingern einer Hand über die Brüstung und zog sich allein daran hoch. Er war wirklich kräftig für seine Größe.

»Schlafen«, sagte einer der Soldaten. »Wir schlafen hier nur tagsüber, Fremder.«

»Sie werden bald angreifen«, stimmte Hauptmann Koras ihm zu. »Daß Ihr hier vorbeigekommen seid, hat sie wahrscheinlich verwirrt, aber …«

»Sie kommen!« rief ein Soldat.

Schreckliche Schreie ertönten von überall aus dem Wald. Ein Soldat spannte seine Armbrust, ein anderer zog einen Pfeil aus dem Köcher an seiner Seite und legte ihn auf den Bogen.

Cashel spähte über die Zinnen. Er konnte Bewegungen am Boden sehen, aber nicht mehr Einzelheiten ausmachen, als betrachtete er Ebbe und Flut in einer mondlosen Nacht.

Dann zuckte ein rosiger Blitz durch die Nacht. In seinem Licht konnte Cashel die Geschöpfe erkennen, die den Turm angriffen. Der Blickwinkel verkürzte sie, aber es war nicht das, was sie zu Ungeheuern machte.

Einige hatten Tierkörper, andere Tierköpfe. Sie trugen Teile von Rüstungen und menschlicher Kleidung, und ihre Waffen reichten von langen Schwertern bis zu Steinen in einer oder mehr Händen. Sie gingen auf zwei oder vier Beinen, und eines der Geschöpfe bewegte sich auf mehr Gliedmaßen als ein Hundertfüßler, hatte den Oberkörper hochgereckt und schwang Äxte in vier Armen.

Einige trugen Sturmleitern.

Dann war der Blitz verloschen, und wieder blieb nur ein vager Eindruck von Bewegung.

»Aria, geh nach drinnen, wenn das möglich ist!« sagte Cashel. Er fuhr über den Stab, packte ihn fester und wartete, daß die ersten der kreischenden Horde an einer Stelle auftauchten, wo er sie erreichen konnte.

Auf einem Platz in der Nähe von Ilnas Haus, an dem drei Straßen zusammenliefen, gab es einen Brunnen, der nicht funktionierte. Sie plante als eines ihrer nächsten Projekte, die Wasserleitung reparieren zu lassen, hatte aber noch keinen Entschluß gefaßt, ob sie gegenüber den zuständigen Beamten eher Bestechung oder Erpressung einsetzen sollte.

Auch ohne das Wasser war auf diesem Platz immer viel Betrieb; es gab keinen Park im Halbmond, also trafen sich die Leute hier.

Die Zauberkünstler, die dort heute auftraten, hätten allerdings auch an jeder anderen Stelle Erdins ihr Publikum gefunden.

Ilna stand ganz vorn im Publikum. Die Leute im Halbmond kannten Ilna und machten ihr Platz. Wenn sie das nicht taten, brachte ihnen einer ihrer Nachbarn mit einem Ellenbogenstoß Höflichkeit bei – oder mit einem Ziegel. Ilna ermutigte so etwas nicht, aber sie hätte es auch nicht aufhalten können. Und außerdem gab es ohnehin nicht genug Höflichkeit auf der Welt.

Der junge Mann in roter Seide murmelte ein Wort, das Ilna hörte, aber nicht verstand; er fuchtelte dramatisch mit seinem Athame. Eine rubinrote Lichtblüte öffnete sich und wuchs zu einem Kreis, den Ilna selbst mit zwei ausgestreckten Armen nicht hätte umfassen können. Im Herzen dieses Kreises befand sich eine Stadt aus Licht – niedrige Häuser und ein Hafen mit Schiffen, die sich auf dem Wasser bewegten. Wenn Ilna genau hinsah, konnte sie sogar Menschen in den Straßen erkennen.

»Oh!« seufzten die Zuschauer.

»Das ist Pandah!« rief ein Mann mit den weiten Pumphosen und der Seidenschärpe eines Seemanns in Ausgehuniform. »Bei der Nase der Herrin, das ist Pandah, oder ich bin ein Bauer!«

Das Bild zog sich zusammen und verschwand. Der junge Mann trat zurück und wischte sich die Stirn. Er schwitzte wie ein Werftarbeiter und sah müde aus.

Dazu hatte er auch alles Recht. Die meisten in der Menge nahmen vermutlich an, einen Taschenspieler vor sich zu haben. Ilna hatte genug echte Zauberei gesehen, um sie wiedererkennen zu können.

Voder hatte gesagt, der beinamputierte Helfer des jungen Mannes hieße Cerix. Er schob nun seinen kleinen Wagen in die Menge, indem er das rechte Rad mit einer Hand drehte. In der linken hielt er eine Holzschale. »Während der Großmeister Halphemos vor dem Höhepunkt seiner Vorstellung noch etwas ruht«, erklärte er, »ist es an der Zeit, daß ihr Leute hier ihm zeigt, ob ihr seine Kunst zu schätzen wißt. Gebt dem Meister, was er verdient hat!«

Es wäre eine Beschönigung gewesen, den Halbmond ein Armenviertel zu nennen; die Hälfte der Bewohner plante vermutlich, am Ende der Woche zu flüchten, um dem Mieteintreiber aus dem Weg zu gehen. Dennoch warfen einige Münzen in die Schale. Selbstverständlich nur Kupfer und in einem Fall auch ein keilförmiger Eisenhammer aus Shengy – aber das war immer noch mehr Geld, als jeder Straßenkünstler auf diesem Platz eingenommen hatte, seit man den schlammigen Untergrund gepflastert hatte.

Es war allerdings nicht ein Bruchteil dessen, was die Vorstellung wert war. Halphemos – und sein Helfer, der den Machtkreis vor jeder Beschwörung gezeichnet hatte – hätten auch vor dem Grafen persönlich auftreten und sich in Gold auszahlen lassen können.

Nun schob Cerix seinen Rollstuhl auf Ilna zu. »Hat auch die reiche Dame eine Münze für Meister Halphemos übrig?« sagte er und rasselte mit der Schale.

Ilna nickte. Ihre Kleidung war sauber und nicht geflickt, und das machte sie im Halbmond zu einem Mitglied der Oberschicht.

Sie warf eine Silbermünze in die Schale. Einige der Umstehenden glotzten, als sie den unmißverständlichen Klang hörten. Cerix griff rasch zu und steckte das Silberstück in den Mund, wo er es sicherer wähnte. Dabei starrte er Ilna verblüfft an.

»Wir sehen uns nach der Vorstellung«, sagte Ilna. »Ich glaube, Ihr sucht nach mir.«

Cerix rollte zurück zu Halphemos, obwohl er dabei die Hälfte des Publikums ausließ. Die beiden flüsterten miteinander. Ilna lächelte grimmig. Sie wußte nicht, wieso ein Zauberer nach ihr suchen sollte, aber das war offensichtlich der Fall, und es gab keinen Grund, nicht sofort herauszufinden, was die Ursache dafür sein sollte.

Vermutlich schlechte Nachrichten. Und es gab nie einen Grund, schlechte Nachrichten herauszuzögern. Das war Feigheit.

Der Mann im Rollstuhl kritzelte rasch ein neues Muster auf die Pflastersteine und benutzte dafür wie zuvor ein Stück

Holzkohle. Während der Vorstellung hatten sie die »Bühne«, auf der Halphemos auftrat, immer weiter nach rechts verlegt, so daß sein Helfer noch unbeschriebene Pflastersteine hatte, auf die er das nächste Mal zeichnen konnte. Ilna glaubte nicht, daß selbst jemand, der lesen konnte, diese Zeichen hätte entziffern können, aber sie waren offensichtlich notwendig, damit die Beschwörung funktionierte.

Halphemos richtete sich auf und verbeugte sich leicht zu Ilna hin. Er wirkte immer noch müde, aber es lag eine gewisse nervöse Begeisterung in seiner Stimme, als er wieder Worte vor sich hin murmelte, die die Menschen nicht verstehen konnten.

Licht ergoß sich aus einer rubinroten Perle, die in der Luft erschienen war. Einen Augenblick glaubte Ilna, nichts als wirbelnden Nebel zu sehen. Eine Schlange aus blutigem Licht schoß daraus hervor …

»Nein!« schrie der verkrüppelte Helfer. Er streckte die Hand aus, um die Worte im Machtkreis zu verwischen, aber Halphemos hatte bereits den Athame niedergeworfen.

Das Bild verschwand, wie Blut im Sand versickert. Ilna hatte instinktiv ihre Schlinge herausgezogen. Jetzt steckte sie das seidene Seil wieder in die Schärpe.

Die Menge reagierte mit Schreien, Keuchen und – als das Bild verschwand – Jubel und Applaus. Sie hatten Angst gehabt, aber sie glaubten, daß der Schreck zur Vorstellung gehörte. Als es vorüber war, waren sie begeistert.

Halphemos setzte sich. Ilna zuckte zusammen, als sein Seidengewand das schmutzige Pflaster berührte. Sein Athame, ein Stück spiralförmiges Horn oder vielleicht auch Zahn, lag vor ihm. Zerstreut streckte er die Hand danach aus, dann riß er die Finger wieder zurück, bevor er das Werkzeug berührte.

Cerix war kreidebleich geworden. Er rollte ein Stück auf die

Zuschauer zu und rief: »Die Vorstellung ist zu Ende! Meister Halphemos muß sich ausruhen!«

Eine Prostituierte, die im selben Haus wie Ilna wohnte, beugte sich vor und warf eine Münze in Cerix' Schale. Der Mann warf ihr einen so wütenden Blick zu, daß sie überrascht zurückwich.

»Was, im Namen aller Götter, hast du da getan?« sagte Cerix zu Halphemos, die Stimme rauh vor Angst. Er spürte Ilnas Gegenwart und fuhr herum, um sie anzufauchen, aber dann erkannte er sie.

»Bringen wir ihn zu Anno«, sagte Ilna. »Das ist der Wirt der Schenke hinter Euch. Wir können sein Hinterzimmer benutzen.«

»Es hätte König Valence in seinem Palast sein sollen«, erklärte Halphemos ebenso sich selbst wie Cerix oder Ilna. »Ich habe am Anfang den Grafen von Sandrakkan gezeigt, also habe ich nur die Namen verändert, um ein anderes Schlußbild zu erhalten.«

»Kommt«, sagte Ilna und hakte sich bei dem jungen Mann ein. Sie zog ein wenig an seinem Arm, als er sich nicht schnell genug bewegte.

Halphemos war noch wackelig auf den Beinen, aber er erhob sich gehorsam. Mit ihrer freien Hand hob Ilna den Athame auf.

Sie stolperten die paar Schritte bis zur Schenke. An einer Steintheke zur Straße hin waren vier Zinnkrüge angekettet. Im Hinterzimmer lebte die Wirtsfamilie, aber Anno war gern bereit, dort einen Tisch und Hocker aufzustellen, wenn jemand drei Kupfer statt zwei für seinen Wein zahlte.

Annos Frau – oder vielleicht war es auch seine Schwester, das wußte Ilna nicht – öffnete die Holzklappe in der Theke, um sie durchzulassen. Sie hatte vermutlich die Hälfte ihres Gesprächs gehört.

Ein Mann, der an beiden Daumen dicke Goldringe trug, zupfte Halphemos am Ärmel, als dieser Ilna nach drinnen folgte. »Guter Mann!« sagte er. »Mit einem Agenten wie mir, der die örtlichen Geschäftsbedingungen kennt, könnt Ihr reicher werden, als Ihr es Euch je träumen ließet!«

Ilna warf ihm einen Blick zu. »Raus hier, Mangard«, sagte sie. »Und wo es mir gerade einfällt – ich will nicht noch einmal hören, daß du eines deiner Mädchen mit einem Messer bedrohst. Sollte das noch mal vorkommen, dann mache ich dir einen Knoten an einer Stelle, von der du dir dann wünschen würdest, es wäre dein Hals. Hast du das verstanden?«

»Ich ... äh ...«, stammelte Mangard. Dann hielt er lieber den Mund, was bedeutete, daß er sie tatsächlich verstanden hatte.

Ilna warf dem Zuhälter einen bösen Blick nach. Was sie in Halphemos' letzter Vision gesehen zu haben glaubte, mußte sie mehr verstört haben, als ihr selbst klargeworden war. Normalerweise äußerte sie solche Drohungen nicht. Nicht, weil sie nicht imstande gewesen wäre, sie auszuführen, sondern weil sie nun verpflichtet war, genau das zu tun. Der Gedanke daran widerte sie an.

Halphemos setzte sich hin, aber er schien immer noch wie betäubt zu sein. Als Cerix seinen Karren näher rollte, reichte sein Kopf gerade über die Tischplatte. Keine sonderlich angenehme Position für ein Gespräch, aber es mußte gehen.

»Wein für die beiden Männer«, sagte Ilna. Sie holte ein paar Münzen aus ihrem Beutel. Sie waren aus versilberter Bronze, eine Generation zuvor in Carcosa geprägt. Hier waren sie jede drei sandrakkanische Kupfer wert. »Ihr braucht nicht zu zahlen, Herrin«, sagte der Wirt.

Ilna lächelte. »Im Gegenteil«, sagte sie. »Und ich wünschte, ich müßte für nichts Schlimmeres zahlen als für zwei Becher Wein.«

»Ihr seid Ilna os-Kenset, nicht wahr?« sagte Halphemos und nahm den Athame entgegen, den Ilna ihm kommentarlos reichte. Er hatte wieder ein wenig Farbe bekommen, und als der Wein auf dem Tisch stand, trank er in normalen Schlucken und nicht so gierig, wie Ilna erwartet hatte.

Er spuckte den Wein auch nicht wieder aus. Halphemos mochte jetzt Seide tragen, aber das war nicht das erste Mal, daß er in einer Hafenkneipe verwässerten, sauren Wein trank.

»Ja«, erwiderte Ilna. Selbst wenn sie einen Sinn darin gesehen hätte, wäre sie vermutlich keine gute Gesprächspartnerin für eine beiläufige Konversation gewesen. »Wieso sucht ihr mich?«

Cerix runzelte leicht die Stirn und überlegte, wie er auf Ilnas barsche Frage reagieren sollte. Halphemos nickte einfach nur in seinen Krug – die Krüge hier drinnen waren nicht angekettet, aber sie wurden offenbar nicht öfter gespült als die draußen vor der Tür – und sagte: »Sharina, ich meine Sharina os-«

»Ich kenne sie«, sagte Ilna tonlos.

»Sharina sagte, wir sollten uns an Euch wenden«, erklärte Halphemos. »Ich habe Euren Bruder aus Versehen verschwinden lassen. Sie glaubte, Ihr könntet ...«

»Es war nicht dein Fehler!« sagte Cerix wütend. »Zum letzten Mal: du hast nie einen solchen Fehler gemacht. Denk doch nur daran, wie du gerade die Beschwörung abgebrochen hast!«

»Ich habe eine Beschwörung gesprochen, und Euer Bruder Cashel verschwand«, erklärte Halphemos in selbstbezichtigendem Tonfall, den Ilna von sich selbst gut genug kannte. »Cerix glaubt, daß wir ihn mit Eurer Hilfe wiederfinden und uns überzeugen könnten, daß er sich an einem sicheren Ort befindet.«

Im Halbmond gab kein Wirt Geld für die Binsen oder Sägespäne aus, die in wohlhabenderen Gasthäusern auf dem

Boden verteilt wurden. Aber es gab ein paar Halme Roggenstroh aus den geflochtenen Unterlagen, auf denen Anno und seine Familie schliefen. Ilna hob ein paar der Halme auf und begann, sie zu flechten, ohne auch nur darüber nachzudenken, was sie da tat.

»Es hätten noch drei andere bei meinem Bruder und Sharina sein müssen«, sagte Ilna, »Garric or-Reise, eine alte Frau namens Tenoctris und … ein Mädchen in meinem Alter. Ein ziemlich attraktives Mädchen.«

»Das Schiff, auf dem Cashel und Sharina waren, wurde von einem Ungeheuer verschlungen«, erklärte Cerix. »All ihre Begleiter sind vermutlich längst tot.«

Ilna betrachtete die Schärpe, deren zweite Hälfte sie Liane gegeben hatte. Der Stoff war noch genau so, wie sie ihn gewebt hatte.

»Das bezweifle ich«, sagte sie. »Aber das braucht Euch nicht zu kümmern. Was wollt Ihr von mir?«

Sie starrte auf ihre Hände. Das Stroh war schmutzig. Sie warf das Muster, das sie geflochten hatte, auf den Tisch und fragte sich, ob es hier irgendwo einen Lappen gab, der ihre Finger nicht noch schmutziger machen würde, als sie bereits waren.

»Wenn Ihr vielleicht einen Gegenstand besitzt, der Eurem Bruder gehörte …«, sagte Halphemos.

»Einen Augenblick!« unterbrach Cerix. Er griff nach den geflochtenen Strohhalmen, damit er sie besser sehen konnte, dann sah er Ilna erstaunt an. Er fragte: »Wieso habt Ihr ›Valles‹ auf diese Art geschrieben, Herrin?«

»Ich habe überhaupt nichts geschrieben«, sagte Ilna, die mit einiger Mühe ihren Zorn unterdrückte. »Ich kann nicht schreiben. Ich kann auch nicht lesen, obwohl ich nicht wüßte, wieso Euch das etwas angeht.«

»Ihr habt hier das Wort ›Valles‹ geschrieben«, beharrte Cerix. Er hielt Ilna das Strohmuster auf der Handfläche entgegen. »In der alten Schrift.«

Halphemos grinste schief. »Ich kann lesen«, sagte er, oder war es mehr eine Art Geständnis? »Aber ich muß dabei die Worte immer noch laut sprechen, und von der alten Schrift habe ich überhaupt keine Ahnung.«

»Ich weiß nichts dergleichen«, sagte Ilna und starrte das Stroh erbost an. Aber sie hatte es tatsächlich zu diesem Muster geflochten.

»Seid Ihr selbst eine Zauberin?« wollte der Beinamputierte wissen.

»Ich habe es nie so betrachtet«, sagte Ilna. Sie zog eine Grimasse. »Ich weiß es nicht.«

»Wie auch immer«, sagte Cerix. »Ich denke, wir sollten nach Valles gehen. Ich wünschte, der Hinweis wäre ein wenig deutlicher gewesen, damit wir wüßten, wonach wir dort suchen müssen, aber das wird vielleicht mit der Zeit klarer werden.«

Halphemos nickte dreimal, als schlüge er mit dem Kopf gegen eine unsichtbare Wand. Wieder sah er Ilna an. »Werdet Ihr mit uns kommen?« fragte er.

Er hatte ein sehr angenehmes Lächeln. Es schien ihm ganz leichtzufallen.

»Ich denke, es bleibt mir nichts anderes übrig«, erklärte Ilna und stand auf. »Ich werde mich darum kümmern müssen, daß meine Angelegenheiten hier nicht vernachlässigt werden, aber in ein paar Tagen bin ich zur Abreise bereit.«

Cerix räusperte sich. »Das ist eine Frage des Geldes«, sagte er. »Der Junge und ich hatten genug gespart, um ...«

»Darum kann ich mich ebenfalls kümmern«, erklärte Ilna. »Cashel ist immerhin mein Bruder.«

Sie nickte ihnen einen kühlen Gruß zu und verließ die Schenke. Sie hatte den größten Teil ihres Lebens damit verbracht, für Cashel zu sorgen, also fiel es ihr nicht schwer, ihre Pflicht gegenüber ihm als das Wichtigste zu betrachten.

Und das war gut so, denn sie wußte, daß sie sich ansonsten um Garric sorgen würde, der sich angeblich im Bauch eines Seeungeheuers befand.

Siebzehnter Tag
im Monat des Reihers (später)

»Arsenoreophris miarsau«, rezitierte Tenoctris mit fester Stimme. Diesmal hatte sie die Worte der Macht in Form eines gleichseitigen Dreiecks auf den Tempelboden geschrieben.

»Arsenoreophris miarsau«, wiederholte Liane. Sowohl sie als auch Garric konnten die alte Schrift lesen, obwohl die Worte der Beschwörung für sie keine größere Bedeutung hatten als das Zwitschern der Finken, die über die nahegelegene Wiese flatterten.

»Arsenoreophris miarsau«, sagte auch Garric. Selbst in diesem Stadium fühlte es sich schon an, als würde er mit dem Mund voller Kiesel sprechen. Die Worte waren so einfach wie ein Axtgriff, aber sie irgendeinem Sinn und Zweck zuzuordnen war so schwierig, wie dieselbe Axt mit Kraft und Geschicklichkeit zu schwingen.

Dieses Portal war von einer anderen Art als jenes, durch das sie den Golf verlassen hatten, obwohl Garric und Liane daran nur die Tatsache verstanden, daß es eben anders war. Tenoctris erklärte, daß sie es nur für sich selbst öffnen konnte; damit ihre Begleiter ebenfalls eintreten konnten, mußten sie dieselben Worte sprechen. Sollten sie sich erst einmal in der Passage befinden, würde Tenoctris sie offenhalten können – falls sie die Kraft dazu hatte.

Hirte, steh mir bei, betete Garric lautlos, während er auf den nächsten Satz wartete. *Herrin, leite meine Schritte.*

»Barichaa kmephi«, sagte Tenoctris. Bei jeder Silbe berührte sie mit dem Zauberstab – diesmal einem kleinen Weiden-

zweig – den Boden. Garric hatte den Zweig mit dem Eisenmesser zurechtgeschnitten, das er wie jeder Bauer aus Barcas Weiler stets bei sich trug.

»Barichaa kmephi«, sagte Liane.

»Barichaa kmephi«, wiederholte Garric. Die Kieselsteine waren jetzt zur Größe geballter Fäuste angeschwollen, und seine Kehle war trocken geworden.

Das Dreieck, das auf den Boden gezeichnet war, schimmerte, aber alles andere schien trüb zu werden. Garric hörte keine Vogelstimmen mehr, und er konnte auch die Mauern nicht mehr sehen. Dabei hätte der fleckige Marmor in greifbarer Nähe sein müssen.

»Abriaoth alarphotho seth!« rief Tenoctris laut. Garric sah, daß die alte Frau sich erhob. Dann verschwand sie wie Salz im Wasser.

»Abriaoth alarphotho seth!« sagte Liane, und ihre Stimme begann, zwischen der fünften und sechsten Silbe zu zittern. Dunkelheit verschlang sie wie zuvor schon Tenoctris.

Garric war allein in dieser Leere. Eine Stimme, die er fast erkannt hätte, lachte.

»Abriaoth alarphotho seth!« sagte er. Er kämpfte, um die Worte hervorzubringen, als müsse er einen schweren Felsbrocken den Hügel hinaufrollen. Erst als er wieder mit den Füßen auf einer festen Oberfläche stand, war ihm klar, daß er Erfolg gehabt hatte.

Der Weg, auf dem sie standen, schimmerte in dem unfruchtbaren Ödland wie Silber. Tenoctris war in die Knie gegangen, und Liane half ihr gerade auf. Vor ihnen begann der Pfad zu verblassen, wurde aber wieder deutlicher sichtbar, als Tenoctris die Beschwörung weiterführte.

Wind wehte über das Ödland, obwohl Garric seine Auswirkung nur in den niedrig wachsenden Büschen sah, die sich in wilder Qual wanden, und nicht am eigenen Körper spürte. Die drei Menschen würden so lange von der Landschaft getrennt sein, wie Tenoctris weitersprach.

Liane versuchte, Tenoctris vorwärts zu führen. Garric hob die alte Frau hoch. Sie schien nicht mehr zu wiegen als ein neugeborenes Lamm.

Garric setzte sich in Bewegung. Sein Tempo war das eines Mannes, der nicht weiß, welche Entfernung er vor sich hat, aber der dennoch entschlossen ist, sie hinter sich zu bringen. *»Iao el naphtho«*, flüsterte Tenoctris gegen seine Brust. Der Pfad war glatt und unnachgiebig wie Pflastersteine. Schafe würden sich auf einer derartigen Oberfläche früher oder später die Hufe verletzen. Selbst ein Bauer mit schwieligen Füßen, der nur dann Schuhe trug, wenn das Eis auf dem Dorfteich festfror, konnte auf einem solchen Untergrund lahm werden.

Wieder hörte Garric dieses Lachen. Es war so kalt wie der Wind, der diese Ödnis peitschte und den er dennoch nicht spürte. Er blickte über die Schulter. Liane folgte dicht hinter ihnen; sie bewegte lautlos die Lippen. Als sie Garrics Blick bemerkte, zwang sie sich zu einem Lächeln. Er fragte sich, ob sie betete.

Eine wie Perlmutt schimmernde, durchscheinende Frauengestalt ging neben dem Weg her. Sie warf Garric eine Kußhand zu, dann tat sie so, als hätte sie Lianes Kehle wieder in ihren Händen. Sie lachte abermals. Es war, als senkte sich ein eisiges Messer in Garrics Herz.

Duzi, du hast zu Hause über mich gewacht, schütze mich auch an diesem Ort. Ich bin in großer Not.

Tenoctris bewegte weiterhin die Lippen, aber Garric konnte die Worte nicht mehr hören. Die alte Frau hatte die Augen geschlossen. Sie beschrieb sich immer als schwach. Vielleicht war sie das – als Zauberin. Aber Garric hatte nie einen Menschen mit größerer Willenskraft kennengelernt.

Er ging weiter. Das lachende Gespenst blieb bei ihnen, aber es streckte seine Hände nicht über den silbernen Pfad hinweg aus.

Liane schien ihre Begleiterin nicht zu bemerken – nicht, daß Liane jemals Furcht gezeigt hätte. Mit Begleiterinnen wie diesen zwei Frauen, was konnte ein Mann da anderes sein als tapfer?

»Noch ein Stück weiter, Junge«, murmelte eine Stimme in Garrics Hinterkopf. *»Laß dir das Tempo von niemandem vorschreiben. Und versuche niemals zu laufen, wenn du nicht weißt, was sich hinter der nächsten Anhöhe befindet. Du kannst davon ausgehen, wenn du so etwas tust, steht dir nichts Gutes bevor.«*

Garric konnte die windgepeitschten Büsche nicht mehr sehen. Sie waren immer noch da, und er wußte auch, daß dieses grausige, schimmernde Geschöpf sie weiterhin begleitete. Ihr Lachen war wie das Aufblitzen von Licht auf dem Schwert eines Scharfrichters.

Aber das war nicht wirklich von Bedeutung. Garric setzte einfach einen Fuß vor den anderen und spürte, wie das Herz der alten Frau kräftig gegen seine eigene Brust schlug.

Er konnte sich nicht erinnern, diesen letzten Schritt gegangen zu sein. Seine Zehen berührten Steine, die fester waren als der silberne Pfad, und er stürzte vorwärts. Liane stolperte gegen ihn. Dann lagen sie alle drei am Boden und schnappten nach Luft.

Unter ihnen und um sie herum lagen Blätter und Tannennadeln, einige noch an den dünnen Zweigen, die der Wind abgerissen hatte. Sie befanden sich in einem Miniaturtempel, ganz ähnlich dem, in dem Tenoctris das Dreieck der Macht gezeichnet hatte.

Ein Käuzchen schrie, und der Mond, den man durch das Tor sehen konnte, war bereits am Verblassen.

Zumindest *irgendwo* mußte mehr Zeit vergangen sein, als Garric angenommen hätte, seit der Golf sie verschlungen hatte. Aber nun waren sie wieder zurück in der Welt, in die sie geboren worden waren.

Und Duzi möge verhindern, daß ich sie je wieder verlassen muß!

Als Hanno dazu ansetzte, das Boot weiter auf den Sandstrand hochzuziehen, griff Sharina nach dem Tau und ging voran. Auf einer kleinen Anhöhe wuchs eine Tanne, die die Gezeitenlinie markierte; sie war verkrüppelt, aber um hier zu überleben, mußte sie ihre Wurzeln in etwas Festeres als Sand geschlagen haben.

»Paßt lieber auf, daß Ihr mir nicht in den Weg geratet und ich Euch überrenne, Mädchen!« sagte Hanno. »Ich schaffe das auch ohne Eure Hilfe.«

Sharina ignorierte diese Beleidigung ihrer Intelligenz. Sie hatte lange genug im Gasthaus ihres Vaters gearbeitet, um zu wissen, daß Männer häufig glaubten, sie hätte, nur weil sie hübsch war, nicht mehr Verstand als ein Kätzchen. Die Hälfte der Kaufleute und Viehhändler, die zum Schafsmarkt nach Barcas Weiler kamen, und sämtliche Viehtreiber, die für diese Leute arbeiteten, schienen dieser Ansicht zu sein.

Und sogar einige der Männer aus Barcas Weiler, die sie gut genug kennen mußten, um es besser zu wissen, benahmen sich nicht anders.

Sie kniete nieder und schlang das Tauende um den Stamm der Tanne. Hanno grunzte; selbst für ihn war es Schwerstarbeit, das beladene Ruderboot über den Sand zu ziehen. Sharina konnte das Tau um eine Armlänge nachziehen und begann mit den ersten Knoten.

Sie grinste. Manchmal behandelte ein Mann auch Ilna so, als ob sie von nichts eine Ahnung hätte. Das passierte allerdings selten zweimal demselben Mann.

Hanno schnaubte schließlich – eine Mischung aus Erleichterung und Triumph. Sharina zog das Tau fest, schlang die erste Schlinge dichter um den Stamm und befestigte sie mit einem weiteren fachmännischen Knoten, als Hanno näher kam. Sie stand auf und wischte sich ein paar Fasern des salzigen Taus von den Händen.

Hanno grinste. Er hatte den Speer in der rechten Hand. »Ich muß wohl aufpassen, was ich sage, nicht wahr?« meinte er.

»Oder auch nicht«, sagte Sharina. »Ihr habt genausoviel Recht, Euch zum Narren zu machen, wie jeder andere.«

Er nickte. »Und genausoviel Talent dazu, würde ich sagen«, meinte er. »Nun, ich tue mein Bestes.«

Er schaute über die Schulter auf das mondbeleuchtete Meer hinaus. Die Insel, auf der sie den falschen Nonnus zurückgelassen hatten, war weit hinter dem westlichen Horizont verschwunden. Ohne die Knoten im Tau zu überprüfen, kehrte er zum Boot zurück.

»Wie wäre es mit einem richtigen Abendessen, Mädchen?« fragte er und holte ein Bündel gegerbter Felle heraus, die mittschiffs und nicht unter den Netzen an Bug und Heck gelegen hatten. »Ich habe noch Glut in einem Topf und kann rasch etwas kochen.«

»Nein, der Trockenfisch, den Ihr mir unterwegs gegeben habt, war genug«, sagte Sharina. Sie spürte, wie sie sich wieder anspannte. Bewußt nahm sie die Hand vom Knauf des Pewlemessers. »Jetzt brauche ich eigentlich nur Schlaf.«

Hanno warf eine Haut in den Sand, dann eine weitere in einiger Entfernung. »Sucht Euch aus, welche Decke Ihr wollt. Oder nehmt beide. Es ist um diese Jahreszeit noch so mild, daß ich meist nur in meinen Kleidern schlafe, wenn es nicht regnet.«

Er rammte das stumpfe Ende seine Speers zwischen den Häuten in den Sand – tief genug, daß der Speer stehenblieb wie ein Baum, als Hanno ihn losließ.

»Ich werde Euch nicht belästigen, Mädchen«, sagte er.

»Das dachte ich auch nicht«, log Sharina und sah Hanno direkt in die Augen. Sie spürte, wie sie sich wieder entspannte; bis in die Knochen hinein. Bewußt verschränkte sie die Finger und streckte sie. Sie war wirklich müde, sowohl geistig als auch körperlich, aber ihre Gedanken rasten in zu viele Richtungen gleichzeitig, als daß sie sofort hätte schlafen können. Außerdem stanken die Häute – dickes Leder, das auf der einen Seite mit rauhen, weißen Borsten und nicht mit einem Pelz bedeckt war – fürchterlich, aber sie wollte ihren Retter nicht beleidigen, indem sie sie zurückwies.

»Hanno?« sagte sie. »Was tut Ihr? Wovon lebt Ihr, meine ich.«

»Ich lebe auf Bight und verkaufe die Häute in Valles, Mädchen«, sagte Hanno. »Vor allem verkaufe ich die Schwänze. Die Pflanzenfresser dort haben Hornpanzer über dem Leder. Wenn man die poliert, sehen sie aus wie Schildpatt – sogar hübscher, einige von ihnen wie Schmetterlingsflügel, nur fest. Offenbar wird so etwas für Einlegearbeiten benutzt.«

Hanno setzte sich, indem er die Fußknöchel kreuzte und die Knie beugte, bis er auf dem Boden hockte, dann streckte er nacheinander die Beine aus. Er trug eine runde Mütze, eine Weste, die von einem breiten Werkzeuggürtel geschlossen wurde, an dem auch zwei Metzgermesser hingen; lederne

Hosen und weiche Halbschuhe. Seine gesamte Kleidung bestand aus Leder.

»Ich wußte nicht, daß Bight bewohnt ist«, erklärte Sharina und setzte sich ebenfalls. »Von richtigen Leuten, meine ich. Ich weiß von den Haarmenschen.«

In Wahrheit wußte sie nicht viel über die gegenwärtige Welt, und das trotz – oder zum Teil wegen – ihrer hervorragenden Bildung, was die Klassiker des alten Königreiches betraf. Ihr Vater hatte sie veranlaßt, die *Cosmogeographie* des Katradinus zu lesen, aber Katradinus war bereits ein Jahrhundert vor dem Ende des alten Königreichs auf See gestorben.

»Sie sind eine Art Affen«, sagte Hanno mit einem Nicken. »Nein, es sind keine richtigen Menschen, aber sie haben auch nicht viel mit den kleinen Äffchen zu tun, die Ihr vielleicht kennt.«

Er hielt inne und spähte entweder aufs Meer hinaus oder hatte den Blick nur von Sharina abgewandt.

»Man könnte in Valles auf dem Markt auch die Eckzähne dieser Affen verkaufen«, sagte er. »Wenn man das denn wollte. Ich selbst gehe den Affen aus dem Weg, solange sie einen großen Bogen um meine Hütte machen. Obwohl ich wirklich sagen muß …«

Er wandte sich ihr wieder zu.

»… sie sind keine Menschen.«

Sharina schnallte den Gürtel auf und legte das Pewlemesser neben sich. Sie trug es einen Tag auf der linken und am nächsten Tag auf der rechten Seite. Die Waffe war schwer genug, um ihr den Rücken zu verziehen, wenn sie sie immer auf derselben Seite getragen hätte.

»Mein Freund Nonnus hat mir beigebracht, daß es schwer genug ist, Entscheidungen über sein eigenes Leben zu treffen, ohne darüber ein Urteil zu fällen, wie andere leben sollten«, sagte sie. Sie lächelte ihren Begleiter an. »Trotzdem bin ich froh, daß Ihr diese Affen nicht um ihrer Zähne willen jagt. Selbst, wenn sie keine Menschen sind.«

Hanno legte sich auf den Rücken. »Die meisten von uns Jägern auf Bight«, sagte er, »glauben ohnehin, daß wir nicht menschlicher sind als diese Affen da. Ich selbst komme von Ornifal. Mein Vater war Schuhmacher. Er hatte dreizehn Kinder, und irgendwie paßte ich sowieso nicht ins Dorf. Ich habe mich nach einem anderen Platz umgesehen, und zwanzig Jahre später hat es mich irgendwie nach Bight verschlagen. Damals wußte ich bereits, wie man Leder bearbeitet.«

Sharina legte sich auf ihre Decke. Entweder gewöhnte sie sich an den Geruch, oder sie war zu müde, um ihn noch zu bemerken.

»Ihr solltet lieber schlafen, Mädchen«, sagte Hanno. »Wir stehen in der Dämmerung wieder auf.«

Sollte er noch mehr gesagt haben, hörte es Sharina jedenfalls nicht, weil sie bereits fest schlief.

Der Soldat mit der Armbrust beugte sich so weit über die Zinnen, daß Cashel ihm eine Hand auf den Rücken legte, damit er nicht vornüber kippte. Er fragte sich, wieso der Bolzen nicht aus der Waffe fiel, da der Schütze damit beinahe senkrecht nach unten zeigte. *»Tötet sie!«* kreischte ein dreiköpfiges Ungeheuer. Von den drei Köpfen einmal abgesehen, sah es aus wie ein Blase, die sich auf einem einzigen Hüpfbein bewegte.

Der Armbrustschütze drückte den Abzugshebel. Der Bolzen wurde mit einem erstaunlich lauten *Wang!* abgeschossen. Der Bogen surrte, als der Soldat sich wieder aufrichtete; das Echo hallte von der Steinmauer des Turms und vom Waldrand her wider.

Der Pfeil steckte genau im mittleren Hals des Ungeheuers. Es fiel in sich zusammen wie ein Blase, aus der man die Luft abläßt, aber es floß kein Blut. »Tötet …«, riefen die drei Mäuler, bevor sie sich zum letzten Mal schlossen.

Unmengen anderer Ungeheuer drängten sich um den Sockel des Turms. Ein weiterer rosa Lichtblitz kam über den Waldboden gekrochen. Cashel sah die Silhouetten der Bäume und ihrer Feinde; aber er war nicht ganz sicher, was *was* war oder ob überhaupt ein Unterschied bestand.

Eine Sturmleiter krachte neben ihm gegen die Zinnen. Die Sprossen bestanden aus Holz, aber eine Armeslänge weit waren sie mit Eisen beschlagen.

Cashel griff nach der obersten Sprosse und schob sie nach außen. Die Leiter erbebte bereits von den Schritten der Ungeheuer, die sie erkletterten. Cashel konnte sie trotz des Gewichts bewegen, aber seine Arme waren nicht lang genug, um sie zum Kippen zu bringen. Als er sich weiter vorbeugte, streifte ein Stein seinen Kopf.

Er ließ die Leiter los und trat zurück. Sein Kopf dröhnte. Der Armbrustschütze spannte seine Waffe mit hektischen Bewegungen; der Verteidiger auf Cashels anderer Seite hackte mit einer Klinge von Form und Gewicht eines Schlachtermessers auf die Leiter ein. Funken sprühten, aber es gelang ihm nicht, die Holmen oder Sprossen zu durchtrennen.

Cashel setzte ein Ende seines Stabs an die oberste Sprosse der Leiter. Er stützte sich dagegen und schob den Stab Stück für Stück über die Brüstung.

Ein Geschöpf mit vier Armen und dem Kopf einer Viper kam als erstes die Leiter empor. Eine Sense zuckte auf Cashels Gesicht zu, aber Cashel wich nicht zurück. Die Klinge verfehlte ihn um Handbreite.

Die Leiter kippte nach hinten, und höllisches Geschrei erhob sich. Einer der Stricke riß, und Sprossen flogen durch die Luft wie die Keulen eines Jongleurs.

Wieder zuckte einer dieser seltsamen Blitze über die Steine des Turms. Cashel glaubte, im Licht die Knochen seines eigenen Arms sehen zu können. Er faßte sich an den Kopf und spürte klebriges Blut. *Kopfwunden bluten immer wie ein abgestochenes Schwein …*

Auf der anderen Seite des Turms krachten Stahl, Stein und Holz gegeneinander. Die Angreifer mußten auch hier eine Leiter angesetzt haben. Cashel dachte daran, zum Helfen hinüberzueilen, aber dann sah er, daß Ungeheuer am Turm selbst hochkletterten. Beim letzten Blitz hatte er dort ein Geschöpf bemerkt, das den Oberkörper einer vierbrüstigen Frau und den Unterkörper eines Octopus hatte. Es hatte Äxte in den Händen, und seine Reißzähne waren so spitz wie die einer Katze.

Ein Stein prallte von den Zinnen ab und fiel dann auf die Turmplattform. Zahag griff danach und sprang kreischend auf eine Zinne zu. Er hielt sich mit den Füßen an ihr fest, schwang sich nach unten und warf sein Geschoß mit beiden Händen.

Bevor Cashel auch nur den Arm ausstrecken konnte, um ihn festzuhalten, war Zahag bereits wieder auf der Plattform und neben Aria gelandet. Aufgeregt schnatterte er weiter.

Cashel hätte nicht mehr unterscheiden können, welche Schreie von den Verteidigern und welche aus den Kehlen der Ungeheuer kamen, die die Wände hochkletterten. Zumindest einige hörten sich vollkommen menschlich an.

Ein kopfloses Ding mit Armen wie eine Spinne kam über die Zinnen. Der Armbrustschütze traf es inmitten des hundsförmigen Torsos. Das Geschöpf betastete das Loch in seiner Brust mit zarten, zangenähnlichen Händen. Cashel rammte es mit einem Ende seines Stabs über die Brüstung. Weitere rosafarbene Blitze zuckten über den Waldboden.

Eine Bogensehne sirrte unten am Turmsockel. Der Soldat neben Cashel fluchte und wich zurück. Ein Pfeil baumelte lose aus seinem Handgelenk. Der Schaft war aus Brombeerholz und hatte statt einer Fiederung Kerben, die bewirken sollten, daß er geradeaus flog.

Der Soldat zog ihn heraus. Die Spitze, ein Hundezahn, fiel zu Boden. Er brach den Schaft über einer Zinne und warf die Stücke von der Plattform.

Bis auf vereinzeltes Johlen war es jetzt still geworden. Der Wald war wieder dunkel, nur manchmal konnte man noch ein Schimmern erkennen. Der östliche Horizont schien heller geworden zu sein, obwohl der Kampf nicht annähernd lange genug gedauert hatte, daß es schon dämmern konnte. Oder doch?

»Gut gemacht, Männer«, sagte Hauptmann Koras. Er klang müde. Es klirrte, als die Männer ihre Waffen wegsteckten.

Cashel hörte die Prinzessin weinen. Er kniete sich neben sie und sagte: »Es ist alles wieder gut, Prinzessin. Wir sind in Sicherheit.« Er hoffte, recht zu haben.

Zahag hockte sich neben Cashel und sagte: »Denen haben wir es gezeigt! Die werden sich so schnell nicht wieder auf unser Land wagen, Häuptling!«

Cashel schnupperte. Der Affe mußte seinen eigenen Kot geworfen haben, als er keine besseren Wurfgeschosse mehr hatte. Nun, Zahag hatte getan, was er konnte. Niemand konnte ihm etwas vorwerfen.

Zweifelnd öffnete Aria die Augen. Als sie sich überzeugt hatte, daß niemand über die Zinnen stieg, sah sie Cashel an. »Oh!« rief sie. »Ihr seid getötet worden! Ihr blutet überall!«

»Was?« sagte Cashel. Er erinnerte sich an den Ziegel, der

ihn gestreift hatte; vorsichtig strich er sich über den Kopf. Es blutete immer noch ein wenig. Er haßte es, am Kopf verletzt zu werden, aber das Gute daran war, daß die Wunden immer ziemlich schnell heilten.

»Laßt mich das verbinden, junger Mann«, sagte Hauptmann Koras, der näher kam, einen Eimer Wasser in der Hand. In der anderen Hand hielt er das Mark eines großen Pilzes, getrocknet und nach außen gedreht, so daß man es als Schwamm verwenden konnte. »Möchte Eure Dame es erst auswaschen?«

»Göttin!« sagte Aria und schlug angewidert die Hände vors Gesicht.

Koras räusperte sich verlegen. Er begann, das Blut abzutupfen. Das Wasser hatte eine gewisse Schärfe an sich, als wäre es mit Essig vermischt.

»Wenn Ihr gestorben wäret«, sagte Aria, ohne Cashel anzusehen, »was hätte ich dann tun sollen? O Göttin, wie konntet Ihr nur so grausam sein?«

»Was macht Ihr hier eigentlich, Hauptmann?« fragte Cashel. Er ließ die Hände im Schoß verschränkt und starrte zum Horizont, während Koras mehr Blut abwischte. »Im Turm, meine ich.«

»Griet, du hast die Dornen, nicht wahr?« sagte Koras. »Bring sie her zu unserem verwundeten Kameraden.«

In einem sanfteren Ton wandte er sich an Cashel. »Wir verteidigen den Turm gegen die Ungeheuer, guter Mann. Ich dachte, das wäre offensichtlich.«

Der Himmel wurde jetzt wirklich heller. Rosiges Licht glitzerte auf den Helmen der Verteidiger – wenn sie denn Helme trugen.

»Aber warum verteidigt Ihr ausgerechnet diese Lichtung?« wollte Aria wissen. Sie schien sich normalerweise ihrer Umgebung nicht bewußt zu sein – wenn man davon absah, daß sie sich nirgendwo wohl fühlte.

»Nun, wir sind nun einmal hier«, erwiderte Koras. Die Frage schien ihn zu verwirren, aber es lag auch ein Hauch von Verlegenheit in seinem Ton.

Er kniff die Seiten von Cashels Wunde zwischen Daumen und Zeigefinger zusammen. Ein Soldat mit seltsam runden Augen stach Dornen durch die zusammengedrückten Hautränder. Jeder Stich war wie ein heißer Funke, der dann langsam abkühlte. Cashel hatte noch nie gesehen, daß jemand eine Wunde auf diese Art schloß, aber es schien zu funktionieren.

Es wurde tatsächlich Morgen. Als es heller wurde, entfalteten sich Blätter, die sich über Nacht zusammengerollt hatten, während der Stunden der Dunkelheit. Aber waren es wirklich Stunden gewesen?

»Oh«, sagte Aria. Cashel schaute nach links und folgte ihrem Blick. Sie betrachtete einen untersetzten Burschen mit Speer und Brustharnisch.

Er hatte das Gesicht einer Katze, komplett mit Schnurrbart.

Als er sah, daß die Prinzessin ihn anschaute, duckte er sich. Der Soldat mit den haarigen Armen, der die Armbrust verwendet hatte, hatte auch haarige Beine. Sie endeten in Ziegenhufen, und die zwei Beulen seines Helms waren genau an der richtigen Stelle, um kleine Hörner zu bedecken.

»Dulle, wirf die Leiter runter und fang an, Frühstück zu holen«, sagte Hauptmann Koras. »Meg, du gehst mit.«

Er trat zur Seite, so daß Cashel den Soldaten mit dem Katzengesicht nicht mehr sehen konnte. In künstlich barschem Tonfall fuhr er fort: »Wir essen hier Baumpilze, die im Wald wachsen, guter Herr. Sie schmecken recht gut. Unser Dienst ist hart, aber wir essen besser als Könige!«

Der katzengesichtige Soldat und sein ziegenfüßiger Kumpan eilten die Strickleiter herab. Die anderen Verteidiger blieben weiter auf der Turmplattform. Nun, da Cashel sie etwas näher betrachtete, konnte er sehen, daß beinahe jeder etwas an sich hatte, was die Leute in Barcas Weiler zweifellos verwirrt hätte. Selbst der Hauptmann hatte ein schwaches Schuppenmuster auf dem Handrücken und an seiner Kehle.

»Ich war von Eurem Mut beeindruckt, junger Mann«, sagte Koras nun. »Wollt Ihr und Eure Begleiter Euch unserer Truppe nicht anschließen? Ihr seid hier unter tapferen Burschen, und Ihr würdet wissen, daß Ihr die wichtigste Arbeit der Welt leistet: ein festes Bollwerk gegen die Ungeheuer und die Nacht zu errichten.«

Aria starrte den Hauptmann in gebanntem Entsetzen an. Sie sah aus wie ein Kaninchen, auf das die Giftschlange mit langsamer Unvermeidlichkeit zugleitet.

Cashel räusperte sich. Er wollte Koras und seine, nun ja, *Männer* nicht in Verlegenheit bringen, aber …

»Nun, Herr«, sagte er und stand auf. »Ich danke Euch für Euer Angebot, aber wir werden uns jetzt wieder auf den Weg machen. Ich habe versprochen, die Prinzessin hier zu ihrer Mutter zurückzubringen.«

Die Dornen in seiner Kopfhaut hielten, obwohl sie sich ein wenig verzogen hatten. Die Wunde tat nicht mehr weh, es war nur noch ein mattes Ziehen und ein leichtes Pochen von dem Schlag übriggeblieben.

»Du hast es nicht versprochen!« murmelte Zahag. »Aber du hast recht, wir sollten gehen!«

»Nun«, meinte der Hauptmann. »Ich verstehe, daß eine solche Pflicht Vorrang hat. Dann lebt wohl. Und seid versichert, daß die guten Wünsche der Verteidiger der Menschheit immer mit Euch sind.«

Die Strickleiter war an zwei dicken Eisenhaken an der Innenseite der Mauer befestigt. Cashel bedeutete Aria mit einer Geste, dorthin zu gehen; sie bewegte sich rascher, als sie sich bisher ohne seine nachdrückliche Hilfe bewegt hatte. Zahag war bereits über den Zinnen und ignorierte in seiner Eile die Leiter.

»Ich fühle mich … nun ja … geehrt, Euch kennengelernt zu haben, Hauptmann«, sagte Cashel. »Ich, äh, hoffe, Euer Kampf verläuft weiterhin gut.«

Er hoffte, daß es nicht allzu offensichtlich wurde, daß er die Leiter bewachte, damit die Soldaten die Seile nicht durchschnitten, solange Aria noch kletterte. Nicht, daß sie irgend etwas anderes als freundlich gewesen wären, aber …

Ein Soldat streckte hinter Koras die Hand aus und hielt Cashel einen safranfarbenen Pilz hin. Er roch wie frisches Brot. Cashels Magen bebte vor Entzücken.

»Wegzehrung für Euch, guter Mann«, sagte Koras und reichte den Pilz weiter. Die Hand des ersten Soldaten hatte lange, sehr haarige Finger. Sie unterschieden sich im Grunde kaum von denen von Zahag.

»Ich danke Euch«, erwiderte Cashel. Er steckte den Pilz vorne in sein Hemd. Aria würde sich beschweren, aber beschwerte sie sich ohnehin nicht über alles? Er verbeugte sich.

Seine Begleiter waren sicher am Boden angekommen. Cashel warf seinen Stab über die Seite, so daß er in sicherer Entfernung von Aria und Zahag niederfiel.

»Der Hirte möge Euch schützen«, sagte er. Er kletterte über die Seite und so schnell die Leiter herunter, wie es auch nur ein Hauch von Sicherheit zuließ.

Cashel winkte über die Schulter, als er und seine Begleiter sich in die Richtung aufmachten, die sie die ganze Zeit genommen hatten – nach Osten, entlang dem Weg. Aria zupfte an Cashels Arm, damit er sich schneller bewegte, bis sie außer Sichtweite des Turms waren.

»Als Silya uns aus König Folquins Hof weggezaubert hat ...«, sagte Zahag. In seiner Stimme lag ein Unterton, den Cashel dort noch nicht bemerkt hatte, aber er konnte nicht genau sagen, um was für ein Gefühl es ging. »Es war Abend, und wir waren in einem Land, in dem ich mich nicht auskannte. Erinnerst du dich daran?«

»Ich erinnere mich daran, dort aufgewacht zu sein«, meinte Cashel.

»Ich war froh, daß du aufgewacht bist, Häuptling. Und ich nehme an, die Leute im Turm sind auch an einem seltsamen Platz aufgewacht. Es ist nicht gut, nachts alleine an einem seltsamen Ort zu sein.«

Cashel räusperte sich, aber es gab nicht viel zu sagen. Sie gingen weiter, alle drei.

Gemeinsam.

Neunzehnter Tag im Monat des Reihers

Garric saß auf einem kannelierten Steinfaß, einem Bruchstück der vier Säulen vor der kleinen Kapelle. Die Säulen waren gestürzt und hatten das Vordach mit sich niedergerissen. Garric atmete schwer, und die Muskeln seiner Oberschenkel zitterten.

Er hatte keine Gelegenheit zur Entspannung gehabt, seit sie das Tor an der anderen Seite betreten hatten, ein ganzes Leben zuvor.

Liane kam aus dem Tempel auf ihn zu. Sie schien ein wenig wackelig auf den Beinen, aber insgesamt in besserem Zustand als Garric.

Er war kurz davor, die Nerven zu verlieren. Immer, wenn er ins Gebüsch schaute, sah er, wie eine Gestalt auf ihn zukam, ein höllisches Lächeln auf ihrem schimmernden Gesicht.

»Tenoctris geht es gut«, sagte Liane. »Sie wollte nur etwas überprüfen.«

Garric warf ihr einen raschen Blick zu. Liane nickte. »Ein Zauber«, sagte sie leise. »Ich wollte irgendwie nicht zuhören.«

Sie setzte sich neben Garric. Er rutschte zur Seite, aber sie saßen immer noch beieinander. »Garric?« sagte sie. »Es war noch etwas anderes da, nicht wahr? Als wir auf dem Weg hierher waren.«

»Sie konnte uns nicht erreichen, solange wir auf dem Pfad blieben«, sagte Garric, ohne Liane anzusehen. Es war keine direkte Antwort, und er konnte noch nicht einmal sicher sein, daß sie der Wahrheit entsprach. Er betete allerdings darum.

»Und solange Tenoctris weitersprach«, meinte Liane. Sie

schaute hinauf zum Mond. Er hatte denselben Schimmer wie die nackte Frau, die Garric mit ihrem kalten, silbrigen Lachen gefolgt war …

»Diese Säulen können noch nicht lange so daliegen«, meinte Garric lebhaft. Er tätschelte den Säulenabschnitt neben jenem, auf dem er saß. »Das Geißblatt hat sie schon überwuchert, aber es gibt hier noch keine Fichtensetzlinge, die höher als mein Knie gewachsen sind.«

Liane grinste müde über den Themenwechsel. Sie griff nach seiner Hand und drückte sie.

»Ich nehme an, das ist bei dem Erdbeben vor zwei Jahren passiert«, sagte sie. »Ich war immer noch in Herrin Gudeas Töchterschule. In Valles ist nicht viel zu Schaden gekommen.«

»Vor zwei Jahren?« wollte Tenoctris, die in der Tür stand, wissen. Überrascht sprangen die jungen Leute auf. Garric entzog Liane seine Hand.

»Ich hätte gedacht, es sei länger her«, fuhr Tenoctris fort, »aber die Kraft muß sich schon eine lange Zeit über gebildet haben, bevor sie eine Auswirkung in der körperlichen Welt hatte.«

»Eine Auswirkung?« sagte Garric.

Tenoctris lächelte. Sie sah aus, als wäre sie eine Meile lang hinter einem Wagen hergezerrt worden, aber sie stand immerhin fest auf den Beinen. Sie hielt den Weidenzweig in der Hand, den Garric ihr zu einem Zauberstab geschnitzt hatte.

Tenoctris ließ es zu, daß Liane ihre Hand nahm, aber sie ging zu einem anderen Teil der Säule und setzte sich, als brauchte sie die Hilfe nicht. »Etwas ist hierher gekommen«, sagte sie. Sie tätschelte den Stein mit einer Hand, auf der zarte Adern vorstanden. »Ich meine, an diesen Ort hier, nicht in unsere Welt. Aber ich weiß nicht, was es ist.«

Garric und Liane sahen die Zauberin an. Garric reckte seine

Arme. Tenoctris wog nicht sonderlich viel, aber er hatte sie für scheinbar unendlich lange Zeit über den Silberpfad getragen.

»Das Ding, das uns hergebracht hat?« fragte Liane.

Garric richtete sich auf. »Nichts kann uns hergebracht haben!« sagte er.

Selbst er war von seiner Heftigkeit überrascht. Hustend fuhr er fort: »Ich meine, es war doch vollkommen zufällig, daß wir hierher gekommen sind. Wir waren auf dem Weg nach Valles, das stimmt. Aber der Golf und daß Liane die Kapelle an einem anderen Ort erkannt hat – das war nur Zufall.«

Tenoctris lächelte vage. »Wie ihr wißt«, sagte sie, »glaube ich nicht an die größeren Götter …«

»Ich schon«, erklärte Liane nachdrücklich. »Tenoctris, es kann nicht nur Glück sein, das diese Dinge geschehen läßt. Glück funktioniert nicht so!« Tenoctris zuckte die Achseln. »Ich glaube auch nicht an Schicksal«, fuhr sie mit ihrem üblichen, ruhigen Tonfall fort. »Aber wenn ich glaubte, daß all diese Ereignisse von einem Feind bewirkt worden wären, der Königin oder einer anderen Person, die versucht, ihre Ziele mit Hilfe von Malkar zu erreichen, könnte ich uns nur raten, daß wir uns ergeben. Ein Wesen, das uns mit solcher Präzision auf solch komplizierte Art bewegen kann, läßt sich nicht von etwas besiegen, das wir oder andere Menschen bewirken können.«

Garric lächelte. Die Frauen sahen ihn erstaunt an.

Garrics Lächeln wurde so breit, wie es damals gewesen war, als er auf dem Schafsmarkt einen Kampf gegen den Leibwächter eines Kaufmanns gewonnen hatte. Der Bursche hatte sich für einen guten Stabkämpfer gehalten – und er hatte sich Chancen bei Sharina ausgerechnet, obwohl sie ihm deutlich gemacht hatte, daß sie nicht belästigt werden wollte.

»Nun, das macht die Sache nur einfacher«, sagte Garric. »Ich meine, wir werden nicht aufgeben, oder?«

»Nein«, flüsterte Liane. Tenoctris lächelte einfach nur vor sich hin.

»Also können wir genausogut gleich glauben, daß die großen Götter auf unserer Seite stehen«, erklärte er. »Oder das Schicksal, oder wir haben …«

Garric hob in einer zweifelnden Geste die Hände, die Handflächen nach oben gerichtet.

»… einen Freund, einen *Spieler,* der klug genug ist, all das geschehen zu lassen. Wir werden weitermachen, also können wir genausogut glauben, daß wir irgendwann gewinnen werden.«

Er war immer auf eine konventionelle Art religiös gewesen, wie alle in Barcas Weiler. Atheismus und Freidenken waren für wohlhabende Städte, nicht für kleine Dörfer, wo ein schwerer Winter oder ein gewaltiger Sturm ganze Haushalte zum Hungern verurteilen konnte.

Aber echter Glaube war etwas anderes. Die Herrin und der Hirte waren viel zu gut für einen kleinen Ort wie Barcas Weiler.

Was Duzi anging, nun, es tat Garric gut zu glauben, daß jemand bei ihm war, wenn er die Schafe auf den Wiesen des Dorfes hütete. Es mochte sein, daß dieser Jemand Duzi hieß und daß ihm die Blumengirlanden und die Käsebröckchen, die Garric und die anderen Hirten opferten, gefielen. Ein Stück Käse oder eine Blumengirlande auf einem Stein mit einem grob eingemeißelten Bild war schließlich kein großer Aufwand, nicht einmal für einen Hirten.

Garrics Glaube hatte sich nicht geändert – im Gegenteil, es ging ihm hier ähnlich wie mit Duzi zu Hause. Wenn man für Dinge verantwortlich ist, die zu kompliziert sind, daß man sie wirklich beherrscht, ganz gleich wie sehr man sich anstrengt, ist es gut, das Gefühl zu haben, daß es jemanden gibt, der ein wenig mehr weiß und der zusammen mit einem aufpaßt.

»Ich würde ihm ein wenig Käse opfern«, sagte er, und sein Lächeln kehrte ein wenig schief zurück. »Sogar ein ganzes Käserad. Ich weiß nur nicht, wo ich es hinlegen soll.«

Liane starrte ihn an, als befürchtete sie, er hätte den Verstand verloren. Tenoctris lächelte weiter, und irgendwo in Garrics Hinterkopf lachte König Carus laut.

»Willst du hier noch mehr Nachforschungen anstellen, Tenoctris?« sagte Liane steif. Sie hatte das Gefühl, Tenoctris würde sie still auslachen, was aber nicht stimmte. Garric drückte abermals ihre Hand.

»Ich wünschte, ich könnte bei meinen Nachforschungen ein Bett finden«, sagte die alte Frau. »Ich habe etwas erfahren, als wir an diesem Ort eintrafen, aber im Augenblick gibt es für mich hier nichts mehr zu tun.«

Sie lächelte müde. Tenoctris war keine besonders vergnügte Person, aber die meiste Zeit kam sie Garric sowohl zufrieden als auch glücklich vor. Das war erstaunlich, wenn man bedachte, welchem Chaos und welchen Gefahren sie schon ausgesetzt gewesen war.

Vorsichtig erhob sie sich. »An mir scheint noch alles zu funktionieren«, sagte sie. »Wie zuvor. Obwohl ich selbst in eurem Alter nicht sonderlich gelenkig war.«

Garric runzelte die Stirn. »Wir sind etwa eine Meile von Valles entfernt?« fragte er Liane.

Sie nickte und verstand sofort, woran er dachte. »Mindestens«, stimmte sie zu. »Und noch eine weitere halbe Meile vom Hafen entfernt, wo sich die meisten Gasthäuser befinden. Ich werde sehen, ob ich eine Sänfte – oder eher eine Kutsche – mieten kann, während du auf Tenoctris aufpaßt.«

Sie tätschelte ihre Taille, und ein beruhigendes Klirren ertönte. Liane trug die Überreste des Wohlstands ihres Vaters in Gold an sich, in einer Schärpe unter ihrem Hemd. Dort befanden sich genug sandrakkanische Reitermünzen, um ein ganzes Schiff zu kaufen, nicht zu reden von einer Sänfte und vier Trägern.

»Laß mich lieber gehen«, sagte Garric. »Ihr werdet hier sicher sein, bis ich zurückkomme. Falls sich Valles nicht sehr von Carcosa und Erdin unterscheidet, dann ist es für ein einzelnes Mädchen mit einem Gürtel voll Gold nicht sicher, in eine Hafenkneipe zu gehen und eine Sänfte zu mieten.«

Die Münzen in Garrics Beutel waren aus Silber und Bronze, aber sie würden für diesen Zweck mehr als genügen. Von Garrics Vater Reise und vielleicht Katchin, dem Müller, einmal abgesehen, hatte niemand in Barcas Weiler je soviel Geld gesehen, wie Garric jetzt an sich trug; und was Reise anging, so hatte er bestimmt nicht wieder so viele Münzen erblickt, seit er das brennende Carcosa am Tag nach den Aufständen mit seiner Frau und zwei neugeborenen Kindern verlassen hatte.

Strenggenommen war Lianes Lächeln immer noch ein Lächeln, aber es lag kein Humor darin. »Nein, Valles ist kein Paradies«, sagte sie. »Besonders nicht die Nordseite der Stadt, durch die wir hereinkommen. Ich habe vergessen, daß in der Vergangenheit immer einer der Diener meines Vaters oder Wachen aus Herrin Gudeas Töchterschule bei mir waren, wenn ich abends ausging.«

Sie nickte zu der Kapelle hin, in der sie angekommen waren. »Das Tor weist bei der Tagundnachtgleiche direkt auf den Sonnenaufgang hin«, sagte sie. »Etwa hundert Schritte von hier beginnt eine gepflasterte Straße, die einmal zum Palastgelände führte. Herrin Gudea hatte Leute mit Werkzeugen ausschicken müssen, um sie zu säubern, bevor wir unsere Ausflüge hierher machten, weil die Straße so überwuchert war, aber …«

»Ich glaube schon, daß ich mich im Wald zurechtfinde, Liane«, sagte Garric. »Selbst im Dunkeln.«

Er war ein wenig verärgert, weil das Mädchen sich benahm, als hielte es ihn für einen dummen Städter, der sich verlaufen würde, wenn er keiner Straße nachgehen konnte. Obwohl …

Vielleicht störte ihn allerdings auch nicht so sehr, daß Liane ihm Dinge sagte, die er bereits wußte, sondern daß sein Wissen tatsächlich Lücken aufwies. Daß Tempeltore nach Osten zeigten, war für Garric nicht selbstverständlich, obwohl er Carus' Zustimmung bei dieser Tatsache spürte. Es gab in Barcas Weiler keine Tempel und auch nicht im Umkreis von mindestens einer Tagesreise.

»Es tut mir leid …«, setzte Liane an.

Garric umarmte sie fest. »Mir tut es leid«, sagte er. »Ich habe einfach Angst, daß es irgend etwas gibt, das ich wissen müßte, aber nicht weiß. Und daß wir versagen, weil ich es nicht weiß.«

Liane küßte ihn auf die Wange. »Wir werden nicht versagen«, sagte sie. »Die Herrin und der Hirte sind auf unserer Seite, vergiß das nicht.«

»Genau«, sagte Garric und machte sich auf den Weg.

Er ging so schnell weiter, daß er beinahe in eine große Birke hineingelaufen wäre. Das wäre eine gute Antwort auf seine Prahlerei bezüglich des Sichzurechtfindens gewesen!

Garric lachte, glücklich bis tief ins Herz, und begann dann, ein Lied vor sich hin zu pfeifen, das »Der fröhliche Pflüger« hieß. Er hatte es wohl mindestens hundertmal bei Hochzeiten und Erntefesten auf der Flöte gespielt. Er hatte dazu getanzt und war hoch in die Luft gesprungen, wenn Cupa os-Queddin es mit einem Holzlöffel auf drei halb gefüllten Krügen gespielt hatte. Hatte Herrin Gudea ihren Schutzbefohlenen auch Bauerntänze beigebracht?

Die alte Straße lag näher, als Garric erwartet hatte. Tatsächlich hatte er nicht einmal sonderlich darüber nachgedacht, was er tat. Selbst die Ranken, die sich an seinem langen Schwert verfingen und daran zupften, konnten nichts an seiner guten Laune ändern.

Wurzeln hatten das Straßenpflaster zu einem so unregelmäßigen Muster aufgebrochen, wie es die Meeresoberfläche zeigte. Garric versuchte eine Zeitlang, auf der Straße selbst zu laufen, dann entschloß er sich, es lieber im Unterholz daneben zu versuchen. Die alte Straße half, was die Richtung anging, aber auf dem Waldboden kam er schneller vorwärts.

Er hörte Hunde bellen; er nahm an, es seien Jagdhunde, die danach lechzten, von der Leine gelassen zu werden. In diesem Wald hier würde sich gut jagen lassen, obwohl das, was Garric für eine gute Jagd hielt – mit dem Bogen und Pfeilen durch den Gemeindewald zu ziehen –, sich sehr von den großen königlichen Treibjagden unterschied, an die Carus sich erinnerte.

Ein verirrter Gedanke aus einem früheren Zeitalter bewirkte, daß Garric sich fragte, ob das Land, auf dem der alte Palast stand, immer noch dem König gehörte.

Das würde erklären, wieso es noch nicht wieder bebaut worden war. Land so nahe an der Stadt müßte eigentlich zu wertvoll sein für Büsche und Ruinen.

Er pfiff weiter. Er nahm sich vor, eine neue Flöte zu schnitzen, falls er die Zeit haben sollte. Es müßte auf Ornifal doch Ried und Wachs geben …

Ein Hund jaulte auf, vogelhaft und aufgeregt. Garric sah über die Schulter. Der Hund war ganz in der Nähe.

Drei Hunde kamen aus dem Unterholz gerannt und bellten schrill, als sie sich Garric näherten. Ihr scheckiges Fell ließ sie im Halbdunkel geisterhaft aussehen.

»He!« rief Garric. Er wünschte, er hätte einen Stab dabei. »Laßt mich in Ruhe!«

Er hatte keine Angst, er war nur überrascht und ein wenig zornig. Es waren große Tiere, die zusammen mehr als ein hochgewachsener Mann wie Garric wogen. In Erdin hielt man scharfe Wachhunde an stachelbesetzten Halsbändern und Ketten an den Toren wohlhabender Häuser, oder sie wurden an Leinen vor Sänften hergeführt, damit niemand die adligen Frauen darin belästigte. Aber das hier waren nur Jagdhunde.

Garric wich an einen Baum zurück. Wenn zwei oder mehr Hunde zusammen waren, bestand immer die Gefahr, daß sie etwas taten, das keinem einzelnen Hund einfiele. Darin waren sie den Menschen sehr ähnlich.

Diese Hunde sollten sich lieber wieder ihren eigenen Angelegenheiten zuwenden – Waschbären, Rehen oder was immer es war, das man auf Ornifal jagte. Ansonsten würde sich Garric gezwungen sehen, mit seinem Schwert einen Zweig zurechtzuschneiden und ihnen auf die Nasen zu schlagen, bis sie es begriffen.

Ein Jäger in engsitzender Weste und Kniebundhosen kam aus dem Wald. Er hielt ein silbergefaßtes Jagdhorn in einer Hand und in der anderen einen Speer mit einem Querholz unterhalb der Spitze, der einen Eber oder anderes gefährliches Wild davon abhalten sollte, den Schaft entlang auf ihn zuzurutschen. Die Hunde verdoppelten ihr schrilles Gekläff, das Garric beinahe wahnsinnig machte.

»Sind das hier Eure?« sagte Garric. »Nehmt sie weg, bitte.«

Statt zu antworten, blies der Jäger ein Signal. Garric hatte noch nie eine Kuh mit einem so gebogenen Horn gesehen, wie dieser Mann es benutzte, und wenn es von einem Schaf oder einer Ziege kam, dann mußte es ein erheblich größeres Tier gewesen sein, als er sie von Haft her kannte.

»Ich sagte, nehmt Eure Hunde weg!« rief Garric. »Werden Reisende auf Ornifal immer so behandelt? Dann soll die Herrin Euch holen!«

Carus' Geist trieb dichter an die Oberfläche von Garrics Gedanken, wie es immer geschah, wenn der junge Mann zornig oder verängstigt war. Beinahe unbewußt legte Garric die Hand auf den Schwertgriff. Der Jäger wich einen Schritt zurück und richtete den Speer auf Garrics Brust.

Das hätte er nicht tun sollen. Garric stellte sich mit vollkommener Deutlichkeit vor, wie er sein Schwert zog und mit einem raschen Hieb den Kopf des Burschen abschlug. Einmal nach rechts und nach links zu den Hunden geschlagen, würde er das Kläffen in einem Schwall von Blut ersticken, und ein weiterer Schlag nach hinten würde das dritte Tier erledigen, indem seine Beinsehnen durchtrennt wurden …

Ein Adliger kam aus der Nacht gestürzt. Bei ihm waren sechs andere mit Helmen und Kettenhemden – Soldaten und keine Jäger. Drei hielten Speere mit schlanken Spitzen, die Rüstungen durchtrennen konnten, während die anderen ihre Schwerter gezogen hatten.

In so dichtem Unterholz sind Handwaffen immer eine bessere Wahl als Bogen, bemerkte ein kühle, ruhige Stimme in Garrics Hinterkopf.

»Paßt auf, Lord Royhas«, rief der Jäger dem Adligen zu. »Er hat ein Schwert!«

»Holt Eure Hunde da weg!« entgegnete der Adlige. »Man kann ja sein eigenes Wort nicht verstehen.«

Garric war sich unangenehm bewußt, daß seine Kleidung zwar von guter Qualität war, aber nun nicht mehr nach viel aussah. Sie hatten die Sachen zwar an dem Ort waschen können, an den sie nach ihrer Flucht aus dem Golf geraten waren, aber das Hemd hatte Flecken, die sich in einfachem

Wasser nicht wegwaschen ließen, und die Risse hatten sie auch nicht sonderlich gut flicken können.

Der Jäger warf Horn und Speer hin. Er packte zwei Hunde an ihren Halsbändern und zerrte sie zurück. Der dritte folgte seinem Meister und seinen Genossen, immer noch vor Aufregung winselnd.

»Ich danke Euch, Herr«, sagte Garric. Er griff nach unten, um ein paar Blätter von dem schweren Lederbeutel an seinem Gürtel zu wischen. »Ich heiße Garric or-Reise und komme von Haft. Ich sehe vielleicht ein wenig abgerissen aus, aber ich bin kein Vagabund.«

Er war froh, sich entspannen zu können. Das unaufhörliche Kläffen war schlimmer als eine offene Drohung, und da die Hunde ihm nichts getan hatten, konnte er sich nicht angemessen wehren.

»Ja, das dachte ich mir schon«, sagte der Adlige freundlich. »Ich bin Royhas bor-Bolliman, der königliche Jagdmeister.«

Die Soldaten bewegten sich zu beiden Seiten Garrics hin, ohne sich zu beeilen. Sie waren schon zu nahe herangekommen, als daß Garric hätte das Schwert ziehen können. Zwei hatten ihre eigenen Waffen wieder eingesteckt. Die Speerträger waren einen Schritt zurückgeblieben, in einem Abstand, von dem aus einer oder beide Garric leicht hätten aufspießen können, falls er versucht hätte, mit den anderen Männern zu kämpfen.

»Laßt uns das nehmen, Herr«, sagte ein Soldat und kniete sich, um das lange Gürtelende abzuwickeln, damit er Garric den Schwertgürtel abschnallen konnte. Die Schwertkämpfer legten Garric die Hände auf die Handgelenke. Ihre Klingen waren nicht sonderlich bedrohlich, aber immer noch ziemlich dicht an Garrics Gesicht.

»Was soll das bedeuten?« fauchte Garric. Er hatte keine

Angst; er war vor allem überrascht über die kalte Analyse, die alle Gefühle aus seinem Kopf heraustrieb. Ein Jahr zuvor – ein paar Monate zuvor – wäre er entsetzt und erschrocken gewesen. Der Mann, zu dem er inzwischen geworden war, suchte einfach nur nach einem Ausweg.

Im Augenblick gab es keinen.

»Man hat König Valence darüber informiert, daß ein Mann, der behauptet, von der alten königlichen Linie abzustammen, hier eintreffen würde«, erklärte Royhas. Er war etwa Mitte Dreißig und bewegte sich mit der Anmut eines Mannes, der die meiste Zeit außerhalb des Hauses verbringt. »Und es schien nur angemessen, mich auszusenden, um Euch festzunehmen. Diese Männer gehören übrigens zu meinem eigenen Haushalt – sie sind keine Truppen des Königs.«

Royhas zeigte auf die Männer, die Garric festhielten. Der kniende Soldat hatte den Gürtel jetzt gelöst. Die Schwertkämpfer bogen Garrics Arme mit festem Druck, aber ohne Gewalt zurück; er leistete keinen Widerstand. Der vierte Mann band seine Handgelenke mit einem weichen, starken Seil. Garric nahm an, daß es aus Seide bestand.

»Ich habe nicht vor, Anspruch auf den Thron zu erheben«, sagte Garric. Er spannte die Handgelenke an, als der Soldat die Fesseln festband. Die Männer kannten diesen Trick: Die beiden, die Garrics Arme hielten, schlugen ihn mit den Schwertknäufen auf die Ellbogen. Als die Muskeln des jungen Mannes nachgaben, zog der andere Soldat den Knoten nach.

Wie hatte Valence wissen können, daß Garric hier eintreffen würde? Und was hatte der König mit …

»Meister Silyon, der Zauberer des Königs, ist offenbar anderer Meinung«, sagte Royhas unbesorgt. »Ein unangenehmer Bursche, aber er hatte recht, was Eure Ankunft anging, nicht wahr?«

Das Seil, mit dem Garrics Hände gebunden waren, hatte armlange Enden. Die Soldaten zogen diese um ihre eigenen Gürtel und banden Garric so an sich, daß er immer noch selbst gehen konnte. »Wir werden Euch in eine Kutsche setzen und dann das Gelände nach den Freunden durchsuchen, die Euch angeblich begleiten«, sagte Royhas. Er lächelte. »Mein königlicher Herr hat befohlen, daß Ihr alle stillschweigend aus dem Weg geschafft werdet. Als hätte es Euch nie gegeben.«

An einer flachen Stelle voll riesiger Baumfarne hockte Sharina sich nieder. Rhododendronsträucher schoben feste grüne Blätter zwischen den Farnwedeln durch. »Laßt mir einen Augenblick«, rief sie Hanno zu, der vorausging.

Sharina war nicht unbedingt die Luft ausgegangen, aber ihre Beine hatten in den langen Tagen auf der Galeere und auf Hannos Boot nicht viel Übung bekommen. Das Gelände hinter der Höhle am Strand von Bight, wo sie das Ruderboot untergebracht hatten, war eher eine Klippe als ein Abhang. Frühere Reisende hatten in besonders steile Stellen Griffhilfen geschlagen. Das machte das Klettern möglich, aber Sharina fragte sich, wie der Jäger seine Unmengen an Vorräten hinaufschaffen wollte.

»Es ist nicht mehr weit, Mädchen«, sagte Hanno. »Die Flüsse hier fließen nach Norden und Osten, aber ich und mein Partner Ansule sind der Ansicht, daß es besser ist, ein wenig zu klettern, um damit zwei weitere Tage des Ruderns zu sparen, wenn wir nach Valles wollen. Manche sind anderer Ansicht, aber sie benutzen meist Segel auf ihren Booten.«

Schmetterlinge mit Flügeln so groß wie Sharinas Hände flatterten durch den Hain und nippten an den Blüten von Luftwurzelpflanzen, die auf den Baumfarnen wuchsen. Einer von ihnen landete auf Sharinas Schulter. Er fühlte sich ziemlich schwer an, und seine dünnen Beine hielten sich mit unbehaglicher Kraft fest.

Sharina hielt überrascht die Luft an. Der riesige Schmetterling entfaltete seine Mundwerkzeuge und stieß damit gegen ihre Haut.

»Sie suchen nach Salz«, meinte Hanno beiläufig. Er hatte nur seine Waffen dabei, den riesigen Speer und die Messer in seinem Gürtel. »Wenn es eine Möglichkeit gäbe, diese Schmetterlinge nach Valles zu bringen, wäre ich wahrscheinlich reich. Aber sie verlieren ihre schöne Farbe, wenn man sie herumschubst.«

Das Insekt auf Sharinas Schulter war zu nahe, um es sehen zu können. Die Flügel waren schwarzweiß gestreift, und an der Unterseite hatten sie rote Flecken.

Verglichen mit vielen anderen im Hain war dieser Schmetterling beinahe schlicht gemustert. Aber der Gedanke, daß er zerrissen würde, damit eine reiche Dame ihren Kopfputz damit schmückte, störte Sharina.

Der Schmetterling trippelte weiter zu Sharinas Kehle. »Autsch!« sagte sie. Sie schob das Tier entschlossen mit dem Zeigefinger weg. Schuppen wie winzige Federn flogen von den Flügeln und tanzten in einem Lichtstrahl.

Sharina grinste über sich selbst. Laut sagte sie: »Wenn ich ein besserer Mensch wäre, dann würde es nicht passieren, daß ein einziges Zwicken all meine freundlichen Gedanken beiseite fegt.«

Hanno lächelte mehr oder weniger. »Macht Euch keine Gedanken wegen der Schmetterlinge«, sagte er. »Sie haben noch keiner Menschenseele geholfen außer sich selbst. Viele Leute sind der Ansicht, daß es ausreicht, herumzusitzen und hübsch auszusehen, aber mit denen konnte ich nie viel anfangen.«

Er stand auf. »Fertig?« fragte er. Sharina erhob sich.

»Ansule und ich werden morgen den Flaschenzug zusammenbauen, um die Sachen zur Hütte zu hieven«, erklärte der Jäger. »So spät am Tag muß man sich darum keine Sorgen machen. Daß uns noch einen weiteren Tag lang die Haferkuchen zum Fleisch fehlen, wird uns nicht umbringen.«

Er führte Sharina zu einer Reihe von Schraubenpalmen. Stelzenwurzeln, so hoch wie Sharinas Taille, stützten jeden schuppigen Stamm. Sie befanden sich hier in einer Art Senke hinter dem Rand der Klippe, also war das Gelände bei Stürmen vielleicht überflutet.

»Was ist mit dem Boot?« wollte Sharina wissen. Sie hatten das Ruderboot, an Bug und Heck vertäut, in einer kleinen Bucht gelassen, die von riesigen Palmen überragt wurde. Es gab nicht einmal den Hauch einer Küstenlinie. Bei gutem Wetter konnte man diese Bucht zwar anlaufen, aber der erste Sturm aus Westen oder Nordwesten würde das Boot gegen die Felsenwände schleudern und bersten lassen.

»Wir werden es am Stamm einer dieser Palmen hochziehen und es dort festbinden, bis wir es das nächste Mal brauchen«, sagte der Jäger. »Da die Berge direkt hinter dem Ufer beginnen, hat der Wind hier nie genug Kraft, Bäume zu fällen. Deshalb wurden sie so groß. Die Felsen halten die Wellen ab, bis auf die Gischt.«

Sharina hörte ein Summen und sah sich um. Ein Pilz von der Größe eines Männerkopfes hing am Stamm einer holzigen Ranke. »Was ...«, begann sie. In diesem Augenblick erhob sich ein Schwarm von Fliegen aus dem stinkenden Pilz.

Hanno lachte. »Achtet darauf, mit keinem dieser Stinktöpfe zusammenzustoßen, Mädchen«, sagte er. »Obwohl ich ehrlich sagen muß, daß es auch rund um die Hütte nicht sonderlich gut riecht, wenn wir unsere Beute bearbeiten.«

Sie überquerten einen kleinen Kamm, wo Sharina einen Bach rauschen hörte. Von nun an ging es ein wenig abwärts. Der Weg, dem Hanno folgte, war am Boden nicht zu erkennen. Es gab nur wenig Humus, und es fiel kaum Licht durch die Baumdecke, was bedeutete, daß am Boden nichts wuchs, das durch häufiges Hin und Her niedergetrampelt werden konnte.

Der Wasserlauf war ein kleines Rinnsal, das an Basaltblöcken vorbeigurgelte. Farne, riesige Philodendren und kniehohes Moos bedeckten das flache Ufer.

Sharina drang Holzrauch in die Nase, und sie nieste. »Wir sind anscheinend …«, sagte sie.

Es stank dermaßen nach verfaultem Fleisch, daß sie am liebsten Mund und Nase zugehalten hätte. Sie dachte, *Hanno hat mich gewarnt, aber das hier ist wirklich ekelhaft.*

Barcas Weiler war kein ordentlicherer Ort als jedes andere Dorf, aber Fleisch war eine wertvolle Ware. Wenn ein Schwein oder ein Schaf geschlachtet wurden, blieb nur sehr wenig an Innereien übrig, und das wurde zusammen mit Gemüseabfällen kompostiert, bevor es als Dünger in den Hausgärten verstreut wurde. Das hier war …

Der Jäger war verschwunden. »Hanno!« rief Sharina. Sie ging zwei Schritte weiter stromaufwärts, die Hand am Griff des Pewlemessers. Ihre Nackenhaare sträubten sich.

Sie hörte die Fliegen.

Die Lichtung lag vor einer Anhöhe, die mit Bambus und Glyzinien bedeckt war. Die Hütte stand mit der Rückseite gegen den Felsen, und der Bach floß direkt an ihrer Seite vorbei. Die Balken auf dieser Seite qualmten noch, der Rest des Gebäudes war vollkommen ausgebrannt.

Fliegen stiegen in Schwärmen auf. Drei Leichen und die verstreuten Überreste einer vierten lagen am Boden.

Sharina zog das große Messer und tastete hinter sich nach einem Baum. Sie lehnte sich mit offenem Mund an den Stamm, gab aber keinen Laut von sich.

Hanno kam aus dem Unterholz auf der anderen Seite der Lichtung. Sharina sah, daß seine Miene vollkommen trostlos geworden war.

»Sie sind verschwunden«, sagte er leise. »Aber sie sind noch nicht lange genug weg, so daß ich sie noch einholen kann.«

»Wer, Hanno?« fragte Sharina. Ihre Stimme klang fest, aber es hörte sich an, als spräche jemand anderes. Das Pewlemesser zitterte in ihrer Hand.

»Affen«, sagte der Jäger. Er stieß mit dem eisenbeschlagenen stumpfen Ende seines Speers zu und hob eine der Leichen an, damit Sharina sie besser sehen konnte.

Die Leiche war ausgesprochen menschenähnlich, aber sie war mit grauem, rötlichem Haar überzogen. Die Brust war breit, die Arme lang, sehnig und muskulös. Im Gegensatz dazu wirkten die kurzen krummen Beine deformiert, und der Schädel hatte nur eine flache Kuppel über den dicken Brauenwülsten.

Die Lippen des Geschöpfs waren zu einem starren Grinsen verzogen. Das gelbliche Gebiß wies lange Reißzähne an Ober- und Unterkiefer auf, obwohl einer der letzteren zu einem Stumpf abgebrochen war.

»Haarmenschen«, sagte Sharina. »Katradinus führt sie in seiner *Cosmogeographie* als Ureinwohner von Bight auf.« Hanno ließ die Leiche wieder nach vorn fallen. Ein kräftiger Schwertstreich hatte ihr den Bauch aufgerissen. Das Gedärm des Affen, mit purpurnen Venen überzogen und in der feuchten Hitze geschwollen, hatte sich auf das Moos neben der Leiche ergossen.

»Affen«, wiederholte Hanno und ging zur nächsten Leiche.

Er hob den abgeschlagenen Kopf eines jungen Mannes mit einer Narbe auf der rechten Wange hoch. Das Haar des Toten war von hellem Blond gewesen, außer dort, wo sich das Narbengewebe weit in die Kopfhaut gezogen hatte; an dieser Stelle war es weiß und ausgesprochen dünn.

»Du siehst nicht gut aus, Ansule«, sagte Hanno. »Ich denke, du hättest doch mit nach Valles kommen sollen. Die Seereise hätte dir gutgetan.«

Sharina hockte sich hin und stützte sich dabei an den Baumstamm. Sie hatte Schlimmeres gesehen, aber das hier war schlimm genug.

Hanno legte den Kopf seines Partners wieder auf den Boden. »Wir haben ein Versteck oben im Stamm dieser großen Schuppentanne«, sagte er und nickte zu dem riesigen Gewächs hin, das sich auf der anderen Seite des Baches erhob. »Sie sehen zwar wie Affen aus, aber sie klettern nicht gerne. Ihr könnt dort oben bleiben, bis ich zurückkomme.«

Lautlos wie der Schatten einer Wolke, die sich vor die Sonne schiebt, verschwand Hanno im Wald. Aus dem üppigen Grün kehrte seine Stimme noch einmal zurück: »Oder nehmt das Boot, wenn Ihr glaubt, daß Ihr damit zurechtkommt, Mädchen. Ich werde nicht länger wegbleiben als nötig.«

Dann war das einzige Geräusch das Gurgeln des Baches und ein leises Zischen von Rauch aus den Ruinen der Hütte.

Sharina sah sich um. Sie hatte keine Angst. Wahrscheinlich konnte sie Hanno trauen, was mögliche Gefahren in der Umgebung anging, aber das Fehlen von Angst hatte nichts mit Vernunft zu tun.

Was Sharina tatsächlich empfand, war Zorn darüber, daß der Jäger sie so allein gelassen hatte, aber sie wußte, daß sie keinen Anspruch auf seine Zeit hatte. Außerdem konnte sie Hannos Verhalten als Kompliment betrachten, als Beweis, daß er glaubte, sie könne ohne ihn zurechtkommen. Und genau das konnte sie auch.

Regenbogenrinde – orangefarbene und gelbe Enden, die von einem grünlichen Untergrund abblätterten – kennzeichneten einen nahen Eukalyptussetzling, der etwa den Durchmesser ihres Oberarms hatte. Sharina ging darauf zu, bog den dünnen Stamm mit dem linken Arm und schlug mit dem Pewlemesser zu.

Das Holz war weich vor Saft. Sharina änderte den Winkel und schlug abermals zu. Die scharfe, schwere Klinge ließ einen großen Span abreißen. Zu Hause hatte zu Sharinas Aufgaben auch das Hacken von Zündspänen für die Feuerstellen des Gasthauses gehört. Sie konnte kräftig und präzise zuschlagen.

Der vierte Schlag trennte den Stamm durch, obwohl die Zweige sich immer noch mit denen benachbarter Bäume verbanden und verhinderten, daß das Bäumchen umfiel. Sharina zog und schüttelte den Eukalyptus frei, dann hielt sie inne und lauschte in den Wald hinaus.

Ein Baum hinter ihr schrie: »Dummheit! Dummheit! Dummheit!« Sharina fuhr herum, dann wurde ihr klar, daß sie einen Vogel oder vielleicht eine Eidechse gehört hatte. Sie grinste. Sie verspürte keinen Drang, dem Geschöpf zu widersprechen.

Sie hackte die Zweige von dem dünnen Stamm, dann schlug sie das untere Ende zu einer Art Paddel und erhielt so einen brauchbaren Grabstock. Sie grub auf der anderen Seite des Baches, wo die Ablagerungen von Hochwassern eine dickere Schicht Humus hinterlassen hatten als an anderen Stellen dieses vom Regen kahlgewaschenen Landes. Die untere Schicht bestand aus gelblichem Lehm, der nur schwer aufzugraben war, selbst in feuchtem Zustand. Wenn er trocknete, wie an den Wurzeln umgestürzter Bäume, wurde er zu festem, krümeligem Kalkstein.

Sharinas Eltern hatten eine echte Schaufel gehabt, deren Hartholzblatt mit Eisen beschlagen war, aber weniger wohlhabende Haushalte in Barcas Weiler erledigten all ihre Grabarbeiten mit Stöcken wie diesem. Ein Ast, den Sharina dicht genug am flachgeschlagenen Ende abgehackt hatte, bot Platz für ihren Fuß, um den Stock in den Boden zu treiben. Ein Paar Holzschuhe hätten die Arbeit erleichtert, aber Sharinas Entschlossenheit und ihre Hornhaut an den Füßen genügten.

Sie versuchte nicht einmal, ein richtiges Grab zu graben, nur eine niedrige Grube, die aufnehmen konnte, was von Ansules Leiche übrig war. Er war nicht länger als zwei Tage tot, aber in dem feuchtheißen Klima hatte er bereits begonnen zu verwesen. Sharina sammelte die Leichenteile beherzt zusammen, dann wischte sie sich die Hände an den festen, gezähnten Bambusblättern ab, bevor sie wieder nach dem Grabstock griff.

Ansules Knochen waren abgenagt und dann geknackt worden, um das Mark herauszusaugen. Sharinas Miene war ausdruckslos, als sie wieder zu graben begann: diesmal einen Graben zwischen den ausgedehnten Wurzeln eines riesigen Baums.

Es war gut, etwas zu tun zu haben. Schwere Arbeit bewahrte einen davor, daß einem übel wurde oder daß man sich verzweifelt, einsam und ängstlich fühlte.

Die Haarmenschen waren von einer Waffe mit breiter Klinge getötet worden, die jemand mit großer Kraft geschwungen hatte. Die Wunden waren schrecklich.

Einem Männchen hatte man den Bauch aufgeschlitzt, ein anderes war beinahe enthauptet worden, und das Weibchen war vom Schlüsselbein bis zum Bauch aufgeschlitzt. Die Überlebenden – wie viele waren in der Schar, die Hanno verfolgte? – hatten die Leichen einfach liegenlassen. Das einzige Anzeichen ihrer Verwandtschaft mit den Toten bestand darin, daß sie ihre Leichen nicht gefressen hatten.

Sharina schob die Haarmenschen mit dem Stock in den Graben. Er war nicht tief, nur gerade genug, daß die Leichen unterhalb des Erdbodens lagen, als sie sie mit breiten Blättern bedeckte und lose Erde auf sie häufte.

Sie war den Haarmenschen nichts schuldig, aber wenn sie hier in der Nähe bleiben wollte, mußte sie etwas gegen den Gestank tun.

Nachdem sie beide Gräber zugeschüttet hatte, holte Sharina kopfgroße Steine aus dem Bach und legte sie über Ansules Überreste. Sie wußte nicht, welche Arten von Aasfressern in diesem Wald lebten, aber die kühlen schwarzen Steinblöcke waren schwer genug, um selbst Schweine fernzuhalten.

Sie gab sich keine Mühe, die Leichen der Haarmenschen zu schützen. Nichts würde sie ausgraben, solange sie in der Nähe war, und was danach geschah, ging sie nichts an.

Sharina stützte sich auf den Grabstock und atmete durch den Mund. Ihre Schultern schmerzten, ihre Hände waren wund, und die Ballen ihres rechten Fußes pochten, obwohl sie sich mit den Füßen abgewechselt hatte. Sie hatte vermutlich mit dem linken Fuß nicht so fest getreten …

Nonnus hatte seinen Garten jedes Jahr mit einem Grabstock bearbeitet.

Der Gedanke riß Sharinas Geist aus den sicheren Bahnen, in die sie ihn bisher gezwungen hatte. Sie kniete sich auf den Boden und begann zu schluchzen. Nach einiger Zeit begann sie zur Herrin zu beten; und während sie das tat, hatte sie das Gefühl, daß Nonnus direkt in ihrer Nähe war, friedlich und beruhigend zuverlässig.

Sharina hob den Blick. Im Wald zirpte und raschelte es vor

sich hin, aber die einzige Bewegung, die sie erkennen konnte, waren Staubflocken, die im Sonnenlicht wirbelten.

Sie war nicht allein. Ihr Freund Nonnus war gestorben, aber er hatte sie nicht verlassen. Es war leichter, sich hier in diesem gewaltigen grünen Frieden des Waldes daran zu erinnern.

Sharina stand auf, und jetzt lächelte sie wieder. Sie hatte am Stamm eines Baumes mit glatter Rinde Früchte wachsen sehen, als Hanno sie hierherführte. Bunte Vögel hatten sich um das rote Fruchtfleisch gestritten, also war es wahrscheinlich auch für Menschen eßbar. Und wenn ihr der Geschmack nicht behagte, dann war es auch nicht so schlimm, hungrig ins Bett zu gehen. Die Sonne hatte ihren Höchststand bereits hinter sich gelassen, als sie und Hanno bei der Hütte eingetroffen waren. Sie mußte jetzt schon sehr niedrig stehen, aber Sharina hatte wohl noch Zeit genug, ein einfaches Schutzdach aus Blättern und Zweigen gegen den Regen zu bauen, den sie erwartete.

Sie würde auch das Bild der Herrin in ein Stück Holz schnitzen und es auf Ansules Grab legen. In diesem Klima würde das Holz nicht lange halten, aber es war alles, was sie tun konnte.

Sharina pfiff leise vor sich hin, ein Schlaflied, das ihr Vater aus Ornifal mitgebracht und seinen Kindern vorgesungen hatte. Die Worte waren unsinnig, aber sie beruhigten Sharina, wie nichts anderes es konnte.

Sie mußte sich auch noch mit einem Netz aus Fasern und Kieseln umgeben, die rasseln würden, wenn jemand versuchen würde, sich im Dunkeln anzuschleichen. Die innere Rinde des Eukalyptus würde ihr die passenden Fasern liefern.

Aber Sharina machte sich nicht wirklich Sorgen darüber, im Dunkeln überrascht zu werden. Nonnus würde bei ihr sein.

Noch nie hatte sich jemand unbemerkt an Nonnus heranschleichen können.

Ilna hatte erwartet, daß es nicht einfach sein würde, ein Schiff zu finden, das direkt von Erdin nach Valles segelte, da der Graf von Sandrakkan und König Valence sich so feindselig gegenüberstanden, wie es ohne offenen Krieg möglich war. Aber es gab überhaupt keine Probleme: Der erste Dockarbeiter, dem sie begegnet war, hatte sie und Maidus sofort zur *Polarstern* geschickt, die morgen nachmittag bei Ebbe in See stechen würde.

Der Dockarbeiter hatte ihr und dem Jungen keine weiteren Fragen gestellt, nachdem er Ilnas Blick bemerkt hatte. Sie kannte ihre Pflicht gegenüber ihrem Bruder, und sie würde ihr selbstverständlich nachkommen, aber sie war dennoch verärgert, von ihrem selbstgewählten Weg abweichen zu müssen. In der niedrigstehenden Sonne ließen die Schatten sie noch zorniger aussehen, als sie wirklich war.

Ilna grinste. Oder vielleicht unterstrichen die Schatten auch nur die Wahrheit.

Sie zog die Nase kraus. Erdin war ein Flußhafen. Die Leute in Barcas Weiler waren zwar nicht sonderlich vorsichtig mit dem, was sie ins Wasser warfen, aber das Dorf war einfach nicht groß genug, als daß die Abwässer dieselbe Wirkung hätten haben können wie die von Erdin.

»Ich glaube, an diesen Gestank werde ich mich nie gewöhnen«, sagte Ilna. »Nun, wenn ich nicht zurückkehre, muß ich das ja auch nicht.«

»Herrin«, sagte Maidus trostlos, »redet nicht so. Ihr müßt wiederkommen!«

Wenn Ilna es gewollt hätte, hätte sie einen Wandteppich weben können, der die Zukunft und die Leben aller Menschen, die sie kannte, zeigte. Sie lächelte – selbst für ihre Verhältnisse grimmig. Als ob die Dinge nicht schon schlimm genug wären, wenn sie geschahen; ohne daß man sich von vornherein Sorgen machen mußte!

Sie warf dem Jungen einen Blick zu. »Es wird dir bei Hauptmann Voder gutgehen«, sagte sie. »Jedenfalls besser als bei mir. Denk nur immer daran, gleich zu tun, was er sagt. Er gehört nicht zu den Leuten, die leere Drohungen ausstoßen.«

Maidus schnaufte. »Glaubt Ihr, daß er mir angst macht, Herrin Ilna?« sagte er. »Fragt doch die Leute im Halbmond, mit wem sie es lieber aufnehmen würden, mit ihm oder mit Euch!«

»Dann sind sie dumm«, sagte Ilna. »Obwohl Voder und ich ein ruhigeres Leben führen würden, wenn sie sich vernünftiger benähmen.«

Sie fragte sich, ob das der Wahrheit entsprach. Nun, vermutlich würde sie es ihr ganzes Leben lang nicht überprüfen können.

Ilna hatte beinahe eine ganze Stunde gefeilscht, um eine Überfahrt für drei Personen für den Preis von zwölf sandrakkanischen Silbergrafen zu erhalten – neu gemünzt, so daß der Kopf des Grafen und die Weizengarben sich scharf von der noch nicht abgegriffenen Oberfläche abhoben. Der Kapitän der *Polarstern* hatte zunächst einen Goldreiter verlangt, fünfundzwanzig Grafen wert, und das für jeden Passagier.

Ilna schnaubte. Sie hätte diesen unglaublichen Preis zahlen können, ein dutzendmal, wenn sie es gewollt hätte. Das war nicht das Problem. Einen Augenblick lang hatte ihr Zorn darüber, daß dieser Wurm von einem Seemann glaubte, sie betrügen zu können, sie beinahe überwältigt. Sie hatte nach einem Stück Seil gesucht, um den Geist dieses Narren zu binden, aber dann innegehalten. Das Feilschen hatte länger als üblich gedauert, aber schließlich hatten Ilna und der Kapitän sich über einem gerechten Preis die Hände gereicht.

Ihre Kräfte würden sie direkt zurück in die Hölle führen, wenn sie jemals wieder zuließ, daß ihr Zorn sie beherrschte.

»Wenn ich gewußt hätte, was diese Zauberer vorhatten«, sagte Maidus, »dann hätte ich nie …«

»Sie sind hergekommen, um mir zu sagen, daß mein Bruder in Gefahr ist«, sagte Ilna scharf. »Hättest du mir diese Information vorenthalten, Maidus?«

Die wahre Antwort hätte gelautet: »Ja, auf der Stelle«; aber der Junge war anständig genug zu murmeln: »Nein, Herrin.«

Halphemos und Cerix hatten bald festgestellt, daß es Leute in Erdin gab, die nicht wollten, daß Ilna os-Kenset die Stadt verließ. Sie hatten es danach aufgegeben, direkt nach ihr zu fragen, und Halphemos hatte eine Reihe kleiner Suchzauber entwickelt, mit denen sie ihr immer näher gekommen waren.

»Ich wünschte, ich könnte mitkommen«, sagte Maidus.

»Um mir im Weg zu sein?« erwiderte Ilna. »Nein danke.«

Das entsprach nicht der Wahrheit, aber es war ein Grund, den der Junge ohne allzuviel verzweifeltes Schniefen akzeptieren würde. Maidus hatte sich als kluger und entschlossener Junge erwiesen.

Die Antwort hätte gelautet: »Ich will nicht, daß du mich begleitest, weil alles, das mächtig genug ist, Cashel zu verschlingen, viel zu gefährlich sein könnte, um dich darin zu verwickeln.«

Aber wenn Ilna das gesagt hätte, hätte es der Junge irgendwie geschafft, mitzukommen, selbst wenn das bedeutet hätte, sich ans Ruderblatt der *Polarstern* zu ketten.

Die Aktivität im Hafen von Erdin ließ bei Sonnenuntergang nicht vollkommen nach, aber es blieben nur noch Besatzungen übrig, die ihre Fracht weiter verluden, weil sie bei Tagesanbruch in See stechen wollten. Laternen und das flackernde Licht von Fackeln waren ein schlechter Ersatz für die Sonne, und die Gefahr, daß Funken sonnengetrocknetes Holz und Stoffe entzündeten, ließ die Arbeit ebenso gefährlich wie schwierig werden.

Güter, die nicht rechtzeitig verladen worden waren, hatte man auf den Kais zusammengetragen und mit Netzen überzogen, um Plünderer abzuschrecken. Jeder dieser Warenhaufen wurde von einem Wachmann mit einer Laterne bewacht. Schon lange vor der Morgendämmerung würden die Talgkerzen in den Lampen niedergebrannt sein und die Männer zwischen den Ballen und Fässern dösen, aber inzwischen waren dann auch die Diebe zum Schlafen nach Hause gegangen.

Ilna kicherte. »Herrin?« sagte Maidus.

»Faulheit hat mehr Verbrechen verhindert als das Gewissen«, sagte sie. Der Junge sah sie verwirrt an.

Sie befanden sich nahe einem Schiff von bescheidener Größe, ähnlich jenem, das Ilnas Freunde davongetragen hatte. An das gebogene Heck dieses Schiffes war eine Plakette aus Zinn genagelt; das Muster, das in das weiße Metall geprägt war, zeigte eine Möwe, die einen Wellenkamm berührte. Ilna bezweifelte, daß sie das überhaupt bemerkt hätte, wenn sie nicht mit ähnlich stilisierten Stoffmustern vertraut gewesen wäre.

Die meisten Schiffe hier wurden von einem Besatzungsmitglied bewacht. Auf diesem Schiff war niemand zu sehen. Entweder schliefen die Wachen, oder das Schiff war in so schlechtem Zustand, daß der Kapitän sich nicht darum sorgte, daß jemand das Tauwerk stahl.

»Ich werde so bald wie möglich wieder zurückkommen, Maidus«, sagte Ilna im sanfteren Tonfall als zuvor. »Aber ich habe gegenüber meinem Bruder eine Pflicht zu erfüllen, obwohl …«

Sie zog eine Seite ihres Umhangs zurück und betrachtete die Schärpe, mit der sie ihr Hemd zusammenhielt. Trotz des schlechten Lichts konnte sie sehen, daß das Muster glatt und unbeschadet geblieben war.

Ilna lachte freudlos. »Meine erste Pflicht«, korrigierte sie sich, »ist die Sorge um das Wohlergehen von Liane bor-Benliman. Ich habe sie ohne Grund schlechter behandelt als die meisten anderen Menschen. Aber Liane scheint durchaus imstande zu sein, für sich selbst zu sorgen.«

»Herrin Ilna?« fragte der Junge leise. Er starrte seine Füße an. »Wenn ich verspreche, daß ich …«

Vier Gestalten sprangen aus dem Schatten, den das nächstliegende Schiff warf. Sie waren keine Menschen, obwohl sie Seemannskleidung trugen und menschenähnlich waren, wenn man von ihren Gesichtern und dem schwachen Schimmern von Schuppen absah, wo ihre Haut unbekleidet war. Ilna hatte das Geschöpf, das ihr Bruder in einem Faß gefunden hatte, nicht gesehen, aber sie erkannte die Schuppenmenschen nach seiner Beschreibung.

Sie hatte die Schlinge in der Hand, ehe sie sich der Gefahr wirklich bewußt war. Die Schuppenmenschen waren mit Belegklampen aus Hartholz und mit Dolchen bewaffnet. Einer hatte einen gebogenes Schwert in den Ledergürtel gesteckt.

Maidus schrie erzürnt auf und wurde mit einem Schlag auf den Kopf zum Schweigen gebracht. Ilna drehte sich um und warf dabei die Schlinge. Hinter ihr waren zwei weitere Schuppenmenschen. Sie wußte nicht, wo sie sich zuvor verborgen hatten. Maidus lag auf dem Boden und blutete aus einer Kopfwunde, und der Schuppenmensch, der ihn geschlagen hatte, hob einen Belegklampen, um nochmals zuzuschlagen.

Die Seidenschlinge zog sich um den Hals des Geschöpfs, das den Jungen niedergeschlagen hatte. Ilna riß den Schuppenmenschen in den Weg seiner Genossen und duckte sich dabei. Die Keule sauste an dem Jungen vorbei. Von der Schlinge gezogen, taumelte der Schuppenmensch vorwärts wie ein enthauptetes Huhn und brachte seine Genossen zu Fall.

Ilna packte Maidus an dem fest gewebten Hemd, das sie ihm geschenkt hatte. Ihr eigener Umhang blieb irgendwo hängen und hielt sie für einen Augenblick auf, den sie sich nicht leisten konnte. Sie ließ die Schlinge fallen und hatte ihr Messer schon halb gezogen, als schuppige Hände sie an den Handgelenken faßten.

Die Geschöpfe schwiegen. Der Schuppenmensch zu ihrer Rechten gab keinen Laut von sich, selbst dann nicht, als Ilna die scharfe Klinge über seinen Arm zog.

Hände faßten ihr Haar. Sie wand sich und biß durch Haut, die so trocken wie Schlangenhaut war.

Sie spürte nicht, daß die Keule sie traf, aber sie hörte das hohle Dröhnen des Schlages. Die Nacht wurde weiß. Ilna war so blind, als hätte sie in die Sonne gestarrt.

Sie hatte nicht um Hilfe gerufen. Es war unwahrscheinlich, daß jemand einer verängstigten Frau auf den Docks half – bestenfalls wäre vielleicht einer aufgetaucht, um seinen eigenen Anteil zu fordern. Sie würde verdammt sein, wenn sie auch nur einen Atemzug auf so etwas Vergebliches verschwendete.

Sie wurde hochgehoben. Es fühlte sich so an, als würden ihre Fuß- und Handgelenke gefesselt, aber sie war sich nicht einmal dessen sicher. Sie konnte Stimmen hören, aber es waren keine Menschenstimmen.

Man legte sie hin. Sie lag auf einem hölzernen Gitter und roch Bilgewasser von unten. Sie war sicher, gefesselt zu sein, aber das grelle Licht hinter ihren Augen blendete sie noch immer.

Taue fielen auf Deck. Holz knarrte – ein Geräusch, das Ilna einen Augenblick später identifizierte: Man hatte die Ruder in Position gebracht. Sie spürte, wie das Schiff sich bewegte.

Der Fluß Erd hatte keine Leuchtzeichen, was als Verteidigungsmaßnahme gedacht war: Kein Feind hätte den gewundenen Flußlauf hinaufsegeln und Erdin bei Nacht überfallen können. Jedes Schiff, das es versuchte, wäre auf einer Schlammbank oder in einem blinden Flußarm gelandet.

Aber das Schiff der Schuppenmenschen hatte abgelegt, und es nahm Ilna os-Kenset mit sich.

Zwanzigster Tag
im Monat des Reihers

Man hatte Garric nicht die Augen verbunden. Die Laternen im Torbogen glühten noch, als Royhas Kutsche in das Anwesen fuhr. Sie waren wohl gerade erst gelöscht worden.

Die Kutsche fuhr zum Hinterausgang eines Herrenhauses und blieb dort stehen. Zwei Männer rissen die Tür des Fahrzeugs auf.

Lord Royhas hatte Garric gegenübergesessen, mit dem Rükken zur Fahrtrichtung; die verbleibenden Wachen hatten sich neben ihm niedergelassen. Nun zeigte die Hand des Adligen auf die Tür. »Rasch«, sagte er zu Garric. »Und so lautlos wie möglich.«

Garrics Hände waren immer noch gefesselt, aber er brauchte König Carus' Hilfe nicht, um zu wissen, daß Royhas nicht vorhatte, ihn zu töten. Zumindest jetzt noch nicht. Er verließ die Kutsche ohne weiteren Kommentar und folgte den Wachen ins Haus.

Ein Diener öffnete die Tür, versteckte sich aber dahinter, als die Passagiere der Kutsche das Haus betraten. Garric konnte nur ein riesiges Steingebäude erkennen, dann schoben seine Wachen ihn hinein. Royhas und die anderen waren dicht hinter ihnen.

Der Flur war unbeleuchtet, aber durch eine offene Tür an seinem Ende fiel das Licht einer einzelnen Kerze. Der Boden knarrte wie die Dielen im Gasthaus von Garrics Vater. Die Wände waren bis zur Taillenhöhe holzgetäfelt, darüber befanden sich Fresken, obwohl bei dieser Beleuchtung nicht zu erkennen war, was sie darstellten.

Oder vielleicht waren es auch nur Wasserflecken, die Garric für Kunst hielt. Er grinste.

Das Zimmer war als Eßzimmer für den Winter gedacht, aber nun waren die breiten Fenster an der Südwand von schwerem Samt verdeckt. Garric bemerkte, daß es keine Vorhänge waren: Man hatte den Stoff direkt an die Fensterbacken genagelt, so daß niemand hineinspähen konnte und kein Licht nach draußen fiel.

Aber Royhas ging dieses Risiko ohnehin nicht ein. Nur eine einzige Wachskerze brannte in einem Wandhalter, der neun Kerzen Platz geboten hätte.

Der Tisch und die zwölf Stühle bestanden aus dunklem Holz, das Garric nicht kannte, aber da er in einem Gasthaus aufgewachsen war, wußte er, wieviel Polierarbeit es erforderte, solchen Schimmer zu erreichen. Ein Mann in mauvefarbener Seide – er sah ziemlich nüchtern aus, aber sein Gewand mußte den Preis eines guten Pferdes gekostet haben – wartete hinter der Tür, die Hände über dem dicken Bauch verschränkt. Aus dieser Kombination aus Zurückhaltung und Wohlstand war zu schließen, daß er wohl der besseren Klasse von Dienern angehörte; vielleicht war er der Haushofmeister.

Die Wachen führten Garric hinein, dann wandten sie sich ihrem Herrn zu. Garric spähte über die Schulter.

Royhas sagte: »Bindet ihn los.« Er sprach mit einer gewissen Gereiztheit, als wäre es der Fehler der Männer, daß Garric noch gefesselt war. Eine der Wachen zog am Seil. Der Knoten löste sich sofort, obwohl alle verborgenen diesbezüglichen Anstrengungen Garrics in der Kutsche zu nichts geführt hatten.

»Maurunus«, sagte der Adlige zu dem Diener, »bald werden noch weitere Herrschaften eintreffen. Bringt sie dann hierher.«

Garric knetete seine Handgelenke. Das weiche Seil hatte sie nicht wundgerieben, aber seine Finger brannten, als das Blut in die Fingerspitzen zurückfloß. Obwohl die Soldaten ihn mit leeren, unschuldigen Mienen betrachteten, waren sie bereit, sich sofort auf ihn zu stürzen, falls er ihren Herrn angreifen würde.

»Lord Waldron ist bereits eingetroffen, Herr«, sagte der Haushofmeister. Er wies mit dem Kinn zur anderen Tür des Zimmers. »Ich habe ihn ins Anrichtezimmer gesteckt, da ich annahm, Ihr wolltet nicht, daß er in der Haupthalle wartet. Soll ich …«

»Die Herrin soll ihn holen!« fauchte Royhas – das erste echte Gefühl, das Garric an ihm beobachtet hatte. »Ist er selbst etwa auch ein Zauberer? Der Kurier muß ihm auf dem Weg hierher begegnet sein.«

Maurunus wartete mit höflicher Aufmerksamkeit, die Hände immer noch gefaltet. Er sagte kein Wort.

Royhas schüttelte gereizt den Kopf. »Warte noch eine Wendung des Stundenglases ab, dann schicke ihn herein«, sagte er. »Ich möchte zunächst mit meinem Gast alleine sprechen.«

Der Diener verbeugte sich und ging durch die andere Tür hinaus. Er machte so kleine, rasche Schritte, daß es aussah, als bewegte er sich gleitend.

»Laßt uns allein«, sagte Royhas mit einer knappen Geste zu den beiden Soldaten, die Garric gefolgt waren. Eine leichte Anspannung ihrer Mundwinkel war das einzige Anzeichen dafür, daß sie mit dieser Idee nicht einverstanden waren.

»Und macht die Tür hinter euch zu, ihr Dummköpfe!« rief der Adlige ihnen nach. Der zweite Mann hatte die Tür angelehnt, aber nicht vollständig geschlossen.

»Nun, Meister Garric«, sagte Royhas mit einem künstlichen Lächeln. »Ich nehme an, Ihr fragt Euch, wieso wir Euch hergebracht haben.«

»Ich nehme an«, erwiderte Garric, »daß Ihr hofft, mich als

Marionette in einer Intrige gegen König Valence benutzen zu können.«

Er lächelte den verblüfften Adligen ohne jede Wärme an.

Garric hatte schon öfter Männer wie Royhas kennengelernt, im Dorf und häufiger unter den Viehhändlern und ihren Treibern, die zum Schafsmarkt kamen. Burschen wie er trampelten über jeden hinweg, der sie nicht zurückstieß, und zwar fest. Garric hatte früh gelernt, daß es ihm besser erging, wenn er sich solchen Leuten stellte, als wenn er vor ihnen zurückwich.

Was für Barcas Weiler galt, galt auch für Valles. Royhas hätte Garric auf der Stelle umbringen können – aber wenn er das gewollt hätte, dann läge Garric jetzt schon auf dem alten Palastgelände begraben. Also wußte er, daß er mit Kriecherei nichts gewinnen konnte, aber er hatte viel zu verlieren, seine Selbstachtung eingeschlossen.

»Ich bin kein Verräter!« sagte Royhas. Er glaubte, es mit einem dummen Bauern zu tun zu haben – und weil er ein Adliger war, wußte er nicht, daß ein Hirte mehr Erfahrung damit hatte, wie sich eine Gruppe benahm, die um die beste Position rangelte, als ein zivilisierter Städter. Widder oder Menschen, darin bestand eigentlich kein großer Unterschied.

Garric spürte das Medaillon von König Carus warm auf seiner Brust. Cashel hätte sich in einer solchen Situation ebenso zurechtgefunden wie Garric. Aber weil Garric auch auf die Erinnerungen seines Urahnen zurückgreifen konnte, verstand er außerdem, wie er mit dieser besonderen Art von Dominanzgehabe umgehen mußte.

Er zog die Brauen hoch, als wäre er amüsiert über ein Kind, das das Offensichtliche leugnet.

»Hör mir zu, Junge …«, sagte Royhas.

»Ihr solltet Eure Kumpane lieber wieder hereinholen, bevor

Ihr mich das nächste Mal Junge nennt, Lord Royhas!« sagte Garric mit einer Stimme, die die Kerzenflamme zum Flackern brachte. Leiser fuhr er fort: »Andererseits könnt Ihr mich natürlich auch als den Abkömmling von Königen betrachten und als den Mann, von dem Eure Intrige abhängt. In diesem Fall werden wir besser miteinander zurechtkommen.«

Er wußte nicht, wieviel davon von Garric or-Reise und wieviel von Carus stammte, aber er spürte das Lachen des Königs in seinem Hinterkopf. Die Wachen hatten Garrics Schwertgürtel weggenommen, aber nun stützte er die Hände auf die Hüften, reckte die Ellbogen nach außen und grinste den verblüfften Adligen an.

Royhas war ein kräftig gebauter Mann, aber er war nicht so jung und so groß wie Garric und nicht halb so stark. Einen Augenblick lang war sein Gesicht wutverzerrt; dann dachte er lieber über das nach, was Garric gesagt hatte, als darüber, daß ein Bauer ihm widersprochen hatte.

Mit großem Bedacht sagte Royhas nun: »Wir sind alle in gewissem Maß angespannt, Meister Garric. Meine Verbündeten und ich stehen treu zu König Valence. Aber es ist offensichtlich, daß Valence nicht in der Lage ist, sich der Drohung der Königin zu stellen, also sehen wir uns gezwungen, um des Königreichs willen einen anderen Kurs einzuschlagen. Was, wie ich annehme, nur im Sinn des Königs sein kann.«

»Fahrt fort«, sagte Garric. Royhas hatte wohl ursprünglich vorgehabt, ihn anzuweisen, sich mit allem einverstanden zu erklären, was er während der Besprechung der Verschwörer vorschlug, und ansonsten den Mund zu halten. Wenn Maurunus eine Sanduhr von der Größe umgedreht hatte, die Garric auf Schiffen gesehen hatte, war immer noch ein wenig Zeit für Verhandlungen.

Royhas verzog beunruhigt das Gesicht. Er war aus dem

Konzept gebracht, und er fühlte sich nicht wohler als ein junger Widder, dessen Kumpan ihn plötzlich auf der Wiese umgestoßen hat.

Garric lächelte. Selbstverständlich wurden in den meisten Jahren im Herbst alle jungen Widder geschlachtet. Auch das war etwas, das nur ein Hirte verstehen konnte.

Royhas nahm vermutlich an, daß Garric über ihn lachte, aber er schluckte seinen Zorn herunter und sagte: »Die Königin hat dafür gesorgt, daß ihre Leute die wichtigsten Stellungen in der Stadt übernehmen. Sie werden Torwachen, sie werden Zollbeamte im Hafen. Sie haben es sogar auf das Büro des Kanzlers abgesehen. Es wird immer jemanden geben, der die schmutzige Arbeit macht, wenn es gut genug bezahlt wird.«

Garric räusperte sich. Carus' Zustimmung zu der letzten Aussage war so zornig und heftig, daß sie ihm einen Augenblick lang den Atem nahm.

»Sie wird nicht jeden kaufen können«, sagte Garric, sobald er wieder sprechen konnte. Ein Gedanke, der nicht ganz der seine war, trieb durch sein Bewußtsein.

»Oder stehen die einfachen Leute etwa auf ihrer Seite?«

»Niemand steht auf der Seite der Königin!« sagte Royhas. »Sie ist in Wahrheit ein Dämon, eine Zauberin und Schlimmeres. Ihre Leute sind schon von Volksmengen gesteinigt worden, aber das macht es nur noch schlimmer. Was immer der Grund sein mag, daraus entstanden Aufstände, bei denen Läden geplündert und Leute überfallen werden, nur weil sie aussehen, als hätten sie genug für einen Krug Bier in der Tasche.«

Jemand klopfte leise an die Tür, durch die der Haushofmeister das Zimmer verlassen hatte. Royhas blickte auf und setzte dazu an, etwas zu sagen. Garric hob die Hand und fragte: »Meine Freunde? Sie müssen sofort zu mir gebracht werden.«

Royhas runzelte grimmig die Stirn. »Ich weiß nicht einmal,

ob man sie gefunden hat«, sagte er. »Ihr wart unsere größte Sorge.«

»Wenn Ihr meine Freunde Liane und Tenoctris findet«, sagte Garric, »müssen sie wie die adligen Damen behandelt werden, die sie sind. Da Ihr ein echter Herr seid, Lord Royhas, mache ich mir keine Sorgen, daß Ihr sie als Geiseln benutzt, um Euch meine Zustimmung für Eure Pläne zu sichern – aber falls einer Eurer Mitverschwörer sich als weniger anständig erweist, macht ihnen bitte deutlich, daß ich einen Wutanfall erleiden würde, wenn so etwas geschieht. Ich bezweifle, daß Eure Leute mich davon abhalten könnten, den Schuldigen zu töten.«

Royhas bedachte Garric mit einem amüsierten Lächeln. »Es ist nicht meine Gewohnheit, Geiseln zu nehmen, um Bauern in Schach zu halten, junger Mann«, sagte er. »Vielleicht ist das auf Haft anders.«

Garric lachte laut. Die Erleichterung schien größer, als die Spannung noch einen Augenblick zuvor gewesen war. »Nein, Lord Royhas«, sagte er. »Es ist nicht anders: Bauern auf Haft sind ebenso in der Lage, sich selbst zu überschätzen, wie die höchsten Adligen auf Ornifal.«

Er nickte zur Tür hin. »Wir sollten sie hereinlassen«, sagte er. »Solange Ihr Euch gegen die Königin stellt, sollten wir imstande sein, miteinander zurechtzukommen.«

Royhas stellte sich hinter den Stuhl am Ende des Tisches und wies Garric an, an seiner Rechten zu bleiben. »Herein!« sagte er.

Maurunus öffnete die Tür, aber er blieb draußen, als sich die vier Männer, die im Flur gestanden hatten, an ihm vorbeidrängten. Der letzte warf die Tür hinter sich zu, dann suchte er nach einem Riegel. Es gab keinen.

»Ich schließe mich beim Essen nicht ein, Sourous«, meinte

Royhas spitz. »Wenn Ihr das wollt, können wir uns in dem alten Sklavenpferch unten im Keller treffen.«

»Wir brauchen keinen Namen!« entgegnete Sourous. Er war ein überraschend junger Mann mit fein geschnittenen Zügen, soweit Garric das erkennen konnte. Anders als die anderen hatte Sourous seine Kapuze nicht zurückgeschoben, nachdem sich die Tür geschlossen hatte.

»Wir brauchen unbedingt Namen«, sagte Garric. »Ich heiße Garric or-Reise und komme aus Haft, und ich bin ein direkter Abkömmling von Carus – dem letzten echten König der Inseln.«

Die Worte waren nicht seine eigenen, aber sie kamen ihm glockenrein über die Lippen. Carus sprach durch ihn, aber er sagte die Worte, die Garric selbst benutzt hätte, hätte er über die nötige Erfahrung verfügt.

»Das behauptet Ihr«, sagte der erste, der ins Zimmer gekommen war. Er hatte ausgeprägte Züge und die kräftigen Handgelenke eines Schwertkämpfers. Er war zwar bereits um die Sechzig und damit der älteste der fünf Verschwörer, aber er sah ausgesprochen gesund aus.

»Das hat der Zauberer Silyon behauptet, Waldron«, fauchte Royhas. »Ich traue diesem Wilden aus Dalopo nicht mehr als Ihr; aber da er recht gehabt hat, was Meister Garrics Auftauchen hier angeht, sollten wir wohl annehmen, daß er auch etwas über seine Herkunft wußte.«

Nein, diese beiden mochten sich überhaupt nicht. Garric schätzte, daß dies ihm zum Vorteil gereichen würde, aber es würde seine weitere Tätigkeit nicht angenehmer machen.

Der rundliche Mann in Grün zog sich einen Stuhl heran und setzte sich. »Wenn wir uns zerstreiten«, sagte er, »dann braucht die Königin sich nicht einmal die Mühe zu machen, uns hängen zu lassen.«

Er sprach mit einem Keuchen. Garric kam er eher gereizt als verängstigt vor.

Royhas lächelte und nickte zu dem Mann, der sich hingesetzt hatte: »Lord Tadai bor-Tithain«, stellte er vor. Er zeigte auf den letzten Mann, einen hageren Burschen, der aussah, als fräße der Krebs an seinen Innereien.

»... Lord Pitre bor-Piarmonas. Ihr habt Waldron und Sourous bereits kennengelernt, Meister Garric.«

»Sie wird uns alle hängen«, murmelte Sourous. »Oder sie wird uns noch Schlimmeres antun – wer weiß schon, wozu diese Dämonin fähig ist? Was, wenn einer ihrer Feuergeister plötzlich hier auftaucht?«

»Was, wenn die Sonne morgen nicht aufgeht?« fragte Waldron mit kaum verhohlenem Ekel. Er schüttelte den Kopf. »Euer Vater und ich hatten unsere Differenzen, Sourous, aber zumindest habe ich nie daran gezweifelt, es mit einem Mann zu tun zu haben!«

Tadai lachte sein keuchendes Lachen. »Was habe ich gesagt?« sprach er in die Luft. »Wir sollten lieber beim Fest des Schleiers der Herrin eine Groteske aufführen, als uns für Verschwörer zu halten.«

»Ich habe unserem Freund von Haft gerade erklärt«, sagte Royhas und brachte damit die Diskussion mit einer Geschicklichkeit wieder zum Thema zurück, die Garric nur bewundern konnte, »daß Gefahr nicht nur von seiten der Verbündeten der Königin besteht. Wenn sie die wichtigen Beamten durch ihre eigenen Männer ersetzen will, schickt sie ihnen ein Gespenst mit.«

»Sie können keinen wirklichen Schaden anrichten«, meinte Waldron gereizt. »Ich gebe zu, daß sie unangenehm sind, aber das sollte einen tapferen Mann nicht aus seiner Stellung vertreiben.«

»Vielleicht sollte König Valence nur Leute vom Mut eines bor-Bolliman einstellen, um seine Hafenzölle einzutreiben«, meinte Sourous, der Wand zugewandt. Waldrons Hand zuckte zum Schwertgriff, dann nahm er sich zusammen. Die Bewegung war so unauffällig gewesen, daß Garric sie ohne die Hilfe seines Vorfahren nicht bemerkt hätte.

»Was meint Ihr mit einem Gespenst?« fragte Garric und tat damit das Seine, damit die Verschwörung nicht von vornherein in gegenseitige Beleidigungen ausartete. Wenn König Valence ihn umbringen lassen wollte – und er hatte keinen Grund, Royhas' Behauptung anzuzweifeln –, dann waren diese Männer die beste Gelegenheit, die Garric und seine Freunde hatten, mehr als nur die nächsten Stunden zu überleben. »Geister?«

Tadai blickte auf und zeigte damit das erste echte Interesse für irgend etwas außer seinen vollendet polierten Fingernägeln. »Ich würde eher sagen, es sind Dämonen«, sagte er, »aber nur dem Äußeren nach. Wie Waldron schon sagte, tun sie nichts weiter – sie sehen einfach nur häßlich aus. Ich könnte dasselbe über meine Frau sagen ... aber anders als meine Trinka haben die kleinen Freunde der Königin keine Mitgift mitgebracht.«

»Leute, die ihnen begegnet sind, behaupteten, die Gespenster hätten sie an etwas erinnert«, sagte Royhas. Ein kurzes, bitteres Lächeln zuckte über sein Gesicht. »Sie erzählen nicht, um welche Erinnerung es geht, aber man kann einiges aus der Tatsache schließen, daß die Zeugen sich weigern, darüber zu sprechen. Ich habe mehr Mitgefühl als Waldron für jene, die den Geschöpfen der Königin keinen Widerstand entgegensetzen.«

»Und dann gibt es noch die Feuergeister«, murmelte Pitre. Er hatte ein Puzzlespiel aus Lindenholz aus der Tasche geholt und nestelte nun daran herum. »Sie sind alles andere als harmlos!«

»Pah!« sagte Waldron. »Wie oft habt Ihr welche gesehen? Viermal? Fünfmal? In fast einem Jahr!«

»Einmal hat genügt, oder?« sagte Tadai und blickte wieder mit höflich fragender Miene von seinen Nägeln auf. »Zumindest für das Opfer; das scheint mir ein schlüssiger Grund zu sein, wieso es so wenige Opfer gibt. Wir fünf haben uns danach jedenfalls entschlossen, unsere Opposition gegenüber der Königin sorgfältig geheimzuhalten.«

Garric warf Royhas einen Blick zu, Royhas nickte und sagte: »Sie – oder vielleicht handelt es sich auch um ein einzelnes Wesen, man hat nie mehr als einen Feuergeist gleichzeitig gesehen – erscheinen neben jemandem, der sich der Königin auf besonders offene Weise widersetzt. Der erste war ein Mann namens Erengo, das Oberhaupt einer Verbrecherbande, der das Volk aufhetzte, das Haus der Königin anzugreifen. Ich nehme an, er erwartete sich reiche Beute von der Plünderung, nachdem seine Freunde aus den Armenvierteln erst einmal die Verteidiger überrannt hatten.«

Pitre schnalzte mißbilligend. »Er hätte statt dessen der Königin lieber seine Dienste anbieten sollen«, meinte er. »In seinen Kreisen findet sie ihre meisten Diener.«

»In seinen letzten Augenblicken mag Erengo selbst zu diesem Schluß gekommen sein«, sagte Royhas grimmig. »Er hatte kein Geheimnis aus den Plänen gemacht, obwohl er vorgehabt hatte, sich in einiger Entfernung des Ereignisses aufzuhalten. Dann erschien diese Gestalt, die aussah wie eine flammende Eidechse, die sich auf Hinterbeinen bewegt. Erengos Leibwächter haben sie angegriffen, aber ohne Erfolg …«

»Zumindest hatte es keine Wirkung«, meinte Tadai. »Wie ich höre, war es allerdings ein recht buntes Spektakel.«

Waldron betrachtete den sitzenden Mann mit kaltem Blick und spannte seinen Schwertarm etwas an. Tadai faltete die Hände im Schoß und schürzte ein wenig die Lippen.

Garric nahm an, daß es einiges brauchen würde, bis Waldron gegenüber einem Mitverschwörer die Geduld verlor und ihn körperlich angriff. Aber es war dumm, dieses Risiko in einem Zusammenhang, der bereits gefährlich genug war, überhaupt einzugehen.

»Der Feuergeist legte die Arme um Erengos Hals«, fuhr Royhas fort. »Er hat ihn zu einem Klumpen fettiger Asche verbrannt. Dann ist er verschwunden.«

»Die einfachen Leute würden König Valence folgen, wenn er sich nur dazu aufraffen könnte, sie anzuführen!« sagte Pitre, der sich weiter über sein Spiel beugte. Er versuchte, die einzelnen Teile zu einer Kugel zusammenzusetzen. »Alle hassen die Königin, selbst der Abschaum, der für sie arbeitet.«

»Und Silyon könnte König Valence beschützen!« sagte Sourous und klang wie ein Kind, das unbedingt glauben will, was es sagt. »Immerhin hätte die Königin schon längst kurzen Prozeß mit ihm gemacht, wenn er sich nicht schützen könnte, oder?«

Tenoctris würde vielleicht die Antwort auf diese Frage wissen. Garric wußte nur, daß es Kämpfe gab, die man so lange wie möglich vermied, selbst wenn man glaubte, gewinnen zu können. Deshalb hatte die Königin Valence bisher vielleicht nicht direkt angegriffen – und es war noch wahrscheinlicher, daß Valence *fürchtete*, daß dies der Grund für ihre Zurückhaltung war.

»Meine Kollegen und ich sind loyale Untertanen von König Valence«, meinte Royhas mit einer Spur von Ironie. »Wir wurden leider gezwungen, Alternativen zu suchen, um das Königreich zu retten …«

»Um ihren Teil des Königreichs zu retten«, schoß es Garric durch den Kopf. Er lächelte.

»… und als Valence mir befahl, ihm diesen Möchtegernnachfolger vom Hals zu schaffen, den ich auf dem Gelände des Palastes der Tyrannin finden würde, fragten wir uns, ob uns das nicht einen Schritt weiterbringen würde.«

»Du behauptest also, der Sohn von Gräfin Tera zu sein, Junge?« fragte Tadai. Er war Garric gegenüber nicht herablassender als seinen Mitadligen gegenüber; aber Garric war keiner von Tadais Mitadligen.

Garric legte die linke Hand flach auf den Tisch und stützte sich darauf; er beugte sich näher zu Tadai. »Ich bin ein freier Bürger der Insel Haft, Fettsack«, sagte er freundlich. »Und meine Abstammung geht bis auf Carus zurück, obwohl du von dem Ort, wo du die Beweise dafür finden würdest, nicht zurückkehren könntest, selbst wenn es dir gelingen würde, hinzukommen.«

In Garrics Erinnerungen erhob sich ein schwarzer Thron von einer schwarzen Ebene in einen schwarzen Himmel: der Thron von Malkar, die Quelle allen Übels und unermeßlicher Macht. Lorcan, der erste König der Inseln, hatte den Thron an einem Ort verborgen, den nur seine Nachkommen finden konnten … wo Garric ihn in einem Alptraum gefunden hatte, dessen Illusionen ausreichten, um die Seele zu töten.

Tadai schwieg. Er holte ein Taschentuch aus grüner und schwarzer Seide aus dem linken Ärmel und wischte sich die Stirn. Sein Haar war so hell, daß er in besserem Licht kahl ausgesehen hätte.

Pitre warf die Einzelteile seines Puzzles auf den Tisch. »Wo kommt er her?« fragte er Royhas. »Möge die Herrin mich schützen! Das hier ist nicht das dumme Landei, das Ihr uns versprochen habt!«

»Er ist der Mann, nach dem ich auf Befehl von Valence Ausschau hielt!« erwiderte Royhas. »Der Name hat gestimmt, das Alter hat gestimmt. Wir hatten nie Zweifel daran, daß Silyon ein mächtiger Zauberer ist, nicht wahr? Er hatte recht!«

»Ich denke …«, sagte Tadai. Er faltete das Taschentuch sorgfältig wieder zusammen und steckte es weg, während alle ihn beobachteten.

»Ich denke, Valence hatte recht, als er fürchtete, daß dieser junge Mann sich seines Throns bemächtigen könnte – immer vorausgesetzt, er hat die richtige Unterstützung.« Tadais Tonfall war immer noch beiläufig, aber der Spott war daraus verschwunden. »Ich denke, wir hatten ebenfalls recht, meine Herren …«

Er sah seinen Mitverschwörern in die angespannten Gesichter.

»… als wir glaubten, daß er im Gegensatz zu Valence in der Lage sein wird, die Bevölkerung dazu zu bringen, sich gegen die Königin zu erheben.«

Garrics Knie zitterten tatsächlich, aber vermutlich war es Carus' Einfluß, der ihn dazu brachte, einen Stuhl unter dem Tisch vorzuziehen und sich hinzusetzen. Sie mußten diese Spannung brechen. Tadais Worte hatten die Adligen in mehr Richtungen denken lassen, als Männer im Raum waren.

»Geht einmal davon aus, daß ich ein Bauer von Haft bin, der keine Ahnung von der Königin hat – und von den Gründen, die König Valence veranlaßten, sie zu heiraten«, sagte Garric ruhig. Er bat die anderen mit einer Geste, sich ebenfalls hinzusetzen. Er legte dabei eine Selbstsicherheit an den Tag, die ihn staunen ließ – aber sie gehorchten alle, sogar Royhas, in dessen eigenem Haus sie sich befanden. »Aber vielleicht sollte ich zunächst sagen, daß ich keine Ambitionen auf den Thron der Inseln habe, solange Valence darauf sitzt.« Er grinste. »Ich bin ein loyaler Bürger, obwohl man Valence über diese Angelegenheit anscheinend falsche Informationen zugetragen hat.«

Garrics Grammatik und seine Aussprache waren so gut wie die von so manchem Adligen. Dafür hatte Reise mit einer Entschlossenheit gesorgt, die kein bezahlter Schulmeister hätte aufbringen können. Dennoch, er hatte einen leicht singenden Tonfall, der sich immer von der abgehackten Sprechweise der Leute von Ornifal oder der schleppenden der Bewohner von Sandrakkan unterscheiden würde. Das war zu seiner Zeit ein so sicheres Kennzeichen eines Mannes von Haft, wie es das in den Tagen von König Carus gewesen war.

»Prinzessin Azalais war die Tochter des Königs von Sirimat«, sagte Pitre. Garric hatte eigentlich erwartet, daß Tadai oder Royhas die Geschichte erzählen würden. »Valence hatte gerade mit dem Grafen von Sandrakkan um den Thron gekämpft.«

»Um den Titel«, fauchte Waldron. »Es hätte ein echter Thron sein können, wenn er ein echter Mann gewesen wäre.«

Pitre betrachtete während der Unterbrechung den Fußboden und suchte nach einem Teil seines Spiels. Das helle Holz schien auf dem schwarzweißen Mosaikboden nicht mehr auffindbar zu sein.

Waldron zog eine Grimasse. »Erzählt weiter«, sagte er zu Pitre. Zu Garric gewandt fügte er hinzu: »Pitre war dabei.«

»Valence und ich waren einmal gute Freunde«, sagte Pitre leise, immer noch dem Fußboden zugewandt. »Er mußte heiraten, denn ohne eine klare Erbfolge hätten ihm jene, die selbst den Thron besteigen wollten, zweifellos noch mehr Schwierigkeiten gemacht. Statt eine Frau aus einem der Adelshäuser von Ornifal zu nehmen …«

»Was alle anderen Adelshäuser zu seinen Feinden gemacht hätte«, warf Tadai ein. Das konnte Garric verstehen, sowohl aus seinen eigenen Studien der Geschichte als auch aus Carus' lebhaften Erinnerungen.

»... nahm Valence also das Angebot Sirimats an, das in den vergangenen tausend Jahren bei den Machtkämpfen außen vor gestanden hatte«, fuhr Pitre fort. »Azalais brachte eine ungeheure Mitgift mit, und außerdem war sie hinreißend schön.«

Ein dünnes Lächeln glitt über Pitres Lippen. »Aber das war ohne Bedeutung«, sagte er. »Und Valence hat nicht mehr davon zu sehen bekommen als jeder gewöhnliche Hochzeitsgast. Und selbstverständlich gibt es keine Nachkommen.«

»Sie war eine Zauberin«, sagte Waldron. »Sie hat Valence mit Zauberei dazu gebracht, sie zu heiraten.«

Pitre zuckte die Achseln. »Mag sein«, sagte er, »aber nicht alle schlechten Entscheidungen sind auf Zauberei zurückzuführen. Damals dachten einige von uns, es wäre eine brillante Möglichkeit, dem Durcheinander der Machtkämpfe der Adligen von Ornifal zu entkommen.«

»Ich nicht ...«, sagte Waldron. Er hielt inne, als er Royhas grinsen sah. Sourous schnalzte nervös. Waldron schlug mit der Faust gegen die Wand, was den Kerzenleuchter zum Beben brachte.

Garric nickte, um anzudeuten, daß er verstanden hatte. »Als erstes geht es also darum, die Leute der Königin aus der Regierung von Valles zu entfernen«, sagte er. Er lächelte dünn und fuhr fort: »Wobei es schwierig werden dürfte, nicht so zu enden wie Erengo.«

Er legte die Hand auf den Tisch. Das glatte Holz unter seinen Händen fühlte sich gut an.

»Eine meiner Freundinnen wird eine Idee haben!« sagte er. »Oder beide – das würde mich nicht wundern.«

Liane hatte als wohlhabende Außenseiterin in Valles gewohnt. Ihre Erfahrung mochte Informationen liefern, die den

Verschwörern einfach dadurch entgangen waren, daß sie zu dicht am Problem waren.

»Wir haben einen Plan ...«, sagte Royhas.

Garric erhob sich, und er spürte, daß ihm von der plötzlichen Bewegung schwindlig wurde. Er brauchte unbedingt etwas zu essen und vor allem Schlaf.

»Nicht jetzt«, sagte er. »Ich will mit klarem Kopf über diese Angelegenheit nachdenken und muß mich mit meinen Begleiterinnen beraten. Es ist möglich, daß die Pläne, die Ihr in meiner Abwesenheit geschmiedet habt, nun da ich hier bin, geändert werden müssen.« *Nun, da ihr wißt, daß ich mich nicht bei lebendigem Leib von einem Feuergeist verbrennen lasse, wenn es eine andere Möglichkeit gibt, dem Übel entgegenzutreten,* dachte er, sprach es aber nicht aus.

»Könige sterben genau wie andere Menschen«, flüsterte eine Stimme in Garrics müdem Kopf. *»Und manchmal muß ein König sterben, damit sein Volk leben kann.«*

Garric lächelte, obwohl die Adligen, die ihn ansahen, den Grund nicht verstanden hätten. Sie wären wahrscheinlich auch nicht seiner Meinung gewesen.

Die Verschwörer tauschten Blicke aus. Royhas nickte knapp und sagte: »Also gut. Ich lasse Euch von Maurunus in meine Privatsuite im obersten Stockwerk bringen. Und Eure Begleiterinnen, sobald sie aufgetaucht sind.«

Pitre bückte sich und hob das Stück seines Spiels auf, dann legte er es mit unergründlichem Blick auf den Tisch. »Ruft uns, wenn Ihr zum Handeln bereit seid«, sagte er zu Royhas.

»Mit einem echten Anführer anstelle von Valence«, fügte Waldron barsch hinzu, »sollte das Königreich der Inseln etwas ganz anderes sein. Wir könnten zu einem Goldenen Zeitalter zurückkehren, wie es das alte Königreich war.«

Er ging zur Tür und verließ den Raum als erster. Garric war

aufgefallen, daß Waldron von einem »echten Anführer« und nicht von einem »echten König« gesprochen hatte.

Durch die Wellen von Müdigkeit, die ihn erfüllten, murmelte eine Stimme: *»Das Goldene Zeitalter, von dem sie träumen, sieht sehr nach dem aus, in dem ich lebte; und es wird einige Arbeit brauchen, damit es nicht auf dieselbe Weise endet wie meines. Aber wir werden es schaffen.«*

Als Ilna wieder wach wurde, brannte alles in ihr, als hätte man ihre Haut mit glühenden Kohlen gefüllt. Sie brauchte einen Augenblick, um zu begreifen, daß das Summen in ihrem Kopf nicht das Geräusch von Blut in ihren Ohren war, sondern der Gesang der Schuppenmenschen. Ihre Stimmen waren ähnlich denen von Kröten, rauh und durchdringend.

Ilna konnte wieder sehen, obwohl es in ihrem Kopf pochte und Schlieren durch ihr Gesichtsfeld trieben. Vor Schmerz wurde ihr übel. Sie bekämpfte das Bedürfnis, sich zu übergeben, aber die Galle brannte in ihrem Hals.

Die sechs Schuppenmenschen saßen im Kreis auf dem Achterdeck. In ihrer Mitte befand sich ein kleines Gefäß auf einem Tablett voller Sand. Es war die Art einfachen Kohlebeckens, wie man es auf Schiffen benutzte, um die Brandgefahr zu verringern. Sie hatten es aus der kleinen Achterkabine herausgebracht, wo es normalerweise aufbewahrt wurde.

Das Schiff trieb in einer trägen Strömung. Die Segel waren gerefft. Ilna konnte nicht über die Dollborde sehen, aber ein Eulenschrei im Dunkeln wies darauf hin, daß sie sich immer noch auf dem Fluß befanden.

Ein Schuppenmensch mit einem Stirnband aus roter und grüner Seide nahm eine Prise Pulver aus einem Alabasterkrug und warf sie aufs Feuer. Purpurner Rauch erhob sich, so durchscheinend wie die Nachbilder, die entstehen, wenn man direkt in die Sonne schaut.

Das Geschöpf fügte mehr Pulver hinzu, und seine Genossen sangen weiter. Obwohl das Pulver aus demselben Gefäß kam, war die zweite Rauchwolke orangefarben.

Die Schuppenmenschen sangen lauter. Sie standen auf, faßten sich an den Händen und begannen einen grotesken Tanz um das Kohlebecken.

Statt sich aufzulösen, verwoben sich die Rauchwolken miteinander, wie Schlangen, die einander begatten. Die einzelnen Farben blieben innerhalb der Rauchsäule deutlich sichtbar. Sie drehte sich entgegengesetzt der Bewegung der Tänzer.

Die Säule begann zu schwellen und ihre Grenzen zu verlieren. Das Schiff schauderte. Ilna glaubte, sie wären auf Grund gelaufen, aber an den Sternen konnte sie erkennen, daß sie sich immer noch bewegten. Ihre Haut brannte wie in dem Augenblick, als sie das Bewußtsein wiedererlangt hatte.

Dünner Rauch umhüllte das Schiff. Ilna mußte niesen, aber der Geruch war nicht unangenehm.

In dem schimmernden Nebel tanzten die Schuppenmenschen weiter, hoben und senkten die Arme im Rhythmus ihres Gesangs. Ilna konnte immer noch ein paar leuchtende Sterne über sich erkennen.

Das Schiff gierte. Die Bewegung fühlte sich an, als würde man auf einem glatten Pflaster, das mit Eis überzogen ist, ausrutschen. Ilna glaubte, sie würden kentern. Sie versuchte, sich aufrecht hinzusetzen, aber ihre Hand- und Fußgelenke waren fest auf den Rücken gebunden. Es gelang ihr, sich so zu drehen, daß sie durch eine Luke spähen konnte, aber es war nichts außer dem Nebel zu sehen.

Eine verzerrte Wellenbewegung schimmerte über den Himmel. Etwas so Kaltes wie eine Messerklinge berührte Ilna bis ins Mark und verschwand dann, bevor sie auch nur Luft holen konnte.

Der Nebel war verschwunden. Das Schiff bewegte sich sanft. Der wolkenlose Himmel war von seltsamem Zwielicht erfüllt. Keiner der vielen Sterne befand sich in einer Konstellation, die Ilna erkannt hätte.

Leise vor sich hin murmelnd setzten die Schuppenmenschen das Segel. Sie schienen zu wissen, was sie taten; sie waren also tatsächlich Seeleute und nicht nur der Kleidung nach.

Ilna spürte nicht den geringsten Luftzug. Zwei Schuppenmenschen setzten das kleine dreieckige Segel am Fockmast, das sich dann ebenfalls in einem nicht spürbaren Wind blähte.

Das Meer war leicht phosphoreszierend. Auch das Licht hatte eine gewisse Farbe, aber so hell, daß selbst Ilnas geübte Sinne nicht sicher sein konnten, ob sie Gelb oder Grün vor sich hatten.

Felsennadeln stachen aus dem ruhigen Meer hervor. Einige ragten Hunderte von Fuß in die Luft, andere waren nicht mehr als Reißzähne, schwarze Silhouetten vor dem schimmernden Wasser. Die höchsten von ihnen hatten flache Spitzen und sahen aus wie die Metallnägel, die in Barcas Weiler manchmal benutzt wurden, wenn man keine Holzdübel verwenden konnte.

Das Schiff setzte sich auf gleichmäßige Weise in Bewegung, die nie durch eine normale Brise hätte entstehen können. Ilna konnte durch die Luke die Gischt sehen, die sich im Kielwasser bildete.

Der Schuppenmensch am Ruder begann zu singen. Seine Stimme war von derselben durchdringenden, krötenhaften Art, wie der Gesang zuvor es gewesen war. Die Worte waren für keine menschliche Kehle bestimmt.

Das Schiff glitt vorwärts und trug Ilna durchs Zwielicht. Sie war zu fest gebunden, um ihre Finger an den Seilen etwas ausrichten zu können, aber indem sie ihre Muskeln immer wieder an- und entspannte, gelang es ihr schließlich, die Fesseln ein winziges bißchen zu lockern.

Alles hatte ein bestimmtes Muster. Irgendwann würde Ilna das Muster finden, das sie befreien würde. Was dann geschah, hing von den Umständen ab. Das Bild in ihrem Geist zeigte ihr sechs Schlingen, die sich langsam zuzogen.

Einundzwanzigster Tag
im Monat des Reihers

Der Damm war mit Holzknüppeln bedeckt, aber das Holz war so verrottet, daß Cashels Füße bei jedem Schritt nach einem kurzen Augenblick der Verzögerung durchbrachen. Es war, als liefe man auf vereistem Schnee. Die Rinde riß an Cashels Beinen, wenn er sie für den nächsten Schritt herauszog. Seine Schienbeine bluteten.

»O Göttin, ich danke Euch!« rief Aria und hob erfreut die Hände zum Himmel. »Bitte verzeiht mir, daß ich so lange brauchte, um Euren Plan zu verstehen!«

Die Prinzessin und Zahag waren leicht genug, um über die Scheite gehen zu können, solange Cashels Gewicht sie nicht schon zersplittert hatte. Cashel hatte sie vorgehen lassen, seit der Pfad sich in diesem Damm in einen Sumpf verwandelt hatte. Aria blieb immer wieder stehen. Cashel hatte bereits beschlossen, daß er sie beim nächsten Mal schubsen würde, und er würde sich nicht allzuviel Gedanken um die Stelle machen, wo er sie anfaßte.

Diese plötzliche Euphorie war so seltsam, als wären Aria Flügel gewachsen. Statt mit dem Stab zuzustoßen, sagte Cashel: »Was immer Ihr versteht oder nicht, Prinzessin, versucht bitte, weiterzugehen.«

Aria drehte sich um und schlang die Arme um Cashels Hals. »Ich verstehe, daß Ihr mich prüfen wollt! Wie die Geduldige Muzira!«

»Die Sonne ist nicht grell genug für einen Sonnenstich«, rief Zahag über die Schulter. »Ich nehme an, daß irgendein Insekt sie gestochen hat und sie jetzt deliriert.«

Der Affe suchte in den oberen Ästen eines Baumes, der zwanzig Fuß weiter vorn aus dem Sumpf wuchs, nach Eiern. Oder vielleicht auch nach Käfern; Zahag war nicht sonderlich wählerisch, was Nahrungsmittel anging.

Vorsichtig löste Cashel Aria von seinem Hals. Zahags Vermutung kam ihm recht zutreffend vor, aber Aria hatte keine geschwollenen Stellen oder hektischen Flecken auf der Haut, die Cashel hätte sehen können.

»Gehen wir weiter«, sagte er mit neutraler Stimme. Er machte eine kleine scheuchende Bewegung mit der linken Hand.

»Selbstverständlich, Meister Cashel«, erwiderte Aria. Sie setzte zu einem zierlichen Knicks an. Ihr rechter Fuß befand sich auf einem Scheit, das bereits unter Cashels Gewicht zerbrochen war. Der Rand der Rinde gab nach, als die Prinzessin sich vorwärts beugte; ihr Bein rutschte in verrottetes Holz, Sumpfwasser und eine kleine Gemeinde von Insekten jener Art, die der Auffassung ist, eine Schlammpfütze sei genau der richtige Ort zum Leben.

Auf Arias Miene wich das Entsetzen der Wut – und dann einem strahlenden Lächeln, das nicht einmal gezwungen war. Cashel war verblüfft zu sehen, wie sie dieses Mißgeschick aufnahm; er bemühte sich, sein eigenes Erstaunen zu verbergen. Er hob das Mädchen heraus, damit sie sich das Bein, das schon von Schlamm bedeckt war, nicht auch noch zerkratzte.

»Selbstverständlich, Göttin«, sagte Aria zu dem mattblauen Himmel. »Ich verstehe, daß die Prüfung noch weiter andauern muß.«

Sie tätschelte Cashel die Wange – einen entsetzlichen Augenblick lang befürchtete er, sie würde ihn küssen – und tänzelte den Damm entlang davon. Kopfschüttelnd machte sich Cashel wieder auf seinen knirschenden Weg.

Etwas rülpste im Sumpfwasser. Cashel blickte in die Richtung, aus der das Geräusch gekommen war. In einem normalen Sumpf wäre es eine Blase übelriechenden Gases gewesen, die aufbrach und kleine Wellen im schlammigen Wasser hinterließ. Hier fand er sich nun einem Geschöpf gegenüber, das menschliche Arme hatte, dessen Körper und Gesicht aber zusammengewachsen waren, als hätte man es auf ein Ei gemalt. Das Wesen pulte mit einem Fingernagel zwischen den dreieckigen Zähnen und grinste wie ein Mensch nach einer zufriedenstellenden Mahlzeit.

Cashel seufzte. Es gab kein Gesetz gegen Häßlichkeit, besonders nicht hier. Sollte das Ding versuchen, auf den Damm hinaufzukriechen, würde Cashel sehen, ob es sich auch zerbrechen ließ wie das Ei, dem es so ähnlich sah. Aber bis jetzt hatte noch keines der anderen Ungeheuer im Wasser angegriffen, also nahm er an, daß auch dieses ruhig bleiben würde. Zahag sprang vom Baum und an Cashels Seite. Seine Kiefer zermahlten, was immer er gerade im Nest gefunden hatte. Der Affe versuchte, ihnen Vorräte zu beschaffen, er hatte ein besseres Auge für Eßbares als Cashel, und mehrmals hatte seine breite, flache Nase Gift in Obst und Pilzen bemerkt. Cashel bestand allerdings darauf, die schmackhaftesten Bissen selbst zu verschlingen, ehe er den Rest zu den anderen brachte.

Das war nur gerecht. Die Vorstellung des Affen von Schmackhaftigkeit ähnelte der Cashels ohnehin wenig, und Aria einen Anteil an einer Hand von Würmern anzubieten hätte nur dazu geführt, daß sie den Rest des Tages von Ausschlag befallen worden wäre.

»Hast du dir die Käfer hier einmal genauer angesehen?« wollte Zahag wissen. Er betrachtete eine kleine Schwadron, die dicht genug über dem Sumpf einherflog, um kleine Wellen auf dem Wasser hervorzurufen.

»Ja«, sagte Cashel. Er wollte nicht darüber sprechen. Sie waren keine Insekten, obwohl einige von ihnen Flügel oder Beine mit vielen Gelenken hatten wie die Käfer in Barcas Weiler. Auf einigen von ihnen saßen Reiter, die erschreckend menschlich aussahen, aber nur die Größe eines Fingernagels hatten.

»Sie sind schnell«, sagte Zahag, »aber nicht so schnell wie ich!« Er schmatzte genießerisch.

Cashel verzog das Gesicht und stapfte weiter. Die Reihe zertretener Scheite hinter ihm zog sich bis zum westlichen Horizont. Er fragte sich, ob irgend jemand den Damm reparieren würde. Immerhin hatte irgend jemand ihn irgendwann gebaut.

»Wer ist denn diese Geduldige Muzira, die so geprüft wurde?« wollte Zahag wissen. Der Affe schlurfte auf seinen Hinterbeinen weiter. Er blieb immer einen halben Schritt voraus, damit er nicht auf dem nächsten Scheit stehen würde, wenn Cashels Fuß durchbrach wie eine Ramme.

»Ich habe nie von ihr gehört«, sagte Cashel. Garric oder Sharina würden es vielleicht wissen. Sie hatten zwar keine große Ähnlichkeit mit der Prinzessin, aber immerhin lasen auch sie viele Bücher.

Aria drehte sich um und ging weiter – rückwärts. Das war auf einem Knüppeldamm nicht gerade die beste Idee, aber Cashel wollte sich nicht beschweren, solange sie sich überhaupt bewegte. Wenn sie wollte, hätte sie auch Purzelbäume schlagen können.

»Die Geduldige Muzira war eine vollendete Dame«, sagte Aria. Sie war plötzlich lebhaft geworden. »Sie war so vollkommen, daß der größte König im Land beschloß, sie zu heiraten, aber zunächst führte er sie davon und behandelte sie wie eine Sklavin. Er ließ sie auf dem Boden schlafen und gab ihr nur …«

Aria trat fehl und taumelte nach hinten. Cashel stieß mit dem Stab nach vorn, damit das Mädchen sich festhalten konnte, aber sie registrierte ihn nicht. Sie landete auf ihrem Hinterteil. Wasser spritzte unter den Scheiten hervor.

»Ih!« rief sie.

Cashel beugte sich vor, um sie wieder auf die Beine zu ziehen. Das Gute an der Sache war, daß ihr Kleid inzwischen so schmutzig war, daß er sich kein Geschimpfe über die neuesten Flecken mehr anhören mußte.

»Meine Güte, war das nicht ungeschickt?« sagte Aria. Sie lachte zwitschernd. Es klang so falsch wie die Geschichten, die Katchin der Müller, Cashels Onkel, immer über seine privaten Abendessen beim Grafen Lascarg erzählt hatte.

Zahag strahlte erst Aria an, dann Cashel. Cashel zuckte die Achseln.

»Jedenfalls«, fuhr Aria fort, »ließ der König Muzira alle Böden des Palastes schrubben und gab ihr nichts anderes zu essen als Linsen mit Würmern drin.«

»Ja, das ist nett an Linsen«, meinte Zahag nachdenklich. »Manchmal hat man das Fleisch gleich beim Gemüse.«

»Und nach ganzen sieben Jahren«, meinte Aria und ignorierte den Kommentar, »rief der König Muzira vor sein gesamtes Volk und befahl ihr, seine Füße zu küssen, bevor er sie öffentlich auspeitschte. Sie küßte seine Füße, und dann sagte er, daß all ihre Qualen eine Prüfung gewesen seien, um zu sehen, ob sie als seine Braut würdig sei. Sie hatte die Prüfung bestanden, also heiratete er sie auf der Stelle und machte sie zu seiner Königin!«

»Das ist ja widerwärtig!« sagte Cashel. Es gab schlechte Ehemänner in Barcas Weiler, aber was Aria da gerade so fröhlich geschildert hatte, war unvorstellbar. Selbst der brutalste Trunkenbold mußte hin und wieder schlafen, obwohl anzunehmen war, daß ein paar der kräftigeren Männer im Dorf ihm längst vorher eine Lektion erteilt hätten. In einem kleinen Dorf ging alle alles etwas an.

Aria stolzierte weiter. »Ich frage mich allerdings, Meister Cashel«, sagte sie, diesmal ohne ihn anzusehen, »Ihr seid doch nicht der König selbst, oder? Ihr seid doch nur sein treuer Diener.«

Cashel räusperte sich. »Ich bin Hirte«, sagte er. »Ich kenne keine Könige, Prinzessin. Nun, ich nehme an, Eure Mutter ist eine Art Königin.«

»Ich verstehe«, sagte Aria. »Ihr dürft es nicht sagen. Nun, ich werde es niemandem verraten, daß ich es vor der Zeit herausgefunden habe.«

»Übergeschnappt, wie?« murmelte Zahag.

Abermals zuckte Cashel die Achseln. »Scheint so«, sagte er.

Aber er hatte eigentlich nichts dagegen. Verrückt war Aria erheblich netter, als wenn sie bei Verstand war.

Weit entfernt glitzerten die Sonnenstrahlen auf den Gipfeln hoher Berge. In der vergangenen Nacht hatte Cashel geglaubt, blaues Licht aus dieser Richtung aufblitzen zu sehen. Er wußte nicht, wie weit entfernt es war, aber er nahm an, sie würden es irgendwann schaffen.

Mit einem Knirschen und einem Platschen bei jedem Schritt stapfte er weiter.

Irgendwann. Das mußte genügen.

Hoch oben in den Bäumen trillerte ein Vogel Variationen über ein Thema, während Sharina ihr Pewlemesser schärfte. Der Vogel wiederholte sich nie und – so kam es ihr zumindest vor – mußte auch nie Atem schöpfen.

Sharina zog die Klinge in langen, gleichmäßigen Bewegungen über einen Block feinkörnigen Basalts aus dem Bach. Dann hielt sie inne und griff nach den Büscheln nassen Mooses, das sie benutzte, um den Stein feucht zu halten. Ihr kam in den Sinn, daß sie in diesem Wald nicht einmal sicher sein konnte, ob das, was sie hörte, tatsächlich ein Vogel war.

Haft war eine abgelegene Insel, und Barcas Weiler war selbst von den kleineren Ereignissen isoliert, die in Carcosa stattfanden. Das Leben im Dorf ging so weiter, wie es sich schon seit Jahrhunderten abgespielt hatte. Menschen wurden geboren und starben, aber die Aktivitäten blieben weitgehend dieselben.

Nun war Sharina draußen in der weiteren Welt, wo alles anders war und sich die Dinge zudem ununterbrochen veränderten. Sie konnte nichts als gegeben voraussetzen, wie sie es in der Vergangenheit getan hatte. Das könnte sie umbringen und, was schlimmer war, diejenigen enttäuschen, die sie liebte und die von ihr abhingen.

Sie hatte geglaubt, daß ein Mann, der aussah und klang wie Nonnus, auch Nonnus sein müsse. Sie hatte aufgehört, nach Cashel zu suchen, um diesem Hochstapler zu folgen.

Sharina spürte, daß ihr Tränen in die Augen traten. *Oh, Herrin, ich bin so allein. Ich bin so allein.*

Plötzlich wußte sie, daß man sie beobachtete. Es war nicht die Art von Gesellschaft, auf die sie gehofft hatte, aber es gab ihr wenigstens etwas zu tun.

Sharina erhob sich aus dem Fleck Sonnenlicht neben Ansules Grab, auf dem sie gesessen hatte. Sie wischte die Klinge an ein paar Fasern ab, die sie aus einer großen Samenkapsel gewonnen hatte, und ging dann lässig an dem Brett mit der geschnitzten Gestalt der Herrin vorbei, das sie auf das Grab gelegt hatte.

Der Weg zu Hannos Baumnest war nicht allzu deutlich, aber der Jäger hatte ein paar Rhododendronstämme dicht am Boden abgeschnitten. Die Überreste des Dickichts woben dunkle Blätter und süße, leuchtend rote Blüten über den Tunnel, aber die Barriere war leicht zu durchdringen.

Sharina bückte sich in die Rhododendren. Sie kroch den halben Tunnel entlang, dann verschwand sie unter dem Flechtwerk außer Sicht, das sie am Abend zuvor hergestellt hatte. Wer immer sie beobachtet hatte, würde einer nach dem anderen durch das Dickicht kommen müssen, und der Anführer würde sich der Spitze des Pewlemessers gegenüber finden, ehe er begriff …

Jemand war hinter ihr.

Sharina fuhr herum. Sie hatte die Rhododendren für undurchdringlich gehalten, aber die Masse, die sich jetzt durch die Äste drängte, bewies, daß sie sich geirrt …

»Guten Morgen, Mädchen«, sagte Hanno. Er kam über den Boden gerutscht.

»Ich wollte Euch überraschen. Ihr habt nicht auf mich gehört, als ich Euch sagte, Ihr solltet auf den Baum klettern. Wahrscheinlich bin ich so an diese Affen gewöhnt, daß ich vergesse, daß es Leute gibt, die nicht wissen, was hier in diesen Wäldern vorgeht.«

Sharina konnte sich kaum vorstellen, wie es einem Mann von Hannos Größe gelungen sein konnte, sich durch das Dickicht zu winden, aber immerhin hatte auch er seinen Speer zurücklassen müssen. Um sie mit seinem Messer zu erreichen, hätte er noch dichter herankriechen müssen; aber in der Zeit, die das gebraucht hätte, hätte Sharina wieder hinaus in den Tunnel rennen können.

»Ich wußte nicht, daß Ihr das wart«, sagte sie mit zitternder Stimme. »Ich bin froh, daß Ihr wieder da seid, Hanno.«

Sie nickte zum Tunnel hin, dann kroch sie zurück auf die Lichtung. Der Jäger stieß wenige Augenblicke später zu ihr.

Auch diesmal hatte sie nicht einmal das Rascheln von Blättern gehört.

Hanno warf einen Blick auf die Gräber und den Wetzstein; dann lächelte er grimmig zustimmend. Er sah nicht wesentlich anders aus als vor zwei Tagen, als er im Wald verschwunden war, aber er trug außer seinen eigenen noch weitere Waffen: einen Speer mit schmaler Spitze und eine kurzstielige Axt mit einer Klinge, deren Krümmung sie zu einem Gegenstand von tödlicher Schönheit machte. Sie war so gut ausbalanciert, daß man sie ebenso werfen wie schwingen konnte.

»Ansule braucht seine Sachen nicht mehr«, erklärte Hanno mit dem trockenen Humor, den Sharina bereits an ihm erlebt hatte, »aber ich wollte sie nicht bei den Affen lassen.«

Er warf einen Sack auf den Boden. Den hatte er auch nicht dabeigehabt, als er gegangen war. »Das ist von den Affen. Die können damit auch nichts mehr anfangen.«

Sharina biß sich auf die Unterlippe. Sie wußte, was sie in dem Beutel finden würde, aber sie hockte sich dennoch hin, um ihn zu öffnen. Er bestand aus schuppigem Leder, das anscheinend von einem Reptil stammte. Die Ecken waren über den Inhalt gezogen und dann mit einer Sehne verschlungen worden.

Die Sehne sah sehr danach aus, als stammte sie von einem Menschen.

»Ich sehe, daß Ihr den Topf aus der Hütte geholt habt«, meinte Hanno lässig. »Das ist gut, obwohl ich glaube, daß wir das Zeug auch in der kleinen Pfanne kochen könnten, die noch im Boot ist.«

Sharina hatte in der Asche einen fünf Gallonen fassenden Bronzekessel gefunden, der vom Einbruch des Daches zwar ein wenig zerdrückt, aber nicht zerbrochen war. Sie hatte die schlimmsten Beulen mit einem kräftigen Ast herausgehämmert, den Kessel dann mit Wasser gefüllt und auf das Feuer gesetzt.

Sie öffnete den Beutel. Er war voller Eckzähne, etwa dreißig Sätze davon. Die Wurzeln waren immer noch rot von dem Fleisch, aus dem sie ein paar Stunden zuvor gerissen worden waren. Sharinas Übelkeit war keine Reaktion auf den Gestank – obwohl der schlimm genug war.

»Sie sind auf direktem Weg von hier geflohen«, sagte der Jäger. »Ich habe nie zuvor gesehen, daß Affen sich so verhalten hätten. Normalerweise ziehen sie einfach quer durchs Land.«

Sharina stand auf. »Es sind keine Affen«, sagte sie mit klarer Stimme. »Es sind Menschen. Menschliche Wesen!«

Hanno zuckte die Achseln. »Also gut, Mädchen«, sagte er. Seine Stimme war ruhig, aber unter dieser Oberfläche war er ebenso angespannt wie Sharina. »Es sind Menschen. Menschen, die meine Hütte niedergebrannt und meinen Partner gegessen haben, bevor sie weiterzogen.«

»Ein paar von ihnen waren Kinder!« sagte Sharina.

»Alle, die schon entwöhnt waren und feste Nahrung zu sich nehmen konnten, sind da drin!« Hanno zeigte auf den Beutel mit den Zähnen. »Die ganz kleinen, nun, die sind dort, wo ihre Mütter sind, aber ich habe ihnen nicht die Zähne genommen. Keiner von diesen Affen wird aufwachsen und anderen empfehlen können, wie gut Menschen schmecken!«

Sharina holte tief Luft und wandte sich ab. Sie wußte nicht, was sie sagen sollte. Sie hatte ihre eigenen Vorstellungen von Recht und Unrecht, aber sie hatte nie in diesem Dschungel gelebt.

Wenn sie selbst getötet worden wäre und nicht Ansule … was hätte Nonnus mit denen gemacht, die sie getötet und gefressen hatten?

Sie löste den Gurt mit dem Messer und legte ihn auf den

Boden. Tränenblind ging sie zu dem geschnitzten Holz, das sie aufs Grab gelegt hatte, und kniete sich nieder. »Herrin, führe mich auf deinem Weg«, flüsterte sie. »Herrin, verzeih mir für das Unrecht, das ich anderen tue, und vergib anderen das Unrecht, das sie um meinetwillen begehen.«

»Normalerweise nehme ich die Zähne nicht«, sagte Hanno hinter ihr. Er klang zutiefst verlegen. »Es gibt einen guten Markt dafür in Valles. Sie verkaufen sie an Serianer, die sie mahlen und als Medizin verwenden, aber ich tue das sonst nicht. Aber ich dachte, für Ansule müßte ich etwas Besonderes tun. Vielleicht sollte ich sie auf einen Faden ziehen und über sein Grab hängen.«

»Nein«, erwiderte Sharina. Sie stand auf und wandte sich dem Jäger zu. Sie weinte nicht mehr; sie hatte sich die Wangen bereits abgewischt. »Oder macht, was Ihr wollt – ich kann Euch nicht sagen, wie ihr die Erinnerung an Euren Freund am besten bewahrt. Aber dann nehmt das Bild der Herrin weg. Sie hat keinen Anteil an diesen Dingen.«

Hanno runzelte die Stirn – eher in Konzentration als ablehnend. Er kniete sich neben den Steinhaufen auf dem Grab und fuhr über das geschnitzte Brett. Sharina hatte das frische weiße Holz mit dem Saft von Nußschalen gefärbt und dann das Pewlemesser dazu benutzt, den Umriß der Herrin einzuritzen.

»Ein schönes Stück Arbeit, Mädchen«, sagte er.

»Danke«, meinte Sharina nervös. Das Holz würde in diesem Klima nicht lange halten, aber auch sie war der Ansicht, daß es ihr erstaunlich gut gelungen war.

Hanno erhob sich und zuckte die Achseln. »Wahrscheinlich sollten wir die Dinge so lassen, wie sie sind.« Er griff nach dem Beutel, trug ihn zu dem Graben, wo die Haarmenschen lagen, und verstreute die Zähne dort.

»Danke, Hanno«, sagte Sharina. Sie dachte einen Augenblick lang nach, dann ging sie zu dem Jäger und umarmte ihn. Beide wandten aber entschlossen die Gesichter ab. Als sie sich wieder voneinander lösten, sagte Sharina: »Das mit Eurem Freund tut mir leid.«

»Ich war immer der Meinung, daß Ansule nicht vorsichtig genug war«, sagte Hanno. Er hüstelte. »Aber ich nahm an, daß ihn eines Tages eine der Eidechsen erwischen würde, nicht die Affen. Er hat sie immer mit diesem Spielzeug gejagt …«

Er hatte Ansules Speer in den Boden gestoßen, als er sich ans Grab kniete. Jetzt zog er ihn wieder heraus und balancierte ihn in der rechten Hand. Nur ein Mann wie Hanno konnte den sieben Fuß langen Speer eines anderen Mannes als Spielzeug bezeichnen, selbst wenn dieser kaum die Hälfte seiner eigenen, breitklingigen Waffe wog.

»… und ich sage euch, Mädchen, einige dieser großen Eidechsen brauchen verdammt lange, bis sie tot sind.«

Nachdenklich betrachtete Hanno den Speer, dann sah er Sharina wieder an. »Wollt ihr Ansules Sachen haben, Mädchen?« fragte er. »Ich habe keine Lust, sie zu seinen Verwandten zu bringen – und die haben ihn immerhin auch nicht begraben.«

»Der Speer ist zu groß für mich«, meinte Sharina. Solange sie sich auf Bight aufhielt, bestand durchaus Bedarf an einer Waffe. »Ich glaube, daß das Messer mir ausreicht. Das Messer meines Freundes.«

Der Jäger nickte. Er legte den Speerschaft über einen Eukalyptusstumpf, dann schlug er einen Fuß vom stumpfen Ende entfernt mit Ansules Axt zu. Sharina konnte sehen, daß das für Hannos Verhältnisse ein sanfter Schlag war, aber er hinterließ eine tiefe Kerbe im Holz. Hanno drehte den Schaft und schlug ihn von der anderen Seite durch.

Dann reichte er Sharina die verkürzte Waffe und fragte: »So? Oder soll ich noch eine Handbreit entfernen? Wenn ich das Ende geglättet habe, setze ich die Beschläge wieder drauf.«

»Ich glaube, er ist so gut genug«, sagte Sharina. Die Axthiebe waren so präzise wie die Bewegung der Sterne gewesen. Hannos Stärke war erstaunlich, aber noch erstaunlicher war, wie er diese Kraft beherrschte.

»Wahrscheinlich sollte ich die Axt selbst behalten«, meinte er. Er schob sie in seinen Gürtel. »Ich bin genau wie Ihr, Mädchen. Ich benutze lieber ein Messer, aber ich denke, Ansule wüßte gerne, daß sie ein gutes Zuhause gefunden hat. Er hat viel von seiner Axt gehalten.«

»Ich habe ein wenig Getreide aus dem Boot geholt«, meinte Sharina verlegen. »Soll ich ein paar Fladen backen? Oder Grütze kochen?«

Sie wußte, daß Hanno um seinen Freund trauerte, obwohl er so lässig darüber sprach, aber sie wußte nicht, wie sie reagieren sollte. Sie nahm an, es sei das beste, die Angelegenheit zu ignorieren und Hanno auf seine eigene Art trauern zu lassen.

»Fladen wären wirklich lecker!« sagte der Jäger. »Ich werde sehen, ob ich uns ein wenig Fleisch beschaffen kann. Und dann denken wir darüber nach, was wir als nächstes machen.«

Er hockte sich hin und rieb das verkürzte Speerende gegen Sharinas Wetzstein. Er arbeitete eher mechanisch, bewegte seine Hände, während er im Geist woanders war.

»Ich weiß nicht, was passiert ist, seit ich nach Valles gegangen bin«, sagte Hanno. »Ansule war vielleicht nicht so vorsichtig wie ich, aber er hat fünf Jahre hier gelebt. Ich hätte nie geglaubt, daß ihn die Affen erwischen würden.«

Er nickte zu dem sie umgebenden Wald hin. »Sie haben sich in der Nacht angeschlichen und die Lichtung umzingelt. Sie haben darauf gewartet, bis er am nächsten Morgen herauskam. Wenn sie die Hütte direkt angegriffen hätten, hätten Tür und Wände sie abgehalten, bis Ansule bereit gewesen wäre, herauszukommen. Und er hätte eine gute Chance gehabt, sich durchzuschlagen.«

Hanno schaute zu dem Grab und schüttelte den Kopf. »Er war ein geschickter kleiner Bursche, das schwöre ich Euch.«

»Ist es ungewöhnlich, daß sie Jäger angreifen?« fragte Sharina, um ihr Interesse zu zeigen. Die Tatsache, daß mit den Zähnen der Haarmenschen Handel getrieben wurde, legte nahe, daß die Jäger auf Bight sie eher als Beute denn als Feinde betrachteten.

Hanno zuckte die Achseln. »Es kann schon passieren«, sagte er. »Aber es kann auch passieren, daß einem ein Ast auf den Kopf fällt, und darum muß man sich hier im allgemeinen mehr Sorgen machen. Jedenfalls, wenn sie es bisher gewollt hätten, hätten sie nicht weit genug denken können, um einen solchen Hinterhalt zu legen. Aber jetzt ist es passiert.«

Er erhob sich und warf Sharina den Speer zu. »Werdet Ihr zurechtkommen, während ich für uns eine Eidechse fange?« fragte er.

»Ja«, sagte sie.

Hanno nickte. »Das dachte ich mir«, sagte er. Er spähte zu der grünen Dschungelwand hin, die die Lichtung umgab. »Ich sollte auch mit einigen der anderen Burschen reden, die auf dieser Seite der Insel jagen, und herausfinden, was sie zu berichten haben. Ich werde hier schlafen und dann vielleicht die nächsten Tage Besuche machen.«

Er grinste. »Falls es noch jemanden zu besuchen gibt.«

Sharina grinste zurück, obwohl ihr Magen sich zusammenzog. »Falls das nicht so ist, sollte ich lieber noch ein paar Grabfiguren vorbereiten.«

»Bist du sicher, daß es dich nicht zu sehr anstrengt, Tenoctris?« fragte Liane, als sie den silbernen Teller zum Dachgarten brachte. Royhas hatte nicht verboten, daß die alte Zauberin Symbole der Macht um den Rand des Tellers schrieb, um sie bei ihrer Beschwörung zu benutzen.

Garric stellte einen kleinen, mit Einlegearbeiten verzierten Tisch zwischen eine Zwergfeige und einen Blumenkübel, in dem bereits Narzissen blühten. Er schauderte. Royhas' Stadthaus war ein halbes Stockwerk höher als die Gebäude, die es umgaben – das kam daher, daß die Bankethalle im dritten Stock eine höhere Decke hatte –, aber die Dienstboten hatten dennoch das Sonnendach über den Dachgarten gezogen. Der kühle, frühe Nachmittag hätte das normalerweise nicht erfordert, aber Garric sah ein, daß Vorsicht vernünftig war. Die Kälte, die ihn durchzuckte, hatte ohnehin nicht viel mit dem Wetter zu tun, und Sonnenlicht hätte nichts dagegen ausrichten können.

»Ich glaube, ich habe mich gut genug für eine einfache Zeremonie erholt«, sagte Tenoctris und setzte sich auf die gebogene Bank vor dem Tisch. Sie sah ihre Freunde an und lächelte müde. »Und außerdem bin ich der Ansicht, daß wir viel weniger Zeit haben, als mir lieb wäre.«

Liane schluckte. Sie stellte den Teller in die Mitte des Tisches. Beinahe in die Mitte des Tisches: Liane war nicht von einem Wirt aufgezogen worden, der Perfektion verlangte. Garric grinste, und seine trübsinnige Stimmung fand ein Ende. Er setzte sich Tenoctris gegenüber und ließ Platz für Liane.

Der Teller war poliert. Garric sah Tenoctris' Spiegelbild darin. Hinter ihr befand sich die Gartenmauer, auf der ein Trog mit Efeu stand, der sich über die Fassade des Gebäudes rankte.

Tenoctris berührte das kühle Metall. »Silber sollte die Königin davon abhalten können, durch meinen Zauber zu uns zu dringen«, sagte sie, »es sei denn, ihre Zauberkunst ist von einer wohlwollenderen Art, als ich annehme.«

Sie schaute ihre Freunde wieder an, und ihr Lächeln wich einem Ausdruck stiller Besorgnis. »Ich werde bei dieser Beschwörung eure Hilfe nicht brauchen«, sagte sie. »Ich bin nicht sicher, ob ich mich später erinnern kann, was das Silber zeigte. Ich hoffe, daß ihr mir dabei helfen könnt.«

»Das ist in Ordnung«, erklärte Garric. »Du erledigst die schwere Arbeit, und wir sitzen hier und sehen zu.«

Tenoctris hatte das gesagt, um die Arbeit noch ein wenig hinauszuschieben. Garric glaubte nicht, daß die alte Frau Angst hatte. Tenoctris hatte einmal erklärt, sie sorge sich nicht um ihr Leben oder ihren Körper, und Garric hatte nie das geringste Anzeichen bemerkt, daß diese Worte unwahr gewesen wären. Aber sie war immer noch sehr müde von dem langen Weg, der sie hierhergeführt hatte. Ihm selbst fiel es leichter, sich einer neuen Gefahr zu stellen, als immer wieder zu einer zermürbenden Aufgabe zurückzukehren, von der er wußte, daß sie nicht so schnell beendet sein würde.

Tenoctris grinste. *»Sasskib«,* sagte sie und drehte den Teller mit dem Zeigefinger. Das glatte Metall rotierte auf dem glatten Holz. *»Kabbib sady knebir.«*

Garric hatte Angst. Seit der Beschwörung, die ihnen erlaubt hatte, den Ersten Ort der Ersa zu verlassen, wußte er, was am Rand der Wege zwischen den Ebenen auf sie lauern konnte. Irgendwo an einem Ort, den Garric jetzt nicht sehen konnte, wartete eine schimmernde, durchscheinende Frau auf ihn. Tenoctris war eine fähige Handwerkerin; sie sprang nicht einfach ins kalte Wasser und wartete auf ein gutes Ergebnis. Dennoch, jede ihrer Beschwörungen könnte die Welt jener Kraft öffnen, deren Hand den Golf geschaffen hatte.

Liane befürchtete dasselbe. Sie hatte die Fäuste geballt. Als

Garric ihre Hand berührte, verschränkte sie ihre Finger in seine.

»Sawadry maryray anoguop«, sagte Tenoctris. Sie nahm den Finger vom Tellerrand, aber der Teller drehte sich weiter. *»Anes paseps kiboyey.«*

Royhas hatte ihnen alles gegeben, worum Garric gebeten hatte, selbst einen wertvollen Teller, der zu einem magischen Spiegel zerkratzt werden konnte. Aber weder er noch einer der anderen Verschwörer hatte bei dem Ritual selbst anwesend sein wollen; und nur sehr wenige Diener, Maurunus und zwei andere, wußten, daß Garric und seine Begleiterinnen sich überhaupt im Haus befanden.

Die Wachen wußten es allerdings ebenfalls, und der Jäger. Früher oder später würde es herauskommen. Wenn Silyon die Ankunft der drei in den Palastruinen hatte vorhersagen können, würde er sie zweifellos auch wiederfinden können, sobald er seine Kunst dazu einsetzte.

»Bauwar!« sagte Tenoctris. Der Teller drehte sich rascher, zu schnell, um die Buchstaben an seinem Rand lesen zu können. *»Nakyar nakyar yah!«*

Der silberne Teller war verschwommen. Darauf – durch ihn hindurch – erspähte Garric die Königin, eine Frau von kalter Schönheit, die in einem Gewand aus regenbogenfarbener Seide vor einer polierten Turmalinplatte stand. Der Kristallstab in ihrer Hand glitzerte. Rund um die Turmalinplatte waren Worte der Macht als Mosaik im Boden eingelassen. Tenoctris fuhr mit ihrer Beschwörung fort. Das Bild zog Garric so in seinen Bann, wie ein Wiesel eine Ratte bannt.

Auch die Königin rezitierte. Garric konnte auf seiner Seite des Silbertellers kein Wort davon hören, aber er spürte den Rhythmus. Es waren eher diese Worte als sein eigener Wunsch, die ihn dazu bewegten, die Szene weiter zu beobachten.

Die Königin hob ihren blitzenden Kristallstab. Wie durch diese Bewegung hervorgerufen, hob sich ein garstiges Bild von ihr ab. Das Wesen hatte die Züge eines Dämons. Der Körper war grau, die Augen gelbes Höllenfeuer.

Die Königin rezitierte weiter und stieß mit ihrem Stab in die Luft. Hinter dem Kreis befand sich ein von Säulen gestützter Tisch. Garric glaubte manchmal, darauf ein Spielbrett zu sehen, aber das Bild war nicht klar genug. Ein weiteres Geisterbild löste sich von der Frau und durchdrang die Wand der Kammer ungehindert.

Dann erschien ein drittes Geisterbild und verschwand wieder aus dem Feld polierten Silbers. Die Königin stand nach wie vor aufrecht, herrisch und kalt, aber mit jedem Avatar, den sie schuf, verlor ihr Umriß an Deutlichkeit.

»In den Spiegel«, flüsterte Liane, die vergebens versuchte aufzustehen. »Sieh in den Steinspiegel.«

Garric zwang sich, sich zu erheben. Er trat über die Bank, bewegte sich ungeschickt, weil er nicht imstande war, den Blick von dem sich drehenden Teller abzuwenden. Als er hinter Tenoctris stand, konnte er in den Steinspiegel sehen wie die Königin selbst.

Tenoctris seufzte. Sie rieb sich die Augen und sah wie betäubt aus. Der Teller glitt vom Tisch und fiel scheppernd auf die Steinplatten des Dachgartens. Obwohl das Silber weiter mit einem reinen Ton und einem Dutzend Harmonien klirrte, verschwanden die Bilder, sobald Tenoctris aufgehört hatte, die Worte der Macht zu sprechen.

Die alte Frau sackte vornüber, als hätte sie das Bewußtsein verloren. Garric packte sie an den Schultern, damit sie sich den Kopf nicht am Tisch stieß.

»Hast du es gesehen?« wollte Liane wissen. Auch Garric schwankte. Nur sein Bedürfnis, Tenoctris festzuhalten, bewahrte ihn davor, selbst vornüberzufallen. »Was hast du im Spiegel gesehen?«

»Nicht die Königin«, flüsterte Garric. »Ich sah nur einen Dämon. Und er starrte mich an.«

Maidus hatte nicht mehr geweint seit der Nacht, als der damalige Freund seiner Mutter ihn fast totgeprügelt hatte und er aus dem Haus gekrochen war, um nie wiederzukehren. Aber nun weinte er, als er mit gesenktem Kopf auf dem Boden des Zimmers saß, das Cerix und Halphemos gemietet hatten.

»Löse ihm meine letzte Pille im Wein auf und gib sie ihm, Halphemos«, sagte Cerix und konzentrierte sich darauf, die Wunde am Kopf des Jungen weiterzunähen. Der Schlag mit der Keule hatte einen handspannenlangen Riß hinterlassen. Die Wunde hatte wieder angefangen, stark zu bluten, als die beiden Zauberer das im struppigen schwarzen Haar geronnene Blut abgetupft hatten. Wenn sie sich nicht um ihn gekümmert hätten, hätte der Junge das Bewußtsein verloren oder wäre sogar am Blutverlust gestorben.

»Er weint nicht vor Schmerz«, erklärte Halphemos. »Ich wußte, ich hätte an Ilnas Stelle zu den Docks gehen sollen!«

»Gib ihm die Pille!« wiederholte Cerix. »Sie verringert nicht nur körperliche Schmerzen, Junge.«

Mit dem linken Daumen und Zeigefinger drückte er die Wunde zu; mit dem rechten führte er die Nadel durch die Hautränder. Den Faden, den er verwendete, hatte er aus Halphemos' Gewand gezogen. Da es sich um rote Seide handelte, bemerkte man das Blut, das ihn durchtränkte, nicht.

»Das kannst du nicht wissen, Halphemos«, erklärte der verkrüppelte Mann, als sein Freund ihm gehorchte. »Sei dankbar, daß du es nicht wissen mußt.«

»Ihr seid Zauberer, gute Meister«, sagte Maidus. Er zuckte

nicht zusammen, als die Nadel zustach und dann den Faden durch seine Haut zog. Tränen liefen ihm immer weiter über die Wangen. »Ich habe Euch gehaßt, weil Ihr Herrin Ilna wegbringen wolltet, aber jetzt seid Ihr die einzigen, die helfen können. Bitte bringt sie zurück. Sie ist das Beste, was dem Halbmond je geschehen konnte. Sie ist das Beste, was der Welt überhaupt je geschehen konnte!«

Cerix schnaubte. Halphemos warf ihm einen warnenden Blick zu, aber Maidus schien alles außerhalb seines eigenen Elends zu ignorieren.

»Was die Idee angeht, an Ilnas Stelle die Passage zu buchen …«, fuhr Cerix fort, während er weiternähte. Er hatte zwanzig Jahre lang als reisender Schausteller gelebt – Erste Hilfe gehörte zu jenen Fertigkeiten, die ihn in dieser Zeit am Leben gehalten hatten. »Selbst wenn es nicht um ihr eigenes Geld gegangen wäre, hätte sie dich für verrückt gehalten, wenn du behauptet hättest, besser feilschen zu können als sie. Und was ihre Sicherheit angeht – ich bezweifle, daß sie im Augenblick gefährdeter ist als jene, die sie gefangengenommen haben.«

Cerix zog die Nadel aus dem Faden. »Also gut«, sagte er. »Trink einen Schluck, bevor ich den Knoten festziehe.«

Maidus richtete sich auf und trank drei Schlucke mit Kräutern versetzten Weins. Schwer atmend schaute er von einem der Männer zum anderen.

»Aber kann sie wiederkommen?« fragte er. »Könnt Ihr dafür sorgen, daß sie zurückkommt?«

Die Hände des beinamputierten Mannes zitterten; sie waren ruhig gewesen, als er die Wunde nähte. Der Junge war zu ihnen gekommen, sobald er das Bewußtsein wiedererlangt hatte, und hatte ihnen von der Entführung Ilnas durch schuppige Ungeheuer erzählt. Cerix konnte seine Wunde nähen, aber was den

Rest anging – den eigentlichen Grund von Maidus' Tränen –, so war er hilflos, und das wußte er auch.

»Wir haben ihren Umhang«, erklärte Halphemos. »Den können wir für einen Suchzauber verwenden, nicht wahr?«

Er griff nach dem Kleidungsstück, an das Maidus sich geklammert hatte. Getrocknetes Blut bröckelte vom Stoff ab. Die Wolle war so fest gewoben, daß die Tropfen vom Kopf des Jungen nicht durchgedrungen waren.

Cerix warf einen Blick zu der nun leeren Schachtel, in der er die Pillen mit seinem Schmerzmittel aufbewahrt hatte.

»Die Rituale, die wir benutzt haben, um Ilna zuvor zu finden, sollten weiterhin funktionieren, wenn sie in der Nähe ist«, sagte er. »Mit deiner Kraft als Zauberer können wir sie wahrscheinlich auch an jedem anderen Ort der Insel finden. Aber es ist eine andere Sache, wie wir dorthin kommen sollen. Wir haben nicht einmal mehr genug Geld, um das Zimmer zu bezahlen.«

Oder Cerix' Drogen. Er hätte nichts dagegen, unter einem stürmischen Himmel zu schlafen, wenn er nur ein halbes Dutzend der kleinen Kügelchen hätte, um die Schmerzen seiner dämonengequälten Beine zu bekämpfen. »Wir haben auch früher schon Geld verdient«, sagte Halphemos. »Ich verschwende ungern damit Zeit, aber wo immer Ilna sein mag, wir können uns die Passage dorthin verdienen. Das sind wir ihr und ihrem Bruder schuldig.«

Cerix glaubte nicht, daß er irgendwem etwas schuldete. Er bezweifelte, daß man Ilna wegen etwas, das er und der Junge getan hatten, weggebracht hatte; er bezweifelte sogar, daß Halphemos für Cashels Verschwinden verantwortlich war.

Aber er wußte, daß er schon lange tot wäre, wenn sich nicht dieser Junge um einen Mann gekümmert hätte, dessen Arroganz und Dummheit dazu geführt hatte, daß er als beinloser Krüppel endete.

»Ja, wir können Geld verdienen«, sagte Cerix. »Genug, um uns auf den Inseln überallhin zu bringen. Aber wenn die Geschöpfe, die Ilna mitgenommen haben, sind, was ich glaube, dann befindet sie sich nicht mehr in derselben Welt, die wir durchschreiten …«

Er verzog den Mund über den unbeabsichtigten Scherz.

»Durch die du schreitest, wollte ich sagen«, verbesserte er sich. »Und sie ist auch nicht an einem Ort, wo mein Wissen sie finden kann, nicht davon zu reden, sie zurückzubringen.«

Halphemos sah den älteren Mann erschrocken an. »Aber …«, sagte er. »Wir müssen sie zurückholen!«

Maidus hatte sich auf dem Boden zusammengerollt und schlief, müde von der Erschöpfung wie von der Droge. Sie würden ihn zu dem Mann von der Stadtwache bringen müssen, den Ilna als seinen Mentor ausersehen hatte.

Eine ganze Pille war für einen Jungen, der nicht daran gewöhnt war, eine starke Dosis. Vielleicht hätten sie ihm nur die Hälfte oder vielleicht weniger geben sollen. Dann hätte Cerix noch …

Er lachte über sich selbst. »Ja«, sagte er, »das müssen wir vielleicht. Aber ich weiß nicht …«

Er brach ab, weil er das Muster auf dem Umhang bemerkt hatte, den Halphemos in der Hand hielt und auf den das Licht der einzelnen Kerze jetzt schräg fiel. »Hör auf!« sagte Cerix. »Beweg dich nicht.«

Halphemos senkte den Umhang um Bruchteile eines Zolls. Es war ein unbewußtes Zucken.

»Bewege den Umhang nicht!« befahlt Cerix. Er rückte auf dem Stuhl hin und her, dann legte er den Kopf schief, damit er genauer betrachten konnte, was er dort sah.

Halphemos stand wie eine Statue da. Er war daran gewöhnt, Beschwörungsformeln mit äußerster Präzision zu wiederholen, obwohl die Worte ihm nichts bedeuteten. Also stand er nun reglos da und wartete darauf, daß sein Freund erklärte, was das alles zu bedeuten hatte.

Cerix lehnte sich zurück. »Leg den Umhang auf den Boden«, sagte er leise. »Falte ihn nicht, aber das macht vermutlich keinen Unterschied.«

»Den Umhang?« fragte Halphemos, als er ihn ausbreitete.

»Der Stoff hat sich verzogen, als die Schuppenmenschen ihr den Umhang abrissen«, sagte Cerix. »Oder vielleicht hat sie es selbst getan, das weiß ich nicht.«

Er fragte sich, wie es wohl sein würde, solche Macht zu haben. Er konnte es sich nicht einmal vorstellen. Alle Macht, die Cerix im Augenblick besaß, richtete sich darauf, genügend von seiner Droge zu erhalten, daß sie den Schmerz betäubte. Vielleicht für immer …

»Cerix?« sagte Halphemos.

Der Zauberer lächelte. »In der Struktur des Stoffs sind Zeichen der alten Schrift zu sehen«, sagte er. »Wenn das Licht im richtigen Winkel darauffällt, kann ich sie lesen. Ich nehme an, sie bilden eine Beschwörungsformel, die uns zu Ilna führt.«

Halphemos strahlte. »Die Herrin hat uns gesegnet«, sagte er. Er fiel auf die Knie. »Oh, Cerix! Ich wußte, daß es eine Möglichkeit geben mußte! Es mußte einfach eine geben!«

»Ich weiß nichts von Göttern«, sagte Cerix. »Vor allem weiß ich nicht, ob sie irgend etwas mit Ilna zu tun haben. Ich glaube, sie hat mehr mit dem Wind und den Gezeiten zu tun als mit irgend etwas, das du anbetest.«

Halphemos kroch um den ausgebreiteten Umhang herum. Er versuchte, den richtigen Winkel zu finden, der die Schriftzeichen zum Vorschein brachte. Er hörte nicht zu … und das machte nichts aus, da Cerix wußte, daß er ohnehin zu sich selbst sprach.

Solche Macht zu haben …

»Ich werde dir die Laute in normaler Schrift aufschreiben«, erklärte Cerix müde. »Es wird wahrscheinlich tagelang dauern, also werden wir morgen wieder auf die Straße zurückkehren müssen, um uns Geld für die Miete zu verdienen.«

Halphemos nickte, ohne aufzublicken. »Und diesmal bitte keine Visionen von König Valence«, sagte er.

»Nein«, meinte Cerix. Aber er wußte jetzt, was er in dem roten Licht gesehen hatte. Jedes Ritual, das ihn und Halphemos zu Ilna bringen könnte, könnte sie auch zu dem Ungeheuer führen, das sie erblickt hatten.

Ilna os-Kenset mochte eine solche Begegnung überleben. Normale Menschen wahrscheinlich nicht.

Solche Macht …

Zweiundzwanzigster Tag im Monat des Reihers

Sharina erwachte. Es hatte aufgehört zu regnen. Sie hatte den Eindruck, daß sie dem Morgengrauen wahrscheinlich näher waren als dem Sonnenuntergang, aber die Baumwipfel verbargen den Mond und die Sterne, also war sie nicht sicher.

Hanno glitt aus dem laubüberdeckten Unterstand, den Sharina für sie beide gebaut hatte. Der Jäger bewegte sich lautlos, lediglich ein leises Schmatzen erklang, als er seinen Speer aus dem Boden zog.

Sharina folgte ihm und war sich unangenehm der Tatsache bewußt, daß ihre Füße auf dem feuchten Boden Geräusche machten. Ein Frosch, der von einem Blatt aufs andere sprang, machte mehr Lärm, aber es waren nicht Frösche, an denen sie sich in dieser Nacht maß.

Ein Dämon aus grauem Licht betrat die Lichtung. Er drang durch die Wurzeln und den Stamm eines riesigen Baumes. Obwohl die Beine des Gespenstes sich bewegten, traten seine Füße manchmal oberhalb, manchmal unterhalb des Waldbodens auf.

Seine leuchtend gelben Augen waren mandelförmig. Sie waren der einzige Teil des Geschöpfs, der real zu sein schien.

Das Gespenst blieb stehen. Weder Hanno noch Sharina regten sich. Sharina hatte ihren eigenen Speer im Unterstand gelassen; sie war nicht daran gewöhnt, ihn mitzunehmen. Sie zog das Pewlemesser aus der Scheide aus schwarzem Seehundfell und wartete.

Das Geschöpf schimmerte deutlich genug, aber Sharina konnte rissige Baumrinde durch den langgezogenen Torso hindurch erkennen. Ein Dutzend Haarmenschen, alle männlich, erschienen am Rand der Lichtung. Sie trugen unbearbeitete Steine oder Äste, die die Länge von Keulen hatten.

Das Gespenst streckte die Arme nach beiden Seiten aus und winkte damit. Die Haarmenschen schlichen auf Sharina und Hanno zu.

»Gebt mir Rückendeckung«, sagte Hanno.

Der Jäger wartete, bis die ersten Haarmenschen den Bach erreichten, dann griff er an. Statt mit dem Speer zuzustoßen, schwang er ihn im weiten Bogen, als benutzte er eine Sense. Er sprang zurück und hinterließ mehrere Leichen im Bachbett. Drei Haarmenschen waren tot; nur einer davon hatte die Zeit gehabt zu schreien, bevor ihn das Blut in der Kehle erstickte.

Heulend vor Angst wichen die Überlebenden vor dem Gemetzel zurück. Einige von ihnen hatten sich in ihrer Angst auf alle viere niedergelassen. Die breite Spitze von Hannos Speer war seitlich durch die Rippen eines der Opfer gedrungen, und nun waren die beiden Teile seiner Brust nur noch durch die Wirbelsäule verbunden. Die feuchte Luft stank nach Eingeweiden und Kot.

Hanno atmete tief durch den offenen Mund; Sharina keuchte. Keiner von ihnen sagte ein Wort.

Das Gespenst glühte ein wenig mehr auf und verblaßte dann wieder. Falls Rauch einen Ausdruck haben konnte, dann war es wütend. Es befahl den schnatternden Haarmenschen, wieder anzugreifen.

Hanno stieß einen Kampfschrei aus. Er sprang über den Bach und riß seinen Speer abermals in dieser schneidenden Bewegung herum. Diesmal zielte er auf das schimmernde Gespenst. Die Speerspitze durchdrang es wie Wasser und fuhr bis zum Schaft in den Baum dahinter. Der Baumstamm bebte. Hanno grunzte, weil er hier auf etwas gestoßen war, was selbst er mit seiner gewaltigen Kraft nicht einfach zur Seite schieben konnte. Zwei Haarmenschen sprangen auf ihn zu.

Sharina trat vor und hob ihr Messer. Hanno wehrte die Keule ab, die ihm von links drohte. Gleichzeitig trat er mit dem rechten Fuß zu, brach dem anderen Angreifer das Brustbein und schleuderte ihn zur Seite. Er riß die Keule vorwärts und legte die Hand auf die Brust des Haarmenschen zu seiner Linken. Er schleuderte seinen Gegner gegen den Baum und sprang zurück.

Der Haarmensch sackte zu Boden, jeder Knochen in seinem Oberkörper gebrochen. Der große Speer bebte immer noch im Baum. Selbst ein Riese wie Hanno würde mehrmals an der Klinge rütteln müssen, um sie herauszuziehen.

Die verbleibenden Haarmenschen fauchten, aber die Gesten des Gespensts konnten sie nicht mehr dazu bringen, anzugreifen. Sharina nutzte das Zögern, um nach ihrem eigenen Speer zu greifen. »Hier«, sagte sie und hielt die Waffe so, daß Hanno sie an der richtigen Stelle packen konnte.

»Behaltet ihn«, knurrte der Jäger. Mit der rechten Hand zog er Ansules Axt aus dem Gürtel, mit der linken sein langes Metzgermesser.

Das Gespenst wurde blasser und verschwand bis auf seine gelben Augen. Die Haarmenschen jaulten vor Angst. Einer von ihnen drückte das Gesicht auf den Boden und bedeckte den Kopf mit beiden Händen.

Wo das Gespenst gestanden hatte, wirbelte nun eine Feuerspirale auf. Sie hatte das schmutzige Rot brennenden Teers. Einen Augenblick später hatten die Flammen eine vage menschenähnliche Gestalt angenommen.

Der Feuergeist taumelte vorwärts; er bewegte sich steif wie ein Stelzengänger. Er streckte die Hände aus, von denen glühende Tropfen fielen.

»Die Herrin soll dich holen«, schrie Hanno. Er sprang auf das Wesen zu und schwang die Axt so rasch, daß es eher ein Glitzern als eine Bewegung war. Der Stahl traf den Geist an der Stelle, wo ein menschlicher Nacken in die Schultern übergegangen wäre.

Der Axtkopf explodierte in weißglühende Splitter. Hanno schlug einen Salto rückwärts. Sein Kopfhaar und sein Bart standen nach allen Seiten ab wie der Flaum am Löwenzahn. Die Hälfte des Holzgriffs der Axt war zersplittert. Das Holz brannte in einem saubereren Rot als das Gespenst.

Das Geschöpf bewegte sich vorwärts. Der feuchte Erdboden warf Blasen und zischte.

Hanno lag zu Sharinas Füßen. Seine Augen und sein Mund waren aufgerissen, und sein ganzer Körper zuckte. Der Feuergeist sprang über den Bach. Sharina ließ Messer und Speer fallen und hob den Kessel an beiden Griffen hoch. Drei Gallonen Wasser und der Bronzekessel selbst hatten ein beträchtliches Gewicht.

Der Feuergeist griff nach Hannos Hals. Sharina warf den Kessel nach der Brust des Geschöpfs. Es gab ein Aufbrausen, wie wenn Wasser auf brennendes Öl stößt. Flammen flackerten in alle Richtungen.

Es rauschte und knisterte im Wald, als die Haarmenschen in blinder Angst davonrannten und durchs Unterholz brachen. An einigen Stellen brach Feuer aus, selbst hoch oben in den Wipfeln. Aber die Feuchtigkeit der Blätter würde die Flammen bald ersticken.

Der Feuergeist war verschwunden. Einen Augenblick lang glaubte Sharina, die Mandelaugen des Gespensts in der Luft zu sehen; dann verschwanden auch sie.

Sie erinnerte sich nicht, rückwärts getaumelt zu sein, aber nun saß sie mehrere Schritte von der Stelle, von der aus sie den Kessel geworfen hatte, auf dem Boden. Das Pewlemesser lag vor ihr. Sie griff danach und kroch auf Hanno zu.

Der Jäger bewegte seine Arme, aber er war noch nicht kräftig genug, sich auf den Bauch zu rollen. Sein Bart qualmte. Sharina schmierte eine Handvoll feuchten Humus hinein.

Hanno seufzte und schien sich zu entspannen. Jetzt endlich gelang es ihm, sich umzudrehen. Er stützte den Oberkörper mit den Händen ab und sagte: »Habt Ihr es umgebracht, Mädchen?«

»Es ist verschwunden«, sagte Sharina. »Ich weiß nicht, ob es wiederkommen wird.«

Sharina konnte sich nur an Bruchstücke erinnern, die wie die Fragmente eines zerbrochenen Glaskrugs waren. Sie war nicht sicher, ob sie sie jemals zu einer zusammenhängenden Erinnerung an den Angriff fügen konnte.

Sie war auch nicht sicher, ob sie das wollte.

Der Rand des Kessels war doppelt so dick gewesen wie der Rest. Nun lagen dieser Rand und die Henkel, von der Hitze verzogen, am Boden. Der Rest der Bronze war längst zu grünlichem Feuer verglüht.

Hanno kicherte. »Ihr seid schon in Ordnung, Mädchen«, sagte er. Er erhob sich mit aller Vorsicht, die seine Größe erforderte, auf die Beine, aber er zeigte kein Anzeichen von Schmerzen oder Steifheit.

Er streckte ihr die rechte Hand hin, mit der er die Axt geschwungen hatte. »Würdet Ihr Euch das einmal ansehen?« sagte er und bewegte die Finger ein wenig.

Sharina konnte die Schwellung bereits erkennen. Bald würde sich das Rot einer schweren Verbrennung zeigen, obwohl zwei Fuß Hickoryholz Hannos Hand von dem Geschöpf getrennt hatten.

Hanno grinste. »Nun, es wird mich nicht vom Rudern abhalten«, sagte er. »Mädchen, ich denke, wir beide werden nach Valles zurückkehren, sobald meine Hand zuläßt, die Klippe hinunter zum Boot zu klettern. Seid Ihr damit zufrieden?«

»Ja«, sagte Sharina. Überall im Wald wurde es bereits heller.

Sie benutzte ein Stück trockenen Mooses, um den Schlamm von der Klinge ihres Messers zu wischen. »Ja«, erwiderte sie, »ich wäre froh darüber.«

Garric und die beiden Frauen saßen mit den fünf Verschwörern an einem halbrunden Tisch in der Bankethalle der Glasbläsergilde. Sie hatten den Raum für diese Besprechung anonym gemietet. Sie trugen übergroße Theatermasken aus Pappmaché und Gewänder aus unscheinbarem braunem Samt, die nicht einmal erkennen ließen, ob Männer oder Frauen darunter steckten. Das Schalloch im unteren Teil jeder Maske war gebaut, um die Stimme eines Schauspielers weit zu tragen; es hatte auch die Wirkung, Stimmen bis zur Unkenntlichkeit zu verzerren.

Der Mann, der vor dem Tisch stand, war Anfang Zwanzig. Sein rötlich-braunes Haar war lang, ebenso wie sein Schnurrbart, und er war in eine auffällige Mischung aus Seide, Samt und vergoldete Bronze gekleidet.

Er hieß Gothelm or-Kalisind. Er war einer von sechzig Dienstboten im Haus der Königin, und er hatte Spielschulden bei Leuten, die vorhatten, an seinem Beispiel zu demonstrieren, was geschah, wenn man nicht zahlte.

»Zuerst das Geld!« sagte er. »Ohne Geld sage ich Euch nichts!«

»Er ist schon gebrochen«, sagte König Carus, der das alles an der Seite von Garrics Traumselbst vom Balkon aus betrachtete. »Er braucht nur eine Ausrede, um endlich reden zu können.«

»Warum?« fragte Garric. Weil es für ihn wichtig war zu hören, was der Verräter sagte, und er ihn nicht unbedingt selbst verhören mußte, hatte er sich gestattet, in diesen Traum zurückzugleiten. Seine Müdigkeit hatte ebenfalls dazu beigetragen, aber inzwischen wurde er immer vertrauter damit, seinen Kopf mit seinem Vorfahren zu teilen.

Die Gestalt am rechten Ende des Tisches – es war Tadai, obwohl das weite Gewand dazu führte, daß er kaum von einem schlanken, muskulösen Mann wie Waldron zu unterscheiden war – griff mit der Hand in den Ärmel. Er zog einen Beutel heraus, den er Gothelm verächtlich vor die Füße warf. Das Gold klirrte auf dem Steinboden.

»Er ist wütend auf die Königin – oder ihren Verwalter«, erklärte Carus. »Weil der sich weigert, etwas für ihn zu tun. Er ist der Ansicht, es sei die Schuld dieser Personen, daß er sich mit den Verschwörern einlassen muß. Nicht seine Schuld. Leute wie Gothelm tragen in ihren Augen nie die Schuld an dem, was sie tun.«

Carus lächelte. Es sah aus, als hielte der König die Situation für wirklich komisch.

Gothelm bückte sich, um den Beutel aufzuheben, ließ ihn fallen und packte ihn dann mit beiden Händen. Einen Augenblick lang versuchte er, die Schnüre zu öffnen, aber seine Finger zitterten zu stark.

»Also gut!« sagte der Verräter mit lauter Stimme, um seine Angst zu verbergen. »Was wollt ihr wissen?«

Garric grinste Carus an. Es war tatsächlich komisch, wenn man es aus dem richtigen Blickwinkel betrachtete. Sein Leben in einem kleinen Dorf hatte dazu geführt, daß es Garric nicht schwerfiel, den Humor schätzenzulernen, den Carus auf Schlachtfeldern entwickelt hatte. Es gab Zeiten, da blieb einem nur der Galgenhumor – und besonders dann tat es gut zu lachen.

»Beschreib den Weg zum Tor, durch das man hereinkommt«, forderte der Verschwörer in der Mitte. Die Maske ließ Tenoctris' Stimme vibrieren. Diese gewichtige Art zu sprechen paßte merkwürdigerweise besser zu der alten Frau als ihre eigene vogelhafte Stimme.

»Die letzten zehn Fuß zur Mauer ist der Weg gepflastert«, erklärte Gothelm. Mit den Händen betastete er weiter den Beutel und befühlte die Umrisse einer Münze nach der anderen durch das dünne Wildleder. »Hinter der Mauer ist es hundertmal so breit und wird zu einem Garten. Die Pflanzen – ich nehme an, ihr würdet sie Pflanzen nennen – haben Zähne auf den Blättern und Gesichter am Grund der Blüten.«

»Ist das dasselbe, was man von außen sieht, wenn man auf das Tor zugeht?« wollte Royhas wissen. Er verbarg die Hände in den Ärmeln seines Gewandes.

»Ja, ja«, sagte Gothelm gereizt. »Man sieht es auch von innen, wenn man sich im Garten befindet. Und man kann die Steine erkennen, auf die man treten muß. Solange man auf ihnen bleibt, ist alles in Ordnung. Aber jeder, der nicht in diesen Garten gehört, wird von den Steinen mitten hereingeführt, und dann ist er plötzlich verschwunden. Das habe ich selbst gesehen!« Souros nickte. Die übertriebene Größe seiner Maske verlieh dieser Geste mehr Autorität. »Ja, ja«, murmelte er, »es ist einfach schrecklich.«

»Gibt es eine Parole oder so etwas, um Zugang zu dem Irrgarten zu erlangen?« fragte Tenoctris.

»Irrgarten?« sagte Gothelm. »Es ist nur ein Pfad – es gibt keinen Irrgarten.«

»Zu dem Pfad also«, fauchte Tenoctris. »Muß man ein bestimmtes Wort aussprechen oder eine Geste machen?«

»Ich sagte Euch doch schon, man geht einfach durchs Tor«, verkündete Gothelm gereizt. »Man muß sonst überhaupt nichts tun. Das Tor geht auch von selbst auf.«

»Er hat einen Kater«, sagte Garric. »Obwohl ich wette, daß er auch normalerweise so faucht.«

»Ich wette, er ist auch normalerweise so betrunken«, sagte Carus. »Das Problem mit Leuten, die einem nur gehorchen, weil sie Angst haben, ist, daß sie es meistens nicht einmal wert sind, daß man sich die Schwertklinge an ihnen dreckig macht.«

Der König spielte mit dem Griff seines eigenen Schwertes. Er packte ihn nicht, er berührte ihn nur so, wie jemand in einem Augenblick der Ruhe vielleicht einen geliebten Menschen berührt hätte.

Tenoctris schaute erst nach links, dann nach rechts. »Ich weiß alles, was ich wissen muß«, sagte sie.

»Wie bitte?« wollte Waldron wissen. »Dafür haben wir diesem Insekt da hundert Kronen bezahlt?«

»Ich muß zurück zur Arbeit!« sagte Gothelm. Mit beiden Händen drückte er den Beutel gegen seine rote Schärpe. »Ich habe Euch alles gesagt, was ich weiß.«

»Er wird uns nützlicher sein, wenn wir ihn zurückkehren lassen«, sagte Tenoctris.

»Ich bin der Ansicht, er hat uns für hundert Kronen längst noch nicht genug gesagt!« sagte Waldron und erhob sich ebenfalls. Der Hocker, auf dem er gesessen hatte, fiel um.

Das Geld war ihm gleich. Tadai hatte aus eigener Tasche

bezahlt, und alle fünf Verschwörer waren wohlhabend genug, daß ihnen dieser Betrag nichts ausmachte, obwohl es nach den Maßstäben von Barcas Weiler eine ungeheure Summe war. Aber Waldron verachtete den Verräter, und er war zornig, weil eine Gemeine gewagt hatte, die Stimme gegen ihn zu erheben, also tastete er unter dem Gewand nach dem Schwert.

Einen Augenblick lang sah Garric durch zwei Paar Augen – durch seine eigenen hinter der Maske und die seines Traumselbst auf dem Balkon. Dann verschwand das Blickfeld des Traumgarric wie Rauch im Wind. Er stand vom Tisch auf, und seine Muskeln bebten von den Gefühlen, die seine Adern durchzuckten. Das wissende Lächeln von König Carus war immer noch in seinem Hinterkopf.

»Unser Wort ist keine Kleinigkeit«, sagte Garric. »Wenn wir diesen Mann belügen, wem halten wir dann die Treue?«

»Junge …«, begann Waldron und zerrte an dem ungewohnten Gewand. Der Verschluß war auf dem Rücken. Waldron hatte das Schwert durch den dicken Samt ertastet, aber er konnte es nicht ziehen.

»Das reicht!« sagte Royhas. »Sie hat gesagt, wir wissen alles, was wir wissen müssen. Es hat keinen Sinn, länger hierzubleiben.«

»Wir haben noch Verwendung für Meister Gothelm«, wiederholte Tenoctris mit überraschend fester Stimme. Obwohl alle Männer aufgestanden waren, saß sie noch am Tisch und hatte die Fingerspitzen aneinandergelegt. »Aber solange er hier ist, kann er uns nicht helfen.«

»Pah!« Waldron wandte sich ab. Er trat den umgefallenen Hocker beiseite und ging durch die Tür in die Ankleidekammer der Gildemitglieder, wo sie vor den offiziellen Banketten ihre Gildeabzeichen anlegten.

»Geht!« Royhas wies den Verräter mit einer Geste zu der Tür, die zur Straße führte. »Wir werden uns wieder mit Euch in Verbindung setzen, wenn wir Euch brauchen.«

Gothelm verließ fluchtartig den Raum. »Er wird nicht wieder zurückkommen, es sei denn, wir nehmen ihn gefangen«, meinte Pitre verzweifelt. »Was hat Waldron damit erreichen wollen?«

Tenoctris legte ihr Gewand auf den Tisch. »Er hat uns nichts weiter zu sagen«, meinte sie. »Und auch sonst niemandem, nehme ich an. Aber ich möchte zusehen, wie er zum Haus der Königin zurückkehrt.«

Sie nickte zur Tür hin. »Wir haben nicht viel Zeit. Garric, Liane?«

Liane hatte bereits das Gewand abgelegt. Garric rang immer noch mit den Schnüren auf seinem Rücken, war aber schon auf dem Weg zum Ankleidezimmer.

»Nein, hier entlang«, sagte Tenoctris, die um den Tisch herum auf die Treppe zuging. Die Gildenhalle war ein Labyrinth für sich. Das und die Tatsache, daß sie nahe dem Haus der Königin lag, waren die Gründe, warum Royhas sie für diese Besprechung gewählt hatte.

»Man wird Euch sehen!« sagte Pitre. Die Verschwörer waren durch die Gildenkammern hereingekommen, jeder durch einen anderen Eingang.

»Das ist gleich«, sagte Tenoctris. »Ich muß sehen, was geschieht, und das tue ich lieber auf direkte Weise als durch Anwendung meiner Kunst!«

Garric warf das Gewand auf den Boden und folgte den Frauen.

Die Nachmittagssonne war eine Erleichterung für ihn. Royhas hatte die Diener der Gilde angewiesen, die Fenster des Bankettsaals zu verhängen, denn er wußte, daß Gothelm die Verschwörer so rasch an die Königin verraten würde, wie er ihnen die Geheimnisse der Königin verkauft hatte. Es wäre sicherer gewesen, Gothelm in der Nacht zu verhören, aber die Pflichten des Verräters – er war einer der Untertorhüter – verlangten, daß er die ganze Nacht im Herrenhaus blieb.

Die Glasbläserhalle stand in einem wohlhabenden Wohngebiet. Marmorne Simse zierten die aus gelblichem Kalkstein erbauten Gebäude. Wenn die Materialien zusammen gealtert waren, hatte das eine angenehme Wirkung, und jene Häuser, die erst vor kurzem mit Bleiche und Schrubbern gesäubert worden waren, wirkten blendend hell in der Sonne.

Viele Gebäude in diesem Viertel – die Gildenhalle eingeschlossen – stammten noch aus der Zeit des alten Königreichs. Bilder aus Carus' Erinnerungen blitzten in Garrics Kopf auf und zeigten, wie wenig sich oft an den drei- oder vierstöckigen Häusern verändert hatte.

Die Straßen von Valles waren kopfsteingepflastert und gerade, obwohl sie hier in der Innenstadt auch recht schmal waren. Die Häuser an den Straßen gehörten reichen Kaufleuten oder Gilden, aber die Bürgersteige waren keine zwei Schritt breit. Häufig waren die Haupteingänge im ersten Stock und nicht auf Straßenhöhe, so daß Steintreppen alles noch enger machten.

»Liane?« sagte Garric. »Wie kommt es, daß die Königin hier wohnt? Der herzogliche Palast lag an der nördlichen Stadtmauer.«

Liane sah ihn an und war erneut erstaunt, wie vertraut Garric mit früheren Zeiten war. »Der königliche Palast befindet sich immer noch dort«, sagte sie. »Kurz bevor ich vor fünf Jahren in Herrin Gudeas Töchterschule eintrat, hatte die Königin sich hier eine eigene Residenz errichten lassen.«

»Woher kam der Platz dafür?« wollte Garric wissen. Carcosa, die uralte Hauptstadt der Inseln, war überwiegend eine gewaltige Ruine, deren derzeitige Bevölkerung die Monumente des alten Königreichs als Steinbrüche für neue Gebäude verwendete. Valles schien in den letzten tausend Jahren relativ wenig gelitten zu haben. Er konnte sich nur schwer vorstellen, daß es hier genügend Platz für ein Anwesen gab, das so groß war wie das der Königin.

»Es gab ein Feuer«, erklärte Liane. »Beschränkt auf die Häuser, die die Agenten der Königin hatten kaufen wollen, die man ihnen aber nicht überlassen hatte. Selbstverständlich gab es Gerüchte, weil das Feuer so plötzlich ausgebrochen war, daß keiner der Bewohner lebend sein Haus verlassen konnte. Das war, bevor der erste Feuergeist in der Öffentlichkeit erschien.«

Sie warf Garric einen ausdruckslosen Blick zu. »Die Erben waren bereit zu verkaufen ... nur allzu bereit!«

Tenoctris bestimmte das Tempo der drei. Gothelm hatte einen gewissen Vorsprung, aber er war langsamer geworden, nachdem er erst einmal die Gildenhalle hinter sich hatte.

Eine sechsspännige Kutsche kam auf sie zu und nahm die gesamte Straße ein. Gothelm verschwand um die Ecke, während Garric und die anderen vor einer Treppe stehenbleiben mußten.

Die Kutsche fuhr vorbei, und die eisenbeschlagenen Räder dröhnten und schlugen Funken auf dem Kopfsteinpflaster. Auf der Tür der Kutsche befand sich ein Wappen, aber die Glasscheiben waren zu matt, um von den Passagieren mehr als ihre Umrisse sehen zu können.

»In einer ordentlich regierten Stadt«, meinte Liane, »wären Kutschen nach Sonnenuntergang nicht mehr zugelassen. Ebensowenig wie die Wagen von Lieferanten.«

»Wir wissen, wohin Gothelm geht«, sagte Garric, »aber wir sollten uns trotzdem beeilen, wenn wir sehen wollen, wie er dort eintrifft.«

Mit »anständig regiert« meinte Liane »regiert wie Erdin« – die Stadt, in der sie aufgewachsen war, und die einzige, die mit Valles um den Titel der größten Stadt der Inseln wetteiferte. Die Tatsache, daß Liane ihre letzten Schuljahre hier verbracht hatte und von den Mädchen aus der Stadt als sandrakkanische Barbarin betrachtet worden war, ließ sie treu zu ihrer Heimat stehen.

Das war nichts, worüber Garric mit ihr diskutieren mußte. Immerhin war Carcosa auf Haft einmal die Hauptstadt des echten vereinigten Königreiches der Inseln gewesen. Nichts konnte dagegen ankommen.

Tenoctris lächelte, als wüßte sie, was Garric dachte. Er grinste zurück.

Als sie die Kreuzung erreichten – drei Straßen begegneten sich im schrägen Winkel, und eine vierte mündete ein paar Schritt weiter in die breiteste –, war Garric überrascht, Gothelm direkt vor ihnen zu sehen. Der Verräter zögerte, bevor er auf das flache Pflaster um das Herrenhaus trat.

Das Haus selbst war eine noch größere Überraschung.

Das Basaltgebäude war fünfeckig. Die Straße, die Gothelm entlanggegangen war, führte zu einem Torbogen, der einzigen Öffnung auf dieser Seite des Erdgeschosses. Es gab nur ein einziges Obergeschoß, aber das Steingeländer um das Dach des Herrenhauses war so hoch wie die nahe gelegenen, mehrgeschossigen Häuser.

In der Fassade des ersten Stocks befanden sich ein Dutzend Glasfenster; dahinter tanzten Flammen. Garric wurde einen Augenblick lang schwindlig, als er sie ansah, als hinge er über einer Grube, die sich bis in die Unterwelt hinabsenkte. Er konnte verstehen, wieso Gothelm gezögert hatte und wieso die Leute, die die nahe gelegene Kreuzung überquerten, den Blick abwandten.

Gothelm legte die Hände an die Wangen. Er wagte nicht, seine Augen zu bedecken, aber am liebsten hätte er es wohl getan. Er bewegte sich weiter vorwärts.

»Er sieht aus, als müsse er von einer Klippe springen«, flüsterte Liane.

»Das wäre ein saubererer Tod«, meinte Tenoctris. »Aber es würde uns nicht helfen.«

»Warum versuchst du denn nicht …«, setzte Garric an. Als Gothelm das Gelände betrat, veränderten sich die zehn Fuß gepflasterten Bodens plötzlich; sie verwandelten sich in einen ausgedehnten Garten mit Statuen und Pflanzen mit dunkelgrünen Blättern. Garric schwieg.

Man hatte ihm gesagt, was zu erwarten war, aber die Wirklichkeit verblüffte ihn dennoch. Das Herrenhaus selbst war unverändert geblieben, obwohl es nun erheblich größer wirkte, weil der Vordergrund weiter geworden war. Eine Reihe fünfeckiger Steine führte zum Eingang. Gothelm folgte ihr und setzte seine Schritte mit Bedacht.

»Ich hätte gedacht, er würde rennen«, sagte Liane. Sie hatte die Hände vor dem Magen verschränkt, eine instinktive Reaktion auf die Anspannung. Garric stellte fest, daß er die rechte Hand auf den Schwertgriff gelegt hatte.

»Er hat Angst, einen falschen Schritt zu tun«, sagte Tenoctris. »Aber Sorgfalt wird ihm nicht helfen. Wenn die Königin sich nicht die Mühe gemacht hat, eine Parole auszugeben, um ihre Feinde auszuschließen, dann liegt das daran, daß der Irrgarten die Herzen jener lesen kann, die ihn betreten.«

Der Weg war von Eiben in Basaltkübeln gesäumt. Die Statuen auf den niedrigen Sockeln, die überall im Garten standen, waren ebenfalls aus Basalt. Wegen der matten Oberfläche des Steins waren Einzelheiten kaum zu erkennen; aber nach dem wenigen, was Garric sehen konnte, war er dafür eher dankbar.

Obwohl der Weg gerade wirkte, veränderte sich Garrics Blickwinkel auf den Mann, der ihn entlangging, mit jedem Schritt. Es war, als bewegte der Verräter sich tatsächlich durch – nun, durch einen Irrgarten, wie Tenoctris schon beim Verhör gesagt hatte.

Manchmal schien Gothelm auf Garric und die Frauen zuzugehen, aber offensichtlich sah er sie nicht. Jeder Schritt brachte ihn näher an das Herrenhaus, obwohl die offensichtliche Bewegung seiner Beine ihn manchmal hätte in eine andere Richtung tragen müssen.

»Dann opfern wir ihn also?« fragte Liane. Sie hatte den Blick nicht von Gothelm gewandt.

»Ich will die Verteidigungsanlagen in Aktion sehen«, sagte Tenoctris. Lianes Frage war kein Einwand gewesen und die Erwiderung der alten Zauberin keine Verteidigung. »Ich bedaure bis zu einem gewissen Grad, was geschehen wird, aber alle Menschen müssen sterben.«

Sie lächelte dünn. »Ich habe größere Verantwortung, als Gothelm vor den Konsequenzen seiner Unehrlichkeit zu schützen.«

»Es sind schon bessere Menschen gestorben«, sagte Liane. Garric stimmte ihr zu, aber die Kälte ihres Tonfalls hätte ihn überrascht – wenn ihm nicht klargeworden wäre, daß sie von ihrem Vater sprach, der in einem Grabmal von einem Dämon, den er selbst heraufbeschworen hatte, zerfleischt worden war.

Handlungen hatten Folgen. Gothelm würde dafür zahlen, was er getan hatte, ebenso wie andere dafür zahlten.

Als bestünden die Steinplatten nur aus Reif und als wäre die Sonne herausgekommen, verschwand der Weg plötzlich. Gothelm erstarrte. Er hatte das rechte Bein ausgestreckt. Er zog es zurück, legte die Arme dicht an den Körper und drehte langsam den Kopf. Er schien immer noch nicht zu verstehen, was geschah.

Gothelm trug Stiefel aus rotem Kalbsleder, aber die Zehen waren nicht mehr zu sehen. »Seine Füße versinken im Boden«, flüsterte Liane.

»Der Efeu wächst über ihn hinweg«, sagte Tenoctris. »Das ist harmlos. Wahrscheinlich sind die meisten Auswirkungen harmlos, aber ich muß wissen, auf was ich mich vorbereiten soll.«

Gothelm schrie auf und begann loszulaufen. Seine Stimme klang, als sei er mindestens eine halbe Meile entfernt. Der Verräter bewegte sich etwa parallel zur vorderen Mauer des Gebäudes. Eine Weide streckte ihre Zweige nach ihm aus, obwohl kein Windhauch die anderen Blätter bewegte.

»Wieso kommt er nicht zurück zum Tor?« wollte Garric wissen.

Er sah nicht gerne zu, wenn Katzen mit einer Maus spielten. Er verstand, daß es manchmal nötig war zu töten, aber das kurze Zuschnappen eines Hundekiefers war mehr nach seinem Geschmack. Er legte die Hand auf den Schwertgriff und brachte die Kraft König Carus' damit ein wenig näher zu sich.

Tenoctris zuckte die Achseln. »Er kann uns nicht sehen«, sagte sie. »Und auch nicht das Haus. Sollte er zufällig in die richtige Richtung laufen, wird ihn etwas zurücktreiben, wie …«

Eine Statue mit dem Oberkörper eines Menschen und Beinen wie Schlangenkörper trat von ihrem Sockel herab. Sie glitt in Gothelms Blick. Er schrie auf, so sinnlos wie ein kleines Kind bei einem Wutanfall.

»Auch das ist harmlos«, sagte Tenoctris gefühllos. »Diese Statue könnte einen zerdrücken, wenn man vor ihr einschläft, aber sie kann sich nicht mit großer Geschwindigkeit bewegen.«

»Ihr seid widerwärtig!« rief jemand hinter ihnen.

Garric sah sich um. Eine Frau mit einem Korb voll Brot war an der Kreuzung stehengeblieben. »Widerwärtig!« wiederholte sie und eilte davon.

»Wir müssen es wissen«, sagte Garric und bewegte dabei kaum die Lippen.

Ein offenbar natürlich gewachsener Fels war zu einem Dämonengesicht gemeißelt worden. Aus dem offenen Maul floß ein kleiner Bach in die Landschaft hinein. Gothelm rannte auf die gekrümmte Brücke zu, obwohl der Bach schmal genug war, um darüberspringen zu können.

Als der Verräter mitten auf der Brücke war, bäumte sich der Stein auf und warf ihn ab. Das Wasser darunter erhob sich aus seinem Bett und fing ihn in der Luft.

Gothelm schlug um sich. Seine Stimme erhob sich zu einem verzweifelten Jammern wie das eines Kaninchens, das mit den Beinen in eine Schlinge geraten ist. Das Wasser umgab ihn wie die Zunge einer Schlange und sog Gothelm in das steinerne Dämonenmaul.

Das Steinmaul schloß sich. Die Schreie hörten auf. Knochen knackten.

Garric schluckte. Er hatte geglaubt, einen schnellen Tod vorzuziehen.

Das steinerne Gesicht drehte sich um und sah sie an. Das Maul öffnete sich und rülpste. Der Dämon und die gesamte Landschaft ringsherum verblaßten und verschwanden. Garric und die Frauen sahen das flammenäugige Herrenhaus über einen gepflasterten Weg hinweg, der nicht breiter war, als ein gesunder Mann springen konnte.

Auf den Pflastersteinen lag ein halber roter Lederstiefel, mitten im Schaft durchgebissen. Gothelm Fuß und ein Teil seines Beins befanden sich noch drinnen.

»Wir haben alles erfahren, was wir wissen mußten«, sagte Tenoctris leise. »Und ich wäre sehr froh, nun einigen Abstand zwischen mich und das da legen zu können.«

Ilna os-Kenset hatte Schmerzen, sie war hungrig und sie war wütend. Aber wenn sie zurückdachte, konnte sie sich nicht an viele Gelegenheiten erinnern, an denen sie nicht über das eine oder andere wütend gewesen wäre. Sie hatte auch oft genug Schmerzen gehabt oder gehungert.

Sie lachte auf. Der Seemann, der ihr am nächsten stand, blickte auf sie herab. Sie dachte daran, nach ihm zu treten, aber statt dessen nickte sie mit derselben knappen Höflichkeit, die sie einem Nachbarn in Barcas Weiler entgegengebracht hätte.

Der Seemann wickelte das Tau, das er in der Hand hatte, ein Stück weiter auf und ging ein paar Schritte vorwärts. Die Schuppenmenschen hatten Gesichter wie Frösche. Es war unmöglich zu erkennen, was sie dachten oder ob sie überhaupt dachten.

Ilna hatte ihre Fesseln weit genug bearbeitet, daß sie sich hätte aufsetzen können, aber das hätte die Schuppenmenschen mißtrauisch gemacht. Normalerweise war sie ein aktiver Mensch; daß sie nun gezwungen war, auf der Seite zu liegen, ließ ihre Muskeln steif werden.

Die Sonne bewegte sich langsamer von einem Horizont zum anderen, als Ilna es gewohnt war. Den größten Teil der Zeit lag sie im Schatten des Segels, aber selbst das direkte Sonnenlicht war rötlich und nicht sonderlich warm.

Ihre Bewacher hatten ihr zweimal zu trinken gegeben, indem sie einen Lumpen in einen Eimer Wasser getunkt und ihn ihr dann in den Mund gesteckt hatten, damit sie die Feuchtigkeit heraussaugen konnte. Um einen Becher benutzen zu können, hätte sie aufrecht sitzen müssen, und die Schuppenmenschen gingen kein Risiko ein.

Das Wasser schmeckte ekelhaft. Der Lumpen war aus dem Lendenschurz eines Mannes gemacht, der zehn Jahre zuvor von einer Spiere erschlagen worden war – der Stoff erzählte Ilna seine Geschichte, ob sie es wollte oder nicht. Die Flüssigkeit würde sie am Leben erhalten; das war alles, was zählte.

Es kam ihr besonders darauf an, noch eine Weile zu überleben. Sie hatte die eine oder andere Rechnung zu begleichen.

Etwas trieb hoch oben am Himmel entlang und warf Schatten auf sie. Ilna blickte auf. In den Wolken hing ein rosafarbenes Geschöpf, das erheblich größer war als das Schiff. Durchscheinende Flügel wogten auf beiden Seiten wie die Flossen eines Steinbutts. Ilna konnte keine Augen oder andere Sinnesorgane erkennen, aber Wirbel und Höhlungen bebten innerhalb der rosafarbenen Haut.

Die Seeleute grunzten aufgeregt. Einer von ihnen öffnete eine Truhe, die vor dem Deckshaus stand, und verteilte Waffen. Ein Seemann spannte eine Armbrust mit Hilfe einer Schlinge, auf die er mit dem Fuß trat.

Ilna kam die Waffe nicht besonders bedrohlich vor. Sie nahm an, daß die normalen Bogen, die Garric und die meisten Bauern von Haft zur Jagd benutzten, einen Pfeil weiter schießen konnten und außerdem schneller einzusetzen waren. Aber um eine solch einfache Waffe erfolgreich einzusetzen, mußte man ein guter Schütze sein, wohingegen jeder Idiot mit einer Armbrust zielen und das Geschoß mehr oder weniger gerade abschießen konnte, indem er den Auslöser bediente.

Ilna schnaubte. Menschen konnten erfindungsreich sein, wenn es darum ging, ihre eigene Unfähigkeit zu umgehen. Das Geschöpf beachtete das Schiff nicht. Es flog in eine Wolke hinein, die kaum größer war als es selbst, und tauchte dann auf der anderen Seite wieder auf. Ein paar Wolkenreste bebten in dem von den langgezogenen Flossen aufgewirbelten Wind. Der größte Teil der Wolke war verschlungen.

Die Schuppenmenschen wurden wieder ruhiger. Der Armbrustschütze löste den gespannten Hahn seiner Waffe und legte sie zurück in die Truhe, obwohl mehrere andere Schuppenmenschen die Entermesser, die sie an ihre breiten Ledergürtel gehängt hatten, weiterhin trugen.

Ilna hörte aus dem Frachtraum unter sich rhythmisches Hämmern. Es war auch eine Stimme zu vernehmen, aber sie konnte nicht einmal feststellen, ob sie einem Menschen gehörte.

Das beunruhigte sie nicht sonderlich. Wer immer diesen Lärm machte, war offenbar nicht imstande, sich selbst zu befreien, also brauchte sie aus dieser Richtung keine Hilfe zu erwarten.

Sie arbeitete weiter an den Knoten ihrer Fesseln. Einer der Seeleute beobachtete sie und erschwerte damit diese Befreiungsversuche, aber Ilna hatte auch nicht erwartet, daß man es ihr leichtmachte.

Sie hoffte, bald Erfolg zu haben. Wieso sollte sich diese Aufgabe, die sie sich gesetzt hatte, so sehr von anderen unterscheiden?

Vierundzwanzigster Tag im Monat des Reihers

Cashel hatte keine Ahnung, wieso sie ihn geweckt hatten. Die Nacht war warm und, wenn man von dem Affen neben ihm absah, ruhig.

Zahag schnarchte. Außerdem flatterten seine Lippen jedesmal, wenn er ausatmete. Aria beschwerte sich immer noch über den Lärm, obwohl er sie nicht länger vom Schlafen abhielt.

Für Cashel war es ein Geräusch, das ihn an zu Hause erinnerte. Dantle – Dantle Langbein, nicht der schielende Dantle, der am anderen Ende des Dorfs wohnte – hatte eine Sau gehabt, die ganz ähnlich schnaufte, wenn sie neben dem Schafspferch im Schutz des Heuwagens schlief. Cashel hatte dieses Schnarchen oft gehört, wenn er Dantle bei der Schafschur half.

Cashel stand auf. Er hatte sich zwar rasch bewegt, war aber dennoch überrascht, daß Zahag nicht aufwachte. Cashel hatte schon erlebt, daß der Affe mitten im Schnarchen aufsprang, um nach einem Skorpion zu greifen, der mehrere Armeslängen von seinem Kopf entfernt über die Kiesel kroch.

Dann hatte Zahag den Skorpion verschluckt und sich umgesehen, ob seine Begleiter das bemerkt hatten. Cashel hätte das Geschöpf nicht einmal mit der bloßen Hand zerdrückt, geschweige denn es gegessen, also tat er so, als hätte er es nicht bemerkt.

Sie hatten den Sumpf hinter sich gelassen, und die Landschaft, in der sie sich nun befanden, war zwar trocken, aber anders als die Wüste, die sie durchquert hatten, nachdem sie Arias Gefängnis entkommen waren. Cashel hätte hier keine

Schafe zum Weiden ausgeschickt, aber Ziegen hätten durchaus überleben können. Außerdem hatte er heute rechteckig behauene Steine neben dem Pfad gesehen – das erste Anzeichen menschlicher Arbeit seit dem Knüppeldamm.

Er war natürlich nicht ganz sicher, ob »menschlich« unbedingt das richtige Wort war.

In einiger Entfernung kläffte ein Fuchs und klang dabei wie ein erheblich größeres Tier. Cashel packte den Stab fester, um sich zu erinnern, wie sich das Holz anfühlte. Der Hickorystab, den er in Folquins Palast zurückgelassen hatte, fehlte ihm immer noch, aber diese Waffe war recht brauchbar.

Er mochte Ziegen nicht. Sie waren vielleicht klug, aber Hirn stand auf Cashels Liste von Tugenden nicht besonders weit oben. Ziegen waren von unangenehmem, reizbarem Wesen und neigten dazu, Dinge aus purer Bosheit zu tun. Ein Schaf ging durch ein offenes Tor, um in einem Garten zu fressen. Ziegen kletterten über einen Zaun, von dem man glaubte, daß er sogar Mäuse abhalten könnte, und fraßen alles kahl, selbst wenn es auf ihrer Weide genügend Futter für sie gab.

Auf Aria aufzupassen erinnerte Cashel häufig an die Zeit, als er hatte Ziegen hüten müssen.

Die Glut ihres Lagerfeuers flackerte plötzlich auf, dann sackten die Flammen wieder in sich zusammen. Sie erhoben sich abermals, aber diesmal waren sie vom blassen Blau eines Herbsthimmels. Es blieb weiterhin still.

»Zahag«, sagte Cashel. Er rief nicht unbedingt, aber selbst Aria – die wie ein Bär schlief – hätte es hören und aufspringen müssen. »Prinzessin.«

Die beiden erwachten nicht. Sie regten sich nicht. Die einzige Bewegung in der Nacht war das unnatürliche Flackern des Feuers.

Cashel hörte das sanfte, mahlende Geräusch von Füßen auf

trockenem Boden. Er spähte ins Dunkel, konnte aber nichts sehen. Er hielt den Stab horizontal vor sich und rief: »Wer da?«

Drei Frauen, nicht eben Riesinnen, aber so hoch, wie Cashel mit ausgestrecktem Arm reichen konnte, traten ins Licht des Feuers. Sie hielten einander an den Händen. Sie waren barfuß wie Bäuerinnen, trugen aber Diademe und Gewänder aus so feiner Seide, daß sie wie Wasser zu fließen schienen.

»Wir haben auf dich gewartet, Cashel«, sagte die Frau in der Mitte. Ihr Haar mußte aschblond sein, denn im Augenblick sah es ebenso geisterhaft blau aus wie das Feuerlicht. »Tanz mit uns.«

Die Frau zu ihrer Linken hatte schwarzes Haar und weiße Haut. »Wir sollten zu viert sein, wenn wir tanzen, Cashel«, sagte sie in einer Stimme, die klang wie eine in einiger Entfernung gespielte Trompete.

Sie waren schön. Sie bewegten sich mit derselben natürlichen Anmut wie Sharina. Als Cashel sie ansah, fiel es ihm schwer, sich an Sharinas Gesicht zu erinnern.

»Wo wohnt ihr?« fragte er. Er streckte sein Bein aus und stieß Zahag in die Rippen. Es war, als hätten seine Zehen einen Felsen berührt.

Der haarige Brustkorb des Affen war fest und kalt wie der einer Statue. »Wir wohnen nicht hier, Cashel«, sagte die dritte Frau. Sie winkte ihn mit ihrer freien Hand zu sich. Er spürte einen Sog wie von der Strömung eines Baches, der Hochwasser führt. »Wir sind hierher gekommen, um dich zu besuchen.«

»Tanz mit uns«, sagten die Frauen gemeinsam. Sie begannen, ihn langsam zu umkreisen, bewegten sich mit der Majestät von Widdern, die sich auf einen Kampf vorbereiten.

»Nein«, sagte Cashel. Zumindest versuchte er zu sprechen. Er war nicht sicher, ob seine Absicht weiter als bis zu seinen Lippen gelangte.

Zunächst hielten die Frauen sich weiter an den Händen, dann trennten sie sich. Jede drehte sich einmal um sich selbst, aber dabei umkreisten sie ihn weiter in Richtung der Sonne. Jede winkte Cashel zu. *Tanz mit uns …*

Cashel konnte den Mond nicht mehr sehen und auch nicht das Feuer hinter sich, als er versuchte, den Kopf zu drehen. Die Frauen tanzten jetzt schneller. Auf ihren ruhigen, anmutigen Bewegungen lag ein bleiches Licht, das keinen Schatten warf. Cashel hielt den Stab vor sich, als wäre er ein Geländer an einer Grube. Der Tanz näherte sich seinem Höhepunkt. Die Bewegungen setzten sich fort, aber vor seinem geistigen Auge waren die drei Frauen reglos und majestätisch. Sie winkten ihm zu.

Komm zu uns, Cashel. Wir sollten zu viert tanzen. Komm zu uns …

Cashel zwang sich, den Kopf abzuwenden. Aria hatte sich in der kleinen Senke zusammengerollt, die er neben dem Feuer für sie gegraben hatte, und schlief wie tot. Er mochte Aria nicht, aber sie war an diesem Ort, weil Cashel or-Kenset sie hierher gebracht hatte.

Sharina war nur eine entfernte Erinnerung. Seine anderen Freunde und der Kampf gegen Malkars Verbündete waren nichts als Namen wie die aus einem Epos, das Garric ihm vorgelesen hatte, als sie gemeinsam in Barcas Weiler Schafe hüteten.

Was blieb, war die Pflicht.

»Ich kann nicht«, flüsterte Cashel. »Ich werde hier gebraucht.«

Der Tanz wurde schneller. Es waren keine einzelnen Gestalten mehr zu erkennen, nur noch eine Säule vagen Lichts.

Das Licht dehnte sich langsam aus. Es umfing Cashel und ließ ihn in traumlosen Schlaf fallen.

»Wir haben getan, was ihr wolltet«, erklärte Royhas. »Über hundert unserer Verbündeten kommen in die Stadt. Sie werden das Gerücht verbreiten. Morgen um diese Zeit wird es in Valles keinen einzigen Menschen geben, der nicht gehört hat, daß König Carus zurückkehrt, um die Königin für alles bezahlen zu lassen, was sie getan hat.«

Er lachte zynisch. »Und sie werden es alle glauben. Besonders die einfachen Leute. Das sind die Leute, die wir brauchen.«

Auf einer Barke, die in der Nähe vor Anker lag, erklang eine Glocke. Sie gingen am Fluß Beltis entlang, auf dem Waren aus dem Binnenland nach Valles verschifft wurden. Royhas verstand nicht, wieso Garric darauf bestanden hatte, daß sie sich hier trafen und nicht in seinem Haus oder in einer Kutsche. Die Leibwachen des Adligen gingen ein paar Schritte hinter ihnen und waren ebenfalls nicht begeistert von der Situation; dabei wären selbst ohne Wachen zwei nüchterne Männer mit Schwertern vor den kleinen Ganoven sicher gewesen, die hierher zum Fluß kamen.

Zur Rechten Garrics befand sich die rückwärtige Mauer eines Tempels der Herrin des Wohlstands. Im Frühjahr hatte der Beltis Hochwasser; die großen Kalksteinblöcke der Mauer hatten bis über zwanzig Fuß über Straßenniveau Schlammflecke. Dieser Tempel und andere öffentliche Gebäude an diesem Ufer gingen zum Kaufmannsplatz hinaus – dem Mittelpunkt von Valles, als es noch ein Dorf gewesen war.

»Einige von ihnen werden es glauben«, sagte Garric. »Noch mehr werden es glauben, wenn ich auftauche, und schließlich …«

Er sah seinen Begleiter an. Er hielt einen Augenblick inne, um Royhas' Aufmerksamkeit auf sich zu lenken.

»… wird jeder auf Ornifal und überall auf den Inseln es glauben und sich uns anschließen. Ich glaube nicht an Goldene

Zeitalter, Royhas. Aber ich glaube an Regierungen, die sich bemühen, jedem Gerechtigkeit widerfahren zu lassen, und an einen König, der sämtliche Inseln regiert.«

Royhas war sowohl intelligent als auch aktiv; ohne ihn hätte es diese Verschwörung nicht gegeben, obwohl keiner der anderen ihm den Vorrang lassen wollte. Er zögerte einen Augenblick; dann ging er weiter.

Garric und der Adlige hatten keinen Lakaien, der ihnen den Weg beleuchtete. Hier am Fluß genügte das Mondlicht, da der Himmel nicht von Gebäuden verstellt war, die sich Schulter an Schulter erhoben.

»Ihr redet nicht wie ein Bauer von Haft«, sagte Royhas. Er hatte den Blick auf den Weg vor sich gerichtet. Die Kapuze seines Umhangs verbarg sein Gesicht vor Garric. »Das habt Ihr von Anfang an nicht getan. Ich frage mich, ob ich Euch nicht einfach im Wald hätte vergraben sollen, wie ich es Valence geschworen habe.«

Garric lachte leise. Zumindest kam das Geräusch aus Garrics Kehle. Die Erinnerungen waren die von Carus. *Ein Schwert, das aufblitzte, bis es auf einen Knochen stieß; ein Umhang, der anstelle eines Schildes um den linken Unterarm gewickelt war. Feinde, die zu nahe waren, um zu verstehen, was geschah, und überrascht Wunden anstarrten, die ihnen so plötzlich zugefügt wurden, daß sie starben, bevor sie wußten, was sie getroffen hatte …*

Fledermäuse, die dicht über der Flußoberfläche Insekten jagten, zwitscherten. Hin und wieder kündete ein Platschen oder schwererer Flügelschlag von einem größeren Raubtier. Der Bauer in Garric hatte bereits Ornifals in der Nacht fischende Eulen bemerkt.

»Nein«, sagte Garric. »Diesen Befehl hättet ihr nicht geben sollen, Royhas.«

Der Adlige lachte freudlos. Er verstand den Unterschied zwischen der Frage, die er gestellt hatte, und Garrics Antwort nicht. Wenn Royhas Garrics Tod angeordnet hätte, wäre es im Wald zu einem Gemetzel gekommen, aber es war gut möglich, daß nicht Royhas die Palastruinen lebend verlassen hätte.

Streitende, schleppende Stimmen erhoben sich aus dem Tempelgarten über ihnen. Eine Schale oder eine Flasche klirrte. Eine Stimme wurde lauter und vorwurfsvoller, die andere ergab sich in trunkenem Schluchzen. Die Gewölbe, auf denen öffentliche Gebäude in Valles errichtet waren, boten Vagabunden Zuflucht. Wenn das Wetter es gestattete, saßen die Bewohner dieser Katakomben auf den Stufen, um in Gesellschaft ihresgleichen zu essen, zu trinken und Geschichten zu erzählen.

Und worin unterschieden sie sich von Leuten wie Royhas bor-Bolliman und Garric, einstmals Bürger von Barcas Weiler auf Haft, der davon träumte, König der Inseln zu sein?

Garric lachte. Er war sich nicht einmal sicher, ob seine Träume bedeutender waren als jene, die aus den Weinflaschen auf den Tempelstufen aufstiegen.

»Was wollt Ihr eigentlich?« fragte Royhas. »Was wollt ihr? Ich schwöre, Ihr seid so undurchschaubar wie die Königin selbst!«

»Aber ich bin nicht böse«, meinte Garric und hoffte, die Wahrheit zu sprechen. Wieder mußte er lächeln. Das entsprach wohl der Wahrheit: Er hätte keine Freunde wie Liane und Tenoctris, wenn er ein Geschöpf Malkars wäre.

»Lord Royhas«, fuhr er leise fort. »Ich habe vor, König der Inseln zu werden. Sämtlicher Inseln. Ich möchte allen Menschen der Inseln dienen und sie regieren.«

Garric wußte, daß dies der Augenblick war, auf den er gewartet hatte. Er hatte Royhas in eine Situation gebracht, in der der Adlige sich verstört und allein fühlte, obwohl er im Mittelpunkt der Stadt war, in der er geboren wurde.

»Das werde ich nicht erreichen, weil mein Ahnherr König der Inseln war – obwohl das den Tatsachen entspricht, wie Silyon gesagt hat«, fuhr Garric fort. »Ich werde es tun, weil unsere ganze Welt im Schlamm versinken wird, wie er sich am Boden dieses Flusses befindet, wenn ich es nicht tue.«

Die beiden Männer gingen weiter; wenn sie stehengeblieben wären, wären die Wachen sofort dagewesen und hätten Fragen gestellt. Die beiden Männer, der Adlige und der junge Mann mit den Kenntnissen eines uralten Königs, starrten einander an und achteten nicht auf fehlende Pflastersteine oder auf Müll, den der Fluß angespült hatte.

»Warum sagt Ihr mir das?« wollte Royhas wissen. Er klang unsicher, vielleicht sogar verängstigt. Garric stand für etwas, das der Adlige nicht verstand, in einer Situation, in der Unkenntnis gefährlich war und selbst die bekannten Gefahren die Verschwörer zu überwältigen drohten.

»Weil ich will, daß Ihr ebenfalls daran glaubt«, sagte Garric. »Ich will, daß alle wieder beginnen, an das Königreich der Inseln zu glauben. Das alte Königreich fiel, weil die Menschen nach Carus' Tod aufhörten, daran zu glauben. Wenn die Menschen wieder beginnen können, an etwas zu glauben, das wichtiger ist als die Größe ihrer eigenen Geldtruhe oder die Anzahl der Soldaten, die sie ins Feld schicken können, werden wir wahre Einheit und Frieden haben.«

»Waldron wird euch nie dienen«, sagte Royhas. Das war ein weiterer Beweis, daß König Carus sich nicht in ihm geirrt hatte: Er war intelligent, entschlossen und mutig auf eine Art, die nichts mit seiner Bereitschaft zu tun hatte, sein Schwert zu ziehen. »Meine Familie bestand seit zwanzig Generationen aus Kaufleuten. Für Waldron und die anderen Landbesitzer aus dem Norden jedoch ist ihre Ehre das einzige, was für sie zählt. Sie werden sich nie vor einem Hirten von Haft verbeugen.«

Damit machte Royhas indirekt klar, daß er – und Stadtadlige wie er – sich verbeugen würden. Garric lächelte.

»Werden sie sich vor der Krone der Inseln beugen?« fragte er. »Immerhin erkennen sie Valence an.«

»O ja«, stimmte Royhas zu. »Valence ist einer von ihnen: Seine Ländereien im Norden und Westen sind größer als einige Inseln. Und sie haben an der Steinernen Mauer für ihn gekämpft, denn was immer sie von ihm als Menschen hielten, er war kein Pirat von Sandrakkan.«

»Ich möchte, daß die Inseln in Frieden wiedervereinigt werden«, sagte Garric. Er lächelte. »Nun, zumindest in soviel Frieden, wie unter Menschen möglich ist. Wie ich schon sagte, ich glaube nicht an Goldene Zeitalter. So schlimm die Königin ist – und so schlimm das Wesen ist, dem Valence dient, wie Ihr wißt ...«

»Ich weiß nichts!« sagte Royhas, und seine Stimme wurde unwillkürlich lauter. »Ich weiß nichts über Silyon und was sie tun!«

»Wie Ihr wißt«, fuhr Garric fort, »trotz all Eurer Anstrengung, es nicht zu wissen, denn Ihr hättet mich nicht gerettet, wenn Ihr es nicht wüßtet ... all das, sage ich Euch, ist eine Kleinigkeit, verglichen mit dem, was wir wirklich brauchen: vereinigte Inseln. Wir können nicht von allen erwarten, daß sie uns helfen, vor allem nicht zu Beginn; aber jene, die versuchen, uns aufzuhalten, und dabei Stolz auf ihre Heimat, ihre Ehre oder einen der anderen Begriffe vorschieben, könnten ein ebenso großes Problem darstellen wie die Königin.«

Vor ihnen befanden sich jetzt Lichter. Sie näherten sich der Landestelle einer Fähre zu den Vorstädten auf der anderen Seite des Flusses. Südlich von hier, wo das Marschland den

Beltis in drei Flüsse teilte, überquerten eine Brücke und ein Damm das Wasser, aber selbst zu dieser frühmorgendlichen Stunde herrschte reger Verkehr auf dem Fluß.

»Ich bin kein Soldat«, sagte Royhas.

Ihr habt allerdings ein gutes Auge für Kämpfer, wenn man nach Euren eigenen Wachen schließen kann, dachte Garric. Laut sagte er: »Wir werden Soldaten haben. Was wir brauchen, sind Leute, die imstande sind zu organisieren, die etwas von Geld und Vorräten verstehen, die schwierige Entscheidungen schnell treffen können, wenn keine Zeit ist, sich zum Beispiel an den König der Inseln zu wenden.«

Royhas lachte erstaunt. Mit einer Stimme, in der immer noch eine gewisse Selbstironie mitschwang, sagte er: »Bittet Ihr mich etwa, Euer Kanzler zu werden, König Garric? Was ist mit Papnotis bor-Padriman, der das Siegel derzeit trägt? Ganz zu schweigen von der Tatsache, daß seine Familie imstande ist, eine Armee von tausend Mann aufzustellen, leistet er gute Arbeit. Wenn man bedenkt, womit er es zu tun hat.«

Royhas und Garric trugen Hemden mit andersfarbigen Paspeln und leichte Umhänge – die übliche, unauffällige Kleidung von Kaufleuten. Das Schwert an der Seite war ungewöhnlich; Royhas trug ein schmales Kurzschwert, das ebenso Rangabzeichen wie Waffe war. Aber Garric hätte vielleicht auch ein Soldat auf Urlaub sein können.

Sie waren jetzt dicht genug am Landeplatz, um die Gesichter der Handvoll Menschen zu sehen, die auf das nächste Schiff warteten. Um diese Zeit waren die meisten Fahrgäste auf dem Weg in die Stadt – Bauernfamilien, die ihre Waren auf den Rücken von Eseln oder ihren eigenen zu den Märkten brachten.

Garric ging so langsam wie zuvor weiter. Er hatte ein gutes Zeitgefühl, oder war es Carus?

»Papnotis ist der Verwalter von Ornifal«, sagte er. »Aus viel mehr als dieser Insel hat das Königreich in letzter Zeit nicht bestanden – und auch das nur an einem guten Tag. Ornifal wird auch in der Zukunft einen Verwalter brauchen.«

Er hatte bis dahin nicht einmal den Namen des Kanzlers gekannt; er hatte keine Zeit gehabt, sich damit vertraut zu machen. Carus' lautloses Drängen trieb Garric ebenso sicher vorwärts wie seine gemessenen Ratschläge, die ihn in Augenblicken des Traumes leiteten. Wenn Garric sich die Zeit nehmen würde, alles zu erfahren, was er wissen mußte, bevor er handelte, würde überhaupt nichts geschehen – bis auf das vollständige und unwiderrufliche Ende der Zivilisation und vielleicht sämtlichen Lebens auf den Inseln.

Royhas lachte leise. »Ich denke, wir sind so weit gegangen, wie es notwendig war«, sagte er. »Immerhin …«

Er machte eine Geste mit der Hand, bevor er sich auf dem Absatz umdrehte. Die Leibwachen blieben stehen und teilten sich in zwei Gruppen von je dreien auf jeder Seite des Pfades. Sie warteten, bis Royhas an ihnen vorbeigegangen war, um sich dann wieder hinter ihn zu setzen.

»Immerhin«, fuhr Royhas fort, »wird das alles nichts nützen, wenn ein Feuergeist Euch morgen in Brand setzt. Als wir diese Ereignisse planten, interessierte uns das Schicksal und das Überleben dessen, der den Aufstand gegen die Königin anführt, nicht sonderlich.«

»Wenn Ihr damit nahelegen wollt, daß sich Eure Prioritäten jetzt geändert haben«, meinte Garric trocken, »dann freue ich mich besonders, daß wir dieses Gespräch geführt haben. Tenoctris sagt, die Feuergeister könnten nicht allzu schnell herbestellt werden, und man könne sie löschen, wenn genug Wasser vorhanden ist. Wenn man Platz hat, kann man sogar vor einem davonlaufen. Und wenn man nicht in Panik gerät.«

»Meine persönliche Erfahrung«, sagte Royhas und starrte

geradeaus, während er weiterging, »besteht darin, daß man Zauberern lieber nicht trauen soll.«

»Ich vertraue dieser Zauberin«, sagte Garric. »Ich würde ihr mein Leben anvertrauen. Tatsächlich habe ich es schon mehrmals getan.«

Royhas nickte, als hätten sie über die Speisekarte des morgigen Banketts gesprochen.

»Was allgemeinere Verteidigungen des Herrenhauses der Königin angeht«, sagte Garric, »so meint Tenoctris, es sei vor allem wichtig, daß wir uns nicht verirren. Die einzelnen Fallen für sich genommen sind nicht sonderlich kompliziert.«

»Eure Tenoctris kommt der Königin also an Macht gleich?« wollte Royhas wissen.

Garric lachte. »Tenoctris sagt, daß sie nicht sicher ist, ob irgend jemand der Königin gleichkommt. Zumindest kein menschliches Wesen. Tenoctris zweifelt daran, daß die Königin überhaupt ein Mensch ist.«

Royhas starrte ihn an. »Das meint Ihr ernst, nicht wahr?« sagte er. »Ihr versucht nicht nur, eine Feindin zu beschimpfen.«

»Tenoctris tut so etwas nicht«, sagte Garric. »Sie glaubt, daß die … Person, die behauptet, Prinzessin Azalais zu sein, tatsächlich ein Wechselbalg ist – ein Dämon, der Menschengestalt annehmen kann.«

Er zuckte die Achseln. »Tenoctris wollte ihre Feindin besser verstehen, damit sie gegen sie antreten kann«, sagte er. »Ich will eigentlich nur das aufständische Volk zum Palast der Königin führen und sie aus Valles und unserer Welt vertreiben.«

Garric grinste. »Und außerdem überleben«, meinte er. »Das würde mir gefallen.«

Dann wurde er wieder ernst. »Solange die Zivilisation ebenfalls überleben kann.«

Schweigend gingen die beiden Männer weiter. Über ihnen auf den Tempelstufen sangen Männer und mindestens eine Frau Lieder über die Weinlese. Auf Haft wurden keine Trauben angebaut, aber Garric hatte dasselbe Lied bei den Tänzen nach der Schafschur gespielt.

»Ich wüßte es zu schätzen, wenn Ihr mir morgen ein paar Männer überlaßt, die in meiner Nähe bleiben«, sagte Garric. »Wenn sie sich freiwillig dazu melden. Ich nehme an, Ihr selbst werdet nicht einmal in der Stadt sein.«

»Das hatte ich vor«, erklärte Royhas. »Es ist sinnlos, wenn wir fünf uns alle zum Ziel der Rache der Königin machen, falls Ihr versagt. Wir, die Anführer dieser Verschwörung, werden in einer Menge von Tausenden nicht viel ausrichten können.«

Garric sah ihn an. »Aber …?«

»Aber ich nehme an, die Pflichten eines zukünftigen Kanzlers schließen auch ein, daß man mitunter Gefahren auf sich nimmt«, sagte Royhas. »Und wenn Ihr versagt, wird bald niemand mehr auf den Inseln sicher sein. Ich habe mich jetzt seit zwei Jahren davor gefürchtet, was die Königin mir antun könnte – oder eine von Valences Kreaturen. Meine Männer und ich werden morgen bei Euch sein. *König* Garric.«

Garric berührte das Medaillon an seiner Brust. Die Worte »König Garric« hallten in seinem Kopf wider. Über ihnen war das vergnügte Lachen des letzten und größten Königs der Inseln zu hören.

»Nicht des letzten Königs, Garric«, flüsterte Carus' Stimme. *»Und was die Größe angeht, nun, das werden wir sehen, du und ich!«*

Hanno blieb unter den Palmen am Fuß der Klippe stehen und stützte sich auf seinen Speer. Er sah Cashel, wenn dieser von einer Hügelkuppe südlich von Barcas Weiler über seine Herde wachte, so ähnlich, daß Sharina spürte, wie sich ihr vor Sehnsucht die Kehle zuschnürte.

Sie vermißte Cashel, und sie vermißte ihr Zuhause.

»Die Schwester soll mich holen«, sagte Hanno überrascht. Er kratzte sich mit dem Zeigefinger am Hals.

Sharina trat neben ihn, um zu sehen, was er sah. Sie brauchte einen Augenblick, um es zu verstehen.

Ein Wrack, dachte sie. Stürme trieben oft Strandgut an den steilen Kiesstrand von Barcas Weiler: Treibholz, aber auch Balken von Schiffen und manchmal Fracht, die von den Wellen von Deck gerissen worden war.

Einmal hatte Reise in der Morgendämmerung eine Leiche auf dem schwarzen Kies gefunden. Sie hatten sie auf dem Friedhof begraben. Jedes Jahr bei der Sonnwendfeier opferten sie dem Geist dieses Seemanns Brot und Bier, ebenso wie den Verstorbenen des Dorfes. Vielleicht kümmerten sich andere Gemeinden in ähnlicher Art um die Fischer, die niemals nach Barcas Weiler zurückgekehrt waren.

»Diese elenden kleinen Ungeheuer«, sagte Hanno staunend. »Wenn ich es nicht besser wüßte, würde ich sagen, sie haben Verstand. Aber es hat noch nie einen Affen mit Verstand gegeben!«

»Oh«, sagte Sharina und spürte, wie ihr Magen zu einem Klumpen kalten Fettes wurde. Sie hatte das Wrack des Ruderboots vor Augen. Die Haarmenschen hatten es an Land gezogen und systematisch in Stücke zerhackt. Zunächst hatte Sharina die Trümmer nicht mit dem Ruderboot in Verbindung gebracht, weil kein Stück davon länger war als ihr Unterarm.

Für ihr Zerstörungswerk hatten die Haarmenschen kopfgroße Steine benutzt, die nun zwischen dem Holz und den überall verstreuten Vorräten lagen. Hanno berührte einen der

Steine mit der stumpfen Seite seines Speers; Sharina war bereits aufgefallen, daß der Jäger seine Waffe ebenso benutzte wie eine Maus die Welt mit Hilfe ihrer Schnurrbarthaare prüft.

»Sie können recht kräftig sein, wenn sie wollen«, sagte er nachdenklich. »Und sie haben hier wirklich gute Arbeit geleistet.«

Sharina hatte sich hingehockt, um das Ende einer zertrümmerten Ruderbank zu betrachten. Das Ruderboot hatte aus Eichenholz bestanden. Wie der Jäger schon sagte, hatte es enorme Kraft gebraucht, es so von Grund auf zu zerstören.

»Dieses Gespenst hat ihnen vermutlich gesagt, was sie tun sollten«, meinte sie.

Indem sie sich auf unwichtigere Fragen konzentrierte, gelang es ihr, den gewaltigen Zweifel aus ihrem Geist zu verbannen, vor dem sie zitternd zurückschreckte.

Konnten sie die Insel überhaupt noch verlassen? Würden Banden von Haarmenschen und die Gespenster, die sie befehligten, sie durch den Urwald jagen und schließlich töten?

»Nun, ich denke, es gibt zwei Möglichkeiten, Mädchen«, sagte Hanno und drehte sich zu ihr um. Er war weiterhin ruhig, beinahe lässig. »Ich könnte Euch ein Floß bauen und Euch damit nach Ornifal schicken, denn dies ist die Richtung der Strömung. Nun …«

Er hob eine Hand von der Größe einer Bärentatze, um einem Widerspruch zuvorzukommen, an den sie nicht einmal gedacht hatte. Er hatte die Brandblasen abgeschält; die Schicht darunter sah gesund, aber noch empfindlich aus. Die Brandsalbe roch eher nach Teer als das Wollfett, das man in Barcas Weiler auf Brandwunden schmierte, aber sie schien zu helfen.

»… ich weiß, das hört sich nicht besonders erfolgversprechend an, aber ich weiß auch aus Erfahrung, daß es funktionieren kann, wenn kein Sturm aufkommt. Wir können genug Lebensmittel sammeln und jagen, damit Ihr genug zu Essen habt, und außerdem gibt es noch Fische.«

Er zuckte die Achseln. »Ich kann das Wetter nicht vorhersagen, aber ein Sturm um diese Jahreszeit wäre der erste, seit ich nach Bight gekommen bin, und das ist achtzehn Jahre her.«

Der Jäger lächelte. Seine verbliebenen Zähne – einer seiner oberen Eckzähne fehlte – waren gelblich und kräftig wie die eines Maultiers. »Selbstverständlich«, fügte er hinzu, »ist es auch das erste Mal seit damals, daß die Affen sich auf diese Weise zusammentun. Also müßt Ihr das selbst entscheiden.«

»Was werdet Ihr machen?« fragte Sharina. Hanno hatte nur eine Lösung erläutert, aber sie glaubte, die zweite erraten zu können.

»Nun, ich denke, wenn mich diese Affen so gern haben, daß sie sogar mein Boot zerstören, damit ich hierbleibe«, sagte er mit einem Grinsen, das so freundlich war wie die Spitze seines Speeres, »dann sollte ich sie wissen lassen, daß ich hierbleibe. Außerdem befindet sich das Jagdgebiet des kahlen Unarc ein paar Tagesmärsche nördlich von hier. Unarcs Boot ist aus Zypressenholz, und er versenkt es in der Mündung eines kleinen Flusses, damit es in Sicherheit ist, solange er es nicht benutzt.«

Hanno berührte ein Fragment eines Dollbords mit dem Speerschaft, dann schleuderte es damit hoch genug in die Luft, um es mit der freien Hand aufzufangen. Er hatte erstaunlich sparsame Bewegungen – er regte sich immer nur so weit, wie es nötig war, um zu erreichen, was er wollte.

»Ich war immer der Ansicht, Unarc sei ein Esel, der nicht einmal darauf vertraut, daß die Sonne im Osten aufgeht«, sagte er und betrachtete mit staunendem Kopfschütteln die Planke. Die Enden waren nicht nur beide zersplittert, sondern das Holz war über die ganze Länge zerbeult und gespalten von zusätzlichen Hieben. »Aber wer hätte das geahnt?«

Wieder grinste er. »Unarc ist so vorsichtig, daß ich mich nicht mal traue, ihn um Erlaubnis zu fragen.«

Sharina hatte keine Angst vor dem Meer. Die Geräusche und Gerüche dieses Dschungels waren ihr so fremd wie die Welt auf der anderen Seite der Sterne, aber in der Vergangenheit hatte sie Wochen auf See in einem Einbaum verbracht, der nicht wesentlich seetüchtiger war als das Floß, von dem Hanno gesprochen hatte.

Wenn Nonnus hiergewesen wäre, hätte er nach einer Antwort auf die Frage gesucht, was auf Bight geschah. Falls Sharina Hanno nicht falsch einschätzte, hatte er dasselbe vor.

Und sich jetzt so davonzumachen, kam ihr feige vor. Es war vielleicht nicht ganz das richtige Wort, aber es würde genügen müssen, bis ihr etwas besseres einfiel.

»Ich komme mit Euch«, erklärte Sharina mit fester Stimme. »Wenn Ihr mich mitnehmen wollt.«

Hanno lachte. »Ich kann mich vielleicht schneller bewegen, wenn ich allein bin«, sagte er. »Aber ich würde mich überhaupt nicht mehr bewegen können, wenn Ihr nicht mit diesem Feuerding fertig geworden wärt. Das muß ich wirklich sagen! Also würde es mich freuen, wenn Ihr mitkommen würdet.«

»Ich bin froh, daß Ihr das so seht«, meinte Sharina. Nach dieser Entscheidung war ihr besser zumute, obwohl sie sich eigentlich gegen ihre Wünsche richtete.

Und sie wußte, solange sie überlebte, war ein Teil von Nonnus in ihr gegenwärtig.

Ilna hatte geschlafen. Als sie die Augen öffnete, sah sie, daß der Vollmond am Himmel stand. Das kraterübersäte Gesicht sah dem, das über Barcas Weiler hing, sehr ähnlich, aber dieser Mond war dreimal so groß und rot wie die Kohlen eines ersterbenden Feuers.

Das Schiff segelte zwischen Felstürmen einher. Die Inseln waren nach beiden Seiten kaum mehr als einen Bogenschuß entfernt, näher, als Ilna das bei Tageslicht gesehen hatte. Die hochaufragenden Türme waren von Höhlen und Rissen durchzogen. Ilna verstand nicht, wie ein weicher Stein die pilzähnlichen Verbreiterungen tragen konnte, die sich Hunderte von Fuß hoch erhoben. Die Gebilde hätten unter ihrem eigenen Gewicht einstürzen müssen.

Die Schuppenmenschen unterhielten sich mit vor Angst gedämpfter Stimme. Sie hatten sich wieder bewaffnet. Das Schiff bewegte sich weiter, die Segel immer noch gefüllt von einem Wind, den Ilna nicht spürte. Einer der Seeleute hockte am Steuer, aber die anderen spähten in den Himmel, statt auf das Schiff oder seinen Kurs zu achten.

Etwas flog am Mond vorüber.

Der Armbrustschütze drehte sich ungeschickt im Kreis, die Waffe hoch erhoben, als er versuchte, sein Ziel im Sternenlicht auszumachen. Die anderen fuchtelten mit Entermessern und Speeren und schrien in gutturaler Panik.

Das fliegende Wesen hatte für Ilna wie ein Mensch ausgesehen. Ein Mensch mit Fledermausflügeln.

Das Segel blockierte den größten Teil ihres Blicks aufs Deck. Der Seemann mit dem gestreiften Stirnband begann, am Mast hochzuklettern; ganz oben war ein Korb für einen Ausguck angebracht. Auf halbem Weg hielt er unentschlossen inne, schaute erst über eine Schulter, dann über die andere.

Das Flugwesen schoß von der Meeresoberfläche nach oben

und über die Steuerbordreling. Krallenfinger sprossen aus den Gelenken auf halber Flügellänge. Sie umklammerten den Mann auf dem Mast. Er stieß einen heiseren Schrei aus und schlug mit dem Entermesser zu.

Das Flugwesen flatterte davon und wieder abwärts. Die breiten Flügel waren aus einer so dünnen Haut, daß Ilna durch sie hindurch den Mond sehen konnte.

Der Armbrustschütze lehnte sich über die Reling und schoß. Die Schuppenmenschen heulten vor Entzücken auf, umarmten einander und stampften auf dem Deck herum.

Der Seemann, der den Mast hinaufgeklettert war, kam wieder heruntergesprungen. Er hielt sich die rechte Schulter mit der linken Hand. Auf dem Rücken hatte er drei langgezogene Kratzer, die im unnatürlichen Mondlicht schwarz wirkten. Er rief seinen Genossen etwas zu.

Zwei der anderen legten ihre Waffen nieder und untersuchten ihn schnalzend und vor sich hin murmelnd. Die Wunde an der Schulter war tief. Als der Seemann die Hand wegnahm, lief ihm Blut rasch den Arm entlang. Falls die Wunde nicht bald geschlossen würde, würde das Opfer so sicher sterben, wie die Sonne aufging.

An diesem Ort vielleicht sogar noch sicherer.

Ein Schuppenmensch stieß einen Schrei aus, der Ilna an einen sterbenden Ochsen erinnerte. Er zeigte mit dem Entermesser nach oben. Die Insel an Backbord hing nun über das Schiff hinaus. Aus Höhlen im Felsen schwangen sich Flügelwesen in die Luft.

Es waren Unmengen von ihnen. Ilna mußte an Maifliegen denken, die im Mondlicht ausschwärmten.

Der Seemann am Ruder rief seinen Genossen etwas zu. Einer sprang mit hoch erhobenem Entermesser zu Ilna. Er schnitt das Seil durch, das sie an die Luke band.

Einen Augenblick lang glaubte Ilna, die Schuppenmenschen wollten sie befreien. Dann schnürten zwei weitere Seeleute das Segeltuch auf, das den aus einem Holzgitter bestehenden Lukendeckel an Ort und Stelle hielt. Sie hoben den Deckel, und der Seemann, der Ilna losgeschnitten hatte, zerrte sie wie einen Sack Mehl auf die Öffnung zu.

Ilna lächelte dünn. Es hätte ihre Pläne kompliziert, wenn ihre Wachen plötzlich begonnen hätten, sich anständig zu benehmen.

Ein Flugwesen schoß steil von oben herab und zeigte damit seine Meisterschaft der Luft. Es flitzte zwischen dem Hauptmast und dem Fockmast hindurch, sein rechter Flügel wies nach oben, die Spitze des linken zeigte beinahe direkt zum Deck.

Das Geschöpf hatte den Mund geöffnet. Sein Gesicht war menschlich und auf eine hohlwangige Art sogar gutaussehend, aber die Zähne waren spitz und unnatürlich lang. Das Mondlicht färbte sie rot.

Das Flugwesen biß den Schuppenmenschen, der an Ilna zerrte. Der Seemann schrie auf und warf sich über sie. Sein rechtes Ohr war verschwunden, und er hatte zwei langgezogene Kerben in der Kopfhaut.

Als das Flugwesen zurückwich, stach der Seemann mit dem Speer zu. Die rostige Spitze verfehlte den Oberkörper des Geschöpfs, der so dünn und muskulös wie der eines gehäuteten Eichhörnchens war, aber er durchdrang den Flügel und hinterließ einen vierzackigen Riß. Das Material war so zäh wie feines Pergament. Das Flugwesen flatterte weiter und gewann mit großer Anstrengung an Höhe.

Der Seemann, der sein Ohr verloren hatte, erhob sich wieder, hielt sich mit einer Hand den Kopf und fuchtelte mit der anderen mit dem Entermesser. Die beiden anderen, die sich hinter dem Lukendeckel geduckt hatten, packten Ilna an ihren gefesselten Fußgelenken und am Halsausschnitt ihres Hemdes und warfen sie dann durch die Öffnung.

Sie prallte fest auf. Einen Augenblick lang spürte sie nur betäubenden Schmerz und sah die Silhouette eines Menschen, der versuchte, sich durch die Luke nach oben zu winden, ohne dabei seine Arme zu benutzen. Ein Schuppenmensch trat ihm ins Gesicht. Er fiel wieder in den Frachtraum zu Ilna, dann wurde der Lukendeckel geschlossen.

Durch das Gitter konnte Ilna den roten Mond sehen. Vor ihm flatterten mehr und mehr geflügelte, menschenähnliche Geschöpfe.

Wie ausschwärmende Maifliegen …

Ilna begann, wieder an den Fesseln zu arbeiten. Der Mann, der mit ihr im Frachtraum war, rutschte auf den Knien zu ihr herüber. Man hatte ihm die Arme hinter den Rücken gefesselt, und der Frachtraum war nicht hoch genug, um aufrecht zu stehen.

»Die Herrin soll mich holen!« sagte er. »Ein Mädchen!«

»Eine Frau«, erwiderte Ilna. »Und wenn ich an Eurer Stelle wäre, wer immer Ihr sein mögt, wäre ich vorsichtig, wessen Namen ich jetzt ausspreche. Es mag sein, daß Ihr bald genug schon vor der Herrin steht.«

Sie konnte eine Hand aus der Fessel ziehen. Sie hatte all ihre Hilflosigkeit, ihren Zorn und ihre Enttäuschung zurückgehalten, solange sie gefesselt gewesen war, aber mit der Freiheit wallten all diese Gefühle auf, und der Rausch des Triumphs drohte, sie zu überwältigen.

»Nun, Ihr seid besser als nichts«, meinte der Mann. »Könnt Ihr vielleicht meine Fesseln mit den Zähnen durchnagen? Wenn ich die Hände frei hätte, gäbe es sicher eine Möglichkeit, die Abdeckung über der Gitterluke zu lösen. Sie haben sie nicht wieder richtig verschnürt, nachdem sie Euch hier reingeworfen haben.«

Während er sprach, drehte er sich ungeschickt herum. Der Frachtraum war halb mit Säcken gefüllt, die sich für Ilna wie Getreidesäcke anfühlten. Das Mondlicht, das durch das Gitter fiel, war nicht hell genug, um Einzelheiten zu erkennen, selbst wenn sie das gekümmert hätte.

»Dreht Euch wieder um, und ich werde Euch losbinden, sobald ich selbst frei bin«, sagte sie. »Wer seid Ihr?«

Ilna drehte sich auf die andere Seite, um das zweite Handgelenk besser erreichen zu können. Die Schuppenmenschen hatten ihr Arme und Beine zuerst einzeln gefesselt und dann zusammengebunden. Die Knoten waren schwierig, wie man es von Seeleuten erwarten mußte.

»Ich bin der Kapitän dieses Schiffes«, sagte der Mann. »Cozro or-Laylin aus Valles auf Ornifal. Als Bezahlung für diese Fahrt sollte ich ein Achtel des Schiffs erhalten – so war es vorgesehen.«

Angewidert spuckte er aus. »Dieser Abschaum da oben, das war meine Besatzung, zumindest bevor sie die Pest bekamen, oder was auch immer passiert sein mag.«

Das Gitter knarrte vom Gewicht eines Flugwesens, das darauf gelandet war. Die großen Zehen des Geschöpfs standen weit von den vier anderen an jedem Fuß ab. Die Klauen rissen Splitter aus dem Hartholzgitter, als das Flugwesen mit jemandem an Deck kämpfte. Seine flatternden Flügel verbargen alle Einzelheiten der Auseinandersetzung.

Cozro schrie überrascht auf und warf sich zu Boden. »Die Herrin soll mich in ihre Höhle zerren! Was ist da oben los?«

Ilna hatte auch ihr linkes Handgelenk befreit, obwohl noch ein Stück Seil daran hing. Die Taue des Schiffes bestanden aus Sisal, aber um sie zu binden, hatten die Schuppenmenschen gut gekämmten Flachs benutzt. Wahrscheinlich hätten sie dafür dankbar sein sollen, aber das rauhere, starrere Tau wäre einfacher zu lösen gewesen.

Sie setzte sich auf. »Euer Schiff wird von Fledermäusen mit Menschenkörpern angegriffen«, erklärte sie. »Wir sind nicht mehr in der Welt, in die wir geboren wurden, aber ich habe keine Ahnung, wo wir uns aufhalten.«

Sie lächelte kühl, während sie sich mit den Knoten an ihren Fußgelenken beschäftigte. »Eure Annahme, wir könnten uns in der Unterwelt befinden, ist nicht unwahrscheinlicher als jede andere. Bisher habe ich zumindest nichts gesehen, was dagegen sprechen würde.«

Das Flugwesen erhob sich, dann stürzte es mit der Brust voraus aufs Gitter. Der Speer und mindestens ein Entermesser zerhackten seine Flügel und rissen ganze Stücke heraus.

Das Geschöpf schlug die Zähne ins Holz und riß fingergroße Stücke heraus. In einem letzten Zucken wand es sich vom Lukendeckel und geriet zum größten Teil außer Sichtweite. Nur die Klauen eines Fußes zuckten noch mit der Regelmäßigkeit von an die Kaimauer schlagenden Wellen.

»Herrin, schütze deinen Diener Cozro«, murmelte der Kapitän atemlos. »Bewahre auch die *Wellenvogel* und bringe Herrin Arona dazu, mir ein Achtel des Schiffs zu überschreiben, wie wir es vereinbart hatten – geizige alte Schachtel!«

Ilna befreite ihre Fußgelenke. Sie bewegte die Beine zur Seite und zurück und genoß es, ihre verkrampften Muskeln zu lockern, obwohl das Schmerzen verursachte.

»Die *Wellenvogel?«* sagte sie. »Das ist das Schiff, das den Schuppenmenschen nach Erdin gebracht hatte. Das erklärt es vermutlich. Eure Besatzung hat den Apfelwein getrunken, in dem die Leiche gelegen hatte.«

»Ich hatte nichts damit zu tun«, erklärte Cozro abweisend.

»Ich habe keine Leiche in dieses Faß gesteckt, und ich wußte auch nicht, daß kein Apfelwein mehr drin war.«

»Dreht Euch um und streckt Eure Hände so weit aus, wie Ihr könnt«, befahl Ilna. Die Seile, mit denen er gebunden war, würden eine gute Waffe abgeben, nachdem sie sie erst einmal zu einer einzigen Schlinge verbunden hatte – die Arbeit weniger Augenblicke für ihre geschickten Finger.

Wieder hörte sie das Klacken der Armbrust vom Deck her. Dann erklang ein schriller Schrei, wie wenn Dampf sich unter einem festsitzenden Deckel hervordrückt. Sie wußte nicht, ob einer der Schuppenmenschen oder einer ihrer geflügelten Angreifer geschrien hatte. Sie hatte ein solches Geräusch noch nie aus der Kehle eines lebenden Wesens gehört.

»Die Herrin soll mich holen, so kann es tatsächlich gewesen sein«, meinte Cozro. Er knurrte bei der Erinnerung. »Ich habe Herrin Arona schon gesagt, daß dieser Apfelwein mehr Ärger bringen würde, als er wert sei, aber hat sie zugehört? Was erwartet sie von Seeleuten? Bildet sie sich ein, daß die Besatzung auf einem Schiff, auf dem es keine bessere Heuer gibt, aus Heiligen besteht?«

»Haltet still«, fauchte Ilna. »Ich würde Eure Hilfe nicht einmal dann brauchen, wenn Ihr dazu in der Lage wäret, mir zu helfen.«

»Wir waren mit einer Fracht von Ölnüssen auf dem Rückweg nach Valles«, berichtete Cozro. »Ich wußte, daß etwas mit der Besatzung nicht in Ordnung war. Gut, am ersten Tag hatten sie immer noch einen Kater nach ihrem Landurlaub, das konnte ich verstehen. Aber sie wurden immer ruhiger. Sie sprachen kein Wort mehr mit mir, und wenn sie sich miteinander unterhielten, verstand ich nicht, was sie sagten.«

Der Kampf an Deck schien zu einem momentanen Stillstand gekommen zu sein. Ilna hörte die grunzende Sprache der

Seeleute. Einer von ihnen schluchzte vor Schmerz oder Verzweiflung. Die starren froschähnlichen Züge der Schuppenmenschen wollten irgendwie nicht so recht zu offen ausgedrückten Gefühlen passen.

»Jeden Abend, wenn wir vor Anker gingen«, fuhr Cozro fort, »verschwanden sie gemeinsam. Manchmal gingen wir an einem so kleinen Inselchen vor Anker, daß ich sie beobachten konnte. Alle knieten sich nieder, die Gesichter nach Valles gerichtet. Ich glaubte, daß sie beteten, aber ich weiß es nicht. Ich schwöre, es war, als lauschten sie. Jeden Abend.«

»Da!« sagte Ilna, wickelte das Seil fein säuberlich auf und steckte es zu den anderen in ihren Hemdsärmel. »Jetzt dreht Euch um, und ich binde Eure Füße los.«

Cozro klatschte entzückt in die Hände. Er ignorierte Ilnas Anweisung und beugte sich vor, um die Fesseln an den Fußknöcheln selbst zu lösen.

»Wenn Ihr wollt, kann ich Euch in ein paar Augenblicken befreien«, erklärte Ilna, und jedes einzelne Wort hatte die Schärfe einer Glasscherbe. »Aber Ihr könnt natürlich auch weitermachen und Eure Zeit verschwenden wie ein Narr, bis das Schiff sinkt oder Ihr an Altersschwäche sterbt. Was immer zuerst geschehen mag.«

Cozro fuhr herum. »Was habt Ihr gesagt?« wollte er wissen.

»Wenn Ihr imstande wäret, diese Knoten bei Mondlicht zu lösen, hättet Ihr das schon vor Tagen getan«, sagte Ilna. »Aber haltet es, wie Ihr wollt.«

Sie nahm ein Stück Seil aus ihrem Ärmel. Die Schuppenmenschen hatten ihr das Messer abgenommen, als sie sie niedergeschlagen hatten, aber es gelang ihr auch, das Seilende nur mit den Fingern aufzuspleißen.

»Also gut, dann helft mir«, meinte Cozro mürrisch. Er drehte sich um und lehnte sich zurück, so daß Ilna an die Knoten gelangen konnte.

Die Klauen des Flugwesens klammerten sich ein letztes Mal um das Gitter. Die Klaue an der großen Zehe allein war so groß wie der Daumen eines Mannes.

Ilna beugte sich vor. Sie brauchte nicht einmal das Licht, das durch das Gitter drang; sie spürte das Muster mit den Fingerspitzen.

»Sie machten ihre Arbeit«, sagte Cozro. »Ich kann nicht behaupten, daß sie Befehlen nachkamen, aber sie waren fähige Seeleute. Sie brauchten mich nicht, um ihnen zu sagen, wie sie die Segel setzen sollten. Ihre Haut wurde immer rauher, und die Farbe, nun ja … sie verfärbten sich langsam blau! Ich wußte es, obwohl ich so tat, als ob ich es nicht sähe. Ich hatte Angst, mich anzustecken.«

Schuppenmenschen krächzten vor Angst. Die Armbrust klackte. Etwas stieß gegen das Schiff.

»Haltet still«, sagte Ilna, als der Kapitän sich umdrehte, um durch das Gitter zu spähen.

Das Schiff wackelte wie die Oberfläche eines Teichs, wenn die ersten schweren Tropfen eines Gewitterregens fallen und Tausende mehr nach sich ziehen. Dutzende von Flugwesen landeten auf dem Deck und in der Takelage. In den Geräuschen, die sie dabei verursachten, gingen die Schreie der Schuppenmenschen unter.

»Drei Tage vor Valles«, fuhr Cozro fort, das Gesicht vor Angst verzerrt, »stellten sie sich am Bug auf, um zu beten wie zuvor. Ich sagte nichts. Ich hatte ohnehin aufgehört, mit ihnen zu reden. Dann drehten sie sich um und stürzten sich auf mich.«

Von oben war ein erstickter Schrei zu hören; ein Seemann fiel rückwärts auf das Gitter. Flugwesen stürzten sich auf ihn und wanden sich wie die Maden in einem Kaninchen, das schon eine Woche tot ist. Knirschend trafen ihre Zähne auf Knochen und zermalmten sie.

Blut drang in den Frachtraum, und es stank nach Schlachthaus.

»Ich konnte überhaupt nichts tun«, sagte Cozro. Inzwischen war es an Deck so laut geworden, daß er schreien mußte, damit Ilna ihn hören konnte. »Ich dachte, sie würden mich umbringen. Sie stritten sich, und ich dachte, es ginge darum. Am Ende haben sie mich gefesselt und genug Säcke mit Ölnüssen aus dem Frachtraum geholt, damit Platz für mich war.«

Die Tür des Deckshauses wurde ins Schloß geworfen. Die Flugwesen hoben sich von der Leiche des Seemanns, und ein wenig Mondlicht fiel in den Frachtraum. Nur ein paar Knochen und Reste von Sehnen waren von der Leiche geblieben; das und die Flüssigkeiten, die immer noch durch das Gitter troffen.

»So«, sagte Ilna. »Ihr seid frei.«

»Herrin, rette mich«, murmelte Cozro. »Herrin, bitte rette mich.«

Ilna nahm das zweite Stück Flachsseil heraus und spleißte die Enden auf. Sie hörte das Knirschen von Zähnen auf Holz; die Reißzähne der Flugwesen waren nicht dazu gedacht, durch Schiffsbalken zu dringen, aber Ilna bezweifelte nicht, daß es ihnen früher oder später gelingen würde.

»Weiter vorne im Frachtraum gibt es ein Wasserfaß«, sagte Cozro. Schweiß glitzerte auf seiner Stirn. Er blickte nicht auf. »Ich habe den Deckel eingeschlagen, und ich sage Euch, das war mit gefesselten Händen und Füßen wirklich eine Arbeit!«

Ein Flugwesen riß die Reste der Leiche beiseite und drückte das Gesicht gegen das Gitter. Es krauste die Nase, als witterte es Beute. Es begann heftiger ins Holz zu beißen und gab dabei winselnde Geräusche von sich.

»Ich verstehe nicht, was hier los ist!« sagte Cozro. »Ich verstehe es einfach nicht!«

Aus dem Deckshaus kam der Klang heiserer Rezitationen. Ein Hauch von bitterem Rauch drang durch das Gitter. Die Schuppenmenschen führten eines ihrer Rituale durch.

Mehr Flugwesen ließen sich aufs Gitter fallen. Es war, als beobachtete man Füchse, die sich ihren Weg in den Hühnerstall nagen – aus dem Blickwinkel der Hühner.

Ilna schnaubte. Sie verband ein drittes Stück Seil mit der Schlinge. Es war nicht die perfekte Waffe für enge Räume wie diesen, aber es würde genügen.

Mehr konnte man ohnehin nicht erwarten.

Cashel setzte sich hin, reckte sich gewaltig und grinste seine Begleiter an. »Hm!« sagte er. »Mir ist es lange nicht mehr so gutgegangen. Ich hab den Schlaf wohl gebraucht.«

Aria und Zahag starrten ihn an, als …

… als ob er ein Gespenst wäre.

Cashel stand auf und wischte zerstreut den sandigen Boden von seinem Stab. »Gut, ich habe ein wenig verschlafen«, sagte er. »Aber normalerweise bin ich immer der erste, der aufsteht.«

Er warf einen Blick zum Horizont. Die Sonne stand immer noch niedrig am Himmel. »Es ist nicht so, als hätte ich den halben Morgen verschlafen …«

Die Sonne stand am *westlichen* Horizont. Er hatte den ganzen Tag verschlafen.

»Oh«, sagte Cashel. Er verlagerte das Gewicht und dehnte all seine Muskeln so weit, um sich zu überzeugen, daß sie noch elastisch waren. »Ich kann mir nicht erklären, wie das passieren konnte.«

»Geht es Euch gut?« wollte Aria wissen. Sie kniete immer noch neben der Stelle, wo er gelegen hatte, etwas entfernt von dem Loch, das er mit seinen Hüftknochen gegraben hatte. »Seid Ihr sicher?«

Die Prinzessin hatte einen nassen Lappen in der Hand – einen weiteren Fetzen ihres Spitzenkleides. Sie sah aus wie ein Löwenzahn nach einem Gewitter.

»Es geht mir gut«, erwiderte Cashel. Er berührte seine Stirn; sie war feucht. Aria hatte ihm die Stirn gerieben, offenbar um ihn aus tiefer Bewußtlosigkeit zu wecken. Er hätte nicht geglaubt, daß das Mädchen überhaupt zu so etwas fähig war. Sie mußte wirklich Angst gehabt haben, daß er sie verlassen hatte.

»Wir hielten dich für tot«, sagte Zahag, der ungewöhnlich bedrückt war. »Dein Herz klopfte nur hin und wieder. Ganz gleich, was wir versuchten, du warst nicht wach zu kriegen.«

Cashel rieb sich die rechte Wange, dann die linke. Sie hatten ihn fest geschlagen – und wahrscheinlich auch gezwickt. Nun, er hätte vermutlich dasselbe getan, wenn Aria das Bewußtsein verloren hätte. Die beiden hätten ihn wohl kaum tragen können, so wie er Aria getragen hatte, als sie nicht laufen konnte.

Er mußte breit grinsen bei dem Gedanken, wie er über die Schulter der Prinzessin hing, während sie den Berg hinaufkletterte, der vor ihnen lag. »Nun, jetzt geht es mir jedenfalls wieder gut«, sagte Cashel.

Dann wurde er ernst. Der Gedanke an die Prinzessin hatte ihn an die drei Frauen vom Abend zuvor erinnert. Jede von ihnen hätte ihn so leicht tragen können, wie er Aria getragen hatte.

»Es ist Wasser in der Nähe«, sagte Zahag, ließ sich auf alle viere nieder und lief im Kreis um sie herum. »Ich nehme nicht an, daß wir es eilig haben, also wäre ein weiterer Tag …«

»Das Wasser schmeckt schrecklich!« sagte Aria. Sie kniete

immer noch. »Oh, ich dachte, etwas Schreckliches wäre passiert. Ich dachte, Ihr wäret …«

Sie konnte das Wort nicht aussprechen. »Ja, das dachten wir beide«, sagte Zahag. »Tot wie ein Stein. Wir glaubten, daß dein Herz ganz aufhören würde zu schlagen, und dann würdest du BING! anfangen zu verfaulen.«

Der Affe zuckte die Achseln – eine Geste, die durch die Länge seiner Arme verstärkt wurde.

»Ich wußte nicht, was als nächstes passieren würde.«

»Zahag?« sagte Cashel. »Als du aufgewacht bist, hast du Spuren ums Feuer gesehen?«

Er zeigte auf die Stelle, wo die Frauen getanzt hatten. War es ein Traum gewesen? »Vielleicht dort drüben?«

»Hm?« sagte der Affe. »Was für Spuren? Ich habe nichts gesehen, außer daß du auf dem Rücken lagst anstatt wie gewöhnlich auf der Seite. Und du wolltest nicht wach werden.«

Cashel ging auf das Unterholz zu, in die Richtung, aus der die Tänzerinnen gekommen waren. Er schob die knisternden Büsche beiseite. Er kannte diese Pflanzen nicht, obwohl sie ziemlich normal aussahen. Hier gibt es nicht genug Regen für die Pflanzen, die in der Nähe von Barcas Weiler wuchsen.

»Wo geht Ihr hin?« rief Aria schrill. »Cashel!«

Sie lief hinter ihm her. Dieses trockene Gebüsch würde sich in den dünnen Seidenschichten ihres Kleides verfangen und es ihr noch vom Leib reißen, wenn sie nicht aufpaßte.

»Ich gehe nicht weit«, rief er zurück. »Ich will mir nur etwas ansehen.«

Es war näher, als er gedacht hätte – ein Kreis aus behauenen Steinen, die einmal ein Randstein gewesen sein mochten, nur zwei oder drei Doppelschritte vom Rand des Wegs entfernt. Falls es einen Abfluß gegeben hatte, hatte der vom Wind hierher gewehte Dreck ihn längst verstopft.

»Was macht Ihr da, Cashel?« sagte Aria direkt hinter ihm. Es war das erste Mal, daß sie irgendwelches Interesse daran zeigte, was jemand anderes tat, wenn es sie nicht direkt betraf.

Aber wahrscheinlich machte sie sich nur Sorgen, daß er verschwinden und sie zurücklassen würde. Das würde er nicht tun. Aber selbstverständlich hatte er bisher auch nie einen ganzen Tag geschlafen.

»Ich sehe mir das nur an«, sagte Cashel. »Ich dachte, es gäbe hier etwas Bestimmtes.«

»Oh«, sagte Aria, die an seine Seite getreten war. »Es ist heiliger Boden.«

Cashel starrte sie erstaunt an.

»Sie meint einen Tempel!« hauchte Zahag von der gegenüberliegenden Seite der kleinen Ruine aus. Er murmelte noch etwas, das sich wie »starker Rücken, schwacher Geist!« anhörte.

»Das sind keine Statuen«, sagte Aria. »Es sind Karyatiden. Sie haben statt Säulen das Dach gehalten.«

Das Tempeldach mußte mit Ziegeln gedeckt gewesen sein; jedenfalls lagen Teile gebogener roter Ziegel überall herum. Die Statuen, die Karyatiden, waren umgefallen, aber die rechteckigen Sockel waren immer noch an Ort und Stelle.

Cashel ging näher heran. Zwei Karyatiden lagen auf ihren Rücken. Der Marmor hatte sie so verwittern lassen, daß sich mit einiger Sicherheit nur noch erkennen ließ, daß es sich um Frauen in fließenden Gewändern gehandelt hatte.

Die Statue zwischen diesen beiden lag mit dem Gesicht nach unten. Wind und Regen hatten ihre Oberseite so weggefressen wie bei den anderen, aber das Gesicht war unberührt, als Cashel die Statue herumrollte.

Er erkannte die Züge der blonden Tänzerin aus seinem Traum in der Nacht zuvor.

Cashel legte die Figur wieder zurück, wie er sie gefunden

hatte, dann richtete er sich auf. Es wurde dunkel. Als er zum Bergabhang vor ihnen hinspähte, sah er blaßblaues Licht blitzen.

»Cashel?« sagte die Prinzessin leise. »Was werden wir jetzt machen?«

Cashel hatte auf jeden Fall geglaubt, ein Licht zu sehen. Aber an diesem Ort gab es viele Illusionen.

»Ich weiß, daß es spät ist«, sagte er zu den beiden anderen. »Aber ich glaube, ich möchte heute nacht trotzdem weiterziehen. Ich, nun ja … vielleicht sehe ich etwas.«

»Nichts hält uns hier«, sagte Zahag erstaunlich gutmütig. Er machte sich wieder auf den Rückweg zum Pfad.

Cashel und Aria folgten ihm. Cashel warf noch einen letzten Blick über die Schulter.

Es gab vier Sockel, aber nur drei Statuen lagen am Boden. Er fragte sich, was aus der vierten geworden war.

Fünfundzwanzigster Tag im Monat des Reihers

Maurunus führte zwei Pagen, die einen Helm und einen Harnisch trugen, in Royhas' überfüllten Stallhof, wo Garric und die anderen sich darauf vorbereiteten, die Königin anzugreifen. »Wir haben Meister Garrics Rüstung hier, Herr«, sagte der Haushofmeister zu Royhas.

Garric betrachtete die Rüstung im frühen Morgenlicht. Sie war versilbert und mit Szenen der Gründungsgeschichte von Valles verziert: Auf der Brustplatte führte der Hirte Val seine Gruppe von Überlebenden des versunkenen Xadako zur Mündung des Flusses Beltis, dessen Verkörperung sich vor den Neuankömmlingen verbeugte. Der Helm zeigte Schlachtszenen zwischen Val und den eingeborenen Riesen von Ornifal; darüber war eine Figur der Herrin, die die Metzeleien segnete – ein Bild, das Garric blasphemisch vorkam.

Außerdem konnten in den Reliefs Speerspitzen hängenbleiben. Gar nicht davon zu reden, daß er sich mit einer solchen Ausrüstung wie ein gockelhafter Höfling vorkommen würde. »Sie ist wunderschön«, sagte Liane, die von dem Schreibpult aufblickte, das man auf den Hof gestellt hatte. Sie nahm die Botschaften entgegen, die aus allen Bezirken der Stadt eintrafen. Zwei Diener mit Kurzschwertern standen links und rechts einer kleinen Geldtruhe, aber Liane bezahlte jeden Neuankömmling persönlich, sobald er die Informationen überreicht hatte.

»Das kann ich nicht tragen!« sagte Garric.

»Wir haben es nach Augenmaß angefertigt«, erklärte

Royhas. »Die Riemen haben genug Spielraum, daß sie passen sollten.«

Der Adlige war nervös, aber nicht so gereizt oder hektisch, wie viele andere an seiner Stelle gewesen wären. Da die Rebellion – zumindest der Angriff – von seinem Haus ausging, würde er zumindest fliehen müssen, wenn sie die Königin nicht besiegten. Nach allem, was man von der Königin hörte, war der Tod nicht annähernd das Schlimmste, was einem geschehen konnte, wenn man ihr in die Hände fiel.

»Nein«, sagte Garric. »Wenn schon, dann bringt mir eine anständige Kampfrüstung.«

Alle im Hof starrten ihn an: die sechs Wachen mit wachsender Hochachtung, die meisten anderen überrascht.

Royhas war einfach verärgert. »Es geht hier nicht um eine Schlacht«, hauchte er. »Wie Ihr schon gestern abend sagtet, als Ihr noch klarer denken konntet: Wir können das Volk für uns kämpfen lassen. Eure Sache ist es, sie anzuführen und Euch sehen zu lassen.«

»Aha«, sagte Garric. Carus, der in all diesem Durcheinander der Vorbereitungen sehr dicht an Garrics Geistesoberfläche verweilte, verstand das und stimmte ihm zu; obwohl die Verachtung für die geschmückte Ausrüstung ebensosehr von ihm wie von Garric selbst ausgegangen war. »Ja, ich verstehe.«

Er schnallte seinen breiten Schwertgürtel ab, ohne daß man ihn bitten mußte. Der Harnisch reichte von den Schultern bis zu den Hüftknochen. Es würde kein Problem sein, den Gürtel über der Rüstung zu tragen, denn er war lang genug. Garric hatte bei der Auswahl seiner Ausrüstung die Beratung eines erfahrenen Kriegers gehabt.

Einer der Soldaten nahm Garrics Schwert, so daß die Pagen ihm den Harnisch anlegen konnten. Die Schulterriemen waren mit Nieten am Rückenteil befestigt und schlossen mit Haken an der Vorderseite.

Als die Pagen begannen, die Seiten zusammenzuschnüren, sagte Garric: »Das mache ich lieber selbst. Woher sollt ihr wissen, wie eng ihr ihn schnallen sollt?«

Liane lächelte. Royhas runzelte ein wenig die Stirn und sagte: »Selbstverständlich. Wir wußten nicht, ob Ihr mit solchen Harnischen umgehen könnt.«

Garric verschnürte die Lederbänder – fest am unteren Ende, aber an den Seiten lockerer, und entschied sich damit, lieber einen Speertreffer hinzunehmen, als seine Beweglichkeit aufzugeben. Seine Finger bewegten sich in geübtem Reflex – es war nicht sein Reflex, aber das war gleich.

Er lächelte. Seit er begonnen hatte, das Medaillon von König Carus zu tragen, hatte er keine Privatsphäre mehr gehabt. Ganz gleich, was er tat, er hatte das Bewußtsein einer anderen Person, die ganz dicht bei ihm stand, dichter als an der Schulter, und die Welt durch seine eigenen Augen betrachtete.

Aber ein junger Mann, der in einem kleinen Dorf aufgewachsen war, war an Privatsphäre ohnehin nicht gewöhnt, also hatte Garric nicht das Gefühl, sonderlich viel verloren zu haben. Gewonnen hatte er dagegen eine ganze Welt von Kenntnissen und Fähigkeiten.

Er hielt inne. Seine Miene mußte sich verändert haben, denn Royhas fragte besorgt: »Gibt es Probleme mit der Rüstung?«

Garric machte einen letzten Knoten. »Nein«, erwiderte er. »Ich dachte nur daran, wieviel ich nicht hätte wissen müssen, wenn ich mein Leben weiter in Barcas Weiler verbracht hätte.«

»Wenn du das getan hättest«, sagte Tenoctris, die schon auf dem Kissen der Sänfte saß, die sie benutzen würde, »dann hätte es Barcas Weiler nicht mehr lange gegeben. Nicht, daß ich behaupten würde, die Leute, die dich bis hierher gebracht haben, hätten dich besser bleiben lassen.«

Sie lächelte. »Ich fürchte, ich hätte dich am Ende selbst aus dem Dorf herausgezerrt, wenn es hätte sein müssen.«

Garrics Lachen war ein Echo des Lachens von Carus. »Nun, was bereits geschehen ist, zählt nicht«, sagte er. »Es gibt in der Zukunft genug, worum wir uns Sorgen machen müssen, da bin ich sicher.«

Royhas sprach mit einem Stallknecht, dessen Schnurrbart bis unters Kinn reichte. Der Mann verbeugte sich und verschwand in einem der Stallgebäude hinter ihnen.

Garric nahm den Helm entgegen, obwohl er ihn vorerst nur unter den Arm klemmte, statt ihn aufzusetzen. Helme waren schrecklich unbequem. Carus war oft mit der Krone auf dem Kopf in die Schlacht gezogen und hatte seinen Helm im Zelt gelassen.

»Ich bin unnötige Risiken eingegangen, Junge«, murmelte eine Stimme am Rand von Garrics Bewußtsein.

»Manchmal muß man diese Risiken eben eingehen«, sagte Garric laut und sah sich die Leute an, die er anführen sollte. Die anderen glaubten, daß er mit ihnen sprach; und zum Teil tat er das auch. »Liane, wie sieht es aus?«

»Wir haben jetzt aus allen Bezirken Berichte, außer aus dem vierzehnten und siebzehnten«, sagte sie. »Die Gerüchte haben sich ausgebreitet. Die Leute sind auf der Straße, und mehrere Beamte der Königin sind angegriffen worden.«

Der 14., 15. und 16. Bezirk befanden sich auf der anderen Seite des Beltis, durch den Fluß von der Stadt abgeschnitten. Die Leute der Königin waren hier nicht so präsent.

Der Stallknecht mit dem Schnurrbart kam aus dem Gebäude und führte einen großen Wallach mit sich, dessen Fell von so hellem Grau war, daß sich nur ein Purist weigern würde, es weiß zu nennen. Das Pferd trug einen Paradesattel; Schweifriemen und Sattelknauf waren silbern beschlagen.

Garric setzte dazu an, etwas zu sagen, dann hielt er inne und lachte abermals. Er mußte etwas nicht zweimal hören. »Royhas, ist das mein Reittier?« sagte er.

»Ja, äh …«, sagte Royhas. »Äh, habt Ihr schon einmal auf einem Pferd gesessen?«

»Ich werde schon zurechtkommen«, sagte Garric. »Ich verstehe. Aber nehmt den Sattel ab – ich denke, ich bin auf dem nackten Pferderücken sicherer.«

»Das …«, sagte der Adlige.

»Dieses Ding dient dazu, daß ich nicht herunterfalle«, sagte Garric, bevor Royhas noch mehr erklären konnte. »Aber es wird mich auch davon abhalten, rasch vom Pferd zu springen, falls irgend etwas das Tier erschreckt.«

»Aha«, erwiderte Royhas. »Ja, ich kann mir vorstellen, daß es Pferde gibt, die weniger unerschütterlich sind als Ihr, Meister Garric.«

Er nickte dem Stallknecht zu. Der Mann rief jemandem im Stall etwas Unverständliches zu und schnallte den Paradesattel ab. Ein Junge kam aus dem Gebäude und brachte einen Sattel, der für Ritte in der Stadt gedacht war – vollkommen geeignet für die bevorstehenden Aufgaben.

»Das bedeutet wahrscheinlich nur, daß Pferde mehr Verstand haben als Menschen, Lord Royhas«, erwiderte Garric. Irgendwo ganz in der Nähe grinste König Carus breit.

Es waren mindestens fünfzig Personen im Hof: Wachen, Diener, Träger für Tenoctris' Sänfte – die Anstrengung des Zauberns würde für die alte Frau schlimm genug sein, auch ohne daß sie versuchte, im dichten Gedränge über Kopfsteinpflaster zu rennen – und die Anführer selbst. Garric runzelte die Stirn, als ihm auffiel, daß nicht nur Stallknechte, sondern auch die Hausdiener, selbst der dickliche Maurunus, Keulen aus Holz trugen.

»Sollen sie das Haus verteidigen, wenn wir weg sind?« sagte Garric leise zu Royhas. Er wies mit einer Bewegung des Kinns auf den Haushofmeister.

Royhas schnaubte. »Das Haus kann ruhig brennen«, sagte er. »Wenn wir versagen, werde ich es nicht mehr brauchen. Jeder in Valles, der mir etwas schuldig ist, wird uns heute zur Seite stehen, um die Wahrscheinlichkeit des Versagens ein wenig zu verringern. Diesmal geht es ums Ganze, Meister Garric.«

Garric schlug dem Adligen auf die Schulter. Auch Royhas trug einen Harnisch, Platten aus geschwärztem Eisen, die auf gepolstertes Leder genietet waren. Der Helm, den er in der Hand hielt, war mit braunem Fell bezogen, aber er hatte unter dem weichen Äußeren eine Eisenschale. Das war eine hervorragende Ausrüstung für einen Aufstand in der Stadt: Sie bot Schutz, ohne denjenigen, der sie trug, aus der Menge herausragen zu lassen.

Immerhin war es Garrics Angelegenheit, aufzufallen.

»Bei diesem Kampf geht es nicht darum, ob sich jemand König nennt«, flüsterte Carus. Garric konnte seinen Ahnherrn beinahe auf dem Traumbalkon stehen sehen, wie er auf den Hof hinabsah, mit unbeweglicher Miene, aber die Hand immer am Schwertgriff. *»Heute geht es darum, im Frieden leben und vielleicht im eigenen Haus sterben zu können; und das nicht nur für Leute mit einem ›bor‹ oder ›bos‹ vor ihrem Namen.«*

Auch die Frauen kamen jetzt aus dem Haus; nicht alle, aber die meisten. Ein paar hatten Küchenmesser dabei, und natürlich konnten auch Frauen Steine werfen.

Garric grinste Tenoctris und Liane an. Die jüngere Frau hatte ihr Rechnungsbuch zugeklappt und es in den Ärmel gesteckt.

Sie griff nach dem silbernen Wassereimer, den sie selbst tragen wollte, und nickte Garric zu.

Garrics Pferd war inzwischen umgesattelt.

Das Volk von Valles war der Schlüssel zu Erfolg oder Versagen. Liane hatte vernünftigerweise vorgeschlagen, daß sie bis Mitte des Morgens warteten, bis alle aufgestanden und angekleidet waren; diese Zeit war jetzt gekommen.

Garric nahm dem Pagen die Zügel ab, trat in den Steigbügel und schwang sich in den Sattel. Seine Technik war makellos, aber ein Ziehen in den Oberschenkelmuskeln erinnerte ihn daran, daß Reiten – wie Schwertkampf – eine Angelegenheit des Körpers war und daß es dabei nicht nur darum ging, daß der Geist die Angelegenheit verstand.

»Also gut!« rief Garric mit einer Stimme, die von den Mauern rings um den Hof widerhallte. »Zeigen wir den Leuten bei der Zollbehörde, daß es hier in Valles für Anhänger der Königin keinen Platz gibt!«

Zwei Wachen öffneten die schweren Tore. Garric ritt in die Gasse hinaus. Das war kein besonders beeindruckender Anfang, aber ein praktischer – immerhin wollten sie nicht, daß der Aufstand vor dem säulenverzierten offiziellen Eingang zu Royhas' Stadthaus begann.

»Valence und die Inseln!« rief Garric, als er seine Begleiter aus der Gasse auf eine der größeren Straßen führte; dieser Boulevard hieß Straße der Harmonie, aber eine halbe Meile weiter westlich, ganz in der Nähe des Hauses der Königin, ging er in die Straße der Denkmäler über.

Garric zog sein Schwert. Trotz seiner Größe war der Wallach von eher phlegmatischem Wesen, anders als viele der Vollblüter, um die sich Garric im Stall seines Vater hatte kümmern müssen. Das Tier gehorchte seinem Reiter, und seine Hufe fanden sicheren Halt auf dem Pflaster.

Garric war der einzige zu Pferd. Ein Reittier für Liane oder Royhas hätten sie nur gefährdet, ohne ihnen einen Vorteil zu bringen. Sie waren zu Fuß erheblich besser dran.

»Valence und die Inseln!« rief Garric. Er fuchtelte mit dem Schwert, als sie an einer Reihe teurer Häuser vorbeikamen. Sowohl Hausbesitzer als auch Diener spähten aus den Fenstern.

»Für König Carus und die Freiheit!« schrie der Diener, der normalerweise dafür zuständig war, bei Royhas' offiziellen Empfängen die Namen der Neuankömmlinge auszurufen.

»Für König Carus und die Freiheit!« schrien auch alle anderen, so laut sie konnten. Liane und Royhas gingen zu beiden Seiten des Pferdes. Sie waren zwar nicht so laut wie die Froschstimme des Dieners, aber immer noch klar und deutlich zu hören.

Garric ritt im Schritt weiter. Leute kamen aus Häusern weiter unten an der Straße, weil sie sehen wollten, um was es bei diesem Lärm ging. Die Seitenklappen des Helms behinderten Garrics Sicht, aber er wollte sich nicht umdrehen und über die Schulter schauen. Das hätten jene, die ihm zusahen, falsch verstehen können.

»Sie kommen!« sagte Liane. »Sie machen mit, Garric!«

»Für Carus und die Freiheit!« schrie Garric. Der Lärm machte das Pferd unruhig; es schüttelte den Kopf, und seine Schritte wurden unsicherer. Garric riß an den Zügeln, um es geradeaus zu richten.

Gedanken wirbelten durch seinen Kopf. Am liebsten hätte er dem Wallach die Fersen in die Rippen gedrückt und wäre die Straße entlanggaloppiert. Er kämpfte sowohl gegen diesen Instinkt als auch gegen das Pferd an: Sie mußten sich langsam bewegen, damit weitere Bürger zu der Menge stoßen konnten und ihnen einen unaufhaltsamen Nachdruck verleihen würden.

»Sie kommen!« wiederholte Liane begeistert.

Die Straße der Harmonie machte an einer Kreuzung eine Kurve und wurde etwas enger; ein Block mit drei- und vierstöckigen Wohnhäusern ersetzte die Residenzen der Adligen aus Royhas' direkter Nachbarschaft. Aber auch das hier waren noch Behausungen wohlhabender oder zumindest gut gestellter Bürger, keine Mietskasernen.

Die Leute kamen aus den Torbögen und schlossen sich dem Marsch an. Einige waren sogar vor Garric, obwohl die meisten sich der Menge anschlossen, die ihm folgte.

»König Carus!« schrien viele. Andere riefen »Tod der Königin!« und »Verbrennt sie!« All diese Schlachtrufe verbanden sich zu einem Lärm, der an das Brüllen eines riesigen Tieres gemahnte.

Die Gerüchte und manchmal auch die bezahlten Agenten der Verschwörer hatten den Boden vorbereitet, aber der allgemeine Haß auf Königin Azalais trug mehr zu dieser Reaktion bei als jede Intrige. Garrics Anwesenheit fachte die Dinge in diesem Bezirk an, aber Hörnerklang und hin und wieder Rauchwolken aus anderen Teilen der Stadt zeigten, daß die Aufstände auch noch an einem Dutzend anderer Punkte ausgebrochen waren.

Eine Truppe von Stadtwachen mit polierten Messinghelmen stand auf dem dreieckigen Platz zwanzig Schritt voraus. Der Anführer rief einen Befehl. Vier seiner Männer schwärmten nach den Seiten aus und hoben ihre langen, mit einem Knauf versehenen Stäbe, um die Menge in Empfang zu nehmen, während ein fünfter ein gewundenes Horn an die Lippen setzte, um Unterstützung herbeizurufen.

»Nieder mit der Königin!« dröhnte der Diener. Garric hob

das Schwert im hohen Bogen und zeigte auf die Straße, die zur Zollbehörde führte.

Der Anführer der Truppe packte den Mann mit dem Horn, ehe dieser einen Laut von sich geben konnte; die Wachen mit den Stäben sahen einander unsicher an, dann wandten sie sich an ihren Offizier. Garric, der das Zögern bemerkte, fuchtelte mit dem Schwert wie mit einer Flagge.

»Nieder mit den Lakaien der Königin!« rief er und ritt an den Wachen vorbei. Sie versuchten nicht, ihn aufzuhalten.

»Nieder mit den Lakaien der Königin!« sagte der Offizier, als er und seine Männer sich der Menge anschlossen.

Die Zollbehörde war in einem riesigen Torbogen untergebracht, der die Nordsüdstraße dort überspannte, wo sie zum Hafengelände führte. Das Gebäude war rechteckig und aus rotem Sandstein und der Bogen auf jeder Seite zwanzig Fuß breit. Die meisten Zöllner arbeiteten auf dem offenen Platz ringsherum, aber für Akten und Büros gab es ein höheres Stockwerk, das man durch Treppen innerhalb des Gebäudes erreichen konnte. Säulen und Draperien aus buntem Marmor schmückten die Mauern, und auf dem Dach stand eine vergoldete Bronzestatue mit einem Zepter in einer und einer Reispflanze in der anderen Hand, die Valles symbolisierte.

Die Zöllner trugen über ihren Hemden Waffenröcke aus Leinen. Sie waren nicht in Rot und Schwarz, den königlichen Farben, gehalten, sondern orangefarben – so nahe, wie Farbe aus Pollen und roter Erde der Farbe des Feuers kommen kann.

Ein unglaublich fetter Mann oben auf dem Torbogen schrie einen Befehl, als er sah, wie Garric und die Menge sich näherten. Auf der Straße befanden sich etwa ein Dutzend Zöllner. Sie zogen die Schwerter, wichen aber in den Schutz des Gebäudes zurück, als ihnen klar wurde, welcher Übermacht sie gegenüberstanden. Aus den Armenvierteln im Süden drängte sich eine zweite Menschenmenge auf den Platz.

Die Luft direkt vor Garric gerann zu einem grauen Schatten mit glitzernden Augen. Der Wallach scheute mit einem entsetzten Aufschrei. Garric schwang das Bein über den Sattel und schob sich von dem Tier weg. Er traf fest auf den Pflastersteinen auf und wäre vielleicht gefallen, wenn Royhas ihn nicht gestützt hätte. Ausnahmsweise war er froh, Stiefel zu tragen.

Das Gespenst bewegte sich vorwärts. Es hatte das Gesicht eines Dämons, und es streckte seine Klauentatzen nach Garrics Augen aus.

Garric hatte die Geister in Tenoctris' Spiegel gesehen, aber das war seine erste direkte Erfahrung mit ihnen. Mit hocherhobenem Schwert trat er vor.

»Das ist nur eine Illusion!« sagte er. Für ihn klang seine eigene Stimme wie ein verängstigtes Quieken, aber er ging weiter.

Das Gespenst riß das Maul auf; daß es dabei keinen Laut von sich gab, machte es noch furchterregender. Aus dem Augenwinkel konnte Garric sehen, daß die Menschenmenge aus dem Süden von einem ähnlichen Geschöpf aufgehalten wurde.

»Es ist nur eine Illusion!« sagte Liane mit klarer, wohltönender Stimme, und sie trat an Garrics Seite.

Dennoch konnte Garric sich nicht dazu bringen, direkt durch das Gespenst hindurchzugehen. Statt dessen streckte er die linke Hand aus.

Seine Haut kribbelte. Einen Augenblick lang stand er auf einer unfruchtbaren Ebene. Rings um ihn lagen die Leichen von Freunden und Verwandten, gepfählt auf grob behauenen Zedernpfählen. Ihre toten Augen verfluchten ihn.

»Illusion!« schrie Garric. Er stolperte vorwärts. Nun konnte er wieder sehen. Das Gespenst war verschwunden. Garric rannte über das Pflaster, und tausend schreiende Bürger folgten ihm. Die Beamten der Königin warfen die Waffen weg; einige knieten nieder und bettelten um Gnade, andere flohen nach Norden.

Royhas' Wachen töteten einige Männer der Königin mit raschen Schwertstrichen. Steine regneten auf jene nieder, die davonrannten; Bürger – einige von ihnen teuer gekleidet – schlugen und traten jene tot, die hingefallen waren.

»Wir müssen sie nicht umbringen!« rief Garric, aber er wußte, daß niemand zuhören würde. Ihm wurde elend von dieser Schlächterei, aber er hatte bereits gewußt, als er dem Plan zustimmte, daß ein solcher Mob ein blutrünstiges Tier ist.

Er rannte unter den Torbogen. »Zum Haus der Königin!« schrie er. Der Plan bestand darin, daß sich alle am Haus der Königin treffen würden, aber erst, nachdem sie ihre Anhänger aus anderen Teilen der Stadt vertrieben hatten. Diesen Kurs hatte König Carus empfohlen, damit alle Beteiligten bereits einen Sieg erlebt hätten, ehe sie den Ort erreichten, wo sie auf größeren Widerstand als den einiger Schurken stießen.

Garric schwitzte und keuchte bereits. Schweiß durchtränkte die Polster seiner Rüstung, und er spürte jeden Schritt auf den Pflastersteinen. Er fragte sich, wo sein Pferd wohl geblieben war – und lachte über den Gedanken, weil die Muskeln an seinen Oberschenkeln bereits von dem kurzen Ritt schmerzten.

Von oben war ein Schrei zu hören, dann ein gewaltiges nasses Aufklatschen, wie Garric es noch nie gehört hatte. Er drehte sich um. Menschen, die unter dem riesigen Torbogen hindurchgingen, blickten auf, drohten mit den Fäusten und schrien.

Garric hob den Helm mit der linken Hand, damit die

versilberte Krempe ihm beim Hochschauen nicht in den Weg geriet. Männer – und ein paar Frauen – beugten sich über die ornamentalen Zinnen und lachten denen unten zu.

Weil die Menge sich etwas zerstreut hatte, konnte Garric sehen, was geschehen war, als er den Blick wieder senkte. Bürger waren hoch auf den Torbogen geklettert und hatten den obersten Zöllner der Königin vierzig Fuß tief aufs Pflaster geworfen. Der Aufprall hatte den fetten Mann regelrecht zerbersten lassen, so daß seine Kleidung jetzt von Blut durchtränkt war.

Liane starrte diesen Fleischhaufen an, der einmal ein Mensch gewesen war. Mit ausdrucksloser Miene wandte sie sich wieder ab. »Zum Haus der Königin!« schrie sie und rannte die Straße der Denkmäler entlang. Royhas und seine Wachen folgten ihr.

Garric und seine Mitverschwörer führten die Menge nicht mehr an. Diejenigen, die den fliehenden Zöllnern nachgesetzt hatten, waren weit vor ihnen, und andere Aufständische aus einem weiteren Stadtviertel hatten sich drei Blocks weiter die Straße entlang zu ihnen gesellt.

Eine große Menge war in eine imposante Residenz mit Löwenreliefs seitlich des Haupttors eingebrochen. Garric konnte sich vorstellen, was dort geschah. Ein Bett wurde von innen durch ein Fenster im zweiten Stock geworfen, fiel herab und zerbrach zu Splittern aus Elfenbein und exotischem Holz, als es auf dem Steinpflaster aufprallte.

Garric nahm an, daß das Haus einem der Anhänger der Königin gehörte. Bald allerdings würden Plünderungen und Tod keine politischen Gründe mehr brauchen. Dagegen konnte man nichts tun – außer der Königin so schnell wie möglich ein Ende zu bereiten, damit die Ordnung wiederhergestellt werden konnte.

»Im Krieg geschieht Schlimmeres, Junge«, murmelte die Stimme des Königs; aber in diesen Worten lag keine Freude. Auch Carus konnte nur grimmig akzeptieren, was nicht zu ändern war.

Zu beiden Seiten der Straße standen nun Statuen von Staatsmännern früherer Tage auf Sockeln. Einige waren so alt, daß Grünspan Löcher in die Bronze gefressen hatte.

Garric erinnerte sich an die Figuren auf dem Wahlfeld mitten in Carcosa, die er selbst nie gesehen hatte. Seit den Tagen, als Comus den Oligarchen des alten Haft eine Monarchie aufgezwungen hatte, hatten Statuen und Denkmäler diesen Platz gefüllt. Nun gab es dort nur noch Trümmer und Unkraut. Nachdem Piraten nach dem Sturz des alten Königreichs die Stadt mehrmals überfallen und geplündert hatten, war dieser Bezirk nie wieder aufgebaut worden.

Das Haus der Königin lag genau vor ihnen. Eine Menschenmenge umgab es bereits, obwohl die schwarzen Mauern und die in Flammen gehüllten Fenster noch unbeschädigt waren.

Garric sah sich um; er mußte sich mit dem ganzen Körper drehen, denn der Harnisch verhinderte, daß er einen Blick über die Schulter werfen konnte, wie er es normalerweise getan hätte. Tenoctris auf ihrer Sänfte sah vollkommen gelassen aus. Die vier Träger bewegten sich nun in einem Trab, der den gepolsterten Sessel ein wenig schwanken ließ, die alte Frau aber nicht zu sehr durchrüttelte.

Liane und Garric hatten die Menge erreicht, die bereits vor dem Haus stand. Auf einen Befehl von Royhas hin setzten sich die Wachen vor Garric und schoben die Leute mit dem stumpfen Ende ihrer Speere weg.

»Platz für König Carus!« dröhnte der Diener. Seine Lungenkraft war so gewaltig, daß er auch über den Lärm der Menge verstanden werden konnte. Speerschäfte oder eine gepanzerte Schulter schoben Leute aus dem Weg, wenn dies nicht genügte.

Die Wachen blieben kurz vor dem Tor zum Palast der Königin stehen. Ihr Kommandant, ein unerschütterlicher Veteran namens Enger, dessen kurzgeschnittener Bart vom selben Aschgrau war wie seine Augen, nickte Garric und Liane zu. Tenoctris stieg von der Sänfte und stieß einen Augenblick später zu ihnen, aber Royhas blieb mit den Wachen in einem gepanzerten Halbkreis hinter den dreien. Das Gras im Garten der Königin war von hellem Gelb, als erhielte es nicht genug Licht, aber die haarähnlichen Halme waren nicht flach, wie man es kannte. Der Kirschbaum in der Nähe blühte; aber die Blütenblätter waren schwarz. Ein Ast winkte Garric zu wie eine kranke Hure.

Tenoctris setzte sich auf ein Kissen, das ein Sänftenträger ihr unter das magere Hinterteil schob. Ein anderer Träger reichte ihr das Brett aus Tannenholz, das hinten am Sänftenstuhl befestigt gewesen war. Tenoctris hatte dieses Brett bereits mit einem Kreis von Worten der Macht innerhalb eines sechseckigen Sterns beschrieben.

Dreißig Fuß rechts von ihnen trat ein muskulöser junger Mann, der sich den Hinterkopf kahlrasiert hatte, über die Grenze zwischen Pflastersteinen und Zauberei. Er fuchtelte mit einem Stab, den er einem der Männer von der Stadtwache abgenommen hatte, und schrie: »Kommt schon, seid nicht feige!«

Mehrere andere junge Männer mit ähnlichem Haarschnitt folgten ihm. Nach einem Augenblick des Zögerns drängten etwa zwanzig andere und ein paar Frauen hinterher und grölten mit lauten, betrunkenen Stimmen: »Tod der Königin!«

Tenoctris nahm einen Bronzegriffel aus ihrem Ärmel. Mit dem spitzen Ende begann sie, Worte in alter Schrift um den bereits vorbereiteten Kreis zu kritzeln. Der Griffel drang leicht in das weiche Holz ein, aber er war eigentlich für Wachstafeln gedacht: Das andere Ende war breit gehämmert wie ein Fischschwanz, um damit Fehler zu löschen.

Die alte Frau schien nicht zu bemerken, daß Leute auf das Haus zurannten. Alle außerhalb der Grenzlinie, Garric und Liane eingeschlossen, beobachteten sie furchtsam.

Die halbgeschorenen Männer gehörten einer Bande an. Es war gut möglich, daß sie in der Vergangenheit die Farben der Königin getragen hatten, aber die Verlockung des Aufruhrs hatte sie dazu gebracht, an diesem Morgen die Seiten zu wechseln – und ihnen damit das Leben gerettet, denn es war sehr unwahrscheinlich, daß jemand, der in der Öffentlichkeit Orange trug, ein besseres Schicksal erlitten hätte als jene Zollbeamten.

Nun allerdings waren sie dem Tod geweiht, ebenso wie jene gewöhnlichen Bürger, die sie mit sich über die Grenzlinie gelockt hatten.

Sie hatten bereits ihren Weg verloren. Die betrunkene Waghalsigkeit war Verwirrung und Angst gewichen. Sie hörten auf zu laufen. Ihre Stimmen wurden dünner, als wären sie weit entfernt, und offensichtlich konnten sie nicht hören, was ihnen Freunde außerhalb der magischen Zone zuschrien.

»Können wir nicht ...?« sagte Liane mit einem Blick auf Tenoctris. Sie hielt selbst inne, ehe Garric sie bitten konnte zu schweigen.

Nein, sie durften Tenoctris nicht stören, um ein paar Menschen zu retten, die eher vom Wein als von der Vernunft angetrieben wurden. Garric und Liane wußten, daß die einzige Hoffnung für den Aufstand darin bestand, erfolgreich zu sein, bevor die Königin ihre gewaltigen, aber verteilten Kräfte heraufbeschwören konnte, um ihnen entgegenzutreten – ihnen dreien. Garric, Liane und Tenoctris waren die einzigen Gegner, die genau wußten, wie gefährlich die Macht der Königin war.

Jene, die den Garten betreten hatten, hatten sich zu einer Gruppe zusammengedrängt. Eine Statue, die halb männlich, halb weiblich war, trat von ihrem Sockel. Ihr Gesicht war vollkommen, aber unmenschlich kalt.

Mit dem würdigen Schritt eines Priesters ging sie auf die Eindringlinge zu.

Ein Mann warf seine Steingutflasche auf den Boden und sich selbst daneben. Er trat um sich wie ein Kind in einem Wutanfall. Er bedeckte den Kopf mit den Händen. Die restlichen Eindringlinge flohen gemeinsam vor der androgynen Statue – mit einer Ausnahme. Der kräftige Bursche, der die anderen in den Garten geführt hatte, taumelte nun auf die Statue zu.

»Kaias«, murmelte Tenoctris. *»Saseri tayam ...«*

Der Mann hatte einen langen Stab dabei, mit faustgroßem Knauf am Ende des Schafts – eine mörderische Waffe, wenn sie zu diesem Zweck benutzt wurde. Sie traf mit einem scharfen Krachen auf den Kopf der Statue.

Das feste Holz brach, und ein paar Splitter flogen davon. Der Stab prallte ab und vibrierte wie eine Lautensaite. Der Mann mit dem geschorenen Kopf schrie wütend auf, hielt den Stab aber trotz der betäubenden Vibration weiter fest.

Die Statue marschierte weiter. Ihre Miene, ein sanftes Lächeln, veränderte sich nicht.

»Daya quayamta alista ...«, sagte Tenoctris. Aus dem Kreis drang eine winzige, dünne, schimmernde Rauchfahne. Sie sah aus wie die Holzspiralen, die entstehen, wenn ein Bohrer sich in weiches Holz frißt. Die Gruppe, die versuchte, aus

dem Garten zu fliehen, war zwanzig Schritt von dem Mann entfernt, der schreiend am Boden lag. Vor ihnen tat sich die Erde auf.

Opfer schrien. Jene, die am nächsten an der Kante der Erdspalte waren, versuchten, in Sicherheit zu klettern, aber der Boden gab nach wie nasser Sand, wenn sie sich daran festhielten.

Ein sportlicher junger Mann nahm Anlauf und sprang. Sein mit Fransen besetztes Hemd, sehr beliebt unter der modischen Oberschicht, flatterte hinter ihm her. Er hätte es geschafft, aber die Wurzel einer Zeder schnellte aus dem Boden und faßte nach seinem Fußgelenk. Sie riß ihn in die Erdspalte – mit einer Bewegung, die ganz so aussah wie die eines Mannes, der seinem Hund einen Bissen zuwirft.

Die Erde schloß sich wieder. Es gab kein Zeichen, daß sie sich je geöffnet hatte, und auch keines mehr von den zwanzig Menschen, die sie verschlungen hatte.

Der junge Mann mit dem Stab hielt immer noch stand und lachte schrill. Wieder schlug er zu. Der Knauf zerbrach. Der Geschorene schlug mit dem Schaft auf die Statue ein, und das Holz brach in der Mitte.

Die Statue packte die Handgelenke des lachenden Mannes. Er wehrte sich weiter, aber Fleisch konnte nichts gegen Stein ausrichten. Die Arme umfaßten ihn.

Seine Wirbelsäule brach in der Umarmung; er trat nach beiden Seiten aus, dann fiel er schlaff vornüber wie ein Sack. Rippen splitterten durch Haut und Hemd. Die Statuenarme schlossen sich weiter, bis der Oberkörper des Opfers in zwei Teile zerfiel.

Dann kehrte der lächelnde Androgyne zurück zu seinem Sockel.

»Horan«, sagte Tenoctris, *»elaoth!«*

Die Rauchspirale war von blassestem Blau. Sie bog sich jetzt über die Grenzlinie der Domäne der Königin.

Tenoctris legte die Holzplatte auf die Steine vor sich. Als sie dazu ansetzte, aufzustehen, halfen ihr Liane und Garric. Die fest gewundene Lichtspirale bohrte sich ihren Weg weiter auf das Herrenhaus zu.

»Jetzt kommt es auf uns an«, sagte Tenoctris leise. Sie lächelte ihren Begleitern zu.

Schwarze Blütenblätter vom Kirschbaum bedeckten den Mann, der sich in Panik zu Boden geworfen hatte. Unter den Blättern drang kein Laut mehr hervor.

»Also gut«, sagte Garric. Er zog sein Schwert und ging in die Richtung, in die die Spirale zeigte.

»Ich brauche erst eine weitere Pille«, sagte Cerix. Sie hatten den Tisch mit seinen Sachen an die Wand geschoben, damit auf dem Boden mehr Platz für den Kreis der Macht war. Cerix packte die Räder seines Rollstuhls, um darauf zuzufahren.

»Cerix?« sagte Halphemos. Er legte seine Hand auf die des verkrüppelten Mannes. »Wir sollten die Beschwörung lieber gleich vornehmen. Wir brauchen den Mond an seinem Höchststand und ...«

Die Luft des kleinen Zimmers war bereits grau von den Resten der Droge, die Cerix geraucht hatte, während er die Worte vom Umhang abgeschrieben und auf den Boden übertragen hatte. Der Behälter war voll gewesen, als die Zauberer mit ihren Vorbereitungen begannen; jetzt waren nur noch ein halbes Dutzend Pillen übrig. Unter dem Gewicht des Zaubers, den sie anstrebten, war die Selbstbeherrschung des älteren Mannes gebrochen.

Arbeit auf dem Land hatte Halphemos beträchtliche Kraft verliehen, aber Cerix' Arme leisteten die Arbeit der Beine gleich mit. Von der Taille aufwärts konnte er Männer niederringen, die anderthalb Mal so groß waren wie er. Er schlug Halphemos' Hand mit kindischer Wut weg und faßte wieder die Räder an, um sich vorwärts zu schieben.

»Cerix?« sagte Halphemos.

Der ältere Mann regte sich nicht. Er schloß die Augen; Tränen liefen ihm über die Wangen. »Du weißt nicht, wie es ist!« klagte er. »Ich kann spüren, wie die Dämonen an meinen Beinen knabbern. Jeden Tag, mit jedem Atemzug. Du hast keine Ahnung!«

»Cerix«, sagte Halphemos leise. »Wir sind es Ilna und ihrem Bruder schuldig. Wir müssen es tun.«

Cerix seufzte schaudernd. »Das sagst du«, zischte er. Er schüttelte sich, dann wischte er sich das Gesicht mit dem Ärmel ab. Er zwang sich zu einem Lächeln und sah seinen Freund an.

»Wahrscheinlich hast du recht«, sagte er. »Und ich werde hinterher etwas brauchen, um mich zu entspannen, nicht wahr? Also gut, bringen wir es hinter uns.«

Halphemos schüttelte Cerix die Hand. Beide nahmen ihren Platz im Kreis der Macht ein, Halphemos hockte sich nieder, Cerix saß neben ihm auf dem Stuhl. Die Lampe, die hinter ihnen an der Wand hing, warf ihr Licht auf das Pergament, das Cerix in der linken Hand hielt.

»Kannst du es lesen?« fragte er. Er berührte das Blatt mit einem Roggenstrohhalm, den er als Zeigestock benutzte.

»Ja«, sagte Halphemos. Er säuberte den Zauberstab, den er für Sprüche benutzte, die ihn selbst betrafen, indem er mit Daumen und Zeigefinger über die Klinge aus Walroßelfenbein fuhr. Bei öffentlichen Auftritten benutzte er ein optisch aufwendigeres Narwalhorn. »Du hast mich gut unterrichtet, Cerix. Ich werde dich nicht beschämen.«

Der Krüppel grunzte. »Um dich mache ich mir keine Sorgen«,

sagte er. Er berührte die erste Silbe, die er in der klobigen modernen Schrift, die Halphemos lesen konnte, aufs Pergament geschrieben hatte, mit dem Strohhalm.

Der jüngere Zauberer berührte das entsprechende Symbol in alter Schrift auf dem Boden. *»Phasousouel«,* intonierte er mit kräftiger Stimme, die dennoch gegen die Macht des Wortes ankämpfen mußte, das er aussprach. *»Eistochama, nonchaei …«*

Der Kreis und die Worte um seinen Rand waren mit in Olivenöl aufgelöstem Ruß geschrieben. Jedesmal, wenn der Zauberstab den Boden berührte, drehten sie sich ein Stück weiter, damit die nächste Silbe direkt vor Halphemos erschien. Cerix, bleich und mit starrer Miene, bewegte seinen Strohhalm mit derselben Geschwindigkeit über das Pergament.

»Apraphes einatu adones …«, sagte Halphemos. Unbewußt bewegte er die Schultern, als läge eine schwere Last auf ihm, aber seine Stimme blieb fest. *»Dechochtua iathenouion.«*

Was einmal ein Kreis auf dem Boden gewesen war, öffnete sich langsam zu einer Grube mit weißen, wirbelnden Wänden. Die Silben in alter Schrift hoben sich deutlich davor ab. Cerix folgte der Rezitation weiter auf dem Pergament, aber selbst er konnte nicht mehr sicher sein, was sie bedeuteten. Halphemos zuckte mit keiner Wimper.

»Chrara!« schrie er. *»Cherubin! Zaarben!«*

Das Zimmer um sie herum war verschwunden. Aus dem Nichts kam ein heißer, heftiger Wind, und die Grube wurde zu einem Korridor.

Es gab keinen Boden, nur diesen schimmernden Tunnel, der unter ihre Welt führte. Gegen sein grellweißes Licht hoben sich Gegenstände ab.

»Thesta!« schrie Halphemos.

Der Wind war zum Hurrikan geworden, ein unaufhaltsamer

Sturm. Das Pergament flatterte Cerix aus der Hand und wurde zerfetzt, während es weiter in den Tunnel hineinflog.

Der Wind fegte die Zauberer hinter dem Pergament her. Halphemos schrie weiter die Worte des Bannspruchs heraus.

Cashel betrachtete die Felsen über ihnen so gut, wie er es im Licht der Sterne eben konnte. Sie sahen nicht sonderlich hoch aus, dafür waren sie jedoch sehr steil. »Zahag, klettere nach oben, und dann reiche ich dir Aria«, sagte er.

Im Dunkeln, rechts von ihnen, gluckerte etwas. Es hörte sich fast an wie das Gurgeln eines Baches, stetig und gedankenlos.

Dieses Gluckern war Cashel und seinen Begleitern den ganzen Abhang hinauf gefolgt. Es hätte eine Meile entfernt sein können, aber auch dicht genug, um zuzuschlagen, falls Cashel es anspuckte.

»Ich weiß nicht«, meinte der Affe ein wenig bedrückt. Er hockte zu Cashels Füßen und drängte seine haarige Flanke gegen Cashels Schienbein. »Ich möchte eigentlich nicht vorausgehen.«

»Mach, daß du da raufkommst«, sagte Cashel. Er wollte nicht lauter sprechen, aber er klammerte die Hände fester um den Stab.

»Oder wir gehen getrennte Wege, Zahag. Möge der Hirte mich verstoßen, wenn ich noch etwas mit dir zu tun haben will!«

Nun, vielleicht hatte er seine Stimme doch ein wenig erhoben. Das Gluckern hielt kurz inne, während die Echos verklangen.

»Ja, Häuptling«, sagte der Affe. Er kletterte so mühelos die Felsen hoch, als wäre er dieselbe Entfernung auf flachem Land gegangen. Er konnte seine Arme unglaublich weit ausstrecken.

Da sich seine kurzen Beine ebenfalls an den Felsen klammerten, sah Zahag aus wie eine gewaltige Spinnenkrabbe.

»Reich mir das Weibchen hoch!« rief er von oben. Ein Arm reckte sich nach unten; die Hand des Affen war anderthalbmal so lang wie Cashels eigene.

»Ich werde Euch beweisen, daß ich alle Prüfungen bestehen kann, Cashel«, sagte die Prinzessin mit leiser, verängstigter Stimme.

Statt mit beiden Händen einen Steigbügel zu formen, stützte Cashel die linke Handfläche gegen den Felsen und sagte: »Spingt auf mein Handgelenk, Prinzessin, dann greift ihr nach Zahags Hand, ja?«

»Was immer Ihr wollt, Cashel«, zwitscherte Aria in einem verzweifelten und vollkommen mißlungenen Versuch, fröhlich zu klingen. Vorsichtig trat sie auf seinen Arm und fuchtelte mit dem rechten Arm über dem Kopf herum, bis Zahag ihn packte. Sie hatte offenbar die Augen geschlossen.

Cashel nahm ihr ihre Angst nicht übel. Er war nicht bereit gewesen, seinen Stab auch nur einen Augenblick aus der Hand zu legen, um sie mit beiden Händen heben zu können.

Außerdem wog sie so gut wie nichts. Wenn Cashel beim Pflügen am Ende einer Furche gewartet hatte, daß die Ochsen sich wendeten, waren manchmal Finken auf seiner Schulter gelandet. Aria war ihm nicht schwerer vorgekommen.

»Ich sehe das Licht!« rief Aria. »Es ist direkt vor uns. Es kommt aus einer Höhle, aber der Eingang ist von einem Felsen verschlossen!«

Nun kam der Mond hinter dichten Wolken hervor, hinter denen er sich den größten Teil der Nacht verborgen hatte. Cashel liebte den Mond nicht sonderlich. Bei Vollmond wurden die Tiere unruhig.

Allerdings hatte er Mondlicht nie zuvor als feindselig empfunden. Vielleicht waren es nur die Dinge, auf die es an diesem Ort fiel.

Der Abhang war eigentlich eine Folge kleiner Klippen gewesen, jede von ihnen eine Barriere, aber keine so hoch, daß Cashel sie nicht überklettern konnte. Selbst Aria konnte es mit einiger Hilfe schaffen. Der Pfad, dem sie folgten, bestand aus festgetrampelter Erde, aber auf beiden Seiten klammerten sich niedrige Nadelbäume mit den Wurzeln in Risse in den Felsen. Nun standen zwischen diesen Bäumchen hoch aufragende, zweibeinige Gestalten. Cashel konnte in diesem Licht nicht erkennen, wie viele es waren; einiges von dem, was er sah, waren vielleicht nur die Schatten der verkrüppelten Bäume.

Aber es mußten zumindest ein Dutzend sein, und jeder von ihnen war größer als Cashel selbst. Wie bei Zahag waren ihre Beine sehr viel kürzer als die Arme, aber sie hatten langgezogene Schädel und waren so haarlos wie Eier.

»Wollt ihr etwas von uns?« rief Cashel. Er hatte sich mit dem Rücken dem Felsen zugewandt; nun hielt er den Stab quer über den Körper und ein wenig angehoben – bereit, ihn sofort zu benutzen. »Dann kommt und holt es euch!«

Eine der Gestalten trat ins volle Mondlicht. Sie war nur ein halbes Dutzend Schritte entfernt. Wieder begann das gurgelnde Gluckern. Die anderen blieben, wo sie waren.

»Cashel!« rief die Prinzessin. »Bitte kommt herauf! Bitte!«

Sie mußte wirklich Angst haben, um ihn so anzuflehen. Und zweifellos hatte sie recht …

Cashel wandte sich dem Felsen zu. Er setzte den Stab fest auf den Boden, damit er nicht rutschen würde, stemmte den linken Fuß etwa in Kniehöhe gegen den Felsen und hob sich mit Hilfe des Stabs nach oben.

Zahag hatte einen Arm nach hinten ausgestreckt, um sich an einem vorspringenden Felsen festzuhalten. Mit dem anderen packte er Cashel am linken Ellenbogen. Der Griff des Affen war so fest wie ein eiserner Haken. Cashel warf sich über den Rand der Klippe und zog den Stab mit sich. Die Bronzebeschläge waren griffiger als das polierte Eisen jenes Stabes, den er in Folquins Palast gelassen hatte.

Der Mond kehrte hinter die Wolken zurück. Das Gluckern schien jetzt lauter, aber vielleicht bildete Cashel sich das auch nur ein.

»Schnell!« sagte Zahag und zog Cashel, den er immer noch am Arm hatte, mit sich. »Vielleicht kannst du ihrem Häuptling das Genick brechen, das ist schon möglich, aber was ist, wenn die anderen sich auf uns stürzen?«

Cashel riß sich los. »Also gut«, sagte er. »Wir haben diese Höhle beinahe erreicht.«

Ihm fiel wie nebenbei auf, daß Zahag Aria mittlerweile wohl in sein Rudel aufgenommen hatte.

Das blaue Licht, das Cashel in der vergangenen Nacht gesehen hatte, lag einen weiteren Abhang entfernt, der aber nicht länger als vierzig Schritte war und sanft genug, daß selbst die Prinzessin ihn ohne Hilfe erklettern konnte. Nun, vielleicht mußte sie krabbeln, aber Cashel hatte nicht vor, auch nur eine Hand von seinem Stab zu nehmen, damit Aria sich nicht die Knie aufschürfte.

Das Licht war so intensiv, daß die Luft ringsherum schimmerte. Es drang an der unregelmäßigen Oberfläche des großen Felsblocks vorbei, der in den Eingang einer Höhle gerammt war. Cashel hörte ein leises Surren, wie von einem weit entfernten Moskito. Seine Haut begann zu kribbeln. Er sah über die Schulter. Er konnte die riesigen Gestalten, die ihnen gefolgt waren, nicht sehen, aber er hätte auch ohne das Gluckern gewußt, wo sie sich aufhielten. Warum gab nur einer von ihnen Laute von sich?

Zahag und Aria kletterten vor ihm her. Cashel ging schneller und beugte sich vor, um das Gleichgewicht zu bewahren, ohne sich irgendwo festhalten zu müssen. Die verwitterte Oberfläche der Felsen gab seinen Füßen festen Halt.

Seine Begleiter hatten die Öffnung der Höhle erreicht. Aria weinte vor Angst. Sie stützte sich gegen den Felsblock und versuchte, ihn zu verschieben. »Ich werde diese Prüfungen bestehen!« sagte sie. »Bitte, Göttin, mach, daß ich mich als würdig erweise!«

Cashel lachte nicht. Aber er konnte sich nicht erinnern, jemals etwas so Albernes gesehen zu haben. Die Prinzessin strengte sich an, einen Felsblock zu verschieben, von dem selbst Cashel wußte, daß er ihn nicht von der Stelle bewegen könnte.

Aber immerhin versuchte sie es. Cashel glaubte nicht, daß er die Prinzessin jemals wirklich mögen würde, aber es war schwierig, sie nicht zumindest zu achten.

»Zahag, paß auf, was hinter uns passiert«, sagte Cashel und fuhr mit der linken Hand über den Rand der Höhlenwand, wo der Felsblock fest verkeilt war. »Laß mich wissen, wenn ich ...«

Er beendete den Satz nicht. Er hätte damit Arias Angst noch größer gemacht, und um ehrlich zu sein, war Cashel auch nicht sonderlich darauf versessen, sich einem Dutzend oder mehr dieser riesigen Wesen zu stellen, die sich nun über die Klippe stemmten.

Er fragte sich, wie man sie wohl nannte. Er würde Tenoctris fragen, wenn er sie das nächste Mal sah. Falls er sie je wiedersehen würde.

Der Felsblock saß dichter an der Höhlenwand, als Cashel es je zuvor auch nur bei Häuserbalken gesehen hatte. Er probierte, ob er tatsächlich so schwer war, und drückte mit der Handfläche dagegen – es hätte ja sein können, daß der Felsen so ausbalanciert war, daß er sich auch auf leichte Berührungen hin bewegte.

Nun, er hatte nicht wirklich geglaubt, daß das so sein würde.

Es juckte ihn am ganzen Körper. Er nahm an, daß das von dem Licht kam. Er hatte sich auch so gefühlt, als er seinen Stab vor sich gewirbelt hatte und sie durch die Flammenwand gedrungen waren, um die Prinzessin zu retten.

Die war damals nicht gerade darauf versessen gewesen, gerettet zu werden. Jetzt war das anders. Und da Cashel diese Aufgabe nun einmal übernommen hatte, wollte er sie lieber zu Ende bringen. Er setzte das Ende seines Stabs an der Ritze zwischen Felsblock und Höhlenwand an und lehnte sich vorsichtig dagegen. Wie er erwartet hatte, bog sich der Hebel, ohne daß es eine Auswirkung auf den Felsblock hatte. Das Föhrenholz hatte vielleicht nicht ganz die Stärke des Hickory, an das er gewöhnt war, aber Cashel war ziemlich sicher, daß selbst eine Eisenstange von der Dicke seines Armes sich gebogen hätte, ohne daß der Felsblock sich von der Stelle gerührt hätte.

Zahag begann, vor- und rückwärts zu springen, und er kreischte in Affensprache in die Nacht. Cashel konnte erraten, was er sagte. Vielleicht wären Gebete die bessere Wahl gewesen, aber wer wußte das schon? Vielleicht würden die Flüche des Affen die anderen noch eine Weile von ihnen fernhalten.

Cashel legte den Stab neben den Höhleneingang. Er breitete die Arme aus, um den Felsblock so weit wie möglich zu umklammern. Er wußte, daß er etwas so Schweres nicht heben konnte, aber er mußte es zumindest versuchen.

Cashel holte tief Luft und begann zu ziehen. Sein Griff an der rauhen Oberfläche blieb fest, aber der Felsblock regte sich nicht. Cashel lehnte sich weiter zurück. Das Blut rauschte ihm in den Ohren.

»Ich werde alle Prüfungen bestehen!« schrie Aria über das Kreischen des Affen hinweg. »Ich bin eines Königs würdig!«

Sie hatte offenbar Cashels Stab aufgehoben. Cashel konnte ihn nicht mehr aus dem Augenwinkel sehen, selbst bevor der rote Blutschleier ihn blind machte.

Der Felsblock bewegte sich nicht. Dieser Block würde sich nie von der Stelle rühren.

»Duzi, wache über meiner Herde!« schrie Cashel. Seine Welt explodierte zu knisterndem blauem Feuer.

Indem sie den Speer als Balancierstange benutzte, gelang es Sharina, hinter Hanno her über den umgestürzten Baumstamm zu tanzen. Die Rinde unter der Schicht feuchten Mooses war verfault genug, daß die Gefahr bestand, daß sich einzelne Stücke davon ablösten; Hanno allerdings, der zweimal soviel wog wie sie, schien keine Schwierigkeiten zu haben.

Der Boden der Schlucht war felsig und vierzig Fuß entfernt. Sharina erwartete nicht wirklich auszurutschen … und so sehr, wie Hanno in dieser von Feuchtigkeit durchtränkten Welt zu Hause schien, würde er wahrscheinlich einfach den Arm nach hinten ausstrecken und sie packen, bevor noch ihre Füße den Stamm verlassen hätten.

»Unarc hat hier immer eine oder zwei Schlingen ausgelegt«, sagte Hanno, als er auf festen Boden sprang. Er zeigte mit dem stumpfen Ende des Speers in die Schlucht. »Die Hornrücken machen es sich gerne leicht, also kann man sie, wenn sie sich erst einmal auf einen Weg festgelegt haben, mit denselben Schlingen fangen, bis man alt und grau wird.«

Er lachte. »Obwohl Unarc keine Haare mehr hat, die grau werden könnten«, sagte er. »Und ich erwarte eigentlich auch nicht, daß er sonderlich alt geworden ist, da sich die Affen hier jetzt so merkwürdig benehmen.«

Sharina stieg vorsichtig von dem Baumstamm herab, statt zu springen; sie hatte immer noch Angst, daß die Rinde rutschen und sie zum Fallen bringen würde, wenn sie sie mehr belastete. Das Gleichgewichtsgefühl des Jägers mußte vollkommen sein; ihr eigenes war schon recht gut, aber sie konnte auf unwegsamem Boden nicht mit dem riesigen Mann gleichziehen.

Ein Käfer mit schillerndem Panzer summte zwischen ihr und Hanno hin und her. Er bewegte sich langsam und mit verschwommenen Flügeln, die einen Körper von der Größe einer Männerfaust in der Luft hielten.

Der Waldboden gab unter ihren Füßen schmatzende Geräusche von sich, aber Sharina konnte mit den Zehen festen Unterboden nicht weit unter dem durchtränkten Laub spüren. In besonders feuchten Bereichen kamen sie an riesigen Pilzen vorbei, aber die Bäume hier waren Araukarien, Koniferen mit deutlich kegelförmigen Stämmen, deren Zweige horizontal begannen, sich aber an den Spitzen scharf nach oben bogen.

»Sind die Tiere, die Ihr jagt, gefährlich?« wollte Sharina wissen – ebenso, um Interesse am Leben ihres Begleiters zu zeigen, als aus tatsächlichem Wissensdurst. Sie war in einem Gasthaus aufgewachsen. Wenn die Kunden einen als freundlich und als ihresgleichen betrachteten, zahlten sie viel williger, als wenn der Wirt und seine Familie sich als sauertöpfisch erwiesen. Ein gewisses Interesse jedoch war gerechtfertigt. Die Haarmenschen mochten eine neue Gefahr darstellen, aber Sharina war sicher, daß nicht nur sie die Jäger – und Schiffbrüchigen – auf Bight bedrohten.

»Nein, es sei denn, man steht an einer Stelle, an der ein Hornrücken unbedingt stehen möchte«, sagte Hanno. Er trug, was er als leichtes Gepäck bezeichnet hatte: Es wog dennoch mindestens fünfzig Pfund, überwiegend Getreide und Trokkenobst. »Sie haben nicht mehr Hirn als Küchenschaben, aber einige von ihnen wiegen mehr als eine Tonne. Daß man durch sie zu Schaden kommt, ist allerdings so wahrscheinlich, wie den Baum beim Baumfällen auf sich selbst herabstürzen zu lassen: Wenn man aufpaßt, was man tut, passiert es vielleicht bei einem von tausend Mal.«

»Und Raubtiere?« wollte Sharina wissen. Sie bewegten sich an einem flachen Gewässer entlang, das den größten Teil seiner Breite von etwa fünfzig Fuß mit Wasserlinsen bedeckt war. Falls es eine Strömung gab, war sie sehr träge. Daß es einen Teich – oder Sumpfland – so nah an einer tiefen Schlucht gab, war ein weiterer Beweis dafür, daß die untere Schicht des Bodens aus undurchdringlichem Ton bestand.

»Es gibt Eidechsen, die auf den Hinterbeinen laufen«, sagte Hanno. »Sie wiegen etwa eine halbe Tonne und haben ordentlich Zähne im Maul, aber sie rennen geradeaus. Man muß den Speer nur mit dem Ende gegen den rechten Stiefel stützen und sie hineinlaufen lassen. Außerdem sind sie nicht sehr weit verbreitet.«

»Ich werde daran denken«, sagte Sharina. Sie grinste, als sie sich vorzustellen versuchte, wie sie in aller Ruhe den Angriff eines Ungeheuers erwartete, das eine halbe Tonne wog und das Reptilienmaul voller Zähne hatte. Nun, seit sie Barcas Weiler verlassen hatte, hatte sie auch andere Dinge getan, die sie niemals erwartet hätte.

»Wir überqueren die Lagune hier oben«, sagte Hanno. »Es gibt eine Furt. Und dann …«

Eine Eidechse – ein kleines Krokodil, dachte Sharina – sprang platschend vom Land ins Wasser, als sie näher kamen. Sie schwamm mit kräftigen Bewegungen ihres flachen Schwanzes; die klauenbewehrten Füße hatte sie an die Seite gezogen.

»Jedenfalls«, fuhr der Jäger fort, »wohnt Unarc direkt auf der anderen Seite des Hügels. Er hat ein Versteck in einem hohlen Baum, wo Ihr bleiben könnt, während ich nachsehe, was aus dem Boot geworden ist.«

»Also gut«, meinte Sharina. »Wenn Ihr …«

Wasser plätscherte heftig. Das kleine Krokodil verschwand in einem Wirbel. Ein flachköpfiges Ungeheuer mit vorstehenden Augen schoß kurz an die Wasseroberfläche, drehte sich und verschwand wieder im dunklen Wasser. Es war riesig. Seine Haut war vom schleimigen Schwarz einer verfaulten Banane.

Sharina blieb stehen. »Was war das?« fauchte sie.

»Ach, die sind auch nicht gefährlich«, meinte Hanno. »Nicht für Geschöpfe unserer Größe. Ich glaube, sie sind eine Art Salamander. Sie lauern am Boden eines Teichs. Wenn etwas vorbeigeschwommen kommt – nun, Ihr habt gesehen, was passiert. Ich kann mich nicht erinnern, jemals einen von ihnen außerhalb des Wassers gesehen zu haben, es sei denn, daß ihr Teich ausgetrocknet war. Und selbst dann kamen sie an Land nicht besonders weit.«

Er zeigte mit der Speerspitze nach unten. »Hier ist die Furt«, sagte er und watete ohne Zögern in den Teich.

Sharina folgte ihm dicht auf dem Fuß. Zumindest hatte der Salamander gerade erst gefressen. Zumindest *dieser* Salamander.

»Ich überlege, ob ich mich, nachdem ich Euch nach Valles zurückgebracht habe, nach Sirimat aufmachen sollte«, sagte Hanno. Er ging auf ein Gebüsch auf der anderen Seite der Lagune zu. Es gab hier nichts, was Sharina als Weg erkannt hätte, aber der Jäger glitt zwischen Hindernissen hindurch, statt sich seinen Weg zu erzwingen. »Wenn die Affen hier verrückt spielen …«

Er zuckte die Achseln, dann bewegte er den Speer in einem Bogen. Er fädelte ihn durch eine Ansammlung ineinander verwachsener Wurzeln, die Sharina für vollkommen undurchdringlich gehalten hätte.

»... nun, ich kann nicht gleichzeitig Affen bekämpfen und mich um die Jagd kümmern. Also werde ich mir ein anderes Jagdgebiet suchen müssen.«

Sharina blinzelte, dann kicherte sie. Hanno dachte nicht über solche Kleinigkeiten nach. Er zweifelte nicht daran, daß er überleben würde, und fragte sich demnach folgerichtig, wovon er in der Zukunft leben sollte.

Und das war keine geringe Sorge – immer vorausgesetzt, man ging davon aus, daß es eine Zukunft gab. Sharina war nicht vollkommen überzeugt von Hannos Urteilsfähigkeit, aber er war bessere Gesellschaft, als ein Realist es gewesen wäre.

»Ich weiß nicht viel von Sirimat«, sagte sie. Eine Woche zuvor hatte sie auch nicht viel von Bight gewußt. »Rigal – der Dichter – sagte, daß die Bäume dort laufen können und die Menschen nicht die Herrin anbeten, aber das hat er vor zweitausend Jahren geschrieben.«

Spitze Wurzeln, beinahe wie die Zähne einer Schlange, ragten von beiden Seiten auf den Weg hinaus. Sharina drängte sich an ihnen vorbei und fragte sich, wie es dem Jäger gelungen war, ihnen auszuweichen.

»Auf Sirimat gibt es Bäume mit Edelsteinen im Herzen«, sagte Hanno. »So heißt es jedenfalls. Nun, ich werde sehen, was ich in Valles herausfinden kann. Dort im Hafen gibt es immer jemanden, der schon an dem Ort gewesen ist, der einen interessiert. Man muß allerdings lange genug nüchtern bleiben, um sich später noch daran erinnern zu können, was sie einem erzählt haben.«

Sie bewegten sich einen Abhang hinauf, der steil genug war, daß Sharina zweimal auf glitschigen Blättern ausrutschte. Der Boden darunter war hellrot. Hoch oben auf den Zweigen entdeckte Sharina blühende Luftwurzelpflanzen und hin und wieder schillernde kleine Vögel, aber andere Farben als Schattierungen von Grün waren in diesem Teil des Waldes die Ausnahme.

Hanno blieb stehen und trat beiseite, so daß Sharina sich neben ihn stellen konnte. Er spähte auf die Lichtung hinaus, die vor ihnen lag. »Nun, an dieser Stelle hat Unarcs Hütte einmal gestanden«, sagte er. »Ich hätte gewettet, daß wir ihn unter dem Schieferdach finden würden, mit dem er immer prahlte, aber dann hätte ich mein Geld verloren.«

Unter einem Haufen von Steinplatten neben einer Quelle ragten ein paar verkohlte Balken hervor. Am gegenüberliegenden Ende der Lichtung standen gewaltige Bäume, darunter ein Affenbrotbaum, dessen Stamm einen Umfang von zwanzig Schritten haben mußte.

Hanno warf Sharina einen Blick zu. Er grinste und meinte: »Wenn er darunter läge, würden wir ihn riechen können. Es dauert selbst in diesem Klima mindestens einen Monat, bis man einen Toten nicht mehr riechen kann.«

»Aha«, sagte Sharina. Sie trat auf die Lichtung hinaus. Der Boden hier bestand aus Schiefer, was für eine Landschaft, die ansonsten von Kalkstein geprägt war, recht ungewöhnlich war. Offensichtlich war diese Oberfläche der hiesigen Vegetation nicht zuträglich: Die Blätterkuppel hoch oben war so dicht wie überall im Wald, aber die Setzlinge und kleineren Pflanzen, die anderswo eine zweite und dritte Schicht bildeten, waren nicht vorhanden. Sharina kam sich vor wie in einem Raum mit gewaltig hoher Decke.

»Es ist sehr friedlich«, sagte sie.

Hanno nickte. »Unarc war auch dieser Meinung«, sagte er. »Ich höre ganz gern das Wasser gurgeln, wenn ich nachts aufwache.«

Er lachte leise. »Ich nehme an, Unarc findet es da, wo er sich jetzt befindet, auch recht friedlich.«

Hanno warf einen Blick nach oben. Nirgendwo war durch die Baumwipfel auch nur ein fingernagelgroßes Stück Himmel zu sehen, und die Dämmerung nahm den Bäumen bereits die Farbe.

»Unarcs Versteck war in diesem Affenbrotbaum«, sagte Hanno und zeigte mit dem Speerende darauf. »Im Stamm gibt es einen Riß, durch den man hineingelangt, und das Innere ist eine richtige Höhle. Ich werde Euch dort mit dem Gepäck zurücklassen.«

»Ihr wollt nicht mit mir hereinkommen?« fragte Sharina, sorgfältig bemüht, dieser Frage kein besonderes Gewicht zu verleihen.

Der Jäger entledigte sich seines Rucksacks und hielt ihn an den Riemen, als er über die Lichtung ging. »Ich werde mich nach Unarcs Boot umsehen«, sagte er. »Ich kenne den Weg gut genug, um auch um diese Zeit noch hinzufinden, und dann werde ich dort bis zum Morgen warten.«

Er blieb an der Seite des Baums stehen, wo die helle Rinde ein Stück weit aufklaffte. Hätte Sharina es nicht besser gewußt, dann hätte sie angenommen, die Narbe würde sich weiter innen im Stamm schließen.

»Werdet Ihr hier zurechtkommen?« fragte Hanno.

»Ja«, erwiderte Sharina und hielt den Speer vor sich, damit sie sich durch die schmale Öffnung schieben konnte. »Selbstverständlich.«

Fünfundzwanzigster Tag
im Monat des Reihers (später)

Garric?« rief Royhas, und seine Stimme klang schon sehr leise.

Garric blickte über die Schulter zurück. Die Menge schien eine halbe Meile entfernt, obwohl Garric wußte, daß er erst zwei Schritte zurückgelegt hatte. Die Luft war warm und reglos, und es roch nach überreifem Obst.

»Ich werde Euch die Männer hinterherschicken«, rief der Adlige. Sein Gesicht war verzerrt von der Anstrengung des Schreiens. »Ich werde sie anführen, wenn Ihr wollt!«

Tenoctris schüttelte den Kopf. »Ich könnte sie nicht beschützen«, sagte sie. »Meine Kraft genügt nicht, um mehr als drei Menschen auf einmal zu schützen. Jedenfalls hoffe ich, daß sie zumindest dafür reicht ...«

Die drei grinsten einander an. Alle wußten, was Tenoctris meinte, obwohl es Liane war, die den Gedanken tatsächlich laut vervollständigte: »Wir hoffen alle, daß drei Leute nicht zuviel für dich sind. Zumindest sind wir unter Freunden.«

»Ich werde versuchen, daran zu denken, wenn der Steintiger mich verschlingt«, sagte Garric. Er legte die linke Hand und die rechte Faust, in der er das Schwert hielt, an den Mund. »Wartet, bis wir es ausgekundschaftet haben!« rief er. »Niemand betritt den Garten, ehe wir ihn für sicher erklären!«

Seite an Seite gingen sie weiter. Ihr schimmernder Führer, außerhalb der magischen Grenze eine Rauchspirale, war hier ein Punkt blauen Lichts. Er driftete mit der Ziellosigkeit einer Schnake im Zwielicht durch die Luft, bewegte sich an zwei Pflanzkübeln in der Form von Drachenköpfen vorbei. Die

Blätter, die aus den Steinmäulern ragten, sahen aus wie grüne Flammen.

»Hier entlang?« fragte Garric zweifelnd. Er spürte, wie sein Helm sich ein wenig verschob, als er die Stirn runzelte. Wenn es seine Entscheidung gewesen wäre, hätte er einen großen Bogen um diese Pflanzkübel gemacht.

»Ja«, bestätigte Tenoctris. »Ilna könnte den Weg durch diese Illusionen besser finden als ich mit meiner Zauberei, aber ich denke schon, daß meine Fähigkeiten genügen.«

Garric ging weiter und widerstand dem Drang, nach den Blättern zu schlagen, als er an ihnen vorbeikam. Man hatte ihn dazu erzogen, niemandem Ärger zu machen, der ihm auch keinen machte. Das war eine gute Lebensphilosophie. Um sich zu schlagen, weil er Angst hatte, war hingegen eine schlechte Idee. Er würde sich nicht von seiner Angst beherrschen lassen.

Garric konnte das Haus der Königin nicht sehen. Er drehte sich um, um nach den Zuschauern Ausschau zu halten, von denen er wußte, daß sie ihrem Fortschritt folgten, aber auch sie waren verschwunden.

Büsche, deren Äste sich in Sechser- oder Siebenergruppen direkt über dem Boden verzweigten, winkten ihm mit winzigen Blättern zu. Er konnte sich nicht erinnern, sie gesehen zu haben, als er den Garten zusammen mit seinen Begleiterinnen betrat.

»Wir werden jetzt nach links gehen«, meinte Tenoctris ein wenig tadelnd. Sie wies in die entsprechende Richtung. Garric bemerkte, daß sie den Griffel immer noch in der Hand hatte.

»Es tut mir leid«, sagte Garric. »Ich werde meine Aufmerksamkeit nicht wieder abschweifen lassen.«

Der Lichtpunkt hatte sich im Bogen bewegt, um ein Beet mit lila Osterglocken am Fuß einer kleinen Magnolie und eines Felsens zu umgehen. Der Baum blühte; der Duft war süß und schwer und ließ Garric an Frauen denken, die nur mit ein paar Pailletten bekleidet waren.

Gehorsam folgte er ihrem Führer an weiß blühenden Büschen vorbei, die den Pfad ein Stück weit überwucherten. Der Fels im Beet erhob sich auf vier kurze Beine. Knospen öffneten sich zu Augen, die mit krötenhafter Bosheit zusahen, wie die menschlichen Eindringlinge sich außerhalb ihrer Reichweite hielten.

Liane hatte immer noch den Wassereimer in der Hand. Sie sah sich nach allen Seiten um, aber ihre Miene zeugte nur von aristokratischer Sorglosigkeit.

»So zu tun, als hätte man keine Angst, ist eine gute Möglichkeit durchzuhalten, Junge«, murmelte König Carus. Seit Garric den Garten betreten hatte, hatte er die große, kräftige Gestalt des Königs ganz in der Nähe gespürt. *»Aber wenn sie wirklich so mutig ist, dann ist sie mehr Mann, als ich es je war.«*

Garric lächelte. Er hätte nicht dagegen gewettet, daß Liane tatsächlich furchtlos war, aber es spielte keine Rolle. Garric wußte, daß Liane weitergehen würde, ganz gleich, wie verängstigt sie war.

Ebenso wie er.

Das Licht, das sie führte, schwebte an der Statur eines dreiköpfigen Ogers vorbei. Das Geschöpf bewegte sich auf seinem Sockel und machte dabei ein knirschendes Geräusch. »Wartet«, sagte Tenoctris. Sie kniete nieder und pflückte einen Farnwedel, der aus einem Riß zwischen zwei Felsen wuchs, die wie Totenschädel geformt waren.

Die drei einzelnen Augen des Ogers starrten die Menschen an. Er begann von seinem Podest herunterzusteigen und hob in einer Hand ein Schwert mit einer Sägezahnklinge, in der anderen eine Axt.

»Thesta«, sagte Tenoctris. *»Eibradibas!«*

Sie schlug fest mit dem Bronzegriffel auf den Farnwedel. Der Farnwedel brach mittendurch.

Das Gelenk des Fußes, mit dem der Gnom noch auf dem Sockel stand, brach mit lautem Knacken. Die Statue taumelte vorwärts und fiel zu Boden, wo sie in ein Dutzend größere Stücke und einen Haufen Kies zerbrach. Garric hätte nicht erwartet, daß Stein, der auf Rasen fällt, in dieser Weise zerbricht.

Die alte Frau wischte den Saft des Farnwedels von ihrem Bronzegriffel und lächelte zufrieden. Liane half ihr, wieder aufzustehen.

»Eigentlich ganz einfach«, sagte Tenoctris. »Alle Zauber der Königin sind recht einfach. Aber was für eine erstaunliche Macht sie hat, so viele Präsenzen gleichzeitig zu projizieren, und über solche Entfernungen!«

Garrics Stiefel knirschten auf Stücken der zerbrochenen Statue. Einer der Köpfe des Ogers war noch beinahe ganz. Garric sah, wie der Blick des steinernen Auges ihm folgte. Er verzog unwillkürlich den Mund.

Die Lichtperle, der sie folgten, wandte sich im rechten Winkel von einem glatten, steingefliesten Pfad ab und überquerte statt dessen einen schmalen Bach, der durch eine Riedlandschaft gurgelte. Diesmal fragte Garric nicht weiter, aber sein Magen zog sich zusammen, als er dem Punkt folgte. Er konnte sich noch genau erinnern, was Gothelm an dem Wasserlauf geschehen war, der sehr wohl mit diesem identisch sein konnte.

Garric watete durch den Bach. Seine Stiefel waren beinahe sofort durchtränkt. Das Wasser war kalt, und seine Füße verursachten bei den nächsten Schritten schmatzende Geräusche, aber keiner der Schrecken, die er sich vorgestellt hatte –

keiner der Schrecken, die er bisher beobachtet hatte –, tauchte auf.

Der Lichtpunkt umging ein paar Trauerkirschbäume, von denen keiner auch nur zwanzig Fuß hoch war. Ihre Blüten waren nicht weiß oder rosafarben wie üblich, sondern so rot wie frisches Blut.

Die nach unten hängenden Zweige bebten, als die Menschen außerhalb ihrer Reichweite vorbeigingen. Garric spürte eine Welle von trockenem, blutlosem Haß, der direkt auf ihn abzielte.

»Ah«, flüsterte Liane.

Garric hatte das Licht beobachtet. Er hob den Blick ein wenig mehr und folgte Lianes Blickrichtung. Auf einer leichten Erhebung vor sich konnte er das Haus der Königin sehen. Hinter den Fenstern flackerten drohend die Flammen.

»Wir sind da«, sagte Garric. Er unterdrückte das Bedürfnis, vorwärts zu rennen. Der König in seinem Hinterkopf fürchtete Falltüren, zugespitzte Pfähle, die in Gruben lauerten, eiserne Widerhaken, die so geschmiedet waren, daß eine ihrer Spitzen immer nach oben wies, ganz gleich, wie sie fielen – all diese materiellen Fallen, die ein kluger General vor einer feindseligen Armee aufbaut.

Aber die Königin war kein General und kämpfte nicht auf einem solchen Schlachtfeld. Außerdem würde das Licht, das sie führte, sie warnen, wenn …

Das Licht verschwand. Es war weg, und es war nicht einmal das Nachglühen geblieben, wie man es von einem kalten, aber noch qualmenden Kerzendocht kennt. Tenoctris flüsterte etwas, das Garric für eine Beschwörung hielt, aber er war nicht sicher.

»Das Tor geht auf«, sagte Liane. Die Ausdruckslosigkeit ihrer Stimme kündete von großer Beherrschung.

Die Torflügel bewegten sich knarrend nach innen; die Eisenscharniere klangen wie die Seelen der Verdammten. Garric erwartete dahinter flammendrotes Licht, wie bei den Fenstern des oberen Stockwerks, aber einen Augenblick lang war nur Dunkelheit zu sehen.

»Wir sind an den Illusionen der Königin vorbeigekommen, also wird sie nun ihren lebenden Torhüter schicken«, sagte Tenoctris. Sie setzte sich auf das bleiche Gras. »Das nächste wird keine Illusion sein.«

»Das hatte ich auch nicht angenommen«, sagte Garric leise. Er war jetzt zwei Personen gleichzeitig, ein Bauer und ein uralter König. Carus übernahm Garrics Körper nicht mehr einfach, wenn es zu einem Kampf kam, aber das Wissen und die Reflexe des Königs waren mit denen des jungen Mannes verbunden. Wie bei einem Seil war die Gesamtheit erheblich stärker als die Summe der einzelnen Stränge. Mit der linken Hand löste Garric den Verschluß seines roten Samtumhangs und wickelte den Stoff zweimal um den linken Unterarm. Der dicke Samt würde zumindest einigen Schutz bieten; manchmal war der Unterschied zwischen Leben und Tod nicht breiter, als die zustechende Klinge dick war. Auf den Zehenspitzen ging er vorwärts und wartete auf das, was aus dem Tor kommen würde.

Tenoctris bewegte die Lippen; Liane stand neben ihr, einen Eimer Wasser in einer und einen Dolch von der Schärfe eines Schlangenzahns in der anderen Hand.

Der Torhüter der Königin mußte sich ducken, um unter dem zwanzig Fuß hohen Torbogen hindurchzukommen. Als er sich aufrichtete, hatte er menschenähnliche Gestalt, aber nur ein einziges Auge.

Der Zyklop trug eine Rüstung aus schwarzem Eisen. Sie war mit Bildern von Dämonen verziert, die Menschen zerrissen.

Der Schild am linkem Arm des Zyklopen hatte einen Buckel in Form eines Drachenkopfes; die Augen des Drachen glitzerten. Ein Helm mit Helmbusch ließ das ohnehin dreißig Fuß große Ungeheuer noch größer wirken.

Garric stieß ein Lachen aus, das an Hysterie grenzte. Er hatte schon einmal einen Zyklopen gesehen, oder genauer gesagt, die wiederbelebte Leiche eines solchen, die ein Zauberer benutzt hatte, um sich an einem Strand, weitab von dieser Welt, gegen seine Feinde zu schützen.

Dieser Zauberer war tot, und auch die Königin würde sterben.

Der Zyklop kam auf ihn zu, und er bewegte sich mit der Unerbittlichkeit eines Flusses bei Hochwasser. Seine Beine waren dicker, als die eines Menschen von solcher Größe gewesen wären, gewaltige Säulen, die dem Riesen trotz der Breite seines Brustkorbs und seiner Schultern etwas Pyramidenhaftes gaben. Er trug einen Eisenspeer über der rechten Schulter, bereits in der Position, um nach unten zu stechen; seine Schwertscheide, so lang wie ein halber Mensch, klirrte an seiner Seite.

»Haft und die Inseln!« rief Garric und lief auf seinen Gegner zu. Dieser Kriegsschrei aus alter Zeit ging im Grölen des Ungeheuers unter, das lauter war als das Geräusch einer der langen Trompeten, wie sie die Küstenwächter in Carcosa bliesen, um bei Nebel die Schiffe zu leiten.

»Haft und die Inseln!«

Garric wickelte den Umhang wieder vom Arm, weil er bessere Verwendung für den Samt hatte. Es gab keine Rüstung, die ihn gegen einen Stoß des Speers dieses Zyklopen geschützt hätte, aber das Hirn hinter der wulstigen Stirn des Ungeheuers war vermutlich nicht größer als eine Zitrone. Dieser Zyklop war ein Tier, kein Krieger.

Garric wirbelte den Umhang an seiner Linken durch die Luft. Er selbst sprang nach rechts. Der eiserne Speer blitzte auf und nagelte den Samt an den Boden; Garric schlug mit dem Schwert nach beiden Seiten und tauchte zwischen den massiven Beinen des Riesen hindurch.

Beim ersten Schlag traf er den Knochen, beim Rückhandschlag Sehnen. Ein riesiger Fuß trat zu und traf Garric zwischen die Rippen, als er versuchte auszuweichen. Er schlug zwanzig Fuß von der Stelle entfernt auf, die er eigentlich anvisiert hatte. Er hatte seinen Helm verloren. Die Hälfte der Nieten, die seinen Harnisch rechts zusammenhielten, waren zerbrochen.

Von einem so großen Geschöpf erwartete man nicht, daß es auch noch schnell war …

Garric kam auf die Beine. An seiner Schwertklinge war Blut, und mehr Blut floß aus dem rechten Fußgelenk des Zyklopen. Der Schlag hatte eine kleine Arterie durchgetrennt; Garric hatte es eigentlich auf die Achillessehne abgesehen gehabt.

Mit der Zeit würde das Ungeheuer verbluten. Garric, der bereits vor Anstrengung keuchte, glaubte nicht, daß er diese Zeit hatte.

Wieder und wieder stach der Zyklop auf den Umhang ein; mit der sturen Entschlossenheit einer Mutter, die die Giftschlange zerstampft, die auf die Wiege ihres Kindes zukroch. Garric holte zweimal tief Luft. Er war erfreut, daß der Harnisch jetzt lockerer saß, und wünschte sich, er könne sich die sinnlose Last vom Leib reißen. Er ging einen Schritt auf das Ungeheuer zu. Es drehte sich um, um ihn anzusehen.

Garric hielt inne. Der Zyklop beugte sich vornüber und stach nach ihm. Garric wich seitlich aus. Die Spitze seines langen Schwertes traf den rechten Handschuh des Ungeheuers, als der Speer sich tief in den Boden bohrte.

Der Zeigefinger des Riesen wirbelte funkensprühend davon. Die Handschuhe mußten aus dünnerem Metall sein, damit die einzelnen Abschnitte an den Gelenken übereinandergleiten konnten. Der gute Stahl von Garrics Klinge war bis auf den Speerschaft unter dem Finger durchgedrungen.

Der Zyklop stieß ein Heulen aus, das Garric die Eingeweide zusammenzog. Das Ungeheuer kam wieder auf ihn zu, gedeckt vom Schild, den Speer hoch zum nächsten Stoß erhoben.

Garric wich rasch zurück. Das Ungeheuer war nicht wirklich schnell, aber durch seine Größe reichten die Schläge über mehrere Schritte hinweg.

»Garric!« schrie Liane. »Dein Helm!« Garric sprang zurück und damit an dem versilberten Bronzehelm vorbei. Er steckte die Schwertspitze zwischen Nacken und Ohrschutz und schnickte den glitzernden Helm dann in einem Bogen über den Kopf des Zyklopen hinweg.

Das Geschöpf scheute wie ein Mensch, der von einer Hornisse angegriffen wird. Der Speer zuckte auf, verfehlte den Helm aber. Garric griff an und packte das Schwert diesmal mit beiden Händen, als er auf die Außenseite des rechten Riesenbeins einschlug. Knirschend drang die Klinge über ihre ganze Breite ins Fußgelenk des Zyklopen ein.

Der Zyklop brüllte. Er schwang seinen Schild abwärts wie eine Waffe. Garric tauchte unter dem Schlag durch, statt davor zurückzuweichen. Er hatte sein Schwert mit einem heftigen Ruck herausgezogen; Sehnenstücke und kleine Knochensplitter hingen an der Klinge, wie es manchmal passiert war, wenn er einen Braten im Gasthaus seines Vaters aufgeschnitten hatte.

Er stand zwischen den Beinen des Ungeheuers. Es hob den rechten Fuß, um Garric in den Boden zu stampfen. Garric stach tief ins linke Fußgelenk, während er sich rückwärts bog.

Der Nagelstiefel traf krachend den Boden. Er hatte sein Ziel verfehlt, aber Garric hatte sein Schwert zurücklassen müssen, als er auswich.

Nun kam der Zyklop wieder auf ihn zu, einen riesigen Schritt nach dem anderen. Garric keuchte, seine Lungen fühlten sich an wie ein Brennofen. Er hatte die Hände frei, weil er kein Schwert mehr hatte. Er riß am halboffenen Harnisch und versuchte, sich gänzlich der Rüstung zu entledigen.

Die Lederbänder hielten. Die rechte Seite seiner Brust war immer noch taub von dem Tritt.

Garric wich zurück. Er konnte sich nicht umdrehen und rennen, denn dann wäre er nicht in der Lage gewesen zu sehen, ob der Zyklop den Speer warf. Selbst jetzt, von Angesicht zu Angesicht mit dem Ungeheuer, war er nicht sicher, ob es ihm gelingen würde, dem Wurfgeschoß auszuweichen.

Rückwärts ging er einen sanften Abhang hinauf. Wenn er erst das Haus erreicht hätte, würde der Zyklop ihn gegen die Steinwand drücken können wie ein Insekt.

Da Garric sich auf das Auge des Ungeheuers konzentrierte, das eine bessere Anzeige seiner Absichten lieferte als die Spitze seiner Waffe, sah er Liane nicht, bis das Mädchen das Schwert packte, das noch immer im Fußgelenk des Zyklopen steckte. Sie umklammerte den Griff mit beiden Händen und riß ihn mit der gesamten Kraft ihres schlanken Körpers zurück. Die Klinge glitt durch das Gelenk wie ein Messer durch einen festen Kohlkopf.

Der Zyklop kreischte. Er drehte sich um und hob den Speer. Liane taumelte rückwärts, das Schwert immer noch in der Hand. Blut schoß aus der Wunde.

»Hier!« schrie Garric, rannte auf das Ungeheuer zu und fuchtelte mit den Armen, um es abzulenken. Der Zyklop konnte ihn über seinem eigenen Schrei kaum gehört haben.

Fetzen roten Samtes hingen an der Speerspitze. »Sieh mich an!«

Das Ungeheuer bewegte sich vorwärts. Sein linker Fuß drehte sich zur Seite, mit glitzernden Sehnen, die sich unter dem Gewicht des Geschöpfs streckten, immer noch am Bein befestigt. Der Zyklop fiel und verfehlte Liane so knapp, daß Garric beinahe das Herz stehengeblieben wäre. Liane hielt das Schwert in der Hand. Ungeschickt stach sie damit nach der behandschuhten Hand, als der Zyklop in ihre Richtung um sich schlug. Der eiserne Speer war zwei Schritt tief in den Boden gerammt.

Der Zyklop heulte. Blut strömte über den Fuß, der seitlich vom Bein abstand. Auf der anderen Seite des Riesen bewegte Tenoctris die Lippen in einem Bannspruch.

Liane stolperte den Hügel hinauf, das Schwert in beiden Händen. Ihr Gesicht war bleich, bis auf die Stellen, an denen es blutverschmiert war; auch ihre Arme waren mit dem Blut des Zyklopen beschmiert.

Garric drehte sich um. Die Tore des Hauses standen offen. Ein Funken aus klarem blauem Licht schimmerte direkt im Eingang, obwohl die Luft dahinter voll orangefarbener Flammen war.

»Das Tor!« keuchte Liane und drückte den Schwertgriff in Garrics Hände. »Tenoctris sagt, du solltest Eisen mit durchs Tor nehmen!«

Garric ging auf den Vorhang aus Feuer zu. Die Basaltschwelle war heiß unter seinen Füßen, trotz seiner dicken Stiefel. Er stieß mit dem Schwert in die Luft, als wolle er einem Feind, den er nicht sehen konnte, die Augen ausstechen.

Er spürte ein Kribbeln, aber nicht mehr. Anstelle der Flammen hatte er nun eine hohe Eingangshalle vor sich, die von Fenstern im Obergeschoß her beleuchtet wurde. Sie war bis auf einige Rüstungen, die nicht für Menschen gedacht waren, leer.

Garric spähte über die Schulter. Das riesige Skelett des Zyklopen lag in einer Lache sich verflüssigenden durchscheinenden Fleischs, und die Menschenmenge, Tausende Bürger von Valles, rannten über die Pflastersteine aufs Haus zu und schrien nach dem Blut der Königin.

Garric versuchte beiseite zu treten. Er wollte sich überzeugen, daß Tenoctris in Sicherheit war, aber er mußte zuerst zu Atem kommen. Er sah alles nur noch als eine Mischung aus Farbe und Bewegung.

Ein Mann umklammerte seine freie Hand und schlug ihm auf die Rückenplatte seines Harnischs. »König Carus!« rief er. »Heil Carus!«

Eine Frau, die alt genug war, um Garrics Mutter sein zu können, umarmte ihn und küßte ihn auf den Mund. Sie hatte ein schweres Parfum aufgelegt, und ihr Kleid war aus Seide.

»Bitte!« sagte Garric. Die meisten der Menge drängten sich ins Haus, aber immer mehr Leute wandten sich nun Garric zu. Er versuchte sich abzuwenden. Liane hatte sich an seine Seite gedrängt. Sie hatte die Hände zu Fäusten geballt und an die Wangen gedrückt.

Zwei von Royhas' Wachen erzwangen sich den Weg durch die Menge. Einen Augenblick später stießen auch der Adlige selbst und Tenoctris zu ihnen, geschützt von den anderen vier Soldaten. Die Speerträger zwangen die Bürger von Garric und Liane weg, wie ein Hobel Späne von einem Zedernscheit entfernt.

»Die anderen Mitglieder unserer Gruppe werden bald bei uns sein«, sagte Royhas. Er lächelte ironisch. »Hier am Haus der Königin, das habe ich ihnen gesagt. Sie waren nicht begeistert davon, aber sie hatten keine große Wahl.«

Von innerhalb des Hauses hörte man Schreie. Von seinem kurzen Blick in die Eingangshalle wußte Garric, daß das Haus rund um einen Innenhof gebaut war. König Carus war vertraut mit diesem Stil, aber in Valles gab es weder dieser Tage noch im alten Königreich solche Häuser.

Liane hatte Tenoctris' Hände ergriffen und sprach mit ihr, das Gesicht dicht an dem der alten Frau. Tenoctris schien müde, aber sie lächelte, als Garric sie ansah.

Royhas bemerkte diese Blicke. Sein Lächeln wurde ein wenig angespannter, und er fuhr fort: »Ich hätte erst gratulieren müssen, Meister Garric. Niemand, der Euch beobachtet hat – und das war der größte Teil der Bevölkerung von Valles – könnte daran zweifeln, daß Ihr ein Held aus alter Zeit seid, der zu uns zurückgekehrt ist.«

»Die Helden alter Zeiten haben versagt«, hörte Garric sich selbst sagen. »Wir – Ihr und ich und die anderen – müssen es besser machen, Royhas. Und das werden wir auch.«

Qualm drang aus einem der Fenster. Es war der natürliche grauweiße Rauch, der entsteht, wenn Holz und Stoff verbrennen, weil irgendein Idiot die Möbel angezündet hat.

»Könnt Ihr das aufhalten?« sagte Garric zu Royhas. »Habt Ihr genug Männer, daß wir Ruhe und Ordnung wiederherstellen können?«

Der Adlige zuckte die Achseln. »Wir können es versuchen«, sagte er.

»Wo ist die Königin?« wollte Liane wissen. »Ist sie …«

Schreckensschreie erklangen von innerhalb des Hauses, aber erst, als die Tausende von Bürgern außerhalb in die Schreie einfielen, drang das Geräusch in Garrics Bewußtsein.

Die Sonne verdunkelte sich. Er blickte auf.

Das Wesen, das sich vom Dach des Hauses erhob, hatte durchscheinende graue Flügel, die sich zur Größe kleinerer

Wolken ausbreiteten. Der Körper selbst war relativ klein und rosig und erinnerte Garric an Spinnennetze, die im Schankraum eines schlecht geführten Gasthauses hingen.

Auf dem Rücken des Ungeheuers saß eine Frau von kalter, vollendeter Schönheit. Sie starrte Garric ausdruckslos an, als sie nicht mehr als fünfzig Schritte über seinem Kopf vorbeisegelte.

»Wenn ich meinen Bogen hätte …«, murmelte er.

Überall rund um das Haus fielen Menschen auf die Knie. Einer von Royhas' Soldaten sang eine Hymne an die Herrin, die beinahe wie ein Kinderlied klang – eine Erinnerung an das letzte Mal, als dieser Mann gebetet hatte.

»Du würdest mehr als einen Pfeil brauchen«, meinte Tenoctris leise. »Aber nun, nachdem wir sie aus ihrer Höhle getrieben haben, haben wir vielleicht die Zeit für eine endgültigere Lösung.«

Das geflügelte Geschöpf hob sich höher in die Luft und flog übers Meer hinaus. Seine Flügel bewegten sich wie die eines Rochens, nicht eines Vogels. Es war noch meilenweit zu sehen, während es nach Südosten flog.

EXCALIBUR

EXCALIBUR – fremde Welten voller Magie und ungekannter Gefahren, grandiose Epen von Mythen und Wundern, übermenschlichen Schicksalen und der erlösenden Kraft der Liebe.

(70109)

(70108)

(70100)

(70105)

(70110)

(70121)